FOLIO POLICIER

Henry Porter

Empire State

Une enquête de Robert Harland

Traduit de l'anglais par Jean-François Chaix

Gallimard

Titre original :

EMPIRE STATE

Première publication : Orion Publishing Group Ltd., Londres, 2003.

Henry Porter est né en 1953 et vit à Londres. Il est également l'auteur d'*Une vie d'espion* et de *Nom de code : Axiom Day*, et figure désormais, à l'égal de John Le Carré, au Panthéon des maîtres du roman d'espionnage.

1

Le passager nommé Cazuto entra dans le hall d'immigration du terminal 3 à l'aéroport de Heathrow, en début d'après-midi. Il portait un imperméable et un petit sac en bandoulière, et rejoignit l'une des files d'attente réservées aux non-membres de l'Union européenne. L'Américain jeta un coup d'œil rapide autour de lui. Deux policiers armés de mitraillettes Heckler et Koch encadraient le guichet de contrôle des passeports, tandis qu'un groupe en civil observait les voyageurs qui débarquaient en Grande-Bretagne par ce jour de mai exceptionnellement frais.

Larry Cazuto, en réalité le vice-amiral Ralph Norquist, devina que ces hommes le cherchaient. L'impatience perceptible sur leurs visages l'intrigua. Ils n'auraient pas dû être au courant de son arrivée. Son itinéraire avait été gardé secret. Sa femme et sa secrétaire savaient qu'il se rendrait brièvement en Europe, mais n'avaient aucune idée de la date du voyage. Elles ignoraient aussi qu'il devait rencontrer le Premier ministre et les principaux responsables des services de renseignement britanniques.

Norquist, conseiller spécial du président pour les affaires de sécurité, décida de ne pas se manifester immédiatement. Il fit ce qui viendrait à l'esprit d'un homme d'âge mûr que sa bedaine et son dos voûté rangeaient dans la catégorie des universitaires : il se perdit dans la foule avec un regard bienveillant sur la queue qui se formait derrière lui. Puis il leva les yeux vers les caméras de sécurité. Aucune n'était braquée sur lui, ni sur le flot des passagers. Devant lui, une femme d'une quarantaine d'années, séduisante et manifestement fortunée, encore qu'assez vulgaire, se démenait pour connecter son portable à un opérateur européen. Elle portait plusieurs bagages à main et il lui proposa de l'aider. Elle voulut répondre et laissa tomber le passeport qu'elle tenait entre ses dents. Il le ramassa et le lui rendit. Comme il montrait la marque du rouge à lèvres sur l'une des pages ouvertes, il dit en plaisantant : « Vous avez votre visa. »

La femme sourit et récupéra le passeport, mais elle lâcha l'une des poignées en bambou de son grand sac en tissu. Le contenu se répandit par terre. Norquist s'accroupit pour l'aider. Pendant qu'elle ramassait ses affaires avec la célérité d'un croupier, il l'observa plus attentivement. Il se demanda si la lueur de calcul qu'il avait aperçue dans son regard était le fruit de son imagination. La femme se releva et le remercia avec effusion. Ils avancèrent vers le guichet. Là, il regarda par-dessus son épaule pour voir si le nom du passeport correspondait aux initiales gravées sur le briquet en argent qu'il avait ramassé. C'était une seconde nature chez lui. Il trouva bizarre et pour le moins édifiant que les noms ne concordent pas, ni le patronyme ni les initiales.

Des hommes de l'autre côté de la barrière l'avaient repéré. À son tour, Norquist reconnut le visage noueux de Peter Chambers, un haut fonctionnaire du MI5 qu'il avait rencontré dix-huit mois plus tôt.

« Je crains qu'il n'y ait urgence, amiral, dit Chambers. Nous allons vous escorter jusqu'à Londres. » Il fit signe à l'homme qui le suivait. « Voici le sergent Llewellyn, de la Branche Spéciale de la police métropolitaine. Il va… »

Avant que Chambers en dise davantage, Norquist lui indiqua la femme qui descendait l'escalator vers la réception des bagages. Elle portait ses sacs sur l'épaule et tenait plaqué contre l'oreille son téléphone portable, de couleur dorée. « Pouvez-vous vérifier son identité ? Sur son passeport, elle s'appelle Rafaella Klein, mais les initiales de son briquet sont E. R. J'ai l'impression qu'elle a pris un malin plaisir à faire tomber ses affaires. Ceci pourrait vous être utile », ajouta-t-il en glissant dans la main de Chambers la puce en plastique que la femme avait oublié de ramasser. Bien entendu, il l'avait escamotée. C'était la carte SIM du serveur américain ; elle leur apprendrait tout ce qu'ils voudraient savoir.

« Nous nous en occupons immédiatement », répondit Chambers. Il fit signe à un homme mince et sobrement vêtu posté derrière les deux policiers armés, et lui remit la carte. « Demandez aux douanes de la fouiller, prenez-la en filature. » Chambers se retourna. « Maintenant, monsieur, si vous le permettez, nous sommes un peu en retard. Votre bagage a été porté directement dans la voiture. Je vous expliquerai en route. Nous devons y aller, monsieur.

— Si vous avez récupéré mon bagage, cela signifie que vous saviez sous quel nom je voyageais.

— C'est tout le problème, monsieur. Votre sécurité est en danger. »

Ils se dirigèrent vers le fond de la salle d'immigration, franchirent une porte et empruntèrent un couloir de bureaux, vides pour la plupart. Deux policiers en anorak et treillis les rejoignirent. Le groupe, une douzaine d'hommes, descendit les trois étages d'un escalier métallique qui vibra sourdement sous leurs pas. En bas, le couloir tournait à droite vers une issue de secours. Un fonctionnaire de la sécurité attendait, muni d'une carte magnétique. Il la pointa vers une caméra de surveillance et tourna la serrure. Les portes s'ouvrirent vers l'extérieur. L'odeur de kérosène et le fracas des avions qui roulaient lentement sur la piste envahirent le couloir. La pluie battante s'engouffra. Norquist allait enfiler son imperméable, quand Llewelyn le lui prit des mains et le confia à un fonctionnaire, en même temps que son sac. Puis il leva la main vers deux policiers postés près de quatre voitures garées en enfilade sur la droite et à peine visibles.

« Nous improviserons en cours de route, expliqua Chambers. Nous avons peu d'informations. »

Norquist haussa les épaules. « Entendu. »

Ils attendirent un instant. Une voix retentit dans la radio de Llewellyn. Aussitôt les hommes entourèrent Norquist et l'entraînèrent en lui maintenant la tête baissée. Il se retrouva assis à l'arrière d'une Jaguar noire. Chambers s'installa à ses côtés, Llewellyn à l'avant. Les autres se répartirent dans une Range Rover vert sombre, une berline Ford et une BMW fermant le convoi.

« Que se passe-t-il ? demanda Norquist.

— Nous avons appris qu'on voulait s'en prendre à vous dans ou près du terminal. Je suis navré, cette procédure n'a rien d'idéal. Nous aurions préféré vous transporter en ville en hélicoptère. Vous le prendrez peut-être en cours de route. L'important est que vous quittiez au plus vite l'aéroport. »

Norquist inclina patiemment la tête, comme s'il s'agissait d'un retard mineur. De fait, son avion était resté immobilisé deux heures à Reykjavik à cause d'une panne informatique.

« Nous croyons qu'il s'agit d'une grosse opération, mais nous n'avons aucun détail », poursuivit Chambers avec un clin d'œil appuyé : il ne pouvait pas en dire davantage devant le chauffeur et Llewellyn.

Les véhicules se faufilèrent entre les piliers du terminal 3, ralentissant à proximité des avions qui manœuvraient sur les parkings et s'arrêtant quand une voiture de service leur bloquait la voie sur les aires de stationnement. La bourrasque qui soufflait du sud-ouest les gênait. La Jaguar hésita à plusieurs reprises à cause de la mauvaise visibilité ou parce qu'elle s'égarait dans l'aéroport tentaculaire. Quelques minutes plus tard, le convoi dépassa le terminal 2, prit de la vitesse sur l'espace dégagé entre les pistes et fonça vers de vastes hangars sur le flanc est de l'aéroport. Une voiture de service jaune les arrêta un moment pour laisser passer un 747 tracté hors des ateliers de maintenance. Au lieu de prendre la sortie sur la droite, près du hangar de British Midlands, ils parcoururent plusieurs centaines de mètres jusqu'au bout de la piste. Huit appareils attendaient leur tour pour décoller. La pluie et les gaz d'échappement brouillaient le paysage. Ils ralentirent pour chercher la sortie. Enfin, quelqu'un aperçut au loin un motard qui agitait le bras.

Llewellyn hurla dans sa radio pour couvrir le bruit des moteurs. « Route trois. Compris ? Route trois. » Il se cala dans son siège pendant que les voitures accéléraient et souffla : « Espérons que ça marchera. »

À un kilomètre et demi de là, un homme porta un télescope optique Bresse à son œil droit pour étudier le convoi des véhicules grossi vingt fois. Les quelques passionnés présents sur la terrasse d'observation du terminal 2, malgré la pluie et la mauvaise visibilité, pointèrent eux aussi leurs jumelles et télescopes vers le bout de la piste sud, la 27 droite comme ils la nommaient. Mais quand les quatre voitures s'éclipsèrent à la lisière de la piste en direction du portail d'urgence ouvert dans la clôture, ils reportèrent leur intérêt sur une procession de Bœing suivis de deux avions russes, un Tupolev Tu-154 et un Yakovlev Yak-42 qui, par chance, venaient de se poser à sept secondes d'intervalle sur la piste nord, ou 27 gauche.

Les observateurs avaient presque tous des téléphones. Certains possédaient même des radios portatives qui leur permettaient de discuter avec d'autres passionnés disséminés autour de l'aéroport. Il n'y avait donc rien d'anormal à ce que l'homme au télescope optique Bresse se désintéresse d'un avion de Tunisair qui roulait bruyamment sur le tarmac, qu'il regarde au-delà des toits hérissés de conduits d'évacuation d'air et d'antennes radio, et appelle un numéro préenregistré sur son portable. Engoncés dans leurs anoraks, absorbés par le va-et-vient des supersoniques, tripotant leurs Thermos et leurs paquets de sandwichs, les férus d'avions ne lui prêtèrent aucune attention lorsqu'il parla des voitures qui venaient de quitter l'aéroport et tournaient à droite, en direction de l'autoroute A30.

Au même moment, une autre opération de surveillance s'achevait au terminal 3. Isis Herrick, un agent du MI6, trois de ses collègues du MI5 et quatre policiers de la Branche Spéciale venaient de recevoir l'ordre d'interrompre la filature de Youssef Rahe, un libraire arabe, dans le hall des départs. Thames House, le quartier général du MI5, leur avait appris qu'une personnalité américaine avait débarqué au même terminal et que son transfert jusqu'à Whitehall, le quartier des ministères, était une priorité. La Jaguar blindée du Premier ministre, ramenée de Cardiff à Londres sans son passager habituel, s'était déroutée sur Heathrow. Dans ses écouteurs, Herrick entendit un ordre : les quatre policiers en civil devaient immédiatement quitter l'équipe de surveillance mixte et se rendre dans une salle près du hall d'immigration où ils recevraient des armes.

Isis Herrick et ses trois collègues du MI5 — Campbell, Beck et Fisher — s'éloignèrent pour prendre un café. Ils étaient d'humeur maussade. Beck fit observer d'un ton caustique que les membres de la Branche Spéciale avaient gardé les clés et les tickets de parking de deux voitures sur les trois affectées à l'opération. À peine s'étaient-ils installés qu'une nouvelle information leur parvint : tous les policiers de la Branche Spéciale affectés en permanence à Heathrow étaient priés de gagner le hall de l'immigration. Herrick réalisa que Youssef Rahe quitterait la Grande-Bretagne sans être surveillé, sinon par les caméras de sécurité. Ce n'était pas une catastrophe. Comme l'avait observé une voix anonyme au quartier général du MI5, Rahe était une figure de second plan dans la communauté nord-africaine de Londres. Et il ne représentait aucun danger pour l'avion. Son bagage comme sa personne avaient fait l'objet d'une fouille minutieuse. En outre, il voyageait à bord d'un appareil arabe vers un pays arabe. Dès qu'il serait au Koweït, les membres d'al-Mukhabarat, le service de renseignement local, le prendraient en filature et noteraient ses contacts.

Pourtant, Rahe avait quitté la librairie Pan Arabe de Bayswater avec une hâte qui avait intrigué Isis Herrick. Rien n'annonçait son départ. L'homme voyageait rarement. Il passait l'essentiel de ses journées assis à son bureau, derrière la vitrine du magasin. Il répondait, souvent avec irritation, aux questions des clients et consultait son ordinateur, ses lunettes suspendues au bout d'une chaîne. Ce n'était pas un éminent intellectuel : le service n'était même pas certain qu'il ait des contacts avec les groupes islamistes. Toutefois, lors d'une opération d'infiltration dans la communauté arabe en Grande-Bretagne, son nom avait fait surface ; selon le FBI, un suspect arrêté au Canada lui avait rendu visite au cours d'un séjour à Londres.

Quelques jours plus tôt, on avait confié la surveillance de Rahe à Isis Herrick parce qu'elle parlait l'arabe. Elle avait pris rendez-vous chez un coiffeur dont la boutique se trouvait dans l'axe de la librairie Pan Arabe. Elle était arrivée à 9 h 45, juste avant son ouverture. Un quart d'heure plus tard, elle prenait

place dans un fauteuil proche de la rue. Un m
renvoyait une vision nette du 119 Forsythe St
immeuble à l'italienne, XIXe, inhabituel dans le quartier et plus cossu que les bâtiments voisins.

D'ordinaire, Rahe entrait dans la librairie vers 10 heures, après avoir quitté sa famille qui occupait l'appartement au-dessus. Il ouvrait la porte intérieure et vaquait sans hâte à ses affaires. Le plan d'Isis consistait à profiter du calme matinal pour inspecter les lieux et engager la conversation, sous prétexte de pratiquer son arabe. Elle avait appris que le libraire, malgré ses manières revêches, avait un faible pour les Anglaises. Des observateurs avaient remarqué qu'il suivait longuement du regard les passantes à la chevelure blonde et qu'il les recevait avec empressement quand elles entraient dans sa boutique, ce qui arrivait rarement.

« On ne sait jamais, avait annoncé l'officier chargé de la surveillance. Peut-être vous invitera-t-il à dîner. Il y a un ou deux très bons restaurants libanais dans le quartier. Vous passerez la commande en arabe et vous lui ferez du charme. »

Herrick regardait dans le miroir et attendait que Rahe apparaisse ; il était 10 h 35. Soudain, elle le vit surgir dans la rue. Il portait une petite valise et ce qui ressemblait à un porte-documents de voyage, il était habillé avec soin : une cravate de couleur vive, un pantalon en flanelle d'un gris sombre, une veste vert olive et des chaussures ornées d'une boucle voyante. Peu après, un minicab, un taxi non agréé, s'arrêta. Rahe s'engouffra à l'arrière du véhicule après avoir tapoté la poche intérieure de sa veste pour vérifier la présence de son passeport, un geste de nervosité commun à tous les voyageurs du monde.

Herrick se leva d'un bond. Elle ôta son peignoir, secoua ses cheveux presque secs, s'empara de sa veste en cuir noir et annonça qu'elle avait oublié un rendez-vous. Une fois dehors, elle appela sur son portable les autres membres de l'équipe de surveillance. Ils savaient déjà par la société de taxis que Rahe se rendait à Heathrow. La recherche de son nom sur les registres des compagnies aériennes commença aussitôt.

Trois véhicules de surveillance suivirent le taxi sur Goldhawk Road puis sur la M4, jusqu'au terminal 3. Rahe sortit du minicab, pénétra dans le bâtiment puis en ressortit. Il effectua trois fois le même manège sans regarder le panneau affichant le vol de 14 h 15 à destination du Koweït sur lequel il était enregistré. Il parut enfin prendre une décision et se dirigea vers la chapelle, près du terminal 2. S'installant au « Jardin du Souvenir », il se plongea dans un journal tout en consultant sa montre de temps à autre. Herrick eut l'impression qu'il était moins nerveux qu'incertain. Elle se demanda s'il attendait quelqu'un. Une demi-heure plus tard, il se leva brusquement et se hâta vers la zone d'enregistrement où il fit la queue derrière une demi-douzaine de passagers, sans parler à personne et, pour autant qu'elle puisse en juger, sans utiliser son téléphone.

Pourtant, son comportement devait sembler suspect, car, au contrôle de sécurité, on lui intima l'ordre d'entrer dans une pièce. Là, il fut soumis à une fouille complète et les détecteurs d'explosifs analysèrent ses vêtements et ses chaussures. Sa valise fut inspectée à fond ; on préleva des échantillons de plastique sur la poignée et les côtés pour tester la présence de produits douteux. Tout était normal. Rahe poursuivit son chemin vers les boutiques du duty free, visiblement froissé. C'est alors que Thames House ordonna à l'équipe chargée de sa surveillance de lever le pied et de se présenter à Peter Chambers dans la salle d'immigration.

Herrick éprouvait une légère impatience en écoutant Campbell, Beck et Fisher commenter les événements de la matinée avec leur ton de connivence habituel. Les responsables de Thames House avaient tout d'abord établi un lien entre la présence de Rahe à Heathrow et l'arrivée de l'Américain, puis ils avaient conclu à une simple coïncidence. Quelques minutes après avoir repéré l'Américain à l'immigration, les caméras de sécurité identifièrent la veste vert olive de Rahe, si reconnaissable : il se dirigeait vers la porte d'embarquement et présenta son passeport avant de monter à bord de l'appareil koweïtien.

Herrick allait suggérer à ses collègues de retourner à Londres lorsque Campbell, Beck et Fisher furent convoqués à la réception des bagages avec ordre de surveiller une femme nommée Raffaella Klein et de la filer dès sa sortie de l'aéroport. Ils s'éloignèrent aussitôt, intrigués par la succession des ordres émanant de Thames House.

Restée seule avec son café, et libérée des plaisanteries « maison » de ses collègues, Herrick réfléchit au comportement de Rahe. Le départ précipité pour le Moyen-Orient de cet Arabe somme toute ordinaire n'était pas normal. Elle se demanda s'il avait un rendez-vous dans l'avion : c'était l'endroit idéal pour une conversation longue et discrète, à condition d'avoir réservé sa place. Elle but son café jusqu'à la dernière goutte et se laissa envahir par un souvenir : elle se revit en Écosse lors d'une partie de pêche avec son père, jetant sa ligne une dernière fois sans espoir d'attraper le moindre poisson. Bon sang, il n'y avait rien d'autre à faire. Elle devait se rendre au service de sécurité de l'aéroport et glaner des informations sur les passagers du vol pour le Koweït.

Un quart d'heure plus tard, en possession de la liste des passagers du vol KU 102, elle relevait les noms des personnes assises autour de Rahe à l'arrière de l'avion. Trois hommes de la sécurité d'Heathrow l'entouraient. Ils avaient suivi les faits et gestes de Rahe sur le système de vidéo intérieur. Elle leur demanda d'imprimer toutes les données informatiques, puis regarda les archives de Rahe sur l'écran placé devant le chef du service. Le libraire était arrivé en zone d'enregistrement à 12 h 30, quelques minutes après l'ouverture des guichets. Il n'avait parlé ou fait un signe de connivence à personne. La caméra l'avait pris en filature après la fouille et suivi jusqu'au duty free où il s'était offert deux bouteilles de whisky Johnny Walker, étiquette noire, payées en espèces. Dix minutes plus tard, il avait acheté un journal et s'était installé dans un café. Ensuite, il avait disparu du champ pendant une vingtaine de minutes. Selon le chef de la sécurité, il faudrait quelques heures au plus pour reconstituer l'ensemble de ses déplacements, mais il était indubitable que Rahe avait embarqué dans l'avion. Sur les dernières images, Herrick le vit s'approcher du guichet, passer le sac du duty free et sa petite valise de gauche à droite, puis montrer sa carte d'embarquement et son passeport.

Elle porta les mains à ses lèvres, consciente que quelque chose n'allait pas. « Ce n'est pas le même homme », lâcha-t-elle, sans comprendre ce qui la poussait à cette conclusion. « Ce n'est pas ce foutu Rahe ! » Sa voix s'éleva, véhémente.

« Pourtant, c'est la bonne porte », répliqua le responsable sans cacher un bâillement. « Et c'est la même veste. Je ne pense pas qu'il y en avait deux pareilles dans l'avion, pour ne rien dire de l'aéroport.

— C'est la même veste, répondit-elle, hargneuse, les mains crispées sur le bureau. Mais ce n'est pas le même homme ! Rahe est droitier. Quand il a donné son passeport à l'enregistrement, il l'a pris avec la main droite dans la poche intérieure gauche de sa veste. Ici, il se sert de la main gauche pour prendre la carte d'embarquement dans la poche droite, fit-elle, le doigt pointé vers l'écran. Regardez ! Il a interverti ses bagages pour faire l'opération. Même de dos, on voit la différence : cet homme a la tête plus étroite, le cou plus long, et le sommet du crâne dégarni. »

Le responsable se pencha sur l'écran. « Vous avez peut-être raison. Mais l'angle n'est pas fameux. Nous avons changé de caméra à cause des travaux sur les câbles du système de reconnaissance visuelle. Dommage que nous n'ayons aucune image de face. » Il savait qu'elle avait raison.

« J'ai filé Rahe toute la journée. Je sais que ce n'est pas lui. »

Ils repassèrent les images du libraire dans la boutique du duty free. Rahe s'éloignait de la caméra à petits pas, les pieds tournés vers l'extérieur. L'homme qui venait d'embarquer à bord du KU 102 marchait avec un balancement prononcé et un mouvement plus ample des bras. Une autre anomalie s'avéra décisive. Pendant qu'il attendait au duty free, Rahe avait regardé sa montre à plusieurs reprises : il relevait brusquement la manche de sa chemise pour dénuder son poignet et remettre en place le bracelet en or. Apparemment, l'homme à l'embarquement ne portait pas de montre. Ou alors elle était invisible, dissimulée sous la manche de sa veste. On ne la devinait même pas quand la main gauche du passager prenait le passeport et la carte d'embarquement dans la poche intérieure de sa veste. Bien que la caméra l'eût filmé de dos et par le haut, Herrick n'avait aucun doute : l'homme n'avait pas de montre.

Sans attendre davantage, elle appela le numéro direct de la salle des opérations de son service. « Youssef Rahe n'a pas pris son avion. Il avait une doublure. Rahe est peut-être votre problème. »

La « route trois » ramena le convoi jusqu'au terminal 4, en lisière de l'aéroport, à travers un couloir de hauts buissons et de barrières antibruit. Les véhicules roulaient à cent quarante kilomètres-heure, les Range Rover à un mètre du pare-chocs arrière de la Jaguar, côté conducteur. Un faux mouvement et le chauffeur du Premier ministre, Jim Needpath, aurait causé un accident ; heureusement, il avait déjà travaillé avec le policier qui conduisait la Range Rover. Cinq motards avaient pris la tête du convoi pour arrêter la circulation à chaque carrefour. En approchant d'un rond-point près du terminal 4, les véhicules tournèrent à gauche et firent demi-tour le long de l'autoroute A30 en direction de Londres. Le plan consistait à traverser la M4 en empruntant une route à double sens et à rejoindre le cœur de la capitale par la voie rapide réservée aux bus et taxis.

Dans la Jaguar, Chambers demanda par radio pourquoi l'hélicoptère de la police n'était pas en vue.

La réponse tomba, sarcastique : un appareil de surveillance se positionne rarement au milieu du principal couloir aérien d'Heathrow. Norquist sourit. Il regarda par la fenêtre défiler des zones pavillonnaires sinistres : des piétons avançaient tête baissée contre la pluie ; deux cyclistes engoncés dans leurs imperméables luttaient contre le vent ; une Indienne protégeait un enfant dans les plis de son sari. Il se demanda comment les Britanniques réussissaient à garder leur sens de l'humour dans ce climat pluvieux.

Les motards ralentirent pour guider le convoi autour du rond-point sous la M4, puis les voitures s'engagèrent sur la bretelle d'autoroute. Deux motards allaient en avant de la Jaguar, les trois autres, déployés en triangle, libéraient la voie rapide, sirènes hurlantes et feux clignotants allumés. L'hélicoptère apparut et s'immobilisa pendant quelques secondes à trois cents mètres d'altitude, avant de pivoter sur lui-même et de piquer à l'est, vers le flot de la circulation. Llewellyn, en contact radio avec le pilote, réclama un état précis des conditions de circulation et exigea qu'on l'avertisse si des véhicules stationnaient sur la bande d'arrêt d'urgence, sur ou sous les ponts.

La circulation était exceptionnellement fluide. Ils parcoururent rapidement huit kilomètres tout en écoutant les commentaires laconiques du pilote. Son intonation changea brusquement. Il les avertit qu'un poids lourd de couleur blanche était immobilisé à environ deux kilomètres en avant au pied d'une pente : il allait voir. Comme la Jaguar amorçait un tournant, ses occupants virent l'hélicoptère se positionner au-dessus du camion. Llewelyn ordonna de réduire la vitesse et dépêcha les trois motards pour enquête.

« Que voyez-vous ? demanda-t-il.

— Il y a un seul homme, répondit le pilote. Je m'approche. Je crois qu'il est asiatique, mais ce n'est pas sûr. Il ne répond pas. Il a l'air un peu bizarre. »

L'hélicoptère piqua sur la gauche de l'autoroute.

« Attendez, lança le pilote, le camion avance. Non, il s'arrête encore. Le chauffeur l'a placé à cheval sur les deux voies. Vous pourrez passer juste à gauche, comme les autres voitures, mais à droite vous n'aurez pas beaucoup de place.

— Ce n'est pas une solution », rétorqua Llewellyn. S'ils tentaient de doubler le camion et qu'un engin explose à l'intérieur, ils se retrouveraient tous dans l'autre monde. Ils ne pouvaient pas non plus se permettre de traverser le terre-plein central pour prendre l'autoroute à contresens, ni monter sur le remblai de gauche, bordé d'une épaisse haie d'aubépines. Faire marche arrière sur la voie rapide jusqu'à la station-service, à environ mille huit cents mètres, était la seule issue. À moins que le camion ne redémarre.

La Jaguar et son escorte roulaient à cinquante kilomètres-heure. La circulation qui avait ralenti derrière le camion s'était frayé un passage. Environ huit cents mètres de chaussée libre s'étendaient devant eux. Les deux derniers motards se laissèrent distancer pour empêcher tout véhicule de dépasser le convoi.

« Merde ! s'exclama Llewellyn. Putain de merde !

— Si vous neutralisez cette portion d'autoroute, proposa Chambers, l'hélico pourra descendre et on montera à bord.

— Faisons ça », intervint Norquist dont la voix était devenue autoritaire.

Le pilote l'entendit à travers la cacophonie qui lui parvenait du poste de contrôle central, mais il avait autre chose en tête. « Deux camionnettes se rapprochent par-derrière, un Transit rouge et une Toyota bleu sombre. Elles sont à environ huit cents mètres sur la voie des bus et elles arrivent à toute vitesse. Je vais descendre, mais le vent n'est pas favorable. Occupez-vous de ces véhicules. »

Llewellyn demanda aux conducteurs des voitures d'escorte banalisées de se replier et de se préparer à bloquer les camionnettes, au besoin en les faisant sortir de l'autoroute. Il savait que Scotland Yard écoutait la conversation et il recommanda délibérément aux chauffeurs d'ouvrir le feu si nécessaire. Il était convaincu qu'une attaque contre Norquist était engagée et il l'annonça à Scotland Yard, ajoutant qu'il n'avait pas de chance que cette saloperie arrive pendant son tour de garde.

La Jaguar et les Range Rover bondirent et parcoururent soixante-dix mètres avant de ralentir sur la bande d'arrêt d'urgence où elles roulèrent presque au pas. Les yeux de Jim Needpath passaient du rétroviseur au camion. Il était au supplice, poussé par l'urgence de prendre la fuite, d'échapper au traquenard, de sauver ses passagers. Il vit le conducteur du camion sauter hors de la cabine, courir jusqu'au bas-côté de l'autoroute déserte et grimper le talus vers la haie d'aubépines en fleur. Deux des trois motards s'arrêtèrent près d'une passerelle métallique au-dessus de l'autoroute. Après avoir installé les motos sur leurs béquilles, ils s'élancèrent à la poursuite du chauffeur. Le troisième motard s'approcha du camion, le contourna et s'éloigna en accélérant, hurlant dans le micro de son casque qu'un liquide coulait du véhicule sur la chaussée. Le camion était un Iveco diesel, mais le liquide sentait le pétrole.

Le pilote de l'hélicoptère décida de se poser sur l'autoroute. L'appareil piqua vers la passerelle métallique, se stabilisa à trente mètres, puis s'élança vers la Jaguar, soulevant une tempête de poussière d'eau dans son sillage. Au moment précis où l'appareil se posait sur le tarmac, le Transit rouge surgit sur la bande d'arrêt d'urgence, suivi de la BMW de la police. Le chauffeur de la Range Rover comprit la manœuvre, embraya la marche arrière et roula à la rencontre de la camionnette qu'il percuta une ou deux secondes plus tard.

Jim Needpath n'attendit pas davantage et s'approcha très vite de l'hélicoptère. Négociant un dérapage contrôlé, il se plaça de manière à protéger la portière de Norquist d'un mauvais coup par-derrière. Ce n'était pas évident à cause du rugissement du rotor et des tourbillons d'eau. Llewellyn et Chambers sortirent de la Jaguar, arrachèrent Norquist à son siège et l'entraînèrent, têtes baissées, vers l'hélicoptère. Ils étaient à mi-chemin quand la camionnette Toyota surgit de la grisaille. Elle heurta la Jaguar derrière le siège de Jim Needpath et la fit tournoyer sur elle-même. La berline avec les quatre membres de la Branche Spéciale suivait de près ; elle dérapa avant de s'immobiliser sans heurter les autres véhicules ; trois policiers en sortirent et ouvrirent le feu sur la camionnette. Une scène analogue s'était déroulée sur la bande d'arrêt d'urgence quand la Range Rover avait percuté le Transit.

Llewellyn et Chambers ne prirent pas le temps de regarder la scène. Au moment où ils hissaient Norquist dans l'hélicoptère, une balle ricocha sur le Plexiglas du poste de pilotage. Enfin, Chambers s'engouffra dans la carlingue tandis que l'appareil décollait, s'inclinait vers l'avant et s'éloignait en rugissant.

Lorsqu'il eut atteint trois cents mètres, le copilote se retourna pour vérifier que ses passagers avaient mis leurs ceintures. C'est alors qu'il vit du sang couler sur la nuque de Norquist.

L'Américain avait déjà perdu connaissance.

2

Karim Khan somnolait dans la lumière matinale, allongé sur la berge d'une rivière, à quinze kilomètres de la frontière albanaise. Le soleil ne s'était pas encore levé derrière la colline en face, et la terre, comme sa couverture, était couverte de rosée. Depuis un moment, Khan entendait ses compagnons de route s'agiter autour de lui. Pliant et roulant les draps qu'ils avaient tendus entre les buissons pour s'abriter, ils toussaient et se plaignaient, la plupart dans des langues qu'il ne connaissait pas. Pourtant, les bruits du camp levé à l'aube lui étaient aussi familiers que les pensées de ces hommes engourdis qui se demandaient comment ils se retrouvaient ici sans lit, sans femme et sans nourriture.

Quelqu'un ranimait le feu. D'abord, il ne comprit pas pourquoi : la nuit précédente, ils avaient mangé leurs dernières provisions, de l'agneau séché et un bouillon à base d'os de poulet. Or il ne restait ni thé ni café. Puis, en sentant l'odeur de la menthe il se rappela qu'ils en avaient ramassé la veille. Ils avaient préparé du thé à la menthe. Un homme derrière lui pressait un gobelet en étain brûlant contre sa main. Il ouvrit un œil et découvrit un sourire aux dents ébréchées dans un visage crasseux légèrement grêlé. C'était le plus jeune des trois Kurdes, un garçon aimable qui plaisantait toujours. Le jeune homme lui dit en anglais : « *Drink, mister, for your health*[1]. »

Ses compagnons commençaient à descendre vers la piste, mais Khan ne se décidait pas à se lever pour les rejoindre. Le souvenir de son rêve s'attardait, délicieux. Une part de lui-même s'y accrochait. Il contempla la lumière qui jouait en haut de la colline. Elle atteignit progressivement la cime d'un arbre tout proche. Un oiseau minuscule, d'une espèce inconnue de lui, voletait autour d'une plante grimpant sur le tronc. Chaque fois qu'il se perchait, l'oiseau s'agitait en tous sens, inspectant les alentours en quête d'un prédateur, avant de plonger dans l'ombre pour nourrir ses petits. Il avait dû rester toute la nuit à quelques mètres du feu. Son audace et sa discrétion émerveillaient Khan.

Enfin, le soleil effleura le sol devant lui, le sortant de sa rêverie. Il se leva, ramassa ses affaires et en fit un petit ballot noué avec la ceinture qu'il portait depuis six ans. Tandis qu'il descendait la pente, glissant sur l'herbe humide, les voix de ses compagnons lui parvinrent, portées par une brise douce et tiède. Ce sera une belle journée, pensa-t-il. Oui, ils la méritaient après tout ce qu'ils avaient enduré. Peut-être trouveraient-ils un moyen de traverser la frontière et d'entrer en Grèce sans qu'on les arrête et les traite comme des chiens ?

Autrefois, il aurait prié Allah. Aujourd'hui, il n'y pensait même plus. Après toutes ces années de

1. « Buvez, monsieur, pour votre santé. » *(Toutes les notes sont du traducteur.)*

guerre sainte, son désir de renouer avec l'Occident l'emportait. La sauvagerie et la barbarie appartenaient au passé. Il avait repris son vrai nom, Karim Khan, dans l'espoir de retrouver le jeune étudiant en médecine qui buvait de l'alcool et qui aimait les femmes, sans pour autant cesser de craindre et d'admirer le Prophète. Il avait perdu non sa foi, mais sa croyance dans le sacrifice. Elle s'était évanouie comme son nom de guerre, moudjahid, soldat de l'Islam. Désormais, il s'en remettrait à lui seul et non à la volonté de Dieu.

Il atteignit la piste et remarqua des brindilles accumulées dans le fossé par l'averse de la veille. Des scarabées se nourrissaient d'insectes noyés. La roche pulvérisée à la surface de la piste brillait d'éclats de quartz. Ce matin, tout semblait beau et en ordre. Il éprouva une bouffée d'optimisme et frissonna en se rappelant les mots qui l'avaient poussé à la guerre sainte : « Allah confère à ceux qui se battent avec leurs biens et leurs vies un rang plus élevé qu'à ceux qui restent chez eux. »

Plus jamais. Plus de massacres. Plus de chaos.

Pourtant, c'était un vétéran. Il n'avait rien perdu de sa résistance. Il pouvait marcher le ventre creux. Les traînards du groupe furent bientôt en vue. Comme toujours, ses deux compagnons pakistanais étaient les derniers. Très maigres et à bout de forces, ils marchaient depuis neuf mois. Ils étaient partis d'un village dans les montagnes au nord du Pakistan, avaient traversé l'Iran et franchi la frontière turque. Une bonne partie de leurs économies s'était volatilisée quand un escroc leur avait promis un billet d'avion et un visa pour la Grèce. Ils avaient heureusement gardé assez d'argent pour atteindre la

Bulgarie. Devant eux cheminaient le Turc, Mehmet, les Arabes, un Jordanien nommé Mumim et un Palestinien du Liban qui disait s'appeler Jasur. Les trois Kurdes étaient en tête, le jeune homme qui lui avait donné le thé à la menthe, son oncle et un ami du même village. On leur avait promis du travail à Athènes.

Khan leva les yeux. Il aperçut dans les pâturages un ou deux bergers avec leurs troupeaux. Le son discordant des clochettes se répercutait dans la vallée. Il observa, soulagé, que ses compagnons n'avançaient pas regroupés car cela éveillait toujours les soupçons. Il fallait rester vigilants dans ce pays. Ici, on redoutait les musulmans. Les hommes à la peau sombre en particulier, les deux Pakistanais et le Jordanien qui avait du sang africain, devaient se tenir sur leurs gardes. Une fois de plus, il se félicita de sa peau pâle, héritage, selon la tradition familiale, des soldats d'Alexandre le Grand. Quelque chose lui disait qu'il pourrait se sentir chez lui en Macédoine.

Telles étaient ses pensées quand il vit les Kurdes hésiter. Il s'arrêta, leva la main contre le soleil et essaya de percer la lumière qui vibrait au-dessus de la piste. Les Kurdes avaient vu quelque chose. L'un d'eux jeta son sac de couchage et son sac à dos, puis il leva les mains pour montrer qu'il ne résistait pas. Par signes, il indiqua qu'il n'avait pas d'armes. Ses compagnons se retournèrent pour consulter les autres, ou peut-être les avertir.

Khan aperçut une silhouette se déplaçant dans les fourrés à gauche de la piste, un uniforme qui se confondait avec la tonalité de la végétation ombragée. Au-delà s'élevait une volute de fumée : un feu de camp. Des bâches recouvraient les branches basses des arbres. Un camion et deux Jeep camouflées étaient garés dans une clairière, de l'autre côté de la piste.

Les Kurdes semblaient ne pas savoir que faire. L'un d'eux revint sur ses pas en gesticulant pour que le reste du groupe fasse demi-tour. Des soldats sortirent de l'ombre et s'immobilisèrent sur la piste. Ils traînaient leurs armes sur le sol et se pavanaient. Khan connaissait cette engeance : des conscrits, des brutes dures, incontrôlables. Il les avait déjà vus à l'œuvre dans les Balkans. Il savait ce qui allait arriver.

L'un des militaires leva son arme, fit feu et abattit le Kurde qui battait en retraite. Les deux autres Kurdes se retournèrent vers les soldats ; incrédules, mains levées, ils se jetèrent à genoux, implorants. Ils furent exécutés à l'instant où ils touchaient le sol. Le premier s'affaissa en avant ; le second s'écroula lentement sur lui-même.

Dès le premier coup de feu, le reste du groupe avait pris ses jambes à son cou. Les deux Arabes et le Turc couraient droit vers Khan. Les Pakistanais, abandonnant leurs bagages, avaient plongé dans les fourrés. Galvanisés, les soldats traversèrent la piste, sautèrent dans leurs Jeep, firent demi-tour dans un nuage de poussière et remontèrent la vallée. Ils se rapprochaient très vite des trois hommes courant sur la piste. À la différence des premiers coups de feu, la fusillade provenant de la première Jeep résonna dans les collines. Le Turc, atteint à la jambe, poursuivit en boitillant. L'un des Arabes s'arrêta pour le secourir. Déjà, la Jeep les avait rejoints et elle les faucha. Khan bondit pour se mettre à l'abri. Il vit le véhicule freiner et les soldats cribler de balles les cadavres. L'autre Jeep s'était garée à l'écart pour traquer les

Pakistanais. Peu après, Khan entendit plusieurs détonations. Un homme cria. Un coup de feu isolé déchira les bois. Le coup de grâce.

Khan hurla en direction du Palestinien qui courait à une centaine de mètres de lui. Il savait que leur seule chance de s'en sortir était d'atteindre les arbres au-dessus de la piste. Il criait et criait comme s'il voulait l'encourager à gagner une compétition. Khan avait déjà connu de telles situations. À en juger par la manière dont Jasur se courbait en zigzaguant sur les derniers mètres, ce n'était pas non plus son baptême du feu. Ils se jetèrent dans les fourrés et commencèrent à grimper la pente. Le sous-bois était humide, la terre s'éboulait sous leurs pieds, mais ils surplombèrent la piste quelques minutes plus tard. Les deux Jeep étaient arrêtées en contrebas et ils entendaient des cris. Quelques coups de feu se perdirent dans les arbres. Manifestement, les soldats ne voulaient pas les prendre en chasse. Le camion arriva. Un officier en sortit. Il hurlait contre ses hommes pour organiser la traque dans les collines.

Khan observa la scène quelques secondes, les mains posées sur les épaules de Jasur pour le calmer. Puis il regarda la pente et décida qu'il valait mieux rester sur place plutôt que s'enfoncer dans les bois, ce qui signalerait leur position. Il l'expliqua à son compagnon dans un mélange d'anglais et d'arabe. Il allongea Jasur, perplexe, dans le sous-bois et le recouvrit de jeunes pousses arrachées au sol. Il se releva, fit une vingtaine de pas à la recherche d'une cachette et s'enterra à son tour, recouvrant ses jambes de terre et jetant des branches sur son corps. Une fois installé, il siffla quelques notes d'encouragement à Jasur comme il l'avait fait des années plus tôt au cours d'une embuscade avec un groupe de jeunes moudjahidin tremblants de peur.

Pendant un quart d'heure, il n'entendit aucun bruit ni sur la piste ni dans le sous-bois. Enfin, des sons lui parvinrent : les soldats se frayaient un chemin à travers les fourrés en s'interpellant. Khan observait les taillis qui dissimulaient Jasur, espérant que les nerfs du Palestinien ne le lâcheraient pas quand les soldats passeraient près de lui. Il gigota un peu et palpa sa poche arrière à la recherche du couteau qu'il avait trouvé en Turquie. Il le serra entre ses dents, se recouvrit la poitrine de terre et s'enfonça dans le sol.

Les soldats étaient tout proches. Selon ses estimations, il y en avait un à trente mètres au-dessus de lui. Un autre, qui se déplaçait plus lentement, passerait sans doute entre Jasur et lui. Il retint son souffle et attendit. Soudain, un uniforme apparut à quelques mètres. L'homme s'immobilisa, ouvrit sa braguette, se déhancha et commença à uriner. Le jet étincela dans la lumière filtrée par les arbres. Quand il eut fini, le soldat appela son compagnon et mugit une plaisanterie.

Khan décida de lui sauter dessus quand il s'éloignerait. C'est alors que les petites pousses d'arbres qui dissimulaient si ingénieusement Jasur s'écartèrent ; sa tête et son torse apparurent. Pris au dépourvu, le soldat se tourna et poussa une seule syllabe de surprise. Il s'acharnait sur la fermeture Éclair de son pantalon et semblait avoir du mal à saisir le pistolet-mitrailleur qu'il avait glissé dans son dos pendant qu'il urinait.

Il dut entendre Khan derrière lui, un frôlement sur la terre, le froissement de l'air, mais il ne bougea pas quand le couteau pénétra dans son corps. Sa tête rasée bascula en arrière et ses yeux rencontrèrent ceux de Khan avec une gêne étrange, un embarras devant la soudaine intimité que lui imposait cet homme couvert de terre. Il ne comprenait pas que le premier coup de couteau ne lui avait ni percé le cœur ni tranché la moelle épinière, et qu'il n'y en aurait pas d'autre. Khan le laissa s'affaisser sur le sol et lui prit rapidement sa gourde, son arme et son chargeur. Il agita un doigt et le porta à ses lèvres. Le soldat le regardait, terrifié, mais il réussit à hocher la tête.

Jasur rejoignit Khan et s'accroupit près de lui. Le militaire au-dessus d'eux ne les voyait pas. Il appelait ses compagnons, répétant le même nom. L'inquiétude perceptible dans sa voix se communiqua aux autres. Tous appelèrent à leur tour. Khan agita l'arme devant le soldat d'une manière qui ne prêtait pas à confusion. Lui et Jasur tournèrent le dos au blessé et grimpèrent la pente, contournant les plus gros fourrés pour faire le moins de bruit possible.

Une minute ou deux passèrent, puis l'enfer se déchaîna. Les soldats venaient de découvrir leur compagnon blessé et s'acharnaient sur le haut de la colline, tirant dans les arbres. Khan se rappela une vieille maxime de la guérilla : mieux vaut fuir que combattre. Avec sa longue pratique de l'esquive dans les montagnes, il accéléra le pas sans penser à la douleur que lui imposerait cet effort. Ils grimpèrent tout droit pendant cent cinquante mètres, mais Jasur lui demanda bientôt de ralentir. Sa course sur la piste l'avait épuisé. Khan l'entoura d'un bras. Il sentait son corps squelettique et le cœur qui battait trop vite. Le Palestinien n'avait presque plus de muscles et pas une once de graisse. Glissant sa main sous son aisselle, Khan le hissa le long de la colline. Le

Palestinien ahanait dans son oreille. Ils parcourent cinquante mètres et franchirent des cailloux. Les bois s'éclaircissaient devant eux, menant aux pâturages où Khan avait vu les troupeaux. Il se souvenait des escarpements rocheux. Il les avait remarqués quand il était allongé sur l'herbe, à l'ombre. Ils devaient être abrupts, mais pas infranchissables.

Il se retourna. Jasur, à genoux, crachait silencieusement des glaires sur un rocher. Ses yeux et son nez ruisselaient, sa peau était devenue grise. Le médecin qui sommeillait en Khan devina que ce n'étaient pas des larmes, mais une sorte d'allergie probablement due au pollen ou aux feuilles qui l'avaient recouvert. Il changea de diagnostic quand il lui prit la tête entre les mains et le regarda dans les yeux. Jasur avait une crise d'asthme et montrait tous les signes d'une poussée de tension. Khan le roula sur le dos pour pratiquer le bouche à bouche. Il appuya régulièrement sur sa poitrine une douzaine de fois. Le Palestinien toussa, sa respiration se fit plus régulière, mais son regard témoignait qu'il connaissait son état. Khan comprit qu'il avait déjà eu ce type de crise. Il lui prit le pouls : il battait plus régulièrement. Il lui souleva la tête et lui fit boire un peu d'eau à la gourde du soldat. C'est alors qu'ils entendirent de nouveaux bruits. Khan tira Jasur derrière les rochers pour le mettre hors de vue. Rampant sur le sol, il risqua un coup d'œil sur la crête. Il y avait quatre soldats non loin, et trois autres plus bas. Ils n'avaient aucune aptitude pour ce genre d'exercice et s'arrêtaient souvent, s'épongeant le front et jurant.

Il vérifia le cran de sûreté de l'AK47, s'assura que le chargeur s'enclenchait et s'allongea sur les rochers, le visage posé sur la crosse en bois poli. Ses pensées le ramenèrent aux premiers moments de la journée. Il compris tristement que les dés étaient jetés. Quels que soient ses rêves et ses espoirs en l'avenir, son destin était de se tenir en embuscade, sale, suant, une vieille arme à la main.

Derrière lui, Jasur émettait une série sinistre de gargouillis et de haut-le-cœur. Khan était inquiet, mais il ne pouvait pas prendre le risque de se retourner. Il lui donna un léger coup de botte sur l'épaule, ce qui parut le calmer. Puis les voix changèrent de direction. Il crut un moment que les soldats avaient renoncé ou qu'ils s'éloignaient. Soudain, il les entendit en contrebas. Le corps tendu, il inclina le pistolet-mitrailleur et le posa sur l'arête du rocher. Il se redressa après la première salve et vit qu'il avait atteint à la jambe un soldat du premier groupe. Les autres avaient bondi en arrière sans le repérer. L'un d'eux fit feu sur les rochers, loin du but. Khan risqua un nouveau coup d'œil et appuya sur la détente. Les soldats battirent précipitamment en retraite. Ils sont bons pour tuer des hommes désarmés en plein jour, pensa-t-il, mais ils n'ont aucun goût pour le combat. Il tira, changea le chargeur et tira encore. Les soldats avaient disparu. L'un d'eux glapissait comme un chiot perdu dans les bois.

Il se retourna et rampa vers Jasur en se tortillant sur la roche. Il lui toucha l'épaule et lui dit qu'ils devaient y aller. En était-il capable ? Il le secoua et, ne sentant aucune réaction, il le tourna sur le dos.

Sa peau était terreuse, de la salive moussait dans sa bouche et ses yeux fixaient sans comprendre de minuscules araignées rouges sur la roche. Khan s'agenouilla, stupéfait, et frissonna en pensant qu'il devrait — non, il devait — connaître l'identité de cet homme. Il informerait sa famille des circonstances de sa mort. Il palpa le corps et découvrit une pochette retenue par une cordelette à l'intérieur de son pantalon. Elle contenait des documents pliés en deux, une prière imprimée, deux photos, une carte d'identité. Il les consulterait plus tard. À présent, il devait partir et prier Dieu que les Macédoniens enterrent décemment le Palestinien.

Il se leva sans un regard vers le bas de la colline, gagna rapidement le bosquet d'arbres le plus proche et descendit à travers les rochers escarpés.

3

Herrick reposa son journal. Le quotidien du soir annonçait que le vice-amiral Norquist était mort sans avoir repris connaissance à 5 h 30, ce 15 mai, d'une défaillance cardiaque au cours de l'opération tentée pour extraire la balle logée dans sa colonne vertébrale. Le président des États-Unis avait officiellement réagi à l'assassinat de son ami et mentor en précisant que c'était un coup dur pour lui personnellement et sa famille. Pire encore, il s'agissait d'une nouvelle attaque contre le pays et tout bon Américain devait porter le deuil de ce sacrifice.

L'article lui paraissait très incomplet. Elle se replongea dans la feuille de surveillance du FBI. Le dossier réunissait l'ensemble des informations sur chaque terroriste musulman connu. Sa présentation et sa concision en rendaient la manipulation plus aisée que celle du document britannique équivalent. De gauche à droite s'alignaient les noms usuels du suspect ou du criminel recherché, ses pseudonymes, sa date de naissance, son numéro de sécurité sociale américain (si disponible), son lieu de naissance, son domicile, ses numéros de téléphone et adresses électroniques. La dernière colonne de droite portait un numéro d'identification. Une autre colonne, au milieu de la page, était intitulée « fonction ». Elle était vierge dans la version de la feuille de surveillance quotidiennement transmise à 8 heures EST (Eastern Standard Time), heure de la côte Est des États-Unis, aux banques et aux compagnies aériennes qui l'intégraient dans leurs systèmes informatiques, de sorte que toute transaction opérée par l'un des suspects déclenchait aussitôt l'alerte. Dans les trente-quatre pages du document du FBI, des professions étaient signalées en face de quelques-uns des cinq cent vingt-quatre noms répertoriés : expert en informatique (ingénieur de formation), expert en armes et explosifs, enseignant en stratégie, banquier, spécialiste en négociations et communications. Ce n'étaient que des suppositions car les adresses postales et informatiques n'existaient plus depuis longtemps. Toutefois, la liste précisait la dernière profession connue des suspects et évoquait à quelques reprises l'existence d'une couverture, comme c'était le cas pour Youssef Rahe dont le nom n'était pas mentionné.

Herrick intégra ses notes au diagramme qu'elle avait ébauché sur une grande feuille de papier achetée l'après-midi même. D'une main ferme, elle écrivit une série de noms avec des traits, des flèches et des commentaires concis. Elle savait que le graphique n'était pas correct, mais c'était pour elle une manière pratique de s'attaquer au problème, de coucher ses idées, de s'en libérer et de progresser. Elle avait posé deux sandwichs sur son bureau, un morceau de cake aux fruits enveloppé de cellophane, une bouteille d'eau, une banane et une barre de chocolat : ce n'était pas un festin, compte tenu des quantités de nourriture qu'elle pouvait absorber pendant ses périodes de concentration. Elle mangea distraitement son premier sandwich et reporta son attention sur les documents posés contre l'écran de l'ordinateur. D'autres papiers, étalés à ses pieds, mentionnaient les heures d'atterrissage et de décollage des avions qui avaient fait escale la veille au terminal 3. Cette grille, qui provenait d'Internet, différait notablement des horaires officiels.

Elle n'espérait pas apporter de preuve déterminante, mais mettre en évidence l'importance de la disparition de Rahe, même si celui-ci n'avait joué aucun rôle dans l'assassinat de Norquist. Elle savait maintenant de source sûre qu'il n'avait pas débarqué du vol KU 102 à Koweït. Une demi-heure plus tôt, l'aéroport avait transmis une photo de face, claire et lisible, de l'homme voyageant avec le passeport de Rahe. L'individu avait troqué les vêtements du libraire contre une djellaba blanche, la couleur locale, avant de s'envoler vers les Émirats arabes unis. Al-Mukhabarat, le service de renseignement koweïtien, était convaincu que cet homme était la doublure de Rahe.

Herrick expédia la photo par courrier électronique au service de sécurité d'Heathrow et joignit une note leur demandant si elle pourrait consulter les archives du circuit vidéo. Elle voulait savoir si le suspect venait de Londres ou s'il était arrivé en avion. Elle optait pour la seconde solution et pensait qu'il avait atteint Heathrow dans la matinée. C'est pourquoi elle cherchait une correspondance entre les noms des suspects et ceux des passagers ayant atterri au terminal 3. La tentative était désespérée. Pourtant, ce travail solitaire en pleine nuit ne lui déplaisait pas. Alors que l'ensemble du service observait un mutisme tendu depuis le meurtre de Norquist, la perspective de franchir quelques étapes positives pour éclaircir les événements survenus à l'aéroport la stimulait.

Tout en observant par la fenêtre les embouteillages sur la rive nord de la Tamise, elle appela George, un agent de la sécurité à Heathrow. Puis son regard se posa sur la vitre et elle observa son reflet sans surprise et sans inquiétude. À trente-deux ans, elle était en forme, même si la lumière lui donnait un teint blafard. Mais, seigneur ! elle devait s'acheter de nouveaux vêtements.

George n'avait toujours rien pour elle. Elle raccrocha et se replongea dans la feuille de surveillance. Elle était en train de réfléchir au fait que Manille aurait été le point de départ idéal pour la doublure quand un mouvement derrière la cloison vitrée de son bureau l'alerta : Richard Spelling, l'adjoint du patron du MI6, et son acolyte, Harry Cecil, approchaient.

Avant qu'elle ait le temps de se ressaisir, Spelling avait franchi la porte. « M. Cecil me dit que vous avez trouvé une piste intéressante.

— C'est un peu prématuré de sa part, répondit-elle en lançant à M. Cecil un sourire dénué d'affection.

— Mais vous avez dû flairer quelque chose pour demander une faveur à nos amis de Koweït.

— Je me renseignais sur l'homme qui a pris la place de Rahe dans l'avion pour le Koweït. Comme vous le savez, j'en ai informé Thames House hier après-midi, mais ils sont assez débordés et personne ne m'a rappelée. Alors, j'ai décidé de déblayer le terrain. » L'argument était médiocre. Elle savait qu'elle outrepassait son rôle de second plan dans la surveillance de Rahe.

Spelling s'assit au bout du bureau en face d'elle et signala à Cecil de les laisser seuls.

« Comme vous dites, les services sont assez débordés ! » lança Spelling.

Herrick se tenait sur ses gardes. Elle avait décidé de ne pas trop parler. Elle se contenta de hocher la tête.

« Ça ne pouvait pas être pire : l'envoyé spécial du président tué juste avant son entrevue avec le Premier ministre. Nous sommes dans de beaux draps ! » Il lui jeta un regard désespéré et soupira bruyamment, ce qui fit trembler ses lèvres. Elle n'aimait pas Spelling, ni ses méthodes autoritaires, ni son goût pour les mondanités, ni son style d'encadrement que quelqu'un avait qualifié de « fermeté triomphante ». On disait dans le service que son intelligence était plus vive que profonde et qu'il n'avait pas l'intégrité et la perspicacité ou l'aisance de l'ancien patron, Sir Robin Teckman. Spelling avait obtenu son poste afin de moderniser le service. Depuis, il n'était question que de structures, de gestion horizontale et de flux d'idées entre les différents étages, mais la tendance inverse prévalait manifestement. Spelling était un bureaucrate qui se prenait pour un général.

« Qu'en pensez-vous ? demanda-t-il. J'entends, que pensez-vous du meurtre ?

— Eh bien, j'ai été très occupée aujourd'hui. Je n'ai pas pu en parler aux collègues avec qui je travaillais hier.

— Oui, mais vous avez certainement un point de vue. Vous vous posez des questions.

— Oui, je me demande pourquoi l'amiral Norquist a pris un vol régulier et pourquoi les services de sécurité n'étaient pas prêts à le réceptionner. Cela fait assez désordre.

— Et plus loin sur la ligne temporelle ? »

La « ligne temporelle » était une expression favorite de Spelling. « Vous voulez dire après, quand la fusillade a éclaté ? » Elle restait aussi neutre que possible. « Cela paraît plutôt confus.

— Oui, ça l'était. Certainement. »

Elle garda le silence. Après tout, c'était lui qui venait aux nouvelles.

« Et vous n'avez aucune théorie sur l'origine de la balle ?

— Aucune idée, sinon ce que j'ai lu. J'imagine qu'ils découvriront son origine quand ils l'auront extraite du corps.

— Oh, je ne pense pas que ça arrivera.

— Donc, la balle est sortie ? Je n'ai rien lu de tel dans les journaux. La presse dit qu'elle s'est logée dans la colonne vertébrale.

— Ils ne veulent pas donner trop de détails, c'est déprimant pour la famille.

— Je vois », fit-elle. Elle comprit que la version officielle du drame était déjà établie. Norquist avait été assassiné au cours d'une opération impliquant le conducteur du camion, qui était sans doute d'origine asiatique, et deux jeunes gens dont on avait retrouvé trace dans la communauté pakistanaise des Midlands grâce à l'immatriculation d'une des camionnettes. Avec deux cadavres sur les bras et le chauffeur toujours en fuite après une course-poursuite dans les sous-bois le long de la voie ferrée, les médias acceptaient volontiers la thèse d'un plan soigneusement élaboré. Le fait qu'aucun détonateur relié aux bidons d'essence n'ait été retrouvé dans le camion ne calmait pas l'empressement des journalistes à adopter cette version des faits.

Spelling inspecta le bureau d'Herrick. Il se pencha et s'empara des horaires du terminal 3. « Dites-moi ce que vous mijotez, Isis.

— J'essaie de savoir quelle était la destination de Rahe.

— L'homme qui a pris sa place n'a pas été identifié ?

— Pas encore.

— Pouvez-vous rédiger rapidement une note exposant votre théorie en vous appuyant sur quelques faits, disons pour ce soir ? Les événements d'Heathrow excitent beaucoup le Patron. »

Elle hésita. « Vous voulez un rapport ? Je n'en suis qu'aux préliminaires...

— Alors, faites-le pour demain. Si vous avez besoin d'aide, Sarre et Dolph ne sont pas loin. Dites-leur que c'est pour moi et pour le Patron. » Il fit quelques pas vers la porte. « Et ne mentionnez pas le meurtre. Concentrez-vous sur ce qui s'est produit parallèlement à Heathrow. C'est ce qui nous intéresse. »

Herrick se replongea dans les horaires du trafic aérien. Sur les soixante-douze vols qui avaient atterri à Heathrow entre 5 h 55 et 13 h 45, cinquante et un provenaient des États-Unis ou du Canada. Elle les exclut momentanément, compte tenu du renforcement des mesures de sécurité à l'immigration en Amérique du Nord. Les vingt et un autres venaient d'Abu Dhabi, Dacca, Johannesburg, Beyrouth et Téhéran, des villes où les contrôles étaient beaucoup moins stricts. Il s'agissait sans doute de gros porteurs avec en moyenne deux cents passagers, ce qui représentait environ quatre mille personnes. Retrouver l'homme de la photo et découvrir ce qu'il était advenu de Rahe était une entreprise colossale.

Elle rejoignit Philipp Sarre dans la bibliothèque. Il consultait des documents sur l'Ouzbékistan, sa nouvelle marotte. Sarre affirmait volontiers que le MI6 lui avait fait subir un lavage du cerveau. Car il se destinait à l'origine à des travaux expérimentaux sur l'accélération des particules dans les laboratoires de Cambridge. Son ami Randy Dolph était une recrue tout aussi atypique. Ce fils d'un bookmaker avait débarqué au MI6 après un passage à la City de Londres. Il travaillait dans une banque des États du Golfe quand on l'avait recruté. Il s'était laissé convaincre pour échapper à l'ennui. Sarre informa Herrick que Dolph attendait un spécialiste de l'Afrique, un certain Joe Lapping, dans un pub de l'autre côté de la Tamise. Ils iraient les chercher et se rendraient ensemble à Heathrow.

Une heure plus tard, Herrick et les trois hommes se retrouvèrent dans la salle de sécurité du terminal 3. Deux techniciens avaient été requis pour leur donner un coup de main aussi longtemps que nécessaire. Ils marquèrent une première pause à 1 heure du matin. Dolph visionnait les vidéos des arrivées en provenance de Bangkok — deux vols s'étaient posés à 9 h 15 et 9 h 40 — quand il vit le remplaçant de Rahe sortir du second avion. Vêtu d'une veste rouge sombre, d'une cravate voyante fleurie d'hibiscus, d'un pantalon sombre et de chaussures noires, c'était l'un des derniers passagers à quitter l'appareil. Ils en conclurent qu'il avait dû voyager à l'arrière du 747 de la Thaï International Airways. Selon les dossiers d'enregistrement, un citoyen indonésien du nom de Nabil Hamzi occupait l'un des tout derniers sièges. Sa destination finale était Copenhague, qu'il devait atteindre sur un vol prévu à 11 h 40 au départ du même terminal.

Herrick balbutia : « Mais Rahe s'est présenté à l'enregistrement peu après midi.

— Et ?... demanda Sarre.

— Ne fais pas le couillon, lança Dolph. Cela signifie que Rahe n'a pas pris le vol de Copenhague. Et que Rahe et Hamzi n'ont pas fait l'échange.

— Donc, il y avait un troisième homme, au minimum, rétorqua Sarre.

— Tu as pigé ! s'exclama Dolph en lui pinçant la joue.

— Ce troisième homme est arrivé à l'aéroport avant 11 heures pour avoir le temps d'échanger vêtements, billets et passeports avec Hamzi, puis il s'est présenté à la porte d'embarquement du vol pour Copenhague. »

Ils firent cercle autour de l'écran et visionnèrent la vidéo du vol SK 502 à destination de la capitale danoise. Sans surprise, ils virent un homme vêtu d'une veste rouge, d'une cravate à hibiscus et d'un pantalon noir présenter sa carte d'embarquement et son passeport. C'était un individu de trente-cinq à quarante ans, de même taille et de stature identique. Au bout de deux heures de recherches, ils le repérèrent sur la vidéo d'une autre caméra de surveillance installée dans un long couloir menant aux portes d'embarquement. Après avoir visionné les archives de plusieurs caméras, ils retrouvèrent sa trace sur un vol en provenance de Vancouver. Cette découverte inquiéta Herrick car elle impliquait des compagnies aériennes nord-américaines. Mais ils n'avaient aucun moyen de localiser le siège et donc le nom qui correspondrait au visage, et ne pouvaient pas savoir quand l'homme avait quitté l'avion. Dolph insistait toutefois : il devait y avoir une logique.

« Voyons, dit-il, triomphant. Ces types n'avaient pas de bagages en soute. Et il y a tout lieu de penser qu'ils avaient fait des réservations sur des vols en correspondance qui ont quitté Heathrow dans l'après-midi du 14. Nous allons donc éplucher la liste des passagers du vol de Vancouver et croiser les deux critères. »

L'opération leur permit de localiser un nom, Manis Subhi. L'homme, porteur d'un passeport philippin, avait quitté Heathrow pour Beyrouth quatre heures après son arrivée en Angleterre.

Herrick demanda si elle devait informer Spelling des premiers résultats.

« Non, chérie, lui conseilla Dolph. D'abord, on ficelle l'affaire. On offrira le paquet-cadeau demain avec un bouquet de roses. Suivons la piste jusqu'au bout. »

Sarre rappela qu'ils n'avaient pas encore découvert la destination finale de Rahe.

« Est-ce si important ? réfléchit Herrick à haute voix. Il n'était peut-être qu'un rouage dans une série de changements d'identités entre plusieurs personnes.

— Oui, approuva Lapping. Nous savons que Rahe n'a pas pris le bon avion. Cela ne signifie pas qu'il est au centre du dispositif. Il nous a mis involontairement dans le secret, voilà tout.

— Il aurait prêté son identité ? interrogea Dolph.

— Possible. Tout le problème est de suivre plusieurs lièvres en même temps, mais ils peuvent faire ça au terminal 3.

— Comme à l'assemblée générale des Nations unies, ironisa Dolph.

— Non, répliqua Isis, parce que les passagers au départ et à l'arrivée se croisent aux portes d'embarquement. Et parce que les passeports sont à peine examinés quand les passagers entrent dans l'avion : la compagnie se contente de vérifier que les noms du passeport et de la carte d'embarquement correspondent. »

Ils regardèrent la vidéo du vol de la Middle Eastern pour Beyrouth. La caméra était placée près du comptoir. Comme prévu, Manis Subhi avait été remplacé par un autre homme, plus grand. À l'exception de la veste rouge, celui-ci n'essayait nullement de se faire passer pour un autre. Et contrairement à Subhi, il avait un bagage. Puis, parce que le technicien avait avancé la vidéo par erreur au lieu de la rembobiner, ils virent Rahe : vêtu d'un complet sombre, il portait une sacoche pour appareil photo. Autant dire qu'il avait décollé pour Beyrouth avec l'autre individu.

À 5 heures du matin, Herrick avait vu tout ce dont elle avait besoin. Elle demanda aux techniciens de faire un montage des images vidéo sur une seule cassette, puis, munie d'un passe de sécurité et d'une radio, elle entra dans le terminal. Il y régnait une activité surprenante : des équipes d'entretien s'activaient autour des conduites câblées, des agents de nettoyage poussaient leurs machines tels des ruminants ; quelques passagers attendaient le départ des premiers avions. Après avoir parcouru deux bons kilomètres en une demi-heure, elle découvrit ce qu'elle cherchait.

Des toilettes pour hommes, discrètement encastrées à l'angle d'un couloir, échappaient aux caméras vidéo. Un employé nettoyait les lavabos. D'après son badge, il s'appelait Omar Ahsanullah. Il devait être originaire du Bengale. Les toilettes, relativement petites, comprenaient six cabinets, une rangée d'urinoirs, quatre lavabos et un placard fermé à clé.

Herrick salua l'employé, sortit des toilettes et appela Dolph sur la radio. Elle lui demanda de la suivre sur les écrans de contrôle pendant qu'elle arpentait le couloir. Il devait déterminer l'instant précis où elle sortirait de l'image. Ils délimitèrent ainsi un espace hors champ d'environ cinquante mètres des deux côtés de la porte. Il suffirait de consulter les archives. Même si l'entrée des toilettes n'était pas dans le champ, quiconque s'y rendant passait devant les deux caméras les plus proches. Dolph dit qu'il vérifierait la théorie d'Isis en visionnant les vidéos des caméras concernées entre 12 h 30 et 14 heures. On verrait si Rahe y apparaissait.

En voyant les agents des équipes de nettoyage, Herrick se rappela qu'un employé de service devait nécessairement être présent pendant l'échange des vêtements et des bagages à main. Elle retourna dans les toilettes. L'agent lui expliqua que deux équipes travaillaient par roulement : la première commençait à 5 h 30 et terminait à 14 h 30, la seconde finissait à 23 h 30. Les employés pouvaient faire les deux rotations. Ceux qui avaient beaucoup de famille au pays avaient besoin de plus d'argent. En l'écoutant, elle vit qu'il avait l'air épuisé. « Ce doit être difficile », observa-t-elle.

Il s'arrêta de frotter les glaces et répondit que, oui, c'était fatigant, mais qu'il était en Europe et que ses enfants auraient une meilleure éducation. Il avait de la chance. Il se tut avant d'avouer qu'il se sentait triste parce qu'un de ses amis, un autre Bengalais, était mort dans un incendie. Sa femme, leurs deux enfants et sa mère étaient également morts. Herrick se rappela avoir entendu parler la veille, à la radio, d'un sinistre à Heston. L'enquête penchait pour un crime raciste. Elle dit qu'elle était désolée.

L'homme continua d'évoquer son ami. Il ajouta, comme s'il venait juste de s'en souvenir, que son ami faisait partie des équipes de nettoyage à Heathrow. Il avait travaillé ici le jour de sa mort, le quatorze.

« Ici ? demanda Herrick, soudain très attentive. Dans ces toilettes ? »

L'homme expliqua qu'ils se trouvaient tous deux au même étage mardi dernier parce qu'ils avaient fait un double service ce jour-là. Mais il n'était pas sûr que son ami travaillait dans ces toilettes.

« Je suis désolée, dit-elle encore. Pouvez-vous me donner son nom ?

— Ahmad Ahktar. »

Elle retourna à la salle de contrôle. Ses collègues avaient repéré Rahe sur la vidéo des toilettes. Plus important, le libraire apparaissait dans ses deux ensembles de vêtements et l'on savait avec qui il les avait échangés. Dolph et Lapping se lancèrent dans une analyse croisée entre les informations fournies par la liste nominative des suspects du FBI et celles des services de renseignement britanniques. La méthode était empirique et ils devaient jongler avec plusieurs visages. Dolph argumenta longuement pour expliquer que deux des hommes devaient appartenir à une cellule indonésienne. Pour lui, les présomptions étaient fortes.

Herrick avait d'autres préoccupations. À l'évidence, le bon déroulement de l'opération dépendait de la ponctualité des avions. Les commanditaires s'étaient organisés en conséquence : si un homme arrivait en retard, quelqu'un d'autre prenait sa place. Cela signifiait qu'un ou deux « polyvalents » étaient prêts, dès l'aube, à s'envoler n'importe où. C'étaient sans doute des citoyens européens avec des passeports irréprochables leur permettant de prendre un vol pour Barcelone ou Copenhague et d'entrer dans le pays sans éveiller de soupçons. Elle se rappela que Rahe, citoyen britannique, s'était assis dans le « Jardin du Souvenir ». Ils ne l'avaient pas vu téléphoner, mais il avait pu recevoir un texto ou un message lui indiquant où faire l'échange.

Les détails pouvaient attendre. Pour l'heure, ils connaissaient les grandes lignes d'une opération d'envergure. Réunir à Heathrow une douzaine d'individus arrivant des quatre coins du monde avec des passeports et des visas valides, et concevoir l'équivalent d'un réseau de fusibles en chaîne exigeaient des qualités d'organisation exceptionnelles. Le commanditaire, ou celui qui contrôlait les « fusibles », avait dû parler à chaque homme dès son arrivée. Herrick se rappela soudain que les trois suspects avaient utilisé leur portable dès leur débarquement. Le « contrôleur » avait également dû empêcher les membres de l'équipe de se rendre en même temps aux toilettes. Un individu arrivé par un vol matinal aurait dû traîner dans les couloirs, ce qui aurait attiré l'attention. Il avait fallu le mettre hors circuit, peut-être en le cachant dans le placard d'entretien fermé à clé jusqu'à ce que l'arrivée de son alter ego lui permette de poursuivre sa mission.

Avant de regagner Londres et d'écrire pour Spelling un rapport dont elle savourait d'avance la rédaction, Herrick avait une autre question à résoudre.

Elle descendit à l'étage des arrivées, commanda un café et se plaça sous le panneau des vols. La journée de travail venait de commencer. Quatre avions devaient atterrir dans le quart d'heure suivant ; déjà, des petits groupes attendaient derrière les barrières de sécurité. Les chauffeurs et conducteurs des sociétés de transport privées paraissaient connaître d'instinct l'instant où les avions atterrissaient et celui où les passagers passaient la douane. La plupart sortaient du parking extérieur quelques secondes à l'avance. Elle s'approcha d'un type lugubre qui brandissait une pancarte en sirotant un café, et lui demanda comment il s'y prenait. « Flair professionnel, répondit l'homme en soufflant sur le gobelet. La plate-forme du parking jouit de la meilleure vue sur l'aéroport. Quand vous voyez votre avion se poser, vous garez votre véhicule à l'étage inférieur et vous savez qu'il vous reste à peu près une demi-heure d'attente. Cela fait une sacrée différence si vous venez trois fois par semaine.

— Et quand il y a beaucoup de trafic ?

— Aux heures de pointe, il faut compter quarante à cinquante minutes. »

Herrick aurait pu retourner à la salle de contrôle, satisfaite d'avoir reconstitué l'opération jusque dans ses moindres détails, mais sa nature obsessionnelle la poussait à vérifier les choses elle-même. Quelques minutes plus tard, elle déboucha sur la plate-forme du parking supérieur où se tenait un petit groupe d'observateurs. Elle les regarda un moment, étonnée qu'on puisse se réveiller si tôt pour étudier des supersoniques apparemment très ordinaires. Son regard croisa celui d'un homme à la barbe négligée. Elle lui demanda si c'était vraiment le meilleur endroit pour observer les appareils.

« Pas toujours, répondit-il sans quitter des yeux un avion remorqué jusqu'au terminal. Ils changent de piste à 15 heures tapantes. La piste utilisée pour les décollages devient celle des atterrissages. Nous passons au terminal 2 et à la terrasse qui convient. »

Elle allait lui demander s'il avait remarqué quelqu'un ayant un comportement inhabituel deux jours plus tôt, mais elle eut une meilleure idée. C'était un détail. La Branche Spéciale s'en occuperait.

Elle s'éloigna hors de portée du groupe, s'arrêta au milieu du parking presque vide et composa le numéro de l'agent de service à Vauxhall Cross.

Il était 6 h 45. Elle était affamée.

4

Silence général. Pas un mot du patron. Pas un signe pour dire qu'on avait parlé de son rapport au Joint Intelligence Committee, le Comité conjoint de renseignement. Herrick savait pourtant qu'il se réunissait quatre fois par jour depuis la mort de Norquist. Même les membres de l'unité antiterroriste, connus pour leurs compliments alambiqués et détournés, restaient muets. Dolph, Sarre et Lapping haussèrent les épaules et retournèrent à leurs occupations. Dolph lança : « Envoie-les chier, Isis. La prochaine fois, on restera au pub. » Sarre mentionna l'« autisme institutionnel » de la direction avant de se plonger dans une carte de l'Ouzbékistan.

Herrick n'était pas du genre à se résigner. Elle ne comprenait pas pourquoi on n'avait pas aussitôt déclenché une opération pour retrouver la trace de ceux qui avaient brusquement surgi dans le faisceau des caméras de sécurité d'Heathrow avant de s'évanouir dans l'obscurité. Chacun pouvait comprendre qu'ils étaient venus en Europe pour un but précis : un acte de terrorisme ciblé. Mais la piste devenait de plus en plus froide.

Son opinion selon laquelle les membres du service secret étaient plus respectables et raisonnables pris individuellement que le service considéré dans son ensemble s'en trouva confirmée. Elle faisait confiance à chacun de ses collègues, mais rarement à la collectivité qu'elle considérait tantôt comme inutilement calculatrice et impitoyable, tantôt comme franchement stupide.

C'était sa vision des choses depuis qu'elle avait passé le concours d'admission des agents du renseignement. Comme la douzaine de nouvelles recrues de sa promotion, elle était partie à l'étranger pour un travail ayant toutes les apparences d'une vraie mission. Elle avait une couverture et de faux papiers, un objectif et un délai. Tout paraissait simple, mais les stagiaires avaient été arrêtés durant le voyage et interrogés par le service du contre-espionnage local. L'opération visait à tester leurs capacités de résistance et leurs facultés d'adaptation.

Ce genre d'épreuve n'était jamais agréable, mais Herrick savait qu'elle n'avait bénéficié d'aucun traitement de faveur, comme d'ailleurs la plupart des autres recrues féminines. La police allemande et les membres du BFD l'avaient gardée pendant une semaine, l'interrogeant la nuit, la malmenant, la privant de sommeil, de nourriture et d'eau. Cette sévérité particulière s'expliquait peut-être par le fait qu'elle suivait les traces de son père au MI6. Pas de filles à papa dans le service, à moins qu'elles ne supportent qu'un quasi-psychopathe leur brise une chaise sur le dos.

Autant de bonnes raisons pour fuir l'ambiance de Vauxhall Cross et accepter le poste au Caire qu'on lui avait proposé quelques semaines plus tôt. L'Égypte était l'un des rares pays où elle pourrait utiliser sa connaissance de l'arabe et faire du bon boulot sans s'entendre rappeler à tout bout de champ qu'elle était une femme. En outre, le poste de conseiller diplomatique à l'ambassade, qui couvrirait ses activités réelles, ne lui poserait aucun problème.

Elle se secoua et se replongea sans enthousiasme dans une enquête sur les mouvements d'argent saoudien dans les sociétés d'investissement du Liechtenstein, et sur le financement occulte des mosquées et des imams extrémistes en Europe. Une étude utile, certes, mais qui lui paraissait bien terre à terre après sa nuit à Heathrow.

Khan avait souffert une journée et marché une nuit, mémorisant soigneusement les paysages qui s'ouvraient devant lui. Le lendemain matin, estimant avoir mis une distance respectable entre les soldats et lui, il décida de se reposer à l'ombre. Mais il régnait beaucoup d'agitation dans la vallée, beaucoup plus que nécessaire pour la poursuite d'un seul fugitif. Il comprit qu'on ne le laisserait pas quitter le pays, compte tenu de ce qu'il savait du massacre. Il se tapit toute la journée et se remit en route à l'aube. Enfin, il découvrit un village dans la montagne. Une fête battait son plein. Des guirlandes lumineuses pendaient aux quatre coins d'une petite estrade et un orchestre jouait. Il pensa qu'il s'agissait d'une cérémonie religieuse ou d'un mariage.

Il marchait depuis deux jours sans autre nourriture que des feuilles et des brins d'herbe qu'il suçait, et il avait bu presque toute l'eau de la gourde du soldat. Pendant une demi-heure, il surveilla les maisons, calculant qu'il réussirait à s'en approcher à l'abri d'un muret longeant une crête. Il se mit en marche et avança avec précaution, regardant derrière lui à chaque pas pour repérer une issue. Dans les deux premières maisons, il ne put trouver de provisions, faute de lumière. Dans la troisième, il tâtonna jusqu'à la cuisine et découvrit une miche de pain, quelques noix dans un pot, un peu de bœuf séché et des olives. Il enveloppa le tout dans le morceau d'étoffe humide qui recouvrait le pain.

C'est alors qu'une voix âgée croassa dans la pièce mitoyenne, le figeant sur place. Il jeta un regard par l'embrasure de la porte et vit une vieille femme assise sur une chaise, dans la lueur rouge d'une icône. Elle balançait la tête d'un côté et de l'autre, cinglant l'air avec un bâton de bois. Il comprit qu'elle était aveugle, s'approcha d'elle, posa doucement une main sur les siennes et de l'autre lui caressa le front pour la rassurer. La peau ridée était si froide qu'il la crut revenue d'entre les morts. Il aperçut, hors de portée de la vieille, une bouteille de metaxa et un verre. Il versa un doigt d'alcool, glissa le verre dans la main de la femme et l'aida à le porter à ses lèvres. Le balancement s'interrompit aussitôt et elle murmura une parole qui ressemblait à une bénédiction. Il enveloppa la bouteille dans le morceau d'étoffe et quitta la maison par la porte principale.

Deux chiens le suivirent le long du muret. Il leur sacrifia un peu de viande qu'il découpa avec son couteau et jeta au loin. Puis il disparut entre rochers et buissons vers l'endroit où il avait abandonné son baluchon. Là, il mangea du fromage et du pain pour reprendre des forces, mais il dut marcher une heure avant de pouvoir allumer un feu à l'abri des rochers sans être vu du village. Il prépara un sandwich qu'il mastiqua lentement pour éviter une indigestion et avala quelques gorgées de cognac allongées d'eau. C'était le premier alcool depuis sept ans. Il se connaissait assez pour se contrôler.

Il n'éteignit pas le feu, mais y posa quelques pierres plates et s'accroupit pour consulter les papiers du Palestinien à la lueur des flammes. La pochette contenait plusieurs cartes d'identité avec différents noms. Le plus couramment utilisé était Jasur al-Jahez ; toutes les photos représentaient le disparu. Tous les documents étaient écrits en arabe et la plupart paraissaient périmés. Il les ferait traduire, trouverait une adresse et contacterait la famille. La mort de cet homme qui s'était battu si fort pour vivre le hantait. Comme pour ses compagnons en Afghanistan, il se sentait profondément responsable des parents restés au pays.

Peu après, il ôta les pierres du feu, les aligna l'une près de l'autre et les enterra, la partie supérieure émergeant au niveau du sol. Il dispersa les cendres et les recouvrit de terre, avant d'étendre son matelas à l'emplacement du foyer, le long des pierres. Il avait appris cette technique au cours de son premier hiver en Afghanistan. Dormir près du feu était moins efficace que de s'allonger sur un sol réchauffé pendant des heures. Les cailloux procuraient assez de chaleur pour passer la nuit. Assez, du moins, pour s'endormir.

Il se réveilla à l'aube et fit rapidement son paquetage. Le village se trouvait à environ deux kilomètres. Un léger brouillard s'attardait sur les montagnes. Il vit un petit groupe rassemblé autour d'un camion militaire immobilisé sur la place. Cela ne voulait peut-être rien dire ; d'un autre côté, la vieille femme avait pu parler et les provisions volées accréditeraient son histoire. Il s'éloigna immédiatement et décida de suivre la tactique utilisée le premier jour : marcher si loin que ses poursuivants doutent que c'était possible. Il faisait déjà chaud et il avait oublié de prendre de l'eau au village. Il lui faudrait économiser le peu qui restait, l'équivalent d'un ou deux gobelets.

Une demi-heure plus tard, un hélicoptère apparut dans le ciel et commença à tournoyer au-dessus du village. Peu après, il vit des soldats s'élancer vers la montagne. Ils étaient mieux entraînés et beaucoup plus rapides que ceux qui l'avaient poursuivi deux jours plus tôt. Il calcula qu'ils l'auraient rejoint en une heure s'il ne bougeait pas. Néanmoins, il serait suicidaire de fuir sans étudier soigneusement le terrain pour échapper à l'hélicoptère.

Il attendit, dissimulé sous des buissons. Il se rappelait les dégâts qu'un seul homme portant un missile Stinger sur l'épaule pouvait causer à un hélicoptère. L'appareil changea de direction et il courut se réfugier dans un bois de pins. Il grimpa rapidement la pente, le fusil-mitrailleur dans une main, son baluchon et le chargeur lui battant le dos, et atteignit un espace à découvert. Il décida de se cacher derrière une rangée de grosses pierres.

Quelque chose avait attiré l'attention du pilote, car l'hélicoptère bascula, vira au-dessus d'une crête et fonça dans sa direction. Khan plongea à droite dans des fourrés, roula sur le dos et pointa le canon de son arme à travers les feuillages. Il le braqua un instant sur le rotor arrière qui apparaissait dans son champ de vision. Au lieu de s'immobiliser, l'hélicoptère poursuivit son vol. Khan essuya la sueur sur son front et prit une lampée d'eau. À en juger par le grondement des pales, l'appareil s'était stabilisé à mille mètres au nord de sa cachette.

Il passa la manche de la chemise sur son visage, se tamponna les yeux et remarqua la lumière du jour. Le soleil avait dissipé la brume et réchauffait la terre ; une odeur d'herbe imprégnait l'air.

Il fixa la crête qui dominait son abri. Deux moutons décharnés y étaient apparus et contemplaient le précipice haut de deux mètres qui s'ouvrait devant eux. Le reste du troupeau les rejoignit, effrayé. Brusquement, les bêtes sautèrent. Beaucoup atterrirent pattes écartées ou sur le flanc. Elles se rétablirent et se ruèrent en avant, paniquées. Le troupeau dépassa Khan comme une rivière en crue et fonça vers le bois de pins, un jeune berger et deux chiens à ses trousses. Le garçon criait tout en agitant son bâton. Il portait une couverture en travers de la poitrine, et des casseroles et des gourdes qui faisaient presque autant de vacarme que les clochettes. Pendant qu'il dévalait la pente, son sac en toile s'ouvrit : des brassées de fourrage compressées s'éparpillèrent sur le sol. Il abandonna le sac et poursuivit les bêtes sans remarquer les bottes de Khan qui sortaient du buisson.

Le moteur de l'hélicoptère ronronnait laborieusement. Khan vit l'appareil prendre rapidement de l'altitude, virer à gauche et s'éloigner. C'est alors qu'il perçut un autre bruit : celui, caractéristique, des armes à feu et d'une mitrailleuse lourde, peut-être un canon.

Il rampa sur les rochers et leva la tête.

À environ deux cents mètres au-dessus de lui, un groupe d'hommes surgi d'un vieil abri en pierres avançait en terrain dégagé. Apparemment indifférents à l'hélicoptère immobilisé un peu plus loin, les hommes escaladaient les éboulis en direction d'une échancrure dans la falaise. Plusieurs chevaux de somme ou des mules suivaient.

Ce devaient être des insurgés. Le chauffeur bulgare qui les avait conduits de la frontière orientale turque à la ville de Tetovo, à l'ouest de Skopje, leur en avait parlé le jour où il les avait lâchés sur la piste. Ils venaient de dépasser le lieu du rendez-vous convenu et ils avaient manqué leurs contacts. Le chauffeur leur avait indiqué leur position sur une carte routière, au sud du point de jonction des frontières de la Macédoine, du Kosovo et de l'Albanie, et il les avait avertis que des hommes du Nord faisaient des incursions en territoire macédonien pour attaquer la population albanaise locale. Voilà pourquoi des patrouilles macédoniennes l'avaient si souvent contraint à changer d'itinéraire. L'explication n'avait pas convaincu Khan. Mais les hommes étaient là, devant lui. Ils lui permettraient peut-être de franchir la frontière.

Les mains en visière, il inspecta la montagne pour repérer les soldats. D'abord, il ne vit rien. Puis les moutons éparpillés sous les pins quittèrent précipitamment leur abri. Il aperçut l'éclat d'un uniforme dans un rai de lumière. Les soldats étaient proches. Ils marchaient en file indienne et ils l'atteindraient d'ici quelques minutes. Il avait le choix : essayer de se cacher au risque d'être découvert. Ou avertir le groupe de la position et de l'importance de la troupe. Il choisit cette solution : il se redressa en hurlant pour attirer leur attention et déchargea un chargeur entier dans le bosquet d'arbres, sans espoir ni désir d'atteindre les soldats. Ceux-ci mordirent à l'hameçon. Ils ouvrirent le feu, ce qui révéla leur position. Khan fit demi-tour et s'élança vers le groupe sur le plateau. Il agitait les bras en indiquant le bas de la montagne et criait en priant pour qu'ils comprennent qu'il était de leur côté ; ou du moins, qu'il méritait leur attention.

Sa manœuvre les força à s'arrêter. Ils prirent le temps de s'interroger du regard, une main posée sur l'épaule du voisin, l'autre pointée vers l'homme qui courait sur le plateau dénudé. Il les rejoignit à bout de souffle, hurlant le mot « soldat » en autant de langues qu'il pouvait. Les hommes l'observèrent avec suspicion. De petite taille pour la plupart, ils avaient les cheveux couverts de poussière ; une barbe de deux ou trois jours envahissait leurs visages crasseux. L'un d'eux lui fit signe de se placer en fin de colonne et ils reprirent leur marche. Une trentaine de mètres plus haut, Khan comprit pourquoi ils étaient si confiants : une mitrailleuse lourde à six canons, une « Six-pak » américaine, était dissimulée derrière un contrefort rocheux. Dès qu'ils l'eurent dépassée, un jeune garçon, qui ne devait pas avoir plus de dix-huit ans, ouvrit le feu : concentré, le regard fou sous des sourcils rapprochés, il arrosa de balles le sol devant l'abri rocheux. Le tir souleva un nuage impressionnant d'éclats de pierres et de poussière. Il leva la mitrailleuse en arc de cercle et lui fit cracher une salve qui obligea l'hélicoptère à monter et feinter sur la gauche. Le garçon tira par intermittence jusqu'à ce que les hommes et les bêtes eussent franchi la passe.

Alors il ramassa l'arme et les chargeurs, et détala pour les rejoindre.

« Albanie, lui dit l'homme qui était le chef. Ça Albanie. Albanie merde. Et toi ? Qui tu es ?

— Moudjahid », répondit Khan. Il pensait que c'était sa seule identité possible. En même temps, il regrettait de mentionner son passé. Ne s'appelait-il pas Karim Khan désormais ?

« Moudjahid merde aussi », répliqua le chef.

5

Herrick avait l'impression que la vie suivait son cours, aveuglant et fiévreux. Les journaux du samedi, ayant appris que Norquist circulait dans la voiture du Premier ministre, en concluaient que les événements du 14 mai visaient le chef du gouvernement britannique. Personne, apparemment, ne tenait compte des questions posées par *l'International Herald Tribune.* Le quotidien américain se demandait comment les terroristes pouvaient connaître les plans de voyage de Norquist quand sa secrétaire elle-même les ignorait. Il s'interrogeait également sur les informations qui avaient conduit à l'intervention des forces de sécurité britanniques. S'agissait-il d'une « fuite » ? Ou la surveillance des services secrets était-elle en cause ? Selon le chroniqueur d'un autre journal, l'essentiel était de savoir comment les Pakistanais impliqués dans l'attentat avaient pu confondre l'ami intime du président des États-Unis avec le Premier ministre britannique, même dans la pagaille qui régnait sur la M4 ce jour-là.

Après avoir lu la presse, Herrick décida de s'accorder quelques heures de shopping. C'était beaucoup exiger de sa patience, mais elle acheta deux ensembles, un jean bleu et une chemise blanche. Elle retourna aussitôt chez elle, dans sa petite maison de Kensington, pour déposer ses emplettes et retourna à Heathrow, cette fois de manière officieuse. Trouver le lien entre les échanges d'identités et l'attentat était devenu pour elle une priorité absolue. Le contraste entre l'opération, planifiée et précise, et le meurtre dû, semblait-il, à une balle perdue de la police, suggérait l'intervention de plusieurs stratèges. À moins que ce hiatus n'ait été délibéré.

Arrivée à Heathrow, et ne sachant pas ce qu'elle allait faire, elle se rendit sur la terrasse du terminal 3. Les observateurs étaient réunis sous un abri. Elle leur demanda s'ils avaient vu un individu suspect ces derniers jours. La question ne les surprit pas : la police (elle en déduisit la Branche Spéciale) les avait déjà interrogés. Ils lui avaient fourni le signalement d'un homme de type méditerranéen d'une trentaine d'années, corpulent et parlant couramment l'anglais avec un léger accent arabe. Il connaissait bien les avions, mais les compagnies aériennes l'intéressaient apparemment encore plus que les appareils. Un observateur, se référant à ses notes du 14 mai, établit un lien entre la présence du suspect et quelques atterrissages et décollages précis. Il se rappelait l'avoir entendu émettre une réflexion sur les avions russes. Depuis, on ne l'avait pas revu.

Forte de cette description, Herrick se rendit au commissariat de Hounslow. Elle avait contacté le commissaire principal Lovett, responsable de l'enquête sur l'incendie au domicile d'Ahmad Ahktar, l'agent de nettoyage. D'abord méfiant, le policier l'informa que le Bengalais était en relation avec un homme ressemblant plus ou moins au signalement.

Le commissaire tenait cette information de la mosquée centrale de Londres. Ahmad s'y rendait après son travail, quand c'était possible. Lovett penchait pour un crime multiple parce que l'effondrement de la toiture n'expliquait aucune des blessures d'Ahmad à la tête et au dos. La découverte d'importants résidus de Tamazepam dans le corps du plus jeune enfant confirmait cette hypothèse. Les restes de la famille feraient l'objet de tests si l'on trouvait assez de tissus humains pour les analyser.

Herrick avait ce qu'elle cherchait : les Ahktar avaient été éliminés pour empêcher le père de parler de ce qu'il avait vu, et celui qui observait les avions était peut-être le meurtrier. Mais le plus important était que la Branche Spéciale menait sa propre enquête et qu'elle avait établi un lien entre l'individu sur la terrasse et l'incendie criminel à Heston. En d'autres mots, quelqu'un travaillait sur le rapport qu'elle avait remis avec la cassette vidéo.

En fin d'après-midi, elle appela Dolph et lui proposa de dîner au premier étage d'un pub de Notting Hill. Il arriva en retard. Pendant un moment, ils parlèrent « boutique » en termes neutres, tout en sirotant des cocktails commandés par Dolph.

« Ils retiennent leur souffle, Isis, finit-il par lâcher. Ils attendent de voir ce qui va se passer. Ou ne pas se passer. Ils sont à cran, ça se sent. »

Herrick murmura que quelque chose se tramait et qu'on les tenait à l'écart. Mais Dolph ne releva pas.

« Ils ont la diarrhée, ils se tordent en deux, ils auront besoin d'une décharge publique. »

Herrick grimaça. « Quel barbare vous faites !

— Vous ne pouvez pas nier la bizarrerie de la chose. » Il se tut et contempla la clientèle plutôt jeune qui remplissait la salle. « Regardez-les. Il n'y en a pas un qui gagne moins que nous, et j'inclus les serveurs. Pourquoi faisons-nous ce boulot ?

— Par vanité.

— C'est ce que j'aime en vous, Isis. Votre lucidité. Trouvez-vous que le Patron est responsable de l'atmosphère au bureau ?

— Peut-être.

— Allons, accouchez, bon Dieu ! Je veux savoir ce que vous pensez. »

Elle sourit. « Je voudrais bien, mais ce n'est pas le meilleur endroit. »

Dolph capta le regard de la serveuse et revint à Isis. « Bon, alors parlez-moi de vous. Qu'est-il arrivé à l'homme de votre vie, l'universitaire ? »

Elle haussa les épaules. Daniel Brewer avait tendance à trop s'apitoyer sur lui-même, d'où ses dérapages désespérés. Elle avait vite compris que cet adolescent attardé issu de la classe laborieuse de Cornouailles était à l'aube d'une prometteuse carrière d'ivrogne. « Il a trouvé quelqu'un qui l'écoutait mieux que moi, répondit-elle. Il n'aimait pas mes activités, mes disparitions soudaines, mes secrets. Il se sentait exclu.

— Vous lui parliez du travail ?

— Non, mais il devinait. J'imagine que cela avait contribué à le séduire.

— Et votre père ? Il l'aimait ?

— Il n'en a jamais dit un mot. »

Dolph commanda du vin. « Savez-vous que j'assistais à ses conférences ? J'appartiens à la dernière promotion formée par la méthode Munroe Herrick. Il était très impressionnant. Croyez-moi, sans lui je n'aurais pas survécu à l'épreuve des Balkans.

— Je comprends. Dans mon cas, il était déjà à la retraite quand on m'a embauchée. »

Dolph tourna vers elle son beau visage insolent et la regarda avec sympathie. Pendant qu'il choisissait le vin, elle avait surpris une expression fugitive trahissant l'intelligence très vive que dissimulait son aisance affectée. « Je pense souvent à vous, dit-il. Je me demande comment vous allez. »

Elle haussa les épaules. « Tout va bien, Dolph. Je travaille. Je compte accepter le poste du Caire.

— Vous devriez vous amuser davantage. »

Elle savait ce qui allait suivre et elle leva les yeux au ciel. « Oui, je devrais. C'est pourquoi j'irai au Caire. » Elle lui adressa un large sourire.

Il posa une main sur les siennes. « Écoutez, c'est vraiment embarrassant, mais vous me plaisez beaucoup, Isis, vraiment beaucoup. Je me dis que je suis… celui qu'il vous faut.

— Vous me plaisez aussi, Dolph. Mais… Je ne coucherai pas avec vous. » Elle laissa sa main reposer sur les siennes, puis la souleva doucement.

« Par pitié, fit-il, morose. Vous êtes sûre ? »

Elle hocha la tête.

« Vous allez rater les confidences sur l'oreiller, celles qui captivent les filles.

— La perspective de faire partie d'une cohorte de femmes prêtes à écouter vos délires ne m'excite pas, Dolph.

— Bon Dieu, ce que vous êtes collet monté ! Nous devrions nous y mettre tout de suite — j'entends, aux confidences.

— Si vous les faites discrètement.

— Détendez-vous, Isis. C'est le but des confidences. » Il but un verre de vin et sourit à la salle. « Votre ami, le libraire, fait des choses intéressantes avec son PC. »

Herrick reposa son verre et croisa le regard noir et vif de son collègue. « Pouvez-vous en parler *maintenant ?*

— Bien sûr. Il a un nouvel économiseur d'énergie. En fait, c'est un aquarium avec des poissons qui nagent. Le programme tourne et libère l'information.

— Le message est caché dans l'image ?

— Pas tout à fait. Voilà comment ça se passe. Rahe se connecte le matin et active automatiquement l'économiseur d'énergie : des poissons, des anguilles, des poulpes aux gueules souriantes. Une demi-heure plus tard, peut-être une heure ou deux, ça dépend du jour de la semaine, il clique sur l'un des poissons et l'économiseur d'énergie envoie un message vers un dossier préparé sur le disque dur. Rahe a quelques minutes pour lire le message avant que ça se désintègre.

— D'où tenez-vous tout ça ?

— D'un ami avec qui je joue au poker au bureau. Un bon garçon. Encore qu'il triche aux cartes.

— Pourquoi vous a-t-il donné ces informations ? C'est un domaine sensible.

— Il me doit pas mal d'argent. Je l'ai menacé de lui casser une jambe s'il ne m'apprenait rien d'intéressant. » Il vit le front d'Isis Herrick se plisser. « Je plaisantais. Ne soyez pas si sérieuse.

— Qu'avez-vous trouvé d'autre ?

— Ceci et cela. »

Elle lui jeta un regard exaspéré.

« Allez-y, dit-il.

— Bon. Pourquoi Norquist était-il à Londres ?

— Câblages. Ils vont tirer des câbles à haute capacité au fond de l'Atlantique pour que les Américains obtiennent davantage d'informations, alors qu'ils n'ont pas le temps de déchiffrer celles qu'ils possèdent déjà. Aussi simple que ça.

— Mais en quoi cela concernait-il le Premier ministre ? C'est un peu pointu pour lui ?

— Problèmes stratégiques. En d'autres termes, que faire avec les Européens ? » Dolph alluma une cigarette et lui proposa une bouffée. Elle refusa. « On serait bons ensemble, Isis. On serait incroyablement bons parce qu'on se comprend. »

Elle secoua la tête. « L'économiseur d'énergie fonctionne comme un virus ?

— Pas tout à fait. C'est plus ciblé qu'un virus. D'une part, il ne se reproduit pas, d'autre part, sa durée de vie est très courte. Si l'on ne suit pas la procédure correcte au bon moment, le message disparaît. Et c'est toute la beauté de la chose. Si l'économiseur d'énergie est intercepté, vous avez les poissons. Rien d'autre. Vous n'obtenez rien si vous n'avez pas le logiciel qui va avec, la prise mâle avec la prise femelle, vous voyez ce que je veux dire ?

— Oui.

— De bonnes confidences, hein ? »

Elle hocha la tête. « Qu'est-ce que ça veut dire, selon vous ?

— Que Rahe n'est pas le petit poisson qu'on imaginait. » Dolph regarda le ciel humide. « Ces types à l'aéroport, pourquoi croyez-vous qu'ils étaient habillés comme des gagnants au loto sénégalais ?

— Camouflage inversé, répondit-elle calmement.

Plus vos habits sont voyants, moins on regarde votre visage. C'est l'effet inverse de celui que vous obtenez, Dolph.

— Comme porter un perroquet sur l'épaule ? fit-il sans tenir compte de son propos.

— Je peux vous poser une autre question ?

— Je vous accorde toute mon attention, dit-il, commençant à plier sa serviette.

— Pensez-vous que les deux affaires soient liées ?

— Absolument. Je vais vous citer la loi du produit des probabilités : "Quand deux événements indépendants surviennent simultanément, leur probabilité combinée est égale au produit de leurs probabilités individuelles de survenir". Autrement dit, il est fort peu vraisemblable que les deux événements n'aient pas été liés. Ils étaient attelés, jumelés, conjoints, accouplés comme nous devrions l'être. »

Dolph avait fini de fabriquer une sorte de cacatoès avec sa serviette et il le posa sur l'épaule.

« Qu'est-ce que c'est ? demanda-t-elle.

— Un perroquet. Pour que vous ne voyiez pas à quoi je ressemble. »

6

Une déclaration spectaculaire rompit le silence. « Youssef Rahe était des nôtres. » Richard Spelling prit soin de mettre un bémol à sa révélation : « C'était notre homme. » Puis il croisa les bras et observa Herrick par-dessus ses lunettes à fine monture.

Elle ne fut pas vraiment étonnée. Seule l'opération de surveillance l'avait empêchée de parvenir plus tôt à cette conclusion. Mais alors, se demanda-t-elle, pourquoi avoir déployé un tel dispositif de surveillance s'il travaillait pour eux ?

« Était ? demanda-t-elle.

— Oui. On a retrouvé son corps dans le coffre d'une voiture, près de la frontière libano-syrienne. Il a été torturé et achevé d'une balle dans la tête. Ce qui, sans entrer dans des détails macabres, l'a rendu méconnaissable. En outre, le véhicule a été incendié. Mais nous sommes certains qu'il s'agit de Rahe.

— Je vois. A-t-il été tué par l'homme qui prenait le même vol pour Beyrouth ?

— Nous n'en sommes pas sûrs. Nous pensons que cet individu est impliqué, mais d'autres le sont aussi. »

Pourquoi lui racontaient-ils tout ça ? Sans aucun doute par obligation. Ils devaient avoir une bonne raison pour la convoquer à la table d'honneur et lui donner ce luxe de détails. Du regard, Herrick fit le tour de l'assemblée : qu'attendaient-ils d'elle, outre son silence ? Cette réunion tardive rassemblait des participants incongrus. Colin Guthrie, le patron de la cellule antiterroriste conjointe MI5-MI6, avait de bonnes raisons d'être présent, mais pas Skeoch Cummings, ni Keith Manners, du Joint Intelligence Committee. Le comité conjoint du renseignement fournissait des informations confidentielles au Premier ministre et au conseil des ministres, mais il n'était responsable ni de la politique retenue, ni de son exécution. Pourtant, ils étaient là, confortablement installés dans le sanctuaire de l'exécutif des services secrets. Et Christine Selvey, l'adjointe aux Security and Public Affairs, que Dolph décrivait comme « une tenancière de la côte sud amateur de chinchilla et de jeunes actrices », que faisait-elle ici, avec son visage poudré sous des cheveux raides et crêpés ?

Et puis, il y avait cet homme dont la présence l'avait prise au dépourvu. Il s'était levé à son entrée, lui avait tendu une main douce et froide et s'était enquis de la santé de son père. Une marque de civilité déplacée, sans doute destinée à la prendre à contre-pied. Isis savait pertinemment que son père n'entretenait aucun rapport avec Walter Vigo, l'ex-responsable des Security and Public Affairs. Pourquoi assistait-il à cette réunion plutôt que le Patron ? Que signifiait sa présence alors que Sir Robin Teckman devait passer le relais à Spelling dans six semaines ? Depuis qu'un ancien agent du SIS, Robert Harland, avait révélé les liens de Vigo avec un tueur et un criminel de guerre nommé Lipnik, Vigo était un hors-la-loi, un curé défroqué. Son père, de qui elle tenait l'information, l'avait eu, ainsi qu'Harland, comme élève dans le nouveau programme de formation des agents du renseignement. Vigo avait échappé aux poursuites parce qu'il aurait pu rendre la vie extrêmement désagréable à l'ensemble du service. Teckman l'avait déclaré paria et avait interdit tout contact avec lui et avec les membres de Mercator, une officine de sécurité que Vigo dirigeait en partenariat avec Incunabula Inc., une société de vente de livres anciens.

Il y eut un silence. Elle était censée poser une question. « Si Rahe était des nôtres, pourquoi cette surveillance ?

— Notre relation était très, très privée, répondit Spelling. Nous partagions ses informations, pas son identité. Quatre personnes seulement savaient qu'il travaillait pour nous. C'étaient ses conditions quand Walter Vigo l'a approché, il y a deux ans, ce qui nous a permis de l'engager. »

Vigo remua sur sa chaise et gratifia Spelling d'un hochement de tête.

« Cette surveillance était-elle supposée renforcer sa crédibilité ? persista Herrick. C'est pourquoi nous aurions mis le paquet ? »

Spelling essuya ses lunettes et les replia d'un geste délibérément maladroit.

« Oui, il s'inquiétait d'avoir été démasqué.

— Puis-je demander si vous étiez au courant de l'opération au terminal 3 ? »

Spelling secoua la tête. « Non. Non. Et nous avons de bonnes raisons de croire que Rahe n'en savait rien, bien qu'il nous ait informés dans la matinée d'un rendez-vous avec des gens importants. Nous attendions du gros gibier. Mais nous n'étions pas au courant des changements d'identité que vous avez découverts. Pour autant, cela signifie-t-il que Rahe ignorait tout de ce qui se tramait au terminal 3 ? Nous pensons qu'il se sentait surveillé à Heathrow, mais qu'il n'a pas osé nous avertir par téléphone. Il espérait que nous le filions, c'est certain. Nous avons compris qu'il avait des ennuis quand vous nous avez contactés. À ce moment-là, la situation se précipitait et nous l'avons perdu de vue. Quelques heures plus tard, il nous a appelés du Paylands Hotel, à Beyrouth. D'après ses contacts, une rencontre aurait lieu les jours suivants ; en attendant, il devait se planquer. Il a disparu très vite après son appel. Nous n'avons pas eu le temps d'envoyer quelqu'un à l'hôtel. »

Guthrie toussa et prit la parole : « Tout ceci soustend la thèse que vous avancez dans votre rapport sur les événements du 14 mai, à savoir que le coup monté contre l'envoyé spécial du Président était…

— Une diversion stratégique, proposa Vigo, les yeux clos.

— Avec plusieurs objectifs, reprit Guthrie, dont l'un était d'attirer Rahe hors du pays.

— Puis-je encore vous demander si l'information sur ce qui se préparait contre Norquist émanait de l'ordinateur de Rahe ? »

Vigo lui lança un regard inquisiteur.

« Que savez-vous de l'ordinateur de Rahe ? aboya Spelling, sèchement.

— S'il travaillait pour nous, vous deviez avoir accès aux informations qui lui parvenaient via son

PC. Après tout, il quittait rarement sa boutique et son téléphone était sur écoute. J'imagine que c'est une question d'interception sur la ligne. » L'argument était faible, mais elle devait protéger Dolph. « Je me demandais simplement si l'information sur ce qui se tramait contre Norquist provenait de Rahe, quel que soit le moyen utilisé. Vu de l'extérieur, ce point paraît important.

— Il y a vaguement été fait référence dans le feu roulant de la rhétorique habituelle, mais après le départ de Rahe pour Heathrow, expliqua Gunthrie. Une autre source a confirmé certains détails. »

Spelling reprit le contrôle de la conversation. « Nous pensons qu'ils ont démasqué Rahe durant WAYFARER [1]. Comme vous le savez, cette opération consistait à suivre le convoyage d'une centaine de kilos de soufre et d'une quantité double d'acétone de Rotterdam à Harwich, puis son acheminement jusqu'à une usine de Birmingham. Ils ont dû réorganiser leurs procédures de sécurité après l'opération et tomber sur son nom. Rahe était partiellement impliqué dans l'organisation du transfert de la marchandise.

— L'important, c'est que Rahe a été sauvagement torturé. Il a dû faire des aveux avant de mourir, c'est-à-dire le minimum, compte tenu de la prise en charge habile de Walter. Pour autant, il en savait pas mal après quelque vingt mois d'activité pour nous, ne serait-ce que par nos demandes. Nous devons l'admettre : les terroristes sont au courant de certaines de nos techniques. »

1. *Wayfarer* : « le voyageur ».

Il y eut un silence. Vigo semblait attendre quelque chose, comme s'il voulait faire monter les enchères à une vente publique, mais il se tut. Christine Selvey fit mine de prendre la parole : elle redressa le dos et tira sur les manches de son chemisier.

« Nous avons entendu dire que vous étiez à Heathrow, hier », lança Guthrie. Sa question était manifestement préméditée. « Que faisiez-vous ?

— J'essayais de coordonner un certain nombre de pistes pour satisfaire ma curiosité personnelle. Je me demandais si le meurtre de l'employé de nettoyage et de sa famille avait un rapport avec l'homme repéré sur la terrasse. Vous comprenez, je n'avais pas entendu…

— Eh bien, assez de bourdes, l'interrompit Spelling sèchement. La situation est très délicate. Nous ne pouvons pas nous offrir le luxe de voir la police locale ou quiconque reconstituer le puzzle et informer les médias. Personne, je répète, *personne* ne doit savoir que nous avons compris la portée des événements d'Heathrow. »

Herrick mesurait l'importance de sa découverte, mais elle n'était pas prête à faire le geste de soumission qu'on attendait d'elle. Elle décida néanmoins de présenter ses excuses, ajoutant qu'il était souvent difficile à son niveau d'avoir une vision complète de la situation.

« Autre chose, dit-elle en regardant Spelling en face. Nous avons découvert le corps de Rahe à Beyrouth. Est-ce à dire qu'ils s'attendent à ce que nous revenions sur son passage à Heathrow ? Après tout, il était censé aller au Koweït ou dans les États du Golfe, pas au Liban. Nous pourrions vérifier son vol et revoir tout le film.

— C'est un bon point, approuva Vigo. J'aimerais connaître la réponse. »

Spelling hocha la tête. « Nous n'avons pas récupéré le corps. Sa femme ignore sa mort et je crains que les choses n'en restent là. Pour la bonne marche de nos affaires, Mme Rahe doit penser que son époux est toujours en vie. Et ces gens doivent continuer de croire que nous l'avons perdu de vue. C'est un point essentiel pour la sécurité de ceux qui partiront sur le terrain dans quelques jours. » Il s'éclaircit la voix. « Comme vous le savez, le Patron m'a demandé de superviser la préparation de RAPTOR, le nom de code de notre réponse aux événements du 14 mai. Vous connaîtrez bientôt votre rôle. Nous mettons au point les derniers détails. Mais je voulais vous rencontrer ce soir pour que vous compreniez l'aspect exclusivement transatlantique de cette opération. Nous travaillerons très étroitement avec les Américains, pas avec les Européens.

— La coopération internationale dans la guerre contre le terrorisme en est encore à ses débuts, poursuivit Spelling. Chacun met la main à la pâte, c'est vrai. Nous avons obtenu des résultats appréciables dans l'échange d'informations, mais la coopération est loin d'être totale. Rappelez-vous Djamel Beghal, l'un des terroristes qui voulaient faire sauter l'ambassade américaine à Paris. Il a été arrêté à son retour d'Afghanistan, et il a lâché le morceau. Il a donné des adresses et des noms précieux, en fait des informations capitales. Les services du contre-espionnage français, espagnol, belge et hollandais ont lancé une opération conjointe de surveillance sur leurs territoires respectifs pour analyser le fonctionnement de cette cellule. Malheureusement, des indiscrétions dans la presse française ont précipité la fuite de la plupart des membres du réseau. On en a arrêté un ou deux, mais les preuves manquaient pour les garder à l'ombre. Nous avons beaucoup perdu dans cette affaire : il a été impossible de surveiller les mandats postaux, de comprendre comment l'argent circulait, quels étaient leurs modes de communication et de planification, l'origine des faux papiers et du matériel, bref tout ce qui est nécessaire pour maintenir une cellule en activité. Cela ne doit pas se reproduire. Grâce à votre excellent travail à Heathrow et à votre superbe collecte d'informations, nous pourrons surveiller ces onze individus au fur et à mesure qu'ils referont surface sous leurs nouvelles couvertures. Avec les Américains, nous pourrons les suivre et localiser le cerveau du réseau européen. Nous n'en savons pratiquement rien, mais nous croyons que cet homme est en Europe.

— Celui qui a organisé le 14 mai », souligna Herrick. C'était plus un fait qu'une opinion.

« Peut-être. Il faut être très doué pour concevoir une opération qui permette d'en mener plusieurs à la fois. Réussir un assassinat de cette envergure tout en déplaçant des hommes dans toute l'Europe était audacieux et bien pensé.

— Mais... » commença-t-elle.

« Si vous permettez. » D'un sourire glacial, Spelling indiqua qu'il ne souffrirait aucune interruption. « J'aurais dû mentionner les analyses. Il ne fait aucun doute que la balle provient du pistolet-mitrailleur qui se trouvait dans la première camionnette. L'assassin était Abdul Muid. J'en déduis que l'enquête qui s'ouvrira demain confortera ce résultat. Elle montrera aussi que les deux hommes, Muid et Jamel Siddiqi, sont sortis de chez nous pour perpétrer cet acte de terrorisme. Rien n'indique qu'ils aient suivi un entraînement d'Al-Qaida, mais il me semble que les services de sécurité apprécieront cet aspect du problème. Nous n'avons toujours aucune trace du conducteur du camion, ce qui indique peut-être qu'il faisait partie intégrante du complot et qu'il n'a pas été pris par hasard dans l'incident. »

Skeoch Cummings opina. Guthrie se caressa à deux reprises le bout du nez, tandis que Vigo regardait au loin avec une expression neutre suggérant qu'il n'avait rien entendu.

Bien, pensa-t-elle, ils courent après cette fiction. On oubliera que la balle qui a tué Norquist était anglaise et cette version conviendra à tout le monde. Les Américains n'ignoraient rien, mais ils pouvaient se montrer d'une mansuétude incommensurable quand il s'agissait de leurs plus proches alliés. Après tout, ils avaient avalé la couleuvre quand l'aviation israélienne avait attaqué et coulé le navire espion *USS Liberty*, pendant la guerre des Six Jours. Norquist était déjà enterré au Arlington National Cemetery avec tous les honneurs militaires. Sa veuve avait reçu la bannière étoilée des mains du Président et il n'y avait eu aucune protestation officielle. Du moins publiquement.

Mais en privé, se disait-elle, c'est une autre affaire. La Maison Blanche aura utilisé la mort de Norquist pour faire valoir au maximum la position américaine. Les Américains auront reçu quelque chose en échange, vraisemblablement son rapport que le Joint Intelligence Committee avait transmis au 10 Downing Street. Elle imagina la conversation téléphonique entre la Maison Blanche et le Premier ministre britannique, le président américain insistant pour que son pays participe à égalité avec la Grande-Bretagne à la traque de la cellule terroriste. Autant dire que les services de renseignement continentaux seraient sur la touche.

Elle comprenait maintenant l'absence de Teckman. Soit le Patron avait perdu la bataille pour impliquer les Européens, soit il prenait du recul, gardait le contrôle et attendait la bourde que son successeur ne manquerait pas de commettre. Quelle que soit sa tactique, son absence donnait à la réunion un aspect clandestin. Tout comme la présence de Vigo. Spelling occupait le fauteuil du pouvoir, mais le retour de Vigo ouvrait une ère nouvelle d'exclusivité transatlantique.

Spelling chaussa ses lunettes et lut quelques lignes d'un document posé devant lui. Puis il leva les yeux et commença à détailler RAPTOR. Chacun des onze suspects serait surveillé en permanence par une équipe exclusivement responsable de lui. La structure cellulaire des équipes serait semblable à celle des organisations terroristes. Ces équipes prendraient les suspects en filature et les suivraient avec un double objectif : protéger leur couverture et leur sécurité. Herrick ferait partie de l'une de ces équipes et tous ses membres se consacreraient à l'opération. D'où le choix du personnel : les agents, hommes et femmes chargés de familles, joueraient leur rôle quand on pourrait les intégrer, mais seraient révocables sans discussion. La CIA, comme le MI6, rappellerait ses agents à la retraite, spécialistes des longues opérations de surveillance. Ils possédaient une connaissance du terrain qui manquait peut-être aux nouvelles générations.

« Ce sera une surveillance rapprochée extrêmement discrète, ajouta Spelling, les doigts écartés sur la table. Elle pourra durer des mois, voire des années, à l'égal des périodes qu'affectionnent les terroristes. Nous devrons rivaliser avec leur endurance et leur patience. Chaque étape sera contrôlée ici même par les Britanniques, et par les Américains à Langley et Fort Mead. L'équipe du Joint Intelligence Committee estimera les risques globaux et produira des rapports de situation trois fois par semaine. Les Américains ont accepté ces dispositions, mais ces rapports ne définiront en rien la politique à suivre. Le JIC évaluera seulement le degré de menace représenté par les terroristes à tout moment. Les Américains, cela va de soi, feront leurs propres estimations ; ils ont tenu à ce que chaque équipe bénéficie d'un soutien armé. Cela signifie qu'ils pourront agir contre une cible et l'arrêter si besoin est. Et nous aussi. »

Ce plan de bataille exposé sur un ton confiant n'abusa personne. Si les Américains et les Britanniques, déjà soudés par un traité exclusif d'écoutes clandestines connu sous le nom d'Échelon, tuaient ou arrêtaient des suspects sur le sol européen, les dégâts dans l'Alliance européenne seraient considérables. Le ressentiment durerait des années. Sans parler du risque — une certitude, selon Herrick — que tel ou tel service européen s'empare d'un suspect et, sans souci des conséquences ou avec une inconscience coupable, contrecarre le projet en procédant à son arrestation, ce qui mettrait les autres en fuite. Elle savait aussi que les terroristes n'étaient rien sans une connaissance approfondie des méthodes de travail des services secrets occidentaux et que le commanditaire de l'opération d'Heathrow poserait des pièges pour prévenir ce type d'action. Tôt ou tard, quelqu'un déclencherait un signal d'alarme.

Tout le monde dans la salle l'avait compris. Tous savaient aussi qu'ils assistaient au lancement de RAPTOR. Mais la situation évoluerait avec le temps ; hasards et contingences finiraient par ruiner le grand projet. Les aléas auraient d'autant plus de poids que les politiques — en l'occurrence, un Président peu brillant et un Premier ministre souffrant de difficultés de concentration — dépendent des exécutants dans ce type d'opération. Les serviteurs du secret seraient largement récompensés : promotions, gains d'influence et réhabilitation, dans le cas de Vigo.

Mais pourquoi lui révéler à *elle* ces mécanismes secrets ? La réponse la plus logique était qu'elle avait rassemblé les pièces du puzzle et que Spelling était obligé de la faire intervenir. Mais pourquoi pas Dolph, Sarre et Lapping ? Simple. Elle avait écrit les deux pages du rapport. Elle avait mené sa propre enquête. Elle avait compris l'ensemble de l'opération du 14 mai sans leur en parler. Elle s'était distinguée. Voilà pourquoi Spelling la mettait dans son camp.

Spelling rassembla ses papiers et lança un regard circulaire. « Je crois que nous avons fait le point. Isis, des questions ? Bien entendu, vous en saurez davantage la semaine prochaine. Je vous suggère de prendre un peu de repos, disons deux jours. Nous vous reverrons mercredi. Vous recevrez demain des instructions sur l'heure et le lieu.

— Oui, une chose, dit-elle. Je voudrais être sûre de comprendre pourquoi nous excluons systématiquement les services européens ?

— Parce que nos maîtres politiques l'ont décidé, répondit Spelling, cassant. Et le Patron en est convenu ce matin même avec le Premier ministre et le ministre de l'Intérieur à Chequers [1]. »

Invoquer ces personnalités parut une preuve de faiblesse. Herrick était convaincue que le recrutement de Youssef Rahe ne justifiait pas la participation de Vigo à ces délibérations secrètes. Il y avait autre chose. Vigo battit des paupières avec une pointe d'exaspération. Herrick eut l'impression étrange qu'il observait toujours, les yeux ouverts ou fermés.

Quelques minutes plus tard, elle quitta la salle, convaincue d'avoir tout fichu par terre en soulevant la question des rapports avec les Européens. C'était d'autant plus maladroit de sa part que cette réunion avait pour but de tester sa fiabilité. On voulait voir si elle était capable de jouer dans la cour des grands.

Elle regagna son bureau, prit son sac et rédigea une note demandant de contacter Guthrie ou Spelling en cas de problème durant ses deux jours de congé. Elle croisa quelques collègues — les ombres qui hantent Vauxhall Cross la nuit — mais ni Dolph, ni Sarre ou Lapping n'étaient en vue. On devait les considérer comme ses coconspirateurs. Ils seraient convoqués, bien sûr, mais ne bénéficieraient pas du même traitement de faveur avec Mme Selvey, Walter Vigo et l'insondable duo du JIC.

1. Chequers : manoir du Buckinghamshire affecté aux villégiatures du Premier ministre.

Après avoir récupéré son portable (les téléphones cellulaires faisaient toujours l'objet d'une vérification à l'entrée principale), Isis quitta le bâtiment. Elle avançait sur le morne no man's land de l'Albert Embankment quand elle découvrit un texto. « 1 verre ce soir ? Dolph. »

Elle répondit : « Non merci. Crevée. »

7

Khan pensait que les Albanais descendraient dans la vallée après avoir quitté la Macédoine. Au lieu de quoi, ils gagnèrent les montagnes par des chemins parfois impraticables. Les six mules s'arrêtaient souvent, s'ébrouant comme pour ajuster leur chargement. Les hommes n'adressèrent plus la parole à Khan après les quelques mots échangés avec leur chef, Vajgelis. Ils voulaient marcher aussi loin que possible avant le milieu du jour. Deux jeunes, intrigués par Khan, traînaient à l'arrière et tâtaient de temps à autre son baluchon du bout de leurs bâtons. Il se tournait vers eux et leur souriait, mais ils levaient sèchement le menton et lui ordonnaient de regarder droit devant.

Quand le soleil fut au zénith, la troupe s'arrêta à l'ombre de quelques pins. Tous s'accroupirent pour manger un ragoût de viande froide et d'oignons sorti d'une grande cantine. Ils lui en offrirent : « *Conlek*, mange *conlek*. » En retour, il leur tendit la nourriture dérobée dans la cuisine en Macédoine. Il demanda de l'eau et ils lui en donnèrent de mauvaise grâce. Ils semblaient plaisanter sur son compte. Il souriait, hochait la tête et remerciait. Il se souvenait des récits qui couraient sur eux parmi leurs cousins musulmans albanais : des histoires de massacres et de sauvagerie. Pendant près de trente ans, le pays avait été le seul État officiellement athée au monde. Sous le règne d'Enver Hoxha, les Albanais avaient joyeusement détruit leurs mosquées, quand ils ne les avaient pas transformées en cinémas et en entrepôts. Les Bosniaques civilisés frissonnaient en évoquant la barbarie impie du régime marxiste. Mais Khan en avait vu d'autres en Afghanistan : la destruction des monuments, l'exécution d'un garçon surpris en possession d'une cassette de musique. Tout cela, il l'avait vu et, de gré ou de force, il y avait participé.

Après le repas, les Albanais s'éparpillèrent dans les bois pour dormir, laissant les mules à la garde de deux hommes. Khan s'allongea sur le tapis d'aiguilles de pin à l'endroit où il était assis. Son arme et son paquetage serrés sur l'estomac, il s'obligea à prendre du repos tant que c'était possible. Il ferma les yeux et s'endormit sur une dernière pensée : il se rendrait en Italie plutôt qu'en Grèce. Les gens y étaient plus tolérants.

Il se réveilla après ce qui lui parut un court moment en sentant qu'on essayait de lui prendre son arme et que le canon d'un pistolet était posé sur sa joue. Il ouvrit les yeux. Les deux jeunes qui, ce matin, le suivaient de près, l'entouraient, accroupis.

« Viens, moudjahid. Viens. » Zek, l'un des deux gardiens de mules, dominait la scène, une botte posée sur l'AK47. L'un des jeunes fit glisser doucement l'arme des mains de Khan. Le troisième, celui qui pointait le pistolet contre son visage, s'en empara.

« Okay, moudjahid. Viens. » Zek, un homme sec d'environ vingt-cinq ans, fit un geste : ils devaient se hâter. Khan se leva et se secoua pour qu'ils le lâchent. Il ne savait pas ce qu'ils voulaient, mais ils lui avaient pris son arme et il devait les suivre. Ils marchèrent vers un vallon à une cinquantaine de mètres de l'endroit où les autres dormaient et le poussèrent rudement dans la pente. Khan comprit ce qu'ils voulaient. Mais quelle serait leur intention après : le tuer en affirmant qu'il avait tenté de fuir, ou le jeter en bas du ravin qu'ils avaient contourné avant d'entrer dans la forêt ? Il leva les deux mains et toucha l'épaule de Zek comme pour indiquer que l'idée lui plaisait.

Zek ordonna aux jeunes gens de maintenir Khan contre un arbre et entreprit de déboutonner une double épaisseur de sous-vêtements. Khan lui lança un regard complice, et pour essayer de montrer qu'il se réjouissait de lui faire plaisir, il proposa par geste de défaire lui aussi son pantalon. Les deux garçons le retournèrent violemment, maintenant sa tête contre le tronc. L'odeur de résine et de bois lui emplit les narines. Il jeta un coup d'œil sous le bras du jeune homme et vit le garde qui se préparait. Le désir vidait son regard de toute expression ; il siffla pour que ses complices s'activent. Khan écarta les pieds afin de paraître coopératif et se trémoussa avec un petit roucoulement excité. Le jeune qui tenait l'arme ricana, relâcha sa prise et changea de main pour aider Khan à baisser son pantalon. C'était l'ouverture qu'il attendait. Il se glissa sous le bras de son garde, le frappa du coude à deux reprises en plein visage, tira le canon du pistolet vers lui et expédia le garçon sur le sol. Ce mouvement le mit face à Zek qui parut consterné. Le gardien de mules eut un sourire bizarre juste avant que Khan l'agrippe par l'épaule et le frappe en pleine tête, l'expédiant à terre après un second coup au front.

Khan pivota sur lui-même, mais n'eut pas besoin d'attaquer le troisième garçon. Celui-ci avait bondi en arrière, mains levées, avec un sourire rusé comme pour dire que l'affaire était un jeu sans conséquences. Khan arrangea ses vêtements et grimpa vers le haut du chemin où Vajgelis contemplait la scène, l'AK47 de Khan sous le bras, les mains glissées dans la ceinture de son pantalon en velours couleur chocolat.

« Ces hommes, merde, dit Vajgelis, le menton méprisant. Ces hommes baisent cochons. Je désolé pour hospitalité. Ces hommes… » Les mots lui manquaient, il secoua la tête, tendit le pistolet-mitrailleur et prit le pistolet que Khan avait arraché au jeune garçon. Mais au moment où Khan allait récupérer l'AK47, il la lui retira des mains. « Toi marcher avec moi, moudjahid. »

Bientôt, les deux blessés émergèrent du vallon en chancelant, le visage couvert de sang. Le nez de Zek enflait à vue d'œil. Ils rejoignirent leur chef. Khan comprit qu'ils imploraient l'autorisation de le tuer, mais une bordée d'injures les accueillit. Vajgelis tordit l'oreille de Zek et frappa le jeune d'un revers du poignet.

Peu après, la troupe s'éloigna. Vajgelis marchait en tête, suivi de Khan surveillé par deux hommes plus âgés. Pendant quatre ou cinq heures, ils empruntèrent des chemins désolés. Le crépuscule tombait quand ils atteignirent une piste forestière. Les mules furent attachées aux arbres. Têtes baissées, écumantes, elles martelaient le sol de leurs sabots. Les hommes les entouraient, fumant et regardant le bas de la montagne.

Bientôt, les phares d'un camion trouèrent le sous-bois. Khan comprit en entendant de nombreux débrayages que le véhicule montait vers eux. Les hommes voulurent désentraver les mules, mais Vajgelis leur ordonna de se placer au milieu de la piste, leurs armes bien en vue. Le camion apparut. Une douzaine d'hommes armés jusqu'aux dents descendirent par l'arrière, agitant des torches et éclairant les visages du groupe. Vajgelis avança, reconnut le chauffeur et fit signe d'approcher et de décharger les mules.

Depuis un moment, Khan soupçonnait la bande de Vajgelis de se livrer au trafic de drogue plutôt qu'à la lutte armée. Les premiers sacs, pleins à craquer, furent posés contre le pare-chocs du camion. Le chauffeur en ouvrit un avec son couteau et goûta le contenu. Chaque fois qu'une mule était déchargée, l'homme faisait de même, au hasard.

Le moment était venu de se séparer. Les deux camps se placèrent face à face. Vajgelis désigna un homme dans la rangée opposée et lui fit signe. Khan comprit qu'ils procédaient à un échange d'otages. Maintenant, c'était au tour du chauffeur. Vajgelis s'approcha de Khan, lui entoura l'épaule d'un bras et le fit reculer hors du faisceau des phares. Le stratagème fonctionna. Le chauffeur s'approcha, posa sa main sur l'autre épaule de Khan et le fit avancer vers le camion. Vajgelis rit doucement et murmura : « Moudjahid, merde aussi. »

Personne ne remarqua la présence de Khan lorsqu'il grimpa sur la plate-forme arrière du camion. Le véhicule démarra, descendit la montagne, atteignit une plaine et roula en cahotant pendant plusieurs heures. Puis il quitta la route, accéléra sur une piste semée d'ornières et s'arrêta brusquement. Les hommes se précipitèrent pour décharger les sacs et les déposer sur une jetée où était amarré un hors-bord. Khan entendait le moteur crachoter sur une légère houle et devinait sa présence dans l'obscurité. Ils repartirent vers les montagnes. Après deux heures de route, ils atteignirent un village quasi abandonné. Le camion s'arrêta dans une cour de ferme protégée par une enceinte. Des chats s'esquivèrent dans la lumière des phares et des chiens aboyèrent. Il y avait des étables, un chariot démantelé et une meule à foin, mais aussi une grosse antenne satellite et deux SUV [1] noirs maintenus par une chaîne à un poteau métallique. Khan descendit du camion, ankylosé par le voyage, et avança avec précaution dans la lumière. C'est alors que les hommes le découvrirent. Leur réaction fut violente : ils le bousculèrent, le couvrirent de crachats, le bourrèrent de coups de pied et le frappèrent avec leurs crosses. Khan pensa sa dernière heure arrivée. Puis la colère retomba et le chauffeur s'approcha. Il le regarda de haut, grommela des insultes sous son nez et le harcela de questions. Khan lui renvoya un sourire niais et secoua la tête en disant : « Anglais. Je parle seulement l'anglais.

— Pas anglaisss, dit le chauffeur. Pas anglaisss. »

Les hommes le traînèrent dans l'étable et le ligotèrent à une poutre pendant qu'ils fouillaient son bagage. Quelqu'un partit chercher un interprète au

1. SUV : Sport Utilitary Vehicle, une catégorie de véhicules ayant un châssis de camion et un moteur de voiture. Un très gros 4 × 4.

village voisin. C'était un homme fluet à la voix douce, d'un âge moyen. Malgré la chaleur de la nuit, il portait des mitaines et une écharpe. Il se présenta. Il s'appelait Skender et avait été serveur à Londres. Il était rentré au pays après avoir contracté la tuberculose. Il avait l'air très malade, en effet.

« Je dois entendre des choses de vous », dit Skender, se frottant les mains pour activer la circulation et essuyant son nez congestionné. Il indiqua le chauffeur. « M. Berisha veut savoir pourquoi vous travaillez avec Vajgelis. Dites à M. Berisha qui vous êtes. »

Khan donna son nom. Il expliqua qu'il venait du Pakistan et qu'il espérait trouver du travail en Occident. Sans cesser de fixer Berisha, il ajouta qu'il était issu d'une très bonne famille, même s'il n'avait pas d'argent. Il comptait de riches amis aux États-Unis. L'un d'eux était comme son frère. Cet homme récompenserait ceux qui l'aideraient, sa prodigalité irait bien au-delà des rêves de M. Berisha. Il ajouta qu'il ne fallait pas tenir compte de son apparence.

Skender résuma ses propos. Le chauffeur réclama une table et des chaises. On alluma des lampes. Berisha s'assit et versa du *konjak* pour Skender et pour lui.

« M. Berisha pense que vous êtes un terroriste, dit Skender.

— Dites à M. Berisha que je ne suis pas un terroriste, répondit Khan. Tout ce que je veux, c'est trouver du travail et poursuivre mes études de médecine.

— Vous êtes docteur ? demanda Skender, incrédule.

— J'ai étudié la médecine à Londres et je compte y retourner pour achever mes études. »

À la fin de la traduction, Berisha se toucha le menton et grommela quelques phrases.

« M. Berisha veut savoir pourquoi un docteur, un homme éduqué, était dans les montagnes avec Vajgelis ? Ce Vajgelis est très dangereux. Vous avez de la chance d'être vivant. Vajgelis ne fait confiance qu'aux siens. »

Khan raconta la tuerie sur la piste, sa fuite devant les soldats de l'armée macédonienne et sa rencontre avec le groupe de Vajgelis près de la frontière. Berisha restait assis, la lèvre inférieure pendante, ses petits yeux de renard fixés sur Khan comme s'il voulait lui arracher un secret. Skender expliqua que Berisha était un homme très malin : la présence de Khan lui posait un problème quasi philosophique. Il pouvait être un terroriste musulman ou un agent macédonien chargé d'infiltrer le réseau et de faire un rapport aux autorités. Il pouvait aussi être une taupe du clan Vajgelis qui cherchait à contrôler cette partie du trafic. À cette perspective, Berisha se leva et tourna autour de la table, frappant dans l'obscurité un ennemi imaginaire.

« M. Berisha veut que vous sachiez qu'il est un homme fort ; il ne tolérera pas que Vajgelis défie son autorité dans ces montagnes. Il coupera les testicules de M. Vajgelis et les donnera aux chiens. Il veut que vous disiez ça à M. Vajgelis, s'il vous laisse vivre assez longtemps pour le revoir. »

Berisha ouvrit la porte. Deux chiens d'attaque bondirent dans l'étable et se ruèrent pour renifler les pieds de Khan.

Skender ajouta sèchement. « M. Berisha découvrira la vérité même s'il doit vous arracher les testicules avec ses dents.

— Je vois que M. Berisha est un homme de principes, répondit Khan, soucieux de ne pas exciter les chiens. Mais dites-lui que je ne peux pas être une taupe parce que c'est lui qui m'a choisi. M. Berisha a marché vers notre groupe et m'a désigné. Même Vajgelis n'aurait pas pu inventer ça.

— M. Berisha pense que Vajgelis l'a trompé en lui faisant croire que vous étiez important, précisa Skender, avec une note de sympathie dans la voix. Mais il dit que vous n'avez aucune valeur. Maintenant, il va devoir payer pour son cousin qui est prisonnier de Vajgelis, et il est très en colère. Il dit qu'il va vous tuer tout de suite parce que vous êtes une merde sans importance. Pardonnez-moi, monsieur Khan, ce sont les mots de M. Berisha, pas les miens.

— Mais je vaux davantage vivant que mort, c'est évident. »

Skender commençait à traduire quand une brusque quinte de toux le fit taire. Elle montait des tréfonds de son corps et le cassa en deux. Khan pensa que le manque d'oxygène allait le tuer, mais Skender surmonta la crise et avala un peu de *konjak.* Puis, s'essuyant les yeux et le nez avec sa manche, il adressa à Khan un regard terriblement résigné.

« Vous devriez voir un docteur », conseilla ce dernier.

Skender secoua la tête. Il respirait doucement pour ne pas aggraver son état.

« Dites à M. Berisha que je parlerai seulement s'il vous paie des soins médicaux.

— Je ne peux pas dire ça. » Skender avait l'air choqué. « On ne marchande pas avec M. Berisha. M. Berisha est le chef ici. »

Le chauffeur leur fit nettoyer le sol et étendre des couvertures pendant qu'il finissait la bouteille. Puis sa tête commença de dodeliner. Il se leva, chassa les chiens et annonça qu'il déciderait le lendemain matin. En attendant, Khan et Skender dormiraient dans l'étable. Skender semblait s'y attendre. Sans protester, il s'allongea sur une couverture rugueuse et s'en enveloppa. Khan fut jeté à terre, ses affaires à ses pieds. Il les remit en ordre, mais au lieu de se coucher sur son matelas, il s'assit dessus pour essayer de bloquer l'odeur de canalisations qui imprégnait le mur. Il redoutait de sombrer dans un profond sommeil, mais des bruits s'élevèrent bientôt dans la maison, ceux, sans ambiguïté, d'une femme qu'on battait et qu'on violait.

Khan jeta un regard à Skender. Celui-ci leva les mains en signe d'impuissance et demanda : « Dans quel quartier de Londres habitiez-vous ? » Parler était une manière d'échapper aux cris qui traversaient la porte.

Khan répondit qu'il partageait avec d'autres étudiants un appartement à Camden Town.

« Moi je vivais à Hoxton. J'étais heureux là-bas. » Sa toux reprit, plus sèche.

Khan écouta un moment. Sa main tâtonna vers le bas de son pantalon et il ouvrit silencieusement la couture. Du trou dans le tissu, il sortit une liasse de billets roulés sur eux-mêmes, à peine plus épaisse qu'une cigarette. Il se redressa, avança en crabe vers Skender et déposa dans sa paume quatre billets de vingt dollars : la moitié de ses économies. « Allez voir un docteur et achetez des médicaments. Je ne crois pas que j'aurai besoin de cet argent. »

Skender secoua la tête, mais referma sa main sur les billets. « Merci, monsieur Khan.

— Je vous demanderai quelque chose en échange. Avez-vous un stylo ? »

Skender sortit un moignon de crayon de sa poche et le lui tendit. Khan écrivit un bref message sur l'une de ses trois dernières cartes postales.

« Je voudrais que vous l'expédiez en Amérique par avion. Si je meurs, écrivez, s'il vous plaît, une lettre à cette même adresse pour dire où et comment j'ai été tué. Vous comprenez ? Racontez ce qu'on m'a fait. »

Skender prit la carte postale et la glissa dans ses vêtements. Khan retourna à son ballot. Il réfléchissait à ses chances de survie. Jamais il ne s'était trouvé dans un endroit aussi misérable et aussi dangereux. Berisha était probablement fou. Tout pouvait arriver quand on croisait sa route. Il écouta un moment une voix de jeune femme qui gémissait et protestait tour à tour, jusqu'au moment où quelqu'un augmenta le volume de la télévision. La retransmission d'un match de football étouffa les plaintes.

Enfin, le matin se leva. Lorsque Khan se réveilla, Berisha était assis près de lui, une tasse à la main. Il avait enfilé des vêtements de sport : une veste de jogging de la marque Nike décorée d'un éclair doré et un blouson de football américain avec un dragon. Skender et deux hommes en uniforme se tenaient derrière lui.

« M. Berisha a pris sa décision, annonça Skender d'un ton d'excuse. Vous partirez avec ces policiers. »

Isis Herrick retrouva son père à la gare de Newcastle. Il venait d'acheter une nouvelle voiture pour remplacer la Humber Super Snipe bleue qui avait mystérieusement disparu un mois plus tôt. L'Armstrong Siddeley Sapphire était plus vieille et apparemment moins sûre. Isis l'examina sans enthousiasme, mais le trajet jusqu'au village de Hopelaw, à quatre-vingts kilomètres de la frontière de l'Écosse, se déroula sans incident. Son père paraissait heureux de son acquisition. Isis sentit son humeur s'alléger en traversant des landes piquetées de fougères d'un vert tendre. Elle annonça à son père qu'elle était venue faire connaissance de la Siddeley.

Ils ne se décidèrent à parler vraiment qu'après le déjeuner, au cours d'une promenade sur les hauteurs du côté du Hopelaw Camp, une forteresse datant de l'Âge de fer. Ils arrivèrent devant une pierre plate gravée de coupes et de bagues anciennes, et s'assirent sur la roche. La situation était bizarre car ils ne discutaient jamais du travail d'Isis, encore moins de ses missions. Son père l'écouta attentivement, le regard tourné vers le sud, les yeux légèrement humides à cause de la brise. De temps à autre, il demandait une précision.

« Quand ta mère est morte dit-il après un silence, j'ai voulu te tenir à l'écart de ce métier. Car ce n'est pas moi qui l'ai choisi, n'est-ce pas ? Tu as fait ce que tu souhaitais sans jamais me demander mon avis. » Il scruta son visage. « Mais c'était ta décision. »

Il ramassa une coquille d'escargot vide et l'examina avec soin. Elle savait qu'elle figurerait dans l'un de ses tableaux. Son père peignait depuis qu'on lui avait demandé de se trouver une couverture convaincante pendant la Seconde Guerre mondiale, quand il se trouvait dans les Pyrénées. Ses œuvres étaient de plus en plus cotées : elles se vendaient des milliers de dollars en Amérique et sur le continent, même si les critiques d'art dédaignaient ces natures mortes qu'ils ne trouvaient pas assez minutieuses. L'un d'eux avait écrit qu'il s'agissait seulement de « citations » d'après nature.

À nouveau, il observa la coquille. « C'est la surface des choses qui importe. La plupart des gens ne voient pas ce qu'ils ont sous les yeux, alors qu'il suffit d'apprendre à regarder un peu mieux. Tiens, jette un coup d'œil là-dessus. » Il lui tendit la coquille et sortit une loupe. « Tu observeras que le vernis jaune a été en partie emporté par le soleil. En dessous, ces petites ondulations proviennent des substances que l'escargot sécrète pour fabriquer sa coquille. Au sommet, la rayure noire s'achève en une spirale presque parfaite, et cependant ce sont les défauts du dessin qui rappellent le miracle de sa création. Tu as ici tout ce qu'il faut pour comprendre la nature d'un escargot, mais très peu de gens prennent le temps d'observer ces détails. »

Elle connaissait son discours. « C'est très beau, dit-elle en lui tendant la coquille. Mais que penses-tu de cette opération ? »

Le vieil homme regarda les collines au-delà. Avait-elle eu raison d'engager cette conversation ? « Le travail de renseignement contredit ma vision de la surface des choses, répondit-il enfin. Je pense que ton opération échouera, probablement pour cette raison.

— De quelle manière ?

— Tu ne sauras jamais ce que ces gens préparent en te contentant de les surveiller. J'ai entendu dire que plusieurs agences de sécurité espionnaient les terroristes impliqués dans les attaques contre l'Amérique, en 2001. En Allemagne, leur cellule était sous filature. Et je crois que quelqu'un au FBI savait qu'ils prenaient des cours de pilotage. Ils regardaient, mais ne voyaient pas.

— C'était une faiblesse du système : ils n'ont pas confronté les données.

— Données ! Je déteste ce mot.

— Tu sais ce que je veux dire, papa : les renseignements. Leurs analyses n'étaient pas correctes.

— La seule manière de fonctionner avec ces salauds, c'est d'infiltrer leur organisation et ça prend du temps, à moins que, par chance, l'un d'eux ne te saute sur les genoux. Tout cela n'a aucun sens tant qu'un informateur ne te dit pas ce qui se passe réellement à l'intérieur. »

Elle lui raconta le meurtre de Youssef Rahe.

« C'est mauvais signe. Cela prouve qu'ils sont au courant de vos opérations ; ils savent qu'il était devenu votre homme, ils connaissent votre mode de recrutement, etc.

— Il a été torturé.

— Mais pas par ceux qui ont pris l'avion pour l'Europe. Une partie de l'organisation a compris qu'il travaillait pour vous et elle l'a supprimé. » Il toussa et chercha sa pipe dans sa poche ; elle n'y était pas. Il avait renoncé au tabac depuis quatre mois. « Dans ce cas, j'estime que l'affaire est extrêmement dangereuse. Ces gens ont mené à bien leur mission tout en se sachant observés. Selon moi, vous obtiendrez peu de choses en vous contentant de les prendre en filature. Arrêtez-les, foutez-les en taule le plus longtemps possible, quel que soit le motif d'inculpation. Ou pire.

— Tu veux dire : les tuer ?

— Oui. Ces gens n'ont pas peur du suicide. Ils sont au-delà de ça. Tu ne peux pas raisonner avec des individus comme eux, ni les détourner de leur cause : ils ont renoncé à tout intérêt personnel, au sens habituel du mot. » Après une pause, il demanda, les sourcils froncés : « Apparemment, Teckman n'est pas dans le coup ? »

Elle acquiesça.

« Et cette petite tique assoiffée de sang, Vigo, est de retour ? Incroyable !

— Oui.

— Eh bien, je doute que le Patron soit hors jeu. Il fait le mort, il attend son heure.

— Contre son successeur ?

— Espérons-le. Spelling n'a rien dans la culotte. C'est un bavard, un poseur. »

Elle sourit. Les opinions tranchées de son père l'avaient pénalisé tout au long de sa carrière, alors que ses missions pendant vingt-cinq ans le long du rideau de fer étaient réputées pour leur panache et leur audace ; elles faisaient encore référence. Il s'en était expliqué un jour : « Ils me faisaient confiance pour rester en vie sur le terrain, moi et les autres, mais à Londres je devais accepter qu'ils réfléchissent à ma place. Je ne m'y suis jamais fait.

— Pour l'opération, as-tu des conseils à me donner ?

— Tu sais tout, Isis. Tu en sais probablement plus que moi. La première chose que tu dois comprendre, c'est qu'ils sont en territoire ennemi. Comme nous pendant la guerre. Nous n'avions confiance en personne en France. Ce sont des fanatiques prêts à soupçonner tous ceux qui entreront en contact avec eux. Ils ont été entraînés aux techniques de contre-surveillance, alors ne sois pas naïve. S'ils suivent chaque jour un certain itinéraire, ils auront des repères et sauront ce qui est normal. Ils auront aussi des observateurs pour savoir s'ils sont suivis. Alors, applique les mêmes règles qu'eux et, si tu fais une filature en voiture, sois encore plus vigilante. »

Elle opina. Elle savait tout cela, mais il n'y avait plus moyen de l'arrêter.

« Tu dois connaître les moindres détails des lieux avant d'entamer ta filature. Dans les années 50, les rues de Stockholm et de Vienne n'avaient aucun secret pour moi. J'aurais pu être guide touristique à Istanbul. C'est capital : tu ne peux pas t'intégrer à une ville étrangère si tu ne la connais pas comme ta poche. Fais aussi attention à tes vêtements. Observe comment les femmes s'habillent. Tu trouveras des accessoires dans une boutique à la mode. Si tu as besoin d'une couverture, d'un emploi qui te rapproche de ta cible, choisis-les très soigneusement. Tu dois rester disponible. Ne te précipite pas dans le premier café venu pour travailler comme serveuse sous prétexte que ta cible fréquente l'établissement deux fois par semaine. Tu n'apprendras rien de cette manière et tu seras coincée. Les occasions viendront d'elles-mêmes. »

Il se tut et la regarda avec une compassion fervente.

« Isis, ces gens n'agissent pas comme nous autrefois. À l'époque, si on nous repérait, c'était souvent sans importance. Cela faisait partie du jeu du chat et de la souris. Mais ceux-là sont impitoyables.

Ils charcutent des hôtesses de l'air sans aucun scrupule et massacrent froidement des milliers d'innocents un beau matin. Ils sont différents de nos anciens adversaires, infiniment plus dangereux. Alors rappelle-toi que tu es différente toi aussi. Tu fais partie des rares personnes qui connaissent les dimensions de l'opération. Si tu tombes entre leurs pattes, ils sauront te faire parler, ta situation n'aura rien d'enviable. » Elle voulut l'interrompre. Il leva la main. « Bien sûr, tu ne seras pas seule, mais vous n'avez pas notre expérience du terrain. Tes collègues n'ont pas d'intérêt pour les détails, ils ne préparent rien à l'avance. Tu devras les surveiller aussi étroitement que toi-même. Je ne veux pas qu'un crétin de Vauxhall Cross m'apprenne au téléphone que tu as été tuée, tu m'entends ? Utilise ton propre jugement. »

Il se donna une claque sur les cuisses, puis se frictionna les genoux. « Ce n'est pas marrant de vieillir. Je suis tout ankylosé d'être resté assis aussi longtemps. Il faut que je bouge. »

Elle l'aida à se lever. Ils se tenaient sur le rocher et il la regardait, ses cheveux gris et raides soulevés par le vent, les yeux embrumés par une immense affection. « Tu sais, je vois toujours ta mère en toi, c'est plus fort que moi. Elle est morte, depuis vingt-quatre ans, mais je pense à elle chaque jour. Et maintenant, tu approches de l'âge qu'elle avait quand elle a disparu... J'ai peur pour toi, Isis. » Il se tut et lui jeta un regard d'excuse. « C'est l'angoisse de la vieillesse, je sais. Mais j'ai de bonnes raisons de m'inquiéter.

— Allons, papa, je ressemble peut-être à maman, mais intérieurement je suis comme toi, dure et pratique.

— Tu devras être très dure et très pratique, ajouta-t-il, presque en colère. Et ne relâche jamais ta vigilance, pas une seconde. »

Ils revinrent à Hopelaw Rouse par le chemin le plus long, marquant une pause chaque fois que le vieil homme ramassait quelque chose dans une haie ou de la mousse sur les arbres. « Je vais commencer une étude sur les lichens et les papillons de nuit qui se confondent avec eux. Ils se font plus rares parce que leur camouflage vaut uniquement dans certaines circonstances. La pollution tue les lichens et le papillon ressort de plus en plus. Ainsi, c'est la fin du papillon. Il faut t'en souvenir. Ta couverture doit être adaptable.

— Papa, j'ai suivi un entraînement.

— Oui, oui », fit-il comme s'il la grondait.

Ils rentrèrent lentement à la maison et son père s'enferma dans son cabinet d'études pour installer ses trouvailles dans de l'ouate hydrophile. Quand il sortit, il tenait une pochette en feutre.

« Je l'ai retrouvée récemment. Garde-la. Elle avait disparu depuis des années. »

Isis défit le paquet. Elle découvrit dans un cadre une petite photographie en noir et blanc : sa mère et elle riaient à gorge déployée sous le soleil d'un lointain après-midi.

8

Khan était battu d'une façon irrégulière et maladroite comme si les coups faisaient partie de sa détention. Ce traitement était sournois en ce sens qu'il lui donnait de l'espoir. Enchaîné sur une chaise dans la salle d'interrogatoire au premier étage, il se disait, en écoutant les enfants jouer en dessous, dans la cour ensoleillée, que si la police locale le considérait comme un détenu important, elle prendrait soin de ne pas le remettre aux autorités supérieures avec une lèvre entaillée, un œil au beurre noir et des côtes douloureuses.

Lorsque Nemim, le commissaire de police, quitta la pièce, Khan resta assis, l'air respectueux et passif, avec l'apparence du prisonnier intimidé. Le temps s'écoulait lentement par ce chaud après-midi. L'unique policer de garde était avachi sur une chaise contre le mur, un vieux fusil 302 en travers des jambes. Khan était sûr de pouvoir le maîtriser et de sauter dans la cour, si seulement il arrivait à le convaincre de lui ôter ses menottes, peut-être en invoquant la prière. Mais où irait-il ensuite ? Les forces lui manquaient pour courir. Il avait surpris son reflet hagard dans le rétroviseur de la camionnette qui l'amenait au poste de police. C'est à peine s'il s'était reconnu. Il ressemblait à un condamné comme les deux Pakistanais sur la piste. Mieux valait attendre la suite des événements, se nourrir, dormir et faire des plans.

Le retour du capitaine Nemim interrompit ses pensées. Le policier tenait plusieurs feuilles de papier et un carnet grand ouvert. Une curiosité fiévreuse l'animait. Khan était un cadeau tombé du ciel pour ce gradé qui parlait correctement l'anglais et nourrissait une ambition bien au-delà de ses présentes responsabilités.

« Eh bien, monsieur Khan, ou monsieur Jasur ? Comment dois-je vous appeler ?

— Khan. Monsieur Khan.

— Alors, pourquoi avez-vous les papiers de M. Jasur ?

— M. Jasur est mort quand les forces de sécurité macédoniennes nous ont pris en chasse. Je les ai gardés sur moi pour prévenir sa famille quand je serai en sécurité.

— Ah oui, le groupe terroriste exécuté par les Macédoniens. Vous en faisiez partie ?

— Oui, ainsi que Jasur. Mais nous n'étions pas des terroristes. Vous devez me croire. Jasur était un réfugié palestinien. Il est mort d'une crise cardiaque pendant notre fuite.

— Oui, bien sûr. Nous les Albanais avons l'habitude des histoires de terroristes. Pour les Macédoniens et les Grecs, nous sommes tous des terroristes, mais nous ne croyons pas un mot de ce qu'ils disent. Cependant, l'armée macédonienne raconte qu'il y avait huit terroristes.

— C'est exact. Nous cherchions du travail. Nous voulions aller en Grèce. Les hommes avec qui je me trouvais étaient tous innocents. Personne n'était armé.

— Monsieur Khan, vous ne comprenez pas ce que je dis. Peut-être faites-vous exprès de pas me comprendre ?

— Non, non. J'essaie de comprendre ce que vous voulez.

— Ils disent qu'il y avait sept terroristes et que l'un d'eux a pris la fuite après avoir attaqué un Macédonien au couteau.

— Oui, c'est vrai. C'est moi. Je l'ai frappé et j'ai pris son arme.

— Regardez ces photos, monsieur Khan. » Le capitaine Nemim déplia un journal et lui montra la photo d'une morgue à Skopje. Sept corps étaient alignés au pied d'un assortiment d'armes automatiques, de pistolets et de lance-grenades. Khan reconnut les hommes : le trio kurde, les Pakistanais et les autres. Ils étaient exposés comme des trophées, leurs tueurs debout en rang derrière eux.

« Ils n'avaient pas d'armes.

— Nous le savons. Ce sont les armes des forces de sécurité macédoniennes. Mais vous n'essayez toujours pas de me comprendre. Je ne suis pas stupide, monsieur Khan. Qui est le gentleman palestinien, s'il vous plaît ? »

Khan étudia soigneusement la photo. « Je ne le vois pas. Ils ont dû laisser son corps sur la colline. Ils ne l'ont peut-être pas retrouvé.

— Vous dites que huit hommes ont été tués. Il y a sept corps. Où est M. Jasur ?

— Attendez ! lança Khan en comptant les cadavres.

— C'est peut-être un fantôme ? Ce Jasur s'est peut-être envolé ? » Nemim était visiblement satisfait de ses sarcasmes. Il jeta un coup d'œil au sous-officier qui entrait comme pour lui dire : Voilà comment je pratique, vous voyez un maître au travail, un homme qui ira loin.

« Le soldat que j'ai blessé avec le couteau savait que nous étions deux à fuir. Il a dû le rapporter à son officier. Nous étions neuf.

— Non, ils ont donné le vrai chiffre. Les Macédoniens aiment se vanter de leurs meurtres, ils n'ont aucune raison de mentir. Ils disent sept tués et un fugitif : vous. Il n'y a personne d'autre.

— Mais ils ont vu l'autre homme… »

Nemim hocha la tête. « Non, il n'y a pas d'autre homme. »

Pendant l'échange qui s'ensuivit entre le capitaine et son subalterne, Nemim ne quitta pas Khan des yeux. Quand le sous-officier quitta la salle, il posa les mains sur la table avec une expression satisfaite.

« Vous savez que nous ne sommes pas des terroristes, reprit Khan. Vous venez de dire que ces armes appartiennent aux Macédoniens. Alors pourquoi me retenez-vous ?

— Nous devons savoir qui vous êtes. J'ai parlé avec M. Vajgelis. » Il hocha la tête à plusieurs reprises pour signifier qu'il dévoilait l'un de ses nombreux atouts. « M. Vajgelis dit que vous êtes un combattant. Il vous a vu attaquer les forces de sécurité avec un pistolet-mitrailleur. Ensuite, vous avez blessé ses hommes avec votre tête et vos bras, comme ça. » Il projeta son coude en arrière et donna plusieurs coups de front. « Il affirme que vous êtes un moudjahid professionnel. Vous l'avez dit à M. Vajgelis. C'est pourquoi il vous a donné à M. Berisha et pourquoi M. Berisha vous a donné à nous. Parce que ce sont des gens bien. »

Khan haussa les épaules, autant par fatigue que par frustration. « Des gens bien ? Qu'est-ce qu'ils débarquent sur la côte ? Des cacahuètes et du Coca ? C'est cela, les gens bien chez vous, capitaine Nemim ? Non, ce sont des trafiquants de drogue. Si ce sont des gens bien, alors je plains votre pays. »

Nemim se pencha et le gifla sèchement sur les deux joues d'un revers de main. « Qui êtes-vous ? hurla-t-il. Que faites-vous dans notre pays ? »

Un goût infect envahit la bouche de Khan. Il crut qu'il s'agissait d'une manifestation physique de sa peur. Puis il comprit que le coup porté sur sa mâchoire gauche avait ouvert un abcès. Il ne se brossait plus les dents correctement depuis des mois et ses gencives étaient gonflées. L'infection s'était développée en Afghanistan. Il l'avait traitée, perçant lui-même l'abcès et se rinçant la bouche avec de l'eau salée. Mais la bactérie avait formé une nouvelle infection. Il n'y avait pas que cela. Brusquement, il réalisa que la puanteur qui envahissait la pièce émanait de son corps.

« Capitaine, je vous parlerai de moi si je peux faire mes ablutions. J'en ai besoin. Battez-moi tant que vous voulez, mais je répondrai mieux si vous m'autorisez à me laver. Selon notre religion, je dois me purifier avant de prier le soir. »

Le capitaine réfléchit quelques secondes et donna ses instructions au policier en faction devant la porte. Khan fut conduit à l'arrière du bâtiment. Il y avait là un petit évier ébréché avec un gros récipient d'eau. Il se savonna le corps pendant dix minutes, se nettoya la bouche et se sécha avec un pan de sa chemise.

Quand il revint s'asseoir devant Nemim, il était déterminé à donner un sens à l'interrogatoire. « J'ai dit à Vajgelis que j'étais un combattant moudjahid pour qu'il me prenne dans son groupe, commença-t-il. Je devais m'échapper, j'avais besoin de son aide. J'ai crié la première chose qui me venait à l'esprit. J'ai blessé ses gars parce qu'ils se sont mis à trois pour m'attaquer. Vous comprenez ce que je veux dire ? Tout homme d'honneur aurait agi comme moi.

— Avant d'arriver ici, d'où veniez-vous ?

— Bulgarie, Turquie, Iran.

— Avec tous ces hommes ?

— Non, nous nous sommes rencontrés en Turquie. Nous sommes partis en camion vers la Bulgarie, mais on nous a souvent trompés. Des passeurs qui promettaient de nous amener en bateau en Grèce nous ont volés. Il n'y avait pas de bateau.

— Vous dites que vous êtes Karim Khan, pas Jasur... » Il vérifia ses notes et la carte d'identité qu'il tenait devant lui. « Pas Jasur al-Jahez. Ou Jasur Fayçal ou Jasur Bahaji. L'homme aux nombreux noms. Vous n'êtes pas lui.

— Non. Je suis Karim Khan.

— Comment voulez-vous que je vous croie ?

— Parce que c'est la vérité. Regardez sa photo. Il est plus jeune que moi, nous ne nous ressemblons pas. Jasur a les cheveux bouclés, les miens sont raides. » Il toucha sa tête humide.

Nemim haussa les épaules et regarda la photo dans le passeport de Khan. « Pourquoi n'êtes-vous pas basané comme un Pakistanais ? Pour moi, vous ressemblez à un Arabe. Êtes-vous un terroriste palestinien ? Êtes-vous M. Jasur ? » Il leva le passeport vers l'ampoule au plafond. La lumière avait attiré un essaim de petites mouches noires. Fronçant les sourcils, il reposa le passeport sur la table et gratta la page portant la photographie et l'identité de Khan.

« Ce passeport a été trafiqué. » Il montra la date d'expiration maquillée. « Et cette page, où est-elle ? Pourquoi manque-t-il une page ? »

L'homme de Quetta l'avait découpée au rasoir en déclarant qu'un visa d'entrée en Afghanistan datant de la fin 1996 suffirait à l'envoyer en prison. Il avait également modifié la date d'expiration, non sans talent, pensait Khan qui n'avait pas eu l'occasion de tester le passeport. Il était passé du Pakistan en Iran par la chaîne du Siahan sans rencontrer de patrouille, et le fonctionnaire à la frontière turco-iranienne n'avait pas regardé plus loin que le billet de vingt dollars qu'il pliait entre ses doigts.

Nemim feuilleta le passeport et découvrit le visa britannique.

« Ainsi, vous étiez à Londres en 1991 ?

— Oui, c'est mon second visa. Je faisais des études de médecine. Auparavant, je fréquentais une école à Londres. »

Le policier lui jeta un regard sceptique. Une étrange pensée traversa Khan : peut-être avait-il rêvé son passé ?Tout ce qui lui était arrivé avant la Bosnie et l'Afghanistan n'était peut-être qu'un conte destiné à le protéger de ce qu'il avait vu et fait ? Nemim parlait, mais il ne l'entendait pas. Il lui demanda de répéter.

« Le visa britannique est daté. Votre passeport a été délivré il y a treize ans, dit le policier. Aucun passeport ne peut être aussi vieux. Ce passeport est mort. »

Il le referma et s'empara du carnet de notes et des papiers de Jasur. « Nous savons qui vous êtes. Vous êtes un terroriste international. » Il se leva brusquement et sortit de la pièce.

Deux heures plus tard, Khan se réveilla. On le secouait. Pendant son sommeil, quelqu'un avait posé près de lui du pain, du fromage et de l'eau. Il tendit la main, mais ne réussit à avaler qu'une petite quantité de nourriture. On venait le chercher. Dehors, une foule considérable était massée autour d'une équipe de télévision. Khan resta immobile sous le projecteur. Il se sentait amoindri et nu. Nemim jouissait du moment sans savoir s'il devait présenter son prisonnier comme un héroïque rescapé de la brutalité macédonienne, ou comme un dangereux terroriste. Il réussit à dire les deux choses à la fois.

Le spectacle médiatique s'acheva. Au lieu d'être ramené au poste de police, Khan fut entraîné vers une camionnette qui l'emporta dans la nuit.

9

À 7 heures du matin, Isis Herrick se présenta devant d'anciennes écuries transformées en maison bourgeoise — volets à persiennes, géraniums et lanterne de fiacre —, non loin de l'ambassade américaine à Grosvenor Square. La porte s'ouvrit sur un Américain armé d'un pistolet-mitrailleur qui lui expliqua, légèrement embarrassé, que le bâtiment appartenait à l'ambassade et qu'elle se trouvait désormais sur le sol américain. Il la conduisit dans une pièce où deux hommes écoutaient Walter Vigo. Il était assis sur un fauteuil tournant en cuir et tenait une tasse de café au-dessus du *Wall Street Journal* étalé sur ses cuisses en guise de serviette. Vigo était dans son élément, au cœur de la « relation spéciale ».

« Ah ! s'exclama-t-il en se débarrassant du journal qui tomba par terre. Laissez-moi vous présenter les responsables de RAPTOR. Voici Jim Collins et Nathan Lyne, de la direction du renseignement à la CIA. Ces gentlemen ont travaillé à la direction des opérations et ils ont l'expérience du terrain. Ils connaissent les problèmes et les pièges d'un projet aussi important et compliqué que le nôtre. Jim fait partie de l'équipe responsable à Northolt, et Nathan dirige votre service. » Il se tut, laissant les Américains murmurer un hello et serrer vigoureusement la main de la jeune femme.

« Northolt ? s'étonna Isis.

— Oui, nous y avons installé le centre opérationnel. Ça vous impressionnera. Nous souhaitons que vous y passiez une ou deux semaines avant votre départ en mission. Les choses sont très souples et elles doivent le rester. J'espère que le logement vous conviendra. Nous avons trouvé plus judicieux d'éviter les allers et retours en minibus jusqu'au Bunker.

— Le Bunker ? fit-elle, surprise. Vous nous confinez dans une caserne ?

— Non, intervint Collins, un homme corpulent à la peau rose et aux cheveux fins taillés en brosse. Disons que nous essayons de rester aussi groupés que possible. La région manque de grands restaurants, mais vous prendrez une permission quand vous le jugerez nécessaire. Nous ne tenons pas à ce que trop d'Américains aux allures de barbouzes envahissent les trattorias de Mayfair. Et puis, les aménagements de Northolt sont spacieux, on peut s'isoler. Il y a même un restaurant et une salle de gymnastique. »

Collins fit un signe de tête à Nathan Lyne. Celui-ci se leva et vint s'asseoir sur le canapé près d'Isis. Avec sa haute taille et ses manières discrètes de fils de bonne famille yankee, Nathan respirait la confiance en soi, résultat de ses études à la faculté de droit de Yale et d'un bref passage dans un cabinet d'avocats à Washington, comme Isis l'apprit plus tard.

« Vous êtes la seule personne qui rejoigne notre équipe sans avoir besoin d'introduction, alors je serai bref, commença Lyne. Nous avons pris en filature les onze individus qui sont passés par Heathrow le 14 mai. Pour autant qu'on le sache, leurs casiers judiciaires sont vierges. Nulle trace de délit, pas de lien, même ténu, avec les islamistes et aucun entraînement en Afghanistan. Mais nous avons réussi à mettre un nom sur quelques têtes.

— Les suspects ont été répartis en trois groupes : Paraná, Nord et Sud. L'homogénéité du groupe Paraná nous a valu plus de succès qu'avec les deux autres. Votre travail à l'aéroport nous a permis de localiser trois personnes. Elles appartiennent à la communauté chiite installée à la frontière du Brésil, de l'Argentine et du Paraguay. Le fleuve qui traverse la région est le Paraná. Une forte diaspora libanaise y est implantée. Elle entretient des liens avec le Hezbollah et a des intérêts commerciaux multiples avec le Liban. Il semble que ces trois hommes se sont planqués, plutôt qu'entraînés, dans des villes ou dans des ranches, loin de la chasse internationale aux terroristes, ce qui leur a permis de garder une identité vierge. Notre opération de pénétration de la communauté a été payante ; elle nous a permis d'identifier les vidéos d'Heathrow. Ces types ont un parfum d'Afrique du Nord, mais personne n'est sûr de leur véritable nationalité. La piste nous a d'abord menés à un dénommé Lasenne Hadaya, un ancien officier des forces de sécurité algériennes qui serait devenu religieux après avoir vu un signe écrit sur une pierre dans le désert.

« Hadaya nous a conduits à un certain Furquan avec lequel il a eu des contacts à Rome. Nous avons identifié le troisième, Ramzi Zaman, un ingénieur marocain qui enseigne à mi-temps dans un lycée. Tous trois ont disparu à la fin des années 90. Depuis, ils vivent tranquillement au sein de l'importante communauté nord-africaine installée en Italie. Ils font des petits boulots en dessous de leurs capacités. »

D'autorité, Collins posa une tasse de café dans la main d'Isis qui le remercia d'un signe de tête.

« Ces hommes se trouvent actuellement en Europe de l'Ouest : Hadaya à Paris, Furquan à Stuttgart et Zaman, le Marocain, à Toulouse. Chacun a été accueilli par un groupe de soutien nord-africain qui leur a procuré du travail, un logement, un véhicule et les documents administratifs nécessaires. »

Lyne poursuivit pendant une demi-heure. Le groupe Nord comprenait cinq hommes : deux à Copenhague et un à Stockholm ; les deux autres s'étaient planqués en Grande-Bretagne après plusieurs rotations en Europe, les 14 et 15 mai. Le service qui suivait les suspects en Scandinavie avait une certitude. L'un d'eux, un Indonésien nommé Badi'al Hamzi, avait enseigné les sciences à Jakarta. Le Syrien au Danemark et l'Égyptien en Suède étaient des inconnus. Quant aux deux suspects en Grande-Bretagne, un Pakistanais et un Turc, le MI5 et la Branche Spéciale ne les lâchaient pas d'une semelle.

« En fait, nous avons eu une chance extraordinaire. Hier, le Turc Mafouz Esmet a eu une crise d'appendicite en pleine rue, à l'entrée d'une station de métro dans East London. L'un de nos agents a appelé Police Secours et l'a suivi jusqu'à l'hôpital où il a été opéré dans la soirée. Il lui rendra visite demain. C'est une opportunité qui pourrait s'avérer importante.

— Bien. Maintenant, venons-en à ma spécialité : le groupe Sud. Ses trois membres ont atterri respectivement à Rome, Sarajevo et Budapest. Nous avions perdu de vue le type de Budapest. Là encore, les circonstances nous ont été favorables. À Budapest, un agent du FBI, dont l'antenne s'intéresse surtout aux activités de la mafia russe, circulait dans un bus quand il a aperçu le suspect. Il avait sa photo dans la poche intérieure de sa veste et il l'a suivi. Le suspect vit dans un quartier pauvre de la ville avec deux Yéménites. Cela nous a mis la puce à l'oreille. Nous avons confronté les identités des trois membres du groupe Sud avec des combattants en Afghanistan, mais l'ISI [1] n'a rien trouvé. D'ailleurs, ces types ne cadrent pas avec notre affaire. Ils passent leur temps à manger, à boire et à fumer. Rien à voir avec des musulmans purs et durs. » Lyne croisa ses mains et posa sur Isis un regard à la détermination tout américaine. « Votre boulot consistera à en apprendre le plus possible sur ce trio. Vous parlez l'arabe, m'a-t-on dit. Des tonnes de documents vous attendent. Consacrez-leur tout le temps que vous passerez avec nous.

— Des questions, Isis ? lança Vigo sur un ton impliquant qu'il n'en attendait pas.

— Oui. Avons-nous une idée de leurs plans ? Je sais qu'il est trop tôt, mais avons-nous observé des convoyages douteux, intercepté des communications, établi des cibles potentielles ?

— Nous n'avons pour l'instant aucune idée de ce qu'ils préparent, répondit Collins. Ils ne communiquent pas entre eux et nous n'avons pas constaté de mouvement équivalent à WAYFARER, produits chimiques et autres. Les équipes de surveillance pensent

1. ISI : Inter-Service Intelligence.

qu'ils sont dans une période de stagnation, d'hibernation.

— D'estivation, précisa Herrick.

— Vous dites ? demanda Lyne.

— L'équivalent estival d'hibernation, trancha Vigo, impatient.

— Je devrais peut-être parler de l'organisation de RAPTOR, reprit Collins. L'opération comprend deux secteurs : surveillance et enquête. Les équipes de surveillance sur le terrain, chacune forte d'une trentaine d'agents, font des rapports au service responsable en permanence d'un seul suspect. Dès que le suspect bouge, son itinéraire est affiché sur une carte électronique, de sorte que tout le monde peut le suivre. Le responsable de l'équipe de surveillance consulte son service pour les questions de stratégie et de sécurité. Si un problème concerne l'ensemble de l'opération, le contrôle de RAPTOR prend la décision, en l'occurrence moi-même, Walter ici présent et un représentant de la NSA [1]. L'échelon supérieur analyse la situation, étudie les risques et en réfère à nos gouvernements respectifs. » Collins eut un faible sourire, comme s'il venait de faire une plaisanterie de mauvais goût.

« Une véritable interaction s'établira des deux côtés. Les agents affectés à l'enquête, comme vous, Isis, auront l'accès en temps réel à la surveillance et aux données fournies par les observateurs, photos et vidéos quand elles seront disponibles. Réciproquement, vous communiquerez vos informations aux équipes de surveillance.

1. NSA : National Security Agency. Agence nationale de sécurité américaine.

— Puis-je poser une question sur la surveillance ? Combien serons-nous ? demanda Herrick.

— Vous en connaissez plusieurs, répondit Vigo. Andy Dolph, Philipp Sarre et Joe Lapping seront sur le terrain, mais cela ne vous surprendra pas. Vous en rencontrerez d'autres. Comme nous l'avons dit, la consigne est au secret absolu. Nous avons sélectionné des gens qui n'ont jamais travaillé dans les villes concernées, sauf pour Sarajevo où une expérience des Balkans est nécessaire. Dolph y partira dès que possible. »

Herrick se cabra intérieurement, en espérant que personne ne s'en apercevrait. Si Dolph méritait de participer à n'importe quelle opération compte tenu de sa vive intelligence et de ses ressources, Sarre était au mieux médiocre et Lapping carrément nul. Elle se rappelait le commentaire de Dolph au retour d'une mission : « Ce Lapping a besoin d'aide pour traverser la rue. On a plus de chance de passer inaperçu avec Liberace. »

Vigo avait suivi sa pensée. « Il n'y aura aucune place pour la compétition personnelle, dit-il fermement. C'est tous pour un et un pour tous, et cela de haut en bas de la hiérarchie. Croyez-moi, les gens de terrain auront besoin d'une relève ; votre tour viendra. Mais nous avons pensé que vous apprécieriez d'intégrer l'opération en amont. Après tout, c'est votre bébé, Isis. Sans vous, nous ne serions pas là. »

Elle grogna en signe d'assentiment.

Comme ils regagnaient la voiture qui devait les conduire à l'ouest, aux limites du Grand Londres, Herrick vit Collins murmurer à Lyne : « Sèche, mais mignonne.

— Je sais aussi lire sur les lèvres, lança-t-elle avant de s'installer dans la Chevrolet. Mais pas en arabe. »

Le Bunker faisait partie du centre de commandement de l'Otan, basé à Hillingdon. C'était un vaste bâtiment, enterré sous un aérodrome où étaient immobilisés deux appareils militaires et un avion privé. Isis pensa d'abord à un hangar industriel construit pour plusieurs décennies d'hiver nucléaire. Les deux constellations de bureaux circulaires qui occupaient l'espace évoquaient des diagrammes de molécules. Compte tenu des rotations d'équipes, les effectifs de RAPTOR n'étaient jamais au complet, mais en ce moment même quelque cent trente agents du FBI, de la CIA et de la NSA s'activaient avec leurs collègues du MI5, du MI6 et du GCHQ [1]. Le service de surveillance occupait la droite de l'aile centrale et le service des enquêtes et du renseignement s'était installé dans la partie gauche, à raison de trois modules par groupe terroriste. Ils approchèrent d'un grand écran affichant les visages des onze suspects avec tous les détails connus résumés sous leurs noms. Lyne concéda que le tableau était plus rassurant qu'utile. Il fut à peine plus disert sur les opérations de filature : les suspects étaient localisés à toute heure du jour et de la nuit sur l'une des cartes électroniques de la ville où ils séjournaient. Il suffisait d'appuyer sur une touche pour visualiser leurs déplacements depuis le début de l'opération ; le programme indiquait aussi leurs itinéraires favoris, les lieux de rencontre avec leurs

1. GCHQ : General Communications Headquarters. Centre d'interception des communications étrangères en Grande-Bretagne.

contacts et les bistrots où ils prenaient leur café du matin. La surveillance était acharnée, admit Lyne, mais toujours infructueuse.

RAPTOR semblait connaître des poussées dentaires infantiles. Des techniciens rampaient au ras du sol, réglaient des écrans et raccordaient les câbles qui pendaient au plafond. Des programmateurs de la NSA se débattaient avec deux ordinateurs centraux installés à l'écart. À l'étage, l'agitation était considérable ; on entendait de temps à autre un membre de l'équipe de surveillance s'exclamer : « Numéro deux se perd dans la foule, numéro six est en transit. »

Une petite tour de contrôle aux parois en verre occupait le cœur du complexe. Vigo, Collins et l'homme de la NSA, un certain colonel John Franklin Plume, y travaillaient. Vigo avait déjà pris possession de son fauteuil. Il avait tombé la veste, exhibant une paire de bretelles vermillon, et faisait face à un grand écran où plusieurs images apparaissaient simultanément. Un écran beaucoup plus large dominant l'allée centrale était en cours de test ; des éclairs bleus sondaient l'espace caverneux.

Ils se rendirent au service des enquêtes et du renseignement. Lyne présenta Isis à ses collègues, puis aux « giroflées », une équipe de vingt jeunes Américains enthousiastes dont les postes de travail s'alignaient contre un mur. « Voici les esclaves du service des enquêtes, annonça-t-il en donnant une bourrade patronale à l'un d'eux. Nos stakhanovistes. »

Le regard d'Isis se posa sur un bureau. Chaque « giroflée » était reliée à Internet. Les postes de travail croulaient sous les dossiers et les ouvrages de référence. Elle déchiffra quelques titres : *Conventions maritimes du Golfe, Anciennes tribus de l'Arabie saoudite, Dictionnaire des noms musulmans.*

« En gros, c'est à peu près tout, conclut Lyne. Café, nourriture, salle de sport, massages, blanchisserie, arrangements nocturnes : vous découvrirez tout cela par vous-même. »

Elle hocha la tête, impressionnée.

« C'est l'Amérique mobilisée, dit-il encore.

— Tout à fait », répondit-elle, avant d'aller s'asseoir dans la zone réservée au groupe Sud trois.

Herrick comprit rapidement que RAPTOR produisait sans relâche une quantité phénoménale d'informations qui alimentaient à l'infini de nouvelles pistes d'enquêtes. Tandis que les agents vérifiaient sur le terrain les moindres contacts des suspects, un travail considérable se concentrait sur les réseaux d'aide. Une banque de données centralisait ces informations. Des croisements d'informations sur le passé des suspects avaient permis d'établir des connexions intéressantes : on savait quels suspects avaient fréquenté la même université ou appartenaient aux mêmes tribus du Moyen-Orient ; quels imams s'étaient rendus dans les mosquées de Stuttgart et de Toulouse ; à quels militants appartenaient les entreprises qui avaient pignon sur rue dans les villes où séjournaient les suspects ; quels banques et agents de la hawala géraient les transferts de fonds.

La variété des activités était étonnante. Des informaticiens basés à Crypto City et à Fort Mead, aux États-Unis, pénétraient les défenses de tous les organismes publics importants, y compris les archives informatiques des services de renseignement européens. D'énormes quantités d'informations étaient aspirées et recrachées telles quelles à Londres, où les analystes suaient sang et eau pour absorber ce flux de nouvelles et optimiser leurs résultats. Le Special Collection Service, une unitémixte de la CIA et de la NSA basée à Beltsville, dans le Maryland, contribuait à cet engorgement. Le SCS, connu sous le nom de « Collection », avait déployé de nombreux agents en Europe pour mettre sur écoute les suspects et leurs proches. Des équipes similaires, dirigées par le MI6 et le GCHQ, dressaient des antennes clandestines camouflées en antennes de télévision ou en antennes paraboliques, et installaient des boîtiers sur les lignes téléphoniques suspectes. La prudence était de mise depuis que des militants et deux suspects avaient effectué des manœuvres de contre-surveillance. Ils étaient donc au courant des écoutes clandestines et peut-être capables de les détecter. Cette surveillance électronique contribuait à engorger le flot de renseignements que le Bunker essayait de traiter chaque jour.

Les patrons des services britanniques et américains avaient déjà fait savoir qu'ils étaient particulièrement satisfaits des informations et des analyses. Les services avaient beaucoup appris sur les méthodes et les buts des terroristes. Mieux encore, on ne relevait aucun manquement à la sécurité.

« Le moment venu, annonça Spelling dans un discours qui rassembla tout le monde, y compris Isis dont c'était la seconde réunion le même jour, les réseaux dormants s'éclaireront comme un tableau de contrôle aérien. Nous connaîtrons leurs itinéraires, leurs horaires et leurs intentions avant qu'ils les connaissent eux-mêmes. C'est un très grand pas dans la guerre contre le terrorisme. » Près de lui se tenaient Barbara Markham, la directrice du MI5, et Walter Vigo.

Vigo tenait les Américains sous son charme. À les entendre, il avait toutes les qualités pour être en première ligne. Herrick remarqua qu'il flânait souvent du côté du service des enquêtes pour discuter avec Lyne. Dans la soirée du vendredi, deux jours après que le suspect de Rome eut trompé la surveillance dans une gare au nord de la ville, Vigo fit une proposition capitale.

« Pourquoi ne pas s'intéresser de plus près aux étudiants musulmans de Pérouse ? suggéra-t-il. Il y a là-bas une université pour étrangers, notre agent est peut-être en contact avec des groupes radicaux ? »

L'idée était précieuse. Deux Américains parlant l'arabe furent dépêchés en Ombrie pour s'inscrire à des cours d'italien. Vigo les contactait au moins une fois par jour. Il prenait une chaise et s'asseyait, mains croisées sur son costume Anderson and Shepherd, pour écouter attentivement leurs commentaires circonstanciés sur les croyances des wahabites ou les transferts d'or dans les États du Golfe. Il avait l'air d'un professeur d'université faisant passer une thèse de doctorat. La menace larvée qu'Isis avait perçue une semaine plus tôt, au cours de la réunion tardive avec Spelling, avait fait place à une curiosité presque débonnaire.

Sous la pression du travail, les craintes d'Isis à propos de Vigo et de RAPTOR s'estompaient. Lyne était exigeant ; la moindre piste faisait l'objet d'une enquête approfondie. Il harcelait son équipe pour qu'elle n'oublie jamais les deux questions fondamentales : que préparaient les onze et quand se décideraient-ils à agir ?

Lyne savait manœuvrer. S'il voulait obtenir une faveur de l'ambassade américaine à Riyad, il expédiait un câble dont il prenait soin de transmettre copie au Département d'État à l'intention de plusieurs diplomates, même s'il savait pertinemment qu'ils ne pourraient pas le lire compte tenu du cryptage propre à RAPTOR. L'important était que les agents américains sachent que leurs faits et gestes étaient connus des plus hautes instances à Washington. Il sollicitait les agents locaux de la CIA, souvent très tard, en utilisant les lignes codées des antennes établies partout au Moyen-Orient. Une nuit, Herrick l'entendit organiser une collecte de fonds pour soudoyer un fonctionnaire de l'immigration au Qatar. Il était 4 heures du matin là-bas, mais Lyne ordonna au responsable local de la CIA de se rendre chez le Qatari et de transmettre les demandes de passeports par courrier électronique au Bunker avant le lever du soleil dans le golfe Arabo-Persique.

De son côté, Herrick maintenait la pression sur les diplomates britanniques. La plupart des agents travaillant sous le couvert des ambassades avaient déjà senti l'urgence de la situation, même s'ils ne savaient pas précisément de quoi il retournait.

C'est ainsi qu'elle contacta Guy Laytham, le représentant du MI6 à Oman. Cet appel fut décisif. Laytham se souvenait que le directeur d'une des plus grandes banques du pays l'avait ostensiblement interrogé, au cours d'une réception au début du printemps, sur le financement des programmes de reconstruction à Sarajevo. Laytham avait trouvé la question d'autant plus bizarre qu'il n'avait jamais travaillé dans les Balkans et n'était pas au courant du degré de corruption qui y régnait. Le banquier expliqua son problème : l'un de ses clients avait expédié de l'argent via la CK, la banque centrale de Bosnie, à une organisation caritative musulmane, mais il n'avait jamais entendu parler de ce fonds de charité. Laytham pourrait-il enquêter sur la banque et l'organisation caritative ? Laytham, réfléchissant plus tard à la conversation, avait compris que son contact ne lui demandait pas d'enquêter ; il l'informait que l'une des institutions, ou les deux, était impliquée dans une combine susceptible de l'intéresser.

Herrick raccrocha et appela Dolph à Sarajevo. Dolph, qui n'avait plus rien d'indolent dès qu'il s'agissait des pratiques bancaires au Moyen-Orient, accueillit volontiers cette diversion. Sur place, l'équipe de RAPTOR piétinait : son suspect n'était guère plus actif qu'un « paresseux en cloque », selon son expression.

Quinze minutes plus tard, il la rappela.

« Pourquoi ne pas expédier une seconde donation de la même banque omanaise en utilisant le nom du donateur, mais en exigeant que l'argent soit retiré en espèces à la banque de Sarajevo ? Je veillerai à ce qu'un membre du personnel de la CK nous informe du transfert. Nous saurons ainsi qui vient chercher l'argent. »

Il fallut tergiverser avec l'ambassade britannique à Mascate pour que 5 000 livres sterling, fournies par les contribuables britanniques, soient expédiées par la banque d'Oman à leur destinataire. Vingt-quatre heures plus tard, Dolph rappela Herrick. Il avait obtenu des photos intéressantes. La surprise de celui qui était venu chercher l'argent ne pouvait signifier qu'une chose : le premier donateur de Mascate et le principal financier étaient une seule et même personne.

Les photos furent transmises à Laytham. Un représentant de la banque omanaise se rappela avoir vu l'homme un an plus tôt : il avait échangé une grosse somme de riyals saoudiens contre de la monnaie locale et des dollars américains. D'après les archives, le dénommé Said al-Azm avait produit un passeport saoudien et un permis de conduire omanais pour ouvrir deux comptes commerciaux. Le permis de conduire prouvait qu'il résidait au sultanat d'Oman depuis un certain temps. Une enquête auprès du fichier national des conducteurs et des cartes grises permit de retrouver la demande d'obtention du permis : l'homme se disait ingénieur en génie civil et promoteur immobilier. Des recherches ultérieures dans le registre des sociétés omanaises révélèrent qu'al-Azm était issu d'une famille connue de Jeddah qui comptait plusieurs avocats et faisait des affaires avec tous les pays du Golfe.

Tard dans la nuit, alors que Lyne et Herrick dînaient au restaurant du Bunker avec le reste de l'équipe, Isis émit l'idée qu'al-Azm connaissait le suspect numéro quatre avant que les deux hommes se retrouvent à Sarajevo.

« Vous avez marqué un point. Les suspects de Paraná s'étaient rencontrés à Rome.

— Alors ils fréquentaient peut-être la même école coranique. Ou ils travaillaient ensemble.

— Tout confirme que le numéro quatre est saoudien, comme al-Azm. Nous avons leurs photos. Pourquoi ne pas commencer par eux ? Laissons les "giroflées" fouiner dans les agences de photos. »

L'intuition se révéla payante au terme d'une journée de recherches. La vie professionnelle de Said al-Azm ne méritait pas la publication d'une photo, mais un journal local signalait, dans un bref article consacré à un projet de canalisations des eaux usées à Oman, que le Saoudien avait fait partie des jeunes espoirs de l'équipe nationale de football. Des photos de l'équipe furent envoyées au Bunker. Le numéro quatre n'y figurait pas, mais Lyne ne renonça pas.

« Il faisait peut-être partie de l'équipe locale avec al-Azm. » Une recherche dans les archives des journaux du Golfe permit d'exhiber une série de rencontres sportives auxquelles l'équipe de Jeddah avait participé entre 1984 et 1985. Al-Azm était assis au premier rang, le ballon entre les mains. L'homme sous surveillance à Sarajevo se tenait debout au dernier rang. Son nom était Abd al-Aziz al-Hafy. « Le serviteur du Tout-Puissant », déchiffra Lyne, traduisant la première partie du nom. Il cria alors à ceux qui se trouvaient à portée de voix : « Frères et sœurs, nous avons identifié un autre oiseau rare. Il est dans le réticule. »

Une petite fête eut lieu : champagne dans des coupes en plastique et gâteau au fromage commandé à une pâtisserie proche de l'ambassade américaine. Spelling et des hauts fonctionnaires américains envoyèrent des mails de félicitations à Lyne. Vigo arriva, s'inclina courtoisement et annonça que la ligne téléphonique d'al-Azm serait mise sur écoute.

« Avec leur indifférence habituelle pour nos atouts matériels, dit-il, il n'est pas impossible que les suspects communiquent verbalement leurs informations, c'est ce qu'on appelle le téléphone arabe.

Quelqu'un finira bien par les appeler de quelque part. »

Nous y avions déjà pensé, se dit Herrick avec une certaine irritation. La satisfaction qu'elle avait éprouvée après l'identification du numéro quatre ne diminuait pas son malaise. RAPTOR témoignait d'une propension classique à la bureaucratie. Un peu plus tard, quand un collègue proposa à Nathan Lyne de monter une opération pour obtenir un échantillon d'ADN des suspects, elle lui jeta un regard furieux. « Pourquoi aurions-nous besoin de connaître leur profil ADN ? La seule chose qui importe, c'est ce que ces hommes préparent, pas s'ils boivent un café serré le matin ou s'ils sont menacés par la calvitie.

— Je suis d'accord avec Isis, répondit Lyne, surpris par sa hargne. Ce n'est pas une bonne idée. »

L'agent s'éloigna et Lyne entraîna Isis vers la machine à café. « Ça ne va pas ? demanda-t-il. Vous avez besoin de voir la lumière du jour ? Moi aussi, je me sens comme un ver de terre.

— Ce n'est pas ça qui me gêne. Nous sommes coupés du terrain. Nous n'avançons pas ; nous ignorons toujours ce qu'ils préparent. Nous ne savons rien des commanditaires. Pourtant, mes chefs affirmaient que c'était une priorité.

— Nous devons les observer au travail. Nous en apprenons chaque jour. Le processus est long ; il prendra une année ou plus, comme l'exige toute bonne opération de renseignement : de la sueur, de la frustration, du boulot. Qui a dit que ce serait une partie de plaisir ?

— C'est vrai. Mais pendant que nous utilisons un microscope, le gros plan nous échappe.

— Par exemple ?

— Par exemple, Youssef Rahe, l'agent du MI6. Ou le douzième homme, celui qui a pris le même avion que lui : nous pensons qu'il est responsable de l'assassinat de Rahe, mais qu'est-il advenu de lui ? Personne ne cherche à savoir où il est allé ni qui il est. Nous présumons que le tueur s'est volatilisé dans les sables du Moyen-Orient. Pourquoi persévérons-nous dans l'ignorance ?

— Vous avez raison pour Rahe. Pour le reste, votre discours s'oppose à notre politique et à l'ensemble de RAPTOR. Vous vous êtes engagée.

— Eh bien, quelqu'un doit s'opposer. Rappelez-vous que quand il s'agit de voler sous un radar, ces hommes sont des experts. Nous avons ici un système incroyablement sophistiqué de radars conçus pour tout détecter, sauf l'évidence. »

Lyne hocha la tête avec bienveillance, mais il n'était pas d'accord. « Que voulez-vous, Isis ? Arrêter les suspects et perdre toutes nos chances de savoir qui mène l'opération, comment ils reçoivent l'argent et les instructions ? Nous rassemblons des renseignements capitaux qui resteront importants pendant peut-être cinq ans. Et ceci grâce à vous. C'est vous qui nous avez offert cette possibilité. Comme disait Walter, c'est votre bébé.

— Oui, mais nous passons à côté de quelque chose. Je le sais, même si je ne peux pas dire ce que c'est. » Elle n'aimait pas ce langage. Elle *savait* que, dans leur monde, le travail, la logique et parfois l'inspiration résolvaient les problèmes. Pas la prétendue intuition féminine.

« J'aime beaucoup travailler avec vous, Isis, déclara Lyne. Vous avez un talent solide et pénétrant.

Un vrai don. Mais si vous devez regimber, mieux vaut démissionner et retourner à Vauxhall Cross. » Soudain, il se frappa le front. « Hé, j'ai une idée pour vous sortir de là sans vous perdre totalement.

— Laquelle ?

— Je vous la dirai après en avoir parlé avec Jim Collins et Lord Vigo. Entre-temps, reprenez votre travail. »

Elle retourna à son bureau, prit le téléphone et composa un numéro à Beyrouth. Après un moment, une voix familière répondit. Bien entendu, Sally Cawdor mettait sa nature ineffablement solaire à la disposition d'Herrick.

Au quartier général de la sécurité albanaise à Tirana, Khan entendait chaque jour qu'on battait et torturait des prisonniers ; la nuit, des gémissements et des murmures terrifiés circulaient entre les cellules. Pourtant, ses geôliers le laissaient tranquille depuis une semaine. Il commençait même à récupérer. On le nourrissait bien, ou du moins régulièrement, de pâtes, de pommes de terre et de ragoût de poulet. Le troisième jour, on avait appelé un docteur pour recoudre sa lèvre fendue par la gifle de Nemim. Le médecin avait senti son haleine et lui avait donné des antibiotiques pour son abcès. Il n'avait pas dit un mot durant la visite. Mais avant de partir, il avait posé la main sur l'épaule de Khan et lui avait lancé un regard étrange. Comme s'il le jaugeait. Comme s'il évaluait son caractère.

10

Robert Harland se leva de sa chaise dans un café de la 31e Rue. Il se redressa centimètre après centimètre, attendit que la douleur se propage du bas du dos à la jambe et serra les dents quand le spasme vrilla un point derrière le genou. Depuis un mois, il était incapable de s'allonger. S'il devait s'asseoir, c'était sur une fesse, en inclinant la jambe selon un angle bien particulier. Pour marcher, il lui fallait d'abord se déplier avec mille précautions. Ensuite seulement, il pouvait avancer, penché sur le côté droit, la tête tournée vers la gauche. La douleur était implacable. Quelques jours plus tôt, alors qu'il se traînait chez un nouveau spécialiste, il s'était demandé si elle le quitterait jamais. Elle faisait peut-être partie de sa vie.

Il traversa le flot des passants et se dirigea vers un ginkgo. Il l'atteignit au moment où un chien passait entre ses jambes pour pisser contre le tronc de l'arbre. Il réussit à chasser l'animal et inspira profondément. Eva lui avait conseillé de respirer à fond quand il souffrait, mais rien ne pouvait le détendre. Seul le whisky dont il arrosait son café atténuait le mal. Il y recourait de plus en plus, tout en sachant que le mélange d'alcool, d'anti-inflammatoires, d'analgésiques et de somnifères était dangereux.

Il chercha un taxi pour le conduire à l'Empire State Building, six blocs plus loin. Plusieurs passèrent, lanterne allumée. Aucun ne le vit, agitant faiblement le bras au bord du trottoir. Un serveur sortit du café et lui proposa de l'aide. Mais Harland avait changé d'avis. Les taxis new-yorkais offraient autant de désagréments que d'avantages. Il devait presque s'allonger sur la banquette arrière et absorber les cahots quand le véhicule sautait sur les nids-de-poule et les plaques en métal, si nombreux à Manhattan. Ces obstacles limitaient sa vie et le rendaient bougon. La douleur réclamait une multitude de petits gestes. Harland décida de marcher. En fait, il se traînait, incapable d'apprécier le soleil qui inondait Park Avenue en ce début d'été. Il eut une pensée pour Benjamin Jaidi.

Le secrétaire général de l'ONU l'avait appelé le matin même d'un avion quelque part au-dessus de l'Afrique du Nord. Il lui avait ordonné de contacter le docteur Sammi Loz. Malgré ses mille soucis, sans compter la crise israélo-palestinienne, le secrétaire général prenait le temps de penser à lui. Ce mal mystérieux avait empêché Harland de se rendre en Cisjordanie pour préparer le voyage de Jaidi au Moyen-Orient. Le secrétaire général s'en était ému et irrité. C'était d'autant plus gracieux de sa part de le prévenir que le Dr Loz le recevrait en fin d'après-midi, malgré son emploi du temps surchargé.

« Les rendez-vous avec cet homme valent de l'or, l'avait assuré Jaidi. Il vous guérira, j'en suis sûr. En contrepartie, occupez-vous de lui. Je crois que mon ami s'apprête à traverser une période difficile. C'est le marché, Harland. »

Cette manière de conclure la conversation, sans mentionner les difficultés du docteur et sans s'étendre sur l'aide d'Harland, était typique de Jaidi. Harland avait entendu parler de Loz. L'ami du secrétaire général aurait-il plus de succès que les nombreux chiropracteurs et spécialistes du système nerveux qu'il avait consultés ?

Harland atteignit la 5e Avenue et tourna à droite en direction de l'Empire State Building. Le soleil lui chauffait le dos. Ses efforts pour marcher comme un clown le faisaient abondamment transpirer et il détestait cette sensation, lui qui était si soucieux de sa forme. Il s'arrêta et leva les yeux vers le bâtiment dont la silhouette se découpait dans le ciel brillant, presque blanc. Puis il se remémora les mots de Jaidi : « Cette énigme d'acier et de pierre est à la fois une cible parfaite et une démonstration parfaite de non-violence et de fraternité raciale, cette noble cible qui se mesure avec le ciel à mi-chemin des avions destructeurs. »

Jaidi avait ajouté en regardant la ville depuis sa suite dans le bâtiment de l'ONU : « Écoutez ce que E. B. White a écrit en 1948 à propos du bâtiment où nous sommes. “Un seul avion pas plus gros qu'un vol d'oies pourrait détruire immédiatement cette fantaisie sur l'île.” Un grand artiste a le don de prescience, n'est-ce pas ? Il sait des choses, même s'il ignore d'où elles viennent. Époque troublée, Harland. Époque troublée. »

Quand Harland atteignit l'entrée principale de l'Empire State Building, des touristes américains patientaient sur la 34e Rue en attendant de franchir le portail de sécurité et de prendre l'ascenseur jusqu'à l'observatoire du soixante-quatrième étage. Harland apprécia l'air climatisé dans le bâtiment. En quittant l'ascenseur, il s'épongea le visage et le cou. Il regrettait le whisky, responsable de cette transpiration aigrelette. Il regarda autour de lui. Le couloir aurait été quasi silencieux sans le halètement des ascenseurs qui montaient et descendaient les trois cent soixante mètres de l'Empire State Building. Une porte s'ouvrit. Un homme en manches de chemise passa la tête et le regarda attentivement avant de refermer la porte. Au bout du couloir, un autre individu en complet et cravate le scruta avec intérêt. Harland lui demanda où se trouvait le bureau de Loz. L'inconnu fit un signe de tête : « Quatre portes plus loin, sur votre droite. » Pendant qu'il se traînait le long du couloir, Harland passa devant un troisième personnage : assis sur une chaise en travers d'une porte, il ne fit aucun geste pour dissimuler son arme.

Une plaque annonçait : Dr Sammi Loz DO FAAO. Harland poussa la porte. Un homme mince, vêtu d'une tunique bleu clair boutonnée jusqu'au cou, se tenait debout derrière le bureau d'accueil. Il avança pour l'accueillir.

« Vous êtes Robert Harland. Pardonnez-moi, mon assistant est parti à l'hôpital pour organiser la clinique du soir. » Il se tut et observa Harland. « Oui, vous *souffrez* beaucoup. » Loz avait environ trente-cinq ans, le front dégagé, le cheveu ondulé et soigné, le nez légèrement aquilin. Sa bouche généreuse souriait facilement. Il devait être iranien ou arménien. Son anglais était irréprochable. Il le regarda avec sympathie et prononça des mots réconfortants :

« Nous allons traiter ça immédiatement. Entrez ! » Il lui indiqua une pièce. « Déchaussez-vous. »

Harland s'installa sur la table de travail, nauséeux de douleur. Loz l'interrogea sur ses antécédents médicaux, mais Harland était incapable de se concentrer. Loz l'aida à se déshabiller, puis il lui demanda de se tenir debout face au mur. Après avoir longuement examiné son dos, il se plaça devant lui, le regard un peu détourné vers la droite. Harland imagina qu'il se faisait ainsi une idée complète de son état. Loz plaqua une main sur son sternum et pressa l'autre au milieu du dos, avant d'exercer une légère pression pendant cinq minutes. Ensuite, il tapota le torse, marquant des pauses en haut et au milieu de la poitrine, sur le cou, la colonne vertébrale et le haut du bassin. Tel un lecteur de braille, il cherchait à lire les saillies et les dépressions. À diverses reprises, il s'arrêta et répéta un mouvement comme pour s'assurer qu'il ne s'était pas trompé. Enfin, ses mains se posèrent sur les marques et cicatrices qui recouvraient le corps tordu d'Harland. Il le regarda droit dans les yeux pour chercher confirmation de ce qu'il cherchait. « Vous avez mené une longue, pénible et dure existence, monsieur Harland. Le secrétaire général m'a raconté que vous êtes le seul survivant de l'accident d'avion, il y a dix-huit mois à La Guardia. Je me souviens avoir vu votre photo à la télévision. C'était quelque chose*. »

Harland opina.

« Et ces brûlures au poignet et aux hanches, ces cicatrices dans le dos, elles sont plus anciennes, n'est-ce pas ? D'où viennent-elles ? »

* Voir *Une vie d'espion*, du même auteur, Folio Policier, *n° 323*.

Harland était embarrassé. Il n'aimait pas employer le mot torture qui choquait les gens et provoquait chez eux une sympathie dont il n'avait que faire.

« C'est une vieille histoire. J'ai été prisonnier quelque temps, dans les années 90.

— Je vois », répondit doucement Loz. Il lui demanda de s'asseoir sur la table de travail et lui souleva les jambes pour le maintenir allongé sur le dos.

« Je ne crois pas que je supporterai beaucoup de manipulations », prévint Harland. En même temps, la douleur lui accordait un léger répit.

« Moi non plus », répliqua Loz. Ses mains se posèrent sur les pieds d'Harland. Il plia une jambe, puis l'autre, maintenant le genou dans le creux de sa main.

« Qui sont ces hommes dans le couloir ? » demanda Harland.

« C'est une longue histoire », répondit Loz, sans se départir de sa concentration.

Les yeux d'Harland se posèrent sur une inscription en arabe au milieu d'un simple cadre. « Qu'est-ce que ça veut dire ?

— Oh, c'est une mise en garde contre l'orgueil et l'arrogance. Ce texte a été écrit par Al-Jazir deux cents ans après la mort du Prophète. Il dit : "L'homme noble ne prétend pas être noble, pas plus que l'homme éloquent ne feint l'éloquence. Celui qui exagère ses qualités, quelque chose lui manque ; le taureau se donne de grands airs parce qu'il connaît ses faiblesses".

— Voilà qui très juste », acquiesça Harland.

Loz se plaça dans le dos d'Harland et lui tint la tête, massant doucement la nuque. Il plaqua ses mains entre les omoplates et fit courir ses doigts, laissant Harland peser de tout son poids. La douleur persistait, mais elle avait perdu de son intensité. Pour la première fois depuis quatre semaines, Harland se sentait en état de penser.

« L'accident d'avion, annonça brusquement Loz. Le mal vient de là. Le traumatisme a refait surface.

— Si longtemps après ?

— Oui. Le choc s'est installé au centre de votre corps. Vous êtes très fort et très contrôlé, monsieur Harland, c'est impressionnant. Mais ça devait arriver un jour. Le corps a besoin de se libérer. » Il se tut. « Et ces autres choses en vous doivent refaire surface, elles aussi. »

Harland ne releva pas. « Pourrez-vous vous occuper de moi ?

— Oh oui, je *suis en train* de m'occuper de vous. Vous allez vous remettre. Vous pourrez dormir sans boire d'alcool. » Il le regarda avec une expression de compréhension intense qui déconcerta Harland. « Nous y travaillerons pendant plusieurs mois. Votre état est très sérieux. Après cette séance, vous ne serez pas dans votre assiette pendant vingt-quatre heures, comme si vous aviez une légère fièvre. Reposez-vous, dormez beaucoup. »

Loz se concentra pendant vingt minutes sur les hanches et l'os pubien tandis que son patient contemplait le dôme brillant du Chrysler Building à travers la fenêtre légèrement teintée. « L'Empire State est un curieux endroit pour exercer votre profession », dit-il.

« C'est vrai, mais je n'ai pas l'intention de m'installer dans le Upper East Side, où vivent la plupart de mes patients. C'est un quartier stérile, vous ne trouvez pas ? Sans cœur. Trop d'argent. Et puis, j'adore cet immeuble. Vous savez qu'on l'a commencé juste avant le Krach, poursuivi durant la Dépression et achevé quarante-cinq jours avant la date prévue ? Ce bâtiment a de la chance. Et une forte personnalité. Il est très mystérieux.

— "Une énigme d'acier et de pierre."

— Ah, vous en avez parlé avec Benjamin Jaidi. Il a mentionné ce texte quand je lui ai rendu visite, l'autre jour. »

Loz cessa ses manipulations. Il s'approcha d'une petite table en verre et acier, et écrivit quelques mots. Il revint vers Harland et posa une note dans sa main : « C'est l'heure de notre prochain rendez-vous. »

Harland lut : « Sébastopol, 20 h 30, demain. Table au nom de Keane. » Il leva les yeux vers Loz. Celui-ci, un doigt posé sur la bouche, indiquait le plafond de l'autre main.

« Bien. On se voit dans une semaine. Maintenant, je file à l'hôpital. Reposez-vous dix minutes, éteignez les lumières et poussez la porte. Elle se ferme automatiquement. » D'un sourire, il abandonna son patient. Seul dans la pièce, Harland contempla les lumières qui s'allumaient sur l'immeuble d'en face. Puis il inspecta les lieux. Il découvrit, alignés sur une étagère, cinq cartes postales de l'Empire State Building, apparemment en mauvais état, une Bible, un exemplaire du Coran et un morceau de pierre, sans doute une flèche préhistorique.

Une demi-heure plus tard, rentré chez lui à Brooklyn Heights, il commanda un plat cuisiné chez un Chinois et s'installa avec un livre sur Isaac Newton.

Le Sébastopol était beaucoup plus qu'un restaurant en vogue. Une clientèle d'habitués, écrivains, cinéastes, grosses fortunes et politiciens, le fréquentait depuis des décennies. L'établissement se situait au-delà des modes. Harland y avait dîné deux fois avec Eva. Le patron, un Ukrainien nommé Limochenko, un mauvais garçon de Downtown qui savait plaire à sa clientèle, avait fasciné sa compagne.

Harland essaya d'oublier Eva et se fraya un chemin entre les tables. Il demanda M. Keane. On lui indiqua, à l'ombre du bar, une table devant laquelle frétillait une jeune femme de haute taille. Loz la regardait, mains croisées sur la nappe, avec un calme et une politesse indéchiffrables. Il se leva pour accueillir Harland et ne lui présenta pas l'inconnue. La jeune femme s'éloigna, vexée.

« Je suis content de vous voir, dit Loz. Vous avez l'air d'un autre homme.

— Grâce à vous. Je suis encore fragile, mais je vais beaucoup mieux. S'il vous plaît, appelez-moi Robert ou Bobby.

— Je préfère Harland. J'aime ce nom. » Ils s'assirent. « C'est un nom digne de confiance. » Il approcha sa chaise de celle de son invité. « J'ai réservé une table ici parce que le FBI n'en obtiendra jamais une, même s'il devait attendre mille ans.

— Les types dans le couloir sont du FBI ?

— Oui. Ils me surveillent depuis l'arrivée de la première carte postale. Vous les avez lues après mon départ ?

— Les cartes postales de l'Empire State ? Bien sûr que non.

— C'est intéressant, un enquêteur qui a des principes.

— Je ne fais pas d'enquêtes, docteur Loz, mais des recherches pour l'ONU. Je consacre l'essentiel de mon temps à des affaires tout ce qu'il y a de plus ordinaires. C'est plutôt ennuyeux.

— Jaidi m'a dit que vous deviez aller au Moyen-Orient pour discuter avec le Hamas. Ce n'est pas du domaine de la simple recherche ? »

Harland éluda la question. « Jaidi s'est montré plutôt vague à votre sujet, docteur. Il m'a simplement dit que vous alliez au-devant de difficultés. Je vous aiderai si je peux. »

Loz eut un sourire discret, légèrement embarrassé. « Vous les voyez dehors ? La camionnette noire en bas de la rue, près de la boîte aux lettres ? Je connais ce véhicule comme s'il m'appartenait. C'est le FBI. Ils me suivent partout. Ils me rendent la vie très difficile. Je pense qu'ils vont bientôt m'arrêter. Un de mes patients, qui est avocat, m'a conseillé la plus grande transparence dans mes faits et gestes, mais je mène une vie très simple. Apparemment, on ne peut rien faire contre ce type de harcèlement. L'Amérique n'est plus une terre de liberté, monsieur Harland. Des gens d'origine musulmane comme moi vont en prison et l'on n'entend plus parler d'eux.

— Je pense qu'il leur faudrait de bonnes raisons pour vous arrêter. Vous avez de solides appuis.

— Oh, ce n'est pas vrai, croyez-moi. Combien d'innocents ont été incarcérés sans preuves ni procès ? Des gens disparaissent aux États-Unis comme dans une république bananière d'Amérique latine. J'aime ce pays plus que tout autre au monde. Je crois en lui. J'ai demandé la citoyenneté américaine pour cette raison. Je me dis parfois que je suis né pour être américain et travailler à l'Empire State

Building. » Une lueur de souffrance et d'indignation traversa son regard. Le serveur qui s'était avancé pour prendre la commande battit en retraite.

« Cela a commencé quand ? demanda Harland.

— Après l'arrivée de la première carte postale, à la fin de l'année dernière. Je pense qu'un postier un peu futé a trouvé curieux qu'une carte postale de l'Empire State parvienne à l'Empire State avec un timbre étranger. Ils ont lu mon nom et vu la signature Karim Khan. Ils ont imaginé un complot. Comment savoir ce qui leur passe par la tête, aujourd'hui ?

— Qui est Karim Khan ?

— Un ami.

— Qu'y avait-il écrit ?

— Chaque carte postale m'informait du voyage de Karim entre le Pakistan et l'Europe. La première a été postée au Pakistan, la seconde à Mashad, en Iran, la troisième à Téhéran, la quatrième à Diyarbakir, en Turquie, et la dernière en Albanie.

— Mais pourquoi ces photos du bâtiment ? C'est bizarre. Ont-elles une signification particulière ?

— Non. Je collectionne des cartes postales de l'Empire State depuis mon premier séjour à New York, dans les années 80. Lorsque Karim est parti en Afghanistan, je lui en ai donné quelques-unes avec mon adresse au dos. Je savais que, même si je déménageais, je ne changerai jamais de lieu de travail.

— Le FBI sait que votre ami était en Afghanistan ?

— Peut-être. Ils ont sûrement des listes.

— Vous voulez dire qu'il combattait avec les Talibans ?

— Oui, mais sous un nom de guerre. Il en avait pris un avant de partir là-bas.

— Alors, attendez-vous à des ennuis. Votre ami est considéré comme un ennemi de l'État.

— Non. » Loz était définitif. Après un bref sourire pour signaler que le chapitre était clos, il passa la commande : caviar, blinis et bœuf Kobe aux épinards. « Vous voulez du vin ? Je n'en bois pas. »

Harland secoua la tête.

« Bien. Je suis heureux de voir que vous prenez soin de vous. » Il reprit le cours de ses pensées. « Que diriez-vous si je vous annonçais qu'on va m'arrêter ce soir ?

— Je serais très surpris qu'on vous ait prévenu.

— C'est une intuition. La pression augmente depuis quelques jours. Mais il est hors de question qu'on m'arrête et qu'on m'enferme. J'ai besoin de vous pour empêcher ça.

— Parlez-moi de votre ami », répondit Harland. Il venait de s'apercevoir que la plupart des femmes dans le restaurant faisaient un signe à Loz ou cherchaient à capter son regard.

« Nos parents nous ont inscrits tous les deux à la Westminster School de Londres pour nous préparer à une université anglaise. Karim vient d'une famille réputée de Lahore, très ancienne, une vraie grande famille. Moi, j'ai passé mon enfance au Liban, mais mon père était iranien et ma mère d'origine druze. Nous étions des marginaux dans cette école anglaise et, tout naturellement, nous sommes devenus amis malgré nos différences de caractères. Karim était plus violent, plus sociable, plus audacieux et, j'imagine, plus amusant que moi. Je pense que nous tirions parti de nos qualités respectives.

— Parlez-moi des cartes postales. »

Loz sortit cinq cartes postales de sa poche et les étala sur la table dans l'ordre d'arrivée. Harland regarda les photos, puis il les retourna. Chacune contenait un message succinct rédigé d'une écriture élégante. Le premier disait :

Salut, mon vieil ami. Je suis au Pakistan et j'espère arriver très vite à Londres. J'aurai peut-être besoin de ton aide. J'ai de bonnes nouvelles. Je compte achever mes études de médecine comme tu me l'as toujours conseillé.

Les deux cartes suivantes étaient moins optimistes. Elles signalaient seulement que Khan se trouvait en Iran. La carte postée en Turquie indiquait qu'on lui avait volé de l'argent. Il lui restait les quatre cents dollars donnés par sa mère et il espérait les dépenser à Londres. Mais il avait des problèmes non spécifiés de visa et de passeport.

Harland relut les cartes postales. « Elles ont l'air anodines, finit-il par admettre. Mais les services de renseignement ont tendance à chercher partout des codes et des messages. »

Loz ne l'écoutait pas. « Karim a besoin de mon aide », dit-il seulement, le regard posé, au-delà d'Harland, sur les tables et la file d'attente. « Une lettre est arrivée après la dernière carte postale, celle d'Albanie. Ils l'ont peut-être lue, mais rien ne prouve que l'enveloppe ait été décachetée. » Il sortit une feuille de papier quadrillé. Harland lut quelques phrases, signées par un certain M. Skender, annonçant l'arrestation de Khan, son emprisonnement et son transfert au centre de la sécurité nationale à

Tirana. La lettre ajoutait que Khan avait été filmé par la télévision locale après un massacre en Macédoine.

« J'ai entendu parler de cet incident, se rappela Harland. La minorité albanaise de Macédoine a demandé une enquête à l'ONU. »

Loz se tourna vers lui. « Un de mes amis a consulté les sites Internet des agences d'information dans les Balkans. Ces hommes ont été assassinés. Ils venaient de Turquie. Karim devait voyager avec eux.

— Comment a-t-il réussi à s'échapper ?

— Parce qu'il sait comment agir dans ce type de situation. » Loz sortit la copie électronique d'un journal grec et montra la photo d'un homme mal vêtu et en piteux état sous la garde de deux policiers. « Voici Karim. À peine reconnaissable. Il a beaucoup maigri, on l'a passé à tabac. » Loz semblait bouleversé ; il prit la bouteille d'eau, vida son verre et fit signe au serveur. Lui et Harland avaient à peine touché au premier plat.

« J'ai fait traduire la légende de la photo. » Il tendit une carte de visite portant au dos :

Terroriste pris au piège après un combat en Macédoine.

Jasur al-Jaseh, l'homme qui a échappé aux forces de sécurité macédoniennes après une féroce bataille, est un terroriste palestinien recherché par Israël, la Syrie, l'Égypte et le Liban. On pensait que Jasur al-Jaseh, connu sous le pseudonyme de « l'Électricien », était décédé de mort naturelle, il y a dix-huit mois ; on n'avait plus entendu parler de lui. Israël, la Syrie et l'Égypte vont réclamer son extradition.

Loz récupéra la carte de visite. « C'est *bien* Karim, mais pour des raisons qui m'échappent on le prend pour Jasur. Ce Jasur a tué beaucoup, beaucoup de monde. Il a quitté le Hamas au début des années 90 pour former un groupe qui assassinait des religieux et des politiciens modérés au Moyen-Orient.

— J'ai entendu parler de lui, coupa Harland. Si on le prend pour Jasur, votre ami est dans une mauvaise passe.

— Vous comprenez maintenant pourquoi je ne veux pas qu'on m'arrête », dit Loz. Il posa légèrement sa main sur celle d'Harland. « Je dois l'aider. »

Harland ne savait pas si ce geste lui avait transmis quelque chose. Une part de lui se soumettait facilement à la pression des mains de Loz et, en même temps, il tentait d'y résister. « Que voulez-vous que je fasse ? demanda-t-il.

— Je ne sais pas, mais il faut tenter le coup. Allons à l'ONU. Une lettre du secrétaire général vous attend dans votre bureau. Jaidi l'a écrite avant son départ. Il m'a demandé de le prévenir quand vous l'aurez lue. Vous y trouverez ses instructions.

— Est-il au courant pour Khan ?

— Pas vraiment. Il est parti avant que j'apprenne l'histoire de sa fausse identité.

— Que dit sa lettre ?

— Je l'ignore.

— Bien. J'irai la prendre demain.

— Pourquoi pas ce soir ? Vous allez mieux, n'est-ce pas ? Nous passerons par les cuisines. Tout est arrangé. Je partirai le premier et vous attendrai à la porte du fond. J'ai réglé la note. »

Il se leva. Sur le chemin des cuisines, il s'arrêta à deux tables et serra plusieurs mains. Harland observa comment il nouait le contact : il laissait sa paume reposer sur une épaule, effleurait un avant-bras dénudé ou tenait une main quelques secondes de plus que nécessaire. Après ces salutations, il poursuivit sans hâte jusqu'aux cuisines et franchit une porte à double battant.

Harland se redressa, un peu raide, et prit le même chemin. Loz l'attendait près de la porte du fond avec un petit sac. Il ouvrit la serrure, sortit dans la nuit tiède et indiqua une voiture de l'autre côté de la rue. C'est alors qu'un homme se précipita sur eux. Empoignant fermement Loz par sa veste, il dit :

« Monsieur Loz ? Police judiciaire fédérale. Agent Morris. Veuillez me suivre. »

Harland fit un pas en avant. « Je crains que ce ne soit impossible. Cet homme est sous ma garde. Je dois l'amener au quartier général des Nations unies selon les instructions explicites du secrétaire général. » Il sortit une plaque de police de l'ONU. Jaidi la lui avait fournie six mois plus tôt pour une enquête interne.

« Je dois vérifier, monsieur », dit le policier. Il sortit du revers de sa veste un microphone qu'il porta à sa bouche.

« Faites, agent Morris », répondit Harland. Il savait que les détectives en faction devant le restaurant arriveraient d'ici quelques secondes. « Mais cet homme doit m'accompagner. C'est une affaire de la plus grande urgence. » Le policier, qui parlait tout en pressant une main contre l'oreille, se plaça entre eux. « Reculez, monsieur, dit-il à Harland. C'est une affaire fédérale.

— Allez à la voiture », dit Harland à Loz.

« Non, restez où vous êtes, monsieur. » L'agent du FBI chercha son arme. Harland se cramponna à l'étui du revolver et appuya son avant-bras sur la pomme d'Adam du fonctionnaire, le forçant à reculer vers la porte du Sébastopol. Il l'immobilisa et sortit l'arme de son étui. « Pour une fois, les Nations unies auront la priorité sur les États-Unis, okay ? » Il courut vers la voiture et s'y engouffra. Comme il se tournait pour fermer la portière, son dos le lâcha ; il s'effondra sur le siège, plié par la douleur. « À l'ONU », cri a-t-il au chauffeur.

Enthousiaste à l'idée de semer le FBI, le conducteur, un Ukrainien fourni par Limochenko, démarra en trombe sur la 6e Avenue. Après avoir brûlé plusieurs feux rouges sur Houston Street et West Fourth Avenue, il traversa l'East Side en direction de Washington Square Park. En moins de cinq minutes, ils atteignirent la 1re Avenue. Ils roulaient à toute vitesse vers le sanctuaire des Nations unies. Aucune voiture ne les suivait.

11

« Harland, décrochez ! Je sais que vous êtes avec votre ostéopathe. » Harland reconnut la voix de Frank Ollins, l'agent spécial du FBI. Ollins avait enquêté sur l'accident d'avion deux ans plus tôt. Pendant un moment, les deux hommes s'étaient retrouvés alliés malgré eux, puis le FBI avait conseillé au détective de couper court.

Harland s'approcha du téléphone en se tenant le dos. « Bonjour, Frank, que puis-je pour vous ?

— J'avais deviné juste », répondit Frank.

« Comment avez-vous obtenu ma ligne directe ? Le standard ne fonctionne plus à cette heure.

— Qu'en pensez-vous ? J'ai l'annuaire de l'ONU. Alors, Harland, qu'est-ce que vous mijotez ?

— Frank, faites-moi plaisir, cherchez le numéro du secrétaire général. L'officier de garde vous lira les instructions de M. Jaidi concernant le docteur Loz. Puis démerdez-vous pour trouver le numéro du sénateur Howard Staple. Vous voyez de qui je parle ? C'est l'un des deux sénateurs de New York. M. Staple est un patient du docteur Loz et l'un de ses vieux amis. Demandez-lui s'il trouve légitime, pour ne pas dire diplomatique, d'arrêter un citoyen américain sur le simple fait qu'il est musulman. Posez-lui la question et rappelez-moi.

— Nous voulons seulement lui parler.

— Alors, prenez rendez-vous comme tout le monde. Vous savez où il habite. Vous connaissez son emploi du temps. Vos hommes surveillent son bureau jour et nuit.

— Faites-le descendre, Harland. Nous savons qu'il est avec vous.

— J'en suis ravi. Mais non, je ne le livrerai pas.

— Pour l'amour du ciel, Harland, vous ne comprenez pas que vous êtes en train d'aider un terroriste ? Et que nous pourrions vous poursuivre pour voie de fait à l'encontre de l'agent Morris ce soir, dans la rue ?

— Je ne le pense pas, Ollins, répliqua Harland en riant. Vous voulez que j'en touche un mot au service de presse de l'ONU ? D'ici demain midi, toutes les rédactions d'Europe et du Moyen-Orient sauront que le FBI harcèle les fonctionnaires des Nations unies. Vous connaissez la situation, Frank ? Je sais que ce n'est pas votre secteur, mais vous avez compris que les États-Unis sont dans le bourbier ? Que croyez-vous que le Département d'État dira au ministère de la Justice et au directeur du FBI si vous essayez d'arrêter le docteur Loz ? Vous avez perdu la raison, Frank. Laissez cet homme tranquille.

— Vous me menacez, répondit Ollins, calmement. Je suis convaincu que vous êtes animé des meilleures intentions. Mais vous n'aimeriez pas être piégé dans cette affaire. J'attends dehors. » Il y eut un déclic. Ollins avait raccroché.

Harland se retourna vers Loz que la conversation

avait laissé impassible. « Comment va votre dos ? s'enquit l'ostéopathe. Si je vous traite allongé sur ce bureau, votre état ne s'arrangera pas. Je pense que mon intervention de tout à l'heure vous soulagera un jour ou deux. Voulez-vous un verre d'eau ? Vous devriez boire davantage. »

Harland répondit qu'il y avait du whisky chez Marika, son assistante. C'était son whisky, mais elle insistait pour le garder dans son placard. Pendant que Loz se rendait dans la pièce mitoyenne, Harland s'installa dans un fauteuil et ouvrit la lettre de Benjamin Jaidi.

Mon cher Harland,

Si vous lisez ces mots, Sammi Loz aura réclamé notre aide. Vous la lui offrirez inconditionnellement de ma part. Considérez que les infrastructures de l'ONU et mon influence sont à votre disposition. Votre tâche consistera simplement à surveiller le Dr Loz et à veiller sur lui. J'insiste sur la distinction entre les deux points, bien que le Dr Loz ait rendu d'innombrables services à notre institution. J'estime qu'il a droit à notre aide dans cette mauvaise passe. Vous trouverez ci-joint une lettre stipulant que vous travaillez pour moi et que quiconque s'opposant à votre activité ou la mettant en doute doit contacter mon bureau. J'espère que ceci vous sera de quelque utilité, mon cher Harland.

Croyez en ma gratitude,

BENJAMIN JAIDI (signé en son absence)

Harland plia et rangea les deux feuilles dans sa poche. Loz revint avec le whisky.

« Vous lisiez la lettre. J'avais raison, n'est-ce pas ? Jaidi vous demande de m'aider. » Il tendit le verre. « Que faisons-nous maintenant ?

— J'y réfléchis. Vous pourriez peut-être m'expliquer ce que vous souhaitez, à part éviter votre arrestation.

— Je veux aller en Albanie », répondit simplement Loz.

« Comme ça ? Ce n'est pas Atlantic City, vous savez. » Harland soupira et but une gorgée de whisky. « Si vous vous pointez à Tirana avec une photo de votre ancien camarade de classe, on vous jettera en prison. Et, croyez-moi, je préfère les taules américaines aux geôles albanaises.

— Je dois y aller. Comprenez-moi. Je n'ai pas le choix.

— Même si vous vous rendez là-bas, sachez que la CIA aura rendu visite à votre ami. Malgré leurs dénégations, la CIA et le FBI *se parlent.* Quand elle vous saura en Albanie, la CIA en informera le FBI qui verra ses soupçons confirmés. Vous moisirez en prison. Parlez avec le FBI, cela vaudra mieux. Racontez l'histoire de Khan, puis partez en Albanie si c'est impératif. »

Loz resta impassible. « Impossible.

— C'est votre seul recours.

— Et vous, Harland, que ferez-vous s'ils m'arrêtent ? Qui soignera votre dos ? Votre cas est très sérieux. Je me considère comme l'un des rares capables de vous traiter. Le secrétaire général m'a dit que vous aviez tout tenté avant de me voir. C'est vrai ? »

Harland remua sur sa chaise et avala une nouvelle gorgée de whisky en s'interrogeant sur l'homme imperturbable qui lui faisait face.

« Je veux en savoir davantage sur vous et Karim Khan, tout ce dont vous ne m'avez pas parlé au restaurant. Si j'estime que vous me cachez quelque chose, vous vous retrouverez immédiatement sur le territoire américain.

— Que voulez-vous savoir ?

— Ce que vous lui devez.

— Il m'a sauvé la vie. »

Harland l'invita à poursuivre d'un geste circulaire. « Allez-y, docteur.

— En Bosnie, il a offert sa vie contre la mienne.

— Quand étiez-vous là-bas ?

— Entre 1992 et 1993. Je venais d'achever mes études à Guy's. Karim avait encore une année à faire. Nous avons quitté Londres avec un convoi de ravitaillement pour Sarajevo. Nous cherchions l'aventure. Nous ignorions ce qui nous attendait en Bosnie. Bien entendu, le convoi n'a jamais atteint sa destination : les marchandises ont été pillées en Krajina, près de la côte. Mais nous avons réussi à entrer en contact avec les forces de maintien de la paix. Nous nous sommes engagés.

— Vous avez combattu les Serbes ? »

Loz baissa les yeux. « Nous étions musulmans. Même si nous n'avions pas mis les pieds dans une mosquée depuis des années, nous nous sentions obligés d'aider les nôtres. »

Loz retira sa veste et déboutonna sa chemise. Il la souleva et se tourna pour montrer un carré de peau marbrée dans le dos. La cicatrice correspondait à un autre carré, mais de plus petite taille, sur le torse, à droite du diaphragme. « On m'a fait ces greffes quand j'ai reçu un éclat de mortier. » Il rajusta sa chemise, enfila sa veste et la reboutonna méthodiquement jusqu'au menton. « Nous appartenions à une brigade positionnée au nord de la ville, face aux lignes serbes. Nous occupions une tranchée comme on en voit sur les photos de la Première Guerre mondiale. Devant nous s'élevait un contrefort rocheux. Les Serbes y avaient installé une mitrailleuse lourde et un mortier. Les snipers l'utilisaient aussi. Ils bénéficiaient d'une vue plongeante sur notre tranchée. Nous perdions beaucoup d'hommes. Le rocher se trouvait à environ cinquante mètres des lignes serbes. Si nous réussissions à l'enlever, nous épargnerions des vies et notre concentration de feu serait améliorée. » Tout en parlant, Loz agitait les mains et fixait un point invisible pour donner une idée de l'angle de tir.

« Nous avons attaqué, mais les Serbes nous ont repoussés et nous avons dû nous replier. Pendant que nous traversions le no man's land, ils ont ajusté un mortier. J'ai été blessé au dos et à la jambe. Je suis resté étendu toute la nuit. Les Serbes ne m'ont pas achevé parce qu'ils pensaient que mes cris démoraliseraient nos lignes. » Il se tut et s'assit à l'angle du bureau d'Harland. « Karim était sain et sauf. Il ne supportait pas de m'entendre. Il a crié aux Serbes qu'il se constituerait prisonnier si je regagnais nos lignes. Les Serbes ont accepté. Nous savions qu'ils essaieraient de nous descendre. Deux hommes devaient accompagner Karim et me ramener à l'arrière. En contrepartie, deux Serbes sortiraient à découvert et s'empareraient de Karim. Nous étions vulnérables tous les six. Chaque camp savait qu'il pouvait perdre ses hommes. C'était une question de minute.

« Quand il est parvenu à ma hauteur, Karim a levé les mains et s'est dirigé vers les deux Serbes. Ses aides sont restés à côté de moi ; ils ont commencé à compter les secondes. Une… deux… trois… Ainsi, très lentement. Les Serbes estimaient avoir l'avantage. Ils pensaient qu'ils récupéreraient leurs hommes et qu'ils nous abattraient. Lorsque Karim a atteint leurs lignes, les Serbes ont crié. C'était le signal. Un grand Algérien aux jambes puissantes m'a pris sur son dos avant de repartir vers la tranchée. L'autre volontaire comptait à haute voix. Ils avaient trente secondes pour réussir leur mission. Karim comptait aussi. Au bout de trente secondes, ils ont atteint la tranchée. C'est alors que Karim a mis son plan à exécution. »

Loz se leva, croisa les mains derrière sa nuque et poursuivit. « Il avait scotché des grenades sous la doublure de sa veste. Elles étaient retenues par la goupille. Quand il les a balancées, les goupilles ont été arrachées. Rappelez-vous : il tenait les bras en l'air, comme ça, de sorte qu'il les a laissés retomber derrière sa nuque. Au moment où nous atteignions la tranchée, il a fait volte-face pour échapper à ses gardiens. Il a empoigné deux grenades et les a jetées sur les lignes serbes. Karim pouvait lancer une balle de cricket à cent cinquante mètres et toucher au but comme s'il laissait tomber une pièce de monnaie dans un verre. Deux autres grenades ont suivi. Nos lignes ont ouvert le feu pour couvrir Karim, mais les Serbes étaient gênés pour répliquer : leurs hommes se trouvaient dans leur champ de mire. Karim avait caché beaucoup d'autres grenades dans ses poches et deux pistolets dans sa ceinture. Il a abattu les deux Serbes, puis il a couru pour attaquer tout seul le rocher. Dieu sait combien d'hommes ont été tués en quelques minutes. Nous n'avions jamais vu un tel acte de bravoure. Ça ne s'est pas arrêté là. Quand il est revenu, Karim m'a amené à l'infirmerie et il a attendu jusqu'à ce que je sois tiré d'affaire. »

Pris par l'émotion, Loz avait perdu son quant-à-soi. Harland le sentit regretter sa véhémence et le vit regarder le bout de ses chaussures avec un sourire gêné. Harland se taisait.

« Vous savez, reprit Loz, Karim était un être léger. Il aimait la vie facile à Londres. La dolce vita, les femmes, les boîtes de nuit, l'alcool, les restaurants. En Bosnie, il ne supportait pas le froid, le manque de sommeil, l'absence de nourriture. Mais, plutôt que de rentrer à Londres la queue basse, il s'est transformé. Il est devenu un vrai soldat, l'un des meilleurs du siège de Sarajevo. Il a pris sur lui.

— Quand l'avez-vous vu pour la dernière fois ?

— À Londres, en 1997.

— À cette époque, vous étiez installé à New York ? Vous exerciez déjà à l'Empire State ?

— Oui.

— Mais à cette date, vous n'aviez pas une formation d'ostéopathe ?

— Non. J'ai loué les locaux quand je me suis spécialisé.

— Ça coûte cher.

— C'était ce que je voulais, monsieur Harland. J'étais riche. Et Karim avait de l'argent lui aussi. Cela ne me posait aucun problème, vous comprenez ? » Il se tut. « Vous en savez assez maintenant ? »

Harland hocha la tête. « Je ne vous suivrai pas dans votre cavale, docteur. Vous allez rencontrer les gens du FBI et vous leur raconterez tout. Tel quel. Expliquez-leur qui est Karim.

— Ils me mettront en prison.

— Ils ne pourront pas. Ollins viendra vous parler ici et il s'en ira. »

L'entretien se prolongea jusqu'à l'aube dans le bureau d'Harland. Ollins avait exigé son départ et Harland s'était étendu dans un coin. À 6 heures, Ollins le réveilla du bout de sa grosse chaussure noire et l'aida à se redresser.

« Vous êtes trop vieux pour cette merde, Harland, décréta Ollins sans la moindre sympathie. Pourquoi ne vous en tenez-vous pas aux sports nautiques à Dubaï ?

— Question d'approvisionnement en eau, Frank : l'eau potable pour ceux qui n'en ont pas.

— Vous voulez mon avis ? Le discours de votre toubib sonne faux. Et ce n'est pas parce qu'on ne peut pas l'épingler qu'on renoncera.

— Vous avez obtenu ce que vous vouliez ?

— Rien de tel.

— Mais vous reconnaissez que vous avez pu le rencontrer librement, bien qu'il soit sous la protection de l'ONU ? »

Ollins le regarda droit dans les yeux. « J'aimerais juste savoir une chose. Que ferez-vous, le secrétaire général et vous, si ce type s'avère être le terroriste que nous pensons ? Quelle pirouette inventera le *service de presse ?* “Jaidi offre l'asile onusien à un terroriste.” Jaidi vous lâchera, Harland, et où irez-vous ? Un malade du dos spécialiste des problèmes de l'eau ? Hein ?

— Je veillerai à ce que vous soyez aux premières loges pour savourer le spectacle, agent Ollins. »

Harland regagna son bureau. Loz s'y tenait, contemplant pensivement l'East River. « Que dois-je faire, Harland ? demanda-t-il.

— Qu'avez-vous dit à Ollins ?

— Rien de plus que ce que je vous ai raconté.

— Alors, ça l'occupera un moment. La cantine va ouvrir. Prenez votre petit déjeuner pendant que je réfléchis. Je dois passer quelques coups de fil. »

Après le départ de Loz, Harland reçut deux appels coup sur coup. Le premier émanait du secrétariat général. Un conseiller de Jaidi l'appelait du Caire pour s'informer de la situation. Puis ce fut Charlie Coulson, l'un des agents du MI6 rattachés à la mission britannique à l'ONU. Coulson était au courant de ce qu'il se passait et il insistait pour que Loz quitte immédiatement le bâtiment des Nations unies.

« Nous ne voulons pas d'un conflit entre les Américains et l'ONU avec un Britannique au beau milieu », expliquat-il. Rien n'indiquait que la conversation était sur écoute. « Écoutez, poursuivit l'agent, pourriez-vous lâcher votre protégé et venir prendre un café avec moi ? Je suis dans un bar sur la 1re Avenue, The Sutton Coffee House. Retrouvons-nous dans vingt minutes. Votre homme n'ira nulle part sans vous. »

Coulson lisait le *Financial Times* dans un box discret. Il ressemblait exactement à l'image qu'Harland s'en était fait : un mélange de dynamisme militaire et d'aisance sociale. Coulson avait une quarantaine d'années et il portait un complet bleu sombre, une cravate à pois et des mocassins en daim.

« Nous aimerions savoir ce que vous comptez faire de ce type, dit-il après que la serveuse eut servi le café.

— Cette affaire concerne l'ONU au premier chef.

— Elle déborde ce cadre. Nous savons que le secrétaire général Jaidi est impliqué. Cela donne une certaine dimension au problème. Dites-moi ce que vous savez sur Loz. »

Harland ne répondit pas.

« Par exemple, savez-vous qu'avant de se faire le chevalier servant de la moitié des jolies filles disponibles à New York, il a combattu dans les Balkans et qu'il est très, très riche ?

— Il n'en fait pas un secret.

— Bien. » Coulson parut légèrement déçu. « Nous pensons que ce type est important. La situation inquiète beaucoup le Patron. » C'était un stratagème classique : le Patron veut ceci ; le Patron pense cela ; le Patron en fait une priorité… Quand Harland travaillait dans le service, il utilisait souvent ce subterfuge. Par exemple, s'il traitait avec un transfuge trop intéressé par l'argent, il disait que le Patron le tenait personnellement à l'œil.

« Je suis convaincu que, même à la veille de quitter Vauxhall Cross, Sir Robin Teckman porte toujours le plus vif intérêt à un millier d'affaires, répondit Harland.

— Dans le cas présent, c'est la vérité. »

Deux hommes apparurent devant le box où ils avaient pris place. L'un d'eux avait la silhouette indubitablement patricienne de Sir Robin Teckman, l'autre était son garde du corps. Teckman posa une main sur l'épaule d'Harland. « Ne vous levez pas, Bobby », recommanda-t-il.

Harland lui retourna son sourire. Il avait toujours aimé et admiré Teckman. « Qu'est-ce que vous fichez ici, Patron ?

— Oh, la routine. Mais j'avoue que j'apprécie New York à cette période de l'année. Cette ville me donne de l'énergie. J'aimais beaucoup y vivre quand je travaillais à l'ONU. »

Le garde du corps s'éloigna pour s'installer au bar.

« Nous étions en train d'évoquer la situation à l'ONU, avança Coulson.

— Je m'en doutais », fit Teckman. Il lança un regard curieux à Harland. « C'est le bordel, Bobby.

— Je ne le crois pas.

— Je suis heureux de vous l'entendre dire, parce que, vu de l'extérieur, c'est l'impression que ça donne. Je veux dire... Cet homme ne va pas rester dans votre bureau toute sa vie ? » Il laissa la question en suspens. « Soyons francs avec vous. Loz nous intéresse. Nous le surveillons, même si ce n'est pas avec la même intensité que nos amis du FBI.

— Pourquoi ? »

Teckman lui lança un sourire incrédule. « Disons que son histoire ne nous a jamais totalement convaincus.

— Comment êtes-vous au courant de son histoire ?

— Les amis du secrétaire général nous intéressent. Loz a attiré notre attention, il y a environ un an. Nous pensons qu'il cache son jeu. Aujourd'hui, nous comptons sur vous pour lui coller au train. Découvrez ce qu'il sait.

— Je ne travaille pas pour vous, répondit Harland, irrité.

— En quoi cela compromettrait-il votre situation, Bobby ? Vous ferez ce que Jaidi vous demande et vous nous informerez au fur et à mesure. Par la même occasion, le docteur Loz s'occupera de votre dos. » Il eut un petit rire. « J'ai entendu dire qu'il est très bon, mais je me demande s'il a fait le maximum pour vous. Vous en profiterez pour satisfaire votre curiosité ? »

L'idée avait traversé Harland, la veille au soir, quand il gisait allongé, le visage contre le bois de son bureau. « Loz est trop sophistiqué et il a trop de succès pour s'impliquer dans une activité terroriste », dit-il. À son tour, il était sur la défensive. « Il a tout à perdre. » Il se demanda s'ils connaissaient l'existence de Khan. Probablement pas, puisqu'ils ne l'avaient pas mentionnée.

« La sophistication n'empêche pas le mal. Mais, sur le fond, je suis d'accord. Pourtant… » Il se pencha et baissa la voix. « Je crois qu'il peut nous mettre sur une piste très importante. Vous devez le suivre. Vous n'aurez rien à nous raconter. Contentez-vous de savoir que nous serons là.

— Si vous êtes sûrs qu'il cache son jeu, pourquoi ne travaillez-vous pas avec le FBI ? Vous partagez vos informations sur cette affaire. Pourquoi pas en ce moment ?

— Loz a quelque chose à dire, non à cacher. Mais je ne pense pas que le FBI voie la différence. » Le Patron secoua la tête, soucieux. « Notre travail devient terriblement compliqué, vous ne trouvez pas ? Maintenant, dites-moi comment ça va ? »

Coulson se leva et rejoignit le garde du corps.

« Il n'y a pas grand-chose à dire.

— Des nouvelles d'elle ? Il paraît que ça n'a pas été facile. »

Harland n'aimait pas parler d'Eva. Il était incapable d'énoncer une idée cohérente sur sa disparition, en particulier devant Teckman qui connaissait le travail d'Eva pour les services secrets britanniques, et leur liaison. Harland était parti quelques jours en Azerbaïdjan et à son retour Eva n'était plus là. Elle avait emporté ses effets personnels et quitté son emploi à Wall Street, dans une banque d'affaires d'Europe de l'Est. Pas un mot, pas un appel, pas une seule transaction sur leur compte bancaire conjoint, pas un achat avec ses cartes bancaires. Il était parti à sa recherche à Carlsbad, en République tchèque. Aucune trace. De nouveaux locataires occupaient le grand appartement où elle avait vécu avec sa mère. Il n'existait aucune adresse où faire suivre le courrier. Une fois de plus, Eva Rath s'était évanouie dans la nature. Non, cela n'avait pas été facile.

« Bobby, nous serions plus qu'heureux de vous aider. Si vous avez une piste, vous n'aurez qu'un mot à dire.

— Merci.

— Pensez-vous qu'elle est toujours vivante ?

— Oui. » Pourquoi ne parles-tu pas ? se disait-il. Pourquoi n'avoues-tu pas ce que tu éprouves intimement, au lieu de garder ton petit secret ? « Je crois qu'Eva a décidé que ça ne marcherait pas entre nous, finit-il par avouer. Elle a préféré arrêter net notre relation et nous éviter une explication. C'est bien elle. » Parler de la chose ne l'aida pas à se sentir mieux.

« Je suis désolé. Vous avez droit au bonheur plus que quiconque. » Il y eut un silence. « S'agissant de l'autre affaire, comprenez-moi. Je ne vous aurais rien demandé si je n'estimais pas que c'est capital. Mais ça l'est. Surveillez Loz. De notre côté, nous vous épaulerons à distance. »

Le Patron hocha la tête. Il savait que ce ne serait pas si simple, mais il avait besoin de l'aide d'Harland.

« Cette rencontre n'a jamais eu lieu, Bobby. Même pour nos collègues. Vous ne m'avez pas vu. J'insiste. » Il se leva et pressa l'épaule d'Harland. « Prenez soin de vous, mon vieux, remettez-vous. » Il franchit la porte, se faufila à travers les employés de bureaux qui envahissaient l'avenue et s'engouffra dans une Lincoln noire.

Les talents d'exfiltration de Coulson étaient inutiles. Quand les deux hommes regagnèrent l'ONU, un mot de Sammi Loz les attendait sur le bureau d'Harland.

J'ai trouvé un moyen de quitter discrètement le bâtiment. Je serai à l'hôtel Byron à Tirana dans deux jours et vous y attendrai. Avant de prendre l'avion, accordez-vous un jour de repos et buvez beaucoup d'eau.

Chaleureusement,

SAMMI LOZ

« Il ne réussira pas à quitter le pays, annonça Harland.

— Je ne serai pas aussi catégorique, rétorqua Coulson. Il n'est pas sur les listes de surveillance officielles, que je sache. Et s'il a réussi à s'échapper, le FBI pensera qu'il est toujours dans les murs. Ils ne le chercheront pas dans les aéroports. Du moins, pas tout de suite.

— C'est vrai. Ollins doit imaginer qu'il restera avec moi le plus longtemps possible.

— Et quand ils exigeront que vous leur remettiez l'homme qui occupe votre bureau, le diplomate britannique qui les recevra sera sincèrement surpris. C'est-à-dire vous. »

12

Isis Herrick et Nathan Lyne avaient pris l'habitude de boire un verre ensemble après leur tour de garde, et cette espèce de trêve leur permettait de parler de tout, sauf de RAPTOR. Puis un soir, Lyne lui demanda de rester dans les parages. Il lui annonça que l'arrestation du suspect de Stuttgart était imminente. Elle aurait lieu à 1 h 30 du matin, heure locale. On avait identifié le troisième membre du groupe Paraná, Furquan, de son vrai nom Mohammed bin Khidir, après avoir enregistré une conversation dans une cabine publique à quelques centaines de mètres de son appartement. Quelqu'un avait comparé sa voix avec des archives sonores et établi un lien avec la vidéo Bramble.

Lyne expliqua que Mme Christa Bramble, une jeune veuve de Woking, dans le Surrey, visitait les ruines de Carthage, en Tunisie, quand sept hommes armés de mitraillettes avaient attaqué son groupe. Douze touristes étaient morts ; Mme Bramble faisait partie des vingt et un blessés. Elle s'était effondrée sur le sol, un doigt pressé sur le bouton d'enregistrement de sa caméra vidéo. Les scènes filmées étaient confuses, mais l'appareil avait capté les cris des terroristes. L'une des trois empreintes vocales correspondait à la voix de bin Khidir. Les techniques sophistiquées du FBI l'établissaient formellement. L'agresseur correspondait à Furquan par la taille, le poids et la démarche. C'était Mohammed bin Khidir.

Selon les dispositions de RAPTOR, tout suspect impliqué sans doute possible dans un acte de terrorisme international devait être tué ou enlevé, « refroidi ou soulevé », comme disait Lyne. La première solution était simple, mais un meurtre professionnel alerterait les dix autres suspects. Le plan consistait donc à kidnapper bin Khidir chez lui, dans son appartement du quartier turc de Stuttgart, et à le transporter dans un aérodrome voisin.

Herrick et Lyne regagnèrent leurs bureaux respectifs et se branchèrent en direct sur l'opération. Pendant un moment, ils écoutèrent les commentaires, brefs et laconiques, de l'équipe de surveillance planquée dans une camionnette garée en face de chez bin Khidir.

Lyne était tendu. « Si cette putain d'opération dérape... », dit-il.

« Je ne comprends pas pourquoi ils s'emparent de lui, protesta Herrick. Ce sont tous des terroristes. En quoi est-il différent des autres ?

— Ce sont les règles que nous avons édictées.

— Je ne suis pas sûre qu'il devrait y avoir de règles.

— Votre remarque manque de pertinence. »

Isis regarda la cage de verre qui abritait le centre des opérations. Tout le monde s'y trouvait : Spelling, Vigo, Collins et le patron de la Special Collection Agency. Il était arrivé spécialement de Washington et son nom était secret, mais on savait qu'il prendrait livraison de bin Khidir à Northolt et l'emmènerait pour interrogatoire vers une destination inconnue, hors du territoire américain.

L'équipe de surveillance entra dans l'appartement sans difficulté. Elle endormit bin Khidir et son colocataire avant qu'ils aient le temps de comprendre ce qui leur arrivait. Le suspect fut transporté dans la camionnette, un véhicule de service de l'aérodrome. Un avion attendait au bout d'une piste, à trente-cinq kilomètres de Stuttgart. L'appareil s'envola immédiatement vers Northolt, mais au-dessus du Luxembourg le pilote annonça que bin Khidir s'était réveillé et qu'on avait du mal à le maîtriser : malgré ses mains liées dans le dos, il donnait de violents coups de pied et de tête dans le fuselage.

Herrick s'approcha du centre de contrôle. Quand elle y entra, Vigo lui fit un signe de tête. Il était assis au bord de la table et observait Jim Collins.

« Dites-leur de lui faire une nouvelle piqûre », ordonna Collins.

Il y eut un silence. Enfin, le pilote annonça que le « cheval » — l'avion transportait d'ordinaire des pur-sang de course avait choisi de s'endormir « de son plein gré ». Vigo regarda Herrick droit dans les yeux.

« Vous comprenez ce que ça veut dire, Isis ? » Sans attendre sa réponse, il se tourna vers Collins. « Dites-leur de rebrousser chemin.

— Seigneur Dieu, pourquoi ? demanda Collins.

— Parce que le cheval a avalé une capsule de cyanure. »

La confirmation arriva quelques minutes plus tard. L'équipage avait découvert un filet de bave sur le menton de bin Khidir.

« Je ne pense pas qu'il y aura beaucoup de candidats au bouche-à-bouche, lança Vigo, pince-sans-rire. Dites-moi, Isis, que feriez-vous maintenant ? » Spelling et les autres se tournèrent vers elle.

« Je le remettrais au lit le plus vite possible.

— C'est exactement ce que nous devrions faire, messieurs, mais sortir le corps de l'avion est une autre affaire. Notre accord portait seulement sur le transport jusqu'à l'aérodrome. Nous n'avons aucune autorisation pour le trajet inverse. »

Herrick se précipita vers son ordinateur pour visualiser les cartes satellite de l'aérodrome. Elle les imprima, retourna à la cage en verre et soumit son idée à Vigo et Collins. Vingt-cinq minutes plus tard, l'avion atterrissait, le pilote ayant prétexté auprès de la tour de contrôle une défaillance de l'aileron arrière. Tandis que le Havilland Dash roulait en bout de piste dans les premières lueurs du jour, une écoutille s'ouvrit sous le ventre de l'appareil. À terre, quatre membres du Special Collection Service jaillirent de l'ombre après avoir fracturé la clôture grillagée de l'aérodrome, et récupérèrent le corps. Quarante-cinq minutes plus tard, ils faisaient leur rapport : bin Khidir avait retrouvé son lit ; l'autre homme dormait encore et l'appartement était en ordre. Les acolytes de bin Khidir penseraient qu'il avait mordu la capsule dans son sommeil. RAPTOR était sauvé.

« Il sera intéressant de voir, réfléchit Vigo, songeur, s'ils contactent les autorités. Je pense qu'ils ne courront pas le risque qu'un médecin légiste établisse la cause du décès. Je parie qu'ils se débarrasseront du corps avant de contacter leur commanditaire. Pour nous, c'est une occasion inespérée. »

Isis observait Vigo. Il était perdu dans ses pensées. Enfin, il tourna lentement la tête vers les membres du GCHQ et de la National Security Agency. « Nous accorderons une attention particulière aux appels de Stuttgart dans les prochaines heures, dit-il. Nous savons qu'ils enverront un message sur le décès de leur homme. »

Le lendemain matin, Herrick retourna chez elle. L'isolement du Bunker et son atmosphère étrangement aseptisée lui portaient sur les nerfs. Il n'y faisait ni chaud ni froid, ni humide ni sec, et l'on y perdait le sens du jour et de la nuit. Elle ne supportait plus Lyne. Leurs frictions tenaient autant à son mauvais caractère qu'à la confiance inébranlable de son chef en RAPTOR. Elle restait convaincue qu'ils étaient à côté de la plaque. Toutefois, quand Lyne la mettait au pied du mur, ses arguments manquaient de poids. Il lui avait donné vingt-quatre heures de permission. « Fichez-moi le camp, avait-il lancé sans lever les yeux de son écran. Payez-vous une toile, faites-vous couper les cheveux ou tirez un coup. »

Elle se dit qu'un seul de ces conseils suffirait et prit aussitôt rendez-vous chez le coiffeur en face de la librairie. Là, elle s'abandonna aux mains qui lui massaient le cuir chevelu. Comme deux semaines plus tôt, elle s'était installée dans le fauteuil qui lui tenait lieu d'observatoire. Elle se remémora le début de l'affaire : un individu ordinaire, un peu replet, se précipitait hors de sa boutique pour prendre un taxi, puis un avion. Elle revit la ridicule veste verte : l'homme de Vigo courait vers une mort horrible, vêtu de ses plus beaux habits.

Après avoir quitté le salon de coiffure, elle remonta la rue, notant l'existence de deux bureaux de change, d'une imprimerie et d'un restaurant libanais. Quand elle y pénétra, la librairie PanArabe était peu animée. Elle s'arrêta devant le comptoir, sourit à une jeune femme et demanda un livre intitulé *L'Équilibre du pouvoir dans le mouvement islamiste jordanien*, d'Al-Gharaibeh. Elle avait vu ce titre sur le bureau d'une « giroflée ». La vendeuse s'excusa : elle venait d'être embauchée et ne savait pas où se trouvait l'ouvrage. Elle vérifierait la liste des stocks dans l'ordinateur. Ses ongles vernis pianotèrent sur le clavier. Herrick vit que les touches « retour » et « espace » étaient couvertes d'une couche de crasse, résultat des dizaines de milliers de frappes de Youssef Rahe. Elle sut qu'elle avait trouvé ce qu'elle cherchait.

« C'est un Dell, n'est-ce pas ? dit-elle. J'ai eu exactement le même pendant trois ans et jamais le moindre problème. »

La vendeuse lui jeta un regard surpris. « Oui, c'est une machine fiable.

— Je peux regarder ? » fit Herrick. Elle se pencha et mémorisa le numéro du modèle. Tandis que la vendeuse cherchait le titre dans les stocks, Isis prit une décision : « Je reviendrai plus tard, fit-elle. J'ai d'autres livres à acheter. Je vous apporterai la liste cet après-midi. »

La femme parut soulagée. Herrick quitta la librairie et prit un taxi pour Notting Hill Gate où elle connaissait l'existence de plusieurs boutiques de matériel informatique d'occasion. Elle dénicha rapidement un Dell à vendre. L'ordinateur, un peu plus récent que celui de la librairie, avait le même clavier. Elle examina la prise arrière et fit plusieurs tentatives pour brancher le fil du clavier, dont elle négocia l'achat. Ayant rangé son butin dans un vieux sac de supermarché, elle dépassa plusieurs boutiques et entra dans une grande librairie. Au rayon des ouvrages politiques, elle découvrit un livre récent intitulé *Djihad* et pourvu d'une excellente bibliographie. Elle sélectionna les titres d'une demi-douzaine d'écrits obscurs consacrés au Moyen-Orient.

Elle retourna à la librairie avec la liste des livres et le clavier. Une femme corpulente et maussade, la tête et les cheveux couverts d'un hidjab, remplaçait la jeune et aimable assistante. Ce devait être l'épouse de Rahe. Mme Rahe lui demanda de déposer sa liste et de venir chercher les livres le lendemain matin. Ensuite, elle se détourna et se lança dans une conversation téléphonique. Herrick posa la liste sur le comptoir et s'éloigna. À hauteur de la porte, elle sortit de sa poche une boulette en papier parfaitement ronde et vérifia à nouveau l'absence d'alarme. Elle enfonça la boulette dans le verrou et sortit prestement dans la rue.

Elle déjeuna dans une brasserie à Westbourne Grove d'un loup de mer et d'une demi-bouteille de meursault tout en lisant le *Guardian.* Le journal analysait l'assassinat de Norquist et soulevait l'hypothèse d'une balle perdue de la police. Son voisin de table interrompit sa lecture en lui assurant qu'elle lui rappelait une actrice américaine dont il avait oublié le nom. Elle accepta de bavarder. Après deux semaines dans le Bunker, ce petit flirt n'était pas désagréable. Puis elle s'excusa, quitta le restaurant et entra dans un grand magasin. Elle acheta une petite boîte à pilules en plastique, une brosse de maquillage et une petite spatule très flexible.

De retour chez elle, elle passa plusieurs coups de fil, fit une sieste et choisit des vêtements propres pour son retour au Bunker. À minuit, elle prit sa voiture, emprunta une rue parallèle à Forsythe Street et se gara en face de la librairie. À 1 heure du matin, elle sortit du véhicule et traversa la rue. Il y avait encore quelques passants. Parvenue à la boutique, elle fit mine d'ouvrir la porte avec son trousseau de clés. Elle sortit la spatule cachée dans sa manche et l'enfonça à l'endroit où la boulette de papier empêchait le verrou de s'enclencher. Une forte poussée suffit. La porte s'ouvrit.

Elle sortit le clavier de son sac, contourna le comptoir et s'installa devant l'ordinateur. Elle se penchait vers la console pour débrancher la prise du clavier, quand elle heurta la souris. L'ordinateur bourdonna ; l'écran s'alluma. Elle se plaça instinctivement devant la vitrine pour cacher la lumière. Ce faisant, elle vit l'aquarium de l'économiseur d'énergie apparaître et s'animer, exactement comme l'avait décrit Dolph. Puis elle entendit le disque dur se déclencher. Quelque chose se tramait derrière le poisson qui traversait l'écran. Elle intervertit les claviers, sachant que cela n'affecterait pas le fonctionnement de l'ordinateur, et rangea celui de Rahe dans son sac sans quitter l'écran des yeux. Quelques secondes plus tard, elle entendit le modem composer un numéro. Soudain, un site en arabe s'afficha. Elle lut les mots « Ansar Allah » : les aides de Dieu.

Un bruit la figea sur place. « Un problème, mademoiselle ? » Un policier se tenait sur le seuil de la boutique, braquant une lampe torche.

« Oh, vous m'avez fait peur, monsieur l'agent.

— Que faites-vous ici ? » demanda le policier en avançant.

« Je change le clavier, ça a été un cauchemar pour trouver la pièce correspondante. Mme Rahe souhaitait l'avoir demain matin. » Elle montra le plafond. « Ne parlons pas trop fort pour ne pas la réveiller. »

Le policier lui jeta un regard soupçonneux. « Vous travaillez ici ? Je ne vous ai jamais vue.

— Je lis l'arabe, je m'occupe des stocks au fond de la librairie ; je passe commande à des éditeurs au Moyen-Orient. Je suis là à mi-temps.

— Allumons la lumière. Où est l'interrupteur ?

— Près de la porte. Mais je dois y aller.

— Ça doit être difficile d'apprendre l'arabe. Qu'y a-t-il d'écrit ici ? » demanda le policier en indiquant un écriteau.

« Ici ? "La librairie Pan Arabe est heureuse de vous accueillir. Notre équipe se fera un plaisir de vous aider à trouver les livres que vous cherchez." Et c'est signé Youssef Rahe.

— Vous m'épatez, dit le policier. Comment faites-vous ? » Une voix grésilla dans le récepteur de sa radio ; l'agent baissa le volume. C'est alors qu'ils entendirent un léger bruit de pas dans l'escalier.

« Je vais éteindre l'ordinateur, fit Isis. Il est resté allumé. » Elle se leva et contourna le comptoir. « C'était rassurant de vous voir, monsieur l'agent. On entend tellement dire qu'il n'y a plus de police dans le quartier. »

Le policier hocha la tête. « Vous comprendrez que je vous demande quelques précisions sur votre identité, mademoiselle ? Une simple précaution.

— Bien entendu. » Elle s'adossa à la porte et, de l'index, retira la boulette de papier du verrou. « Je m'appelle Celia Adams. J'habite 340 Ladbroke Grove. » Elle lui lança un sourire plus aguichant. « Vous pourriez peut-être me raccompagner ?

— Un moment », répondit l'agent. Il notait sur son calepin. « Celia… Adams. Vous avez vos papiers ?

— Bien sûr. » Elle fit mine de fouiller dans son sac. Au même instant, une voix appela du fond de la boutique. Herrick leva les yeux et reconnut la femme avec qui elle avait parlé lors de sa seconde visite. « Mes excuses, madame Rahe, dit-elle en arabe. Nous vous avons réveillée. L'agent de police s'inquiétait de l'état du verrou, mais je lui expliquais qu'il y a un truc pour fermer la porte. »

Mme Rahe les contemplait, bouche bée. Herrick savait qu'elle devait fuir immédiatement ou qu'elle serait arrêtée. Elle posa sa main sur le loquet, l'ouvrit et bondit dans la rue, claquant la porte derrière elle. Elle traversa Forsythe Street en courant, évita de justesse un bus et, au lieu de rejoindre sa voiture, tourna au coin d'une rue transversale. Elle vit le policier se précipiter vers son véhicule, la radio collée à la bouche. Elle n'était pas en forme et prit la première issue possible, une allée menant à un haut portail en bois. Elle l'escalada et se retrouva dans un jardinet à l'abandon. Il n'y avait aucune lumière. Elle franchit un mur couvert de rosiers et se laissa tomber dans le jardin suivant, consciente de la lumière bleue du gyrophare qui tournoyait dans l'enfilade des maisons. Après avoir traversé plusieurs jardins, elle se retrouva dans la rue où elle avait garé sa voiture. À bout de souffle, presque nauséeuse mais ivre de joie, elle marcha plus lentement, s'installa au volant et démarra vers Paddington.

Dix minutes plus tard, elle s'arrêta sous un réverbère. Posant le clavier sur ses genoux, elle le dévissa avec soin, l'ouvrit et le nettoya doucement avec la brosse à maquillage. Elle rassembla la poussière et les cheveux accumulés entre les touches et fit glisser le tout dans la boîte à pilules. La quantité ne la surprit pas : elle-même avait découvert des cheveux et des insectes desséchés en ouvrant le clavier de son ordinateur pour réparer une touche. Après quelques minutes de brossage, elle accumula plusieurs millimètres de déchets au fond du récipient. Elle le referma hermétiquement et le mit dans une enveloppe portant l'adresse d'un établissement situé South Parks Road, à Oxford. Elle jeta l'enveloppe dans une boîte aux lettres et rentra chez elle.

Le lendemain, Isis arriva tôt au Bunker. Elle franchit les nombreux portails de sécurité et découvrit que sa place était occupée. Nathan Lyne l'avait aperçue ; il se leva immédiatement. « Nous sommes convoqués à la salle des conférences », dit-il.

Vigo et Spelling siégeaient d'un même côté de la table. Lyne prit un siège à l'extrémité opposée. Herrick resta debout.

Spelling s'adressa à elle sans lever les yeux. « Nous savons que vous vous êtes introduite dans la boutique de Rahe la nuit dernière. Pouvez-vous nous dire pourquoi ? »

Comment l'avaient-ils appris ? Elle était convaincue que la librairie n'était plus sous surveillance. « Je voulais jeter un coup d'œil à l'ordinateur. Son rôle dans cette affaire n'est toujours pas clair.

— Pas clair ? aboya Spelling. Pas clair de quelle manière ?

— Je trouve qu'il n'est pas judicieux de concentrer tous nos efforts sur les onze suspects sans essayer de comprendre ce qu'il s'est passé au Liban. Pourquoi Rahe s'est-il fait prendre ? Qui était l'autre homme dans l'avion ? Quelque chose nous échappe. »

Une certaine suffisance masculine imprégnait l'atmosphère. Lorsque Spelling leva les yeux, ses verres de lunettes accentuèrent la colère de son regard. « Je vous avais spécifiquement demandé de cesser votre enquête personnelle, et cela pour une raison simple : si ces gens apprennent que nous connaissons la mort de Rahe, ils concluront que leur opération est compromise. C'est un point capital. Je pensais que vous l'aviez compris. Pourtant, vous persistez à faire cavalier seul, vous entrez par effraction dans les locaux de la librairie et donnez à Mme Rahe et à la police une idée très précise de votre signalement. Si on vous avait appréhendée et inculpée, comment auriez-vous expliqué votre présence ?

— Mais je n'ai pas été arrêtée.

— Ne faites pas l'idiote. Je parle du risque que vous avez pris. »

Vigo s'agita sur sa chaise. « Nous avons eu beaucoup de chance, dit-il. La police locale savait que nous nous intéressions à la boutique. Elle a alerté la Branche Spéciale. Nous avons ainsi pu récupérer les vidéos des caméras de sécurité mitoyennes. » Il fit glisser une photo sur la table. Herrick se vit, avançant vers la porte de la librairie, le sac en plastique sous le bras.

« Que contenait ce sac ? » demanda Vigo. Il la fixait d'un regard totalement inexpressif.

« Un clavier d'ordinateur. Je me le suis procuré pour donner l'impression que j'avais du travail...

— Je dirai que c'est un peu amateur. Qui répare un ordinateur à cette heure ?

— Ça a presque marché, objecta Herrick. Tout se serait bien passé si Mme Rahe n'était pas descendue.

— Là n'est pas la question, coupa Spelling. Votre initiative pouvait compromettre RAPTOR. C'était totalement irresponsable. »

Isis fit un effort pour parler tranquillement. « Je concède que ce n'était pas raisonnable. Mais je ne suis pas d'accord : mon action n'a rien compromis.

— Je ne discuterai pas avec vous, répondit sèchement Spelling. Nous estimons, M. Collins et moi, que notre confiance a été abusée. Par conséquent, vous n'avez plus votre place au sein de RAPTOR. »

Lyne croisa les mains et fit craquer ses jointures. « Messieurs, nous sommes tous d'accord qu'Isis a fait preuve de légèreté, mais je dirai pour sa défense qu'elle est, et de loin, l'un de nos meilleurs éléments. Vous avez tous pu constater sa rapidité de réaction avant-hier soir. Bon sang, elle pige incroyablement vite. Je ne voudrais pas la perdre. »

Herrick inclina la tête pour le remercier.

Vigo reprit l'interrogatoire. « Qu'espériez-vous trouver dans l'ordinateur ? Vous savez que nous avons couvert tout cela. Vous pensiez qu'un détail nous avait échappé ?

— Pour être honnête, oui. Je crois que nous sommes à côté de la plaque. Je l'ai dit à Nathan un nombre incalculable de fois.

— J'en témoigne, avoua Lyne. Elle ne lâche jamais prise.

— Pensez-vous que le fait d'avoir repéré les changements d'identité à Heathrow vous donne un droit de regard sur notre opération ? demanda Vigo.

— Eh bien, en tout cas, mon *enquête personnelle* a donné des résultats.

— Et vous estimiez avoir le droit de poursuivre *seule* votre enquête ? lança Spelling.

— J'imagine que oui.

— Avez-vous découvert quelque chose d'intéressant ? demanda Vigo.

— En fait, oui. L'ordinateur était en veille et quand j'ai touché la souris, il s'est branché automatiquement sur un site islamiste. Je n'ai pas eu le temps de lire, mais il m'a paru intéressant que des messages parviennent toujours à un homme dont on connaît la mort. Je me suis demandé si la femme de Rahe savait que l'économiseur d'énergie fonctionne comme un portail d'entrée. Je me suis aussi interrogée sur le site. D'après l'adresse Internet, il est basé en Malaisie.

— Que savez-vous de l'économiseur d'énergie ?

— Ma mission consistait à en apprendre le plus possible sur Youssef Rahe. Je continue de penser qu'il est important.

— Mais qui vous en a parlé ? » demanda Vigo.

Elle lui renvoya son regard et secoua la tête. « Mes sources », dit-elle, provocante. Sacré Vigo ! Sans elle, il vendrait encore des livres anciens ! Il lui devait sa résurrection. Elle se tourna vers Spelling, déterminée à clore le chapitre.

« Je n'ai rien fait de mal et je persiste à croire qu'un aspect essentiel de cette affaire nous échappe. Qu'est-il arrivé à Rahe ? »

Spelling posa le menton dans ses mains avant d'ôter ses lunettes. « Ce sera tout », dit-il.

Vingt minutes plus tard, les trois hommes étaient de retour. Lyne s'approcha d'elle. « Vous quittez l'équipe, annonça-t-il. On vous envoie à Tirana. Un suspect intéressant y est détenu.

— Pourquoi moi ? Il y a des gens à l'ambassade de Grande-Bretagne.

— L'agent résident est malade : un cancer. Et son adjoint manque d'expérience. De plus, il n'est pas dans le secret. Le suspect a peut-être quelque chose à dire. S'il parle, je veux que vous soyez sur place. Je discutais de cette mission avant votre cambriolage à la librairie. Ils vous accordent un répit, Isis. Vous serez de retour dans deux semaines. Jim Collins vous croit très douée.

— J'aimerais en convaincre Spelling.

— C'est déjà fait. Mais vous n'êtes pas de tout repos. »

Elle eut un sourire gêné. « À propos, merci de m'avoir soutenue.

— C'est bon. Vous prenez l'avion demain matin pour Zurich, puis pour l'aéroport Mère-Teresa à Tirana. D'après Spelling, vous aurez le statut diplomatique habituel, mais ne soyez pas trop proche du personnel de l'ambassade. Vous descendrez au Byron, le seul hôtel correct de Tirana. Vous rencontrerez beaucoup de nos gens à l'ambassade américaine. Inutile de vous demander la plus grande discrétion sur RAPTOR. Certains en auront entendu parler parce que beaucoup de gens sont impliqués. Mais vous êtes Greta Garbo, d'accord ?

— À qui rendrai-je compte ?

— À moi. Cette mission n'est pas officiellement cautionnée par RAPTOR. Vous rencontrerez le type qu'on interroge, vous écrirez votre rapport et reviendrez saine et sauve dans deux semaines, avec un superbe bronzage. C'est du tout cuit. » Il se tut et lui posa la main sur l'épaule. « Mais soyez prudente. Il y a des types moches là-bas, très moches.

— Alors j'aurai besoin d'un alibi. Cela exige un minimum de préparation.

— Vous avez toute la journée. Mais trouvez un meilleur alibi que le clavier. C'était pitoyable, Isis, pitoyable. »

Herrick lut des rapports sur le détenu de Tirana pendant deux heures, puis elle retira sept mille dollars en coupures de cent auprès d'un fonctionnaire de l'ambassade américaine. L'homme insista sur le fait qu'elle était redevable de chaque cent.

13

Chaque après-midi, vers 17 h 30, les espaces publics de l'hôtel Byron à Tirana accueillaient une clientèle composée pour l'essentiel de gangsters albanais. Après avoir laissé leurs gardes du corps les attendre dehors sur le parking, ils traversaient le bar dans un sillage de menace diffuse et se dirigeaient vers une zone ouverte en croissant de lune. Affalés sur des chaises tissées Lloyd, ils buvaient, fumaient et magouillaient sur leurs portables. Quelques étrangers se trouvaient là, des hommes d'affaires qui refusaient de courir le moindre risque, des diplomates de second ordre et des évangélistes américains. Vêtus d'habits de randonnée comme si le simple fait de se trouver dans ce pays chaotique et athée requérait un solide équipement, ils sirotaient nerveusement une boisson gazeuse.

Herrick, dont c'était la deuxième soirée à Tirana, décryptait la scène sans difficulté. En attendant Lance Gibbons, son contact de la CIA locale, elle reconnaissait plus ou moins les mêmes groupes que la veille, installés aux mêmes tables. Comme l'expliquait Bashkin, le chauffeur qui s'était attaché à son service depuis son arrivée à l'aéroport international

Mère Teresa, ces hommes dirigeaient des trafics de drogue et des réseaux de prostitution, ils faisaient du racket et de la contrebande d'essence et de cigarettes.

Gibbons, un homme corpulent au pas traînant, arriva en retard. Il lui annonça tout de go qu'il était un vétéran de la guerre contre Al-Qaïda en Afghanistan, « le grand A », comme il disait. Après quelques verres, Isis en vint au but de sa visite. Elle lui demanda quand elle pourrait rencontrer le suspect.

« Pour le moment, c'est difficile, rétorqua Gibbons, jouant avec un foulard négligemment noué autour du cou. Il faut être prudents avec les Albanais. C'est leur prisonnier. Nous sommes des observateurs, c'est tout. »

Herrick lui jeta un regard sceptique, sortit son portable et appela Nathan Lyne. « J'ai des difficultés imprévues pour vérifier la marchandise, annonça-t-elle. Je me demandais si vous ne pourriez pas intervenir auprès du représentant local et lui dire de se montrer plus coopératif. Je vous le passe. »

Elle tendit le téléphone à Gibbons. L'homme de la CIA écouta en silence avant de répondre : « Comprenez-moi, Nathan : nous n'avons pas encore réceptionné la marchandise. Elle est toujours à l'administration des douanes. »

Il raccrocha et rendit le téléphone à Herrick. « Ce n'était pas amical de votre part, vous le savez ?

— Je dois voir cet homme au plus vite et envoyer mon rapport à Londres. C'est tout.

— Vous et votre Lyne n'avez aucun poids ici. Ici, c'est différent. Point final. » Gibbons sirota son verre et alluma un cigare. « Alors, Isis Herrick, parlez-moi de RAPTOR. Est-ce que la situation se détériore ? Nous entendons parler d'un gros truc. Nos agents sur le terrain sont rappelés, les opérations suspendues sans explications. C'est quoi, ce machin ? »

Elle haussa les épaules. « Cela ne me dit rien du tout, mais si quelque chose se détériore, pour reprendre votre expression, autant me laisser rencontrer le suspect. L'ordre vient d'en haut. »

Il rit. « Le haut de quoi : de mon agence ? Certainement pas. Des services secrets britanniques ? Ce serait autre chose, hein ? Je me mettrai au garde-à-vous et je boirai à la santé de Sa Majesté.

— Où se trouve-t-il ?

— Information confidentielle.

— Au quartier général des services secrets ? En prison ? Où ? »

Il secoua la tête et gratta une barbe vieille de trois jours.

« Pourquoi ne me donnez-vous pas l'accès ? Si l'homme parle, vous avez sûrement des transcriptions ?

— Oh, oui, il parle.

— Alors, me communiquerez-vous les transcriptions ?

— Je ne peux pas vous l'assurer.

— Je ne suis pas venue pour m'amuser, fit Herrick, glacée. Si je n'obtiens pas votre accord ce soir, je demanderai à Nathan Lyne d'appeler ses amis au Département d'État et à Langley. Demain matin, votre bureau sera bombardé de messages. Donnez-moi ce que je vous demande et vous ne m'aurez plus sur le dos.

— Vous me comprenez mal, Isis. J'aimerais beaucoup vous avoir sur le dos. Cette ville me devient pénible. Vous êtes la meilleure chose qui me soit arrivée depuis des semaines. Mais c'est très difficile. Je ne vois pas les Albanais ouvrant grandes leurs portes pour vous offrir une petite visite au suspect. Bon sang, vous êtes une femme. Vous savez ce que ça signifie pour ces gens, non ?

— Monsieur Gibbons…

— Lance.

— Si vous avez entendu dire qu'il se trame quelque chose d'inhabituel — elle se tut pendant que le serveur posait un nouveau verre devant Gibbons —, vous devez savoir que la hiérarchie est dans le coup au plus haut niveau. »

Gibbons émit un sifilement ironique. « Hé, vous l'avez déjà dit. Je verrai ce que je peux faire, okay ? Comprenez, de votre côté, que ce n'est pas une prison occidentale. En termes de droits des prisonniers, ils ne sont pas aux normes. Vous me suivez ? »

Elle opina. « Je veux les transcriptions ce soir. »

Gibbons prit un petit sac noir sur ses genoux — le camouflage habituel pour un pistolet automatique —, il le mit en bandoulière et se leva. » Peut-être demain, dit-il en la regardant de haut.

— Ce soir.

— Nous sommes à l'heure albanaise, mademoiselle. Demain. » Il la salua de deux doigts et quitta rapidement l'hôtel en faisant signe à son chauffeur.

Elle dîna au restaurant de l'hôtel et regagna sa chambre. Elle s'installa sur le balcon surplombant les jardins pour fumer une cigarette, l'une des rares qu'elle s'accordait. À 21 h 30, son portable sonna et elle le chercha précipitamment dans son sac. « Bonsoir, chérie, c'est ton père.

— Papa, que se passe-t-il ?

— Rien de particulier. J'appelle ma fille pour savoir comment elle va et ce qu'elle fait. Tu peux parler ?

— Oui. Comment s'est passé ton séjour dans les Highlands de l'Ouest ?

— Magnifique. J'ai fait de superbes parties de pêche. »

Elle sourit, envahie par une bouffée d'affection pour le vieil homme. « Rien ne me plairait davantage en ce moment, dit-elle, balayant du regard la chambre sinistre.

— On voyagera ensemble quand tu auras le temps. Je sais que tu aimes rouler dans l'Armstrong. » Il rit. « Écoute, des amis m'ont appris que tu te trouvais en Albanie. Le premier point est : sois prudente. Ce sont des gens dangereux. J'y suis allé à la fin de la guerre quand on n'avait plus besoin de moi en France. J'ai vu leur côté le plus moche. Mais je t'appelle aussi parce que j'ai un message pour toi. De la part d'un de mes anciens étudiants. » Elle comprit qu'il parlait de Sir Robin Teckman. « Il veut discuter avec toi sur une ligne sécurisée. Tu as rendez-vous demain matin avec notre ambassadeur.

— Papa, pourquoi fait-il appel à toi s'il veut me parler ?

— Tu le sauras en temps utile. Sois sur place à 8 h 30 précises. Rends-toi rue Skenderberg. Notre ambassade est mitoyenne avec celle d'Égypte. Sois discrète, Isis. Si tu as un chauffeur, évite-le. L'étudiant dit qu'il n'est peut-être pas sûr. Prends un taxi. »

Herrick ne voulait pas que son père raccroche. Elle lui posa une série de questions sur Hopelaw et ses habitants, les granges qui avaient brûlé, les moutons devenus fous, les braconniers pris sur le vif, les disputes des uns et des autres. Ces potins lui manquaient. Son père, si discret sur lui-même, était un observateur attentif de la vie du village. Elle aimait l'écouter parler. Elle lui dit au revoir, ralluma sa cigarette et se plongea dans la lecture d'un livre sur l'Albanie qu'elle avait acheté à la boutique de l'hôtel.

Elle allait éteindre la lumière quand la sonnette de la porte retentit. À travers le judas, elle vit Gibbons, un pouce enfoncé dans la poche de sa chemise, son cigare pendu à la lèvre inférieure.

« Isis, j'ai apporté ce que vous vouliez », dit-il quand elle ouvrit. Il inspecta la chambre. « Auriez-vous par hasard un peu de Johnny Walker étiquette noire ? »

Elle avait apporté des bouteilles comme autant de pots-de-vin. « Servez-vous, monsieur Gibbons.

— Lance, la reprit-il. Ce document date des dix premiers jours. Une grande partie de ses propos y est consignée. Vous verrez qu'il est malin. Il a fait des études en Grande-Bretagne et il s'exprime bien en anglais. Ce n'est pas un moudjahid typique. Il est intelligent, civilisé. Dur aussi. Après avoir passé la frontière, il a tenu le coup un bon moment. Nous avons l'impression qu'il cache quelque chose. Il avait les papiers d'un homme que nous pensions mort, Jasur Fayçal, connu comme l'Électricien ou encore l'Horloger, un terroriste du Hamas activement recherché. Vous en avez entendu parler ? Il est beaucoup plus intéressant que le combattant exalté habituel. Nous ne savons pas ce qu'il fabrique en Europe et pourquoi il n'a pas un sou, mais il pourrait être au cœur d'une très importante opération terroriste. Pour nous, c'est un véritable salaud.

— Que comptez-vous faire ? Vous le tenez depuis dix jours. Vous n'en tirerez plus grand-chose.

— Faux. Il a encore une tonne d'informations à nous livrer. Il a été identifié à Camp X-Ray et ailleurs. Au-delà, rien de sûr. Il était peut-être en Tchétchénie.

— Nous sommes sûrs qu'il est pakistanais ?

— Qui sait, Isis ? À le voir, il peut être pakistanais ou palestinien.

— Qu'allez-vous faire de lui ?

— Je me le demande. »

Tandis qu'Herrick consultait les premières pages du rapport, Gibbons avala une gorgée de whisky. Il la fit rouler dans sa bouche avec une grimace de plaisir douloureux.

« Eh bien, merci de me l'avoir apporté si vite. Je peux le garder ?

— Oui, mais ne le laissez pas traîner.

— Y a-t-il d'autres éléments ?

— Quelques-uns, acquiesça-t-il, tournant le verre dans ses mains. Mais rien qui ne soit dans les transcriptions. Ils le travaillent lentement là où ils savent qu'il parlera. Ce n'est pas une opération de la Defense Intelligence Agency, mais de la CIA. Nous y allons à fond. Le Pentagone n'y connaît rien. »

Elle gagna la porte et l'ouvrit. Gibbons se leva en soupirant. « Si vous avez besoin de quoi que ce soit, ou simplement de compagnie pendant votre séjour, voici mon numéro de portable.

— Merci encore.

— Eh, nous sommes du même bord. » Il lui adressa un nouveau salut et sortit.

« Absolument. » Elle referma la porte et retourna s'asseoir sur le balcon. Pour la première fois de la journée, l'air était frais. Au-delà des jardins de l'hôtel, des projecteurs illuminaient le palais des congrès. Un moment, elle observa le tourbillon des chauves-souris chassant les papillons de nuit sous les lampadaires, puis elle retourna à la transcription de l'interrogatoire.

Elle se réveilla tôt le lendemain et quitta l'hôtel par une porte de service. Elle savait que Bashkin l'attendait à l'entrée principale. Elle traversa le plus grand boulevard de la ville et franchit la vieille enceinte du politburo. Après avoir dépassé la villa d'Enver Hoxha, construite dans un style curieusement aérien, et contourné son jardin partiellement occupé par un McDo, elle atteignit le quartier des ambassades. Avec ses patrouilles de police et ses chicanes, c'était un havre à l'écart de la circulation automobile.

Arrivée à l'ambassade, elle dépassa une douzaine d'Albanais, présenta son passeport et fut conduite au sous-sol. La salle des communications était bourrée de matériel et pourvue de deux gros ordinateurs. L'ambassadeur y buvait une tasse de café avec un membre du corps diplomatique.

« Ah, mademoiselle Herrick, bienvenue, bienvenue. Prenez un siège. La liaison a été établie pour vous. » Il la laissa seule avec un exemplaire du *Spectator*.

La sonnerie retentit et Teckman fut au bout du fil, plus concis que jamais. Il lui expliqua qu'elle devait contacter à l'hôtel Byron un ancien agent du SIS nommé Harland. Il voyageait en compagnie d'un ostéopathe, un certain Sammi Loz, « un type très inhabituel de la haute société new-yorkaise » . Un personnage intéressant. Elle avait entendu parler d'Harland et savait qu'il était mêlé à l'éviction de Walter Vigo, mais elle se garda d'en faire état. Elle préféra demander à Teckman s'il pensait que Karim Khan était une grosse prise ou seulement un prétexte pour l'éloigner du Bunker.

« Les deux à la fois, mais l'importance de Khan leur échappe. En revanche, l'intérêt que lui porte l'ostéopathe est en soi une indication. D'après Harland, Karim Khan a sauvé la vie de Loz en Bosnie, et Loz lui est redevable ; il fera tout pour le sortir de là. C'est probablement vrai, mais il y a autre chose. Vous et Harland mettrez Loz sur le grill, quitte à lui mentir sur les chances de libérer Khan. Je dois vous avertir que les Américains ont eu vent de l'importance probable de Loz, mais, comme nous, ils ignorent de quoi il retourne. Par ailleurs, il est peu vraisemblable que le FBI qui filait Loz à New York et la CIA qui opère en Albanie aient échangé des informations sur ce personnage. Loz n'est pas sur les listes de surveillance et, comme vous le savez, les relations entre les différents services à Washington sont au plus bas.

— Que dois-je dire aux Américains ? Ils sont un peu épineux sur la question de l'accès.

— Vous aurez l'accès cet après-midi, j'y veillerai. Présentez-vous à l'ambassade américaine à 15 heures, sauf si je vous rappelle.

— Et RAPTOR ?

— Rencontrez Khan, faites votre travail et envoyez votre rapport au Bunker. Croyez-moi, les neuf autres suspects leur donnent déjà du fil à retordre. Vous ajouteriez à la confusion en faisant du tapage comme vous en avez le secret. » Il eut un rire tranquille. « Pour l'instant, pas de cambriolage, Isis. Gardez votre camouflage et ouvrez vos grands yeux. Je suis navré de ne pouvoir vous en dire davantage, la situation est très mouvante. Je compte sur Harland et sur vous pour faire face avec toute la finesse dont je vous sais capables. » Il lui donna un numéro de téléphone et raccrocha. Elle resta assise dans la fraîcheur de la salle, s'interrogeant sur ce qui se tramait. Son père pensait que le Patron attendait pour réagir, mais à trois ou quatre semaines de son départ à la retraite le temps pressait. En outre, il s'intéressait à des problèmes apparemment hors sujet.

Elle quitta l'ambassade et déambula sur Rruga e Durresit, une rue poussiéreuse et bruyante où elle avait aperçu des boutiques. Elle entra dans une échoppe peu fournie et acheta deux tee-shirts aux couleurs vives, ainsi qu'un sac en toile comme en portaient les Albanaises. Dans une boutique mieux pourvue, elle jeta son dévolu sur une ceinture et un jean clouté aux coutures. Elle poursuivit jusqu'à un marché et se fraya un chemin au milieu des étals branlants couverts de tôle et percés de minuscules ouvertures. Derrière une pyramide de légumes et de cartons remplis de poulets vivants, elle découvrit une marchande de bijoux fantaisie, et lui acheta une imitation de bracelet en or, ainsi qu'un collier serti de perles en plastique blanches et noires. Dans l'échoppe voisine, tenue par un jeune homme à la fine moustache, elle marchanda un châle en résille noir et des bottes à hauts talons avec une frange de cow-boy aux chevilles. Elle rangea ses achats dans un sac de supermarché blanc, y ajouta quelques fruits, et avança ostensiblement entre des marchands qui s'accrochaient à ses basques depuis qu'ils avaient découvert la présence d'une étrangère.

Elle regagna l'hôtel à 10 h 30 et s'installa au bord de la piscine avec des livres et un journal en attendant qu'Harland la contacte.

Khan avait d'abord pensé que le docteur qui l'avait ausculté au quartier général du SHISK était un Albanais. Mais il avait appris au cours d'un interrogatoire qu'il était syrien. Les agents du SHISK, le service d'espionnage albanais, l'appelaient d'ailleurs le Syrien ou encore le Docteur avec un petit sourire déconcertant. Le Docteur prenait des notes lorsque Khan répondait aux questions. Pourquoi un médecin avait-il besoin de connaître son passé en Afghanistan ? Sa manière d'interrompre la procédure était encore plus déroutante : il se levait de sa chaise, près de la fenêtre, et lui serrait méchamment le bras. Ou il appuyait fortement son pouce sur les tendons de sa jambe. Pendant cette intervention, les deux Albanais marquaient une pause et allumaient une cigarette. Les Américains, qui n'étaient jamais moins de trois, s'étiraient, se massaient la nuque et chuchotaient entre eux.

La présence du Docteur avait d'abord rassuré Khan. Elle lui épargnerait les mauvais traitements infligés aux autres prisonniers. Puis il avait commencé à trouver insupportables, et bientôt détestables, ses étranges questions et les manipulations qui allaient de pair. L'expression du Docteur s'était durcie comme s'il se livrait à une évaluation terrifiante. Khan espérait fébrilement ne jamais rester seul avec lui.

L'interrogatoire suivait le même cours depuis les premiers jours. Khan avait évoqué les grandes lignes de son engagement en Bosnie et en Afghanistan. Ses geôliers s'intéressaient notamment aux quatre dernières années. Ils étaient persuadés, malgré ses dénégations, qu'il connaissait les chefs des Talibans et d'Al-Qaida. Il leur répétait sans cesse qu'il avait seulement commandé un maquis de montagnards, qu'il connaissait mal le régime et n'avait aucune expérience des camps d'entraînement terroristes. Mais les Albanais, encouragés par les Américains, insistaient : « Où vous êtes-vous entraîné ? Qui vous a entraîné ? Quelles méthodes vous a-t-on enseignées : attentat à la voiture piégée, tirs d'embuscade, bombes au butane, minuteurs ? Et les bombes sales ? » Que savait-il des matériaux radioactifs en provenance du Turkménistan, de l'Ouzbékistan et du Tadjikistan ? Il avait admis s'être trouvé dans la région à l'été 1999 : il était donc au courant des transports de strontium et de chlorure de césium. Khan persistait dans ses réponses : il ignorait tout de ces cargaisons, mais il n'hésiterait pas à en parler s'il avait la moindre idée. Il était hébété à force de ressasser et il revenait si souvent sur les mêmes détails que les mots perdaient leur sens.

Ils lui montrèrent des albums de photos apportés par les Américains dans deux caisses en métal. Ce fut une rupture bienvenue dans la routine. Il en profita pour leur prouver son désir de coopérer. Pendant deux jours, ils examinèrent les visages de quatre ou cinq cents individus soupçonnés de s'être entraînés en Afghanistan. Il leur livra les noms d'une douzaine d'hommes avec qui il avait combattu et il leur apprit la mort de trois d'entre eux : un Saoudien, un Yéménite et un Pakistanais muni d'un passeport britannique. Le jeune Yéménite avait été tué sous ses yeux par une roquette de l'Alliance du Nord ; il l'avait enterré, avec cinq autres, sous un tas de cailloux : le sol était trop dur pour être creusé.

L'interrogatoire revenait toujours sur les camp d'Al-Qaida. Khan expliqua qu'il était arrivé en Afghanistan aguerri par les combats en Bosnie. Il en savait beaucoup plus en matière d'armes et de tactique que les autres combattants. Mais il n'avait aucun lien avec les camps d'entraînement terroristes. Il avait passé les deux derniers hivers bloqué sur le front, sans approvisionnement. Il gelait à pierre fendre, les hommes autour de lui mouraient de froid et de maladie. Le contact radio était maintenu avec Kaboul, mais nul ne se souciait d'eux dans la capitale. « J'étais un soldat, conclut-il d'un ton las. Je n'étais rien pour eux et les Arabes n'étaient pas bienveillants.

— Mais vous étiez le grand héros de Bosnie. Vous commandiez des Arabes dans les combats contre l'Alliance du Nord et sur la frontière tadjik, lança un Albanais.

— Les Arabes pauvres se battaient avec nous, oui. Et ils sont devenus de bons soldats. Mais les riches payaient pour retourner au sud. En les voyant arriver, je savais qu'ils resteraient quelques semaines. Savez-vous qu'on appelait les riches *Tharwa* et les révolutionnaires *Thawra* [1] ? Une vieille plaisanterie en arabe, un jeu de mots, j'imagine.

— Pourquoi n'êtes-vous pas parti plus tôt ? demanda l'un des Américains. Vous prétendez que vous haïssiez les Talibans et n'aviez aucun respect pour les Arabes, mais vous êtes resté plus longtemps

1. *Tharwa* : « la fortune ». *Thawra* : « la révolution ».

en Afghanistan que tous ceux que nous avons interrogés. Pourquoi ?

— Parce que je me sentais responsable des hommes qui combattaient avec moi. Nous étions une dizaine à ne s'être jamais quittés depuis 1998. Nous avions survécu aux épreuves, aux dangers, aux décisions absurdes des dirigeants de Kaboul qui, eux, n'avaient pas besoin de se battre. Nous mangions ensemble, partagions tout et enterrions nos frères. Quand vous vivez ainsi dans les montagnes pendant des années, dépendant les uns des autres, vous oubliez le reste du monde. Vous vous retranchez facilement.

— Myopie, émit un Américain.

— Oui, myopie. J'étais coupable de ça. Oui.

— C'est du baratin », lança un homme, nommé Milo Franc. Il dirigeait l'équipe américaine et se montrait le plus agressif. « Du baratin hypocrite. Vous étiez un mercenaire, vous combattiez pour un régime qui exécutait les femmes parce qu'elles lisaient des livres d'école.

— Je n'approuvais pas ce genre de choses.

— Vous aimez tuer. C'est la vérité, non ? Vous êtes un tueur professionnel. Et quand vos hommes ont été expulsés d'Afghanistan, vous avez reçu l'ordre d'aller en Occident pour tuer encore. » Il se tut, avant de reprendre d'une voix basse. « Vous avez quitté l'Afghanistan en décembre, n'est-ce pas ? »

Khan inclina la tête et observa la peinture écaillée sur le mur. Il connaissait chaque centimètre carré de la pièce et tous les bruits de la rue : les pics de circulation, les cris des vendeurs chaque jour à la même heure, les voix des étudiants quand ils quittaient la faculté en haut de la rue.

« Donc, reprit Franc en remontant son pantalon, à l'époque où les chefs dispersaient les combattants d'Al-Qaida et leur demandaient de poursuivre la lutte dans leurs pays, vous vous êtes mis en tête de rentrer à Londres pour terminer vos études de médecine. Vous avez passé la frontière à Spin Boldak, vous vous êtes planqué et vous avez repris contact avec votre famille à Lahore. Puis vous avez traversé Quetta, voyagé au nord vers les zones tribales avant de rebrousser chemin et de vous diriger vers l'ouest et l'Iran. Nous avons les rapports de l'ISI pakistanais. Il se trouve que, *exactement* à la même période, des centaines de combattants d'Al-Qaida ont emprunté le même itinéraire vers Mashhad ou Zabol, deux villes iraniennes où vous êtes allé. Et c'est une coïncidence ?

— Oui, je voulais renouer avec ma vie passée. J'avais commis un certain nombre d'erreurs. Je voulais repartir de zéro… Arrêter les tueries, devenir docteur.

— Foutaises. Vous étiez un étudiant paresseux. À Londres, vos professeurs, du moins ceux qui se souviennent de vous, affirment que la médecine ne vous intéressait pas. Baiser et picoler, oui. La médecine, non. Nous avons vérifié. Votre assiduité était pitoyable et vous n'avez jamais rendu vos partiels. »

Khan secoua la tête. « J'étais un jeune homme stupide et peu avisé. Mais je n'ai commis aucun crime. »

Franc regarda les deux agents du SHISK. L'un d'eux fit un geste théâtral comme pour dire : « Après vous. » Franc s'approcha. Penché sur la table, il dévisagea Khan.

« Voyez-vous, Karim, ou quel que soit votre foutu prénom, jusqu'ici vous avez eu de la chance. Des repas réguliers, un lit, des soins. Un service trois étoiles. Mais tout change. Nous pouvons vous laisser seul avec ces hommes. Vous savez ce que ça veut dire ? » Il regarda le Docteur par-dessus son épaule et sourit, ses yeux gris et durs fixés sur le visage de Khan. « Cet homme est un vrai médecin. Comme tous les vrais médecins, il soigne les gens et les sauve. » Il marqua un bref silence. « C'est-à-dire, il les soigne après les avoir fait tellement souffrir qu'ils veulent mourir. Mais ce n'est pas ce qui arrive. Oh non ! Il vous maintient en vie et il recommence. Avec votre bagage médical, vous devez avoir une petite idée de ce qu'il sait faire. Je ne parle pas seulement de scalpels et de drains pour vous saigner à blanc ; ni d'électricité, de coups ou de noyade. Non, le Docteur est un véritable scientifique. Il opère à l'intérieur et à l'extérieur. Il vous bourre de drogues, d'acides et de toutes les saloperies imaginables. La douleur est totale, vous comprenez ? Totale. Il vous expédie dans un monde qu'aucun humain ne peut concevoir, un monde terrifiant, insoutenable. Il peut vous maintenir dans cet état pendant des *années.* Pouvez-vous imaginer ça, Khan ? Il a beaucoup pratiqué quand il travaillait pour Saddam Hussein. Il a tant d'expérience qu'il est devenu le meilleur, une sommité. Personne ne peut lui cacher ce qu'il veut entendre. » Il se redressa et força la voix. « Et vous apprécierez sûrement de savoir, petite pédale, que nous avons pris rendez-vous avec le Docteur. Pour vous. Vous êtes sur sa liste. Il commencera dès que nous le demanderons. Alors, montrez-vous coopératif et répondez à nos questions. »

Khan regarda fixement la table et se ressaisit. « Je vous ai dit tout ce que je savais. Je n'ai commis aucun crime. J'ai fait la guerre en soldat étranger dans un pays étranger, comme vous au Vietnam. Nous avons, vous et moi, commis des erreurs. J'espère pouvoir payer ma dette envers l'humanité.

— Vous êtes un terroriste. Voilà la différence, mon pote. » Franc prit une chemise cartonnée sur sa chaise et revint à la table. « Maintenant qu'on vous a prévenu pour le Docteur, voyons ce que vous avez à dire là-dessus. » Il sortit les deux dernières cartes postales de l'Empire State Building. « Pouvez-vous nous expliquer pourquoi ces cartes étaient en votre possession ?

— Oui. Un ami me les a remises, il y a longtemps, pour garder le contact. C'est pourquoi il a écrit lui-même son adresse.

— Oui. Le Dr Sammi Loz. Vous avez fait vos études ensemble à Londres, puis vous êtes partis tous les deux en Bosnie, c'est exact ?

— Oui.

— Pourquoi l'Empire State ? Qu'est-ce que ça signifie ?

— Mon ami aimait ce bâtiment, on pourrait même dire qu'il l'obsédait. Il racontait qu'il travaillerait toujours dans l'Empire State Building à cause de l'esprit des lieux. Pour lui, le bâtiment était un endroit propice. Il vous le confirmera. Je suis sûr qu'il y travaille toujours. »

Franc lui renvoya un sourire sardonique. « Nous voulions le demander au Dr Loz, mais il a disparu quand les agents fédéraux ont voulu lui parler, il y a quatre jours. Il est actuellement recherché aux États-Unis. Bien entendu, nous lui poserons la question. Pour le moment, on s'en tient à vous. » Franc laissa Khan digérer la nouvelle tout en regardant d'autres photos.

« Ces cartes postales sont codées. Nos experts pensent qu'elles contiennent une information sur la date d'un attentat et sur la cible. » Il posa les cinq cartes postales sur la table. « Lisez-les et expliquez-nous les codes.

— Je les lirai, mais il n'y a pas de code. » Khan secoua la tête, les yeux rivés sur la table. Enfin, il prit les cartes postales et lut la première. « "Salut, mon vieil ami. Je suis au Pakistan et j'espère arriver très vite à Londres. J'aurai peut-être besoin de ton aide. J'ai de bonnes nouvelles. Je compte achever mes études de médecine comme tu me l'as toujours conseillé. Avec mes vœux les plus chaleureux. Khan." C'est tout. Il n'y a aucun message.

— Vous l'avez envoyée de Quetta, là où votre passeport a été falsifié. C'était après avoir reçu vos instructions ? Vous ont-elles été fournies en même temps que le nom de l'homme qui a trafiqué votre passeport ?

— Non, j'ai tout fait pour éviter ces gens à Quetta. Ma famille m'avait prévenu que l'ISI me recherchait. Je devais me montrer très discret.

— Ainsi, vous avez déniché tout seul l'homme qui travaillait pour Al-Qaida ?

— J'ignorais qu'il travaillait pour eux.

— Continuez », ordonna Franc.

Khan lut les autres cartes postales. Quand il eut fini, il laissa ses mains retomber sur la table dans un geste de frustration. « Cela ne veut rien dire, je vous l'affirme. Rien. »

Impassible, Franc sortit des copies des cartes postales et en posa une devant lui. Khan vit que les lettres en majuscules sur la carte de Quetta étaient entourées de rouge.

Salut, MOn vieil ami. Je suis au Pakistan et j'espèRe arriver Très vite À Londres. J'aurai peut-être bEsoin de ton aide. J'ai de bonnes nouvelles. Je coMPte achever mes études de médecIne comme tu me l'as toujouRs consEillé. Avec mes vœux les plus chaleureux. Khan.

Khan jeta un regard perplexe à Franc.

« Je vais vous rafraîchir la mémoire, expliqua Franc. Les lettres en majuscules disent MORT À L'EMPIRE. » Il fit courir son doigt sur le message en s'arrêtant sur chaque lettre capitale.

Khan secoua la tête, incrédule. « C'est stupide. On dirait un message codé pour enfants. Vous croyez que j'ai pu écrire ça ? Honnêtement ?

— Mais oui. Regardez la première carte, celle que vous avez expédiée d'Iran. Là, c'est un peu plus compliqué. »

Franc plaça une grille de lecture sur la phrase qui concluait la carte postale d'Iran.

« Vous ne trouvez pas cette phrase bizarre, surtout quand vous la comparez au reste du texte qui se lit normalement et est correctement épelé ? Nos analystes ont regardé de plus près. Voilà ce qu'ils ont trouvé.

ALKUF
RMILA
TUNWA
HIDUN

« Vous avez presque écrit l'anagramme d'un hadith, une parole bien connue du Prophète : "Al kufr milatum wahidun", ce qui signifie "Infidèle est une nation". C'est un appel aux armes contre les incroyants. »

Khan contemplait les lettres. « Je ne comprends pas. »

L'Américain, armé d'un stylo, pointait les lettres qui apparaissaient dans la phrase en arabe.

« Mais ça ne marche pas. Il y a trop de lettres dans ma carte postale.

— C'est assez proche. Nous travaillons sur les deux cartes suivantes, mais il y en a déjà assez pour vous expédier en prison, vous et votre ami le Dr Loz. » Il se tut un moment. « "Infidèle est une nation." Quelle merde avez-vous dans la tête ?

— C'est complètement fou.

— Dites-moi seulement où se cache l'information sur la cible. Je veux la date et l'heure de l'attentat, les noms de vos complices. Que vient faire l'Empire State là-dedans ? C'est votre cible ? J'attends des réponses ! » Il hurlait à présent.

« Il n'y a aucun complot. Je suis innocent. J'avais perdu l'habitude d'écrire en anglais, l'habitude d'écrire quoi que ce soit. Les lettres en capitales sont une faute et les codes que vous avez découverts une coïncidence. Ils n'existent pas. » Il transpirait abondamment, la peur éraillait sa voix ; il croisa les mains sous la table pour les empêcher de trembler.

« Ouais, comme d'autres coïncidences dans votre histoire. Bon, nous sommes un peu fatigués d'écouter vos foutaises ; nous allons vous laisser quelques heures avec le Docteur. Après, nous exigerons des réponses. »

14

Lorsqu'elle quitta la piscine en début d'après-midi, Herrick avait la bouche sèche à cause de l'air pollué qu'elle avait respiré dans la matinée. Elle traversa le hall et sortit la carte magnétique qui lui permettait d'utiliser l'ascenseur et d'accéder à sa chambre.

« Puis-je ? » dit une voix dans son dos. Elle aperçut un visage brun et amical, et sentit un large sourire.

« Merci », répondit-elle en reculant. L'homme pressa le bouton du troisième et lui demanda son étage. « C'est sans importance, je suis juste au-dessus. » C'était un mensonge.

La porte se referma.

« Cela vous intéresse-t-il de savoir que je me rends chez Robert Harland ?

— Cela pourrait m'intéresser si je savais de qui vous parlez, fit-elle, détournant le regard.

— Oh, je suis désolé. J'ai cru comprendre que vous étiez une collègue de M. Harland. Il m'a demandé de vous chercher dans l'hôtel.

— Et vous, qui êtes-vous ?

— Docteur Sammi Loz. Les circonstances m'ont forcé à changer d'identité. Pour le moment, je m'appelle Charles Mansour, ce qui me plaît encore moins que mon véritable nom. » Il lui lança un nouveau sourire.

Elle l'observait dans le miroir. Il portait une veste en lin, un pantalon déstructuré d'un bleu profond et une chemise blanche, probablement en soie, boutonnée jusqu'au cou. À l'évidence, il était riche et accordait un soin particulier à son apparence. Ses gestes étaient empreints d'assurance, de vanité et d'une certaine suffisance.

« Docteur Loz, pourquoi M. Harland ne vient-il pas me chercher lui-même ? »

L'ascenseur s'arrêta et la porte s'ouvrit.

« Parce qu'il est cloué au lit par un mauvais mal de dos après trois vols successifs. Et comme je suis son médecin, je lui ai ordonné le repos complet. Mais il se remettra et demain il sera sur pied. C'est la chambre 32. Si vous le souhaitez, je vous attendrai ici.

— Merci. Je préfère, effectivement. »

Elle frappa à la porte et jeta un coup d'œil vers l'ascenseur. Loz se tenait à proximité, les bras croisés.

La porte s'ouvrit sur un homme d'âge mûr, de haute taille mais voûté, qui lui tendit la main. « Je suis désolé. J'ai demandé à Loz de venir vous chercher à cause de mon dos. Entrez. » Robert Harland se dirigea vers son lit. Il marchait en canard et s'allongea très lentement. « Je crois savoir que vous étiez à l'ambassade et qu'on vous a informée des raisons de ma présence à Tirana, dit-il avec un rire amer. En fait, comme je n'en ai aucune idée moi-même, je ne prétends pas que vous soyez au courant.

— Le Patron a organisé une rencontre avec Karim Khan cet après-midi. Je dois être à l'ambassade américaine à 15 heures. Pourrions-nous discuter après ?

— Je préférerais que vous parliez avec Loz d'abord. » Il fronça les sourcils, plus par perplexité qu'à cause de la douleur. « J'aimerais savoir ce que vous pensez de lui. Il est venu ici par ses propres moyens avec un faux passeport. Teckman est convaincu qu'il sait quelque chose, mais quoi ? Je le surveille pour cette raison. Je crois que vous avez reçu des directives pour m'aider ? » Il se tut et posa les mains sur son bassin. « Alors, voilà mon idée. Vous ferez comprendre à Khan que vous connaissez Loz, mais à l'insu des Albanais.

— Pourquoi ?

— Je voudrais connaître la réaction de Khan. Je n'en ai pas encore parlé à Loz. Discutons-en avec lui, voulez-vous ? »

Elle ouvrit la porte et fit signe à l'ostéopathe. Il entra dans la chambre. Harland lui expliqua le plan.

« Je vois, réfléchit Loz. Vous cherchez un mot de passe ou une phrase codée que Karim pourrait reconnaître ? » Il se caressa l'arête du nez. « Parlez-lui du Poète.

— De qui s'agit-il ? demanda Harland, de mauvaise humeur.

— C'est le problème, répliqua Loz. Le Poète était un commandant en Bosnie, mais personne ne connaissait son nom, ni son terrain d'opération. Sauf Karim. C'est le Poète qui l'a convaincu d'aller en Afghanistan en 1997. Si vous le mentionnez, il comprendra que vous m'avez parlé.

— Bien, conclut Herrick qui trouvait la situation aberrante. Maintenant, j'y vais. »

Deux heures plus tard, une voiture la déposa avec Gibbons et un garde de l'ambassade américaine devant un immeuble de trois étages aux fenêtres grillagées. Ils franchirent un portail métallique bleu et débouchèrent sur un vaste parking où régnait un ordre inhabituel, pour ne pas dire excessif. Plusieurs véhicules tout-terrain s'alignaient sous des jets d'eau. Un jeune homme en tenue de camouflage balayait un liquide jaunâtre vers une bouche d'égout. Des barbelés affûtés comme un rasoir, des caméras et des détecteurs de présence protégeaient l'enceinte du quartier général du SHISK. Ce matériel avait dû être acheté avec l'argent américain qui inondait Tirana depuis le milieu des années 90. Une demi-douzaine de gardes armés surveillaient la cour. Deux hommes en faction à l'entrée du bâtiment central se mirent au garde-à-vous ; un troisième inspecta leur laissez-passer. Ils montèrent au second étage et empruntèrent un long couloir sombre, puis le garde les pria d'attendre.

« Le patron s'appelle Milo Franc, confia Gibbons dans un murmure. Il conduit l'interrogatoire avec les agents du SHISK. Inutile de vous dire d'éviter tout bla-bla. Ici, on n'aime pas les femmes. »

Herrick ne répondit pas.

Elle eut l'impression, en entrant dans la salle d'interrogatoire, d'une bande d'écoliers torturant un animal. Ils lui jetèrent tous un regard gêné, sauf un homme corpulent portant une barbiche épaisse et noire qui garda les yeux rivés sur un sac de pistaches. Khan était assis au bord de la table, tassé sur lui-même, inondé de sueur, manifestement au bout du rouleau. Quand les deux agents du SHISK pivotèrent sur leurs sièges pour examiner Isis de haut en bas, il plongea ses yeux dans les siens avec une expression de stupéfaction. Elle vit immédiatement qu'un tic nerveux affectait sa joue droite ; à plusieurs reprises, il posa sa main pour arrêter le spasme.

Gibbons lui indiqua une chaise le long du mur, près des trois Américains. Elle regarda celui qu'elle imaginait être Franc. Un autre, d'une trentaine d'années, avait une coiffure ordonnée séparée par une raie nette. Le troisième tenait une liasse de documents sur les genoux et ressemblait à un pasteur.

Khan n'eut droit à aucune explication sur la présence d'Isis, mais il la regardait fixement, espérant un signe qui l'avertirait qu'elle le sortirait de là. Mal à l'aise, elle détourna les yeux et fixa un point entre les deux Albanais. « S'il vous plaît, continuez », dit-elle.

L'un des Albanais se pencha. C'était un homme mince à la peau piquetée de taches de rousseur, avec un front proéminent. Il parlait avec un accent américain légèrement guindé.

« Tout cela n'est pas clair. Vous aviez deux pièces d'identité. L'une au nom de Karim Khan et l'autre au nom de Jasur Fayçal al-Saggib, également appelé Jasur al-Jahez et Amir al-Shawa. Vous dites que cet homme a été tué sous vos yeux en Macédoine, il y a deux semaines. Nos collègues américains ont demandé aux Macédoniens de chercher le corps. Ils ont fouillé la zone, mais n'ont trouvé aucun cadavre. »

Khan eut l'air aussi étonné que s'ils s'étaient mis à parler d'architecture ou de botanique. « L'homme est mort devant moi. Il n'a pas été tué, je vous l'ai dit. Il est mort d'une crise cardiaque. Il était peut-être asthmatique, je ne sais pas. »

Khan s'exprimait dans un anglais très pur qui surprit Herrick.

« Ils n'ont pas retrouvé son corps, insista l'interrogateur.

— Quelle preuve avez-vous qu'il se trouvait avec vous à ce moment-là ? »

Khan ne répondit pas et hocha la tête, désespéré.

« Quelle preuve avez-vous que ces documents ne vous appartiennent pas ?

— Mais ce n'est pas moi sur les photos. Tout le monde peut le voir. L'homme ne me ressemble pas. C'était un Arabe. »

L'interrogateur examina une photocopie. « Pour moi, il vous ressemble. » Il montra le document à son collègue qui opina vigoureusement. Herrick jeta un coup d'œil à une photocopie posée sur les genoux de l'agent de la CIA, et ne vit aucune ressemblance avec Khan. Néanmoins, elle sortit son carnet de notes et écrivit le nom de Fayçal ainsi que ses alias.

« Il me paraît normal que vous ne souhaitiez pas ressembler à un membre du Hamas. L'homme appelé Fayçal est recherché par Damas, Le Caire et Jérusalem. *Tout le monde* cherche M. Jasur Fayçal parce qu'il a perpétré plusieurs attentats et tué beaucoup de monde. En Syrie, ils veulent M. Fayçal pour deux meurtres. En Égypte, M. Fayçal a assassiné un homme politique et un journaliste : le tribunal du Caire l'a condamné à mort. Jasur Fayçal — l'Électricien — est peut-être assis dans cette pièce. Nous avons peut-être devant nous un grand terroriste, un vrai soldat de l'Islam.

— Pourquoi me posez-vous des questions auxquelles je ne peux pas répondre ? Vous avez devant vous la preuve que je ne suis pas Fayçal, mais vous ne voulez pas le croire. Que suis-je censé répondre ?

C'est pareil avec les cartes postales. Elles ne contiennent aucun code. Vous avez trouvé ce qui vous convenait, et je dois payer pour ça. » Khan baissa la tête. La sueur ruisselait le long de ses joues et s'accrochait à une barbe de plusieurs jours.

Il y eut un silence. Franc se tourna vers Isis avec un clin d'œil appuyé.

« Je peux poser une question au suspect ? » demanda-t-elle à la cantonade. Elle regarda Khan droit dans les yeux et demanda : « Qui êtes-vous ?

— Je suis Karim Khan.

— Et vous n'avez jamais utilisé aucun autre nom, Fayçal ou que sais-je ?

— Non. Je ne connaissais pas l'identité de l'homme avec qui je fuyais en Macédoine.

— Vous a-t-on jamais appelé l'Électricien, l'Horloger ou le Poète ou quoique ce soit d'autre ? » fit-elle d'un ton qui se voulait désinvolte, comme si ces noms lui traversaient l'esprit. Khan releva la tête ; une lueur de reconnaissance brilla dans son regard.

« Non, répondit-il. Mais j'ai connu un homme surnommé le Poète, il y a longtemps, en Bosnie. Mon ami le Dr Loz le connaissait aussi. » Il avait compris ce qu'elle avait dit. Ils avaient établi le contact.

Franc se tourna vers elle. « Veuillez sortir un moment, mademoiselle Herrick. » Il la poussa dehors et fit signe à Gibbons de les suivre. Dans le couloir, il la colla contre le mur et se pencha sur elle, un bras près de son visage. « Je ne sais pas ce que vous foutez ici, mais laissez-moi vous dire une chose : je vous tolère et vos remarques sont inacceptables. C'est une procédure de première ligne, mademoiselle Herrick, un interrogatoire extrêmement délicat, le résultat d'une coordination avec les services secrets albanais. Je ne vous autorise pas à y ajouter votre grain de sel et à balancer la première idée qui vous traverse l'esprit. Vous me *photocopiez*, mademoiselle Herrick ? »

Elle détourna le visage de son haleine et se rappela la méthode de Nathan Lyne. « Monsieur Franc, je suis mandatée par une commission conjointe anglo-américaine d'une importance dont vous n'avez aucune idée, et j'agirai de la manière que j'estime appropriée. Si vous voulez confirmation, appelez votre base à Londres et demandez à parler au directeur adjoint de la CIA, Jim Collins. »

Franc retira son bras. « C'était quoi, la connerie de tout à l'heure ?

— Je voulais savoir s'il connaissait le nom de code d'un commandant bosniaque. Vous avez vu sa réaction. Cela prouve qu'il ne peut pas être Fayçal et que l'histoire de l'homme mort en Macédoine est probablement vraie.

— Cela ne prouve rien, intervint Gibbons.

— Vous croyez sincèrement qu'il appartient au Hamas ?

— Nous devons suivre toutes les pistes, mademoiselle Herrick, répondit Franc. Si je vous autorise à retourner dans la pièce, j'exige votre parole que vous n'interviendrez plus. Des vies dépendent de ce que nous allons découvrir sur cet homme et les raisons de sa venue en Europe. Les messages codés expédiés à son complice Loz prouvent qu'il participe à un vaste projet d'attentat aux États-Unis.

— Alors pourquoi l'interrogatoire porte-t-il sur Fayçal ? s'étonna Herrick en toute bonne foi. Vous savez qu'il n'est pas Fayçal. C'est évident pour moi depuis les premières transcriptions. Pourquoi perdez-vous votre temps ?

— Il avait des papiers appartenant à un membre du Hamas, le groupe le plus extrémiste du Moyen-Orient. Il existe donc peut-être un lien entre Al-Qaida et le Hamas. Je n'ai pas besoin de vous faire un dessin. » Franc, soudain bienveillant, expliquait à la petite Anglaise les réalités de la « procédure de première ligne ». Son regard piqua la curiosité d'Isis. Que se passait-il réellement ?

« Okay, fit-elle, apparemment tranquillisée. Retournons-y. J'ai besoin d'en entendre davantage pour écrire mon rapport. Au fait, qui est l'homme au sac de pistaches ?

— Un médecin, fit Gibbons de sa voix traînante. Il s'occupe du bien-être du suspect. »

Quand elle pénétra dans la salle, le Docteur, assis sur la table, offrait une pistache à Khan. Le visage du prisonnier s'éclaira lorsqu'il la vit de retour ; ses yeux brillèrent d'espoir. Mais le Docteur se pencha et lui dit quelques mots. Lorsque Isis regarda Khan, son expression était redevenue atone et servile.

Elle prit place et les questions sur le Hamas recommencèrent. Khan refusa de répondre, déclarant qu'on pourrait tout aussi bien l'interroger sur la Colombie. Une heure passa. Le soleil baissait à l'horizon, mais la chaleur restait étouffante. Soudain, Herrick bondit et sortit, cette fois sous les ricanements des deux Albanais et du Docteur. Franc la suivit, furieux.

« Vous abusez de ma patience, dit-elle. Le Hamas ne vous intéresse pas. En fait, j'ai l'impression que vous avez orchestré cette séance pour moi. Vous menez sciemment cet interrogatoire à l'impasse pour que je n'apprenne rien. » Elle se tut et regarda le visage gras et luisant de l'Américain. « Je vais vous faire une confidence, monsieur Franc. Je ne suis pas ici dans le cadre d'un programme d'entraînement. Des centaines d'agents de la CIA et du SIS sont actuellement engagés dans une opération à Londres et dans toute l'Europe, une grande opération de renseignement. Vous comprenez ? Oubliez cette histoire du Hamas. Vous savez pertinemment que c'est du baratin. Quand je reviendrai, orientez les questions vers l'affaire qui nous occupe. »

Sa véhémence parut déconcerter Franc. Il s'étira et se tamponna le front. « Vous êtes soupe au lait, mademoiselle Herrick. Comprenez-vous que je ne mène pas l'interrogatoire ? Cet homme est dans une prison albanaise ! Nous sommes leurs invités.

— Je m'en fous, siffla-t-elle. Si vous ne voulez pas figurer dans mon rapport, reprenez les questions posées au début des transcriptions. » Elle lui tourna le dos et rentra dans la salle.

Les autres avaient évidemment entendu l'échange. Les Albanais avaient du mal à contenir leurs rires et les deux Américains affichaient des sourires moqueurs. Khan, au milieu de cette bonne humeur soudaine, semblait encore plus pathétique. Brusquement, il se leva, mais ses entraves aux pieds l'arrêtèrent net. « Ils me torturent, hurla-t-il. Cet homme qu'ils appellent le Docteur me torture. Dites-lui de vous montrer le sac en plastique dont il se sert pour m'étouffer. » L'un des Albanais se précipita pour le faire rasseoir et le faire taire. Khan continuait de hurler. « Tout le monde ici est torturé. C'est ce que vous voulez ? C'est ça, la politique des gouvernements anglais et américain ? Sortez-moi d'ici et je vous dirai tout ce que vous voudrez. » Le Docteur se glissa dans son dos. L'un de ses gros avant-bras lui emprisonna le cou ; l'autre le serra comme dans un étau. Khan toussa et s'effondra sur la chaise sans quitter Herrick des yeux.

« Arrêtez ! hurla Herrick. Cessez immédiatement. » Déjà les Américains l'expulsaient de la pièce. « Mon gouvernement ne tolère pas ça, cria-t-elle encore dans le couloir.

— On se fout du gouvernement britannique », coupa Franc. Il la poussa vers Gibbons. « Emmenez-la, Lance, et veillez à ce qu'elle ne remette pas les pieds ici. » Il tourna des talons et retourna dans la pièce.

Quand il ouvrit la porte, Herrick vit le blanc des yeux de Khan luire dans l'ombre de la silhouette du Docteur.

Dehors, le crépuscule tombait. Les derniers rayons du soleil mouchetaient les nuages. À l'est, les montagnes brillaient d'une couleur rose sale. Il faisait toujours chaud et la capitale rugissait.

Gibbons la poussa dans la Toyota et se mit au volant. « Il faut des couilles, dit-il. On ne peut pas faire autrement avec ces gens, vous comprenez ?

— Quoi ? La torture ?

— Allons, ne parlez pas de torture. Il a reçu quelques baffes, voilà tout. » Ses lèvres s'affaissèrent en une moue condescendante.

« Vous le torturez parce que vous n'obtenez pas les réponses attendues. Il ne vous est pas venu à l'esprit qu'il n'a rien à dire ? »

Ils zigzaguèrent quelques centaines de mètres entre les nids-de-poule et les jeunes vendeurs de boissons glacées et de cigarettes, puis Gibbons s'arrêta dans un coin tranquille et se tourna vers elle, un bras sur le volant. « C'est dur, je sais, mais il n'y a pas d'autre moyen. Cet homme participe peut-être à un complot qui fera des milliers de victimes. Ces types nous ont donné une leçon : il faut combattre le feu par le feu, être aussi impitoyables qu'eux, aussi cruels. Nous sommes dans ce pays merdique parce que le peuple américain nous a chargés de le protéger, en tout cas de prévenir des attaques terroristes. Que faire, hein ? Vous aimeriez qu'on traite Khan gentiment, quand Al-Qaida est prêt à faire sauter un pétrolier ou à lancer un camion de déchets nucléaires dans Washington ? Soyez réaliste. Cette guerre est différente. Nous devons y répondre avec toutes les armes disponibles. Si cela implique de pendre un de ces salauds à une poutre et de mener un interrogatoire intensif, pour ma part je n'y vois pas d'inconvénient. Seul le résultat compte, la protection des nôtres. Cela vaut pour les Britanniques. Croyez-vous qu'un Anglais moyen éprouve des états d'âme sur le sort d'un petit Pakistanais à des milliers de kilomètres de chez lui ? Bien sûr que non. Il veut que vous le fassiez parler et que vous l'empêchiez de détruire sa liberté, son mode de vie. C'est votre boulot. Aussi simple que ça. Changez-en si vous n'avez pas assez d'estomac. Ce sera ainsi dorénavant. C'est une guerre longue et cruelle entre civilisations.

— Précisément, c'est la civilisation qui est en jeu, dit-elle sans le regarder. C'est ce pour quoi nous nous battons : le principe selon lequel la torture est une mauvaise voie. Il n'y a rien de plus absolu que le mal absolu que vous faites à cet homme, comprenez-vous ?

— Ne soyez pas si vertueuse. Croyez-vous que ce soit un vice exclusivement américain ? Vous me faites rire. Vous, les Britanniques, vous avez torturé pendant deux cents ans aux quatre coins de l'Empire. Vous avez employé les mêmes méthodes avec vos concitoyens en Irlande du Nord, les sacs sur la tête, les privations de sommeil, les passages à tabac. Et l'opinion publique ne s'est pas émue tant qu'elle se sentait en sécurité. »

Elle soupira. « Ni la torture ni l'internement n'ont arrêté l'IRA. En fait, le processus de paix n'a commencé qu'avec la fin de ces pratiques. Je n'ai jamais dit que nous étions parfaits, mais si nous commençons à arracher des ongles, nous perdrons le sens de notre combat.

— Le principe moral, etc., etc. » Gibbons alluma un cigare et souffla la fumée par la vitre entrouverte. « Avez-vous entendu parler du type qui voulait faire exploser une douzaine d'avions au-dessus du Pacifique ? On l'a arrêté aux Philippines, et il est passé aux aveux *après un interrogatoire intensif.* Toute la cellule terroriste a été neutralisée. On a peut-être brisé quelques os, mais qu'est-ce que c'est comparé au nombre de vies sauvées, à tous ces Américains qui ne porteront pas le deuil parce qu'un timbré a décrété qu'ils offensent les enseignements du Prophète ? Vous savez ce que nous devrions faire ? Aller encore plus loin. Les pourchasser chaque fois qu'ils nous attaquent, mener le combat dans chaque putain de mosquée, dans chaque réunion tenue par un imam ou un ayatollah minable. Et si quelques brûlures ne les aident pas à comprendre, on leur montrera les effets du soleil instantané. C'est une question de pouvoir et d'usage du pouvoir à des fins dissuasives. »

Gibbons montra la rue et l'animation sur le boulevard des Héros Nationaux. La *volta* nocturne, cette tradition qui consiste dans toute l'Europe du Sud à monter et descendre les trottoirs pour que chacun admire les nouveau-nés, avait commencé. Elle témoignait d'une société civile apparemment sous contrôle. « Je peux stationner ici et discuter avec vous parce que les gens savent que ce véhicule appartient à l'ambassade américaine et que j'ai sur les genoux la meilleure invention du lieutenant-colonel Uziel Gal. » Il tapota le pistolet-mitrailleur rangé dans son sac à dos. « Sinon, ils pilleraient la voiture et ils vous enlèveraient.

— Que se passera-t-il si vous torturez cet homme et obtenez les mauvaises réponses ? Si vous lui posez les mauvaises questions ? »

Gibbons sourit. « *Nous* ne ferons de mal à personne. *Nous* ne contrôlons rien de ce qui se passe dans cette prison d'État. Ce pays est un petit frère de la Colombie. La corruption touche tout le monde, les gangsters dirigent les politiciens, la police, la justice : tout. Ils enlèvent les gosses de leurs voisins pour en faire des esclaves sexuels et quand les filles sont enceintes, les gangs mettent l'enfant au travail chez les mendiants. L'Amérique ne dirige pas l'Albanie. Nous avons pénétré au cœur de l'obscurité, c'est tout, et de là nous protégeons nos concitoyens. » Il se tut. « Allons prendre un verre à l'hôtel et bavardons encore un peu. Il faut que vous compreniez mieux certaines choses. »

Son premier réflexe fut de dire non, mais elle réfléchit que Gibbons prendrait une cuite et parlerait de Khan. Elle voulait revoir le prisonnier ; elle avait encore besoin de Gibbons.

« Pourquoi pas ? Oui, pourquoi pas ? »

Dans le hall du Byron, les gardes du corps jetèrent sur Herrick des regards avides et maussades quand elle se dirigea avec Gibbons vers le bar. L'agent de la CIA commanda un whisky et un Diet Coke. Il les but séparément avant même qu'Herrick ait touché à son verre de vin blanc albanais. Après un autre whisky, ils s'installèrent sur la terrasse. Herrick reconnut du Schubert en arrière-fond, ainsi qu'un duo d'évangélistes penchés sur leurs limonades. Comme c'est bizarre, pensa-t-elle : des Américains laissent torturer un homme dans un quartier et, dans un autre quartier, ils se préparent à convertir les masses athées. Elle en fit la remarque à Gibbons en termes nuancés.

« Avant de vous complaire dans l'autosatisfaction, rappelez-vous le comportement des Anglais en Inde : des missions et des massacres. Le sous-continent était virtuellement réduit en esclavage sous le gouvernement des Indes. » Il eut un geste conciliant. « Vous êtes quelqu'un de bien, Isis. J'ai connu des filles de votre genre au lycée. Vous êtes sincère, acquise à la bonté du Dieu qui est en vous et, comme tous ceux que j'ai connus, vous croyez au pouvoir réparateur de l'argument libéral. »

Elle sourit, un peu vulnérable. « Il faut bien croire en quelque chose, Lance.

— Peut-être, mais la foi ne prend pas ici. Ce pays est un vide que toutes les religions et les idéologies essaient de combler depuis la chute du communisme. Les chrétiens évangélistes vont dans les montagnes, une bible à la main, une mitraillette dans l'autre. D'obscures organisations caritatives musulmanes construisent des mosquées pour la même raison. Mais les gens se foutent des uns et des autres. » Il but son whisky et inspecta les tables de la terrasse. En entendant un léger bourdonnement, il porta la main à sa ceinture. « Eh, c'est mon téléphone. Je dois passer un coup de fil.

— Ça tombe bien. J'en ai quelques-uns à donner moi aussi.

— Ne vous perdez pas », lança-t-il avant de disparaître dans les jardins avec un air de conspirateur.

Herrick appela le mobile d'Harland.

« Avec qui êtes-vous ? demanda-t-il.

— Où êtes-vous ?

— Aucune importance. Qui est-ce ?

— Le type de l'ambassade américaine.

— Il y a du nouveau. Primo, n'utilisez pas le téléphone de l'hôtel, mais j'imagine que vous le saviez déjà. Deuxio, ma cargaison a disparu. Rien d'inquiétant sans doute, mais il faut que je la retrouve. Il dit que la marchandise que vous avez inspectée cet après-midi est beaucoup plus importante qu'on ne l'imagine. Il a craché le morceau pendant une téléconférence au siège de l'ambassade. Le directeur général est vraiment intéressé. Ils reprendront contact. En attendant, trouvez tout ce que vous pouvez. Ils veulent connaître les moindres mouvements de la marchandise dans l'entrepôt.

— Comme ça ?

— J'en ai peur.

— Je vais faire mon possible, mais étant donné les circonstances, ce ne sera pas grand-chose. Comment va votre dos ?

— Comme ci comme ça. Votre homme rapplique. Je vous quitte. »

Du coin de l'œil, elle vit Harland quitter une table dans la partie la plus sombre de la terrasse. Il se dirigea vers la porte du restaurant en évitant de traverser à découvert. Il ne marchait plus courbé et se déplaçait rapidement.

Gibbons s'affala à côté d'elle. « Merde, je pensais qu'il me restait encore du whisky. Vous sirotez en cachette, Isis ? » Il passa une nouvelle commande. « Alors, où en étions-nous ?

— Que va-t-il arriver à Khan ?

— C'est tout ce que vous savez demander ?

— Nous aimerions le rencontrer dans un contexte moins menaçant. Il parlerait peut-être davantage.

— Il parlera.

— Et qu'est-ce qui l'attend ? Où sera-t-il jugé ?

— On s'en fout. » Il but une gorgée et lui lança un regard pénétrant. « Oubliez Khan. Je viens de contacter Londres. Ils ont prévenu Milo Franc que vous étiez la reine des emmerdeuses. Ils vous ont envoyée ici pour se débarrasser de vous. Franc a parlé à Collins, puis à un certain Vigo qui dit que vous n'avez aucune autorisation. La manière dont vous avez voulu user de votre influence a exaspéré Franc. Il veut que vous rédigiez votre rapport et que vous foutiez le camp. Il ne veut plus vous voir. » Gibbons rit. « Eh, prenez un autre verre, pour l'amour du ciel. Vous me gênez.

— Vigo a parlé à Franc ?

— Oui, Vigo. Il connaît bien nos gens à Langley.

— Je prendrai un verre, dit-elle, s'égayant. Je suis soulagée de ne pas retourner là-bas. Je ne sais pas comment vous supportez l'endroit.

— Ça va avec la région », répondit Gibbons, viril et stoïque.

Ils burent pendant qu'elle l'écoutait développer sa théorie sur le manque de mécaniciens en Albanie.

Personne, selon lui, ne savait lire une carte parce que les communistes les avaient interdites pendant quarante ans. Elle se montra aimable, sourit et se rendit coupable d'insinuer que les choses pourraient aller plus loin dans la soirée. Mais juste après 9 heures, il bondit. « Je vous quitte, Isis. J'ai rendez-vous à la Vallée du Feu. » On aurait cru entendre le titre d'un film.

« Qu'est-ce que c'est ? »

Il la regarda et annonça, sans aucune trace d'humour : « Un endroit où l'on pose des questions et où l'on obtient des réponses. Je viendrai demain aux nouvelles. Nous pourrions dîner au Juvenilja ? »

Il se fraya un chemin à travers les tables occupées par la pègre de Tirana et les réformateurs optimistes. Herrick estima que la relative rectitude de sa trajectoire tenait plus à sa vitesse de propulsion qu'à un restant d'équilibre.

15

Herrick quitta la terrasse et emprunta l'escalier de service en essayant de joindre Harland, mais son téléphone était éteint ou hors de portée. Dans sa chambre, elle vida sur le lit le contenu du sac en plastique et hésita avant d'opter pour le jean, le tee-shirt rouge et le châle en résille qu'elle posa sur ses épaules. Elle coiffa ses cheveux en arrière, se mit du rouge à lèvres et farda ses paupières de bleu. Puis elle se faufila dans le couloir et sortit de l'hôtel par une issue de secours. Comme elle se mêlait au flot de la *volta* sur le boulevard, elle sentit aussitôt que son châle lui donnait des allures de prostituée et elle s'en débarrassa. Elle se félicita de porter des baskets plutôt que les bottes à franges.

Tout en arpentant des trottoirs défoncés dans des ruelles chichement éclairées, elle comprit que les femmes de Tirana n'avaient le choix qu'entre deux attitudes : une supériorité provocante ou une servilité pitoyable. La première indiquait qu'on avait un protecteur. C'était indispensable dans cette ville envahie par les immigrants du Nord attachés au vieux code clanique *Kanun of Lek Dukagjin* sur lequel elle avait lu quelques pages dans la matinée. Le déshonneur d'une femme liée à un homme puissant, fût-ce le plus léger affront, pouvait entraîner la mort et une interminable vendetta. Elle joua le jeu jusqu'au moment où elle vit les bâtiments du SHISK. Elle adopta alors un comportement plus discret, fit le tour de la place et nota la présence de caméras à infrarouge et de nombreuses voitures stationnées près du QG. Elle se rappela les conseils de son père : toujours repérer les lieux avant d'entamer une surveillance. Son manque de préparation était déplorable. Si les forces de sécurité embarquaient Khan, elle n'aurait aucun moyen de le suivre. Le quartier était beaucoup plus sinistre de nuit que de jour. Il n'y avait aucun réverbère et seul un bar de l'autre côté de la rue servait de frontière à la pénombre qui s'étendait au-delà. Elle se sentait observée par des gens dissimulés dans des recoins où ils allaient passer la nuit. Brusquement, une panne de courant comme la ville en connaissait souvent plongea tout le quartier dans l'obscurité. Elle chercha son portable dans le sac en toile et appela Bashkin. Il l'attendait au Byron, désespérément désœuvré, et accepta aussitôt de venir la chercher. Bashkin lui fixa rendez-vous devant une église catholique récemment rénovée, quelques rues plus loin. Il allumerait ses phares deux fois de suite. Elle raccrocha. Elle allait éteindre l'appareil quand le portable vibra dans sa main.

« Oui, fit-elle précipitamment.

— C'est Dolph, Andy Dolph.

— Je ne peux pas vous parler en ce moment, Dolph. Je suis très occupée.

— Okay. Je serai bref. Vous avez un message de

Beyrouth. Votre amie a des nouvelles pour vous. Elle vous demande de l'appeler au plus vite. »

Sur le moment, Herrick ne comprit pas de quoi il parlait. « Oh oui. Où êtes-vous ?

— Dans votre ancien bureau, pour un remplacement. Je suis assis près de ce cher Lyne. Vous ne m'aviez pas parlé de lui.

— C'est quelqu'un de *pointu*.

— Oh oui, il est bon et a-char-né.

— Écoutez, je dois y aller. On se parle bientôt ? Et merci, Dolph, de votre appel.

— Soyez prudente. »

La lumière revint dix minutes plus tard, au moment où deux Land Cruisers de couleur blanche, portant les plaques d'immatriculation du corps diplomatique américain, tournaient au bout de la rue, bringuebalant sur les nids-de-poule. Les deux 4 × 4 s'arrêtèrent devant les lourdes portes. Herrick appela Harland. Cette fois, il répondit.

« Il y a du mouvement. Gibbons m'a dit qu'il se rendait à la Vallée du Feu. Je ne sais pas où ça se trouve. Il y a des gens de l'ambassade américaine. Deux véhicules. Quelque chose se prépare. »

Harland réfléchit. « Vous avez un moyen de transport ?

— Oui. Mais je ne sais pas s'il est sûr. » Elle lui donna le numéro du portable de Bashkin parce que sa batterie se déchargeait, et se mit en marche après avoir raccroché. Enfin, elle aperçut la Mercedes. Bashkin fumait une cigarette, affalé sur son siège. Elle frappa à la vitre. Il ouvrit la portière. « On fait quoi maintenant ? demanda-t-il.

— On attend, répondit-elle. On attend, monsieur

Bashkin. » Pour passer le temps, elle lui raconta l'histoire de son père venu aider les partisans albanais pendant la guerre.

Au quartier général du SHISK, Karim Khan avait entendu des bruit de pas. Plusieurs hommes remontaient le couloir. Un peu plus tôt, un prisonnier avait eu des convulsions dans sa cellule. Malgré les appels de ses compagnons, aucun garde n'était venu. C'était du moins ce que Khan avait conclu en les entendant implorer dans une langue inconnue. Il s'était senti misérable et s'était demandé ce que la police ferait du corps et si la famille serait prévenue.

Les lumières s'éteignirent un instant. Des hommes bougèrent quelque chose. Mais au lieu de s'éloigner, les pas se rapprochaient. Une clé tourna dans la serrure de sa cellule. Deux hommes l'arrachèrent à son lit en fer. Quelqu'un lui empoigna les bras, les tordit et les immobilisa dans le dos avec une corde en plastique. On le traîna au milieu du couloir. Dans les cellules près de la sortie, des regards apeurés se posèrent sur lui. Khan fut poussé dehors, coiffé d'une cagoule et jeté à l'arrière d'un véhicule. Je ferais mieux d'être en paix avec Dieu, se dit-il. Il avait déjà connu tant de nuits où il avait cru ne jamais revoir la lumière du jour. Et l'aube était toujours venue et il avait survécu. Mais cette nuit était la dernière. Cette certitude lui apporta un étrange réconfort. Le combat s'achevait.

Ils virent le portail se rouvrir. Herrick insista pour que Bashkin desserre le frein et laisse la Mercedes avancer lentement, mais le chauffeur souhaitait rester à une certaine distance. On ne cherche pas noise aux gens du SHISK, expliquat-il. Le simple fait d'attendre devant le quartier général pouvait l'expédier en prison. Une silhouette apparut. Isis se colla contre le pare-brise pour mieux voir. Elle regretta de n'avoir pas pris de jumelles. L'homme avait la corpulence de Khan et il portait un tee-shirt bleu. Il disparut derrière les véhicules sans qu'elle réussisse à voir son visage. Aussitôt, les deux Land Cruisers s'élancèrent dans la rue.

« On les suit », commanda Herrick. Elle tapota sur son téléphone pour appeler Harland.

Bashkin secoua la tête. « Impossible.

— Impossible ? Combien voulez-vous ?

— Pour ça ? » Il prit un air dubitatif comme si aucune somme ne compensait le risque. « Deux cents dollars.

— D'accord. »

Bashkin démarra sans dissimuler son étonnement. Herrick plaqua son portable contre son oreille. Harland était en ligne. « Il y a deux voitures. Je suis sûre à quatre-vingt-dix pour cent qu'ils emmènent Khan. Nous les suivons. Ils se dirigent vers la place Skenderbeg.

— Je vous rejoins. On garde le contact. »

Ils suivirent le convoi pendant environ sept kilomètres, jusqu'aux limites occidentales de la ville. La nuit était toujours chaude. Au bord de la route, la foule s'agglutinait autour des stands de pastèques et des frigidaires branchés sur le réseau électrique public. Bashkin ralentit plusieurs fois, d'abord pour éviter une bagarre de chiens au milieu de la chaussée, puis à cause d'un camion en panne. Ils perdirent de vue les deux Land Cruisers avant de quitter les faubourgs chaotiques de Tirana. Quand ils atteignirent la route à deux voies de Durrës, Herrick ordonna à Bashkin d'accélérer. Pour une fois, le chauffeur obéit.

Après avoir dépassé l'usine Coca-Cola et une fabrique de détergents — les bâtiments illuminés se dressaient dans le paysage, incongrus comme les pièces d'un jeu de construction géant —, ils comprirent qu'ils avaient perdu les Land Cruisers quelques kilomètres plus tôt, au carrefour menant à Krujë. Ils firent demi-tour, empruntèrent une route secondaire et traversèrent plusieurs villages avant de monter à travers une forêt de pins. C'était, expliqua Bashkin, l'ancienne réserve de chasse privée d'Enver Hoxha. On y fabriquait désormais du charbon de bois. Là-haut, des feux brûlaient en permanence. Elle demanda à Bashkin de lui prêter son portable. Après avoir marchandé le prix de la communication, elle composa le numéro d'Harland et lui annonça qu'elle avait trouvé la Vallée du Feu. Ils y menaient Karim Khan, mais elle ignorait pourquoi. Harland ne parut nullement impressionné. Il répondit qu'il était en route.

Après une série de virages, la Mercedes déboucha sur un promontoire dominant une cuvette. Une dizaine de foyers brûlaient. Aménagés dans la roche, ils présentaient une ouverture de la taille d'une porte. Une fumée grasse s'en échappait et une lumière terreuse brillait au fond. Herrick sortit de la voiture. Elle proposa deux cents autres dollars à Bashkin pour qu'il l'attende et lui parla d'un Anglais de haute taille qui devrait la rejoindre dans la vallée.

Elle se fraya un chemin à travers les fourrés, suivant la pente et regardant fréquemment autour d'elle. Puis elle atteignit une esplanade de terre nue. Tous les buissons avaient été arrachés. En contrebas, plusieurs douzaines d'hommes et de jeunes gens allaient et venaient entre les foyers et les monticules de pneus qui polluaient l'atmosphère. Efflanqués, la peau et les vêtements noirs de fumée, ils ruisselaient de sueur à la lueur des flammes. Elle s'accroupit et les regarda quelques minutes, hypnotisée : inlassablement, ils menaient les pneus jusqu'au sommet de la pente, les soulevaient et les jetaient dans les feux. De temps à autre, un appel d'air venu des entrailles de la montagne activait un foyer : ceux qui se trouvaient près de la gueule du brasier battaient précipitamment en retraite. Elle vit l'une de ces créatures, un homme de petite taille ou un enfant d'environ un mètre quarante, utiliser habilement un long tisonnier en métal pour se mettre à l'abri des flammes. Il dansa ensuite une sorte de gigue, tel un singe démoniaque se livrant à des cabrioles dans les feux de l'enfer.

Les grondements des brasiers souterrains, ou l'impression de voir un tableau de Jérôme Bosch se matérialiser sous ses yeux, l'avaient-ils rendue moins attentive ? Quoi qu'il en soit, elle n'était plus sur ses gardes quand ils s'approchèrent d'elle par-derrière. Ils la saisirent à bras-le-corps, la plaquèrent au sol et entreprirent de la fouiller. Elle glapit sans opposer la moindre résistance.

Ils étaient trois, tous armés. Elle en reconnut un. Elle l'avait vu au quartier général. D'un geste, il ordonna aux deux autres de la conduire vers une pile de bois en dessous. Ils relâchèrent leur étreinte, mais l'un d'eux lui caressa les fesses. Cela annonçait-il un viol collectif ? Ou pourrait-elle utiliser cet homme pour s'emparer de son arme et s'enfuir ?

« Vous savez que je suis une diplomate britannique », protestat-elle d'une voix frêle et impuissante.

Le garde qui marchait devant elle rit sans se retourner. Il cherchait le sentier et se protégeait le visage de la chaleur du feu. « Pas diplomate anglaisse, dit-il, agitant un doigt sans la regarder. Vous espionne anglaisse. Missiise Jeemes Bond. » Ils éclatèrent de rire. C'est alors que le petit homme qu'elle avait vu sauter pour éviter les flammes s'approcha d'eux. Il portait son tisonnier en métal sur l'épaule comme un javelot. Son visage était rond, imberbe avec des oreilles minuscules et des yeux trop rapprochés. Ils connaissaient son nom, Ylli, et lui firent signe, manifestement mal à l'aise devant son regard. Ylli tendit la main. Ils lui donnèrent une cigarette et quelques billets qu'il fourra dans la poche de son pantalon. Puis il se pavana devant Herrick, faisant des commentaires d'une voix haute et juvénile. Par deux fois, il essaya de la toucher, mais les gardes le repoussèrent. Il renonça, recula et se dirigea vers une pile de pneus où il s'assit, tirant sur sa cigarette des bouffées rapides et enfantines avec des mimiques comme s'il occupait un trône.

Le premier, le petit homme entendit les voitures arriver. Il bondit, agile et noir de suie, en équilibre sur les pneus et agita le tisonnier d'un geste excité. Les deux Land Cruisers, suivies d'une Jeep et d'une BMW accéléraient en bas de la colline. Le convoi passa à environ cinquante mètres d'Herrick. Elle se tendit, mais ne vit rien : la lumière des feux estompait les silhouettes des passagers et le véhicule de tête soulevait un épais nuage de poussière. Les voitures s'arrêtèrent au bord de la cuvette, derrière un écran de fumée noire. Ylli sauta au bas des pneus et gambada à leur rencontre. Des hommes sortirent des voitures et se dirigèrent vers le point le plus élevé au-dessus des brasiers. Ils traînaient l'homme au tee-shirt bleu, les mains liées dans le dos, n'offrant aucune résistance. Le Docteur suivait, grimpant pesamment la pente. Ylli formait l'arrière-garde. Le groupe s'agita comme si les gardes essayaient de raisonner le prisonnier, puis tous reculèrent, sauf deux hommes qui firent basculer le prisonnier dans l'ouverture du conduit. Ylli se rua vers le trou, poussant le corps, le piquant de son tisonnier. Deux pneus jetés dans l'ouverture s'enflammèrent instantanément. Une colonne de fumée monta dans la nuit ; une gerbe d'étincelles explosa. Sans un regard en arrière, le groupe rejoignit les véhicules qui démarrèrent et s'arrêtèrent à hauteur d'Isis. Un homme en sortit. Elle ne l'avait jamais vu. Il était âgé d'une cinquantaine d'années et portait avec élégance une veste de sport légère, une chemise de polo et un pantalon bien coupé. Il ôta sa veste, en recouvrit ses épaules et, d'un coup sec, secoua la poussière de ses mains.

« Vous avez choisi de venir ici ce soir, dit-il dans un anglais parfait. Vous espionnez et, comme vous le savez, des choses désagréables arrivent parfois aux espions. »

Herrick était tellement choquée qu'elle pouvait à peine parler. « Pourquoi l'avez-vous tué ? réussit-elle à dire. Et de cette manière ?

— Nous n'avions plus besoin de lui. Ce terroriste répugnant refusait de répondre à nos questions. Nous lui avons donné sa chance, comme vous l'avez constaté. Combien de personnes ont été brûlées, combien ont été mutilées par des individus tels que Khan ? Posez-vous la question avant de nous juger. Ici, en Albanie, nous croyons aux solutions radicales.

— Brûler vifs des gens, répondit-elle calmement, n'est pas une solution. Dans aucune guerre.

— Comme on dit, mademoiselle Herrick, il ne faut pas jouer avec le feu… » Il gloussa, sortit un carnet de notes de sa poche et le leva dans la lumière des phares. « J'ai votre adresse et votre numéro de téléphone londoniens, ainsi que ceux de votre père, un vieux héros de la guerre, m'a-t-on dit. Il vit en Écosse dans un endroit nommé Hopelaw — un joli nom — et sa domestique s'appelle Mme Mackenzie. Comme vous voyez, nous sommes bien renseignés, Isis Herrick. »

Elle secoua la tête. « Qui êtes-vous ?

— Je suis Marenglen. » Il sortit de sa poche un mouchoir plié et le pressa sur son nez. « Nous autres Albanais, nous avons été enfermés dans ce pays pendant longtemps. Mais depuis la chute du communisme nous avons pris goût au voyage. Beaucoup d'Albanais ont créé des entreprises dans le monde entier. Elles n'ont malheureusement pas toujours obtenu l'accord des autorités. À Londres, mes compatriotes ont réussi à s'établir sans trop de mal dans des secteurs prometteurs. Vous êtes peut-être au courant de leurs affaires à Soho ? Ils ont beaucoup d'atouts en main. Notamment le meurtre sur contrat. »

Il remit le mouchoir dans sa poche et claqua des doigts. Le garde qui avait ceinturé Herrick lui tendit une cigarette et l'alluma. « C'est pourquoi, dit-il, exhalant un filet de fumée du coin des lèvres, si votre rapport contient une seule allusion à cet endroit, vous, votre père et sa fidèle domestique serez liquidés. Bien entendu, ces contrats seront exécutés avec le maximum de souffrance. Toutefois, si vous ne pouvez pas nous garantir votre silence, rien ne nous empêche d'anticiper un peu les choses. Vous avez rencontré Ylli. Je crois qu'il est puceau, du moins avec les femmes, bien qu'on ne puisse pas en dire autant avec les moutons et les chèvres. Nous vous abandonnerons à Ylli, il prendra son plaisir avec vous. Et vous disparaîtrez. Comme vous l'imaginez, ce ne sera pas une fin heureuse. »

Elle hocha la tête.

« Retournez au Byron. Nous vous donnons trente-six heures pour quitter l'Albanie. Cela vous permettra d'expédier un rapport convaincant. Vous raconterez votre rencontre avec le prisonnier Khan. Vous direz qu'il ne s'est pas montré coopératif. Autre chose : partez avec Robert Harland. Je ne vois pas quel serait son intérêt de rester. » Il lui lança un mauvais sourire et regagna le véhicule en quelques enjambées.

Les hommes qui la maintenaient s'engouffrèrent dans les voitures. Une portière s'ouvrit et elle eut la quasi-certitude d'apercevoir Gibbons. Le convoi démarra immédiatement. Elle tourna les talons et rejoignit la Mercedes de Bashkin. Elle était nauséeuse, suffoquée par l'odeur de la Vallée du Feu.

16

Isis Herrick ne réussit à formuler la question qui l'avait taraudée pendant le trajet du retour qu'une fois installée sur le balcon de sa chambre avec un sachet de chips du mini-bar. Pourquoi les agents de la CIA et du SHISK auraient-ils tué Khan sans avoir obtenu les réponses qu'ils s'étaient donné tant de mal à obtenir ? À supposer que Khan ait craqué entre le moment où elle avait quitté la prison et celui où il en était sorti, rien ne justifiait son élimination. Au contraire, les Américains auraient dû tirer parti de ses aveux et l'exhiber comme un trophée devant la presse internationale, apportant la preuve d'un nouveau complot terroriste et partageant ce succès avec leurs amis albanais. Une seule réponse s'imposait : Khan n'était pas mort.

Elle appela Harland dans sa chambre, puis sur son portable, mais il ne répondit pas. Elle s'accorda une demi-heure de répit et, tout en contemplant les jardins, but sans plaisir un peu du whisky laissé par Lance Gibbons, la veille. Ensuite, elle se lava les cheveux sous la douche pour éliminer l'odeur du caoutchouc brûlé. Lorsqu'elle retourna dans la chambre, une feuille de papier était glissée sous la porte.

« Chambre et téléphone sur écoute. Vous retrouve à l'ambassade le plus vite possible. »

Elle se sécha les cheveux, changea de vêtements et gagna le hall d'entrée en moins de cinq minutes. Bashkin était toujours sur le parking. « Vous me surveillez vingt-quatre heures sur vingt-quatre ? »

Il lui jeta un regard triste. « Mease Errique partir bientôt ? Demain, Bashkin vous conduire à l'aéroport.

— Vous connaissez mes plans mieux que moi, dit-elle en montant dans la Mercedes. Mais vous pourriez peut-être parler de ce que vous avez vu dans les collines ?

— Bashkin rien voir. Bashkin dormir.

— Oui. Bashkin dormir. Mais Bashkin pas assez fatigué pour rentrer directement chez lui après avoir déposé Mease Errique à l'hôtel. Pour qui travaillez-vous ?

— Pour vous, Mease Errique.

— Et pour M. Marenglen ? Conduisez-moi à l'ambassade britannique, s'il vous plaît. »

Harland l'attendait derrière les grilles avec Steve Tyrrel, un soldat du SAS, le régiment d'élite basé à Hereford, en Angleterre.

« Qu'est-ce que vous foutiez ? lança-t-elle à Harland. Je croyais que vous me suiviez. Où étiez-vous ?

— Parlons à l'intérieur. » Il indiqua une porte gardée par un autre homme armé. « Loz est ici, mais je ne lui ai rien raconté. Restons-en là tant que nous n'aurons pas compris ce qu'il se passe. Son rôle est plus important que prévu. »

Ils le trouvèrent assis nonchalamment dans un bureau. Il buvait une tasse de thé et lisait la dernière édition du *International Herald Tribune* comme s'il se préparait à sortir dans Manhattan par une chaude soirée d'été. « Réunion plus tard », lança Harland, d'un ton sec. Loz avait sauté sur ses pieds et accueillait Herrick avec des transports de sympathie excessifs.

Dès que la porte métallique de la salle des communications se referma sur eux, Herrick résuma les événements. « Il s'agissait d'un simulacre, j'en suis convaincue. Quand il a évoqué la Vallée du Feu, Gibbons m'a fait l'effet d'un éléphant dans un magasin de porcelaine. Il venait de téléphoner à Milo Franc. Ils voulaient que je me rende sur place pour les voir jeter quelqu'un dans le feu. » Elle se tut et regarda autour d'elle. « Vous pensez que je pourrais grignoter quelque chose ? » Harland appela Tyrrel et lui demanda un en-cas.

« Où étiez-vous ? » demanda-t-elle quand il reposa le téléphone.

Harland lui lança un sourire ambigu. Depuis qu'il allait mieux, son visage s'était détendu. « J'étais avec Steve Tyrrel, mais je ne pouvais pas vous le dire parce que les Américains écoutaient nos portables. J'ai prétendu que je vous suivais là-haut. Steve avait entendu dire que Khan quitterait le pays. C'était exact. Ils l'ont embarqué dans un jet privé. Le GCHQ et nos gens à Chypre sont en train de suivre le vol. J'ignore où il va. Le Patron nous préviendra dès qu'il le saura.

— Alors, c'est fini, dit Herrick. Nous avons perdu notre homme. Je peux rentrer.

— Attendons l'avis du Patron », conclut Harland avec un nouveau sourire.

Khan n'avait rien compris. On l'avait poussé sur le siège arrière d'une voiture et on lui avait fait une piqûre dans la fesse. Quand il reprit conscience, il se trouvait dans un avion et éprouvait une soif atroce. Il n'avait rien bu depuis la veille et la drogue utilisée pour l'endormir exacerbait son besoin de liquide. D'un autre côté, le manque d'eau l'empêchait d'avoir peur. Une cagoule l'aveuglait, il portait un ruban adhésif sur la bouche et on lui avait entravé les chevilles. Il se remua pour explorer l'espace alentour, et atteignit ce qui devait être un siège devant lui. Il orienta les jambes vers l'allée et se mit à taper des pieds sur le plancher en grognant. Quelqu'un bougea. Il entendit les voix de Lance Gibbons et de Franc, le costaud de la CIA. Il martela le plancher et comprit que les deux agents se consultaient. « Faisons gaffe, dit Gibbons. Les gens de Langley disent qu'il a peut-être une capsule de cyanure.

— Il l'aurait déjà utilisée », grommela Franc.

Khan n'avait aucune idée de ce dont ils parlaient. Il se souleva de son siège et manqua basculer dans l'allée.

« Eh, mon vieux, tiens-toi tranquille », lança Gibbons.

Des mains lui ôtèrent sa cagoule. Il vit l'Américain penché sur lui, observant ses yeux exorbités et ses joues gonflées.

Après l'avoir examiné sous la faible lumière de la cabine, Gibbons arracha le ruban adhésif qu'il laissa pendre, collé au coin de sa bouche. Il grommela quand il comprit ce que voulait le prisonnier, remplit d'eau un gobelet en plastique transparent et le porta à ses lèvres. L'opération se répéta deux fois. Khan, sa soif un peu étanchée, croassa un remerciement.

« Je vais remettre le ruban. Inutile de t'exciter. Nous avons des heures de vol devant nous. Fais dodo ou on t'administre une autre piqûre. »

Khan sentait qu'il hésitait à remettre la cagoule et il secoua vigoureusement la tête. Gibbons tergiversait. Finalement, il plia la cagoule en deux et la posa sur l'appui-tête devant lui. Il agita un doigt avant de retourner se vautrer sur son siège : « Maintenant, mon pote, fais-moi plaisir, roupille. »

L'eau n'avait pas rassuré Khan. Ces minuscules actes de gentillesse ne signifiaient rien. De fait, ils précédaient souvent des volte-face désagréables. Il pensa soudain qu'il avait parcouru des milliers de kilomètres sans avoir confiance en personne. Sauf peut-être en Skender, l'interprète tuberculeux. L'homme avait pris la carte postale et accepté l'argent avec un regard solennel d'engagement. Khan était sûr qu'il avait posté la carte et qu'elle était parvenue à destination. Mieux, il savait que la jeune et jolie diplomate anglaise lui avait fait comprendre qu'elle connaissait Sammi Loz. Elle n'avait pas mentionné le Poète par hasard. Leurs regards s'étaient croisés à ce moment-là. Loz lui avait sûrement conseillé de glisser ce nom dans la conversation : il savait que Khan le reconnaîtrait et que la jeune femme n'aurait aucune idée de ce dont elle parlait. C'était astucieux de sa part.

Cette lueur d'espoir se dissipa bientôt : on l'emmenait au Camp X-Ray, c'était certain. Ni l'argent ni l'astuce de Loz ne lui seraient de la moindre utilité quand il aurait atteint ce lieu. Il en avait souvent entendu parler pendant son voyage en Iran : personne ne sortait de Camp X-Ray sans l'accord des Américains. Comment lui, un vétéran du djihad en Bosnie et en Afghanistan, réussirait-il à convaincre ses geôliers qu'il n'était qu'un soldat ? La situation était désespérée. Il s'agita pour soulager un point douloureux entre les côtes, là où le Docteur l'avait frappé. Du moins, les Américains ne pratiquaient pas la torture. Ils avaient quitté la pièce, laissant le Docteur l'étouffer dans un sac et lui enfoncer les pouces dans les orbites. Mais ce n'était pas comme s'ils l'avaient fait eux-mêmes. Il se dit qu'il survivrait au Camp X-Ray. Ils comprendraient qu'il était prêt à coopérer et qu'il n'était pas dangereux. Oui, il les aiderait.

La drogue l'avait rendu léthargique. Il avait désespérément besoin de dormir. Pourtant, ses pensées revenaient sans cesse à la jeune femme. Il avait oublié à quoi ressemblait une Occidentale. Elle lui rappelait l'époque où il vivait à Londres. Elle était posée, intelligente, courageuse. Il fallait du cran pour s'interposer quand ils voulaient l'empêcher de crier.

Il somnola pendant une demi-heure. À son réveil, la lumière avait envahi la cabine. Il regarda à gauche à travers le hublot et vit le jour se lever. Une lueur orange s'étalait au bout de l'aile ; un dégradé d'azur et de mauve profond baignait la stratosphère. Un moment, il contempla le spectacle. Puis il comprit, avec une brusque et profonde bouffée d'angoisse, que le lever du soleil à gauche de l'appareil ne signifiait qu'une chose : ils n'allaient pas à l'ouest, vers la Caraïbe et le Camp X-Ray, mais au sud.

Harland et Herrick expédièrent un long mail codé à Vauxhall Cross informant le quartier général de l'expulsion de Khan et détaillant l'opération de diversion que la CIA et le SHISK avaient menée dans les montagnes. Puis ils s'attablèrent devant un assortiment de bananes, de sandwiches aux légumes, de biscuits et de café. Steve Tyrrel avait concocté ce dîner dans les cuisines de l'ambassade. Herrick était affamée.

À 3 heures du matin, le Patron appela. Une heure plus tôt, la station d'écoute britannique à Chypre avait capté une conversation à bord du vol mystérieux ; les techniciens avaient vu le jet tourner largement au-dessus de la Méditerranée et se diriger vers la Grèce. À présent, l'appareil empruntait le couloir aérien commercial qui longe la côte et évite le flanc sud de la Turquie, le Liban et la Palestine.

« Ils vont en Égypte, conclut Herrick, penchée sur le téléphone.

— Ça y ressemble, acquiesça le Patron.

— Cela concorde. Ils voulaient démontrer que Khan était Jasur Fayçal. Et Fayçal est recherché dans tout le Moyen-Orient. L'Égypte le réclame pour le meurtre du directeur d'un journal.

— Oui, répondit calmement le Patron. Les Albanais n'ont pas voulu endosser la responsabilité des tortures que prévoyaient les Américains. La situation s'est déjà présentée en 1998. » Il y eut un long silence. Harland et Herrick se demandèrent si la ligne n'était pas coupée. « Voilà qui complique les choses », reprit le Patron. Autre silence. « Bien. Pour le moment, cuisinez Loz et servez-vous des informations que je vous ai transmises. Voyez comment il réagit. Je vous rappellerai. À propos, nous changerons de code pour le prochain appel. » Il dicta six chiffres à Harland et raccrocha.

Pendant qu'Harland pianotait le nouveau code sur l'ordinateur, Herrick lui demanda : « Qu'est-ce qui vous a tellement intéressés, le Patron et vous, dans les propos de Loz ?

— Il semble que Khan a rencontré, au milieu des années 90, deux responsables terroristes qui connaissaient les activités d'Al-Qaida. Quand Loz et Khan se sont vus pour la dernière fois, en 1997, ils auraient parlé avec l'un d'eux.

— Vous ne croyez pas que Loz nous mène en bateau pour obtenir la libération de son ami ? demanda-t-elle. Qu'il exagère sciemment l'importance des informations que détiendrait Khan ?

— Le Patron a certainement envisagé cette possibilité. Il a de bonnes raisons de penser que Loz dit la vérité. Mais j'ignore lesquelles.

— À quoi bon ? demanda Herrick. Si Khan arrive au Caire, oublions tout ça. La seule chose qui excitera les Égyptiens, ce sera la cible, les noms des contacts et les camps d'entraînement. Ils poseront les questions auxquelles les Américains veulent des réponses, et ils mettront le paquet. Khan niera son implication dans un complot, mais ils le tortureront jusqu'à ce qu'il invente une histoire à dormir debout. Entretemps, ils auront loupé une information capitale.

— C'est l'un des problèmes mineurs de la torture », commenta sombrement Harland.

L'expression enjouée de Loz s'effaça quand il apprit le transfert de Khan. « Voilà une très, très mauvaise nouvelle, dit-il en secouant la tête et se tordant les mains.

— Nous n'en avons pas encore évalué toutes les conséquences », admit Harland. Il conduisit Loz vers une chaise loin des ordinateurs. « Mais cela ne sent pas bon. » Il se tut, se frottant le menton comme s'il ne savait pas comment poursuivre. Enfin, il regarda Loz droit dans les yeux. « Isis a rencontré ce soir l'un des pires salauds de notre époque, un certain Marenglen, le patron des services secrets locaux. Un nom curieux. D'après ce que je sais, il s'agit d'un pseudonyme composé des trois premières lettres de Marx, Engels et Lénine. Il l'a inventé en pleine dictature, à une époque désespérée, quand les gens devaient se faire bien voir du régime communiste. » Il se tut à nouveau. « Il est curieux de constater qu'on retrouve le même procédé dans le nom new-yorkais TriBeCa, le Triangle sous le Canal, docteur. » Il laissa son propos flotter dans l'atmosphère étouffante de la salle des communications, puis posa sur Loz un regard intense. Herrick se demandait où il voulait en venir.

« Nos services, poursuivit Harland, ont approché Marenglen quand il a obtenu une bourse à la LSE2, en 1987. Nos collègues n'avaient aucune idée de l'effondrement imminent du communisme en Albanie. C'était une bonne recrue, d'une intelligence exceptionnelle. Il nous a été utile après la mort d'Enver Hoxha. Mais ce Marenglen est un fruit pourri, un ignoble salaud. Il n'y a pratiquement pas un crime en Albanie qu'il ne supervise. Être en contact avec lui, c'est comme tenir une fiole de peste bubonique. Je n'exagère pas. » Loz l'observait, perplexe. « Nous sommes ici à cause de vous et de votre ami. Ce soir, Isis a voulu aider Khan et elle est tombée sur Marenglen. Les choses auraient pu très mal tourner pour elle, mais elle a pris ce risque pour vous et votre ami. Je vais vous dire le fond de ma pensée. Nous ignorons tout de vous et de Khan. Alors, vous allez nous aider. Vous allez cracher le morceau.

— Absolument », dit Loz. Il s'inclina, empressé, et croisa les mains sur ses genoux. « Que voulez-vous savoir de plus ?

— Comprenez bien notre position, reprit Harland. Vous êtes entré illégalement en Albanie. Vous avez voyagé avec un faux passeport et sans aucun des visas requis. Khan avait commis le même délit, ce qui lui a valu d'être jeté en prison et passé à tabac. S'ils découvrent que son principal correspondant est ici, vous subirez le même sort. Qui sait, vous vous retrouverez peut-être ensemble dans la même prison égyptienne.

— Mais vous avez le devoir de m'aider. » Un sourire bref et assez professionnel éclaira le visage de Loz. « Le secrétaire général vous l'a expressément demandé. »

Harland secoua la tête. « Croyez-moi, docteur, ce qu'il adviendra de vous dépend entièrement de moi à présent.

— Que voulez-vous savoir ?

— Quatre-vingt-dix-sept. Que faisiez-vous en 1997 ?

— J'étudiais l'ostéopathie à New York. Vous le savez ! » Il sourit à Herrick, comme si Harland se montrait insupportable.

« Et les affaires immobilières ? Quelle part occupaient-elles dans votre vie ? »

Le regard de Loz se durcit. « Que voulez-vous dire ?

— Nous sommes au courant. Nous savons que vous avez investi de grosses sommes d'argent dans des projets immobiliers à Manhattan pendant vos études. On m'a cité le chiffre de soixante millions de dollars, mais on estime à Londres que les montants transférés sur une vingtaine de comptes bancaires étaient deux ou trois fois supérieurs. Vous disposiez de cet argent pour acheter des immeubles à Manhattan, essentiellement à TriBeCa et Chelsea. TriBeCa a été un gros coup, n'est-ce pas ? Une seule affaire dans le Triangle sous Canal vous a rapporté un bénéfice de 15,7 millions de dollars. Et il y en a eu beaucoup d'autres. » Il se tut pour relire ses notes. « Savez-vous comment nous avons établi cet historique ? Nous avons commencé par le nom de la société qui louait vos bureaux à l'Empire State, elle les loue toujours : la Twelver Real Estate Corporation. Ce nom a alerté nos services à Londres. Ceux qui connaissent un peu l'islam savent que la secte chiite s'appelle en arabe *Ithna Achariah*, les Douze Imams. Nos services ont relevé des transferts d'argent de banques chiites libanaises à New York entre 1996 et 1999. Ces opérations font apparaître le nom de la Twelver Real Estate Corp. Nos agents ignoraient qui contrôlait les investissements. Il y a une semaine, des recherches ont permis de trouver votre signature sur des documents de la City Authority de New York. Pour qui faisiez-vous ces investissements, docteur Loz ?

— Pour d'anciens associés de mon père.

— Ces gens étaient-ils liés au Hezbollah ?

— Non. Mais, bien entendu, je ne peux pas être catégorique.

— Mais vous conviendrez que tout était fait pour déguiser l'origine de l'argent avant investissement ? Et que, compte tenu des origines chiites de votre père, ces sommes provenaient vraisemblablement du Hezbollah ?

— C'est une possibilité.

— Le plus intéressant, c'est que vous avez trompé presque tout le monde sur l'étendue de votre fortune et sur vos occupations réelles.

— Mais je *suis* ostéopathe.

— Oui et un excellent ostéopathe. Et aussi un magnat de l'immobilier. Vous avez permis à vos partenaires de gagner des millions de dollars et vous avez touché votre part. Selon une première estimation, votre fortune s'élève à cinquante millions de dollars. Assez, comme on l'a observé à Londres, pour financer une opération terroriste majeure. Assez pour vous procurer autant de fausses identités que nécessaire. C'est ainsi que vous avez pu si facilement quitter les États-Unis et payer votre voyage dans les Balkans. »

Loz se tassa sur sa chaise. « Je devais quitter l'Amérique, vous le savez très bien. J'ai dépensé ce qu'il fallait.

— Oui, mais quel spécialiste du dos possède autant de contacts que vous : la mafia bosniaque dans la région de Chicago, des trafiquants d'armes, des passeurs d'immigrants clandestins en Bosnie du Sud et au Monténégro ? Selon nos premières recherches, vos connexions sont sérieuses. Vous frimez dans la haute société new-yorkaise, mais votre couverture est à toute épreuve. »

Loz secoua la tête. « Je suis un vrai ostéopathe. C'est mon métier. Il me comble au-delà de ce que vous pouvez imaginer. Pourquoi pensez-vous que je m'occupe bénévolement de trois cliniques dans des hôpitaux new-yorkais ? Oui, j'ai gagné beaucoup d'argent, mais je peux vous faire rencontrer mes avocats. Ils vous diront que j'ai versé une grande partie de ma fortune à des institutions charitables. En d'autres circonstances, je n'en ferais pas état. Sachez qu'au cours des trois dernières années, j'ai dépensé près de vingt millions de dollars en subventions et donations. Mes avocats et mon comptable le confirmeront. Ces institutions en témoigneront.

— Mais vous disposez d'importants avoirs bancaires. »

Loz décroisa les jambes et leva les mains dans un geste de désespoir. « Bien sûr, mais j'ai honorablement gagné cet argent sur un marché porteur à la fin des années 90. Cela serait-il différent si j'avais investi en Bourse dans les nouvelles technologies et vendu au moment opportun ? Quel est le problème avec l'immobilier ?

— La différence est que vous investissiez pour le compte d'une organisation terroriste au Moyen-Orient. Où sont passés les bénéfices ? Voilà une question intéressante à laquelle vous devrez répondre dès votre retour aux États-Unis. Le FBI a des soupçons légitimes. De mon côté, je ferai le nécessaire pour que l'agent spécial Ollins reçoive les informations dont je dispose. Personne ne pourra vous protéger. Pour le moment, je veux savoir ce qui s'est passé quand vous avez rencontré Khan à Londres en 1997 ? » Harland leva une main. « Avant de vous écouter, sachez que j'ai autorité pour vous livrer à Marenglen si votre réponse ne me satisfait pas. »

Loz hocha la tête. « Je n'ai aucun problème pour vous répondre. Karim m'a appelé à New York parce qu'il voulait mon point de vue. Il s'en remettait à moi, il avait confiance en mon jugement.

— Et vous avez accepté de venir à Londres ?

— Oui, j'ai pris un avion le lendemain. Nous avons passé quelques jours ensemble. Nous sommes retournés dans des endroits que nous aimions, nous avons évoqué la Bosnie. Enfin, il m'a parlé de l'Afghanistan. Il avait décidé de rejoindre le Poète au Pakistan. Comme je vous l'ai dit, nous appelions ainsi l'homme qu'il avait rencontré en Bosnie. Nous ne connaissions pas son vrai nom. Le Poète lui avait proposé d'entraîner des combattants en Afghanistan. Cela signifie beaucoup de choses. Karim pensait qu'il continuerait la guerre contre les ennemis de l'Islam sur la frontière nord de l'Afghanistan, dans les républiques de l'ancienne Union soviétique. Mais il se sentait écartelé entre les valeurs occidentales et musulmanes, il cherchait le sens de son engagement. Il pensait que je pourrais le comprendre parce que j'avais éprouvé la même culpabilité en Bosnie. Je lui ai conseillé de rester à Londres et de reprendre ses études de médecine. Mais il était prisonnier de sa propre image, celle d'un grand aventurier, même s'il connaissait les horreurs de la guerre, et il en avait vu les pires aspects en Bosnie. Nous avons eu un désaccord, une dispute terrible : je ne pouvais pas croire qu'il commettrait cette erreur. J'étais horrifié, déçu. Je l'ai accusé d'être devenu un tueur professionnel, d'avoir renoncé à ses responsabilités d'être humain, de médecin, de bon musulman. Il m'a répondu que j'étais un lâche, que je sacrifiais mes devoirs de musulman. Nous nous sommes réconciliés le lendemain et je lui ai donné les cartes postales et de l'argent.

— Combien de cartes postales ?

— Plusieurs. Je ne me souviens plus.

— Et combien d'argent ? demanda Harland.

— Je ne sais pas précisément, peut-être quinze mille dollars.

— Avez-vous eu des nouvelles de lui, à part les cartes postales ?

— Non. »

Herrick croisa le regard d'Harland et demanda : « Si vous n'avez pas changé d'adresse depuis six ou sept ans, vous avez vraisemblablement gardé le même numéro de téléphone ?

— Oui.

— Pourquoi Karim ne vous a-t-il pas appelé, au lieu d'envoyer ces cartes ? Il ne pouvait pas être certain qu'elles parviendraient à leur destinataire. Pourquoi n'a-t-il pas téléphoné pour vous demander de lui virer de l'argent ?

— Je me suis posé la question. Il se méfiait peut-être des écoutes téléphoniques.

— Certes. Cela n'en reste pas moins absurde, sauf, bien sûr, s'il envoyait des messages codés sur les cartes postales. »

Harland se leva et glissa son bras gauche le long de sa cuisse.

« Ne faites pas ça, lui conseilla Loz, doucement. Vous commencerez les exercices dans une semaine, pas avant.

— Isis a raison », répondit Harland. Il releva le bras et se redressa.

« Je suis d'accord avec vous, mais suis incapable de répondre à cette question.

— Vous devez avoir une idée de l'identité du Poète, reprit Isis. Il n'y avait pas tant de commandants bosniaques avec lesquels Khan ait sympathisé.

— Je pense qu'il s'agissait d'un lettré… C'est ce que j'ai déduit des propos de Khan.

— D'où venait-il ? demanda Herrick.

— De l'Orient, peut-être du Pakistan ou d'Iran, je ne sais pas.

— Et vous pensez qu'il s'agit de l'homme dont Khan pourrait nous parler ? Pourquoi serait-il encore en vie ?

— Parce qu'il était très intelligent. Khan l'admirait. Il disait que c'était l'homme le plus civilisé et le plus dangereux qu'il ait jamais rencontré. Ce sont ses mots : civilisé et dangereux. »

Herrick prit une feuille de papier et écrivit : « Appeler Dolph et Beyrouth sur une seconde ligne. » Une idée venait de la traverser.

« Ce ne sont que des conjectures, lança Harland, méprisant. Donnez-m'en davantage.

— Nous avons vraiment besoin de tout savoir », renchérit Isis. Elle se pencha sur Loz et chercha son regard. « Faites-nous confiance, bon Dieu. Nous le méritons. »

Loz inspira profondément comme s'il goûtait l'air. « Il y a dix-huit mois, à New York, j'ai reçu un appel. Mon interlocuteur était un étranger. Il parlait bien l'anglais et était manifestement bien éduqué. Il m'a dit quelque chose comme : "Je présume que vous avez entendu parler de moi. Je suis le Poète." J'ai compris que Khan lui avait donné mon numéro de téléphone. Je l'ai écouté. Il m'a dit qu'il avait besoin de trente mille dollars et il a ajouté qu'il était hors de question que je les lui refuse. Il sous-entendait que je les lui devais. Sa voix était menaçante ; j'ai compris qu'il s'en prendrait à moi si je n'acceptais pas. J'ai réuni l'argent le lendemain et me suis rendu au rendez-vous, à Union Square. Il avait insisté : je devais venir à pied, alors que c'était l'hiver et qu'il y avait beaucoup de neige. Un mendiant m'a accosté dans la rue et m'a demandé de l'argent. Il m'a suivi. Soudain, il m'a saisi le bras et m'a montré une carte avec ces mots : "Le Poète vous remercie de votre don." Il a tendu la main et il a pris le sac.

— Vous avez donné trente mille dollars à un mendiant de New York ? demanda Harland, incrédule.

— Oui. Quand je suis rentré à mon bureau, j'ai trouvé le même message sur mon répondeur. "Le Poète vous remercie de votre don."

— On vous a roulé.

— Je ne le pense pas. Deux jours plus tard, j'ai reçu un cadre avec une inscription en arabe, celle que vous avez remarquée quand vous êtes venu vous faire soigner. Vous vous souvenez du texte : "L'homme noble ne prétend pas être noble, pas plus que l'homme éloquent ne feint l'éloquence. Quelque chose manque à celui qui exagère ses qualités ; le taureau se donne de grands airs parce qu'il connaît ses faiblesses." Il y avait également ceci dans le paquet... » Il ouvrit sa veste et tendit à Herrick une petite photo en noir et blanc protégée par du papier cellophane. Khan posait en costume tribal, arborant fièrement un turban élaboré. « Cette photo prouvait que l'homme était en contact avec Khan et qu'il l'avait rencontré récemment. C'était aussi une preuve de son identité.

— Pourquoi ne me l'avez-vous pas montrée plus tôt ?

— Parce que vous êtes d'un naturel sceptique, monsieur Harland. Je dirai, si vous le permettez, que vous êtes trop nerveux pour croire.

— J'aurai cru en cette photo », répondit Harland en l'examinant à bout de bras.

« Vous avez besoin de lunettes », dit Loz.

Sans relever, Harland mit la photo dans son portefeuille. « Je la garde pour le moment.

— À quoi ressemblait l'homme ?

— À un sans-logis, sourit Loz. Je suis sérieux. Il portait plusieurs couches de vêtements et il avait une longue barbe. Je ne pouvais pas distinguer son visage. Il était plus petit que moi. Peut-être un mètre soixante-trois ou soixante-cinq.

— Êtes-vous en train de nous raconter que vous avez vu le Poète ?

— Je n'ai pas le moindre doute.

— Cela se passait quand ?

— Pendant l'hiver 2000, juste après les célébrations du millénaire. »

Harland marcha jusqu'à la porte et l'ouvrit. « Très bien, c'est tout pour le moment. Nous reprendrons cette discussion plus tard. »

Après le départ de Loz, Harland interrogea Herrick du regard. « Eh bien, demanda-t-il enfin, qu'en pensez-vous ?

— Ou nous croyons tout ou nous ne croyons rien. Dans un sens comme dans l'autre, nous ne pouvons rien faire pour Khan. »

Harland fronça les sourcils. « Avez-vous trouvé quelque chose qui concorde avec vos recherches pour RAPTOR ?

— Non, mais si vous le permettez, j'aimerais appeler un ami. »

Elle composa le numéro de Dolph. Sa voix sonore résonna immédiatement dans le haut-parleur.

« Vous êtes encore debout ? s'étonna-t-elle.

— J'attendais votre appel.

— Que faites-vous ?

— Il se trouve que les Américains adorent le poker. Nous avons deux parties en cours pour un singe, 500 livres dans votre langage, Isis.

— Vous ne dormez pas ?

— Personne ne sait plus si c'est le jour ou la nuit. Nous sommes comme des perroquets dans un laboratoire enfumé ou des laborantins devant un perroquet fumant. À vous de choisir.

— Dolph, vous avez bu ?

— Non, je suis bourré. »

Elle croisa le regard désapprobateur d'Harland. « Dolph, j'ai besoin de votre aide, ressaisissez-vous.

— J'adore quand vous prenez un ton sévère.

— Je veux en savoir plus sur la Bosnie, sur le siège de Sarajevo.

— Okay.

— Nous nous intéressons à un commandant musulman. Nous n'avons aucun nom sinon celui du Poète qui n'est d'ailleurs pas courant.

— Voilà qui élargit singulièrement le champ des recherches ! » Dolph éclata de rire.

« Dolph, je n'ai pas le temps…

— Il y avait Abdel Aziz ou Barbaro, l'homme à la barbe de cinquante centimètres.

— Non, quelqu'un de moins connu. Peut-être un lettré, mais un bon combattant.

— Alors, vous cherchez un membre de la brigade des Moudjahidin, celle qui a été démantelée après les accords de Dayton ?

— Possible. Nous démarrons, tout nous intéresse.

— J'en parlerai à des militants qui ont participé au siège. Ils l'auront peut-être rencontré. Vous savez d'où il vient ?

— Peut-être du Pakistan ou d'Iran.

— Une description ? Son âge à l'époque ?

— Non. Mais il mesurait environ un mètre soixante-cinq. »

Dolph eut un nouveau rire : « Ne m'accablez pas de détails, Isis. Je vous rappellerai si j'ai du nouveau. Où serez vous ?

— Sur mon portable.

— Eh, avant que vous raccrochiez, je dois vous parler de Joe Lapping.

— D'accord. » Herrick se rassit en souriant.

« Donc, Lapping est parti à Sarajevo à ma place. Les Français l'ont démasqué en trois secondes et demi et ils ont décidé de lui mener la vie dure. Lapping ne pouvait plus faire un geste sans qu'une grenouille lui murmure "espion rozbeef". Il panique, change d'adresse, perd le chemin de son appartement et se fait héberger par un employé d'une ONG. Pendant ce temps, les Frenchies installent chez lui toutes les putes de la ville et ouvrent un bordel. » Dolph fit une pause avant d'éclater d'un rire irrépressible. Isis l'entendait tambouriner sur quelque chose. « Enfin, Lapping retrouve son appartement. Une mignonne l'accueille dans sa veste de pyjama Marks and Spencer, un joint au bec. C'est à ce moment-là que les Français ont fait intervenir la brigade des mœurs bosniaque ! » Dolph bafouillait de rire. Herrick jeta un coup d'œil à Harland : il souriait. « Rendons-lui justice, reprit Dolph. Je veux dire, il n'y a jamais eu quelqu'un comme Lapping dans le métier. C'est un cas.

— Où se trouve-t-il en ce moment ?

— Toujours à Sarajevo. Ils s'organisent, mais il n'y a pas le feu : le suspect fait le mort. » Il se tut brièvement. « Vous savez, Lapping pourrait être vraiment bon pour cette enquête. Sérieusement. C'est un chercheur de trésor. Il adorerait passer au crible les vieilles archives serbo-croates. Pour lui, ce serait comme une partouze à trois. Je peux facilement le mettre sur le coup sous le couvert de RAPTOR. Personne n'en saura rien.

— Bien.

— Et n'oubliez pas votre amie de Beyrouth.

— Je n'oublierai pas. »

Le Patron n'appela pas avant 6 h 30 heure locale. L'avion qui transportait Khan venait d'atterrir au Caire. Les correspondants de la CIA et les services secrets égyptiens attendaient l'appareil. D'après le MI6 local, le prisonnier serait directement amené au quartier général de la police. Selon certaines informations, il pourrait comparaître devant le tribunal le jour même pour répondre de l'assassinat du directeur de journal. Le Patron jugeait toutefois la chose peu vraisemblable : n'importe quel avocat commis d'office ferait valoir que Khan n'était pas Jasur Fayçal et demanderait sa relaxe.

« Qui d'autre était dans l'avion ? demanda Herrick.

— Deux membres de l'antenne de Tirana et le Syrien, le Dr Ibrahim al-Shuqairi, un sale type. Il possède un passeport syrien, mais il vient d'une tribu sunnite d'Irak. Dans un monde normal, il serait jugé pour crimes de guerre.

— Donc, nous ne pouvons rien faire. »

Le Patron grommela. « On verra. Maintenant, dites-moi ce que vous pensez des réponses de Loz. »

Harland et Herrick échangèrent un coup d'œil. « Je dirai que nous devrions nous intéresser de près à un commandant bosniaque connu sous le nom du Poète, avança Harland. Apparemment, il se trouvait à New York à la fin de 1999. Mais cela ne signifie peut-être rien. Nous n'avons rien de tangible. »

Le Patron accueillit la nouvelle d'un silence.

Herrick prit la parole. « Nous travaillons sur la piste bosniaque. Andy Dolph va utiliser ses contacts.

— Qu'il soit discret. Pas question d'informer RAPTOR.

— Je ne connais personne de plus sûr.

— C'est vrai. Bon, Isis, je pense que vous devriez rentrer. Harland, je me demandais si vous ne pourriez pas nous aider à sortir Loz du pays. Rien de compliqué. Une traversée en bateau jusqu'en Italie, c'est tout. Je m'occupe des détails. Vous recevrez d'autres instructions dans la matinée. »

Herrick vit Harland s'assombrir.

« Vous savez que je ne travaille pas pour vous, Patron, protesta-t-il.

— Bien entendu, bien entendu. Excusez-moi, Bobby. Vous savez comme nous vous sommes reconnaissants. Vous faites bien de me rappeler que vous collaborez en *irrégulier.* Nous avons une dette envers vous. Oh, à propos, j'ai quelques informations sur l'affaire que nous évoquions à New York. Elles sont prometteuses. »

Harland ne répondit pas.

« Je crois qu'Eva est vivante. Mais peut-être aimeriez-vous en discuter quand nous en saurons davantage ?

— Oui, fit calmement Harland. Oui, merci. Vous comprendrez de votre côté que j'en réfère au secrétaire général. Je dois répondre de la mission qu'il m'a confiée.

— Oui, vous avez raison. » La voix du Patron s'était adoucie. « Je prie le ciel pour que vous trouviez le moyen de nous aider. Pensez-vous que M. Jaidi vous laissera faire votre part ?

— Quelle part ?

— Nous en discuterons quand vous serez en Italie. Entre-temps, quelques amis vous auront rejoint à l'ambassade. Ils sortiront Loz. Et merci encore pour tout, Bobby. Vous savez que c'est important. »

Isis observait combien les manières obligeantes de Teckman agissaient sur Harland. Il y était d'autant plus sensible que, d'une certaine manière, il appartenait toujours aux services secrets britanniques. Et le défi était stimulant : il pourrait y répondre mieux que quiconque. Elle se demanda qui était la femme évoquée par le Patron et s'interrogea sur la réaction étrangement soumise d'Harland.

Il devait se supprimer. C'était sa seule pensée tandis que l'avion roulait à toute vitesse sur le tarmac vers un hangar isolé sur la base aérienne. Plusieurs véhicules attendaient. Gibbons coupa la corde plastifiée autour de ses chevilles et lui remit la cagoule sur la tête, en évitant de croiser son regard et de lui parler. Khan savait qu'ils allaient le torturer. Durant les vingt dernières minutes de vol, tandis que la lumière du jour envahissait la cabine, il s'était contorsionné pour regarder derrière lui. Il avait aperçu une jambe lourde et puissante qui tressautait. Puis il avait entendu un bruit de papier froissé : le sac de pistaches du Docteur.

Ils le soulevèrent de son siège et le poussèrent vers la porte. Il descendit une courte passerelle. Plusieurs hommes criaient en arabe et le tiraient par les bras, mais Gibbons maintenait sa prise. Il le guida vers un véhicule et le remit officiellement aux autorités. À travers la cagoule, Khan devinait des silhouettes et l'ombre des voitures. L'odeur de la ville avait envahi ses narines, mélange de gaz d'échappement, de bois brûlé et d'excréments. Gibbons lança : « Bienvenue au Caire, monsieur Fayçal. »

Quelqu'un lui parla durement en arabe. Comme il ne répondait pas, un coup de crosse au creux des reins le fit tomber àgenoux. On le souleva et il entendit la même phrase répétée encore et encore. Gibbons gueula : « Bande de tarés, vous ne voyez pas qu'il a un ruban adhésif sur la bouche ! » Quelqu'un souleva la cagoule et arracha son bâillon. Il vit, penchés sur lui, des hommes pressés de le faire souffrir. Ils reprirent leurs questions et prononcèrent un seul nom : Jasur Fayçal. Il les comprenait mieux, mais leur répondre aurait été stupide. L'arabe n'était pas sa langue, il ne s'appelait pas Fayçal.

17

D'un ton officiel, monotone et moite, Vigo essaya de conclure son entretien avec Herrick dans le Bunker. Il s'agita sur sa chaise et repoussa le rapport d'Isis comme s'il s'agissait d'un mauvais devoir. Ses paupières étaient lourdes et ses mains reposaient mollement sur la table. « Vous êtes sûre que l'homme exécuté sur la colline était Khan ? »

Elle acquiesça. « Oui. J'ai reconnu ses vêtements quand les Albanais l'ont embarqué dans une voiture au quartier général du SHISK. C'est le même homme qu'ils ont sorti de la même voiture, près des feux. Je n'ai rien de plus à dire. Ils se sont débarrassés de lui.

— Y avait-il des gens à nous sur les lieux ? demanda Nathan.

— Non, seulement des Albanais. Un certain Marenglen dirigeait l'opération. » Elle observa Vigo. Il était responsable de l'engagement de Marenglen. Qu'allait-il répondre ?

« Nous le connaissons, fit-il d'un ton neutre. Et quelles sont vos impressions sur Khan ? Était-il important ou rien de plus que ce qu'il prétendait être, un réfugié, un combattant déçu ?

— Compte tenu de ses années d'expérience sur le terrain en tant que vétéran du djihad en Bosnie et commandant en Afghanistan, il aurait certainement pu nous livrer des informations utiles. Mais les menaces permanentes et les mauvais traitements ont été contre-productifs. En outre, les interrogateurs albanais étaient en désaccord avec les agents de la CIA. Nos collègues américains voulaient seulement établir que Khan était Jasur Fayçal, l'homme du Hamas. Pour moi, la version de Khan, celle où il prétend avoir pris les papiers d'identité sur le corps de Fayçal après l'attaque en Macédoine, est vraie. Mais ces documents n'ont servi qu'à le pousser dans ses retranchements, à le terroriser. Khan n'avait commis aucun crime, alors que Fayçal était recherché par plusieurs pays. Ils voulaient lui faire endosser les crimes de Fayçal.

— C'est certain, dit Vigo. Mais on ne peut plus rien faire. »

Elle hocha la tête.

« Maintenant, s'agissant de votre rôle là-bas… »

Lyne prit la parole. « J'ai plusieurs questions à ce sujet. Certains points ne collent pas. J'ai lu les transcriptions. L'interrogatoire n'était pas ciblé, c'est évident, mais comment expliquer leur changement de cap dès votre arrivée, Isis ? Vous avez eu du mal à accéder à la prison, n'est-ce pas ? Puis vous entrez en scène et ils mettent Fayçal sur le tapis. Pourquoi ? Et pourquoi auraient-ils brusquement décidé d'éliminer Khan ? Peu importe s'ils pensaient avoir affaire à Fayçal ou à Khan, le fait est qu'il leur était toujours utile. » Lyne avait l'air sincèrement décontenancé. Herrick en déduisit qu'il ignorait tout du transfert de Khan en Égypte.

« *C'est* regrettable à bien des égards, concéda Vigo. Mais, comme vous le savez, le gouvernement américain a adopté une position intransigeante envers les terroristes suspects. Ils doivent être éliminés...

— Oui, s'ils s'enfuient dans le désert comme le suspect d'Al-Qaida au Yémen, mais pas s'ils sont incarcérés. Pour moi, cela n'a aucun sens, d'autant que la mission de nos agents était de le faire parler. Ils n'auraient pas dû autoriser cette exécution.

— Je peux seulement parler de ce que j'ai vu, expliqua Herrick. Je suis certaine qu'il s'agissait de lui. Et ma conversation avec Marenglen le confirme. » Elle vit les yeux de Vigo se concentrer. Le Patron avait pris le temps de la faire répéter ; il l'avait mise en garde de ne se montrer ni trop crédule, ni trop sceptique. Dans un cas comme dans l'autre, Vigo se douterait que Khan était vivant.

« Mais même vous, Isis, reprit Lyne d'un ton accusateur, vous, la reine du scepticisme, vous savez que ça ne colle pas.

— Nous n'étions pas responsables de l'opération. Vos collègues l'étaient. Il se passe beaucoup de choses à Tirana. Je n'ai rien pu apprendre parce que Lance Gibbons refusait de me parler. Vous êtes bien mieux placé pour découvrir la vérité. Appelez vos amis à Langley.

— Je n'y manquerai pas », répondit Lyne.

Vigo regarda Herrick avec un clignement de paupières lent et reptilien. « Entre-temps, nous discuterons de votre réintégration dans l'équipe de Nathan. Nous y sommes prêts à condition que vous réfréniez vos emballements. Nous ne pouvons pas autoriser ce type de comportement, Isis. Nous travaillons ensemble, nous devons faire corps.

— Cela dépend de vous, répondit-elle. Je me suis excusée pour le dernier incident. Maintenant, pour les dix suspects, je souhaite sincèrement être utile.

— Neuf, rectifia Lyne. Le Turc de Londres est dans le coma. Complications chirurgicales. Les médecins ne pensent pas qu'il s'en sortira.

— Bien », conclut Vigo. Il avait pris sa décision. « Isis, vous prendrez le prochain tour de garde dans une heure. Nathan, mettez-la au courant. » Il quitta la pièce en boitillant légèrement de la jambe gauche.

Isis regarda Lyne, les sourcils interrogateurs.

« La goutte », dit Lyne.

Elle sourit. « Bon.

— Je suis content de vous revoir, Isis, mais j'avoue que je ne crois pas un mot de cette histoire, même si c'est vous qui la racontez. Ce roman sur la torture. Nos hommes étaient dans le coup ?

— Pas directement.

— C'est déjà ça. Je me souviens de Lance Gibbons. La vieille école. Un fou, mais un type courageux et efficace. Il a été capturé au Kurdistan au milieu des années 90. Les Irakiens avaient infiltré un groupe kurde. Pendant son transfert à Bagdad, il a tué ses gardes avec un Beretta caché dans sa chaussette, puis il est retourné au Kurdistan et il a franchi la frontière turque à travers un champ de mines. Nous avons besoin de plus de gens comme lui. Je ne le vois pas assis sur une chaise dans une geôle à se tourner les pouces.

— Je peux vous poser une question, Nathan ?

— Allez-y.

— Quel est *votre* sentiment sur la torture des terroristes suspects ?

— Tout dépend du contexte. Si vous savez qu'un homme possède des informations qui pourraient sauver des milliers de vies humaines, comme la localisation d'une bombe sale ou d'une valise pleine de germes de la variole, le mal est excusable, si révoltant soit-il. À condition que cela permette d'épargner des innocents. En fin de compte, c'est de l'arithmétique.

— Mais même ainsi, cela pose un problème moral, non ? » Elle était consciente de paraître bégueule.

« Oui, dans l'absolu. Mais la guerre contre le terrorisme n'obéit pas à des absolus éthiques. Ce n'est pas un conflit entre des systèmes moraux équivalents. Les attaques contre des civils ne sont justifiables ni dans le système islamique, ni dans le système judéo-chrétien. Chaque jour qui passe nous enferme dans une situation calamiteuse qui nous mine tous et menace chacun d'entre nous. Mais j'estime qu'on peut comprendre, sinon pardonner, les tortures infligées à un ou deux hommes pour en sauver beaucoup d'autres, y compris des musulmans.

— Mais alors, on franchit une ligne. Dès qu'on tolère la torture, notre combat perd son sens.

— Je n'en suis pas convaincu. On peut argumenter que mieux vaut tuer que torturer. Quand ces hommes ont été visés par un missile en plein désert yéménite, c'était clairement un assassinat extra-juridique et une faute morale. Et pourtant, personne n'a trouvé à y redire : l'opinion a considéré qu'on avait éradiqué une menace, à juste titre. Pourquoi la torture serait-elle pire que la mort ? »

Herrick réfléchit. « Parce que, dans la plupart des cas, infliger une douleur lente et délibérée à un être humain, quel qu'il soit, est pire que donner la mort.

Et puis, comment savoir si l'on obtiendra l'information, à supposer que le suspect la détienne ? »

Lyne se cala sur le dossier de sa chaise. « Je suis d'accord avec vous, Isis. Il y a quelques années, je n'aurais toléré la torture sous aucun prétexte. Cependant, admettons que l'un de nos suspects soit prêt à lâcher un virus sur le continent, un virus capable d'éliminer des millions de personnes. Nul ne s'opposerait à ce qu'on lui soutire l'information par n'importe quel moyen. Telle est la guerre sans gloire que nous menons, une guerre merdique. C'est dur, mais ces types ont fait leur choix et nous sommes en première ligne pour riposter. C'est notre boulot ici et maintenant. » Il la regarda en se balançant sur sa chaise. « Khan a été sérieusement torturé ?

— Pas en ma présence.

— Et si je vous disais que je le crois toujours vivant ?

— La version officielle, celle décidée par les vôtres et qui apparaîtra dans le procès-verbal, est dans mon rapport. Par les vôtres, j'entends le haut commandement de RAPTOR : Vigo, Jim Collins, Spelling et la patronne du MI5, Dieu la bénisse. Qui suis-je pour mettre en doute leur sagacité ? »

Lyne se pencha en avant. « Vous vous foutez de moi. Que savez-vous ?

— Rien. Je vous ai posé cette question sur la torture parce que l'interrogatoire s'est déroulé en présence de la CIA. Je voulais savoir ce que vous pensiez du problème.

— Non, vous m'interrogiez pour une autre raison.

— C'est vous qui m'interrogiez !

— Bon, mais dites-moi : à quoi pensez-vous ?

— Sincèrement, Nathan, acceptez mon rapport et passons à autre chose. Cela servira nos intérêts mutuels.

— Je vois. » Il leva les doigts et fit le salut scout. « Ne dites rien. Ne demandez rien. »

Elle sourit. « Alors, quoi de neuf ici ?

— Allons à l'étage. » Son visage s'éclaira. « Andy Dolph est impatient de vous voir. Je crois qu'il en pince pour vous. »

Ils regagnèrent le bureau de Lyne. En chemin, Herrick remarqua de nouveaux espaces et de nouvelles têtes.

« Oubliez-les, fit Lyne avec un geste dans leur direction. Ils ne savent parler que de la théorie des nombres et s'user les fesses aux parties de poker de Dolph. L'un d'eux a même créé un programme pour savoir s'il trichait.

— Il triche », assura Herrick.

Lyne lui expliqua que la « Collection » avait placé les appartements de tous les suspects sous télésurveillance. Ces archives vivantes étaient visibles sur chaque ordinateur connecté au circuit intérieur de RAPTOR. Les comportements des neuf hommes — leur hygiène, leur gymnastique, leur nourriture, leurs lectures, leurs observances religieuses et la preuve manifeste de leur frustration sexuelle — étaient minutieusement examinés par des psychologues.

« Ont-ils trouvé quelque chose d'intéressant ?

— Hum, hum. »

Ils parvinrent à la zone du Groupe Sud Trois. Dolph s'adossa à sa chaise en les voyant arriver. Il portait des lunettes de soleil légèrement teintées et un chapeau noir à petit bord.

« Hé, Isis, tout baigne ? » Il se leva pour lui donner une brève accolade.

« Andy a gagné le prix des Blues Brothers pour l'excellence de son enquête, expliqua Lyne. Il portera le chapeau de John Belushi jusqu'à ce que quelqu'un fasse mieux. Les lunettes et l'argot sont en option.

— Comment avez-vous gagné, Dolph ? demanda-t-elle.

— Le Hadj, répondit-il en se rasseyant. Ce monsieur vous expliquera. »

Lyne grimaça. « Andy a fait une recherche sur l'ensemble des suspects. Il a découvert qu'ils ont tous effectué le pèlerinage à La Mecque. Ils sont arrivés le 4 février. Ils ont passé la frontière sous un nom et sont tous repartis sous un autre nom.

— Une variante d'Heathrow ? dit-elle.

— Je savais qu'elle en réclamerait la maternité ! s'exclama Dolph, posant ses lunettes sur le bord du chapeau.

— Okay, alors maintenant expliquez-moi la suite, fit-elle, moqueuse, avec une courbette respectueuse.

— Que savez-vous du Hadj ?

— Pas grand-chose, j'imagine. »

Dolph posa les pieds sur la table. « Ce pèlerinage a lieu tous les ans pendant cinq ou six jours. Le ministère saoudien de la Religion délivre des visas spécifiques à un million et demi de personnes venues du monde entier. Le pèlerin arrive dépouillé de ses biens matériels. Il ne porte rien d'autre que deux pièces de coton blanc et un porte-monnaie noué à la taille. L'important est de faire peau neuve : vous êtes une certaine personne en arrivant et quelqu'un de différent en retournant chez vous. « Reciselez votre ancien moi et repartez comme un autre », dit un poète pakistanais. Cette phrase m'a troublé. J'ai compris que le Hadj était l'occasion rêvée pour changer d'identité. » Il se tut.

« C'est sa minute de silence avant les applaudissements, commenta Lyne, pince-sans-rire.

— J'ai senti que ça s'était passé ainsi, voilà tout. Quarante-huit heures plus tard, nous avons découvert que trois des suspects s'étaient rendus à La Mecque le même jour de la première semaine de février. La chose est étonnamment simple : les autorités saoudiennes exigent de chaque pèlerin qu'il remette son passeport en entrant dans le pays et elles le restituent au départ. Quelle organisation fallait-il mettre en place pour effectuer le changement ? Réponse : aucune. Autre chose : les suspects ont voyagé à la même période et se sont procuré les identités qu'ils utilisent actuellement. Ils se sont « reciselés », Isis. Plus encore, nous estimons que dix-sept personnes au total ont séjourné en Arabie saoudite pendant cette même semaine, avant de repartir sous un nom d'emprunt. »

Elle réfléchit. « Prendraient-ils le risque de souiller le pèlerinage avec un projet terroriste ?

— Absolument. Quoi qu'il en soit, la chose s'est passée au moment du départ, après la visite au sanctuaire, quand la poussière du lieu saint était retombée.

— Vous méritez votre chapeau, dit-elle. Mais pourquoi le second changement d'identité ? S'ils avaient réussi leur coup en terre arabe, pourquoi auraient-ils pris le risque de répéter l'opération à Heathrow ?

— Aïe, c'est le hic, répondit Dolph.

— Et qu'est-ce qu'on a fait de votre découverte ? »

Dolph prit l'air peiné. « Ils l'ont mise en veilleuse. Elle les intéresse, mais la cible reste les neuf suspects. On s'occupera des autres plus tard.

— Ça n'en était pas moins très fort de votre part.

— C'est ce que je me tue à répéter !

— J'en témoigne », commenta Lyne.

Cinq minutes plus tard, Herrick demanda : « Vous rappelez-vous qu'après l'épisode de Stuttgart, Walter Vigo a fait mettre le réseau de soutien sous surveillance téléphonique intensive ? Il disait que quelqu'un contacterait le commanditaire. A-t-on repéré un appel ? »

Dolph leva les yeux au ciel avant qu'elle achève sa phrase.

« Oui, dit Lyne, évasif. Il y a la trace d'un appel au Moyen-Orient par téléphone satellite, mais je n'en sais pas plus. C'est Umbra.

— Umbra est le nom que la NSA donne aux informations ultraconfidentielles, expliqua Dolph.

— Exactement, alors fermez-la, dit Lyne, sans sourire.

— Pourquoi est-ce si sensible ? demanda Isis. Oh, je vois. Et où ça, au Moyen-Orient ?

— Aucune idée », soupira Dolph.

Lyne les quitta et se dirigea vers le distributeur d'eau en hochant la tête.

Herrick consacra les heures suivantes à lire tout ce qui pourrait retenir son attention. Ce faisant, elle obéissait aux directives du Patron. Sir Robin Teckman lui avait recommandé : « Cueillez dans le jardin toutes les fleurs que vous voudrez. Et revenez me voir. » Elle se concentra sur les liens possibles entre le Hezbollah, l'organisation terroriste basée au Liban, et les suspects de la zone frontalière en Amérique du Sud. Le passé de Sammi Loz, autant que son intérêt personnel pour Beyrouth, l'avaient engagée sur cette piste hasardeuse.

Lyne lui demanda ce qu'elle faisait. Elle répondit qu'elle se familiarisait avec de nouvelles données. Elle ajouta : « Les suspects m'ont toujours l'air à moitié endormis. Pourquoi ne les a-t-on pas arrêtés ?

— Cela viendra peut-être.

— Quand ? Quand se décideront-ils à mettre ces types à l'ombre ? »

Lyne fit pivoter sa chaise et s'approcha d'elle. « Isis, vous êtes de retour depuis à peine dix heures et déjà vous critiquez les décisions politiques. Vous savez ce qui se passe ici, non ? Nous rassemblons des informations. Et ceux qui ont de belles maisons de vacances prennent les décisions, d'accord ? Alors, à quoi sert de soulever la question ? Si vous voulez infléchir les décisions politiques, rencontrez le Premier ministre. C'est lui qui choisira avec le Président le moment opportun pour arrêter les suspects. Pas vous, Isis. Pas moi.

— Mais quel genre de conseil reçoivent-ils ?

— Des estimations deux fois par jour. Le Président et le Premier ministre évaluent les informations que nous récoltons. C'est ce qu'on nous dit et je le crois.

— Nathan, je suis d'accord que c'est du bon travail, vraiment impressionnant en un sens, mais il n'y a aucun mouvement, aucun signe de préparatifs, pas le moindre indice, ni cible ni cellule combattante… Vous ne trouvez pas ça bizarre ? Ils sont inertes.

— C'est leur mode de comportement. Ils font les morts jusqu'au moment de passer à l'action. Les dossiers que vous avez lus font référence à l'arrestation de cette cellule espagnole qui devait lancer un camion bourré d'explosifs et de cyanure contre l'ambassade américaine à Paris. Personne n'avait fait de repérage. Aucun des principaux acteurs de l'attentat ne s'était rendu sur les lieux. C'est ainsi qu'ils opèrent.

— Mais si nous connaissons leurs modes d'action, pourquoi nous donnons-nous tant de peine pour les analyser ?

— Isis, vous êtes une jeune femme très intelligente et très jolie. Mais vous ne dirigez pas cette opération.

— Nathan, vous parlez comme un vieux macho.

— Et vous, vous êtes la reine des emmerdeuses.

— Tiens donc, un des types de la CIA à Tirana a utilisé la même expression. Il venait de parler avec Jim Collins. Vous participiez à la conversation, Nathan ?

— Non, mais je l'ai entendue par hasard. Collins et Vigo discutaient au téléphone avec Milo Franc.

— Durant cette conversation, des informations personnelles, mon adresse et celle de mon père, ont été communiquées aux services de sécurité albanais pour qu'ils me menacent.

— Je n'ai rien à voir avec cette histoire », répondit Lyne, la regardant droit dans les yeux.

Vigo est donc le responsable, se dit-elle, plus déconcertée que surprise. « Pourquoi croyez-vous qu'il ait fait ça ? Karim Khan n'avait aucun intérêt pour RAPTOR. Pourquoi aurait-il pris ce risque ?

— Il voulait peut-être vous faire peur ? Vous avez créé un incident à Tirana. C'était peut-être un message pour vous inviter à marcher droit.

— En donnant l'adresse de mon père alors qu'elle est confidentielle ? C'est un manquement sérieux à la sécurité. Vigo a violé l'Official Secrets Act [1].

— Ne me poussez pas à bout, Isis. Je vous ai sauvé la mise après votre cambriolage. Vous étiez dans le collimateur de Vigo et de Spelling. Maintenant, calmez-vous et fermez-la. Okay, il y a eu des menaces. Et alors ? Vous êtes de retour et censée travailler pour gagner votre vie.

— Vous savez que j'ai raison, Nathan.

— Raison à propos de quoi ?

— À propos de RAPTOR. Ça ne marche pas.

— Je ne veux plus en discuter. Nous avons du travail tous les deux. » Il propulsa sa chaise vers son ordinateur.

Dolph avait observé la scène de loin et il s'approcha.

« Autorisation de donner une bonne fessée à Herrick ? »

Lyne le regarda sans sourire.

« Sinon, nous pourrions fumer une cigarette là-haut ?

— Très bien. Je vous retrouve dans une demi-heure. »

Herrick regarda sa montre. Il était 4 h 20 et Beyrouth avait deux heures d'avance. Elle pouvait attendre un peu avant d'appeler Sally Cawdor. Elle prit son sac à main et suivit Dolph dans l'ascenseur.

1. Official Secrets Act : loi draconienne sur les secrets officiels en Grande-Bretagne.

Une minute plus tard, ils sortaient de l'austère bâtiment de briques qui couronnait le Bunker et marchaient vers la piste d'atterrissage. Une odeur d'herbe coupée et de rosée imprégnait l'air. Dolph prit son paquet de Marlboro. Isis regarda le ciel après une première bouffée. « Il n'y a pas d'étoiles, dit-elle.

— Avez-vous appelé Beyrouth ? demanda-t-il en jetant l'allumette.

— Non. Je le ferai dans quelques minutes.

— Qu'est-ce que vous fabriquez, Isis ?

— Je me laisse guider par le bout de mon nez.

— Et quel nez ! Dites-moi.

— Pas pour le moment.

— Cela a un rapport avec la librairie ? »

Elle secoua la tête.

« Pourquoi n'en parlez-vous pas à votre petit Dolph ?

— Impossible.

— Vous croyez que je le dirai à Vigo ?

— Vous avez travaillé pour lui.

— Est-ce une raison pour que je vous balance ? »

Il la regarda en face. « Nous sommes confrontés à un problème fascinant. Ces types restent un mystère. Ils ne suivent aucun des schémas habituels. Ils n'ont établi aucun contact avec Al-Qaida, avec le GIA ou d'autres, par exemple le groupe salafiste Appel et Combat. On dirait une cellule parallèle sans communications entre ses membres. Ils...

— Mais les transferts d'argent depuis les pays du Golfe, les réseaux d'aides, l'entraînement en Afghanistan, la région frontalière ? Tout cela paraît assez banal.

— Oui, mais ça ne l'est pas. Il y a quelque chose d'autre.

— C'est bien ce que je disais. Vous essayez de me faire parler en utilisant mes arguments. C'est la plus vieille recette du manuel d'instructions. »

Un regard de chagrin théâtral assombrit le visage de Dolph. « Une ergoteuse, voilà ce que vous êtes. Si quelqu'un est d'accord avec vous, vous le soupçonnez d'autant plus.

— Excusez-moi, dit-elle, distraite. Parlez-moi des services étrangers. Sont-ils au courant pour RAPTOR ?

— Oui. En Hongrie, les agents locaux s'intéressent au suspect numéro huit, le Yéménite. En Bosnie, les Français filent le Saoudien, mais nous pensons que Paris et Toulouse ne savent rien de l'opération. Pas encore. C'est une question de temps. En Allemagne, le BND s'intéresse à Mohammed bin Khidir, en particulier à son faux passeport.

— Du temps, fit Herrick en écrasant son mégot. Tout repose sur l'hypothèse que nous avons du temps. Mais quelque part, une horloge décompte les minutes. On l'oublie.

— Pas Nathan. Lui veut savoir quand, où et comment. Il travaille comme un fou à l'intérieur du système. C'est un type bien.

— Oui, je sais. Attendez-moi, voulez-vous ? J'ai quelques questions à vous poser au sujet de Lapping. Mais je dois d'abord passer mon coup de fil. »

Elle s'éloigna dans l'obscurité et appela Beyrouth. Après une douzaine de sonneries, une voix masculine répondit, pâteuse. Elle demanda à parler à Sally Cawdor. Sally prit l'appareil. Elle était tout aussi ensommeillée.

« C'est Isis. Je suis désolée de t'appeler si tôt, mais...

— Tu choisis bien ton moment, répondit Sally. On a passé la moitié de la nuit à essayer de me mettre enceinte. » Elle eut un petit rire nerveux. « L'information est strictement confidentielle. » Isis entendit la voix masculine protester en arrière-fond.

Elle sourit. Sally avait travaillé pour le service pendant quatre ans, avant d'épouser un homme d'affaires libanais. Herrick l'avait connue à Oxford. Sally faisait déjà partie du SIS quand Isis avait été embauchée.

« Sally, tu te souviens de mon problème… ?

— Bien sûr.

— Tu as pu faire quelque chose ?

— Je t'ai envoyé un mail et j'ai demandé à Dolph que tu m'appelles.

— Désolée, j'étais en déplacement.

— J'ai eu l'information. Tu me dois un déjeuner pour ça. Je t'ai expédié un échantillon à ton adresse personnelle.

— Vraiment ? Formidable. Merci. Merci. Merci.

— Je sais que le paquet est arrivé à Londres parce qu'un des convoyeurs de mon mari l'a transporté.

— Comment as-tu réussi ton coup ?

— Rafi était contre. Je t'expliquerai. J'espère seulement que tu en auras suffisamment. »

Herrick la remercia chaleureusement et raccrocha en promettant de la tenir au courant.

« De quoi parliez-vous ? demanda Dolph.

— Lapping a-t-il déniché quelque chose à Sarajevo ?

— Pas grand-chose. Mais il trouvera, j'en suis sûr. » Dolph ôta son chapeau et se recoiffa.

Il surprit son regard approbateur. « Qu'en pensez-vous ?

— Vous m'épatez.

— Bien », dit-il en remettant le chapeau en place de sorte qu'il lui couvrait le front. « J'ai trouvé une piste. Je connais une femme, Hélène Guignal, une fille superbe. Elle est restée à Sarajevo entre 1993 et 1995 pour l'Agence France-Presse. Elle avait une liaison avec un défenseur de la ville, un type important, une espèce d'agent de liaison entre les Bosniaques et les musulmans étrangers.

— A-t-elle une photo de lui ?

— Je ne lui ai pas demandé parce qu'elle était pressée. J'ai essayé de la contacter depuis, mais elle est insaisissable.

— Où habite-t-elle ?

— Bruxelles. »

Elle le remercia et lui posa un baiser sur la joue. L'aube se levait. Un mince écran de brume s'étalait sur la piste d'atterrissage.

« Il faut mettre Joe Lapping sur ce coup.

— Oui, mais c'est difficile : nous sommes débordés. Lyne et les autres ne débandent pas. Nous ne pouvons pas aller et venir comme vous, Isis. »

18

Trois heures plus tard, un taxi déposa Isis au bout de la rue à sens unique qui donnait sur Gabriel Road. Le quartier était resplendissant avec ses amandiers et ses cerisiers en fleurs. Isis, son sac sur l'épaule, parcourut à pied les cent mètres qui la séparaient de sa maison. Elle se disait que, après une douche et un petit déjeuner au café du coin, elle ne sentirait plus la fatigue.

Elle atteignit la porte d'entrée, posa son sac et chercha ses clés. Tout en fouillant ses poches, elle parcourut la façade. Elle vit que les rideaux de l'une des fenêtres à l'étage étaient tirés. Pourtant, elle les avait laissés ouverts le jour de son départ pour Tirana. Elle en était certaine parce qu'elle s'était postée devant cette fenêtre pour guetter l'arrivée du taxi. Elle mit la clé dans l'une des deux serrures et constata qu'elle était ouverte ; seul le verrou Yale maintenait la porte fermée. Elle plaqua son oreille contre la boîte aux lettres et un filet d'air frais venu de l'intérieur lui effleura la joue. Elle sentit alors une odeur étrangère, un sentiment de présence.

Elle tourna la clé dans la serrure, poussa la porte et se glissa dans la maison. Un bruit provenait de l'étage ; quelqu'un se déplaçait tranquillement, ignorant sa présence. Elle retourna dans le jardin et appela Police Secours sur son portable. Une standardiste lui recommanda d'éviter de se trouver nez à nez avec l'intrus et lui dit de s'éloigner. C'était ce qu'elle comptait faire dès qu'elle aurait récupéré la batte de base-ball dans le porte-parapluie. Elle revint sur ses pas et se faufila à l'intérieur. Au moment où elle attrapait la batte, une silhouette se détacha en haut de l'escalier. Elle se rua dehors, obsédée par une seule pensée : atteindre un espace qui lui permettrait de manipuler la batte. L'homme dévala l'escalier et la rattrapa dans le jardin. Il la saisit par le bras et essaya de la faire rentrer à l'intérieur. Elle lui échappa en hurlant, saisit la batte à pleines mains et la fit tournoyer par-dessus son épaule. L'homme poussa un cri quand elle l'atteignit sur le côté du visage. Elle concentra son énergie sur l'extrémité de la batte et frappa un second coup, beaucoup mieux ajusté. L'homme s'écroula, bloquant le passage à un deuxième individu qui se ruait dans l'escalier. Cet obstacle octroya à Isis un minuscule répit : elle franchit la grille du jardin et se cacha derrière la haie. Elle avait vu l'homme sortir une arme de sa ceinture. Une première balle siffla à travers les massifs et explosa sur une voiture en stationnement, déclenchant l'alarme. Isis fit précipitamment quelques mètres et se réfugia derrière une camionnette. Elle entendit la sirène d'une voiture de police qui remontait la rue. Deux policiers en sortirent au moment où deux nouvelles balles perforaient la carrosserie et le pare-brise du véhicule. L'homme, massif, vêtu d'un pantalon de jogging et d'un ample blouson en cuir, marchait au milieu de la chaussée, visait et tirait calmement. Herrick vit sa tête s'encadrer dans le pare-brise de la camionnette. Elle comprit qu'il allait tuer les policiers si elle n'intervenait pas.

Elle avança accroupie dans le caniveau et contourna l'avant de la camionnette. L'homme était hors de vue, mais le bruit assourdissant de deux autres coups de feu lui permit de le localiser. Elle se rapprocha et bondit sur son dos. Elle l'attaqua du pied gauche et le percuta à la base du cou, de tout son poids. L'homme ne lâcha pas son arme. Elle fit un bond sur la droite, convaincue que c'était sa dernière chance, et frappa à toute volée entre les omoplates, consciente d'ahaner comme si elle servait au tennis. L'homme resta debout, mais l'arme lui échappa et ricocha sous la camionnette. Ils se dévisagèrent une fraction de seconde, puis il détala, dérapant sur le tapis de fleurs d'amandier, avant de s'élancer au milieu de la rue. Il balançait les bras avec une vitesse démultipliée comme dans un film muet. Elle récupéra l'arme, pivota sur elle-même et fit feu sans se redresser. Elle rata sa cible, visa encore, mais renonça à appuyer sur la détente quand un policier hurla : « Stop ! Posez cette arme ! » Elle se releva et tendit le revolver. Les deux policiers prirent l'homme en chasse, mais il avait cinquante mètres d'avance. Déjà, il ouvrait la portière d'une voiture. D'un seul mouvement, il se glissa derrière le volant et démarra en trombe. Quelques secondes plus tard, le véhicule avait disparu.

Avec un radiateur crevé et un pneu à plat, la voiture de patrouille n'était pas en état d'engager la poursuite. Les policiers transmirent par radio la description du fugitif et s'occupèrent du blessé. Il avait repris conscience. Toujours allongé, il saignait abondamment de la tête. Herrick courut chercher un torchon dans la cuisine. Elle avertit les policiers que l'affaire relevait des services de sécurité et elle passa un coup de fil. Perplexes, ils l'entendirent parler avec l'un des assistants du Patron à Vauxhall Road. Elle lui demanda d'intervenir auprès du commissariat local.

Entre-temps, le blessé s'était assis. Il jurait et hurlait.

Un policier s'agenouilla près de lui. « En quelle langue parle-t-il ?

— Je pense que c'est de l'albanais », fit Herrick. Elle l'observa : petit, râblé, la peau rousse et les oreilles légèrement décollées, il aurait pu être le frère de Bashkin.

L'autre policier examinait l'arme et déchiffrait l'inscription sur le canon : « Desert Eagle 50 AE — Israel Military Industries Limited ». « Quand on voit les dégâts sur la voiture, on n'a pas envie de se trouver devant. »

Des curieux s'étaient rassemblés dans la rue. On entendait les sirènes d'une ambulance ; trois voitures de patrouille arrivèrent peu après. L'homme fut évacué sous bonne garde et Herrick rentra chez elle. La maison était sens dessus dessous. Comme l'observa le policier qui l'accompagnait, les cambrioleurs avaient l'habitude de mettre en tas le butin qu'ils comptaient emporter. Dans le cas présent, ils n'avaient pas touché aux objets de valeur : télévision, bijoux, lecteur de CD et argenterie.

« Que cherchaient-ils chez vous ?

— Je n'en ai aucune idée. »

Le policier nota laborieusement sa déclaration et s'efforça de synthétiser en deux ou trois minutes d'action un scénario de quarante minutes. Pendant qu'il l'interrogeait, Herrick remettait de l'ordre dans les tiroirs et les placards.

« Quel est votre métier, mademoiselle Herrick ? demanda le policier.

— Je suis fonctionnaire, répondit-elle. Et j'ai une réunion très importante dans une heure.

— Nous vous y mènerons. Je compléterai votre déclaration, mon collègue conduira.

— Bien, mais j'ai besoin de prendre une douche, de manger quelque chose et de ranger un peu. » Elle réfléchit une seconde. « Vous me simplifieriez la vie si vous alliez me chercher deux sandwichs œufs-bacon au café à l'angle de la rue.

— Deux sandwichs !

— Oui, deux. Et si quelque chose vous tente, n'hésitez pas, vous êtes mes invités. » Elle tendit un billet de vingt livres. « Vraiment, vous me rendriez service. »

Il l'observa. « Vous allez bien ? Vous n'avez pas le contrecoup ?

— En fait, je me sens incroyablement bien. Ce n'est pas tous les jours qu'on assomme un type avec une batte de base-ball. »

Le policier prit l'argent. Il se dirigeait vers la porte quand la sonnette retentit. Herrick tourna la tête : le policier ouvrait à un homme en livrée de chauffeur.

« Oui ? fit-elle à haute voix.

— Mademoiselle Herrick ? Un colis de la Nabil Commercial Bank. Vous l'attendiez, je crois ? »

Elle saisit une grosse enveloppe brune, reconnut l'écriture et comprit que c'était le paquet promis par Sally Cawdor.

Une idée lui traversa l'esprit : ce paquet était la seule chose qu'on voulait trouver chez elle. Mais pourquoi les deux gangsters albanais le cherchaient-ils ? Vingt minutes plus tard, assise à la table de la cuisine, elle entamait à belles dents un sandwich œufs-bacon tout en échafaudant une nouvelle hypothèse.

« "La ruse est le sombre sanctuaire de l'impuissance", lança le Patron d'une voix égale. Connaissez-vous cet aphorisme, Isis ? Il est du comte de Chesterfield qui savait que la ruse est un substitut au talent et à l'originalité. Dans cette situation, quelqu'un fait preuve d'une grande ruse en effet. Regardons autour de nous et choisissons les moins talentueux. » Elle comprit que Teckman faisait allusion à Richard Spelling et Walter Vigo.

« Je me demande malgré tout si ce n'est pas un problème annexe, Sir Robin », hasarda Herrick. Elle cherchait à éluder les questions sur la présence des deux hommes et la responsabilité de Vigo.

« Si vous estimez que c'est le cas, n'en parlons plus, du moins pour l'instant. » Teckman se tourna vers la fenêtre en mordillant l'extrémité de ses lunettes. « Savez-vous, Isis, combien d'individus les services de sécurité, la Branche Spéciale et nous-mêmes surveillons en ce moment ?

— Non.

— Environs cinq cent cinquante. Et cela uniquement dans le pays. À l'étranger, ce chiffre atteint plusieurs milliers. » Il se détourna de la fenêtre. « Et pourtant, nos efforts portent seulement sur neuf personnes.

— Je me sens assez responsable de la situation. Je...

— Vous avez fait votre boulot. C'est notre réponse qui a été mauvaise. J'en suis le premier responsable.

— Mais le Premier ministre n'a qu'à dire un mot et tous les services de renseignement étrangers interviendront. Notre charge de travail diminuerait immédiatement, les risques aussi. »

Il approuva en hochant pensivement la tête. Il ne pouvait rien dire, mais elle comprit que Spelling et Vigo monopolisaient les informations et les recommandations au Premier ministre. « Qui savait que vous ne dormiriez pas au Bunker après votre tour de garde ? Vous aviez votre sac avec vous, on pouvait logiquement imaginer que vous resteriez là-bas.

— Seul Andy Dolph était au courant.

— Donc, quelqu'un imaginait qu'on pourrait tranquillement fouiller votre maison aujourd'hui ?

— C'est ce que je pense.

— Et vous dites qu'ils sont albanais ?

— Le deuxième homme n'a pas été arrêté, mais celui qui se trouve à l'hôpital l'est indubitablement.

— Intéressant, fit le Patron. Mais, comme vous dites, c'est un problème annexe. Je pense que nous devrions nous occuper de Karim Khan. »

Il pressa un bouton sur son bureau et se leva. « J'ai beaucoup parlé de votre courage et je vais vous demander d'en donner encore la preuve dans les semaines à venir. J'espère que cela vous conviendra. »

Il la conduisit vers une porte dérobée. Ils pénétrèrent dans une pièce isolée du reste du monde, réputée à l'abri des bombes et de tous les systèmes de surveillance existants. Ils prirent place autour d'une table et le Patron fixa une autre porte d'entrée. La porte s'ouvrit presque immédiatement. Colin Guthrie, le patron de la cellule anti-terroriste conjointe MI5-MI6, entra en compagnie de son adjoint, Gregor Laughland. Les deux hommes étaient suivis de Charles Harrisson, le chef des Security and Public Affairs, et de Christine Selvey, son adjointe. Puis venaient Philipp Sarre et trois hommes qu'Herrick n'avait jamais vus. Le groupe affichait une allure de conspirateurs. La présence de Guthrie et Selvey intrigua Isis parce qu'ils avaient soutenu RAPTOR au début. Peut-être s'étaient-ils rangés du côté du Patron, sachant que la nouvelle direction les évincerait ? À moins que Teckman ne leur ait demandé de participer à RAPTOR pour l'informer ?

Sir Teckman commença son discours d'une voix lente et incertaine, comme s'il n'était pas sûr de ce qu'il allait dire. « Le temps presse. J'ai l'impression que nous avons quelques jours tout au plus pour agir. » Il fit un geste vers les trois inconnus. « Ces messieurs appartiennent à une agence de sécurité spécialisée dans les prises d'otages et les négociations. Je demanderai au chef des opérations, que j'appellerai le colonel B., de nous présenter son plan. Il l'a établi hier, depuis que nous savons que Khan sera interrogé au Caire. L'équipe du colonel B. restera anonyme, sauf pour Colin Guthrie et moi. Le colonel B. a exigé que sa participation dans cette affaire ne sorte pas d'ici. J'insiste donc : le secret est absolument impératif. »

Du regard, le Patron fit le tour de l'équipe, guettant un signe d'assentiment. Herrick comprit que, s'il agissait ainsi, ce n'était pas seulement pour rassurer les consultants. Sir Robin outrepassait ses droits définis par le ministère des Affaires étrangères et le Parlement. C'était, malgré son calme étudié et sa voix posée, une tentative ultime et désespérée. Ce serait peut-être la dernière mission d'Herrick.

« D'ici peu, reprit Teckman, nous mettrons notre plan à exécution. Nous enlèverons Karim Khan aux Égyptiens et l'interrogerons dans des conditions correctes. Je suis convaincu que cet homme détient des informations cruciales sur de futures attaques terroristes en Occident. Il pourrait notamment identifier deux, voire trois hauts responsables qui ont échappé à notre vigilance. Le premier problème est que M. Khan sera interrogé comme un simple terroriste, impliqué ou non dans un attentat particulier. Or ses informations s'inscrivent, j'en suis sûr, dans un cadre plus vaste, pour ne pas dire historique. Khan sait beaucoup de choses, même s'il n'est pas toujours en mesure d'en connaître ou d'en apprécier la valeur.

« Le second problème est que nos amis américains sont convaincus que ces informations ont une portée immédiate. En conséquence, ils laisseront les Égyptiens torturer Khan jusqu'à ce qu'il parle. Les Égyptiens avaient auparavant l'obligation légale de faire comparaître les suspects étrangers devant un tribunal, ce qui exposait publiquement leurs méthodes. M. Khan n'aura droit à aucun tribunal parce qu'il est détenu sous le nom de Jasur Fayçal, déjà condamné par défaut. Les Égyptiens auront les mains libres. D'où la nécessité d'agir vite.

« Nous possédons des informations précises sur son lieu de détention. Ce matin à 6 heures, il se trouvait dans une cellule au quartier général de la police du Caire. Il sera transféré ultérieurement dans une prison de haute sécurité aux limites sud de la ville. Nous perdrons alors tout espoir de le libérer. Selon nos informateurs, personne ne connaît le moment du transfert. Mais nous avons fait le tour des questions pratiques ; nos sources sont rapides et fiables. J'ai confiance : nous ne travaillerons pas à l'aveuglette.

« Avant de donner la parole au colonel B., je veux dire un mot sur la suite des événements, c'est-à-dire après que nous aurons libéré Khan. Notre premier objectif sera de le remettre en état de parler. Ce ne sera pas si simple. Il aura sans aucun doute été sérieusement torturé, sans parler du traumatisme psychologique. Mon plan est le suivant : nous n'essaierons pas de l'exfiltrer immédiatement. Au contraire, nous le garderons en Égypte dans un lieu sûr que des complices inhabituels auront préparé pour nous. Khan aura besoin de voir des visages amicaux, des gens en qui il puisse avoir confiance.

« Sammi Loz, son plus vieil ami, sera là. Loz est un excellent docteur. J'espère que nous pourrons lui faire confiance pour s'occuper de lui. Robert Harland, qui a pris Loz en filature, et Isis Herrick qui a rencontré Khan dans sa prison à Tirana, seront également sur place. Isis l'interrogera ; dans la mesure où elle est intervenue pour lui épargner de mauvais traitements, il aura tendance à lui faire confiance. Je dois aussi mentionner un soutien militaire, mais il sera invisible. Nous ramènerons Khan en Angleterre dès qu'il aura parlé et il obtiendra l'asile politique. Des questions ? »

Une seule question traversa l'esprit d'Herrick : pourquoi le Patron pensait-il Khan en possession d'informations si importantes qu'il prenait le risque de monter une telle opération ? Mais personne n'intervint et elle se tut. Les membres du SIS étaient tous d'accord pour faire à Teckman le compliment suprême de le croire sur parole.

« Je me dois de préciser que si l'un d'entre vous était capturé en Égypte, reprit Teckman après un bref silence, le gouvernement de Sa Majesté nierait son existence. J'ai néanmoins tout lieu de croire que nos chances de succès sont importantes ; vous réussirez à vous disperser et à quitter le pays. Nous ferons tout, bien entendu, pour éviter que nos amis de la CIA pâtissent de l'opération. Ils ont peut-être manqué de jugeote, mais ils restent nos alliés : ils finiront par reconnaître leurs erreurs dans cette affaire. »

Le colonel B. prit la parole. C'était un homme trapu d'une quarantaine d'années avec des cheveux poivre et sel et des pattes-d'oie autour des yeux. Il se leva et ouvrit son ordinateur portable. Une série de cartes, de diagrammes et de photos satellite apparut sur un large écran posé en bout de table. Pendant une heure et demie, le colonel B. exposa plusieurs plans de surveillance de l'itinéraire entre le quartier général de la police et la prison. Puis il dressa la liste des points de contact, des planques et des moyens de communication entre les membres du SIS et l'équipe d'intervention.

Après deux heures de réunion, dont une pause café, le colonel referma son ordinateur. « Ce type d'opération exige beaucoup de souplesse et de facultés d'adaptation. Tout peut capoter. Le succès *sera* au rendez-vous, mais seulement si nous sommes prêts à changer nos plans immédiatement. » Il serra la main du Patron avec une fermeté toute militaire et se dirigea vers la porte, suivi de ses deux lieutenants silencieux.

Teckman prit Herrick à part. « Beaucoup de choses dépendront de vous, de votre capacité à gagner la confiance de Khan et de Sammi Loz. Mais vous le tiendrez à l'œil, celui-là. Harland sera avec vous, armé. Il fait actuellement route vers l'Égypte avec lui. »

Teckman s'empara d'une boîte en plastique d'un bleu sombre, de la taille d'une mallette d'ordinateur portable. « Voici le matériel médical. Loz en aura besoin pour soigner Khan. Il y trouvera, outre la pharmacie de base : antibiotiques, vitamines, anti-inflammatoires, tranquillisants et somnifères, quelques produits spécifiques, des bandes et des seringues. Nos spécialistes ont essayé de trouver des médicaments adaptés aux blessures que le docteur syrien aura infligées à Khan. Loz saura comment les utiliser. Sinon, il trouvera les modes d'emploi. Au cas où les douanes égyptiennes vous interrogeraient, vous expliquerez que c'est une trousse d'urgence pour le patient âgé que vous accompagnerez, vous et Christine Selvey.

— Quel patient ? »

Un léger sourire détendit la bouche de Teckman, marquée par deux plis sévères depuis deux heures. « Je crains de ne pas vous avoir tout dit, Isis, mais le temps nous a manqué. Votre père a accepté de participer à l'opération.

— Quoi ? Vous n'êtes pas sérieux. À quatre-vingts ans !

— C'est une objection mineure et j'ai la plus grande confiance en ses capacités. » Il leva une main, lui intimant le silence. « Vous lui ferez visiter les pyramides de Gizeh et de Saqqarah avec son infirmière dévouée. Pouvez-vous rêver d'une meilleure couverture ?

— Mais c'est une telle responsabilité ! C'est le pire contexte pour une opération.

— Absurde. Dès que nous aurons récupéré Khan, votre père retournera en Angleterre en compagnie de Christine Selvey avec qui, soit dit en passant, il s'entend à merveille.

— Christine Selvey !

— Ses compétences ne se limitent pas aux Security and Public Affairs. Elle a renoncé à travailler sur le terrain, il y a une douzaine d'années, parce que personne ne pouvait s'occuper de sa mère, qui est souffrante. Mais c'était un excellent, un superbe agent. »

Herrick secouait la tête, incrédule. « C'est si peu orthodoxe de mettre deux parents sur la même affaire.

— Nous sommes loin de l'orthodoxie, Isis. » Teckman ne souriait pas. « Vous aurez besoin de toute votre énergie pour que Khan accepte de se confier à vous. Je crois que vous avez raison à propos de la Bosnie, et je suis convaincu que cette piste sera payante. J'avertirai Spelling pour lui dire que j'ai besoin de vous. »

Elle hésitait à lui parler du paquet qu'elle avait reçu de Beyrouth. Elle l'avait fait suivre à Oxford avant de se rendre au bureau. Elle décida de ne rien dire tant qu'elle n'aurait pas obtenu les résultats.

19

La grosse roue encastrée au plafond dans une poutre en bois était traversée par une corde marron sale, si tendue qu'elle ressemblait à un câble rouillé. L'une des extrémités de cette haussière passait dans une poulie fixée au sol de pierre, puis elle atteignait une roue munie de deux poignées qui permettait de monter la charge jusqu'au plafond où elle restait suspendue à une crémaillère. L'autre extrémité était reliée à un certain nombre de chaînes et de menottes destinées à emprisonner les membres humains.

Ce cabestan rudimentaire offrait plusieurs options. Il permettait de soulever un homme par les deux bras ou par un seul ; de le maintenir suspendu, un bras replié dans le dos et une jambe ligotée ; ou encore de le hisser par le cou, de sorte que la victime avait, pendant d'interminables minutes, la sensation d'être garrottée. En règle générale, un homme ordinaire décidait de parler après plusieurs heures de suspension par les bras.

Le fonctionnaire responsable des interrogatoires comprenait que la majorité des individus confrontés à la perspective d'un tel traitement passent aux aveux. Mais il existait dans son métier un adage selon lequel il faut « presser le citron jusqu'à ce que les pépins craquent ». En conséquence, un homme brisé trouverait toujours quelque chose de plus à dire, le nom d'une rue ou d'une personne, un souvenir sur les faits et gestes d'un voisin. Il restait toujours un peu de jus à extraire du fruit pressé. Même si l'acharnement des interrogateurs conduisait à des affabulations et à des mensonges (et il arrivait souvent que le supplicié n'ait vraiment plus rien à dire), le processus s'en trouvait conforté. Le suspect *parlait*, n'est-ce pas ? Et la parole sous toutes ses formes, murmure, chuchotement, cri, supplication ou insulte, représentait pour l'État une moindre menace que le silence. Pour dire les choses simplement, l'information émise par un homme soumis à une telle brutalité était le produit de l'opération, et ceux qui pénétraient chaque jour dans cet enfer avaient, comme toute force de travail appliquée à sa tâche, des normes de productivité et des points de référence pour mesurer leur rendement. Les affabulations et les mensonges étaient des scories qui seraient éliminées par une bureaucratie déliquescente après que ses milliers d'enquêteurs et d'informateurs auraient vérifié les déclarations et déterminé celles qui étaient probablement fausses. Toutefois, un innocent risquait d'être enlevé en pleine rue et de subir ce traitement.

Karim Khan entra dans ce monde brutal à 7 h 30 précises. Il fut immédiatement hissé par les bras, de sorte que son corps resta pendu à plus de un mètre du sol. Le Docteur se trouvait dans la cellule. L'Égyptien qui commandait l'opération ordonna à ses deux acolytes de frapper la plante des pieds du prisonnier avec de longues matraques en caoutchouc. Khan cria qu'il leur dirait tout ce qu'ils voulaient entendre. Ils s'arrêtèrent ; l'Égyptien le questionna en arabe. Khan plaida qu'il ne comprenait que l'anglais et les hommes recommencèrent à le battre. Bientôt, la douleur aux pieds, augmentée de celle des bras et des épaules, submergea son esprit, même s'il s'étonnait parfois que des inconnus mettent tant de soin à le faire souffrir. Quelques minutes plus tard, ils le laissèrent brutalement tomber et la force de la chute se répandit dans ses pieds endoloris.

L'officier égyptien s'adressa à lui en anglais. « Vous allez nous parler maintenant », dit-il d'un ton de reproche, comme si Khan s'était montré excessivement rétif.

Khan inclina la tête en signe d'assentiment.

« Et vous ferez une déclaration complète sur vos plans d'attaque.

— Je le ferai. » Khan comprit qu'ils avaient abandonné le prétexte de Jasur Fayçal.

On l'installa sur un minuscule tabouret. Il avait besoin de ses pieds pour se maintenir en équilibre et devait les orienter de manière à ne pas s'appuyer sur la voûte plantaire. L'Égyptien alluma une cigarette, en offrit une au Docteur qui refusa, puis il rangea soigneusement le paquet et le briquet dans sa veste. La cigarette au bec et un œil fermé à cause de la fumée, il tendit la main vers l'un des hommes qui avaient battu Khan et claqua des doigts pour obtenir la matraque. Il en tapota doucement sa paume gauche, se pencha et frappa brusquement Khan à la clavicule. Celui-ci tomba du tabouret en hurlant. Les deux sbires le relevèrent et le maintinrent debout entre eux.

« J'étais... en Afghanistan, bégaya Khan. J'ai suivi un entraînement pour manipuler des explosifs, pour assassiner des hommes politiques et tuer des civils. Je connais les plans. Je sais ce qu'ils vont faire. » Il lançait ces phrases au hasard, en espérant que l'une d'elles les intéresserait.

« Nous savons tout cela. Où avez-vous suivi un entraînement ?

— À Kandahar… Pendant six mois, en 2000. C'est là que j'ai appris la technique des assassinats politiques. Je connais les plans d'attaque des bâtiments occidentaux.

— Quels bâtiments ?

— Des édifices chrétiens, des ambassades, des réservoirs d'eau. » Il se rappelait l'avoir lu dans des journaux au Pakistan et en Turquie.

« Quels bâtiments ?

— Une grande église en Angleterre, à Londres.

— Quand auront lieu ces attaques ?

— Bientôt. Le mois prochain.

— Le mois prochain ? Alors comment auriez-vous été sur place ? Un homme comme vous, dans les montagnes, sans un sou.

— Le plan consistait à entrer illégalement en Europe. Si j'étais pris, je devais raconter que je cherchais du travail. C'est tout. On vous renvoie d'où vous venez, mais on ne vous jette pas en prison. Ils savent que les terroristes ont de l'argent et qu'ils voyagent en avion, c'est pourquoi ils surveillent les aéroports. Mais les hommes qui sont sur les routes, ils n'en savent rien. C'est beaucoup plus sûr. Je suis venu avec d'autres. Beaucoup, beaucoup d'autres. Je sais qui ils sont, où ils sont, quels sont leurs plans. »

L'Égyptien se tourna vers le Docteur qui secoua la tête. « Vous nous racontez des histoires », dit-il.

Khan leva les yeux. « Demandez-vous pourquoi vous m'interrogez. Demandez-vous si je mens alors que je sais ce que vous pouvez me faire. »

L'officier jeta sa cigarette et lui retourna son regard. Khan remarqua qu'il avait le blanc des yeux terreux et que sa peau, légèrement plus sombre que la sienne, était bouffie, comme soufflée de l'intérieur. L'Égyptien secoua la tête. Sans avertissement, il passa derrière Khan et le frappa à plusieurs reprises.

« Allez-vous répondre à mes questions ?

— Je vous réponds, hurla Khan. J'essaie. »

Khan comprenait maintenant quel jeu il lui faudrait jouer. L'Égyptien devait avoir l'air vainqueur. Sinon, le Docteur prendrait la suite ; il devait éviter ça à tout prix. Ainsi, il ferait de l'Égyptien une sorte d'allié. Il travaillerait avec lui pour que ses aveux paraissent dictés par l'habileté de son tortionnaire qui n'aurait pas besoin des compétences du Docteur. Il lui faudrait endurer beaucoup plus de souffrance tout en lâchant des informations au compte-gouttes.

Cette conclusion le terrifia. On le hissa au plafond et la douleur augmenta d'un cran. Il perdit la notion du temps durant toutes ces heures, mais la souffrance se révéla payante. Les pauses entre deux volées de coups se firent plus longues. Un homme arriva pour coucher ses aveux sur du papier. Cela prit du temps : le greffier s'arrêtait sans cesse d'écrire et lui demandait d'épeler certains mots en anglais. Khan en profitait pour rassembler ses esprits, ce qui lui permettait d'ajouter certains détails convaincants. Il découvrit que les choses qu'il inventait par pur désespoir étaient celles que l'Égyptien acceptait le plus facilement.

La nuit tomba et l'interrogatoire se poursuivit sous la lumière crue d'une ampoule. À un certain stade, Khan perdit sa foi en l'humanité, en particulier sa confiance en ses frères. Il avait changé, bien qu'il ne soit en état ni de maîtriser cette pensée, ni de comprendre ce qu'elle signifiait.

Isis observa que son père avait rajeuni de dix ans à la perspective de l'aventure en Égypte. Ses yeux brillaient d'excitation et il se déplaçait avec moins de raideur. Il maîtrisait les grandes lignes de l'opération. Les problèmes de radios portatives et de téléphones cryptés, la topographie du quartier où se situait la prison de Khan, n'avaient plus de secrets pour lui. En route vers Heathrow, il raconta à sa fille et à Christine Selvey qu'il avait passé deux semaines dans la capitale égyptienne avant de se rendre en Palestine, en 1946. Il avait arpenté le quartier médiéval et les rues autour du souk Khan al-Khalili, et croyait savoir que peu de choses avaient changé.

Des chambres leur avaient été réservées non dans un des hôtels modernes le long du Nil, mais au Devon, qui était plus central. L'établissement avait jadis servi de mess aux officiers de l'armée britannique. Munroe Herrick y descendait quand le Shepheard, un hôtel plus coté à l'époque, était plein. À la réception, il fut stupéfait de retrouver le même standard 1930. L'ascenseur, dont la cage en fer s'arrêtait à trente centimètres en dessous de chaque palier, n'avait pas changé non plus. Le vieil homme fut encore plus ému de voir le grand tableau dans la salle à manger. Cette toile, une scène de chasse, était liée au souvenir des émeutes anti-britanniques qui avaient coïncidé avec le coup d'État de Nasser, en 1952. « Ils avaient raison de nous foutre dehors, murmura-t-il. Nous n'avions rien à faire ici.

— Et aujourd'hui ? » demanda Herrick.

« C'est une autre paire de manches, comme tu le sais, Isis. » Munroe secoua la tête avec un tendre désespoir. « Passons à autre chose. Nous avons rendez-vous. »

Ils laissèrent Christine Selvey à l'hôtel et se firent conduire en taxi au Sunset Café. À minuit passé, l'établissement était presque plein. Ils savaient seulement que quelqu'un viendrait les chercher et qu'ils en sauraient plus sur l'opération du lendemain.

Ils commandèrent du thé et un narguilé. Isis lâcha : « Papa, tu ne trouves pas que c'est assez bizarre ?

— Ça m'en a tout l'air, répondit-il. J'étais encore moins chaud que toi, mais le Patron avait besoin de notre aide et je suis une excellente couverture, avoue-le.

— Mais tu participes à l'opération, tu n'es pas seulement une couverture. C'est cela qui m'inquiète. Même si nous récupérons le paquet, cette histoire sortira un jour ou l'autre.

— Tu as sans doute raison. Mais le Patron ne sert pas ses propres intérêts. Il veut protéger le service de Vigo et Spelling. » Il lui jeta un regard angoissé. « Il m'a raconté ce qui t'est arrivé. Il est convaincu que Vigo a envoyé les deux Albanais. Je suis profondément soulagé que tu aies réussi à t'en sortir.

— C'est ce que je voulais te dire. Tu ne devrais pas être au courant de cette histoire. Comment veux-tu que je travaille si je sais que tu apprendras le moindre incident ? Ces deux types n'en avaient pas après moi. Ils fouillaient la maison. Je suis arrivée par hasard.

— Que cherchaient-ils ?

— Je l'ignore. » Elle ne devait rien dire sur le paquet de Beyrouth, c'était devenu une conviction.

Il eut un sourire sceptique. « Mais Vigo savait que c'était chez toi.

— Oui. Ce qui veut dire qu'il avait écouté la conversation téléphonique que j'ai eue quelques heures plus tôt avec une amie. Dieu sait pourquoi ça l'intéressait.

— Allons, tu as bien une idée ?

— Non.

— Il est jaloux de ton talent. Tu as un don inné. Le Patron me chante sans arrêt tes louanges. L'idée que tu as le flair dont il faisait preuve naguère doit ronger Vigo. Et puis, tu critiques son opération. Il risque d'être foutu dehors. »

Elle haussa les épaules et s'approcha de lui. « Quelles chances avons-nous ?

— Cinquante cinquante. Tout dépendra de la rapidité et de la précision des informations. Sinon, nous sommes nases.

— Nases ! Où as-tu appris ce mot ? » Elle regarda son père. Ses yeux allaient d'un client à l'autre. Il repérait discrètement ceux qui s'intéressaient à eux. « Finalement, reprit-elle, c'est mieux que d'observer des coquilles d'escargot à la loupe.

— Détrompe-toi, mais le changement est stimulant. »

Ils passèrent la demi-heure suivante à échanger des potins sur Hopelaw. Puis un jeune homme qui feuilletait des magazines dans un kiosque à journaux voisin vint s'asseoir à leur table. Il commanda une pipe et un café. Il était pâle et avait l'air malade, ses yeux étaient écarquillés. Il se déplaçait avec difficulté, comme s'il avait mal au dos ou au bassin.

« Gros camion a sauté par-dessus petite voiture. Tout le monde mort, sauf M. Foyzi.

— Je suis heureuse que vous en ayez réchappé, monsieur Foyzi.

— Oui, mais le traitement à l'hôpital coûte très, très cher. Monsieur Foyzi a besoin d'argent pour soigner son dos. Vous voulez acheter des papyrus ? » Il tendit une carte de visite à Munroe. « C'est l'adresse de la meilleure boutique de papyrus du Caire. » Ses bras brassèrent l'air pour décrire la splendeur de la fabrique de son frère. « Okay, vous venez ? Nous prendrons le café et nous ferons la fête.

— C'est exactement ce que nous cherchons, répondit Munroe Herrick. Il tendit la carte à Isis. Elle lut : "Suivez Foyzi. Harland."

— Quand voulez-vous qu'on vienne ?

— Tout de suite, bien sûr. La fabrique n'est pas loin. »

Ils laissèrent de l'argent sur la table. Foyzi escortait ses nouveaux et précieux clients avec de grandes marques de politesse. Après avoir franchi un carrefour à l'intersection de deux larges avenues, ils s'engagèrent dans une allée bordée d'élégants bâtiments fin de siècle. Des hommes travaillaient dans des ateliers chichement éclairés ; d'autres flânaient, grignotant des épis de maïs, fumant des narguilés rudimentaires et prodiguant des conseils avec des gestes excessifs, comme s'ils étaient des mimes. Aucune femme n'était en vue. Isis se trouvait trop voyante avec son jean et sa chemise, mais la présence de Foyzi devait calmer les esprits : les hommes lui accordaient rarement un second regard. Pendant un quart d'heure, ils déambulèrent dans le dédale obscur des allées, avant de s'arrêter devant une cour. Un homme, accroupi avec un fer à souder, travaillait sur une portière de voiture. Des étincelles fusaient, éclairant trois arbres et des cordes à linge agitées par la brise.

Foyzi s'arrêta et leur fit signe de se placer contre le mur. « Ne parlez pas », chuchota-t-il, portant ses deux mains à la bouche. Il regarda l'entrée de la cour. Une minute plus tard, l'artisan souleva sa visière et éteignit la flamme du fer à souder. L'espace plongea dans l'obscurité et le silence. Foyzi les conduisit à une porte, frappa et dit quelques mots à travers une grille. Des serrures tournèrent sourdement, des verrous claquèrent. À l'intérieur, des bougies brûlaient dans des pots rouges ; une silhouette enturbannée vêtue de blanc se dissimula dans un coin. Sans un mot d'explication, Foyzi les guida rapidement dans un couloir imprégné d'une odeur de fleurs et de cire. Ils pénétrèrent dans une pièce éclairée par des chandeliers ; les lumières se reflétaient sur des vitrines pleines de bouteilles et de flacons. « Où sommes-nous ? fit Herrick.

— Dans une fabrique de parfums, je pense, répondit son père.

— Le gentleman a raison, mais nous ne restons pas ici, dit Foyzi, d'un air suffisant. Vous achèterez l'huile de lotus une autre fois, missis. Vous allez rencontrer votre ami dans une autre boutique. »

Une porte de communication s'ouvrit. Ils traversèrent une espèce de caverne encombrée de tapis ; d'énormes lampes en cuivre pendaient au plafond.

Foyzi leur prit le bras pour les piloter. Quand ils atteignirent une zone mieux éclairée, Herrick regarda le visage de son père. Il n'exprimait aucune tension.

« Isis, je ne le répéterai pas », murmura Munroe. Un bruit de voix s'échappait d'une pièce voisine. « Ne sois pas aux petits soins avec moi. »

Ils découvrirent Harland, le colonel B. et, pour la plus grande surprise d'Isis, Colin Guthrie. Ce dernier expliqua que Londres lui avait confié la direction de l'opération *in extremis.* Harland les accueillit avec un sourire énigmatique. Il leur apprit que Loz se trouvait déjà sous bonne garde là où ils amèneraient Khan. Foyzi s'installa sur une chaise et versa un peu d'alcool dans une tasse de café.

Guthrie déroula une carte sur la table. « Au cours des dernières vingt-quatre heures, nous avons surveillé la route entre le quartier général de la police et la prison, à la limite méridionale de la ville. Les camions et les voitures ont toujours emprunté les rues soulignées en rouge. Nous n'avons aucune raison de penser qu'ils changeront d'itinéraire. D'après nos sources, les gens de la sécurité ont tout essayé ; à un moment ou l'autre, ils passeront le relais au Docteur. Cela nous laisse à la fois peu et beaucoup de temps. Nous devons être prêts à agir demain. Mais n'oublions pas que c'est une gageure de mener une opération dans une zone que la police surveille en permanence. »

Guthrie étala quatre photos A4 sur la table et les plaça bout à bout pour faire un panoramique de la rue Bur Said. Il montra un immeuble de deux étages à l'italienne et un bâtiment administratif beaucoup plus moderne, peint en blanc et turquoise. « Ce vieil immeuble abrite le tribunal. Il est mitoyen du quartier général de la police sur le côté droit. Le bloc des cellules où Khan est détenu se trouve derrière. Le camion quittera le bâtiment par une porte arrière et il empruntera une rue populeuse qui rejoint Bur Said. Au début du carrefour, il y a une série de boutiques, de restaurants et de cafés. Le Docteur, Ibrahim al-Shuqairi, y a rencontré un membre de la CIA que Bobby Harland a identifié sur des photos de surveillance : il s'agit de Gibbons. Le Docteur a été vu dans les parages à quatre reprises ces trente-six dernières heures. Nous pensons qu'il a officieusement mis l'Américain au courant des progrès de l'interrogatoire. Lors de leur dernier rendez-vous, un peu plus tôt dans la soirée, Gibbons et le Docteur ont eu un désaccord. Il semble que Gibbons ait refusé que le Docteur s'occupe personnellement de l'interrogatoire. Des informations du QG transmises par M. Foyzi cet après-midi confirment cette hypothèse. Nous savons aussi que les communications de l'ambassade américaine font état du déroulement de l'interrogatoire et de ses résultats. Khan a admis, mais ce n'est pas une surprise, son implication dans un complot destiné à faire sauter un certain nombre d'églises et autres cibles importantes. Il n'a évidemment fourni aucune date précise. Il a peut-être senti que c'était sa seule carte à jouer. »

Guthrie approcha une lampe pour éclairer les photos. « Isis, vous ferez le guet dans un de ces cafés. Votre mission consistera à observer Gibbons et à essayer de comprendre ce qu'il dit. D'autres gens seront présents, mais c'est vous qui donnerez le signal de l'opération. Le seul problème, bien entendu, c'est que Gibbons et le Docteur vous connaissent. Vous aurez besoin d'un camouflage impeccable. »

Herrick indiqua d'un signe de tête que cela ne posait aucun problème.

Guthrie se tourna vers Munroe. « Vous passerez la première partie de la journée au Musée islamique. Il a été récemment restauré et se situe en face du tribunal. Ce ne sera pas trop pénible. Le musée a l'air conditionné. Je crois que sa collection de manuscrits et d'art ornemental est unique. Vous y resterez avec Selvey en attendant de recevoir un message. En quittant le musée, vous verrez une Peugeot bleu et blanc avec les mots Zamalek Limousine. Elle vous conduira jusqu'à ce point précis, près du cimetière nord, soit dix ou quinze minutes de trajet selon la circulation. Vous constaterez qu'une série de virages à angle droit oblige les camions à ralentir à environ quinze kilomètres-heure. L'interception aura lieu là. Vous resterez dans la voiture. Philip Sarre et Gregor Laughland prendront position tout près dans le cimetière. L'un d'eux vous appellera par radio dès que le contact visuel sera établi. Vous sortirez de la voiture pour effectuer la diversion dont nous avons parlé. Quand le camion sera immobilisé, vous retournerez très vite à la Peugeot et vous ficherez le camp. Il fera chaud et vous aurez besoin d'économiser toute votre énergie pour effectuer ce déplacement, Munroe. »

Guthrie s'assit. Il y eut un silence de quelques secondes. C'était un signal. Le colonel B. prit la parole.

« Je vais vous fournir le minimum d'informations utiles sur la fin de l'opération. Nous prendrons position dans la zone du cimetière, mais vous ne nous verrez pas avant l'arrivée du camion. Nous avons consacré une grande partie de la journée à surveiller les lieux. À bien des égards, ils sont parfaits. La circulation est rare et la route en mauvais état. Bien entendu, notre principal objectif sera de libérer Khan sans perdre de vies humaines, mais une ou deux détonations risquent d'attirer l'attention. Nous devrons quitter la zone au plus vite. » Il posa deux paires de boules Quies sur la table et les poussa vers Munroe. « Elles sont pour vous, monsieur, et pour votre collègue. Vous les mettrez dès que vous recevrez le signal.

— Et moi ? demanda Herrick. Comment serai-je en contact avec vous ? Où se trouvera Harland ?

— Avec nous. Nous aurons besoin de la trousse médicale.

— Vous l'aurez. Mais qu'est-ce que je ferai après le passage du camion ? Je le suivrai ?

— Exactement. Vous nous direz s'il y a une escorte. D'ordinaire, les camions circulent seuls. Compte tenu de l'importance de Khan, une ou deux voitures suivront peut-être avec des policiers armés. Cela ne devrait pas poser trop de difficultés, mais nous aurons besoin d'une description et vous nous indiquerez le nombre d'hommes.

— Il y a quelque chose que je ne comprends pas, intervint Harland. Pourquoi Isis doit-elle traîner dans le café et suivre le camion ? Ne serait-il pas plus simple que Sarre ou Laughland se chargent de la surveillance initiale et qu'Isis se planque dans le cimetière pour être prête à partir avec Khan et moi ? »

Guthrie secoua la tête. « Non. Primo, Isis sera beaucoup moins visible. Deuxio, elle portera des vêtements traditionnels qui la rendront inapprochable.

Tertio, elle possède un talent assez particulier, comme me l'a récemment rappelé un de nos collègues. »

Munroe hocha la tête en souriant. Harland avait l'air étonné.

« Elle sait lire l'anglais sur les lèvres. Tant qu'elle aura un bon point de vue sur Gibbons, nous saurons ce qui se trame.

— C'est excellent ! » dit soudain Foyzi avec les intonations impeccables d'un Anglais de la classe moyenne.

Herrick et son père se retournèrent. Il était allongé sur une pile de tapis, une tasse de thé en équilibre instable sur sa poitrine.

« M. Foyzi n'est pas ce qu'il semble être, expliqua Guthrie. En fait, M. Foyzi n'est même pas égyptien. »

Foyzi sourit discrètement.

« Je pense que tout est au point du côté de Foyzi et d'Isis. Maintenant, les communications. Isis lancera le premier appel sur son portable. Il me parviendra dans la camionnette de contrôle qui sera stationnée à mi-parcours, entre le QG de la police et le cimetière. Ensuite, nous utiliserons les radios. Vous vous servirez des écouteurs et des micros agrafables dont vous disposez tous. Les conversations seront réduites au strict minimum. Les détails sur le camion et son éventuelle escorte me seront communiqués par téléphone, je les répercuterai en des termes convenablement obscurs. Voilà. Foyzi va vous raccompagner tous les deux au Devon et Harland prendra livraison de la trousse médicale. Nous serons en position à 10 heures. J'espère que nous aurons alors une indication des mouvements, et plutôt trop tôt que trop tard. » Guthrie rassembla les photos et la carte, et se leva.

Plus tard, à l'hôtel, Isis confia à son père : « C'est le plan le plus bête que j'aie jamais entendu. Tout peut capoter.

— Eh bien, ça laisse beaucoup de marge de manœuvre. Et ce n'est pas un mal.

— Je ne me sens pas mieux pour autant. »

20

Khan ne faisait plus la différence entre le jour et la nuit. Les gardes lui avaient donné un bol de bouillie et de l'eau, mais ils ne l'avaient laissé boire que quelques gorgées. Il ne dormait pas. Quand l'Égyptien et le Docteur quittaient la cellule, il restait assis sur le sol, les bras maintenus en l'air par les cordes. Ses mains étaient devenues insensibles, même s'il éprouvait parfois des picotements dus à l'arrêt de la circulation sanguine. S'il s'endormait ou perdait connaissance quand la douleur était trop vive, les gardes le frappaient ou tapaient sur la porte à grands coups de matraque.

Le temps avait cessé d'exister. Des pensées le traversaient comme autant de messages télégraphiques. Depuis que le Docteur lui avait parlé des drogues qu'il utiliserait, Khan savait qu'il avait perdu la partie. Il était prévenu. Elles le paralyseraient pendant des heures et le rendraient fou : il verrait des rats courir dans son cerveau, sa peau le brûlerait, ses yeux seraient aveuglés par la simple flamme d'une bougie. La souffrance serait telle qu'il ne pourrait plus prendre de repos ni dormir.

Il pensait : J'ai fait ceci… Je suis allé là… Un voyage de mon invention… Dieu ait pitié de moi… Prophète (que la paix soit surToi), s'il Te plaît, arrête ces hommes… Arrête ces hommes… Ce n'est pas Ta voie… Je souffre… J'ai mal… Je ne me reconnais pas moi-même… Laisse-moi mourir.

Il priait et s'apitoyait sur son sort sans savoir si ses lamentations duraient des heures ou quelques secondes. Une idée étrange le possédait : son esprit s'était libéré de son corps. Et pourtant, ce n'était pas vrai, il le savait : il n'avait jamais été aussi conscient de son être physique. Ils avaient enfermé son esprit dans une cage avec une bête, et cette bête était sa douleur. Pourquoi ? Il ne pouvait pas répondre. La question n'existait pas parce qu'elle n'avait pas de réponse.

Peut-être aurait-il mieux fait de dire la vérité au lieu d'inventer ces histoires d'entraînement terroriste et d'attentat. Mais il *avait* dit la vérité la première fois, quand il avait rencontré le Docteur. En vain. Parce que le Docteur avait commencé à le torturer.

Il faisait moins chaud à présent. La nuit avait dû tomber. L'un des deux gardes dormait adossé à la porte en se tenant la tête. Les pensées de Khan s'agitaient en tous sens. Il se rappelait l'insoutenable tranquillité de son existence antérieure. Était-ce vraiment sa vie ou l'avait-il imaginée ?

Soudain, la porte s'ouvrit et le garde endormi fut projeté au milieu de la cellule. Il se releva et lui asséna deux coups de matraque pour le punir de cette atteinte à sa dignité. Dans la lumière du couloir, Khan vit son geôlier se tourner vers l'Égyptien et le

Docteur avec une obséquiosité lâche et coupable. Puis il découvrit le chariot qu'ils tiraient derrière eux.

L'engin ressemblait à une table basse et semblait fait de bric et de broc, comme tout dans cette prison. C'était une machine archaïque, mais efficace. Un câble électrique était lové sur le plateau, avec un boîtier et une planche en bois équipée d'un interrupteur et d'une manette. L'un des gardes brancha le fil à une prise dans le couloir. Son acolyte déroula le câble. Il était pourvu à son extrémité de deux pinces crocodile comme pour recharger une batterie.

Tandis que le Docteur se curait les dents, l'Égyptien se pencha sur un baquet d'eau. Il y plongea un chiffon et le tendit au garde pour qu'il l'essore.

Herrick quitta l'hôtel tôt dans la matinée. Elle partit avec Foyzi pour acheter un hidjab, le voile qui dissimule les cheveux, les oreilles, les épaules et une partie du visage des musulmanes. Foyzi, vêtu d'une longue djellaba blanche et d'un chèche rouge et blanc, la rassura : personne ne la regarderait sous le hidjab, surtout s'ils étaient ensemble. Elle en choisit un noir, d'une coupe austère.

L'air pollué, déjà irrespirable, envahissait les rues encombrées de toutes sortes de véhicules, voitures, charrettes à bras et camions. Ils atteignirent Bur Said à 9 heures et firent le tour de la place. Après avoir dépassé le tribunal, le bâtiment de la police et le musée climatisé où Munroe Herrick et Christine Selvey viendraient admirer les collections d'armes et de brûle-parfums, ils se garèrent près du café le plus proche du quartier général. La planque commença. La veille, un homme de Foyzi avait repéré Gibbons à

10 h 30. L'attente dura une heure et demie. Guthrie appela Isis deux fois sur son portable pour lui proposer de s'installer à l'ombre dans le café ; elle serait sur place quand l'un des hommes arriverait. Elle refusa et dit qu'elle préférait attendre de savoir où ils s'installeraient.

Le jour avançait. La densité et le bruit de la circulation ne diminuaient pas, mais les passants étaient moins nombreux. Des femmes qui avaient improvisé un marché aux légumes de l'autre côté de la rue ramassèrent soudain leur barda et disparurent dans un tourbillon coloré. Des hommes qui arrosaient mollement une étroite plate-bande de fleurs au milieu de la chaussée s'étaient réfugiés à l'ombre d'un arbre d'où ils observaient la dispute de trois corneilles près d'une fuite d'eau dans le tuyau d'arrosage.

Juste après midi, un vent chaud se leva. Il souleva des tourbillons de poussière et fit claquer les drapeaux sur la façade du tribunal. Les corneilles s'enfuirent à tire-d'aile et planèrent au-dessus de la circulation. Herrick et Foyzi, affalés sur leurs sièges, buvaient de l'eau minérale à petites gorgées. Ils déplacèrent plusieurs fois le véhicule pour rester à l'ombre. À 14 heures, un convoi de police apparut en haut de la ruelle. Quand les trois camions atteignirent Bur Said, Herrick aperçut les minuscules cages en fer où étaient enfermés les prisonniers.

« Ils doivent rôtir là-dedans », observa-t-elle.

Foyzi opina tristement. Soudain, il se redressa. « Voilà l'Américain. Regardez ! Regardez ! »

Herrick se pencha vers le rétroviseur extérieur et vit Gibbons sortir d'un taxi. Elle vérifia son hidjab et ses lunettes de soleil Jackie O dans le miroir du pare-soleil. Puis elle mit à l'oreille l'écouteur de son portable et brancha le micro dont le fil courait sous sa manche. L'Américain passa près d'eux et se dirigea vers le café. Après un moment d'hésitation, il choisit une table en terrasse et commanda une boisson. Isis et Foyzi quittèrent le véhicule et s'avancèrent. Ils discutaient en arabe du comportement de Foyzi au volant, et s'assirent derrière la porte du café, à l'ombre, dans le courant d'air. Foyzi tournait le dos à Gibbons de sorte qu'Isis observait l'Américain par-dessus son épaule. Vingt minutes s'écoulèrent. Gibbons passa deux brefs appels sur son portable. Isis en profita pour s'exercer à lire sur ses lèvres. Gibbons avait appelé le Docteur pour lui demander ce qu'il faisait. Le Syrien apparut quelques minutes plus tard. Vêtu d'une djellaba vert pâle, il remontait la ruelle en compagnie d'un autre Arabe, plus petit que lui. Sa veste, doublée d'un bleu pâle, flottait au vent sur ses épaules. Avant de s'asseoir, l'homme épousseta méticuleusement sa chaise et rectifia le pli de son pantalon. Il tournait le dos à Foyzi et Herrick. Le Docteur s'était affalé pesamment et se tenait de profil. Il sortit un sac de graines de tournesol et commença à s'empiffrer.

Les trois hommes passèrent commande, puis Gibbons se pencha pour leur parler. Herrick appela aussitôt Guthrie. Une partie du visage cachée par sa main droite, elle murmurait dans sa manche sans quitter des yeux les lèvres de Gibbons. Elle s'interrompait seulement pour préciser à qui Gibbons s'adressait. « Qu'avez-vous pour moi ? » demanda l'Américain à l'Égyptien. L'autre répondit longuement sous le regard fixe de l'agent de la CIA. « Avez-vous des dates ? Des noms ? Quels sont ses contacts ? »

L'homme secoua la tête. Le Docteur voulut l'interrompre, mais Gibbons n'en tint pas compte. « Selon vous, cela arrivera-t-il simultanément à Paris et à Londres ? Et les États-Unis ? Que savez-vous des cartes postales ? » Il hocha la tête en écoutant la réponse. À nouveau, le Docteur voulut se mêler à la conversation, mais Gibbons ne quittait pas l'Égyptien des yeux. « Il reconnaît qu'il s'agit de messages codés ? Bien. Et l'Empire State ? A-t-il dit si les attaques seraient coordonnées aux États-Unis et en Europe ? » Les deux hommes voulurent répondre, mais Gibbons secoua la tête. « Vous feriez mieux de comprendre pourquoi nous sommes ici. Pour le moment, j'entends des peut-être ceci, peut-être cela, maintenant, plus tard... Il me semble que vous oubliez le tic-tac de la bombe. Nos services veulent des informations précises. » Il écrasa son index sur la table et se tassa sur sa chaise, frustré, regardant au loin. Le Docteur détourna également les yeux. L'Égyptien reprit la parole, mais son discours laissait visiblement Gibbons de marbre. L'Américain commanda une autre boisson et prit son portable.

« Aucune information... Pas de détails précis... C'est vrai... Okay... Sûr... Je lui dirai... Exact... Ouais, ouais. Laissez-moi faire. » Il reposa le téléphone et s'adressa à l'Égyptien. « Bon, nous avons opté pour la deuxième solution. Je suis désolé, monsieur Abdullah, mais ce n'est plus de mon ressort. Nous vous sommes très reconnaissants de ce que vous avez fait. L'ambassade américaine vous enverra une lettre officielle de remerciements. En attendant, voici une gratification personnelle. » Il glissa une liasse de billets dans la poche de veste de l'Égyptien.

Herrick émit un premier commentaire. « Il donne un pot-de-vin à l'officier de la sécurité. Le Docteur poursuivra l'interrogatoire.

— Dites à Foyzi d'activer ses informateurs. Il faut savoir quand aura lieu le transfert et dans quel véhicule se trouvera Khan », exigea Guthrie d'une voix rauque.

Foyzi n'avait pas besoin d'explication. D'un signe de tête, il indiqua qu'il avait compris.

Gibbons regarda sa montre et ajouta quelque chose qu'Isis ne réussit pas à déchiffrer parce qu'il tenait son verre devant ses lèvres. Le Docteur fouilla dans sa djellaba à la recherche d'un chapelet noir anti-stress. Il le brandit comme un rosaire et commença à le faire tourner autour de son index.

Gibbons posa son verre. « Nous voulons des résultats ce soir ou demain. Le travail doit être terminé lundi. »

Isis rapporta ces propos à Guthrie. Elle l'entendait de temps à autre parler avec son père et le colonel B.

Elle raccrocha et s'adressa en arabe à Foyzi. Avait-il vérifié la voiture ? N'était-il pas l'heure de partir ? Foyzi s'autorisa un sourire devant son rôle de mégère. Il grogna en guise de réponse, paya et quitta le café, fixant rendez-vous à son « épouse » dans vingt minutes.

Herrick avait prévu de rejoindre la voiture après le départ du Docteur. Elle regardait dans le vague derrière ses lunettes de soleil sans prêter attention aux trois hommes, ni les écouter. Gibbons, qui avait allumé une cigarette, lui jeta plusieurs coups d'œil intéressés, mais elle était certaine qu'il ne la reconnaissait pas. Elle resta assise, espérant se faire passer pour une jeune Arabe de la classe moyenne, arrogante et inabordable.

Après un dernier échange, le Docteur se leva. Gibbons ne lui tendit pas la main. Herrick crut discerner une expression de dégoût dans son regard. « On se parle bientôt. »

Elle décida de partir, mais, au moment de se lever, son portable vibra. Distraite, elle ne fit pas attention au vent, comme le faisaient les femmes dans la rue. Une rafale souleva son hidjab, dévoilant ses cheveux, son cou et un coin de son visage. Elle remit le voile en place et s'éloigna lentement vers la voiture. Au moment d'ouvrir la portière, elle vit Gibbons jeter quelques pièces sur la table, se lever et se diriger résolument vers elle. Quelques secondes plus tard, appuyé contre le véhicule, il s'écria à travers la vitre. « Bon sang de bonsoir, mais c'est Isis Herrick. » Il se pencha. « Merde ! C'est *vraiment* vous ? »

Elle regardait droit devant elle, incapable de bouger, consciente seulement qu'elle devait agir. Gibbons n'avait qu'à passer un coup de fil et l'opération serait un fiasco. Elle ouvrit brutalement la portière, le poussa et interpella en arabe les passants. Elle criait que l'Américain l'importunait.

« Alors, que savez-vous ? demanda Gibbons avec un regard libidineux. La petite espionne anglaise en chaleur m'a suivi au Caire pour un peu d'affection ? » Il palpa son gilet de photographe et sortit son téléphone. D'un revers de main, Isis fit tomber l'appareil. Elle contourna Gibbons et l'insulta encore en arabe. L'ignoble Américain lui faisait des propositions malhonnêtes. Quelqu'un viendrait-il au secours d'une femme vertueuse ?

Manifestement, la scène amusait Gibbons. « Oh, vous êtes bonne, dit-il en se baissant lentement pour ramasser le téléphone. Vous êtes très bonne, Isis. Mais je vais prévenir nos amis que vous vous êtes invitée au barbecue. » Il se releva, une main posée sur l'épaule d'Herrick, et appela un numéro avec le pouce de l'autre main. Soudain, Foyzi surgit et tira Herrick sur le côté.

« Qui c'est celui-là ? Omar Sharif ? »

Foyzi lui sourit. « J'ai un pistolet braqué sur votre cœur, monsieur. Montez dans la voiture.

— Ouais, et moi je suis le roi Farouk, répondit Gibbons.

— Tire-toi de là, mon pote. Cette dame et moi avons besoin d'une petite explication. »

Foyzi manœuvra de manière à montrer son arme sans qu'aucun passant l'aperçoive. « Je vous *tuerai* si vous ne montez pas dans cette voiture, monsieur.

— Okay », consentit Gibbons. Il essayait de garder sa dignité. « Vous enlevez un citoyen américain. Vous ne vous en tirerez pas facilement, vous et votre copain au torchon sur la tête.

— Nous devrons supporter ce monsieur », commenta Foyzi, désabusé. Il ouvrit la portière et poussa Gibbons. « Montez. »

Gibbons obéit, mais son regard furieux disait qu'il comptait reprendre l'avantage. « On vous mettra au supplice pour ça. »

Isis s'installa derrière le volant. « Et maintenant ?

— Pas de problème », lança Foyzi, indiquant la direction droit devant. « Pas de problème. Conduisez ! »

La Fiat démarra et se mêla au flot de la circulation.

« Oh, je comprends. Vous voulez libérer Khan ! » Gibbons éclata de rire. « Bon Dieu, je serai aux premières loges pour ce spectacle d'amateurs.

— La dernière fois, vous l'appeliez Fayçal, rétorqua Isis par-dessus son épaule.

— Oui », consentit aigrement Gibbons.

Ils dépassèrent le siège de la police et le tribunal, tournèrent à gauche et repartirent en sens inverse. Foyzi prit le téléphone de Gibbons et l'écrasa d'un coup de talon sur le plancher de la voiture. Puis il empoigna son propre portable et parla rapidement.

Gibbons, faisant mine d'ignorer le pistolet à silencieux appuyé contre son aisselle, s'adressa à Herrick. « Vous savez ce que vous faites ? Vous vous ingérez dans une enquête légale des États-Unis sur un terroriste suspect. Si un attentat se produit, vous serez complices, vous et votre ami. Nous vous retrouverons où que vous soyez.

— Je sais seulement une chose, répondit calmement Isis. Vous avez contribué à torturer un homme qui n'est coupable d'aucun crime et…

— Le problème avec vous, les Européens, l'interrompit Gibbons, c'est que vous voulez les avantages de la puissance américaine sans avoir à vous salir les mains. Laissez-moi vous le dire, les règles ont complètement changé. C'est le nouveau grand jeu. Franchement, vous ne faites pas le poids.

— Je ne vois rien de neuf dans votre *nouveau grand jeu.* Vous m'en avez déjà parlé et vous aviez raison. Les régimes sud-américains ont pratiqué la torture avec l'aval des États-Unis. En fait, la torture est un jeu très ancien, totalement désespéré. Et ça ne marche pas. Vous n'obtiendrez rien en bousillant un homme.

— C'est une course contre la montre. Il n'y a pas d'autres moyens.

— Il y en a, répondit Isis. Il y en a toujours. »

Ils longeaient le musée. Foyzi demanda à Isis de tourner à droite deux cents mètres plus loin. Elle dépassa une charrette à bras surchargée de cageots de légumes et s'engouffra dans une rue ombragée. De grandes bâches et des rangées de linge pendaient au-dessus de leurs têtes. Foyzi reprit son téléphone. Ils tournèrent encore à droite et entrèrent dans une cour où stationnait une camionnette Nissan blanche. Quatre hommes en djellaba se précipitèrent. L'un d'eux ouvrit la portière du côté de Gibbons et lui enfonça une aiguille dans le bras. L'Américain ferma presque instantanément les yeux, et son corps s'amollit. Il fut sorti de la voiture, traîné jusqu'à la camionnette et installé sur le siège arrière. La Nissan démarra dans un nuage de poussière. Foyzi contourna la Fiat au pas de course, prit le volant, fit marche arrière, vira à cent quatre-vingts degrés et fonça vers Bur Said.

« Qui sont ces hommes ? » hurla Herrick. Elle trouvait que la décision d'endormir et d'évacuer Gibbons était judicieuse.

« Mon équipe de soutien, mes parents.

— Vos parents ?

— Une autre fois », répondit-il. Il se vrillait le cou pour trouver une échappée dans la circulation. « Le convoi vient de quitter le bâtiment de la police. Nous devons rejoindre notre position.

— Que vont-ils faire de lui ?

— Ils l'amèneront quelque part et l'abandonneront. Tout ira bien pour lui. Simplement il ne saura plus qui il est et où il est pendant un jour ou deux. »

Une brèche dans l'embouteillage leur permit de se rapprocher du café. Foyzi arrêta la Fiat à côté d'une file de minibus qui crachaient passagers et bagages en quantités égales. Ils patientèrent quelques minutes dans la chaleur. Les yeux de Foyzi allaient et venaient de son portable à la foule qui se pressait autour de la voiture. Soudain, il y eut deux bips ; un texto s'afficha sur l'écran du téléphone.

« Ils arrivent, dit-il. Il est dans le camion. »

Ils virent, à travers la foule, un camion déboucher de la ruelle. La voiture de police qui l'escortait accéléra, se frayant un chemin à petits coups de sirène. Herrick avertit Guthrie qu'il y avait quatre policiers dans la voiture et deux gardes armés de fusils automatiques à l'arrière du camion. Le Docteur occupait le siège du passager. Khan devait se trouver à l'intérieur. Guthrie lui conseilla d'utiliser la radio, plutôt que son portable pour que tout le monde l'entende.

Trois automobiles séparaient la Fiat du camion qui roulait à environ vingt-cinq kilomètres-heure. Des véhicules essayèrent de se faufiler dans le sillage de la voiture de police, mais Foyzi conserva facilement sa place.

Lorsqu'ils atteignirent le souk Kahn al-Khalili, la circulation se montra moins docile devant la sirène de police. La Fiat fut bloquée à plusieurs reprises, parfois une longue minute. Tout en observant le labyrinthe des ruelles qui traversaient le souk, Herrick actionna le ventilateur fixé au pare-brise. Dix minutes passèrent. Brusquement, la circulation devint plus fluide et le camion accéléra. Il roulait à soixante kilomètres-heure. Foyzi le serrait de près, mais il dut s'arrêter à un feu rouge. Un informateur y était posté. Avant de redémarrer, ils l'entendirent faire un commentaire laconique à la radio. Soulagés, ils surent que le camion suivait l'itinéraire prévu. Le camion tourna à gauche dans une rue appelée Salah Salem, puis à droite en direction du cimetière. Herrick prit la parole. « Trois minutes avant atterrissage. Je répète. ETA [1] : trois minutes. »

Harland n'avait pas bougé de son siège à cause de la chaleur, mais en entendant Herrick il sortit immédiatement de l'Isuzu et braqua ses jumelles sur la route qui traversait le cimetière. Dix minutes plus tôt, il avait vu Munroe Herrick et Christine Selvey quitter une Peugeot blanc et bleu arrêtée à cent cinquante mètres. Harland connaissait la réputation de Munroe, mais il n'était pas favorable à sa présence. Il constata cependant que le vieil homme se déplaçait sans donner le moindre signe de fatigue, ni paraître incommodé par la chaleur. Munroe portait une légère veste d'été et un large chapeau de paille. Christine Selvey, qui était vêtue d'une longue jupe à fleurs, arborait également un chapeau maintenu par un foulard noué sous le menton. Ils avaient l'air d'un couple de visiteurs à l'exposition florale de Chelsea ou d'invités à une garden-party dans un presbytère.

Munroe installa un chevalet à l'ombre d'une stèle en bordure de la route et s'assit sur un tabouret pliant. Aussitôt, il entreprit d'esquisser le paysage qu'Harland avait contemplé à loisir : la métropole du Caire s'étalait au-delà du cimetière de grès, et la plaine inondée du Nil était plongée dans une brume

1. ETA : Estimated Time ArrivaI, « heure d'arrivée prévue ».

bleue de poussière. Munroe ne finirait jamais son tableau. C'était navrant.

Le lieu convenait parfaitement à une embuscade. La circulation y était rare : Harland n'avait compté que quatre voitures au cours des cinq dernières minutes. Les murs des deux côtés de la route ne faisaient jamais moins de trois mètres de haut : personne ne verrait l'interception du convoi. Enfin, les risques de balles perdues étaient minimes. Par ailleurs, plusieurs portes perçaient l'enceinte du cimetière qui était sillonné par de nombreux chemins. Deux véhicules prévus pour aider l'équipe d'intervention dans sa fuite se dissimulaient derrière deux porches.

Trois ou quatre cerfs-volants planant haut dans le ciel au-dessus du cimetière retinrent un moment l'attention d'Harland. Il inspecta les environs avec ses jumelles. Balayant la pente, il les braqua sur un groupe d'enfants qui jouaient, pieds nus, sur un tronçon de route, à environ deux cents mètres de Munroe. Pourvu qu'ils n'aperçoivent pas le vieil homme ! S'ils allaient lui quémander un bakchich, cela compliquerait sérieusement l'affaire. Il observa des silhouettes entre les sépultures au fond du cimetière. Un ou deux hommes dormaient à l'ombre d'un mausolée plus élaboré. Il ne connaissait pas la position exacte des vétérans du colonel B., mais savait qu'ils étaient tout près : les contrôles radio se répétaient toutes les dix minutes.

Enfin, Harland aperçut les véhicules de police. Ils avaient quitté la route principale et négociaient la côte qui menait à Munroe. La voiture de tête, qui roulait un peu trop vite, dut ralentir deux fois pour attendre le camion.

Harland retourna s'asseoir au volant. Il alluma le contact, passa au point mort et desserra le frein à main. L'Isuzu commença à descendre l'étroite piste caillouteuse qui conduisait à la route du cimetière. Si tout allait bien, il arriverait juste derrière le camion, prêt à réceptionner Khan, Herrick et Foyzi. L'interception devait être particulièrement précise.

Il entendit dans la radio : « Positions finales, SVP. Piste claire », puis la voix de Sarre : « Moins de cinq cents mètres. Quatre cents. Trois cent cinquante. » Quand Sarre annonça deux cents mètres, Munroe se leva de son tabouret et fouilla ses poches. Christine Selvey et le vieil homme troquèrent leurs écouteurs contre les boules Quies.

Non loin, un tas de chiffons bougeait doucement : un mendiant fouillait dans son sac sous l'ombre mouchetée d'un eucalyptus. De l'autre côté de la route, une charrette de canne à sucre semblait avancer toute seule.

La voiture de police apparut. Elle avait négocié la première partie du virage en Z et grimpait la route creusée d'ornières. Le camion suivait, cahotant à chaque nid-de-poule. Un peu plus loin, la petite Fiat traversait le nuage de poussière soulevé par le camion.

Tout en laissant l'Isuzu avancer lentement, Harland scrutait l'horizon. L'opération commença à se dérouler sous ses yeux. Munroe le premier passa à l'action. Il se leva et perdit son chapeau qui roula sur la route. Il en parut fort contrarié et se lança à sa poursuite, se tenant le dos et avançant péniblement. Pour bien marquer son impuissance, il agitait une baguette dont il frappa le chevalet. Au même moment, la voiture de police débouchait en haut du virage ;

elle passa sans ralentir entre Munroe et le chapeau. Le vieil homme, apparemment désorienté, glissa et tomba sur le flanc. Harland pria pour que le chauffeur le voie. Il freina juste à temps. Ensuite, tout se passa très vite : des grenades offensives éclatèrent à l'arrière et à l'avant des deux véhicules ; trois hommes pourvus de masques à gaz sortirent du chargement de canne à sucre et sautèrent sur la route, visant les pneus et le radiateur de la voiture qui s'immobilisa net, son gyrophare bleu tournoyant en vain. C'est alors qu'un individu surgit d'une brèche dans le mur et jeta une grenade de gaz soporifique à travers la vitre ouverte. Aucun des quatre passagers n'eut le temps de réagir.

Munroe se retourna immédiatement, un pistolet-mitrailleur dans les mains : il arrosa de balles les pneus avant du camion et le moteur. Christine Selvey l'avait rejoint. Elle tenait son arme à deux mains comme dans les manuels de tir. Les pneus arrière furent déchiquetés par deux autres membres du SAS qui venaient d'escalader le mur ; pour faire bonne mesure, ils jetèrent une grenade cataplexiante sous le train avant du camion. Elle explosa au moment où le conducteur s'apprêtait à descendre ; il tomba comme un oiseau mort.

Harland précipita l'Isuzu sur l'étroit chemin. Le véhicule racla un caillou, puis atteignit la route juste derrière le camion. Entre-temps, la Fiat s'était immobilisée, les portières avant grandes ouvertes. Isis courait dans la poussière. C'était la dernière chose à faire, car trois policiers, épargnés par la déflagration de la grenade, venaient de sauter de l'arrière du camion avec leurs fusils. Harland n'avait pas le choix : il fonça sur le premier et expédia le second dans le décor en ouvrant sa portière. Le troisième avait réussi à contourner le camion et visait la jeune femme. Harland bondit hors de la voiture et se jeta sur lui pour le plaquer au sol. Au moment où il le percutait, le soldat lâcha son fusil : l'arme ricocha sur la route. Harland sut que son dos ne supporterait pas un tel choc, mais il chassa cette idée de son esprit. Il se releva péniblement pendant que les hommes du colonel B. désarmaient les trois policiers, et se dirigea vers la tête du convoi. Isis était penchée sur son père. Apparemment, Munroe s'était foulé le poignet droit. Déjà la Peugeot déboulait. Munroe et Selvey y furent immédiatement conduits. Isis restait immobile, atterrée, mais son père se pencha pour ramasser son chapeau et agita le bras en signe d'au-revoir.

Le spectacle était étrange et personne n'en paraissait plus étonné que le Docteur. Il se tenait immobile sur son siège, comme s'il avait eu une attaque. Foyzi ouvrit sa portière et le fit descendre en le menaçant de son arme et en l'insultant copieusement. Il le prit par la nuque et le poussa vers l'arrière du camion, suivi d'Harland et d'Herrick.

Ils fouillèrent les cellules et relâchèrent deux prisonniers. Ni l'un ni l'autre ne ressemblaient à Khan. Ils leur dirent de s'enfuir au plus vite.

« Il est peut-être dans un autre camion ? » demanda le colonel B. en s'essuyant le visage. « Prévenez ce connard que s'il ne nous dit pas où est Karim Khan, vous le descendrez. »

Foyzi posa le silencieux de son pistolet sur la tempe du Docteur. Celui-ci, après un moment de réflexion, releva la tête et montra l'intérieur du camion.

« Il y a une planque sous le plancher, s'exclama Isis. Regardez, on voit deux charnières. »

Ils arrachèrent la tôle avec des pinces-monseigneur. Khan gisait dans une sorte de cercueil, ligoté, bâillonné et les yeux bandés. Ses pieds ne formaient plus qu'une masse noire, son bas-ventre était maculé de sang et d'urine, et ses vêtements étaient trempés. Ils le sortirent de sa cachette avec beaucoup de précautions et l'installèrent dans la lumière. Herrick lui ôta son bandeau et son bâillon. Elle lui dit qu'il était en sécurité. Il semblait ne rien comprendre et remuait la tête de gauche à droite comme un chanteur aveugle.

« Dieu du ciel…, fit l'un des hommes du colonel B.

— Non », fit Harland. Le souvenir des moments passés avec son propre tortionnaire l'envahissait d'une souffrance presque physique. Il secoua la tête et se tourna vers le Docteur, décidé à le tuer.

Le colonel leva le bras. « Finissons le travail, ça vaudra mieux. Installez Khan dans la voiture d'Harland et faites-lui une piqûre de morphine.

— Qu'allons-nous faire de ce type ? demanda Harland. Il connaît Isis. On ne peut pas le laisser ici. »

Le colonel hocha la tête. « On l'amène avec nous.

— Et ? demanda Harland.

— Eh bien, s'il est impossible de le ramener en Syrie, en Irak ou au diable, on le déposera, disons, au milieu du désert du Sinaï. »

Harland, Isis et Foyzi s'installèrent près de Khan. La Peugeot démarra. Les hommes du colonel B. avaient déjà disparu dans le cimetière. Deux d'entre eux faisaient courir le Docteur vers un camion garé à distance.

Une voix se fit entendre dans les radios. C'était Guthrie. « Je suis sûr que vous vous joindrez à moi pour remercier le capitaine de son atterrissage parfait. Il est 16 h 25 heure locale. La température est de trente-huit degrés. Bienvenue au Caire. Veuillez rester assis jusqu'à l'arrêt complet de l'appareil. »

21

L'île où ils transportèrent Khan se situait à trois cent cinquante kilomètres au sud du Caire, en aval d'une grande courbe du Nil. Treize heures après l'opération au cimetière, ils embarquèrent sur une grande barque, le *Lotus*, qui se dissimulait en lisière d'une plantation de canne à sucre. Ils déposèrent la civière à la proue et l'attachèrent avec des cordes. Le batelier s'installa à la poupe, poussa l'embarcation dans le courant à l'aide d'une perche et les conduisit vers l'île en aval. Il n'y avait aucune lumière à des kilomètres à la ronde, mais la nuit était claire malgré l'absence de lune. Quand le bateau glissa sous la brise au milieu du fleuve, Isis s'assura que Khan n'avait pas froid. Ses yeux étaient grands ouverts et son visage avait repris un semblant de calme. Son martyre était terminé.

Le *Lotus* fila silencieusement vers une crique et le batelier manœuvra pour franchir les derniers mètres. Des silhouettes se dessinèrent sur la rive. Elles s'approchèrent pour agripper l'embarcation et l'amarrer à un vieux ponton en bois. Un homme, soulevant sa djellaba blanche, se tenait dans l'eau jusqu'aux hanches. C'était Sammi Loz. Il se pencha sur Khan, lui toucha l'épaule et lui murmura quelques mots sans obtenir de réponse.

« Comment va-t-il ? demanda-t-il à Harland.

— Pas fameux. »

Quatre hommes portèrent la civière vers un groupe de maisons basses regroupées autour d'une cour. L'ensemble se dissimulait derrière un écran de verdure. Une porte était ouverte dans un angle de l'enclos ; une ampoule au plafond éclairait une pièce meublée d'un lit en bois, de quelques chaises et de deux lampes à huile. Une fresque de fleurs et d'oiseaux exotiques aux couleurs fanées couvrait un pan de mur. Khan fut étendu sur le lit bas. Il se réveilla et parut reconnaître Loz, puis Herrick, mais manifestement il doutait de ce qu'il voyait. Il essaya de se redresser pour toucher le visage de Loz.

Loz lui murmura de rester tranquille et lui fit boire un peu d'eau et avaler un somnifère. Quelques minutes plus tard, Khan ferma les yeux. Loz entreprit aussitôt d'enlever les loques qui recouvraient le corps émacié. Prenant des ciseaux dans la trousse médicale, il découpa le tissu et en fit un tas de lambeaux. Puis il demanda à Foyzi d'éclairer très lentement le corps avec une lampe. Il observa longuement les brûlures des électrodes sur les parties génitales, épongea les excréments et le sang, et appliqua délicatement une pommade anti-bactérienne sur des hématomes rouge et noir. Avec l'aide d'Herrick, il fit rouler Khan sur le flanc pour soigner des plaies identiques sur le dos, les fesses et à l'intérieur des cuisses. Il nettoya et pansa les poignets et les chevilles cisaillés par les cordes.

Les pieds posaient un problème plus sérieux. Ils étaient tellement enflés et tuméfiés qu'il était difficile de distinguer les orteils. Loz suspectait des fractures, mais seule une radio pourrait confirmer son diagnostic. Il n'y avait rien d'autre à faire qu'à administrer des somnifères et enduire les blessures d'arnica. De nombreuses semaines de physiothérapie seraient nécessaires.

Pendant les heures qu'il passa à soigner son ami, Loz porta autant d'attention au traumatisme général qu'aux lésions locales. Il pouvait maintenant se faire une meilleure idée de l'état de la colonne vertébrale et des omoplates. Il palpa doucement l'arrière du crâne, le cou et le bassin, fixant les yeux sur la lumière vacillante au plafond pour mieux se concentrer sur les déplacements osseux que ses doigts décelaient. De temps à autre, il secouait la tête sans rien dire. Enfin, il demanda à Foyzi un stylo et du papier, et prit des notes en prenant appui sur sa cuisse.

Harland fit signe à Herrick qu'il voulait lui parler. Elle sortit aussitôt. Ils étaient convenus durant le voyage que l'un d'eux resterait toujours avec Loz et Khan pour écouter leurs propos, mais Khan était dans les limbes et Foyzi assurait la surveillance.

Ils s'assirent à l'écart dans la cour. Pendant quelques minutes, Harland observa le ballet des insectes autour de la lampe. Sortant de sa rêverie, il jeta à Isis un regard absent.

« Nous aurions besoin de boire quelque chose et de fumer une cigarette, dit-il lentement. J'ai du whisky dans mon sac. Avez-vous des cigarettes ? »

Elle secoua la tête.

« Merde. »

Foyzi parut sur le seuil et leur jeta un paquet de Camel Light. « Avec les compliments de la maison », lança-t-il avant de rentrer dans la pièce.

« Qui est ce Foyzi ? demanda Herrick.

— Il fait le même boulot que vous, mais en free-lance. C'est un type sûr et loyal.

— Et où sommes-nous ?

— Foyzi a dû passer un accord avec les islamistes locaux pour venir ici. Ils grouillent dans le coin. Ils se cachent dans des grottes, des deux côtés du fleuve.

— D'où vient-il ?

— Il est jordanien, basé en Turquie. C'était un opposant irakien. Il travaille maintenant dans tout le Moyen-Orient. Je l'ai rencontré, il y a un an, quand l'ONU cherchait à contacter le Hamas. Il a organisé une rencontre au Liban.

— Vous lui faites confiance ?

— Oui. Et le Patron aussi. »

Ils sirotèrent leur whisky pendant un quart d'heure, puis Harland regarda sa montre : c'était l'heure d'appeler Teckman. Ils se rendirent dans une clairière voisine où il installa le téléphone satellite et le brancha à un ordinateur portable doté d'un puissant logiciel de cryptage. Il composa un numéro, mais dut s'y reprendre à trois reprises avant d'obtenir un officier de service à Vauxhall Cross. L'attente se prolongea, le temps que l'appel crypté soit transmis au Patron. Harland passa le combiné à Herrick. « Vous êtes la servante secrète des lieux, dit-il. Je ne suis qu'un assistant. »

La voix du Patron retentit. « Votre père va bien, il a peut-être une fracture du poignet, c'est tout. Ils seront de retour aujourd'hui à midi. Et nos amis ?

— Il est dans les vapes, mais l'ostéopathe fait du bon boulot, pour autant qu'on puisse en juger.

— Vous allez recevoir des renforts. Il y a deux collègues dans le coin. » Teckman se tut un moment. « Vous avez bien travaillé, mais le plus dur reste à faire. Il va falloir que vous en appreniez le maximum et le plus vite possible. Je sais que notre homme est en piteux état, mais vous commencerez l'interrogatoire demain. Expédiez vos rapports par ordinateur et évitez les bavardages au téléphone. À propos, si vous vous connectez maintenant, vous trouverez un message pour Harland. »

D'un geste, Harland indiqua qu'il souhaitait parler au Patron. Avant qu'Isis ait pu transmettre, Teckman avait raccroché.

« À quoi joue-t-il ? »

Herrick mentionna le mail. Pendant dix minutes, Harland essaya d'ouvrir le programme de décryptage. Isis prit l'affaire en main et récupéra le message.

« De bonnes nouvelles, j'espère ? »

Il secoua la tête.

« Eh bien ?

— Rien d'important.

— Tout ce qui transite par cet ordinateur est important. Je dois savoir ce que dit ce mail. »

Harland alluma une cigarette. « C'est personnel. Je vous propose d'oublier ça.

— S'il s'agit de notre situation, j'insiste pour que vous m'en parliez.

— Cela n'a aucun rapport, sinon que je risque de quitter l'île demain, au plus tard dans deux jours. C'est votre affaire à présent. Je ne travaille pas pour HMG [1]. J'ai une autre mission. Je dois partir. Le secrétaire général s'envole demain pour la Syrie et la Jordanie. Il faut que je trouve un moyen de le

1. HMG : Her Majesty Government, « le gouvernement de Sa Majesté ».

rejoindre. » Il croisa le regard d'Herrick. « Foyzi restera avec vous. Vous n'aurez pas de problèmes.

— Bien sûr, coincée sur une île au milieu du Nil avec un vétéran afghan et un individu dont les liens directs avec le Hezbollah ne sont plus un mystère. Sans parler du gouvernement égyptien et des Américains qui vont tout faire pour retrouver les ravisseurs de Khan. Ajoutez le Djihad islamique qui rôde dans les montagnes et vous conviendrez que c'est une partie de plaisir. Vous ne pouvez pas m'abandonner ici. J'ai besoin de vous. Dites-moi ce que vous allez faire. Il ne s'agit pas de votre travail ? »

Harland secoua la tête. « Vous savez pertinemment que j'ai conclu un marché avec le Patron. Je l'ai aidé pour que Sammi Loz quitte l'Albanie et arrive ici. En contrepartie, le Patron s'est engagé à retrouver la trace d'une amie. Il vient de me donner des nouvelles. J'ai quelque chose à faire.

— Et quelle est cette chose ? L'amie ou le boulot ?

— Les deux. »

Elle soupira et avala son reste de whisky. « Il faut que je me repose. Je n'arrive plus à réfléchir. »

Ils se levèrent et retournèrent dans la chambre de Khan.

Loz, assis sur un tabouret, le regardait dormir. Il leva les yeux.

« Merci de vous être occupés de mon ami, dit-il. Vous lui avez sauvé la vie.

— Nous ne l'avons pas fait pour vous plaire, bougonna Herrick.

— Je sais, mais vous avez pris beaucoup de risques. Je vous suis très reconnaissant. Karim le sera aussi quand il se réveillera.

— C'est-à-dire demain. Nous devrons lui parler dès son réveil.

— Je crains que ce ne soit trop tôt, rétorqua Loz d'une voix égale.

— Oh, vraiment ?….

— Vous devriez vous reposer, Isis. Vous avez l'air fatiguée.

— Je n'ai pas besoin de vous pour savoir ce que je dois faire. Débrouillez-vous pour qu'il soit en état de parler demain matin. »

Loz eut l'air déconcerté. Harland lui-même parut surpris par la brusquerie d'Herrick.

Isis se réveilla six heures plus tard. Pendant quelques minutes, elle regarda, éberluée, la luxuriance de la végétation par la porte ouverte. À l'exception de quelques chants d'oiseaux, le silence était surprenant. Brusquement, elle se sentit libérée des rumeurs du Caire. Elle replia les jambes et aperçut un bosquet de roseaux à travers les arbres.

Quelques minutes plus tard, Harland annonça qu'il lui apportait du café. Elle s'enveloppa dans l'étoffe qui lui avait servi de couverture et lui dit d'entrer.

« Comment vous sentez-vous ? Mieux ? », demanda-t-il en passant la tête dans la porte. Il lui tendit un bol de café très noir, puis il lui montra une étoffe ample d'un bleu profond avec une capuche. « Foyzi suggère que vous portiez cette abaya pendant votre séjour. Vous serez moins repérable pour les gens qui passent en bateau. Si cela peut vous réconforter, ils m'ont dégotté le même vêtement.

— Ça me va. »

Harland déposa l'abaya sur le lit.

« Comment est-il ? demanda Isis.

— Toujours endormi.

— J'ai eu une idée cette nuit, mais elle reste floue. J'ai l'impression que nous faisons fausse route.

— Peut-être. » Les yeux malicieux d'Harland se rétrécirent. « Si elle vous revient, faites-le moi savoir. Il faut que j'y aille. L'un de nous deux doit assister à son réveil. Demandez à Foyzi de vous préparer à manger. Ensuite, vous pourriez me remplacer pendant une heure ? »

Elle revêtit l'abaya, chaussa des sandales, contourna le bâtiment et trouva Foyzi en compagnie d'un vieil homme près d'un four en argile. Dès qu'il aperçut Isis, le vieil homme, qui portait une calotte marron et une djellaba crasseuse, sortit une galette du feu. Foyzi la fit sauter d'une main dans l'autre pour la refroidir, avant de la lancer à Herrick.

« Vous devriez aller faire un tour, conseilla-t-il. C'est le paradis.

— Vous marchez mieux, remarqua-t-elle. Vous ne boitez plus.

— Oui, le docteur m'a ausculté hier. Il a remis en place quelques ressorts. Il a de bons doigts. »

Elle opina. « "Gros camion a sauté par-dessus petite voiture." J'ai bien aimé. Vous avez vraiment eu un accident ?

— Oui, il y a longtemps, à Manchester, en Angleterre. J'ai travaillé là-bas pendant dix-huit mois et j'en ai passé quatre à l'hôpital pour une fracture de l'os iliaque.

— Que faisiez-vous ?

— Des choses et d'autres. »

Sa formule évasive la fit sourire.

« Bon. Maintenant, j'ai une question à vous poser, dit-il avec l'enthousiasme d'un étudiant américain. Comment avez-vous appris à lire sur les lèvres ? »

Elle lui raconta la méningite qu'elle avait contractée dans sa jeunesse, sa surdité et l'opération qui l'avait guérie quelques années plus tard.

« Vous lisez seulement l'anglais, pas d'autres langues ?

— Je suis peut-être capable de lire autant de langues que vous imitez d'accents, Foyzi, répondit-elle.

— Impossible. »

Isis se rappela peu après le conseil de Foyzi et elle s'éloigna pour explorer les environs des bâtiments. Ils se regroupaient au nord sur un plateau rocheux. L'île mesurait environ douze cents mètres de long et cinq cents dans sa partie la plus large. Les rives étaient couvertes d'épais buissons, mais sa partie centrale abritait un verger de citronniers, une palmeraie et plusieurs arbres aux feuilles vert sombre dont elle ne connaissait pas les fruits. Quelques parcelles étaient plantées de luzerne, de bananiers et de maïs. Il y avait aussi un lopin de fleurs, surtout des roses et des soucis. Un buffle paissait, attaché à une longe, et des chèvres et un âne solitaire broutaient alentour.

Elle entendait très peu de bruits : le glissement d'un lézard sur des feuilles mortes, le chant d'un oiseau ou la toux du buffle. Elle voyait à peine le fleuve, mais devinait sa présence : l'odeur de vase sèche sur les berges ou parfois, au loin, le bruit du courant heurtant un obstacle sur la rive. Elle croisa le vieux boulanger dans une clairière au nord de l'île. Il avait pris un chemin plus direct et observait un mur construit avec des tuyaux et du mortier. Des essaims d'abeilles miroitaient dans les ouvertures, pareils à des petites fourrures. L'homme soulevait les essaims avec une baguette et leur parlait avec une voix de fausset.

Elle rebroussa chemin et découvrit un point de vue sur l'ensemble des bâtiments. Ils semblaient conçus pour évoquer la proue d'un navire remontant le fleuve. La végétation les rendait quasi invisibles des deux rives du fleuve. Ils avaient l'air déserts, les ruines d'un passé colonial.

Elle reprit sa marche, perdue dans ses pensées. Jamais la beauté et la tranquillité d'un lieu ne l'avaient autant impressionnée. Pourtant, elle mesurait le danger de cet isolement. Le Patron l'avait voulu ainsi, elle en était sûre. Il attendait quelque chose. Et quand cela arriverait, Loz et Khan devraient être loin du monde, incapables de communiquer.

Elle se rendit dans la chambre de Khan. Il dormait toujours.

« Il faut le réveiller », dit-elle à Loz.

Il secoua la tête. « Nous avons essayé. »

Elle regarda Harland qui hocha la tête. « Qu'il soit réveillé à midi, ordonna-t-elle. Quitte à lui jeter un seau d'eau sur la tête. C'est compris ?

— Je ferai mon possible, répondit Loz.

— Je veux qu'il puisse répondre à mes questions. » Elle tourna les talons. Harland la suivit. Loz les regarda sortir.

Ils marchèrent jusqu'à la partie la plus ombragée de l'île, à l'est, là où un arbre poussait les pieds dans le fleuve. Elle s'assit sur une branche basse.

« Alors, me parlerez-vous de cette femme ? »

Il la dévisagea un instant et haussa les épaules. « Elle est partie six semaines après le 11 septembre.

Le 1er novembre, pour être précis. Elle a disparu. Ni lettre ni message, aucun appel ; pas le moindre mouvement sur son compte bancaire. Rien qui permette de savoir si elle avait quitté les États-Unis ou acheté un billet d'avion à son nom.

— Vous avez vécu longtemps ensemble ?

— Environ un an. J'étais tombé amoureux d'elle trente ans plus tôt, mais ça n'avait pas marché. Nous nous sommes retrouvés, il y a quelques années, après l'affaire des Balkans. Vous êtes probablement au courant*.

— Oui, je sais quelles en ont été les retombées pour Walter Vigo. Vous avez eu un fils ensemble ?

— Oui. Sa mort a été un très gros coup pour elle. Elle m'a rejoint à New York, mais n'a pas réussi à s'y faire. Elle ne connaissait personne ; elle s'est repliée sur elle-même. Je m'absentais souvent à cause de mon travail. C'était difficile.

— Et vous avez essayé de la retrouver ? »

Harland opina. « Elle avait disparu une fois déjà, quand nous étions jeunes.

— Où est-elle ?

— À Tel-Aviv.

— Elle est juive ?

— Oui, mais ça n'a jamais vraiment compté pour elle, sauf que sa famille maternelle a disparu en Tchécoslovaquie pendant l'Holocauste. Sa mère est la seule survivante. »

Herrick réfléchit. « Elle a peut-être voulu retrouver ses origines. Se situer dans un nouveau contexte. »

Harland approuva. « Quelque chose comme ça.

* Voir *Une vie d'espion*, du même auteur, Folio Policier, *n° 323.*

— Comment l'ont-ils retrouvée ?

— Elle a été repérée à Heathrow. Ils ont suivi sa trace jusqu'en Israël. »

Elle eut l'intuition qu'il ne disait pas tout. Ou que quelque chose lui échappait.

« Vous allez essayer de la revoir ?

— Oui. Je partirai directement d'ici. De toute manière, j'ai du travail à Damas.

— Et vous devez y aller maintenant ?

— Oui.

— Pourquoi ?

— Parce que je dois faire ce foutu travail. »

En début d'après-midi, le mercure du vieux thermomètre en émail qui se trouvait dans la chambre d'Isis atteignit quarante-quatre degrés. Rien ne bougeait. Les feuilles des arbres pendaient mollement. Depuis longtemps, on n'entendait aucun bruit d'oiseau ou d'insecte. Herrick partit chercher un peu d'air dans la tourelle fortifiée. Elle grimpa au sommet et contempla les montagnes désertiques au-delà des deux bandes de verdure qui longeaient les rives du fleuve. Elles s'étendaient à l'est et à l'ouest, impitoyables. Harland lui cria que Khan était réveillé. Elle se précipita dans l'étroit escalier. Ensemble, ils firent irruption dans la pièce.

« Comment vous sentez-vous ? demanda-t-elle en approchant du lit.

— Il va très bien, dit Loz.

— C'est parfait. » Elle sourit à Loz.

« Je lui disais qu'il a perdu plus de vingt kilos depuis notre dernière rencontre. Je n'arrive pas à croire qu'il soit encore en vie. ». Il y avait une certaine forme d'amour dans ses yeux, mais aussi une sorte d'attente.

« Vous lui avez dit que nous allons l'interroger ?

— C'est trop tôt. Je ne crois pas qu'il ait la force de répondre. »

Isis s'accroupit et regarda Khan dans les yeux. « Nous savons que vous avez terriblement souffert, dit-elle d'une voix douce, mais pouvez-vous parler un moment ? »

Khan chercha le regard de Loz. « Je répondrai. » À nouveau, la perfection de son anglais la surprit. « J'essaierai de vous aider. »

Elle posa son carnet de notes et son magnétophone numérique sur le sol, et lui toucha la main. « Je suis vraiment désolée, Karim. Prévenez-nous quand vous serez trop fatigué.

— Ça va. Mais certaines choses ne sont pas... pas très claires en ce moment. »

Loz précisa qu'il avait pris de puissants analgésiques.

« Je voudrais vous interroger sur le Poète.

— Je vous en ai déjà parlé, coupa Loz.

— Je sais, mais nous avons vraiment besoin d'en savoir davantage. » Elle se tourna vers Khan. « Qui est le Poète ?

— Le Poète se trouvait en Bosnie. Nous le connaissions seulement sous ce nom.

— Quel était son vrai nom ? »

Khan secoua la tête en signe d'impuissance.

« Vous savez qu'un homme qui disait s'appeler le Poète a contacté le Dr Loz à New York pour lui demander de l'argent ? Il a mentionné votre nom, et après que le Dr Loz lui a donné l'argent, il lui a offert une photo de vous. M. Harland l'a sur lui. » Harland plongea la main dans la poche de sa chemise et tendit le document. « C'est bien vous ?

— Oui, c'est moi... Mais je pensais... » Il jeta à Loz un regard hésitant.

« Quoi ?

— Je ne sais pas... C'est si confus. »

Elle attendit. « Qui a pris la photo ?

— Un homme en Afghanistan. Je ne connais pas son nom.

— L'avez-vous donnée à quelqu'un ? Comment s'est-elle retrouvée dans les mains de l'homme qui se fait appeler le Poète ? »

Khan secoua la tête. « Je ne me souviens pas... Je suis désolé.

— Ce n'est pas grave. Nous en reparlerons quand vous aurez réfléchi. » Elle se tut et regarda le magnétophone. « Vous savez pourquoi nous vous posons toutes ces questions, n'est-ce pas ? Nous croyons qu'un des hommes que vous avez connus en Bosnie est devenu un responsable terroriste. »

Il cligna des yeux et hocha lentement la tête.

« Vous souvenez-vous de certains individus que vous auriez rencontrés en Bosnie ou en Afghanistan, des hommes qui auraient exprimé des points de vue proches de ceux d'Al-Qaida et des groupes extrémistes ?

— Il y en avait beaucoup en Afghanistan, mais je ne les fréquentais pas. Je ne voulais pas attaquer l'Occident. »

Loz hocha la tête pour exprimer son accord.

« Mais ce devait être difficile de résister à l'ambiance générale. Vous êtes musulman et la plupart de ceux qui ont quitté l'Afghanistan étaient très hostiles aux croyances et aux modes de vie occidentaux.

— Je crois aux enseignements du Prophète. Je l'ai prié quand j'étais en prison... J'ai prié Allah... J'ai prié ces derniers jours et j'ai été sauvé... Pourtant j'ai connu des moments de doute. Il y avait beaucoup de cruauté en Afghanistan. Beaucoup de violence. Mais je n'ai jamais détesté l'Occident. » Il parlait très lentement. Soudain, ses yeux se fermèrent et son front se plissa. Des larmes jaillirent sur ses joues.

Loz posa la main sur son épaule, mais quelque chose dans son geste avertit Herrick que la situation lui convenait.

« Pouvez-vous me décrire le Poète ? demanda-t-elle lorsque Khan eut repris ses esprits.

— Il mesurait un mètre soixante ou soixante-cinq... Petite carrure... Il avait des cheveux noirs clairsemés sur le front. Ses joues étaient creuses, ce qui le vieillissait, mais nous manquions de vivres à Sarajevo. Il restait des jours entiers sans manger. Je ne l'ai pas reconnu plus tard...

— Plus tard ? fit Herrick rapidement. En 1997, le Poète vous a demandé de vous engager en Afghanistan. Vous l'avez revu dans ce pays. Est-ce exact ? »

Khan opina. « Mais il est parti, dit-il.

— Oui, il s'est rendu à New York pour que Sammi lui donne de l'argent. Et il n'a pu le faire que parce que vous lui avez donné l'adresse de Loz et votre photo en gage de bonne foi. » Il inclina la tête.

« Saviez-vous qu'il utiliserait votre photo à cette fin ?

— Je ne me souviens plus.

— Mais vous devez vous souvenir. C'est comme les cartes postales que vous avez envoyées. Elles prouvaient que vous étiez toujours en vie. »

Khan fronça les sourcils. Ses yeux passèrent rapidement d'Herrick à Loz.

« Ça va, Karim », dit Loz.

Elle attendit que Khan la regarde de nouveau. « Je voudrais vous citer les noms de quelques personnes que vous pourriez avoir rencontrées en Afghanistan. »

Elle avait établi de mémoire une liste des suspects. Elle se souvenait de certains noms qu'elle avait entendus à RAPTOR et d'autres qu'elle avait vus sur la liste du FBI. Elle espérait que son entreprise paraîtrait crédible ; de fait, une lueur d'intérêt traversa les yeux de Loz. Khan hésita sur un ou deux noms, mais fut incapable d'affirmer catégoriquement qu'il avait rencontré un seul des individus cités. Dans un interrogatoire normal, cette amnésie aurait été inacceptable ; elle décida de ne pas en tenir compte. Elle lui demanda au contraire de nommer et décrire les hommes clés qu'il avait rencontrés. Il énuméra quelques noms, mais c'étaient de vagues souvenirs. Puis elle revint sur sa dernière rencontre avec le Poète.

« C'était dans le sud pendant les trois premières années. Je suis resté avec lui à diverses reprises. Il était chez les Talibans, ceux qui donnaient des ordres fous. Une fois, il m'a demandé de poursuivre la lutte en Occident, mais j'ai refusé. La seconde fois, il a perdu patience.

— Il voulait vous recruter comme terroriste ? »

Il acquiesça.

« Compte tenu de votre passé à Londres, vous étiez un candidat idéal. » Elle se demanda si elle ne s'était pas trop avancée au risque de dévoiler ses intentions. Avant qu'il puisse répondre, elle ajouta :

« Et quand vous avez refusé, vous avez voulu l'aider d'une autre façon, par exemple en lui donnant votre photo et l'adresse du Dr Loz ?

— Oui... Je sentais...

— Vous sentiez que vous deviez lui offrir une sorte de compensation parce que vous n'aviez. pas accepté ses exigences ?

— Oui. »

Elle décida d'orienter l'interrogatoire sur son voyage d'Afghanistan en Europe. « Il y a une chose que je ne comprends pas. Pourquoi n'êtes-vous pas revenu avant l'attaque du 11 septembre ? Vous dites avoir perdu vos illusions sur les Talibans. Vous aviez vu trop de sang. Vous pensiez déjà à reprendre vos études de médecine. Pourquoi n'avez-vous pas pris votre décision plus tôt ? Et pourquoi ces cartes postales ? Vous n'avez pas pu trouver un téléphone durant toute cette période ? » Elle pensait exercer une pression raisonnable, mais soudain Khan détourna le regard comme s'il ne la reconnaissait plus, ni elle ni personne.

« Ça suffit, dit Loz. Vous le troublez. Souvenez-vous de ce qu'il vient de traverser.

— Oui, vous avez sans doute raison. Faisons une pause. Nous reprendrons plus tard. » Elle éteignit le magnétophone et quitta la pièce, suivie d'Harland. Pour marquer sa présence, Loz disposa les chaises le long du mur et tira un rideau de toile sur la fenêtre où le soleil venait de pénétrer.

« Vous savez ce que vous faites ? demanda Harland quand ils eurent atteint l'ombre d'un arbre, cinquante mètres plus loin.

« Je pense... Je l'espère.

— Vous n'obtenez pas grand-chose.

— Cela ne me surprend pas. »

Du revers de la main, il essuya un filet de sueur sur sa joue. « Alors que fichons-nous ici ?

— Eh bien, je ne crois pas nécessaire de vous répondre puisque vous comptez quitter cet endroit. C'est mon opération et j'entends la mener du mieux que je pourrai. » Après un moment de silence, elle lui demanda quand il partait.

« J'attends le feu vert de Foyzi. Probablement ce soir. Mais je veux vous aider. Vraiment.

— Alors, branchez le téléphone satellite, s'il vous plaît. Je dois transmettre l'enregistrement de l'interrogatoire et envoyer un mail. »

Elle s'assit à la table où ils avaient pris place la nuit précédente et écrivit un message sur l'ordinateur portable.

À 17 heures, le soleil entama brusquement sa chute dans le désert occidental et Herrick sentit une légère baisse de température. Un concert d'appels de grenouilles se déclencha sur les rives du fleuve. Elle quitta sa chambre et croisa Harland dans la cour. Il avait enfilé une djellaba et rassemblait ses affaires.

« C'était gentil à vous de me dire au revoir.

— J'allais le faire. » Il lui expliqua qu'il essaierait de prendre l'Express Luxor-Le Caire dans une gare à cent kilomètres de là. S'il tardait un jour de plus, il ne pourrait pas rencontrer le secrétaire général jeudi à Tel-Aviv.

« Je ne comprends pas. S'ils ont tellement besoin de vous, pourquoi vous ont-ils laissé si longtemps avec Loz ?

— J'étais hors service à cause de mon dos. Je ne pouvais plus voyager, encore moins rester assis à un bureau. Benjamin Jaidi m'a mis en contact avec Loz et les choses ont suivi leur cours.

— Vous n'avez pas obtenu son nom par hasard.

— Jaidi est aussi son patient, il connaissait ses talents.

— Je l'ignorais.

— Quels que soient les doutes qu'on puisse avoir sur Sammi Loz, j'avoue que c'est un excellent praticien. Je suis presque d'aplomb, même après l'incident du Caire. »

Elle réfléchit. « Et comme si c'était le fruit d'une coordination divine, au moment même où vous entamez votre traitement avec Loz, le Patron rapplique à New York et vous demande de le surveiller. D'ailleurs, que faisait-il à New York ? Il ne voyage jamais à l'étranger, c'est quasiment une décision politique.

— Il était là pour une réunion sur la mort de Norquist.

— Oh oui, l'assassinat de Norquist… Là où tout a commencé. » Elle réfléchit encore. « Donc, le Patron et le secrétaire général vous orientent tous les deux vers Loz, mais sans vous expliquer pourquoi. Qu'est-ce que ça signifie ? » Elle arpenta la cour et revint se réfugier sous l'arbre. « J'aurais dû y réfléchir plus sérieusement. Que savent-ils ? Pourquoi ne nous ont-ils rien dit ?

— Je ne pense pas que Teckman savait grand-chose, pas plus que le FBI ou le secrétaire général. Les informations sur les affaires immobilières de Loz ne sont tombées que pendant notre séjour en Albanie. Et c'est le maximum qu'ils aient appris.

— Exact. Mais ils ont dû établir un lien entre Loz et l'assassinat de Norquist.

— Et Khan ?

— Khan ? Non, je ne pense pas.

— Vous me paraissez très sûre de ce que vous avancez.

— Oui. Khan est innocent, autant que peut l'être un combattant avec de tels antécédents. Le problème de Karim Khan, c'est l'amour que Loz lui porte. Avez-vous vu comme il le regarde ? En fait, je trouve presque émouvante l'idée qu'il pourrait envoyer tout balader pour cet homme. Le problème est là, et c'est la raison de notre présence ici. Ils s'intéressent à Sammi Loz. »

Harland regarda un scarabée traverser le chemin. « Vous pensez que le Patron les a mis tous les deux ici au frais, si j'ose dire, mis Loz hors jeu ? »

Elle hocha la tête avec impatience. « Excusez-moi, je vais un peu vite pour vous ? »

Il ne daigna pas sourire.

« Parlez-moi de la vie de Loz à New York. Quel type d'homme est-ce ? J'ai besoin d'informations.

— Il a de bons réseaux. Sa salle de consultations à l'Empire State building est magnifique. Il dîne dans les meilleurs restaurants et connaît les plus jolies femmes de New York. Une vie parfaite de célibataire.

— A-t-il une liaison permanente ?

— Pas que je sache. Pourquoi ?

— Je me demande si c'est sa faiblesse. Nous savons qu'il est prêt à prendre tous les risques pour aider Khan, donc il obéit à ses émotions. En ce sens, c'est un impulsif.

— Il a renvoyé sans cérémonie la seule femme avec qui je l'ai vu. C'était dans un restaurant. » Harland se tut. « Vous ne pensez pas que vous...

— Seigneur, non. Il est attirant. Tout le monde peut le voir. Mais je ne suis pas son type. De plus, j'ai toujours pensé que la séduction était surestimée comme technique d'interrogatoire. »

Harland allait dire quelque chose, mais il renonça.

« Quoi ?

— Rien... Écoutez, soyez très prudente ces prochains jours. » Il la prit par le bras pour l'éloigner des bâtiments. Le soleil plongeait vers les montagnes, baignant le paysage d'une couleur abricot. Isis aperçut dans une trouée deux hérons violet et vert à l'affût sur l'eau, et un martin-pêcheur qui planait audessus d'eux.

« Foyzi a raison, dit-elle. C'est un endroit extraordinaire. Presque trop beau.

— Je suis sérieux, Isis, dit Harland en l'obligeant à se tourner vers lui. Si Loz comprend un instant que c'est lui que vous chassez en interrogeant Khan, vous aurez des ennuis.

— Foyzi est ici. Ses hommes sont sur l'île. Et j'ai un argument en ma faveur : tout le mal que nous nous sommes donné pour sauver Khan. Personne ne peut douter de l'importance qu'il a pour nous : une douzaine de personnes sont venues spécialement d'Angleterre pour le libérer. Personne, pas même Loz. C'était brillant de la part de Teckman. J'aurais simplement aimé qu'il nous en informe. »

Ils retournèrent vers la villa. Foyzi annonça qu'un camion attendait sur la rive est. Harland prit ses affaires. Ils se mirent en route vers le fleuve. Sur la rive, Harland lui donna un baiser maladroit qui rata la joue d'Isis et se posa sur la capuche de l'abaya. « Foyzi, surveillez-la ! cria-t-il.

— Qu'alliez-vous dire ? demanda-t-elle.

— Que Teckman doit avoir une bonne raison pour vous laisser sur cette île sans le soutien des trognes rouges des SAS.

— Merci. J'avais compris. »

Harland sortit un Walther P38 de sa djellaba ainsi qu'une demi-douzaine de chargeurs et les lui tendit.

« Je ne sais même pas utiliser cet engin.

— Prenez-le. De toute manière, je m'en débarrasserai avant de quitter le pays.

— Bien. » Elle dissimula le pistolet et les munitions dans la poche intérieure de son abaya.

« Vous avez mon numéro de portable. Vous pouvez me joindre partout. Appelez-moi.

— Pour quoi faire ? Pour dîner ? » fit-elle avec aigreur.

Il secoua la tête avec une exaspération feinte et jeta son sac dans la petite embarcation en bois. Comme il montait à bord, il se cogna le tibia sur le plat-bord et jura. Herrick sourit, lui tourna le dos et remonta la berge. Elle ne jeta pas un second coup d'œil au bateau qui disparaissait sur le fleuve, en direction du crépuscule.

22

Isis se réveilla à 6 heures du matin après une nuit d'un sommeil de plomb. Elle prit un petit déjeuner composé de pain et de café, et se rendit immédiatement dans la chambre de Khan avec son magnétophone et le carnet de notes sur lequel elle avait inscrit une liste de questions. Khan, un coussin dans le dos, souriait timidement comme s'il sortait d'un rêve. Loz travaillait près de lui. Il avait aligné les médicaments sur la table en osier et jetait des coups d'œil attentifs sur son ami. Foyzi, qui surveillait la porte, hocha la tête en voyant arriver Isis.

« Je vous félicite pour vos stocks de médicaments, lança Sammi Loz. Nous ne manquons pratiquement de rien, mis à part un ou deux remèdes et la pommade dont je risque d'être à court. Y aura-t-il un nouvel arrivage ?

— Nous pourrions aller faire des courses à Louxor », plaisanta-t-elle. Elle s'assit sur le lit du côté opposé à Loz. « Vous avez l'air beaucoup mieux, Karim. J'ai même l'impression que vous avez repris du poids.

— Je l'espère.

— Nous évoquions le bon vieux temps à Londres, reprit Loz. Nous parlions d'un restaurant où nous allions souvent. Karim s'était entiché de la serveuse, une jolie Polonaise. La nourriture et le service étaient détestables, mais Karim insistait pour y dîner à cause d'elle. Comment *s'appelait*-elle ? »

Khan secoua la tête, incapable de l'aider.

« J'ai trouvé ! Katia, lança Loz, triomphant. C'était une vraie beauté. Je parie qu'aujourd'hui elle pèse cent kilos, qu'elle a cinq enfants et un goût immodéré pour la vodka. Le restaurant se trouvait dans Camdem High Street. On jouait au billard dans le quartier et on se pointait juste avant la fermeture des cuisines. Nous avons dépensé pas mal d'argent. Un soir où Karim voulait ramener la Polonaise chez elle, nous avons appris qu'elle était la maîtresse du propriétaire. »

Karim souriait, gagné par l'enthousiasme de son ami.

« Ça tombe bien, je voulais moi aussi parler du passé, annonça Isis.

— Si Karim se sent en forme.

— Je suis sûr qu'il a récupéré après une bonne nuit de sommeil. Alors, allons-y. Vous êtes partis ensemble en Bosnie, n'est-ce pas ? Avez-vous voyagé en camion ? »

Les deux hommes acquiescèrent.

« À quelle date ?

— Février 1993, je crois, répondit Loz.

— Et les troupes serbes vous ont empêchés d'aller directement à Sarajevo ?

— En fait, les troupes croates, précisa Loz.

— Je préférerais que Khan réponde. » Elle brancha le magnétophone et le cala contre le pied de la chaise.

« Oui, les Croates, confirma Khan.

— Ainsi, vous avez atteint Sarajevo avec un véhicule de l'ONU. Pourquoi ? » Elle vérifia que le témoin d'enregistrement clignotait.

« Non, nous sommes arrivés en avion. Nous transportions beaucoup de médicaments, tout ce que nous avions pu réunir.

— Avez-vous voyagé avec d'autres étudiants en médecine ?

— Non.

— Cette expédition était une idée à vous ?

— Oui. Le sort de nos frères musulmans nous préoccupait énormément. Nous étions parvenus à la même conclusion. J'ai réuni de l'argent. Nous avons embauché deux assistants. L'un d'eux parlait la langue. Mais ils sont repartis avec le camion.

— Donc, vous êtes arrivés à Sarajevo et vous avez donné vos médicaments. Et ensuite ?

— Nous avons travaillé tous les deux dans les hôpitaux. Chaque jour, des gens étaient blessés par les snipers et les bombardements. Il y a eu des milliers de morts pendant le siège. »

Elle hocha la tête. Elle connaissait le chiffre exact : 10500.

« Comment êtes-vous arrivés sur la ligne de front ?

— Par hasard. Quelqu'un a dit à Sammi qu'il fallait des munitions pour le front. On s'attendait à une grosse offensive. Ils nous ont demandé de les aider à transporter les caisses.

— Et...

— Et nous sommes arrivés au beau milieu d'une attaque. Beaucoup des nôtres avaient été tués, nos lignes étaient débordées. Nous avons ramassé des fusils et commencé à tirer. C'est aussi simple que ça.

— Aussi simple : des médecins qui se transforment en soldats en quelques secondes ?

— Oui, répondit Khan. Mais nous continuions d'aider en tant que médecins. Nous jouions les deux rôles. »

Loz approuva.

« Ensuite Sammi a été blessé. C'était quand ? » Herrick leva la main pour empêcher Loz de parler.

« Durant l'hiver de cette année-là, répondit Khan.

— 1993 ?

— Oui.

— Où vous a-t-on soigné ? demanda-t-elle à Loz.

— Dans un hôpital de Sarajevo, puis en Allemagne. » Loz précisa qu'il n'avait pleinement récupéré qu'en Grande-Bretagne.

« Dans quel hôpital à Londres ?

— Un établissement privé.

— Lequel ?

— King Edward's pour les greffes de peau. Ils n'avaient pas bien travaillé à Sarajevo.

— Et vous, Karim, vous êtes resté en Bosnie pendant presque deux ans. Pourquoi ?

— Je m'étais engagé dans cette guerre. Je ne comprenais pas que l'islam ne déclare pas un véritable djihad contre les Serbes. J'aurais eu l'impression de déserter si j'avais abandonné ces gens. Ils recevaient si peu d'aide. Ils n'avaient ni armes lourdes, ni troupes fraîches.

— Autrement dit, vous éprouviez les mêmes émotions que le Poète. Vous étiez deux hommes de paix que les conditions extrêmes à Sarajevo avaient transformés en combattants. Dites-moi : où précisément avez-vous rencontré le Poète ?

— Sur le front. C'était un soldat de base comme moi.

— Sur les lignes nord de la ville ? »

Khan parut surpris. « Oui. En fait, nord-est.

— Près de l'endroit où Sammi a été blessé ? demanda-t-elle très vite.

— Exactement là. C'était durant cette période.

— Au même moment ?

— Non... »

Loz se leva. « Karim, tu dois changer de position. Je vais t'aider. Tu ne te tiens pas correctement, tu te fais du mal à la hanche. Je te l'ai déjà dit. » Il y avait un léger ton de reproche dans sa voix.

Herrick se cala sur sa chaise, feignant de ne pas avoir remarqué la diversion. « Donc, vous avez rencontré le Poète avant que Sammi soit blessé ?

— Je ne m'en souviens pas. » Khan grimaça quand Loz l'aida à changer de position.

« Tu prendras peut-être un autre analgésique ? » Loz se dirigea vers la table.

Khan secoua la tête. « Ça va. »

Elle attendit.

« Oui, c'était à cette période... reprit Khan. Avant ou après, je ne sais pas.

— Mais il est parfaitement possible que Sammi ait rencontré le Poète à ce moment-là. » Elle se tut et fixa Loz. « C'est cela ?

— Oui, fit Loz, déconcerté. Je vous ai déjà dit que nous l'avons rencontré, mais je ne me souviens pas quand précisément. » Il se releva et s'activa autour des pieds de Khan.

« Désolée, mais ça ne me convient pas, lança Herrick. Je préférerais m'entretenir seule avec Karim. » Foyzi, qui se tenait à la tête du lit, fit quelques pas et conduisit Loz dehors.

Isis lança un sourire rassurant à Khan. « Sammi m'a raconté votre acte de bravoure quand vous l'avez sauvé. Je dois dire que c'est une histoire extraordinaire. Le Poète en a-t-il été témoin ? »

Khan haussa les épaules, découragé.

« Disons qu'il l'a été. C'était quand, approximativement ?

— En hiver. Novembre 1993. Je crois.

— Pas après Noël ?

— Non, certainement pas.

— Je voulais en être sûre parce que nous recherchons des photos prises par un photographe anglais à cette époque. »

Khan encaissa la nouvelle..

« En fait, il serait très utile que vous identifiez tous les gens que vous pourrez quand je recevrai ces photos. »

Khan grimaça.

« Excusez-moi. Vous souffrez.

— Oui, j'ai mal aux pieds. » Il réfléchit un moment. « Sammi pourrait peut-être aider pour les photos ?

— C'est une bonne idée. »

Elle retourna progressivement à l'hiver 1993-1994, notant avec un soin méticuleux les lieux, les dates, les conditions météorologiques et les noms. Les souvenirs de Khan était flous et décousus, de sorte qu'elle avait du mal à établir une chronologie. Il se rappelait la terreur de cet hiver en instantanés épiques : le fracas des bombes, les incursions des

Serbes dans les rues, le danger mortel des snipers, la faim, le froid. Il commit plusieurs erreurs dont elle prit bonne note sans se départir de son sourire. Elle voyait qu'il hésitait entre ce qu'il était réellement arrivé et ce que Loz lui avait demandé de dire.

La chaleur était accablante et Khan fermait les yeux un peu plus longtemps à chaque battement de paupières. Elle quitta la pièce. Loz se précipita avec une expression d'inquiétude excessive.

Elle revint à 16 heures, prit un siège et posa le magnétophone à l'endroit habituel. Loz avait redressé Khan dans son lit. Il lui tenait les pieds du pouce et de l'index, juste au-dessus des chevilles, ses autres doigts largement écartés pour ne pas toucher la chair tuméfiée. Il soulevait les jambes comme pour comparer leur poids et les étirait doucement l'une après l'autre. Il martela doucement les genoux et les cuisses en remontant vers l'aine, puis il souleva la chemise de Khan et posa un linge sur son bas-ventre.

Elle voulut sortir.

« Restez, je l'ai déjà examiné. »

Loz posa les mains sur les hanches de Khan. À nouveau, il évaluait son corps. Il passa derrière lui et glissa les paumes sous son dos, faisant travailler ses doigts ici et là, le regard fixé sur un angle de la pièce. Sa concentration stupéfia Herrick.

« Voyez-vous, dit-il enfin, ils l'ont tellement étiré en le suspendant au plafond que tout s'est déboîté. Ce ne sont pas seulement les muscles et les ligaments qui ont souffert, mais tout le squelette.

— Avez-vous déjà soigné ce type de traumatisme ?

— Oui, je me suis occupé d'un jeune chauffeur de taxi camerounais qui avait été torturé, trois ans avant que je le traite. La plupart du temps, les dégâts restent enfouis, mais ils faisaient surface aux moments de stress et n'avaient apparemment aucun rapport avec les tortures ; ça le désorientait. » Il se tut. « Le corps n'oublie pas, vous savez. »

Pendant une demi-heure, Loz marqua des pauses à plusieurs reprises, laissant ses mains fines reposer sur la poitrine de Khan, sous sa nuque ou derrière son crâne. Puis elles s'animaient, frictionnant et massant la peau ; une ou deux fois, Loz travailla l'épiderme avec ses jointures dans un mouvement de tournevis. Ses mouvements, précis et rapides, avaient un effet presque hypnotique sur Isis. Quand la séance s'acheva, Khan avait du mal à garder les yeux ouverts.

Loz secoua la tête pour s'excuser.

« Ça va, fit-elle. De toute manière, je veux vous parler. Allons sous les arbres. »

Ils sortirent. Le crépuscule était aussi beau que la veille.

« Votre évocation de la Bosnie m'a intéressée, dit-elle sur le ton de la conversation. J'avais oublié à quel point ç'avait été brutal.

— Beaucoup de gens l'oublient.

— Bien entendu, il y a eu des atrocités dans les deux camps. On l'oublie aussi. » À présent elle se sentait sur un terrain plus sûr.

« Non, dans un seul camp.

— Il y a eu aussi des criminels de guerre musulmans.

— Nous défendions Sarajevo, répondit-il, secouant la tête. Des gens mouraient tous les jours sous les balles des snipers et les obus.

— Oui, mais les Bosniaques ont commis des atrocités : des expéditions punitives dans les lignes serbes ; des hommes massacrés et torturés. »

Il secoua encore la tête. « Vous vous trompez.

— C'est la vérité. Le tribunal des crimes de guerre a des noms.

— Oui, mais aucun musulman n'a été condamné. Les seuls musulmans qui aient comparu devant le tribunal sont des victimes : des femmes violées ; des hommes qui ont vu leurs amis mourir, leurs familles anéanties.

— Mais c'est arrivé. Les musulmans peuvent commettre des crimes autant que les chrétiens, ne l'oubliez jamais.

— Pas à cette époque. » Il se tourna vers elle avec un regard incrédule. « La bombe sur la place du marché central. Qu'en pensez-vous ? Que s'est-il passé ?

— Je suis désolée, je ne me rappelle pas…

— La presse en a parlé pendant quelques jours, puis les gens ont oublié, sauf ceux qui étaient présents… Un obus est tombé sur le marché central à midi, tuant soixante-dix personnes. Un carnage…

— Oui, bien sûr, je m'en souviens. Vous avez été témoin de ça ?

— C'est ce que je suis en train de vous expliquer. » Des veines saillaient sur son cou et son front.

« Ça a dû être épouvantable. » Elle connaissait les détails du massacre. La bombe avait percuté un toit en plastique, tuant soixante-neuf personnes et faisant deux cents blessés parmi des centaines de badauds.

La date — le samedi 9 février 1994 — était beaucoup plus importante pour elle : au moins deux mois s'étaient écoulés depuis l'attaque au mortier au cours de laquelle Sammi Loz avait été blessé avant d'être transporté par avion en Allemagne, puis en Grande-Bretagne. Comment pouvait-il avoir commis cette énorme bourde ?

Elle hocha la tête comme si les souvenirs revenaient. « Selon certaines rumeurs, l'obus aurait été tiré des lignes musulmanes pour attirer la sympathie du reste du monde pour les Bosniaques.

— Non. Certainement pas. J'y étais ! Je me trouvais à quelques rues du marché. Les Serbes ont tiré depuis les collines.

— Mais on ne peut pas dire d'où vient un obus de mortier. Ça ne fait presque aucun bruit.

— Dites-moi, quel musulman ferait ça aux siens ? Répondez. » Il tremblait. « J'étais là. J'ai tout vu. Des hommes et des femmes déchiquetés, décapités. Des bras, des jambes partout.

— Je suis navrée… C'était une rumeur. Nos services ont enquêté sur place. » Elle décida de ne pas poursuivre la conversation. Elle avait obtenu l'information qu'elle cherchait : Loz se trouvait à Sarajevo en 1994. Tout son témoignage sur la décennie passée était douteux.

Elle rédigea un mail à l'intention de Teckman avec une liste succincte de demandes qui, elle le savait, seraient transmises à Andy Dolph. Elle ne prit pas la peine d'ébaucher une théorie : l'orientation de ses questions permettrait à Dolph de la comprendre immédiatement, mais elle pria pour qu'il dispose des éléments qui lui permettraient de poursuivre son idée. Elle resta en ligne un long moment sans obtenir la communication et raccrocha. Pendant qu'elle rangeait le téléphone, elle réalisa, en débranchant les câbles, qu'elle n'avait pas expédié le dernier enregistrement de sa conversation avec Khan : elle avait tout simplement oublié le magnétophone dans la chambre.

Elle y retourna aussitôt et s'assit près du blessé. Loz avait repris son calme, mais l'état de Khan l'inquiétait manifestement : il essayait de le nourrir avec de petits morceaux de pain et de fromage de chèvre. Un plateau portant deux assiettes, l'une avec du tahini, l'autre avec des morceaux de fruits, était posé sur le lit. Khan tournait la tête et, comme un enfant, refusait toute nourriture. Il n'avait pas faim, disait-il, et se plaignait de douleurs à la poitrine et au ventre. Loz lui expliqua qu'il avait une indigestion, mais qu'il devait se nourrir s'il voulait reprendre des forces. La dispute se poursuivit jusqu'à ce que Loz pose le plateau par terre et prenne un flacon de vitamines. Herrick en profita pour glisser la main le long du pied de la chaise et localiser le magnétophone. Elle baissa les yeux et constata que la mémoire était pleine.

« Bien, lança-t-elle, légèrement irritée, ça suffit pour aujourd'hui. Mais demain, je veux une bonne séance. Je vais aller manger quelque chose.

— Merci d'être si compréhensive », répondit doucement Loz sans lever les yeux.

Khan agita la tête pour lui souhaiter bonne nuit.

Elle trouva Foyzi près du four à pain en compagnie du vieil homme. Une pile de galettes s'accumulait dans un panier en feuilles de palme qui oscillait au-dessus du four.

« J'irai dîner avec mes hommes, annonça Foyzi, montrant l'obscurité. Nous vous avons laissé de la nourriture sur la table. Je ne serai pas loin. » Il ajusta sur son épaule la courroie d'un pistolet-mitrailleur, prit un carton de provisions, posa les galettes dessus et s'évanouit dans l'ombre. Le vieil homme le suivit, tirant un bidon d'eau sur un petit chariot.

Isis alluma une lampe sur la table et se rappela le whisky. La bouteille était toujours cachée derrière un caillou. Il restait aussi le paquet de cigarettes. Elle en prit une, l'alluma et inclina la chaise. La tête appuyée contre le mur, elle contempla les étoiles au faîte des arbres.

Loz la rejoignit un peu plus tard. « Puis-je rester un moment avec vous ? demanda-t-il, doucereux. Karim s'est endormi.

— Je vous en prie. Il n'avait pas l'air bien.

— C'était à prévoir. Il fait une réaction intestinale aux antibiotiques. N'oublions pas ce qu'il a subi. Pas seulement la torture, mais des mois sans nourriture convenable et sans sommeil. Il se remettra.

— Grâce à vous.

— Non, dit-il, s'asseyant en face d'elle, mains posées sur la table. Grâce à vous. Vous l'avez sauvé. Nous avons une dette envers vous.

— Où irez-vous quand ce sera fini ?

— J'y ai réfléchi. » Il regarda la nourriture sur la table. « J'ai des contacts et de l'argent en Suisse. J'amènerai Karim et après… Eh bien, nous verrons. »

Croyait-il vraiment qu'ils le laisseraient partir aussi facilement ? « Je me disais que vous pourriez disparaître quelques années en Amérique du Sud.

— Je n'y ai jamais mis les pieds, mais je suis sûr que cela plairait à Karim. Et vous ? »

Elle écrasa sa cigarette par terre. « Moi je retournerai à mon travail à Londres. »

Il se massa la nuque et regarda le ciel. « C'est bizarre, mais ce séjour m'aura été bénéfique. Je vais peut-être changer de vie.

— Ce sera peut-être nécessaire, fit-elle brusquement. Le FBI voudra vous voir à New York. Vous devrez vous expliquer sur l'argent envoyé au Liban.

— Je ne le crois pas, répondit-il simplement.

— Continuerez-vous d'exercer ?

— Qui sait ce qui arrivera ? Imaginiez-vous la semaine dernière que nous serions ensemble sur une île au milieu du Nil ? » Il se tut, attendant une réponse qui ne vint pas. « Il y a quelque temps, j'ai lu un article dans le journal. Un homme conduisait sur une route près de chez lui, dans le Connecticut. Il venait de faire des courses ; le temps était beau ; il n'y avait pas de circulation. Il a tourné dans l'allée qui menait à sa maison et, brusquement, un arbre centenaire s'est effondré sur la voiture qui a pris feu. La famille et les voisins l'ont vu brûler vif. Dans l'article, la famille exprimait sa stupéfaction : comment cet homme respectable, un père de famille aimé et aimant, avait-il pu disparaître à la fleur de l'âge ? Qui était derrière ça ?

— Croyez-vous en Dieu, docteur Loz ?

— Oui, naturellement.

— Comment expliquez-vous la sagesse d'un acte qui fait tomber un arbre sur un innocent ?

— Je n'ai pas besoin de l'expliquer. Ce n'est pas à moi de comprendre.

— Mais vous devez prendre cet acte en compte dans votre système de croyance ? »

Il secoua la tête. « Non. Et vous, Isis, êtes-vous croyante ?

— Peut-être, mais je ne crois pas que Dieu intervienne dans les affaires des hommes.

— Pourquoi ? »

Elle regarda le ciel et expliqua : « Comparez la complexité et l'échelle de l'univers au chaos et à la souffrance de la vie humaine. Personne ne dirige nos actes, sinon nous-mêmes ; nous devons en être responsables. Quand nous y parviendrons, les choses s'amélioreront.

— C'est un discours athée.

— Non, rationnel.

— Mais vous croyez au destin, à la destinée ? »

Elle prit un morceau de galette. « Ce sont des mots pour expliquer le hasard, la chance, l'accident et la coïncidence. Je ne crois pas en une vie prédestinée, non. »

Il se mit à manger lui aussi, souriant comme s'il détenait un savoir supérieur. « Avec votre prénom, Isis, vous auriez pu deviner que vous viendriez ici. C'est le destin.

— En fait, mon prénom ne vient pas de la déesse égyptienne, mais de la fin et du début des deux prénoms de ma mère, Alazais Isobel.

— Deux beaux prénoms qui en ont engendré un tout aussi beau, comme un enfant.

— Oui.

— Mais sérieusement, vous voilà sur cette île du Nil. Saviez-vous que le plus grand temple d'Isis se trouve sur le fleuve, au sud de Louxor, et que la déesse est associée au Nil et à la culture du blé ?

— Oui, je le savais, répondit-elle sans manifester d'intérêt particulier. Comment se fait-il que vous sachiez tout ça ?

— Selon moi, Isis est la figure la plus attachante du panthéon des divinités antiques. D'abord, elle utilise ses dons magiques pour soigner les malades. Elle ramène à la vie son mari Osiris et soigne son fils Horus. Elle éprouve aussi des passions contradictoires : d'un côté, elle est impitoyable et rusée ; de l'autre, c'est une épouse loyale et dévouée qui se rend au royaume des morts, au centre de la terre, pour retrouver le corps de son époux. Elle est comme tous les gens intéressants : paradoxale. Dans son cas, elle est à la fois mortelle et affectueuse. » Il brisa un morceau de galette et le tartina de tahini.

« S'il y a quelqu'un de paradoxal, docteur Loz, c'est bien vous. Je m'explique : vous êtes ici pour soigner votre ami, mais vous êtes ou avez été dans une autre vie un soldat et un collecteur de fonds pour une organisation terroriste. La leçon qu'on peut en tirer est qu'on ne devrait jamais juger quelqu'un sur une seule observation, mais attendre que le portrait se précise pour décider du trait dominant. » Elle se tut. « En voulez-vous ?

— Je ne bois pas d'alcool.

— Eh bien, j'en prendrai un peu. »

Loz fit la grimace.

« Quand j'allais à l'école, reprit-elle, j'ai lu quelque chose sur Isis, en particulier sur sa relation avec Râ, le dieu du soleil. Vous connaissez Râ, Sammi ? »

Il secoua la tête.

« La puissance de Râ se fondait sur son nom : il le tenait secret et était le seul à le connaître. Les Égyptiens de l'Antiquité croyaient que quiconque connaissait votre nom secret avait un pouvoir sur vous. Isis a créé un cobra à partir de la salive de Râ qui était tombée sur terre durant son voyage dans le ciel. Le cobra a mordu Râ et lui a injecté son poison. C'est seulement lorsque Râ lui a avoué son nom secret qu'Isis a accepté de le soigner.

— En d'autres termes, elle le torturait. Je vous ai dit qu'elle était impitoyable. »

Elle sourit. « Je me demandais si vous aviez un nom secret. Quelque chose qui donnerait à quelqu'un un pouvoir sur vous, s'il le découvrait.

— Pourquoi faites-vous ce travail ?

— C'est très simple. Je crois aux libertés qui sont les nôtres en Occident et je suis heureuse de travailler contre ceux qui veulent les détruire. » Elle se tut et avala une gorgée de whisky mélangée à un peu d'eau minérale. « Et puis, dit-elle en reposant le verre, je suis douée pour ce travail. Très douée. »

Le front de Loz exprima un doute. « Vous n'attendez rien d'autre de la vie ?

— Vous semblez supposer que je n'ai rien d'autre.

— Il vous manque quelque chose, peut-être l'amour.

— Oh, laissez tomber. Je suis heureuse et ce que je fais me comble.

— Non, je ne le pense pas.

— Quelles preuves avez-vous à l'appui de ce que vous dites ?

— Votre corps. La tension dans vos épaules, votre position, vos mouvements, l'expression de votre bouche et celle de vos yeux. Il y a des centaines de signes. Vous êtes une femme très séduisante, mais vous n'êtes ni heureuse ni satisfaite.

— Vous tenez ce discours à toutes les filles de New York ?

— Je suis sérieux. Vous devriez prendre davantage soin de vous, peut-être aller voir un ostéopathe quand vous rentrerez à Londres.

— Je n'ai aucun problème.

— Sinon que vous avez mal aux hanches le matin, que vos épaules sont crispées toute la journée, ce qui vous occasionne des migraines, et que la nuit vous avez du mal à trouver une bonne position. » Il s'assit, satisfait. « Vous pourriez sûrement trouver de l'aide. »

Elle prit une carotte et la découpa en rondelles sans répondre.

« J'ai l'impression que vous avez été gravement malade une fois dans votre vie. Apparemment, votre corps a conservé des séquelles de cette maladie. C'était quand ?

— De quoi s'agit-il ? D'une drague d'ostéopathe ? »

Il secoua la tête. « Non, j'ai appris à observer très attentivement les gens. C'est tout. Un artiste ne cesse pas d'observer la forme ou la couleur des objets quand il quitte son atelier. C'est pareil pour moi. Quand je vous ai vue en Albanie, j'ai immédiatement remarqué ces détails. »

Ils restèrent silencieux un moment, puis elle prit quelques fruits dans le panier et se leva. « J'ai du travail. On se verra demain matin. »

23

Loz avança vers le lit du blessé qui le dévisagea avec reconnaissance. Khan lui savait gré d'avoir soulagé ses douleurs à la poitrine et le supplice qu'il ressentait en permanence dans les pieds.

« Personne n'a jamais eu un ami comme toi, confia-t-il. Je ne mérite pas ta présence. Je n'arrive pas à croire en ma chance.

— Ne te fatigue pas, mon ami.

— Que m'arrive-t-il, Sammi ? Qu'est-ce que j'ai ? Dis-moi pourquoi je n'arrive pas à garder les yeux ouverts ?

— Parce que tu as des années de mauvais traitements et d'épreuves derrière toi. Tu as besoin de repos. Je vais te faire une piqûre. Demain, tu te sentiras beaucoup mieux.

— Mais tu voulais partir cette nuit.

— Cela attendra. Remets-toi d'abord. Nous en parlerons ensuite. »

Pendant que Loz désinfectait la peau et tapotait le bras pour faire sortir la veine, les pensée de Karim retournèrent vers les collines de Macédoine. Il se rappela l'émerveillement de ce matin où le soleil s'était levé à travers les arbres. Il repensa à l'odeur des cendres éteintes, mêlée aux senteurs riches et humides de l'aube, et au goût du thé à la menthe que lui avait apporté le jeune Kurde. Le souvenir de ces instants avait disparu avec la terreur de ce qui s'était abattu sur eux, une demi-heure plus tard, mais il découvrait l'importance de cet état de plénitude. Il ne l'oublierait jamais.

« Il y avait un drôle d'oiseau là-bas, dit-il soudain.

— Un oiseau ? fit Loz en enfonçant l'aiguille dans la veine. Quelle sorte d'oiseau ?

— Le plus petit oiseau que j'aie jamais vu. Il était presque rond avec une queue qui pointait vers le haut. Il avait fait son nid au-dessus du campement. Le feu brûlait sous la vigne sauvage où il vivait, mais il avait veillé toute la nuit et le lendemain, il était là pour nourrir ses petits. »

Loz sourit. « Et tu aimais cet oiseau, Karim ? »

Il opina. « Oui, il était brave et déterminé.

— Comme toi.

— Non, comme toi, Sammi. Tu ne renonces jamais. »

Loz s'assit sur le tabouret. « Maintenant, dors, mon vieil ami. Il faudra que tu sois fort demain matin. »

Khan hocha la tête. Il avait beaucoup de choses à dire. Il ouvrit la bouche pour parler, mais ses yeux se fermaient et les mots lui manquaient.

Sammi semblait lire dans ses pensées. « Il n'y a jamais eu de vrai amour comme celui-ci, dit-il. Jamais entre un homme et une femme ; jamais entre deux hommes. » Il prit la main de Karim et la serra dans la sienne, puis il se pencha et posa un baiser sur son front.

Khan sourit et rouvrit les yeux. Le front lisse de Sammi était creusé par un profond sillon d'angoisse et des larmes coulaient sur ses joues. « Merci », dit Khan avant de fermer les paupières et de laisser une foule d'images l'envahir : sa mère lui ouvrant les bras sur une terrasse ombragée ; les montagnes de l'est ; le regard fougueux des combattants. Les hommes qui s'étaient battus avec lui et avaient partagé les épreuves. *Ses* hommes.

Herrick grimpa l'escalier de la tourelle avec son ordinateur, le téléphone satellite et le magnétophone numérique. Elle s'assit sur les tuiles tièdes, prête à écouter l'enregistrement qu'elle avait obtenu par inadvertance. Le magnétophone avait fonctionné pendant deux heures et demie avant de s'éteindre. L'enregistrement comprenait donc les quarante minutes qu'elle avait passées à regarder Loz soigner Khan, la séquence durant laquelle Khan était demeuré seul tandis qu'elle discutait dehors avec Loz, et les quarante-cinq minutes où les deux hommes étaient restés en tête à tête. Elle écouta des bribes au hasard, mais n'entendit rien d'intéressant ; elle copia l'enregistrement dans l'ordinateur, le coda et l'expédia à Vauxhall Cross. Elle y reviendrait plus tard quand elle prendrait un bain.

Elle déconnecta l'ordinateur et composa l'un après l'autre les numéros de Dolph, mais il était toujours sur répondeur. Elle le rappellerait dans quelques heures. Elle décida de laisser l'ordinateur et l'antenne satellite sur la margelle de la tourelle : ils seraient en sécurité autant ici que dans sa chambre. Elle redescendit dans la cour et fuma une cigarette tout en réfléchissant à une stratégie pour le lendemain.

Un air de musique, de l'autre côté du bâtiment, lui parvenait faiblement. La voix d'un chanteur couvrait des cordes. Elle l'avait déjà entendue la veille. Foyzi lui avait dit qu'un de ses hommes, un soufi passionné par la musique de sa secte, possédait un lecteur de CD. Des nuages venus du nord cachaient en partie les étoiles et la chaleur restait oppressante. Elle se leva, se dirigea vers sa chambre et s'arrêta net en entendant un moteur quelque part, au sud. Elle écouta attentivement sans réussir à savoir si le bruit venait du ciel ou du fleuve. Il disparut quelques secondes plus tard. Elle tendit l'oreille pendant cinq bonnes minutes, mais n'entendit que le silence. C'était probablement un bateau.

Elle savait que la chaleur l'empêcherait de dormir. Et puis, Loz et Khan l'obsédaient. Elle ramassa sa trousse de toilette, ses écouteurs et le magnétophone, s'empara d'une lampe et gagna la salle d'eau à l'angle du bâtiment principal. Cette épaisse bâtisse en granite restait très fraîche, même au plus fort de la chaleur. Un bassin carré en porphyre, qu'on aurait pu prendre pour un sarcophage antique, occupait le centre de la salle. Elle posa la lampe par terre. Avant de boucher la bonde avec un morceau de tissu, elle retira des cadavres d'insectes et de lézards accumulés au fond du bassin. Elle tua un scorpion qui se précipitait au ras du sol vers le faisceau lumineux.

L'eau sentait légèrement le métal, mais elle s'y enfonça avec volupté. Elle pouvait s'étendre presque de tout son long dans le bassin. Pendant qu'il se remplissait, elle observa des morceaux de feldspath réfléchis par la lumière dans le granite. Elle se lava, plia l'abaya en coussin sous sa tête et déplaça la lampe pour voir les touches du magnétophone. Elle rembobina l'enregistrement jusqu'à la marque des soixante-dix minutes et écouta attentivement.

Pendant les premières quinze minutes, elle n'entendit rien, sinon la respiration régulière de Khan. Puis Loz entra dans la pièce. Son arrivée correspondait au moment où il l'avait quittée après son accès de colère. Khan se réveilla. D'une voix faible, il demanda ce qu'il se passait. Il n'obtint pas de réponse. Enfin, Loz s'approcha et murmura.

« Il faut partir, Karim.

— Pourquoi ? demanda Khan.

— Parce que c'est nécessaire. Cette fille n'est pas idiote. »

Après un moment de silence, Karim annonça : « Pars sans moi. Je suis bien ici… Elle sait ?

— Elle sait quoi ? » La voix de Loz était plus tranchante que d'habitude.

« Que tu étais…

— Non… Mais maintenant que tu vas mieux, nous devons partir.

— Je ne peux pas.

— Tu le dois. Il faut quitter cet endroit. Ce serait trop dangereux de rester. J'ai obtenu de l'aide. On s'occupera de toi. Une nuit de repos et tu seras parfaitement en forme, mon vieil ami. »

Les voix se turent. Il n'y eut plus que les chuintements qu'elle avait entendus la première fois avant d'expédier l'enregistrement à Vauxhall Road. Soudain, une idée lui traversa l'esprit. Elle éteignit le magnétophone et s'assit dans le bassin. « Bon Dieu, quelle idiote je suis », dit-elle à haute voix. Elle s'allongea. Sa tête se posa non sur l'abaya, mais entre deux mains qui lui emprisonnèrent le crâne avant de lui entourer le cou. Elle leva les yeux et vit Loz.

« Je ne pense pas que vous soyez idiote », dit-il. Il desserra son étreinte, mais sans ôter ses mains.

« Que faites-vous ici ? s'indigna-t-elle. Sortez immédiatement. »

Il se recula et scruta son visage sans répondre.

« Sortez ! cria-t-elle.

— J'ai rarement vu tant de beauté chez une femme, en particulier chez une femme qui n'en a pas conscience. » Il bougea, laissant une main peser sur son cou de sorte qu'il la coinçait contre le rebord du bassin.

Elle lutta un moment, mais la pression augmentait. « Sortez d'ici.

— Nous devons parler. Je voulais vous remercier de ce que vous avez fait pour nous. »

Elle cacha ses seins sous ses mains du mieux qu'elle put.

« Ne faites pas ça, dit-il, espiègle. Si vous pouviez vous voir, vous comprendriez que les mots me manquent.

— Mais les mots ne vous manquent pas. »

L'expression de Loz avait changé. Il lui restait son charme indolent, mais son visage inondé de sueur exprimait une sauvagerie étrange et comme embarrassée.

« Je vous ai averti. Sortez, s'il vous plaît. »

Loz palpa le tissu de l'abaya. « Je savais que vous cachiez quelque chose. » Il sortit le pistolet et l'examina. Puis il lâcha le cou d'Isis et recula d'un pas. « Sérieusement, Isis, vous m'impressionnez… La manière dont la lumière baigne votre corps sans vous révéler entièrement. » Il se tut et la contempla. « On dit que chaque femme connaît une fois dans sa vie vingt minutes pendant lesquelles sa peau, ses cheveux, son corps, l'expression de ses yeux, sont l'image de la perfection. Le saviez-vous ? »

Elle ne répondit pas.

« Je suis témoin de ce moment. Vous irradiez. Je suis subjugué. »

Herrick réfléchissait. Elle ne pouvait absolument rien faire. La question était : qu'avait-il en tête ?

Il sourit et s'assit sur le rebord du bassin. « Dans ma culture, l'usage de l'eau et la purification du corps de la femme font partie de l'acte d'amour. À dire vrai, ils sont inséparables.

— Dans ma culture, vous commettez un délit et vous vous comportez comme un imbécile.

— Je ne vous veux aucun mal. J'ai confisqué cet objet pour que vous ne me tiriez pas dessus pendant que nous discutons. C'est tout. » Il remonta sa manche, plongea une main dans l'eau et la fit glisser contre son mollet. Du dos de la main, il lui caressait l'autre jambe. « Vous écoutiez quelque chose quand je suis entré. Je peux participer ?

— S'il vous plaît, arrêtez.

— Qu'écoutiez-vous ?

— L'enregistrement de nos conversations. Vous y avez contribué.

— Il n'y a rien à écouter. Nous n'avons rien fait. Nous sommes ce que nous paraissons être.

— Auquel cas vous n'avez rien à craindre. Allez-vous cesser de me toucher ? » Elle lui prit la main et la posa sur le rebord du bassin. Il la sécha sur sa manche et l'approcha de son visage.

« Dans un autre lieu et à un autre moment, Isis, nous…

— Donnez-moi ma serviette et mes vêtements, et sortez !

— Nous n'avons pas fini de parler », protesta-t-il. Sa main caressait doucement son front et ses joues, puis il la reposa sur son cou. « Ce serait un plaisir immense pour vous comme pour moi... » Son doigt traça un cercle à la base de son cou. « Je pourrais faire beaucoup pour vous. » Il se tut. « Après tout, nous ne nous reverrons peut-être jamais. Je regretterai d'avoir manqué l'occasion. »

Herrick changea de position et essaya de lire sur son visage à la lueur de la lampe. « Écoutez, dit-elle d'un ton radouci. Vous *êtes* un homme séduisant. C'est l'évidence. Et en d'autres circonstances, oui, j'aurais pu me laisser tenter. Mais les menaces ne sont pas un bon moyen de me séduire et vous me *menacez.*

— Oh, non, fit-il, comme si ses paroles l'avaient blessé.

— Vous entrez ici, vous prenez mon arme et usez de votre avantage pour me toucher. Pour moi, ce sont des menaces. Maintenant, reprit-elle après un bref silence, je vais sortir du bain et vous allez me donner mes vêtements. » Sur ces mots, elle se redressa et lui fit face sans se cacher. Il prit la lampe et se leva.

« Vous êtes vraiment très belle.

— Ma serviette », demanda-t-elle, la main tendue.

Il ne bougea pas.

Elle posa un pied sur le rebord plat du bassin.

« Restez où vous êtes. Plus un geste. Je veux vous regarder.

— Pour l'amour du ciel, donnez-moi ma serviette ! »

Il tendit la main et lui caressa le sein droit, puis le gauche. Ils se regardèrent pendant quelques secondes. Elle secoua la tête et ôta sa main. « Non.

— Nous allons recommencer la scène, dit-il avec une excitation de jeune garçon. Voilà ce que je vous propose. Je vais revenir, vous serez habillée et nous serons détendus. Vous boirez un peu de whisky — mais pas trop — et nous parlerons.

— Oui, dit-elle. Et vous cesserez de braquer cette arme sur moi. » Elle posa les pieds sur le sol humide et enroula la serviette autour de sa poitrine. Elle se sentait ridicule et furieuse. Comme elle se penchait, il l'étreignit, le canon de l'arme appuyé sur sa nuque. Puis il posa ses lèvres sur les siennes et l'embrassa avec une tendresse incongrue. Elle ne lui rendit pas son baiser, dégagea la tête et le regarda dans les yeux.

« Vous n'allez pas faire ça. C'est contraire à tous vos principes. Vous vous rendez criminel aux yeux de Dieu et au regard des normes de la société américaine que vous affirmez aimer. Vous vous comportez comme un salaud. C'est pathétique.

— Mais non, répondit-il, moqueur, comme si elle se montrait déraisonnable. Nous le voulons tous les deux, même si vous ne le comprenez pas, Isis. » Il pencha la tête et embrassa le bout de son sein, puis sa nuque, sans relâcher la pression du pistolet.

« Arrêtez, cria-t-elle, tandis qu'il commençait à lui caresser le bas du dos et les fesses. Pourquoi ne parlons-nous pas un moment ? Vous vouliez discuter. » Elle frissonna. Elle venait de comprendre qu'elle devait soit hurler, soit essayer de le frapper.

« Pourquoi pas ? Nous parlerons bien sûr. Mais rien ne presse.

— Alors laissez-moi m'habiller. » Sans attendre sa réponse, elle enfila l'abaya. Ensuite, elle saisit le magnétophone, débrancha les écouteurs et rangea l'appareil dans sa poche.

« De quoi voulez-vous parler ? demanda-t-il, indulgent.

— C'est vous qui êtes venu pour discuter, mais puisque vous me le demandez, je voudrais que vous me parliez de votre passé.

— Vous ne renoncez jamais. »

Elle fit quelques pas vers la porte. « Sortons et buvons quelque chose.

— Non », trancha-t-il. Puis, changeant de ton : « On est bien ici. C'est plus romantique, vous ne trouvez pas ? »

Elle se tourna vers lui. « Vous avez dit que vous vouliez me remercier. C'est ce que vous auriez dû faire, au lieu de me menacer. Vous me devez des remerciements. Sans moi, Karim n'aurait jamais été libéré. Et maintenant... Vous avez une étrange manière d'exprimer votre gratitude. »

Loz réfléchit. « Je vous suis reconnaissant, mais vous poursuivez un objectif. Vous voulez savoir pour Karim. Comme les autres.

— Pour de bonnes raisons. Nous sommes en guerre, et les contacts de Karim nous intéressent.

— Est-ce une façon de mener votre prétendue guerre contre le terrorisme ? En torturant, en emprisonnant des gens sans jugement, en bombardant des civils innocents ? Savez-vous seulement qui sont les prisonniers détenus par les Américains ? Personne ne connaît leurs noms. »

Elle secoua la tête. « Vous connaissez mon sentiment sur la torture, et vous savez que l'ensemble du gouvernement britannique et de nombreux pays occidentaux le partagent. Quelles que soient les faiblesses de notre action contre Al-Qaida, ce n'est pas nous qui avons commencé cette guerre, c'est évident.

— Mais si. Vous ne le voyez pas ? » À nouveau, sa mauvaise humeur. « Regardez les conditions de vie au Moyen-Orient, en Palestine. La pauvreté ici, en Égypte, ou en Afrique. Ces gens souffrent à cause de l'avidité et de l'égoïsme des Occidentaux. Personne ne peut nier cette vérité.

— Écoutez, répondit-elle calmement, il est certain que l'Occident doit aider les pays les moins riches et que nous avons beaucoup à faire, mais laissez-moi vous rappeler que la torture est monnaie courante dans les pays arabes. Pourquoi la CIA a-t-elle fait venir Khan ici ? Parce qu'un gouvernement arabe pouvait le suspendre par les bras au plafond d'une cellule. Alors, ne me racontez pas d'histoires sur le mauvais traitement des suspects en Occident. La torture et la prison sans procès sont la norme dans votre monde.

— Vous ne comprenez pas ! Vous n'avez pas vu les souffrances des nôtres en Bosnie, en Palestine. Partout. Voilà pourquoi nous combattons.

— Nous combattons, docteur Loz ? Pour qui vous battez-vous ? Vous êtes un citoyen américain, vous jouissez de tous les plaisirs qu'offre l'argent en Occident, et vous dites que vous vous battez. Pour qui ? Contre quoi ?

— Non… Je veux parler des peuples arabes. Des raisons pour lesquelles *ils* se battent. Pour… la justice. »

Elle soupira profondément. Elle avait compris qu'il était sur le point de lui faire un aveu et que ce serait fini. Il la tuerait. Pour l'instant, il lui restait quelques manières, celles d'un docteur mondain simulant la raison, mais à deux reprises dans la journée il avait manqué de savoir-vivre et elle savait qu'il ne quitterait pas la salle d'eau sans obtenir ce qu'il voulait. « Sortons et installons-nous dehors », dit-elle d'un ton posé.

Il secoua la tête.

« Vous avez besoin de vous détendre. Vous avez à peine dormi ces trois derniers jours.

— Je vais bien. Nous restons ici.

— Alors, laissez-moi aller chercher une cigarette.

— Non. » Il leva son arme. « Asseyez-vous là. »

Elle essuya la margelle d'un coup de serviette et s'assit.

« Ne jouons plus la comédie, dit-elle. Nous ne sommes pas du même bord. Vous savez ce que je fais et à présent j'ai une assez bonne idée de qui vous êtes. Je devine par exemple que vous avez été blessé en Afghanistan, et non en Bosnie, et que Karim Khan vous a sauvé et amené au Pakistan pour y être soigné. Pendant tout ce temps, vous vous êtes inquiété non pour Karim, ce pauvre Karim sans jugeote, mais pour ce qu'il risquait de dire. Vous saviez que vous ne pouviez pas lui faire confiance parce que, avouons-le, il est plutôt naïf. S'il n'a rien dit sur vous, c'est seulement parce que personne n'a su lui poser les bonnes questions. Vous avez cru que le seul homme en état de vous nuire était loin, en Afghanistan, et peut-être mort. Puis la première carte postale est arrivée. Vous avez compris qu'il s'en était sorti et — ce qui était plus dangereux pour vous et votre organisation — que vous n'arriveriez pas à retrouver sa trace dans la masse des travailleurs migrants venus de l'est. »

Le regard de Loz n'avait aucune expression. « Continuez, dit-il.

— Oh, c'est simple. La photo de Khan ne vous a pas été remise par un sans-logis à New York. Vous l'avez rapportée avec vous d'Afghanistan. Je vous rappelle qu'en 1998, les Talibans interdisaient toutes les photos, sauf pour des raisons officielles. Le portrait de Khan ressemble beaucoup aux archives des Talibans que l'Alliance du Nord nous a transmises récemment. Mon hypothèse est que vous vous trouviez en Afghanistan en 1998 ou 1999 pour une période d'entraînement. Et vous vous êtes débrouillé pour obtenir une de ces photos. Vous étiez là-bas. J'ai raison, n'est-ce pas ?

— Vous oubliez que je suis chiite, répondit Loz d'une voix égale. Tous les Afghans sont des sunnites, comme Khan.

— C'est un détail. Malgré tout ce qu'on entend sur le djihad, votre guerre ne porte pas sur les croyances religieuses, mais sur les inégalités entre l'Occident et l'Islam. Voilà votre objectif, bien que les fantassins comme Karim n'en aient aucune idée. Vous ne croyez pas plus que moi qu'il s'agit d'une guerre de religion.

— Détrompez-vous.

— Regardez votre vie à New York : la richesse, les femmes, la fornication. Que dit le Coran ? "Évitez la fornication ; c'est une abomination ! Quel détestable chemin !" Mais c'est votre chemin. Avez-vous consenti à ce sacrifice pour vous fabriquer une couverture convaincante ? Je ne le pense pas. Vous y avez réellement adhéré : vous êtes tellement fanatique que vous avez réussi à concilier cet aspect des choses avec vos autres vies. »

Il haussa les épaules comme s'il venait d'entendre une plaisanterie. « Vous avez l'air de penser que je suis schizophrène, Isis.

— Pas si simple. Il y a des portes de communication. Chaque partie de vous-même est consciente et pleinement avertie de ce que fait l'autre. Mais vous verrouillez les portes.

— Vous voyez peut-être un peu en moi.

— Et le Poète ? demanda-t-elle sans répondre. Le Poète n'existe pas, en tout cas il n'est plus utile aujourd'hui. En revanche, je crois que vous protégez un autre homme. Khan le connaît, mais il n'en voit pas ou *n'en a pas vu* l'importance. Il s'en doute à présent, parce que vous lui avez fait répéter ses réponses. »

Il secoua la tête. « Vous n'interrogerez plus Khan, dit-il en baissant le regard. Mais puisque vous avez imprudemment abordé ce problème, je peux vous affirmer que le Poète existe : nous l'avons baptisé ainsi en Bosnie quand il a refusé de nous dire son vrai nom. Cela a duré quelques jours, puis nous avons découvert son identité et cessé de l'appeler le Poète.

— Et cet homme dirige votre organisation. Peut-être un autre chiite ?

— Je ne répondrai pas.

— Du Liban ? »

Il grimaça. « Je ne peux pas parler de ça, Isis.

— Mais si, vous le pouvez. Quelle importance maintenant ? Je connais vos intentions. Quel est son nom ? »

Il réfléchit et sourit. « John.

— John ?

— Oui, John. » Il rit. « À présent, nous avons des comptes à régler… » Il baissa les yeux. Une petite grenouille verte avait sauté dans une flaque de lumière et clignait des paupières, immobile. C'était le moment qu'elle attendait. Elle bondit, le visant à l'estomac, mais il avait prévu le coup. Il l'évita, lui saisit le bras, la fit tournoyer comme une danseuse de rock'n roll et la plaqua contre sa poitrine. Puis, la soulevant avec une force qui la surprit, il l'allongea sur la margelle du bassin et lui écarta les jambes.

« Non ! Pas comme ça ! » cria-t-elle.

Il s'arrêta dans son mouvement, tout en la maintenant aux épaules, le pistolet braqué sur sa tempe droite. « Alors, tâchez de bien vous tenir. »

Elle hocha la tête, réfléchissant à la manière dont elle pourrait lui arracher l'arme.

Il eut un geste bizarre. Il lui caressa le visage, la bouche et les sourcils. Il l'observait à nouveau. « Vous êtes une vraie beauté, Isis. Vous avez une beauté secrète. C'est cela : une beauté secrète. » Il pressa avidement sa bouche sur la sienne et s'agita entre ses jambes. « Avez-vous compris, dit-il dans un souffle, que je ne voulais pas que ça se passe ainsi ? Je voulais que nous fassions vraiment l'amour. »

Le pistolet tomba par terre. Elle était sûre que l'arme était pointée vers le mur derrière eux. Elle lui entoura la nuque de ses bras. Un sourire de victoire glissa sur les lèvres de Loz. Il l'embrassa dans le cou.

« Dites-moi que vous me désirez, dit-il.

— Je vous désire », répondit-elle.

Il lui caressa les seins. Elle éprouvait une telle répugnance qu'elle était prête à tout pour qu'il cesse de la toucher. Elle n'avait qu'un seul moyen d'agir : prendre appui sur ses épaules pour lui donner un coup de tête. Mais elle se trouvait un peu au-dessus de lui et le coup porterait sur le sommet de son crâne. Elle devait l'obliger à la regarder. « Je vous veux », dit-elle avec toute la conviction qu'elle pouvait feindre. Elle recula comme si elle souhaitait voir ses yeux.

« Je savais que vous me désiriez depuis toujours », dit-il.

Elle le frappa, non de la tête, mais du tranchant de la main sur la carotide. Il glissa en arrière, mais réussit à maintenir sa prise. Elle mesura alors son extraordinaire énergie : il la fit pivoter, tête penchée vers le bassin, le visage à quelques centimètres de l'eau. En jurant, il releva son abaya et lui écarta les jambes.

C'est alors que retentit la première explosion.

Herrick se sentit projetée en l'air et retournée comme une feuille. Elle se retrouva à demi plongée dans le bassin, le corps tordu. Après l'explosion, qui semblait avoir dépressurisé la salle, un autre coup de tonnerre ébranla la salle d'eau. Elle perdit conscience pendant quelques secondes. Lorsqu'elle reprit connaissance, elle sut qu'elle était toujours en vie. Elle enfonça la tête sous l'eau, redoutant les chutes de pierres et de bois. Elle avait entendu Loz crier au moment de l'explosion, puis plus rien.

Quelques secondes plus tard, une deuxième explosion retentit, aussi démoniaque que la première, mais dans une autre partie de l'île. Elle comprit mieux ce qui se passait. L'impact initial avait déclenché trois phénomènes distincts : une énorme détonation qu'on devait avoir entendu à quarante kilomètres à la ronde, un souffle d'air, puis la chute d'objets pulvérisés.

Elle attendit une troisième explosion, convaincue qu'on bombardait l'île de la rive du fleuve. Mais rien ne vint. Elle entendait seulement le ronflement du feu qui se propageait dans la cour. Elle tenta de dégager les décombres tombés sur le bassin. En vain. Pendant quelques instants, elle se débattit avec une poutre et ce qui devait être un gros bloc de plâtre fixé à une pierre. Cette masse recouvrait le bassin et lui laissait assez de place pour bouger. Le feu prenait de la puissance. Elle s'allongea dans l'eau. Le mieux était de s'attaquer à une brèche qu'elle avait repérée en tâtonnant du pied près du robinet. Repliant les jambes contre sa poitrine, elle tourna sur elle-même. Elle se contorsionna plusieurs fois, bloquant sa respiration, avant d'obtenir un résultat. Elle reprit son souffle puis s'attaqua à la brèche. Enfin, elle réussit à sortir la tête et l'épaule droite, et commença à déblayer les décombres. Peu après, elle était libre. Elle grimpa sur le toit et découvrit l'ampleur des dégâts à la lumière d'un double incendie.

La première explosion avait atteint la tourelle, dont les murs, l'escalier et les pièces mitoyennes étaient totalement soufflés. La seconde avait frappé les maisons à l'extrémité de la cour. Un cratère de quatre mètres de diamètre creusait l'endroit où elle et Harland avaient bavardé le premier soir. La terrasse en bois et le bâtiment étaient atomisés. Elle descendit les décombres à quatre pattes et se blessa le pied sur un morceau de fer avant d'atteindre le sol. Deux silhouettes avaient surgi au nord de l'île et couraient vers elle en l'appelant. Elle s'effondra. Avant de comprendre ce qu'il se passait, elle aperçut les visages anxieux de Philip Sarre et de Joe Lapping.

« Ça va ? criait Sarre.

— Oui… Je crois. D'où… Avez-vous… ? » Elle se tut, cracha la poussière de sa bouche et essuya son visage ensanglanté. Une poudre argileuse lui couvrait les yeux et les cheveux. « D'où venez-vous ?

— De là-bas, répondit Lapping, désignant la rive est.

— Nous sommes arrivés hier. On nous a dit de rester cachés pendant que vous interrogiez Sammi Loz.

— Mais qu'est-il arrivé ? »

Sarre secoua la tête. « Joe vous expliquera. Où sont Loz et Khan ? »

Elle montra la salle d'eau. « Loz était à l'intérieur avec moi. Il doit être mort. Khan est peut-être encore en vie. Il se trouvait dans l'aile qui n'a pas été touchée. Je ne comprends pas, bégaya-t-elle. Que s'est-il passé ?

— Il doit s'agir d'un tir allié, expliqua Lapping. Vous avez été frappés par deux missiles Hellfire lancés par un Predator. Nous l'avions entendu passer un peu plus tôt ; nous étions à mi-chemin sur le fleuve quand le premier missile a explosé. »

Ils entendirent Sarre appeler.

« Restez ici, ma petite, dit Lapping. Je vais voir ce qu'il veut. Je reviens tout de suite. »

Elle leva les yeux. Le ciel se dégageait entre les volutes de fumée. À nouveau, quelques étoiles brillaient.

24

Au moment de passer la douane à l'aéroport de Beyrouth, Harland réalisa qu'il devait se raser d'urgence, aller chez le coiffeur et changer de vêtements. C'est alors qu'il aperçut trois hommes près du comptoir des visas et vit l'un d'eux donner un coup de coude à ses comparses. Les trois hommes regardèrent dans sa direction.

Harland se dirigea droit sur eux et posa son bagage. « Bonjour, dit-il avec bonne humeur. Une question : êtes-vous des services syriens ou libanais ? »

Les hommes se détournèrent, feignant de ne pas le comprendre.

« J'espérais que l'un d'entre vous pourrait me conduire au centre-ville. » Il les dévisagea, attendant une réponse. « Pas de volontaire ? Tant pis. Au cas où vous vous poseriez la question, j'appartiens aux Nations unies. Robert Harland, conseiller spécial du secrétaire général Benjamin Jaidi. » Il ouvrit son passeport et le leur présenta. Ils regardèrent ailleurs et s'éloignèrent.

Harland s'avança vers le guichet pour payer les vingt-cinq dollars du visa. Au comptoir attenant, on apposa sur son passeport un tampon avec une petite embarcation à voile. Il quitta l'aéroport, se dirigea vers la file des taxis et monta dans une vieille Mercedes qui attendait dans la chaude nuit estivale.

Benjamin Jaidi et Sir Robin Teckman lui avaient l'un et l'autre demandé de se rendre à Beyrouth. Plus important encore, Eva Rath avait accepté de le rencontrer dans la capitale libanaise. Il l'avait contactée à un numéro transmis par Teckman. La réaction de sa compagne mystérieusement disparue l'avait surpris : elle n'avait manifesté aucun étonnement en comprenant qu'il avait retrouvé sa trace et n'avait exprimé aucun regret de sa disparition. Elle lui avait seulement interdit de se rendre chez elle, rue Shabazi à Tel-Aviv, où elle habitait avec sa mère : Hanna Rath vivait paisiblement les dernières semaines de sa vie, et Harland ne devait pas bouleverser sa fin.

Pendant que la Mercedes traversait en cahotant le vaste chantier qui s'élevait sur les ruines de la guerre civile, Harland se sentait étrangement bien. Au cours de la semaine passée, il avait miraculeusement cessé de souffrir de l'abandon d'Eva. Il souhaitait obtenir des éclaircissements sur son comportement, et rien d'autre. Il venait de comprendre qu'elle avait disparu pour s'occuper de sa mère. La vieille dame s'était installée en Israël pour mourir. Cependant, Teckman avait avancé d'autres raisons. Le SIS était convaincu qu'elle travaillait pour le Mossad. Son rôle d'agent de liaison exigeait sans doute de nombreux déplacements entre New York, Londres et Tel-Aviv. Elle avait été formée par le StB, les services secrets tchèques, avant de passer par l'école d'espionnage du KGB. Sa formation avait intéressé la direction du Mossad. Pour Harland, il était clair qu'elle avait négocié ses compétences pour permettre à sa mère de vivre ses derniers jours à Tel-Aviv avec une aide médicale. Il ne s'en étonnait pas. Si on lui avait demandé de décrire la personnalité profonde de son ancienne compagne, il aurait évoqué son besoin de duper, sa tendance à se dérober pour se soustraire à tout contrôle et son amour indéfectible pour sa mère. Telles étaient les pulsions d'Eva Rath dont la vive intelligence et la beauté, éclatante et mystérieuse, l'avaient séduit quand il avait à peine vingt ans.

Pourquoi n'avait-elle rien dit ? Pourquoi ne s'était-elle pas expliquée ? Elle n'aurait jamais dû mettre en doute sa dévotion. Il lui avait témoigné son adoration pendant près de trente ans. Et son amour n'avait jamais faibli, même durant cette longue période où leur fils Tomas avait grandi sans qu'il connaisse son existence.

Il se sentait étrangement calme, à présent. Beaucoup de choses l'amusaient, notamment sa plaisanterie douteuse avec l'équipe des espions à l'aéroport, un comportement qu'il aurait d'ordinaire jugé imprudent.

Il arriva au Playland Hotel et se présenta à l'accueil. Eva lui avait expressément demandé d'y descendre. Teckman lui avait recommandé le même établissement. Aucun message ne l'attendait. D'un pas lourd, il gagna sa chambre dans l'aile sud. Il se servit deux doses de whisky dans le mini-bar et emporta le verre sous la douche. Quinze minutes plus tard, il se séchait les cheveux sur le balcon, au vent du large, quand on frappa à sa porte. Il ouvrit. Eva se tenait dans le couloir avec un sourire pincé et triste. Il l'étreignit et lui plaqua un baiser sur les deux joues.

« Entre », dit-il.

Elle fit tournoyer un doigt en l'air pour l'avertir que la chambre était probablement sur écoute. Ils s'installèrent sur le balcon.

« Où avais-tu disparu ? » explosa-t-il, incapable de contenir quinze mois de colère. Ce n'était pas ainsi qu'il avait imaginé démarrer la conversation.

« Bobby, ne commence pas…

— Ne commence pas ! Je t'ai crue morte. Je t'ai cherchée partout. Tu as disparu sans un mot, sans penser au mal que tu me faisais, sans réfléchir à ce que cela me coûterait pour essayer de te retrouver.

— Je savais que tu y arriverais.

— Tu te trompes. C'est Teckman qui t'a retrouvée. Tu te souviens de lui ?

— Bien entendu. J'ai travaillé pour eux, comme toi, Bobby. »

Il secoua la tête, étonné d'avoir cru qu'il pourrait rester calme en la revoyant.

« Pourquoi ne m'as-tu rien dit ? Tu n'avais qu'à m'expliquer pour ta mère. J'aurais compris. » Il l'observait dans les reflets de la piscine illuminée sous le balcon. Sa coiffure était plus courte, mais elle n'avait pas un cheveu gris. Elle était moins maquillée qu'autrefois et avait pris un ou deux kilos, ce qui la rajeunissait. « Tu es en forme, dit-il, plus serein. Vraiment, tu es beaucoup mieux qu'à New York. » Il se tut, la regarda intensément et explosa encore. « Bon Dieu, peux-tu imaginer ce que j'éprouvais pour toi ?

— Et toi ? » Elle se détourna calmement et regarda la mer. « Tu t'es demandé ce que je ressentais ?

— Oui. J'ai essayé de te parler de Tomas. Tu étais si peu loquace que j'ai pensé… Écoute, j'ai essayé. Tu le sais.

— Je ne connaissais personne. Tu étais le seul au courant de mon épreuve, le seul témoin de ma vie à New York. Personne ne savait que j'avais perdu mon fils et le drame que cela représentait. » Elle marqua un bref silence. « Cela n'aurait jamais pu marcher, Bobby. Jamais. Nous… Notre amour…

— Était victime des circonstances. »

Elle grimaça. « Oui, si c'est ce que tu penses. En réalité, tu l'as détruit, Bobby. Tu n'as jamais su *comment* me parler. Peut-être parce que nous n'étions pas égaux dans le malheur. J'avais *perdu* mon fils ; tu l'as connu à peine quelques semaines. Voilà tout. » Elle serra les mâchoires, des larmes envahirent ses yeux.

Il posa la main sur son épaule. « Ça va, dit-il.

— Non, ça ne va pas ! siffla-t-elle en reculant. Voilà le problème. Je ne suis pas une Anglaise, je voudrais parler avec quelqu'un qui comprenne ce que la mort d'un enfant signifie pour moi encore aujourd'hui. Ce n'est pas fini. Ça ne s'arrête pas d'un coup.

— Je suis désolé, répondit-il, bouleversé par son chagrin. C'est un échec pour moi, mais je ne suis pas responsable de sa mort. J'ai tout essayé pour le sauver. Si vous n'aviez pas été si proches de Viktor Lipnik, ta mère et toi, Tomas n'aurait pas vu ce qu'il a vu en Bosnie. Il n'aurait pas représenté un danger pour Lipnik. C'est Viktor Lipnik, ton amant, qui a tué Tomas, pas moi…

— Arrête ! » Une expression de haine intense traversa son visage. Elle s'assit au bord de la table.

« J'aimerais un peu de vodka », demanda-t-elle. Cela ne lui ressemblait pas. Il ne l'avait jamais vue boire que du vin. Il ouvrit le mini-bar, résolu à garder son calme.

Il revint avec un verre et posa une main sur la table, près de la sienne. « Eva, j'aurais tout fait pour te garder. Tout. Tu sais comme je t'aimais. Tu aurais dû m'aider, me montrer comment te parler, t'écouter.

— Cela ne se demande pas à un homme. Il sait ou il ne sait pas. Tu ne sais pas, Bobby. C'est pourquoi j'ai cessé de t'aimer. » Elle réfléchit. « Non, ce n'est pas vrai. Je n'ai pas cessé de t'aimer. Tu as beaucoup de côtés merveilleux. Mais mon amour pour toi n'était pas assez fort pour accepter ton indifférence. »

L'évidence de cette vérité frappa Harland de plein fouet. Ainsi, elle l'avait quitté pour ça. Elle n'avait rien dit parce qu'elle était blessée et lui en voulait.

« Mon Dieu, je suis désolé. Vraiment, je ne sais pas quoi dire…

— Inutile. Tu es ce que tu es. Je sais pourquoi tu es comme ça. Tu as traversé beaucoup d'épreuves. On t'a torturé, puis il y a eu ce cancer. Tu ne pouvais pas parler à cause de tout ça. Tu aurais dû consulter un spécialiste. C'était si intime.

— J'ai vu quelqu'un. Mais ce n'est pas pour cette raison que je n'ai pas été à la hauteur. Je ne savais pas quoi dire parce que tu avais dressé un mur infranchissable. Tu le sais. »

Elle hocha la tête. « Oui. »

Ils burent en silence. Puis il lui demanda des nouvelles de sa mère.

« Elle a un cancer. La maladie évolue lentement, mais ses forces diminuent chaque jour. Nous avons d'excellents médecins et deux infirmières à demeure, si bien que je peux m'absenter quand c'est nécessaire. Ils ont été bien… » Sa voix se brisa sous l'émotion.

« C'est très triste, elle est ta seule famille.

— Pour moi, c'est le côté le plus bizarre. » Elle tourna la tête dans un sens et dans l'autre pour laisser la brise lui rafraîchir la nuque.

« Je sais ce que ta mère représente pour toi. »

Elle le remercia, alluma une cigarette et le regarda plus calmement. « Pourquoi es-tu au Moyen-Orient ?

— Je dois retrouver Jaidi. Il aurait dû arriver hier à Beyrouth, mais il ne quittera Damas que demain.

— Teckman m'a téléphoné avant que tu m'appelles. Tu es au courant ?

— Il voulait éviter de te prendre au dépourvu. C'est exactement ce qu'il fallait faire.

— Mais ce n'est pas la première fois que tu viens dans la région cette année ? Nous savons que l'ONU a discuté avec le Hamas, il y a trois mois. C'était toi ? »

Il haussa les épaules. « Si j'étais en train de discuter avec le Hamas, je ne te le dirais pas, Eva.

— Je n'ai pas dit : *en train de discuter*. J'ai dit : *a discuté*.

— Ma réponse est la même.

— Alors je considère que c'est oui. »

Il revint à la charge. « Ils t'ont repérée à Heathrow le jour où Norquist a été descendu. Ils t'ont suivie jusqu'à ta planque à Kensington. Ils ont visionné les vidéos, tu étais dessus. »

Elle ne réagit pas. « Si nous devons poursuivre cette conversation, allons à la piscine ou sur la plage. »

Ils descendirent un étage, empruntèrent l'issue de secours et se dirigèrent vers la plage. Après avoir ôté leurs chaussures, ils marchèrent vers une rangée de parasols.

Il décida de parler. « Tu étais dans la file d'attente à l'immigration avec le vice-amiral. Norquist a eu des doutes quand tu as laissé tomber tes affaires, non pas une, mais plusieurs fois. Il a compris que tu essayais de nouer le contact. Il a demandé à nos agents de te suivre.

— Vraiment ? dit-elle, indifférente.

— Ton avion était arrivé plusieurs heures avant le sien et tu t'es rendue à l'immigration quand les passagers du vol de Reykjavik ont débarqué. C'était programmé. Tu comptais le suivre jusqu'à son hôtel ? Le draguer... Quelque chose dans ce genre ? » Elle ne répondit pas. « Norquist était une grosse prise pour toi. Tu voulais savoir ce qu'il racontait au gouvernement britannique.

— C'est Teckman qui t'a rapporté tout ça. » Sa voix s'enroua. « Bobby, tu travailles toujours pour les Britanniques ?

— Non.

— Allons, ils ne livrent pas leurs informations comme ça. Qu'est-ce que tu as fait pour eux ? »

À nouveau, ils se dérobaient. Harland se demanda jusqu'à quel point ce jeu avait fait partie de leur attirance réciproque. « Ils me tenaient, répondit-il. Ils voulaient que je surveille quelqu'un et je l'ai fait. En échange, j'ai obtenu ton numéro. » Il réfléchit un instant et décida de tenter sa chance. « Il s'est passé beaucoup de choses à Heathrow ce jour-là. »

Le visage d'Eva s'anima.

« Une douzaine de terroristes suspects ou plus ont transité par le terminal 3. Ils ont échangé leurs passeports au moment où tu arrivais. »

Elle ne releva pas.

« Que faisais-tu là-bas ?

— C'est compliqué.

— Tu peux répondre. Cela ne te compromettra pas, ni toi ni ta sécurité. Et puis, c'est important. Il existe certainement un lien entre l'arrivée de Norquist à Heathrow et les échanges d'identités. Selon la théorie en cours, le meurtre de Norquist était une diversion.

— Tu vois ! Tu parles comme si tu travaillais pour le SIS.

— Je ne peux pas m'empêcher de penser que ta présence ouvre une piste. Si tu étais au courant des arrangements pris par Norquist, quelqu'un d'autre l'était aussi. »

Elle scruta un point dans l'obscurité, là où la crête des vagues réfléchissait fugitivement la lumière avant de se briser sur le sable. « Explique-moi les échanges d'identités, demanda-t-elle.

— Non, c'est toi qui parles, Eva.

— Je m'appelle Irina. Je me suis toujours appelée Irina.

— Tu étais Eva quand je suis tombé amoureux de toi à Rome. Tu étais Eva à New York.

— Mais je *suis* Irina, dit-elle avec un ton de défi.

— Regarde-nous ! dit-il. Ça recommence. Le duel à fleurets mouchetés autour d'un petit secret. Pourquoi ? Pourquoi faisons-nous ça ?

— Parce que c'est notre travail. Et que nous y sommes bons.

— Si tu as quelque chose à me dire, vas-y. On m'a chargé de te prévenir que tu n'auras aucun ennui quand tu repasseras à Londres pour tes voyages habituels. Tout sera comme avant.

— Il n'y en aura plus. » La brise marine souleva une mèche de ses cheveux. Il revit soudain Tomas debout dans le froid dévant la porte de son appartement à Brooklyn, la nuit où il avait appris son existence.

Il chassa cette image « Comment as-tu su que c'était le moment de suivre Norquist ? »

Pas de réponse.

« Nous savons que tu avais réservé une chambre au St James's Hotel, comme Norquist. Nous ignorons pourquoi tu t'es d'abord rendue à ta planque. Tu comptais te rendre à l'hôtel plus tard, peut-être pour le draguer ? »

Elle secoua la tête, l'air désespéré.

« Bon… Alors quel était le plan ? Tu sais que le SIS peut te griller et que tu ne serais plus d'aucune utilité au Mossad ?

— J'ai besoin d'argent. J'ai besoin de leur aide à Tel-Aviv. Ne me menace pas. Après tout ce que tu as fait… Ne me menace pas.

— Comment as-tu appris la date de son vol ? exigea-t-il. Le programme de Norquist était secret. »

Elle posa une main sur sa joue. « C'était facile. Norquist a été pilote d'hélicoptère naval au Viemam. Quand son appareil a été abattu, il s'est brisé plusieurs vertèbres. Chaque fois qu'il prévoyait un voyage sur un long-courrier, il se faisait soigner à New York. »

Harland se raidit, mais ne souflla mot de Sammi Loz. « Et ?

— L'homme qui s'occupait de son dos nous intéresse. Leur relation dépassait le cadre normal de la thérapie. Ils faisaient des affaires ensemble. C'est tout ce que je peux te dire sans me mettre en danger. S'il te plaît, pense à moi et à ma mère.

— Quel type d'affaires ?

— Des marchés.

— Quels marchés ? Actions, restaurants, contrats à court terme, immobilier ? Quoi ? »

Elle lui jeta un regard inquisiteur. « Immobilier.

— En quoi cela t'intéressait-il ?

— Allons, tu ne peux pas me demander ça. S'il te plaît.

— Oui, je vois. » Il se tut, brassant plusieurs idées à la fois.

« Les informations sur les personnalités américaines de haut rang sont très utiles au gouvernement israélien s'il peut s'en servir contre elles ou, mieux, faire pencher la politique américaine en faveur d'Israël. Donc, tu cherchais quelque chose de cette nature. Mais pourquoi à Londres ? »

Elle secoua la tête. « Je ne peux pas répondre. »

Harland se frappa le genou. « Ah, j'ai compris. Tu avais des preuves et cette rencontre faisait partie d'un échange régulier. Norquist travaillait déjà pour vous. Est-ce qu'il t'informait des décisions des services secrets américains ? »

Elle décroisa les jambes, se pencha sur le fauteuil en osier et le regarda dans les yeux.

C'était tout ce dont il avait besoin. « Merci. » Il réfléchit un moment. « Nous savons tous les deux que nous parlons de l'ostéopathe. »

Elle soutint son regard.

« Alors, laisse-moi imaginer la suite. Non seulement Norquist t'informait des opérations des services secrets américains, mais il te tenait au courant des faits et gestes de Sammi Loz. Ses transactions à New York te permettaient notamment de connaître le financement du Hezbollah. Mais, bien entendu, le Mossad ne pouvait pas rencontrer facilement

Norquist et vos agents se calaient sur son emploi du temps. Tu ne l'as jamais contacté par téléphone ou par mail ; tu débarquais pendant son voyage à un moment précis pour recevoir ses informations et lui transmettre des instructions. Une personne différente établissait chaque fois le contact pour ne pas éveiller les soupçons de ses gardes du corps. Voilà pourquoi il ignorait que tu serais à Heathrow. »

Elle opina. Il croisa son regard et comprit qu'il y avait autre chose.

« Qu'est-ce que c'est ? »

À nouveau, elle secoua la tête. Elle était prête à confirmer implicitement à condition qu'il trouve seule la bonne réponse.

« Alors, réfléchissons. » Il regretta de ne pas avoir pris quelques flacons de whisky. « Le message que tu devais lui transmettre ce jour-là avait un caractère inhabituel. Cela expliquerait que tu l'aies suivi depuis New York et que tu aies attendu pour passer l'immigration avec lui. S'il s'était agi d'une rencontre de routine, tu aurais tué le temps avant de le retrouver au St James's Hotel. Tu étais au courant de l'attaque ? Tu voulais le prévenir ? »

Ses paupières battirent plus fort. Il sut qu'il avait raison. Il sentit brusquement son attirance pour elle se réveiller au plus profond de lui. « Autant dire que vous étiez au courant de l'opération au terminal 3 ?

— Non. Nous ne savions rien. Mais tu dois m'en parler. »

Il lui détailla ce qu'il avait appris par Isis Herrick. Il outrepassait les instructions de Sir Robin, mais n'avait aucune illusion : Teckman l'utilisait encore. Il devait faire confiance à son jugement et lui révéler seulement ce qu'il souhaitait qu'elle sache. Elle l'écouta attentivement, s'imprégnant des détails essentiels. D'ici quelques heures, elle les déballerait à ses chefs, à Tel-Aviv. Quand il eut terminé, elle lui posa une série de questions pertinentes sur la filature des suspects. Il répondit par bribes, mais elle comprit immédiatement la portée de l'accord anglo-américain.

« Pourquoi, Bobby ? Pourquoi n'utilisent-ils pas les autres services européens ?

— Parce qu'ils n'ont pas confiance.

— Mais c'est une erreur. Il y a quelques mois, les Français ont fourni aux Anglais des informations sur des Algériens suspects. Nous aidons tous les services européens quand il s'agit des cellules terroristes islamistes. Nous partageons les informations sur les déplacements et le passé des suspects. Il n'y a pas d'alternative.

— Je suis sûr que beaucoup pensent comme toi, mais ce n'est pas moi qui prends les décisions politiques. » À nouveau, il la regarda en silence. Puis il lâcha : « As-tu remarqué que nous sommes au meilleur de nous-mêmes quand nous discutons boulot ?

— Oui, répondit-elle, comme si c'était une évidence depuis longtemps.

— Eh bien, fit-il avec un sombre sourire, réfléchissons aux liens entre Sammi Loz et l'affaire d'Heathrow. Combien de temps à l'avance as-tu été prévenue du voyage de Norquist ?

— Dix-huit heures.

— Et comment as-tu su où il se rendait ?

— Par d'autres sources.

— Allons, Eva, quelles autres sources ?

— Je ne peux pas te le dire. Sécurité opérationnelle.

— Okay, okay, dit-il, levant les mains pour signaler qu'il renonçait. Alors, quand as-tu appris que sa vie était menacée ?

— Juste avant d'embarquer dans l'avion à JFK. Nos agents surveillaient un site sur le web. Il n'annonçait rien de précis, mais nous avons pensé que Norquist pouvait être la cible. On m'a demandé de le contacter le plus vite possible à Heathrow, pour le prévenir.

— Ton service était en avance sur tout le monde. Autant que je le sache, les Britanniques ne savaient pratiquement rien. »

Elle haussa les épaules.

« Bon. Tu l'as approché à Heathrow. Tu l'as mis en garde ?

— J'allais le faire quand j'ai vu que des policiers armés l'attendaient ; j'ai compris qu'il était protégé. J'ai pensé que je ferais mieux d'attendre pour lui parler plus tard. Je le croyais en sécurité.

— Ton service considère que Sammi Loz a informé les tueurs ?

— Oui.

— Parce que ?

— Nous pensons que Loz savait ou pressentait que Norquist était en cheville avec nous et qu'il nous avait parlé de ses affaires. Il devait se débarrasser de Norquist.

— Je vois. Mais s'il existe un lien entre les échanges d'identités et la mort de Norquist, qui est probablement due à une balle britannique, il s'ensuit que Loz connaissait les plans de Norquist bien avant toi. Une douzaine d'hommes au moins ont acheté des billets d'avion et planifié leur arrivée à Heathrow. Cela exige plusieurs jours de préparatifs. Dès que l'opération a commencé et que tous les suspects ont embarqué à destination de Londres, quelqu'un a délibérément annoncé sur un site web, qu'il savait surveillé, qu'un diplomate américain serait dégommé à Heathrow. La stratégie de diversion était en place.

— Et comme l'avion a eu du retard, l'opération a fonctionné encore mieux que prévu. »

Harland s'étira sur sa chaise et croisa les mains sous sa nuque. « Cela signifie que Sammi Loz est l'organisateur ou l'un des organisateurs de l'opération. Je suis surpris que Teckman n'ait pas tout pigé.

— Il ne le pouvait pas parce qu'il ignorait tout de la relation perverse entre l'amiral Norquist et Sammi Loz. Nous seuls étions au courant.

— D'accord, mais Teckman se doutait de quelque chose puisqu'il m'a demandé de surveiller Loz. » Il se tut. « J'étais avec lui.

— Avec Loz ! » Eva accusa le coup. « Nos agents le cherchent partout. Où est-il ? Dis-le-moi.

— Je ne peux pas.

— Tu dois me le dire.

— Non, parce que vous passeriez à l'attaque et des gens à nous risqueraient d'être tués.

— Il est entre les mains des Anglais ?

— En quelque sorte.

— Je dois en informer immédiatement mon service. Bon sang, pourquoi ne me l'as-tu pas dit plus tôt ?

— Secret opérationnel, répondit-il avec un large sourire.

— Va te faire voir.

— Je n'avais pas besoin de tout te raconter, Eva.

— Mais tu vois que nous travaillons ensemble, maintenant. Il y a des faits que nous seuls pouvons reconstituer.

— L'idée est séduisante, bien sûr, mais pardonne-moi si je vois les choses sous un autre angle, Eva. Je sais à qui tu es fidèle : à ta mère et au Mossad. Je suis en fin de liste, loin derrière. »

Elle alluma une cigarette et souffla un nuage de fumée. « Tu as raison, mais ce n'est pas une question de fidélité. Il s'agit d'une collaboration pour notre bénéfice mutuel.

— On dirait une phrase de la période communiste. De toute manière, je suis hors jeu. Je vais informer Teckman de ce que tu m'as appris, puis je rejoindrai le secrétaire général et reprendrai mes activités.

— Pour discuter avec le Hamas ?

— Non, pour agir comme conseiller spécial de Jaidi.

— Lequel est aussi un patient du Dr Loz, fit-elle remarquer, acerbe. Est-ce qu'il le reçoit chez lui, comme Norquist ?

— Tu *es* bien informée », répondit Harland. Il lui parla de ses problèmes de dos et évoqua les qualités thérapeutiques de Loz. Apparemment, le sujet n'intéressait pas Eva.

« Sera-t-il jugé à Londres ? dit-elle brusquement.

— Probablement.

— Selon une information, il aurait été arrêté. Est-ce que les Américains sont au courant ? Ils le cherchent eux aussi.

— C'est un point sensible. Je pense que personne ne sait que nous le tenons.

— Comment ça ? s'étonna-t-elle.

— Il n'est pas formellement en état d'arrestation.

— Tu veux dire que vous ne l'avez pas ?

— Je ne connais pas les derniers événements. »

Elle sortit un portable de son sac à bandoulière et se leva. « Je dois faire un rapport. Excuse-moi, c'est trop important, ça ne peut pas attendre. »

Elle s'éloigna sur la plage et passa son appel. Les yeux d'Harland glissèrent rapidement sur son dos et se posèrent sur deux hommes assis dans l'ombre, entre la piscine et le hall d'entrée de l'hôtel. Quand son regard revint sur elle, il décida qu'il l'aimait encore, ou plutôt qu'il avait besoin d'elle, mais que sa propension à le blesser était trop forte. Elle l'avait quitté deux fois, et même si elle revenait vers lui après la mort de sa mère, elle le quitterait encore. Il en était convaincu. Elle était pathologiquement insaisissable.

Elle le rejoignit et il lança : « Ils sont contents ? Ça valait le voyage ? »

Elle inclina la tête. « Oui. Merci, Bobby.

— Au moins, tu n'as pas eu besoin de coucher avec moi pour obtenir tes informations.

— C'est indigne de toi. »

Harland éprouva une jubilation coupable de pouvoir la froisser. « Le vieux jeu, n'est-ce pas ? Comme lorsque nous nous sommes rencontrés à Rome. La belle hirondelle de l'Est prenant au piège de ses charmes tous ces politiciens usés par le pouvoir. »

Elle lui lança le regard de défi qu'il connaissait bien. « Va te faire foutre, Bobby.

— Okay, okay. Mais tu dois savoir que tu m'as manqué. Vraiment, il faut que tu le saches. Je sais que c'est fini, mais tu aurais pu me dire pourquoi tu partais, m'aider à comprendre. »

Elle baissa les yeux et, du bout du pied, dessina un cercle sur le sable. « Tu as raison. C'était cruel de ma part. J'ai pensé que c'était mieux ainsi. »

Il jeta un coup d'œil vers l'hôtel. « Tu sais que nous avons de la compagnie ? Je les ai déjà vus à l'aéroport, sécurité syrienne ou libanaise.

— Non, ils sont avec moi.

— Tu voyages avec des gardes du corps ?

— Au Liban, oui. Ça reste dangereux. Des gens disparaissent.

— Tu ne restes pas ici ?

— Non, je vais repartir. C'est facile de rentrer en Israël. Je veux retrouver ma mère.

— Bien, dit-il, se levant. Alors on se dit au revoir ?

— Oui. » Elle lui tendit une carte. « Tu auras peut-être besoin de m'appeler. Tu peux me joindre partout sur ce numéro. Nous devrons reparler de tout ça. » Son anglais irréprochable eut soudain une de ces intonations tchèques qu'il adorait autrefois.

« Je ne vais plus aussi vite. J'ai quitté ce boulot.

— Si tu le dis. » Elle lui tendit la main.

Il la saisit, l'attira à lui et l'embrassa sur la joue. « Voilà, fit-il.

— On se reparlera. Plus tôt que tu ne l'imagines. »

Il la regarda s'éloigner vers les deux hommes.

Il prit son portable et composa le numéro inscrit sur la carte qu'elle venait de lui tendre. Il la vit répondre. « Tu n'as pas pris mon numéro », dit-il. Et il le lui donna.

Quand elle disparut dans le hall de l'hôtel, il composa le numéro de Sir Robin Teckman.

25

Isis Herrick rentra à Londres trois jours après l'attaque des missiles. Philip Sarre et Joe Lapping l'avaient conduite à un aérodrome en plein désert, à cent kilomètres de l'île. Cinq heures plus tard, ils embarquaient dans un Cessna Titan à destination de Khartoum. Là, on avait soigné ses blessures. Ils étaient restés dans la capitale le temps de viser leurs passeports et d'obtenir les tampons justifiant d'un séjour d'une semaine au Soudan. Puis ils s'étaient envolés pour Francfort avec une correspondance pour Londres. Ils étaient arrivés à Heathrow le dimanche à midi. Jamais Herrick n'avait été aussi heureuse de revoir les paysages ordonnés du Surrey et du Kent à travers les hublots de l'appareil.

Rentrée chez elle, elle écouta plusieurs messages, puis elle s'installa dans son petit jardin avec une pile de journaux et un jus de citron. Elle appela son père. Munroe ne cacha pas sa joie de la savoir de retour. Il ne lui demanda aucun détail sur la suite de l'opération et insista pour qu'elle vienne se reposer sur la côte ouest de l'Écosse, vers la fin juillet. Ni Dolph ni Harland ne répondaient. Elle avait aussi reçu un appel d'un certain Dr Leonard Jay dont elle ne connaissait ni le nom ni le numéro de portable, mais elle rappela et laissa un message.

Tout en parcourant la presse dominicale, elle essayait de lutter contre un sentiment d'échec. et d'accablement. Sarre avait découvert un corps dans les ruines de la maison. Ce devait être celui de Khan. Le cadavre était froid et sa rigidité prononcée. Une conclusion s'imposait : Khan n'avait pas été tué par l'un des missiles ; il était mort peu avant l'attaque. Sammi Loz avait sans doute tué son ami en l'étouffant ou en lui injectant une combinaison mortelle de médicaments.

La disparition de Khan était un coup dur pour Herrick : elle estimait que l'amour de Loz pour son ami était son meilleur appui. Si vaniteux et impitoyable que Loz lui paraisse, cet amour était une constante chez lui. Mais il avait manifestement décidé de quitter l'île en sachant qu'il ne pourrait ni amener Khan, ni prendre le risque de le laisser subir de nouveaux interrogatoires.

Loz était-il mort après avoir tué Khan ? Sarre et Lapping avaient fouillé les ruines de la salle d'eau. Il était peut-être prisonnier des gravats. Sarre était sorti des décombres avec la conviction qu'Isis leur devait la vie sauve. Loz avait dû mourir sous l'effondrement du toit. Herrick ne se souvenait d'aucun indice indiquant qu'il ait survécu.

Les raisons de l'attaque survenue en pleine nuit avec une force démoniaque la laissaient perplexe. À Khartoum, le Patron l'avait appelée sur le portable de Sarre. Elle avait appris qu'elle était indirectement responsable de ce qui était arrivé. Pour une raison inconnue, le téléphone satellite qu'elle avait laissé branché sur l'ordinateur dans la tourelle n'avait pas cessé de composer un numéro, d'interrompre l'appel et de recomposer le numéro. Les Américains, qui surveillaient les communications de l'île, avaient détecté ce signal indéfiniment répété. Ils l'avaient utilisé comme repère pour guider automatiquement le premier missile. Autant dire que la CIA connaissait la présence de Loz et Khan sur l'île et qu'elle avait décrypté les communications téléphoniques. Les Américains ne pouvaient ignorer qu'un agent des services secrets britanniques était à l'origine de ces appels, mais leur volonté d'éliminer Khan et peut-être Loz l'avait emporté sur toute autre considération. Isis se demandait si l'antenne de la CIA à Djibouti, qui contrôlait sans doute le Predator, disposait d'informations fiables.

Elle somnolait au soleil, passant en revue les événements et essayant de se concentrer sur les conséquences de l'attaque. Khan était mort et probablement Loz. Mais elle était convaincue qu'il existait un troisième homme. Khan et Loz avaient dû le rencontrer en Bosnie et, par conséquent, en Afghanistan.

Elle appela Dolph sur son portable. Il décrocha à la première sonnerie.

« Bienvenue, Isis, s'exclama-t-il. Nous sommes tous soulagés d'apprendre que vous allez bien.

— Merci, répondit-elle. J'ai quelque chose à vous demander. Il y a quelques semaines, vous avez mentionné des photos en Bosnie. Vous pensiez à un photographe qui se trouvait sur la ligne de front, là où Loz et Khan combattaient. Est-ce que j'ai rêvé ou en avez-vous réellement parlé ? Il me semble que j'ai plus ou moins attendu l'envoi de ces documents par mail.

— C'est exact, mais je n'ai pas réussi à mettre la main sur le photographe.

— Vous serait-il possible de le localiser et de savoir s'il accepterait de nous ouvrir ses archives ? Les photographes conservent tout. Il a peut-être ce que je cherche.

— Bien sûr.

— Et puis, il y a cette journaliste française qui a couvert le siège de Sarajevo. Vous avez dit, je crois, qu'elle travaillait pour l'Otan. Pourriez-vous la contacter ? C'est important.

— Je croyais que vous étiez retirée de l'affaire ?

— Pas que je sache.

— Oui, mais je ne crois pas que Spelling et Vigo passeront l'éponge. Je veux dire… Ceux qui ont participé à la visite guidée des pyramides ont quelques raisons d'être inquiets.

— Merci de vos encouragements. Vous savez que j'ai agi selon les ordres du Patron.

— Les ordres de l'*ex*-Patron. Son portrait est dans les poubelles de l'histoire. Il nous a quittés vendredi, même s'il n'est censé partir que mercredi prochain.

— Bon Dieu !

— Bien entendu, je serai toujours de votre côté.

— Vous ne me rassurez pas.

— Sérieusement, Isis, vous pouvez compter sur moi si je peux avoir une quelconque influence. Bon, je vous quitte avant que vous ayez d'autres idées. On en reparlera demain, quand j'en saurai plus sur le photographe et la grenouille française qui tenait la rubrique des chiens écrasés.

— Merci, Dolph, vous êtes un véritable ami. »

Elle venait de raccrocher quand la sonnerie retentit. C'était Harland. « Êtes-vous libre pour dîner demain ? demanda-t-il. Je serai au Brown's Hotel, Albertmarle Street. Il faut qu'on se parle. »

Elle eut juste le temps de dire oui. Il avait raccroché.

La matinée du lundi commença tôt avec une injonction de Vauxhall Cross. Spelling exigeait de rencontrer Isis dans le bureau du Patron à 8 h 30.

Elle prit un taxi pour atteindre le centre de Londres. Le temps était splendide. Pendant la traversée des Kensington Gardens, elle se sentit soudain résignée devant ce qui l'attendait. Elle survivrait à son limogeage et à sa disgrâce. Elle avait la perspective d'un bel été en Écosse. Après quoi, elle chercherait du travail à l'automne et reprendrait une vie normale sans penser que le moindre de ses coups de fil était sur écoute. Ni Vigo ni Spelling, et aucun des bureaucrates de la hiérarchie, ne pouvait rien contre elle. À cette pensée, elle se sentit mieux.

Le taxi qui la menait au quartier général du SIS était pris dans un embouteillage sur Vauxhall Bridge Road quand le téléphone sonna.

« Hello, dit une voix masculine, ici Leonard Jay.

— Hello, répondit-elle, méfiante.

— Docteur Jay d'Oxford.

— Oh oui. Vous avez des résultats pour moi ?

— Oui, c'est l'objet de mon appel, fit son interlocuteur, vexé. Je tenais à vous les faire parvenir au plus vite, puisque vous avez choisi le service exprès et payé d'avance. Je voulais les expédier par la poste, mais vous nous avez recommandé de vous transmettre les résultats par téléphone.

— Absolument. Quelles sont vos conclusions ? »

— Eh bien, ça a été difficile avec le premier échantillon. En effet, si la plupart des matériaux proviennent du même individu — quatre-vingt dix pour cent des squames d'épiderme et de cheveux lui appartiennent —, nous avons observé d'autres traces. Mais nous avons émis l'hypothèse que seule cette personne vous intéressait et nous avons établi avec précision son profil génétique. » Il reprit son souffle. « Quant au second échantillon, celui qui nous est parvenu il y a une dizaine de jours, il appartient à une seule et même personne. Nous n'avons constaté aucune contamination et…

— Et ? coupa-t-elle, impatiente.

— Pour répondre à la question de votre lettre, ces deux échantillons proviennent de deux individus différents.

— Vous en êtes certain ?

— Autant qu'on puisse l'être. Nous faisons beaucoup d'expertises médico-légales, mademoiselle Herrick. Nous avons appliqué à vos échantillons des critères aussi rigoureux que dans une affaire criminelle. Je confirme qu'il s'agit de deux personnes distinctes. J'ai eu un léger souci avec l'échantillon B, celui que vous avez expédié dans un second temps. J'ai cru qu'il contenait quelques matériaux minoritaires du premier échantillon. Mais nous avons acquis la certitude qu'aucune trace de l'échantillon B ne correspondait à l'échantillon A. Il n'y a donc pas de doute possible. »

Herrick se boucha l'oreille quand le taxi accéléra pour passer les feux de Vauxhall Bridge. Elle demanda si les résultats pourraient lui parvenir par porteur à Londres.

Cela ne posait aucun problème.

« Avez-vous autre chose à me dire ?

— En fait, oui. Les deux échantillons appartiennent à des individus mâles, tous deux d'origine méditerranéenne.

— Vous en êtes sûr ?

— Absolument. Des découvertes récentes nous permettent de dire que le chromosome Y, présent dans les échantillons, témoigne d'une mutation commune qui est originellement intervenue chez les peuples du Moyen-Orient. La distinction dans le caractère du chromosome Y entre les hommes du nord et ceux du sud de l'Europe est constante.

— Pouvez-vous affirmer qu'aucun des deux échantillons ne provient, disons d'un Anglo-Saxon ou d'un Indien ?

— Eh bien, pas catégoriquement, mais on peut conclure que les deux hommes ont grosso modo la même souche génétique.

— Pourriez-vous dire, par exemple, qu'ils sont arabes ?

— Oui, c'est quelque chose qu'on peut avancer. »

Le taxi se gara non loin de l'entrée principale du SIS. Herrick demanda au chauffeur d'attendre la fin de sa conversation.

« Pour en être certain, faudrait-il refaire des tests avec de nouveaux échantillons ?

— Oh, je ne pense pas que ce soit nécessaire. Tant que cette affaire ne concerne pas la justice, j'estime que nous avons des données solides. »

Avant de raccrocher, Isis donna au Dr Jay une adresse au centre de Londres que le SIS utilisait comme boîte postale.

Le bureau du Patron avait connu une véritable séance d'exorcisme. Les livres de la bibliothèque de Sir Robin Teckman consacrés à l'Union soviétique et au Proche-Orient s'entassaient contre un mur, de même que ses photos de famille et une collection de marines de Cavendish Morton. Isis reconnut, de l'autre côté de la porte, des trophées de rugby et une télévision qu'elle avait déjà vus dans le bureau de Spelling.

Elle attendit quelques minutes dans le couloir, puis un assistant l'invita à entrer. Vigo et Spelling siégeaient à la table de conférence en érable verni. Ce meuble avait également migré du bureau de Spelling au cours du week-end. Vigo lui fit signe, sans même la regarder, de prendre une chaise en face d'eux. Elle eut l'impression qu'il se conduisait comme un général sur un champ de bataille, fier de son nouveau pouvoir et des décisions audacieuses qu'on attendait de lui.

« Nous n'avons pas beaucoup de temps, dit-il en ôtant ses lunettes. Je dois être dans une heure à Downing Street pour une réunion de COBRA. Walter, où sont les autres ? »

Herrick pensa *in petto* que Teckman n'aurait jamais annoncé qu'il se rendait chez le Premier ministre. Elle se demanda pourquoi on avait convoqué COBRA — le comité d'urgence du Premier ministre, ainsi nommé d'après les mots Cabinet Office Briefing Room A.

« J'imagine qu'ils ne tarderont pas », répondit Vigo. Ses paupières étaient plus tombantes que d'habitude, et sa peau pâle et adipeuse trahissait les longues heures passées dans le Bunker.

Les autres étaient Keith Manner, un transfuge du Joint Intelligence Committee nommé à la tête des

Security and Public Affairs, un certain Leppard, responsable du « contexte profond » des briefings avec les médias, et Bishop, un homme de petite taille, courtois et soigné de sa personne. Ils étaient suivis d'Harry Cecil qui avait atteint les sommets de la flagornerie en l'espace d'un week-end.

Isis se tenait au centre d'une rangée de sièges vides face aux six hommes. Cette position signifiait clairement qu'elle était dans une mauvaise passe. Elle croisa les jambes, imperturbable, et s'adossa à la chaise.

Spelling s'éclaircit la gorge. « Suite à un cambriolage au 119 Forsythe Street dans la nuit du 24 mai, vous avez été officiellement avertie par Walter Vigo que, non seulement votre comportement était illégal, mais qu'il compromettait sérieusement la sécurité. À cette date, M. Vigo a pris soin de vous expliquer que tout ce qui permettrait à Mme Rahe d'apprendre le décès de son mari risquait d'alerter les suspects et de leur faire comprendre que nous étions au courant de l'opération d'Heathrow. Est-ce exact ?

— Je ne suis pas sûre de vous suivre, répondit-elle froidement. Si vous me demandez d'admettre que j'ai mis en péril la sécurité, ma réponse est non. Si vous me demandez de confirmer que Walter m'a parlé, ma réponse est oui.

— Ne faites pas l'idiote, mademoiselle Herrick, fit Spelling, sarcastique.

— Bon, j'admets que Walter a parlé en présence de Nathan Lyne. Mais étant donné que Lyne n'appartient pas au service et que M. Vigo n'en faisait pas partie à l'époque, je ne crois pas qu'il s'agisse d'un avertissement officiel, en tout cas pas selon les dispositions actuelles du code du travail.

— Vous n'avez pas à mettre en doute la position de M. Vigo dans ce service, fit Spelling.

— Non, mais j'ai raison de le faire et n'importe quel avocat me soutiendrait là-dessus, à moins que vous ne puissiez prouver que M. Vigo était déjà réengagé à cette date. »

Bishop, l'homme du département juridique, parut mal à l'aise.

« Il y a dix jours, poursuivit Spelling, vous avez été impliquée, avec un certain nombre d'agents du service, dans une opération illégale au Caire. Vous avez enlevé un terroriste suspect détenu par les forces de sécurité égyptiennes. L'ampleur de l'opération et son degré de violence en font un délit extrêmement sérieux. Cette action était doublement illégale, eu égard, d'une part, aux prérogatives accordées par le Parlement aux services secrets, et de l'autre au regard des lois égyptiennes. »

Herrick sentit monter une bouffée de colère et répliqua sèchement : « Est-ce que la même loi autorise les Américains à exporter des suspects dans des pays où la torture est une pratique courante ? Les "interprétations extraordinaires" qui émergent de ces séances font-elles partie du cadre légal auquel vous faites allusion ?

— La torture n'a rien à voir avec votre conduite, rétorqua Spelling.

— En fait, si. Quand il a été libéré, Karim Khan a fourni beaucoup plus de renseignements que sous la pression des services secrets albanais et de la CIA, ou sous la torture quand les Égyptiens l'ont électrocuté, brûlé et pendu au plafond. Ces renseignements sont d'actualité et ils sont précieux, notamment en ce qui concerne les liens entre Khan et le Dr Sammi Loz.

— Sammi Loz était un acteur de second plan, intervint Vigo en remuant sur sa chaise. Il ne méritait certainement pas qu'on mette le service en danger au Caire et sur cette île.

— Donc, vous connaissiez les lieux », coupa Herrick. Vigo n'eut pas le temps de répondre. « En fait, Sammi Loz est ou était un personnage clé dans le dispositif que nous commençons seulement à découvrir. Les Américains s'en doutaient depuis longtemps, même si leur intérêt exclusif pour Khan a pu nous égarer. J'imagine qu'ils ont intercepté mes communications sur l'île et qu'ils détiennent mes interrogatoires. Si Loz n'avait aucun intérêt, pourquoi auraient-ils lancé deux missiles Hellfire sur l'endroit où il se trouvait ? S'ils estimaient que c'était un acteur de second plan, pourquoi auraient-ils surveillé son appartement et son cabinet new-yorkais ? »

Spelling se pencha sur la table. « Ce n'est pas à nous de répondre, mademoiselle Herrick. Et vous n'avez pas à nous faire une conférence sur des réseaux terroristes qui relèvent de votre imagination. Nous souhaitons engager au plus vite une procédure disciplinaire à votre encontre. Croyez-nous, vous êtes dans de mauvais draps. »

Harry Cecil, qui notait les échanges, se pourlécha les lèvres, attendant la mise à mort.

« Vraiment ? Je ne vois pas du tout les choses comme ça, lança Herrick. Le Patron m'a demandé de participer à une opération de renseignement à l'étranger. Au cas où cela vous aurait échappé, c'est le travail du service.

— Je ne vous laisserai pas me dire en quoi consiste notre travail, aboya Spelling.

— Je vais néanmoins vous parler de cette opération dont le seul but était d'arracher un suspect précieux à une mort certaine, pour ne pas parler de torture. À l'heure qu'il est, vous avez compris que le plan du Patron consistait à réunir les deux suspects pour qu'ils parlent de leur passé et de la nature de leurs relations en Bosnie et en Afghanistan. C'était un plan ingénieux et parfaitement légal, et je suis convaincue que les médias seraient d'accord là-dessus.

— Mettons les choses au point, fit Spelling. Vous avez signé l'Official Secrets Act. Nous réprimerons avec la plus grande sévérité toute tentative de votre part pour divulguer les événements de la semaine dernière.

— J'en suis convaincue, mais vous ne pouvez pas nier que j'aurais manqué à mes obligations professionnelles et aux impératifs moraux envers mon pays si je m'étais opposée au Patron.

— Absurde ! s'écria Vigo. Vous saviez que c'était la tentative désespérée d'un homme qui s'accrochait au pouvoir. Dans ces circonstances, vous étiez parfaitement en droit de refuser de participer à cette aventure, et à tout le moins de prendre un avis sur sa pertinence.

— Vous auriez sans doute été tout disposé à m'offrir une consultation, répondit-elle, se tournant vers Vigo. Mais compte tenu de vos antécédents, vous ne me blâmerez pas de ne pas m'être adressée à vous.

— Ça suffit ! lança Spelling.

— Vos relations avec le marchand d'armes Viktor Lipnik, poursuivit-elle, et les circonstances de l'attaque de l'avion qui amenait Robert Harland à Sarajevo sont bien connues ici. C'est pourquoi vous avez été chassé du service. Et vous suggérez que je vous demande votre avis sur la *moralité* et la *pertinence* d'une opération ? »

Spelling s'était levé, les mains plaquées sur la table. Cecil avait cessé de prendre des notes et regardait Herrick, bouche bée. « Notre propos est le suivant, mademoiselle Herrick, siffla Spelling. Nous n'avons plus besoin de vos services. Vous allez quitter ce bâtiment et nous remettre vos laissez-passer.

— Mais je n'en ai pas terminé, dit-elle. Vous n'avez pas la moindre idée de ce dont cette crapule a été capable.

— Il vaut mieux que je m'en aille », grommela Vigo.

Spelling secoua la tête, irrité.

« Que vous partiez ou restiez, lança Herrick, qui savourait la débandade du comité, rien ne m'empêchera de dire ce que je sais. »

Du regard, Spelling consulta l'assemblée avant d'annoncer : « Disons les choses sans détour : vous êtes virée et vous quittez immédiatement les lieux. Vous avez compris ?

— Je m'en irai après avoir parlé de Walter Vigo, l'homme en qui vous placez si mal votre confiance, reprit-elle sans manifester d'émotion. De concert avec l'antenne de la CIA à Tirana et le chef des services secrets locaux, Marenglen, Walter Vigo a conspiré pour me fourvoyer, et le service avec moi, sur le sort de Karim Khan pendant sa détention en Albanie. On a simulé sa mort sur un flanc de montagne pour que j'interrompe une enquête essentielle sur ses connexions en Bosnie et en Afghanistan. Mieux encore, Walter Vigo a organisé la fouille et la mise à sac de ma maison alors qu'il me croyait au centre de commandement de RAPTOR. Les deux malfrats albanais recrutés par Marenglen n'ont pas trouvé ce qu'ils cherchaient, heureusement. Autrement dit, je suis en mesure de révéler l'erreur de jugement cruciale, certains diraient criminelle, commise par Vigo pendant RAPTOR, une opération, je tiens à le préciser, qui a été lancée grâce à mon travail à Heathrow, au mois de mai. »

Les six hommes s'étaient levés. Spelling était blême. Harry Cecil et Leppard contournaient la table pour s'emparer d'elle.

« Dans la mesure où vous ne faites plus partie de ce service, annonça Spelling, ce que vous dites n'a aucun intérêt pour nous. Nous allons vous escorter à l'extérieur du bâtiment. La notification officielle de votre mise à pied partira aujourd'hui même. Entre-temps, je tiens à vous rappeler une fois de plus les sanctions très sévères prévues par l'Official Secrets Act. Si vous décidez de ne pas en tenir compte, fût-ce de manière infime, vous le regretterez toute votre vie. Des poursuites s'ensuivront et vous écoperez d'une peine de prison. Je crois être clair. Maintenant, je dois partir. » Il quitta la pièce, suivi de Vigo qui affectait une démarche tranquille.

Cecil et Leppard attendirent que les autres soient sortis pour la guider, sans un mot, vers l'ascenseur. « Ça va, dit-elle, je trouverai le chemin toute seule. » Ils l'accompagnèrent jusqu'à la réception et attendirent qu'elle récupère son téléphone portable. Le planton lui tendait l'appareil quand la sonnerie retentit. Elle répondit. C'était Robin Teckman.

« Je suis virée, annonça-t-elle. Ces petits crétins de Cecil et Leppard ont tenu à m'escorter jusqu'à la sortie. »

Le Patron éclata de rire. « Vraiment ? Eh bien, ça nous arrive à tous à un moment ou l'autre. Prenez un taxi et ramenez-vous chez le Premier ministre. Vous verrez une porte un peu après Downing Street. Présentez-vous dans quarante-cinq minutes précises. Je veux que vous assistiez à une réunion. Votre nom sera sur la porte. N'arrivez ni trop tôt ni trop tard. »

Herrick enfouit le portable dans son sac et dit avec un large sourire : « Cecil, seriez-vous assez aimable pour me trouver un taxi ? Je dois me rendre à... Whitehall [1]. »

1. Whitehall : avenue de Londres où se concentrent les principaux ministères et administrations publiques.

26

Lorsqu'elle parvint au cabinet du Premier ministre, Herrick franchit le portail de sécurité en présentant la plaque d'identité que Cecil et Leppard n'avaient pas réussi à lui prendre. Un jeune fonctionnaire vint immédiatement à sa rencontre. Il s'appelait Entwistle et lui demanda si elle participait pour la première fois à COBRA. Elle comprit qu'elle assisterait à la même réunion que Spelling et Vigo.

« Le Premier ministre a pris un peu de retard, l'avertit Entwistle. Sir Robin suggère que vous patientez un quart d'heure dans une pièce voisine. Vous n'y voyez pas d'inconvénient ?

— De quoi s'agit-il ?

— Je crois que vous êtes mieux placée que moi pour le dire », répondit Entwistle. Il ouvrit une porte, lui indiqua un escalier qui menait au sous-sol et la précéda jusqu'à une petite pièce aveugle encombrée de vieux magazines fournis par le Département d'État. Il fut bientôt de retour avec une tasse en porcelaine de Chine remplie de café à ras bord. Herrick s'installa et parcourut les petites annonces immobilières de la revue *Country Life.* L'une d'elles, qui vantait les charmes d'un manoir isolé avec de nombreux chiens et un homme de bonne volonté, fin cuisinier de surcroît, la divertit un moment.

Quarante minutes plus tard, Entwistle fit irruption. « Nous y sommes, c'est à vous. Je vous indiquerai votre siège. Le Premier ministre ouvrira la séance par un bref préambule. Si vous n'êtes pas sûre de ce que vous devez faire ou dire, suivez l'exemple de Sir Robin. Okay ? »

Accablée, et incapable de comprendre la logique d'événements qui la conduisaient de sa mise à pied, une heure plus tôt, à une réunion dirigée par le Premier ministre, Isis haussa les épaules. Ils avancèrent dans un couloir au sol couvert de tapis et croisèrent un petit groupe de jeunes gens. Son guide l'informa qu'il s'agissait du Civil Contingencies Secretariat, qui interviendrait après la réunion de COBRA. Enfin, ils atteignirent une porte à double battant, et Entwistle réitéra sa question : « Vous êtes okay ? » Elle inclina la tête.

Il ouvrit l'une des portes et elle pénétra dans une grande pièce blanche au plafond bas, sans tableaux ni décorations, et à l'éclairage violent. Le Premier ministre siégeait, assis au milieu d'une longue table, ses manches de chemise retroussées, le visage bronzé par le soleil du week-end. À sa droite se tenait le ministre des Affaires étrangères, penché sur une pile de documents ; le ministre de l'Intérieur occupait un fauteuil à sa gauche. Lui seul remarqua l'entrée d'Isis. Entwistle lui indiqua sa place, deux sièges après celui de Sir Robin. Richard Spelling et Walter Vigo se tenaient quatre chaises plus loin. Ils firent mine de ne pas la voir. Les autres places étaient occupées par Barbara Markman, la directrice des services de sécurité, par des membres du Joint Intelligence

Committee et par Ian Frayne, le coordinateur du renseignement au cabinet du Premier ministre. Il était responsable des Security and Public Affairs à Vauxhall Cross quand Herrick avait débuté sa carrière, et il la salua d'un signe de tête.

« J'insiste, annonça le Premier ministre. Ce n'est pas à la légère que j'ai réuni ce comité. Les informations qui me sont parvenues cette nuit jettent un nouvel éclairage sur RAPTOR. Elles me font douter de l'intérêt de sa création après l'assassinat du vice-amiral Norquist. À l'évidence, certaines défaillances devront être rectifiées avant que je m'entretienne avec le Président cet après-midi. J'hésite à parler d'erreur de jugement avant les résultats de l'enquête interne que j'ai commanditée ce matin, mais j'insiste : RAPTOR est dirigé sans une pleine connaissance des risques et des dangers auxquels nous sommes confrontés quotidiennement. Il nous faut peut-être envisager un vice dans son concept même. »

Il y eut un léger murmure autour de la pièce, un bruissement de papiers. Presque imperceptiblement, chacun modifia sa position.

« Cette réunion n'a pas pour but de prendre le contrôle de nos services secrets, mais j'entends aller au fond des choses et agir en conséquence. Je pense que nous pourrions vous écouter le premier, Richard, en tant que responsable en titre du SIS ? »

Chacun remarqua que le Premier ministre avait insisté sur l'avant-dernier mot. « Fort bien, monsieur le Premier ministre. » Spelling fit le tour de la salle d'un œil assuré, cherchant un appui qui était loin de lui être acquis à en juger par les regards baissés et les expressions neutres. « Je tiens d'abord à porter à l'attention du comité que nous connaissons désormais, et dans les plus infimes détails, les hommes qui sont passés par Heathrow le 14 mai dernier. Il n'y a jamais eu d'opération du type et de l'envergure de RAPTOR. Elle est à l'avant-garde de la surveillance, et la Grande-Bretagne, comme les États-Unis, en bénéficient. Nous avons réussi à prendre ces hommes en filature et à contrôler leurs moindres mouvements tout en fouillant leur passé, en étudiant leur profil psychologique, en identifiant leurs partenaires, leurs soutiens et leurs bases financières. En termes de collecte d'informations, c'est un succès qui accroît considérablement notre connaissance des groupes islamistes. En outre, les risques de cette expérience *in vitro* sont minimes dans la mesure où chaque individu est surveillé par une équipe de six personnes aguerries et armées. Les suspects ont déjà virtuellement les menottes aux poignets.

— Voilà qui est fort rassurant, Richard, dit le Premier ministre avec une expression légèrement apitoyée. Mais j'ai déjà entendu tout cela. Il nous semble, à moi comme à mes deux collègues du cabinet, que les nouvelles informations rapportées par Sir Robin jettent un doute sur RAPTOR, en particulier sur ce qu'un rapport du Joint Intelligence Committee nomme son "centre d'intérêt inflexible et exclusif".

— Certes, répondit Spelling. Toutefois, monsieur le Premier ministre, nos partenaires américains ont insisté sur ces termes ».

Le regard du Premier ministre balaya la table pour s'arrêter sur Teckman. « Sir Robin, peut-être aimeriez-vous revenir sur les informations que vous m'avez communiquées vendredi soir ? »

Teckman commença à parler d'une voix si basse que les participants en bout de table durent se pencher pour l'entendre. Herrick sourit intérieurement. Le Patron utilisait toujours cette méthode pour rallier les auditeurs à ses arguments.

« Bien que je ne veuille en aucun cas sous-estimer les efforts accomplis par les hommes et les femmes de RAPTOR, nous avons fait, au cours des dernières quarante-huit heures, certaines découvertes sur une menace terroriste en Occident dont la potentialité a été largement négligée. » Il fit un bref silence et regarda Herrick. « Peu d'entre vous savent que le personnage clé de cette découverte est ma collègue, Isis Herrick. Elle a été la première à comprendre ce qui s'est passé à Heathrow et, en conséquence, elle a travaillé avec RAPTOR. Elle ramène d'Égypte des informations essentielles, bien qu'elle ignore elle-même l'importance de ce qu'elle nous a transmis par téléphone satellite à la fin de la semaine dernière. »

Les visages, à commencer par celui du Premier ministre, se tournèrent vers Isis pour l'examiner avec intérêt. Elle accueillit le compliment de Teckman d'un hochement de tête, tout en se demandant ce qu'elle avait pu négliger, puis elle réalisa qu'il devait s'agir de l'enregistrement : elle n'avait écouté qu'une petite partie. Ensuite, elle s'était battue avec Loz au bord du bassin.

« Ce que je vais vous faire entendre était d'une très mauvaise qualité, mais les techniciens du GCHQ ont fait des miracles. » Teckman posa une mallette sur la table et sortit un gros magnétophone. « Allons-y. » Il appuya sur le bouton « play » avec la maladresse d'un homme peu habitué aux équipements modernes.

On entendit d'abord comme un bruit de papier froissé. Herrick reconnut les feuilles mortes de la vigne grimpante sur la fenêtre de la chambre de Khan. Puis il y eut un long silence. On aurait pu entendre une épingle tomber dans la salle. Chacun gardait les yeux fixés sur les bobines du magnétophone.

Enfin, une voix s'éleva, un murmure au-dessus de la brise qui faisait claquer un rideau devant la fenêtre — ce que seule Herrick pouvait visualiser.

« Cette fille est diabolique, non ? »

« C'est la voix du Dr Sammi Loz, expliqua le Patron. La partie importante suit. » Il augmenta le volume.

« Elle se croit habile. Et elle l'est. Elle nous prend de cours tout le temps. Elle joue avec toi, Karim. Mais nous aussi, nous jouons avec elle. Nous attendons. Et nous lui laissons croire qu'elle est très habile. Onze jours. Voilà ce que nous devons attendre. Inch' Allah. »

Il y eut un silence, puis un soupir du côté du lit. « Que fais-tu, Sammi ? Que prépares-tu ?

— Cela, tes oreilles ne doivent pas l'entendre, mon vieil ami. Mais c'est bien, c'est très bien. Des mois d'organisation et nous les aurons dupés comme des enfants. *Al kufr milatum wahidun*, n'est-ce pas, Karim ? »

Teckman arrêta le magnétophone. « C'est de l'arabe. La traduction signifie : "Infidèle est une nation". Il s'agit d'un hadith bien connu des groupes islamistes qui dit que tous les non-musulmans sont des ennemis de l'islam. Les deux hommes le connaissaient. Le directeur de la CIA, avec qui j'ai parlé la nuit dernière, m'a appris que l'une des cartes postales envoyées par Khan à Sammi Loz contient une traduction rudimentaire de cette phrase sous une forme codée. Cependant, j'insiste : nous ne pensons pas que Khan était au courant des intentions de Loz, et cette phrase codée n'est pas significative. Khan n'en représentait pas moins un danger considérable pour Loz. Nous pensons qu'il s'est débarrassé de lui pour cette raison quelques heures avant l'attaque. L'explication sur la nature de cette menace suit. C'est Karim Khan qui parle. »

Teckman pressa le bouton « play » et augmenta le son. Un bruit de parasites remplit la salle. Khan prononça un seul mot : « Yahya ».

Le mot revint. « Yah-ya. » Lent et délibéré.

Loz demanda à Khan de se taire. « Pas ici », dit-il brusquement.

Mais Khan persistait. « Tu es trop fidèle à Yahya, Sammi. Yahya est une mauvaise personne.

— S'il te plaît, mon vieil ami, je ne veux pas entendre ce nom. Oublie à jamais que tu l'as connu. Sinon, il sortira de ta bouche quand tu seras avec cette femme et nous aurons des ennuis tous les deux. Tout ce que nous disons, elle le communique à ses collègues à Londres. Les choses vont à la vitesse de l'éclair aujourd'hui. Tu l'as oublié parce que tu es resté coupé du monde pendant si longtemps. »

Apparemment, Khan n'avait pas compris. Il demanda d'une voix pâteuse : « Yahya à Londres ? Le Poète à Londres ?

— Oublie le Poète, répondit Loz. Oublie Yahya. Oublie ces noms. Okay ? »

Teckman éteignit le magnétophone et le mit de côté. Le Premier ministre demanda s'il y avait des questions.

Après un silence, Vigo toussa et prit la parole : « Je me demandais… Sir Robin pourrait-il nous expliquer le rapport entre cette bande sonore et RAPTOR ? L'enregistrement est très impressionnant, à sa manière, mais, selon moi, il ne contredit en rien l'importance de l'opération en cours. »

Teckman baissa les yeux vers la table avant de lancer un sourire sec à Vigo. « C'est une très bonne question, Walter. Une information fournie ce week-end par des amis à Beyrouth confirme que Sammi Loz, loin d'être un personnage de second plan, est au cœur de cette affaire. Il existe un lien entre Loz et les suspects que vous surveillez. Loz entretenait des relations avec le vice-amiral. Norquist était à la fois son patient et son associé en affaires. Malheureusement, cette association a permis à Loz de se servir de lui, et le Mossad, une fois informé, a pris le relais. Pour le moment, je ne souhaite pas entrer dans les détails. Il me suffit de dire que Loz était au courant du voyage de Norquist à Londres et qu'il a organisé son assassinat. Nous avons été surpris par l'amateurisme des hommes embauchés pour exécuter Norquist. Nous savons que la balle a été tirée par l'un de nos agents, et non par les deux casse-cou qui ont été descendus sur l'autoroute, mais le fait est là : ces hommes avaient été recrutés pour tuer Norquist, ou du moins pour entraîner un déploiement substantiel des forces de sécurité dans et autour de l'aéroport d'Heathrow.

« Loz voulait tuer Norquist, cela ne fait aucun doute. Il devait savoir que l'amiral travaillait pour le Mossad et que les informations de Norquist sur le Hezbollah parvenaient directement à Tel-Aviv. Mais je maintiens que l'opération consistait d'abord à créer une diversion stratégique. Ce qui me permet au passage de noter que M. Vigo a utilisé ces mêmes termes dans le compte-rendu de la réunion qui s'est tenue, il y a cinq semaines, à Vauxhall Cross. »

Il croisa le regard de Vigo qui hocha vigoureusement la tête.

« Nous tenons donc, reprit Teckman, un fil rouge qui relie Khan, Loz, Norquist et par conséquent les suspects de RAPTOR. Cette découverte confirme la valeur exceptionnelle du travail d'Isis Herrick en Albanie et au Caire. Elle souligne qu'il était urgent d'arracher Khan aux services secrets égyptiens. Nous n'aurions pas réussi à remonter le fil si nous n'avions pas mis la main sur lui. »

Spelling se pencha et accrocha le regard du Premier ministre. « Mais, Robin, dit-il, ces hommes sont morts. Norquist, Khan et Loz sont morts. Il nous reste les suspects de RAPTOR.

— J'admets que Khan est probablement mort, répondit le Patron. L'un de nos hommes l'a vu, ou du moins il a vu un corps sur son lit. Pour Loz, on ne peut rien affirmer. Les décombres de la maison ont été minutieusement fouillés. Les informations très précises d'Isis nous ont permis de situer Loz au moment précis de l'impact, mais nous n'avons retrouvé aucun corps. J'aurais tendance à penser qu'un terroriste habile, riche et déterminé manque à l'appel. Peut-être deux, si nous nous référons à ce Yahya que Loz tente désespérément de protéger. Pour le compte-rendu de notre séance, je dirai que nous avons un problème et qu'il nous reste cinq jours pour trouver ces hommes.

— Mais la preuve est si mince ! s'exclama Vigo.

— Je n'en suis pas convaincu, intervint le Premier ministre. Que savent les Américains ?

— Pas mal de choses, répondit Teckman. En ce qui concerne Norquist, je crois qu'il serait sage de nous montrer circonspects. Nous n'avons aucune raison de troubler sa famille ou de nuire à sa réputation.

— C'est vrai », approuva le Premier ministre. Son regard balaya la table. « À l'évidence, nous devons modifier radicalement l'orientation de RAPTOR. Que recommandent vos contacts à Washington, Sir Robin ?

— Exactement ce que vous suggérez. Il serait honnête de reconnaître que nous avons poussé l'expérience anglo-américaine aussi loin que possible. Je ne doute pas de ses qualités sur le plan académique. Mais, cette fois, nous sommes devant un réel problème pratique qui implique, selon moi, le BND allemand, le Mossad, la DGSE et la DST en France. Les services italiens, espagnols et scandinaves devraient également être mis au courant.

— Mais alors, ils auront accès à nos informations ! », s'alarma Spelling. L'assemblée prit note de son ton mélancolique et décida unanimement qu'il n'était pas à la hauteur de la tâche. « Nous devons prendre en compte l'histoire des manquements à la sécurité en Europe, ajouta-t-il.

— Mais nous *sommes* en Europe, rétorqua le Premier ministre, avant de se tourner vers Teckman. Sir Robin, je voudrais qu'il soit bien entendu que vous resterez au SIS, au moins jusqu'à la conclusion satisfaisante de cette opération. Je vous suis très reconnaissant, à vous et à mademoiselle Herrick, des efforts que vous avez déployés au cours des dernières semaines pour donner un sens à cette affaire. Je vous prie de transmettre mes remerciements personnels à tous ceux qui ont travaillé avec vous. » Teckman hocha la tête avec une circonspection patricienne.

Herrick commençait à y voir plus clair, mais quand elle prit la parole, elle ne savait pas ce qu'elle allait dire. « Je m'excuse… Je viens d'avoir une idée sur l'identité de Yahya, monsieur. Je lance ça à tout hasard, mais ça mérite réflexion. »

Elle attrapa un biscuit sur le plateau posé au milieu de la table et commença à le grignoter inconsciemment. « J'ai demandé des tests… En dehors des heures de travail, si vous voyez ce que je veux dire. J'ai prélevé des échantillons de poussière dans le clavier de l'ordinateur utilisé par le dénommé Youssef Rahe. Rahe était impliqué dans les changements d'identités, il travaillait même pour nous depuis qu'il avait été approché par Walter Vigo. Rahe a disparu au Liban et son corps a été soi-disant découvert dans une voiture, méconnaissable et sérieusement carbonisé. J'ai contacté une amie à Beyrouth pour lui demander de se procurer un échantillon ADN du cadavre. Je voulais savoir s'il correspondait au matériau du clavier utilisé par Rahe. Les claviers d'ordinateurs récoltent pas mal de cheveux et des squames, comme vous le savez peut-être », précisa-t-elle. Elle se tut, consciente que son auditoire hésitait entre la gêne et la curiosité. « J'ai eu les résultats ce matin. Il n'y a aucune concordance entre les deux échantillons, ce qui veut dire que Rahe n'a pas été tué. Je suis persuadée du contraire. Quelqu'un d'autre a pris sa place. Nous avions repéré cet individu quand il traversait le terminal 3. Il a été torturé, exécuté et déguisé en Rahe. On a voulu nous faire croire que notre agent était grillé. » En silence, elle grignota un morceau de biscuit. « Excusez-moi, est-ce que c'est clair ?

— Pas pour moi, admit le Premier ministre. Mais je vous en prie, poursuivez. Je suis sûr que les autres comprennent.

— Quelque chose m'a frappée. Je me suis dit qu'il devait exister un lien entre les onze suspects et Rahe, même après sa mort supposée. Quand le suspect de Stuttgart est décédé, nous avons surveillé toutes les communications téléphoniques du groupe de soutien local. Et il y a eu un appel significatif à Beyrouth pour annoncer la mort de l'homme à un interlocuteur inconnu. On peut en déduire que Rahe était dans le coup depuis le début et qu'il nous manipulait. Puis-je poser une question à M. Vigo ? »

Vigo tourna la tête vers elle en clignant des yeux. « Je vous rappelle, dit-il, que c'est moi qui ai ordonné de surveiller les appels de Stuttgart.

— Je sais, mais nous aurions dû comprendre la signification du coup de téléphone à Beyrouth. L'enlèvement de Rahe dans son hôtel aurait également dû nous alerter. Ma question est la suivante : quand avons-nous entendu parler pour la première fois du site web qui annonçait une attaque imminente ? Youssef Rahe est-il à l'origine de l'information ?

— Oui, il l'était », coupa Spelling. Il venait manifestement de lâcher le coarchitecte de RAPTOR.

« En d'autres mots, Loz et Rahe nous ont tendu un piège. Je pense que nous connaissons l'identité de Yahya. Yahya est Youssef Yamin Rahe. Je dois maintenant vous demander comment vous l'avez contacté parce que je suis convaincue qu'il vous a manipulé tout le long. »

Vigo secoua la tête. « C'est une supposition. Je ne répondrai pas tant qu'il n'y aura pas de preuves.

— Je pense que nous les obtiendrons, répondit Isis. J'ai seulement besoin d'une réponse.

— Bon Dieu, répondez, monsieur Vigo, aboya le Premier ministre.

— J'ai rencontré Rahe dans le cadre de mon affaire de vente de livres. » Vigo parlait comme s'il était drogué. « Puis je suis allé dans sa boutique à Bayswater. Nous avons parlé et il m'a clairement fait comprendre qu'il était disposé à nous aider. »

L'assemblée se tut tandis que Vigo se recroquevillait sur son siège. Enfin, d'une voix blanche, il demanda la permission de se retirer. Le Premier ministre hocha la tête. Vigo se leva avec raideur et quitta la pièce en boitillant.

« Vous réservez-nous d'autres surprises, mademoiselle Herrick ? » demanda le Premier ministre.

Elle secoua la tête.

« Tout cela a-t-il un sens pour vous, Sir Robin ? fit le Premier ministre.

— Oui, répondit Teckman.

— Alors, vous devez retrouver Youssef Rahe et Sammi Loz où qu'ils soient, et dans les meilleurs délais. Vous aurez l'appui total des services secrets, de la police et du corps diplomatique. Avez-vous d'autres suggestions ?

— La première chose est de mettre les onze suspects hors d'état de nuire aussi vite que possible, répondit Teckman. Je crois savoir que le BND et les services français ont eu vent de l'opération. Ils ne pouvaient pas ne pas avoir observé nos filatures sur leurs territoires. Nous devons leur dire tout ce que nous savons, nous excuser et les convaincre qu'il est urgent d'arrêter ces hommes. »

Le ministre des Affaires étrangères s'agita. « Sous quels prétextes ?

— Pour infraction aux lois de l'immigration, pour commencer. Les vidéos apportent la preuve que chacun de ces hommes possédait de faux passeports. Des poursuites plus sérieuses suivront, mais l'équipe d'Heathrow sera sous les verrous. »

Le Premier ministre murmura à l'oreille du ministre des Affaires étrangères. Herrick ne put s'empêcher de lire sur ses lèvres. « Convoquez ce connard d'ambassadeur. Dites-lui que tout est fichu et que je parlerai au Président cet après-midi. Ne mentionnez pas Norquist. J'en aurai besoin comme munition. Je veux une note de Teckman là-dessus. »

Le ministre des Affaires étrangères se leva et sortit. « Bien, lança le Premier ministre en se levant à son tour. Le Civil Contingencies Committee se réunira trois fois par jour et fera la liaison avec l'équipe du Joint Intelligence Committee. J'attends des comptes-rendus réguliers sur les progrès de l'opération dans les cinq jours à venir. Inutile de dire que rien ne doit filtrer dans les médias jusqu'à nouvel ordre. C'est tout. Au travail ! »

Seule Herrick ne se leva pas quand il s'éloigna. Elle tendit la main vers un autre biscuit.

27

Les marines de Cavendish Morton, les photos et le petit bronze d'un pêcheur à la mouche avaient réintégré le bureau du Patron à l'heure du déjeuner, ce lundi. Quant à la direction anglaise de RAPTOR, elle passa sous son contrôle en moins de temps qu'il n'en fallut à Sir Robin pour raccrocher ses tableaux. Tandis qu'il cherchait un nouvel emplacement pour ses toiles, Teckman dicta une note : il demandait à RAPTOR de concentrer tous ses efforts sur l'arrestation des suspects et leur inculpation par les services de renseignement étrangers. Le Bunker devait mobiliser l'ensemble de ses ressources pour connaître précisément la situation des suspects au cours des prochaines quarante-huit heures. L'objectif était de mener une action coordonnée à travers l'Europe. Parallèlement, RAPTOR devait accumuler les preuves contre les cellules de soutien, les hommes et les femmes qui avaient permis à leurs protégés de se fondre dans leurs villes d'accueil. Selon les premières estimations, au moins une dizaine d'individus dans chaque cas pourraient être arrêtés et accusés de complicité dans un complot terroriste. Seul l'attitude des régimes libéraux scandinaves et leur attachement à la valeur des preuves posaient problème. Tous les gouvernements concernés furent pressés de choisir l'option Al Capone, c'est-à-dire des condamnations et des peines de prison pour des délits de droit commun comme le vol, la fraude et la contrefaçon, plutôt que pour des actes de terrorisme.

Tandis que les diplomates britanniques informaient les gouvernements, il fut décidé que le black-out médiatique se prolongerait au moins jusqu'à la fin de la semaine. Le prochain week-end correspondait à la date évoquée par Loz. Au cours de plusieurs téléconférences, le Patron fit valoir qu'il existait probablement des systèmes de surveillance et qu'ils pourraient donner l'alerte générale. Qu'un seul suspect manque à l'appel, et toute l'entreprise échouerait. La majorité des services de sécurité insistaient pour que les arrestations aient lieu le plus tôt possible. Le Patron avait dévoilé l'affaire Mohammed bin Khidir, l'homme qui avait avalé une capsule de cyanure après son arrestation à Stuttgart. Ses acolytes en étaient certainement pourvus. Il faudrait peut-être les anesthésier avec des fléchettes.

Herrick assistait à la plupart des conversations. Elle constata à une ou deux reprises que les responsables des services d'espionnage, notamment français et italien, n'exprimaient aucune surprise. Elle observa la même chose dans leurs échanges téléphoniques avec Teckman.

Le Patron prit l'air blessé. « Après ce que vous avez fait pour nous, Isis, vous avez le droit de vous faire une opinion, mais je vous conseille vivement de ne pas faire publiquement état de ces soupçons indignes. »

Bien entendu, pensa-t-elle, la vieille buse astucieuse avait trouvé le moyen de tenir au courant ses principaux alliés européens. Elle s'émerveilla de sa pugnacité sous des dehors amènes et sociables.

Les services britanniques tenaient particulièrement à garder secrètes l'identité de Sammi Loz et celle de Youssef Rahe. Teckman ne doutait plus qu'il était Yahya ou le Poète. Il envisagea de diffuser des portraits-robots et des notices biographiques des deux hommes, et finit par y renoncer. Il ne voulait pas courir le risque de leur faire savoir qu'ils étaient considérés comme des menaces vivantes. Le nom de Sammi Loz perdit sa position en tête de la liste de surveillance du FBI et les agents qui espionnaient son cabinet à l'Empire State building cessèrent leur planque.

Herrick profita d'une pause pour appeler Dolph sur son portable.

« Dolph, où êtes-vous ? demanda-t-elle.

— Dans la cambrousse. Je prends un café avec le plus célèbre photographe de guerre en Grande-Bretagne. Il vient d'accepter de télécharger ses archives de Bosnie dans mon ordinateur.

— Vous devriez être ici. Les choses vont vite.

— Ouais. Nathan Lyne m'en a dit deux mots. Écoutez, j'ai peut-être touché le gros lot avec ces photos. Je les rapporte.

— Rappliquez. Il y a du changement.

— Oui. Nathan m'en a parlé.

— Vous n'avez pas l'air surpris.

— Pas le moins du monde. Ils n'auraient pas dû s'en prendre à vous. Mais je dois admettre qu'hier je ne donnais pas cher de votre peau.

— Vous avez raison : ils m'ont virée.

— Quels connards ! Bon, je suis occupé. Pourquoi n'appelez-vous pas Hélène Guignal, la Française de Sarajevo ? Je crois que c'est une fille bien. Elle m'a fait une bonne impression. »

Isis s'y reprit à cinq fois, avant d'obtenir un collègue d'Hélène GuignaI au service de presse du quartier général de l'Otan à Bruxelles. Hélène était en vacances en Grèce. Herrick, se faisant passer pour un porte-parole du ministère de la Défense britannique, déclara que c'était une affaire urgente. Elle réussit à obtenir un numéro de portable qui la mettrait en contact avec l'île de Skiatos. Mais le téléphone qu'elle appela était éteint.

Elle retourna chez le Patron. Teckman paraissait distrait. Il bondit soudain sur ses pieds. « Suivez-moi », dit-il.

Une Jaguar escortée de motards les conduisit jusqu'à l'héliport de Battersea. Guthrie les y attendait, ainsi que Barbara Markham et son adjoint. Dix minutes plus tard, l'hélicoptère les déposait à Northolt, devant l'entrée du Bunker.

« Savez-vous que je ne suis jamais venu à la salle d'opération ? murmura Teckman à Herrick dans l'ascenseur.

— Vous n'en aviez pas besoin.

— J'aurais peut-être compris pourquoi vous vous ennuyiez tant au Bunker », fit-il avec un sourire.

Il avança dans le vaste espace, saluant d'un signe de tête quelques visages familiers. Nathan Lyne se leva et se dirigea vers Herrick. « Ça alors, Isis ! Vigo a disparu, Richard Spelling sinue lentement dans le sens du vent et vous débarquez avec les grosses légumes de l'espionnage britannique. Qu'avez-vous fait ?

— Pas grand-chose. »

Il sourit. « Au cas où vous seriez gênée pour Walter…

— Je ne le suis pas.

— Il savait que vous vous trouviez sur l'île avec ces deux hommes. Vos communications l'établissaient clairement.

— Vous étiez au courant, Nathan ?

— Bien sûr que non. Je n'en avais aucune idée. Et Andy Dolph ne voulait rien me dire. Mais vous êtes saine et sauve, c'est l'essentiel. Et vos actions sont en hausse. Les choses ont bien tourné pour vous.

— Mais nous avons perdu l'un des suspects. Un suspect essentiel. Et le temps presse. » Le Patron s'était installé devant l'un des grands écrans. « Expliquez-lui comment ça fonctionne. Il aura besoin de vous les prochains jours », dit-elle.

Le Patron serra la main de Nathan Lyne sans se lever. « J'ai entendu parler de vous. C'est vous qui avez pris l'initiative d'envoyer Isis en Albanie. Une excellente décision. Maintenant, expliquez-moi ce que je vois. »

Lyne prit une chaise et lui détailla ce qui se passait sur les écrans d'observation. Les neuf suspects étaient chez eux ou dehors. On pouvait voir Ramzi Zaman, le Marocain de Toulouse, passer devant le champ de la caméra pour aller préparer son repas dans une petite cuisine. Assis sur un canapé, Lasenne Hadaya, l'Algérien, lançait une balle en l'air, le regard vide. À Budapest, Hadi Dahhak, le petit Yéménite au nez crochu, se disputait avec deux hommes autour d'un journal. Lyne expliqua qu'ils ne parlaient que football. Des archives récentes montraient le Syrien, Hafiz al-Bakr, se promenant dans un parc avec l'un de ses aides. Les Saoudiens, à Rome et Sarajevo, le Pakistanais à Bradford, en Angleterre, et l'Égyptien à Stockholm tuaient le temps comme ils pouvaient. Rien ne rompait la routine, rien n'indiquait l'imminence d'une action ou une opération en cours de préparation. Lyne fit défiler des archives, mais l'intérêt du Patron s'amenuisait. Il le quitta brusquement, grimpa les escaliers de la structure centrale et rejoignit Spelling, Jim Collins et le colonel Plume, de la National Security Agency. Les trois hommes étaient en pleine discussion. Quelques minutes plus tard, le Patron convoqua l'équipe de RAPTOR. Tout le monde se réunit au pied de l'escalier.

« Mesdames et Messieurs, nous avons un problème d'interprétation. Et j'ai besoin de votre aide. Les hommes que vous surveillez seront sous les verrous d'ici peu. Par ailleurs, nous savons maintenant qu'une action d'envergure se prépare pour la fin de la semaine. Nous ne pouvons pas les laisser libres d'aller et venir plus longtemps. Mais je vous demande d'imaginer quel pourrait être leur plan. Quelle est la raison d'être d'une mise en place aussi méticuleuse ? Que signifie tout cela ? Je ne veux pas de preuves, j'attends des intuitions, l'idée la plus folle qui ait pu germer dans votre esprit ces dernières semaines. »

Herrick vit l'anxiété s'emparer de nombreux visages. La demande du Patron était une nouveauté pour le personnel de RAPTOR.

« Vous suivez des pistes qui poussent l'enquête plus loin, reprit le Patron, mais je pense que nous devons essayer de trouver l'objectif, n'est-ce pas ? »

Il y eut un silence embarrassé. Enfin, Joe Lapping leva le bras.

« Oui, monsieur Lapping, dit le Patron.

— Ce n'est peut-être pas grand-chose », commença Lapping. Collins et Spelling levèrent les yeux au plafond.

« Voudriez-vous développer votre idée ?

— Je ne tiens nullement à minimiser le travail d'Isis Herrick à Heathrow. J'étais avec elle, et c'était vraiment du bon boulot. Mais on voulait peut-être — je dis bien peut-être — nous obliger à voir ce qu'il se passait. Après tout, l'un des suspects qui tournait autour du terminal 3 de la manière la plus évidente nous y a conduits. Comme s'il voulait s'assurer que nous ne le manquerions pas. »

Herrick se dit que Lapping pouvait avoir raison. Il était peu probable qu'il ait entendu parler des tests ADN. Par conséquent, il ignorait les derniers développements de son enquête.

Le Patron répondit à Lapping : « Vous savez que l'assassinat du vice-amiral Norquist constituait, selon la version officielle, une diversion stratégique. Quel serait le but de cette stratégie si les suspects participaient à une sorte de canular ? »

Lapping s'éclaircit la gorge. « Je n'ai pas suivi toutes les opérations ici, mais j'ai toujours pensé que les suspects agissaient comme les *Stepford Wives.* Ils boivent du café, lisent la presse, dorment, cuisinent, regardent la télévision, jouent au foot. Ils n'ont pas l'air de gens qui préparent quelque chose.

— Il a peut-être raison, monsieur, intervint Lyne. On ne peut pas exclure une double diversion pour détourner notre attention d'une autre action, ou simplement pour gaspiller nos ressources. Al-Qaida dispose de moyens importants : les princes et les hommes d'affaires saoudiens lui fournissent chaque année, selon nos estimations, entre trois cents et cinq cents millions de dollars. Une somme infime est consacrée aux actions terroristes. Le reste, environ quatre-vingt-dix pour cent, est destiné aux réseaux et aux infrastructures. Ils peuvent se permettre de nous mener en bateau avec une opération sans issue.

— La *ruse subtile*, dit Lapping.

— De quoi s'agit-il ? » demanda le Patron. Tous les visages se tournèrent vers Lapping. En dépit de son érudition, il n'était pas familier des conférences publiques. Herrick vit sa pomme d'Adam faire du yo-yo avant qu'il réponde.

« D'un livre écrit un siècle avant Machiavel par un auteur arabe anonyme, probablement un Égyptien contemporain du règne du grand émir Sa'da al-Din Sunbul. L'auteur édifie le lecteur avec des histoires de ruses, de stratagèmes et de tromperies extraites de la littérature arabe et inspirées de tous les milieux sociaux. Le but fondamental de son enseignement est de déjouer les manœuvres de l'ennemi et de prendre conscience de ses stratagèmes.

— Je vois. Vous ne suggérez pas que ce qui s'est passé à Heathrow s'inspire directement de ce livre, réfléchit le Patron, mais vous dites…

— Qu'un homme qui a étudié la littérature arabe ancienne connaît ce livre et peut en avoir tiré des enseignements. »

Herrick se souvint que Joe Lapping avait concentré ses recherches sur un lettré qui aurait combattu pour les Bosniaques durant la guerre civile yougoslave. Et Rahe passait l'essentiel de son temps dans une librairie ! L'hypothèse méritait d'être examinée. Mais le plus important était que Rahe les avait dirigés vers Heathrow et qu'il s'était attardé devant plusieurs caméras de sécurité. Comment n'y avait-elle pas pensé ?

Le Patron opina. « C'est une théorie intéressante. D'autres idées ? »

Il écarta poliment plusieurs propositions timides, puis félicita avec bienveillance les agents : leur bon boulot faciliterait grandement l'arrestation des suspects. Ils se dispersèrent, perplexes. Teckman avertit Lapping que Vauxhall Cross le convoquerait dans l'après-midi et il demanda à Lyne de s'y rendre le lendemain. « Je suis sûr que, pour une fois, vous pourrez sécher l'école, dit-il avec un clin d'œil. Vous parlez l'arabe, n'est-ce pas ? »

Lyne répondit par l'affirmative.

Ils regagnèrent le quartier général du SIS juste après 14 heures et Herrick se rendit directement à son bureau pour appeler Hélène Guignal. Une voix ensommeillée répondit. Herrick entendait en arrière-fond le bruit des vagues sur la plage. Elle expliqua ce qu'elle cherchait. Guignal répliqua qu'elle préférait reporter la conversation jusqu'à son retour à Bruxelles.

« Parfait, répondit Herrick. Nous ferons une requête officielle via le secrétaire général de l'Otan pour obtenir une réponse. L'affaire est importante, et le Royaume-Uni vous *demande* votre aide.

— Qui êtes-vous ?

— Sachez seulement que j'enquête sur une cellule terroriste internationale et que je vous crois en possession d'informations capitales. »

La femme se montra soudain plus coopérative.

« D'après l'un de mes collègues, vous connaissiez quelques-uns des musulmans étrangers qui ont défendu Sarajevo durant le siège ?

— Oui, j'ai vécu avec l'un d'eux. En quoi puis-je vous être utile ?

— Nous nous intéressons à deux hommes, Sammi Loz et Karim Khan.

— Ah oui, je les ai connus tous les deux, mais mal. C'étaient les médecins, non ? Ils étaient venus avec des produits pharmaceutiques et ils sont restés. C'est ça ?

— Oui. Pourriez-vous me donner le nom de l'homme avec qui vous avez vécu ?

— Hassan Simic. Il était mi-serbe mi-bosniaque, mais il a été élevé dans la religion musulmane. Il assurait la liaison avec les djihadistes, les musulmans étrangers. C'était un travail difficile. Ils n'en faisaient qu'à leur tête et ne se mêlaient pas aux autres. Ils n'étaient pas comme les musulmans bosniaques.

— Pourrais-je parler à M. Simic ?

— Il est mort. Il a été tué en 1995.

— Je suis désolée.

— Ne vous excusez pas. Il était né pour mourir jeune. Un très beau garçon, mais un *sauvage** [1], vous comprenez ? S'il n'avait pas été tué, il aurait comparu devant le tribunal de La Haye pour crimes de guerre.

— Combien de fois avez-vous rencontré Khan et Loz ?

— Quatre ou cinq fois. Ils venaient nous rendre visite avec d'autres dans notre appartement, pendant

1. Les termes en italique suivis d'un astérisque sont en français dans le texte original.

les trêves. J'avais des provisions, pas beaucoup, mais plus qu'eux. Nous faisions de grands dîners de pâtes. Karim était l'un de mes préférés. *Très charmant... Très sympathique**.

– Et Loz ?

— *Un peu plus masqué, vous comprenez ? Dissimulé**.

– Et vous travailliez pour une agence de presse ?

— *Oui, pour l'Agence France-Presse**.

– Quels étaient les noms des autres hommes, les amis de Hassan ? »

Il y eut un silence.

« Vous souvenez-vous de Yahya ?

— Yahya ? Non, je ne me rappelle pas. Qui était Yahya ? À quoi ressemblait-il ?

— La trentaine. Un homme de petite taille, d'origine algérienne. Très discret, semble-t-il. Renfermé. Peut-être un érudit avant sa venue en Bosnie. Peut-être a-t-il étudié à Sarajevo avant le bombardement de l'Institut islamique. Nous ne sommes pas sûrs.

— Peut-être... *Ah oui, oui, oui* !* Je connais cet homme, mais il ne s'appelait pas Yahya. Celui auquel je pense s'appelait Yaqub.

— Yaqub ? fit Herrick, circonspecte. Vous êtes sûre ?

— *Oui, un autre Prophète**.

— Que voulez-vous dire ?

— Nous avons trois noms pour cet homme, et ce sont les noms arabes des Prophètes de la Bible. » Elle avait l'intonation de quelqu'un qui parle à un analphabète. « Youssef, ou Joseph, est le fils du Prophète Yaqub, ou Jacob. Et vous avez mentionné Yahya, qui est le Prophète Jean, fils du Prophète Zacharie. C'est évident. Ces *noms de guerre** sont tirés de la Bible. Un jour, il utilisera le nom Zacharie. C'est logique, non ? » Herrick prenait rapidement des notes.

« Vous êtes sûre qu'il est algérien ?

— Oui. Il vient d'Oran. Je le sais parce que mon père a fait son service militaire en Algérie. J'ai vécu à Oran.

— Cet homme était studieux, replié sur lui-même ?

— Il est venu une fois avec Hassan, jamais avec les autres. C'était un mystère pour eux. Mais il était poli et bien éduqué. Je n'ai guère d'autres souvenirs. »

Herrick raccrocha. Elle regrettait qu'Hélène Guignal ne soit pas à son bureau pour recevoir par courrier électronique une photo de Rahe prise à Heathrow. Elle aurait obtenu une réponse immédiate. Néanmoins, elle imprima une photo et la glissa dans une enveloppe blanche, convaincue qu'elle lui serait utile les prochains jours. Puis elle prit ses notes et partit chercher Dolph qui était revenu du Hertfordshire.

Il se trouvait avec Lapping et Sarre dans une salle de conférences mitoyenne au bureau du Patron, son ordinateur portable relié à un projecteur. Tous trois regardaient, affalés sur leurs sièges, les archives du photographe : images de visages hagards fixant l'objectif, de trous dans la chaussée et de bâtiments en ruines. Des hommes demandant grâce, des femmes traversant une rue en courant, des enfants errant pieds nus dans des cratères pleins de neige et des snipers serbes observant froidement leurs cibles.

« Ces photos datent des années 1993 et 1994 », lança Dolph. Il embrassa rapidement Isis et lui souhaita la bienvenue. « Le photographe les a classées par année, plutôt que par sujet. Il a passé le début de l'hiver 93 sur l'un des deux fronts tenus par la Brigade des Moudjahidin. Ça colle à peu près. »

Aucun des collègues d'Isis ne savait que Rahe était devenu le principal suspect. Lapping s'était approché de la vérité, sans faire le pas qui l'aurait mené à la conclusion logique. Plus important, ils ignoraient qu'attraper Yahya et Loz était devenu une urgence absolue. Mais le Patron avait insisté. Elle ne devait rien dire.

Après trois quarts d'heure de photos de groupes sur le front, ils avaient épuisé les archives les plus prometteuses.

« Le photographe se souvient-il de Khan ou de Loz ? » demanda Herrick.

Dolph secoua la tête.

« Ou de quelqu'un d'important ? »

Derechef, Dolph secoua la tête. « Je boirais bien une pinte de bière. Que diriez-vous si on s'en jetait une au bord de la Tamise ? »

Herrick demanda s'ils avaient vu des groupes de soldats avant qu'elle n'arrive.

« Quelques-uns.

— J'aimerais y revenir.

— Pourquoi ? » demanda Dolph, légèrement agressif.

« Parce que *vous* ne savez pas ce que nous cherchons.

— Nous cherchons Khan et ce type, Sammi Loz.

— Mais aucun de vous ne les a vus en chair et en os. Et il y a peut-être quelqu'un d'autre sur les photos, quelqu'un d'important. Le photographe a travaillé à une période cruciale pour nous. »

Dolph localisa les fichiers sur son écran pendant que Lapping partait chercher du café.

Enfin, Dolph retrouva des photos prises à la mi-novembre 1993. Elles montraient une douzaine d'hommes dégageant un camion carbonisé. Le ciel était lumineux, et la terre couverte d'une mince pellicule de neige. De la glace étincelait aux arbres. Les hommes pesaient de toutes leurs forces sur l'arrière du camion, leurs visages inclinés de profil vers le sol. Les ombres sur la neige, l'énergie exprimée par les corps et la forme de l'épave justifiaient l'intérêt du photographe : il avait pris huit photos en continu. Dolph les fit défiler presque comme une séquence animée. Herrick insista pour qu'ils les visionnent lentement. À la quatrième image, elle s'écria : « Stop ! » Elle se leva, s'avança vers le mur et désigna un visage, le regard tourné vers l'objectif. « Pouvez-vous l'élargir ? Ici, cette zone à l'avant du camion ? »

Dolph sélectionna la zone avec sa souris et frappa sur une série de touches. « Qui est ce charlot ? » demanda-t-il quand la photo bondit sur le mur.

« C'est Youssef Rahe », répondit-elle. Elle tira la photo de l'enveloppe et la plaqua près de l'autre, contre le mur. « Alias Yahya ou Yaqub. Regardez vous-même. »

Dolph se leva et observa les deux portraits. Il lui fallut quelques secondes pour comprendre. « Isis, vous êtes une petite merveille. C'est lui. » Il réfléchit un instant. « Ainsi, vous le saviez déjà. Ça explique ce qui s'est passé ce matin avec Spelling et Vigo. Vous vous attendiez à trouver Rahe sur ces photos. Du moins, vous le cherchiez. »

Elle hocha la tête.

« Putain de bordel de merde. »

Ils s'approchèrent tous du mur et comparèrent les deux photos. « Et regardez là ! s'exclama Isis. Le maigrichon avec la barbe. Je suis certaine que c'est Sammi Loz.

— Si vous le dites, fit Dolph. Khan est là ? »

Elle examina chaque visage. « Non. »

À nouveau, les yeux astucieux de Dolph cherchèrent les siens. « Comment avez-vous su pour Rahe ?

— La librairie, annonça Sarre. Vous avez trouvé quelque chose cette nuit-là.

— Seigneur Dieu, soupira Dolph. Vous êtes incroyable. Depuis quand savez-vous ?

— J'ai compris ce matin que Rahe n'avait pas été tué au Liban. Il s'agissait du corps de quelqu'un d'autre. » Elle expliqua les échantillons expédiés au laboratoire et mentionna la conversation enregistrée entre Sammi Loz et Khan, qui avait fourni le nom de Yahya.

« Des contacts cruciaux ont donc eu lieu en Bosnie, commenta Lapping.

— Oui. C'est pourquoi nous devons connaître l'identité de tous ces hommes. » Elle pointa le doigt sur le groupe. « Il faut agrandir ces photos, retoucher digitalement chaque visage.

— Mais je peux vous dire, protesta Sarre, qu'aucun d'eux n'est passé par Heathrow. Je connais leurs traits par cœur.

— C'est précisément le problème, dit Lapping.

— Attention, Mesdames et Messieurs, s'écria Dolph, la bouillie visqueuse qui est censée servir de cerveau à Joe Lapping entre en ébullition.

— Mais tu n'es pas arrivé jusque-là, Dolphy, répliqua Lapping. Isis t'a sacrément devancé.

— Joe, tu ferais mieux de la fermer depuis que toutes les putes de Sarajevo ont essayé tes pyjamas de grand-père.

— Je déteste jouer les rabat-joie, intervint Herrick sans rire, mais nous n'avons pas le temps. Il faut savoir qui sont ces types. Si nécessaire, faites venir le photographe à Londres et assurez-vous que la Française quitte Skiatos. Nous avons besoin de l'aide de tous ceux qui étaient là-bas : journalistes, travailleurs sociaux, soldats. Dites au service de sécurité de les réunir et faites circuler les photos. Il faudra les comparer avec les archives.

— Quelle est l'heure limite ? demanda Dolph.

— On ne sait pas », répondit Isis.

Les trois hommes échangèrent des regards. L'urgence dans sa voix et son ton de commandement les rendaient nerveux.

28

Alors que les forces de sécurité européennes disposaient de trente-six heures avant le lancement de l'opération, fixé au mercredi à l'aube, le Bunker continuait d'expédier des tonnes d'informations à Paris, Rome, Copenhague, Stockholm, Budapest et Sarajevo. Tout ce qui pouvait faire l'objet de délits mineurs était passé au crible. Et les noms et les coordonnées des cellules de soutien faisaient l'objet de la même attention. En ses dernières heures d'existence, RAPTOR déchargeait généreusement tout de ce qu'il avait stocké et sécrété.

Tard dans l'après-midi du lundi, au moment même où Herrick et Colin Guthrie se rendaient chez Teckman, quatre-vingt-quatorze personnes, dont vingt-trois femmes, figuraient sur les listes d'arrestation. Le Patron leur annonça que les services étrangers prenaient progressivement en charge la surveillance des suspects, dont plusieurs leur étaient connus. Chaque service puisait librement dans les images qui continuaient de trembloter sur les écrans à toute heure du jour et de la nuit, au plus profond du Bunker.

Le Président des États-Unis et le Premier ministre britannique, saisis d'un esprit inhabituel de coopération internationale, souhaitaient que RAPTOR apparaisse comme un travail d'enquête exemplaire sur la « morphologie des cellules terroristes », selon l'expression d'un diplomate. Ce devait être aussi un exercice pour les alliés occidentaux. Pour camoufler l'importance des suspects d'Heathrow, les gouvernements français, britannique et américain avaient décidé d'arrêter des suspects étrangers à l'affaire. Les gouvernements hollandais, belge et espagnol acceptèrent, eux aussi, d'appréhender des individus surveillés indépendamment de RAPTOR. Les Espagnols, qui avaient mené avec les Français des opérations contre Al-Qaida et des groupes terroristes nord-africains, annoncèrent qu'ils arrêteraient trois hommes à La Rioja ; les Français jetèrent leur dévolu sur un individu basé à Marseille ; les Hollandais et les Belges, qui disposaient d'un stock important de suspects, prirent la décision de mener des interrogatoires, plutôt que de procéder à des arrestations.

On avait rapidement renoncé à observer un black-out total sur l'information : trop de gens étaient impliqués. Pour tirer parti de la situation, les Américains et leurs principaux alliés européens publièrent une déclaration conjointe faisant état d'une coopération sans précédent entre les services de renseignement. Les Russes furent mis au courant à cause du suspect syrien à Copenhague : en effet, Hafiz al-Bakr avait combattu en Tchétchénie et il était de mèche avec un groupe qui avait prévu d'attaquer une ambassade russe.

« La tournure des événements est intéressante, observa Sir Teckman. Nous avions, autant que les

Américains, l'intention de garder tout ça pour nous. Et nous nous sommes tous fait avoir.

— Walter a essayé de se remettre en selle, hasarda Guthrie.

— Probablement, répondit le Patron, l'air songeur et sans trace de méchanceté. Mais ses relations avec Youssef Rahe l'ont ridiculisé. D'autant qu'il n'en a pas obtenu grand-chose. Bien entendu, il faudra l'interroger au plus vite. Puis nous nous occuperons de la librairie.

— Vous avez prévu une descente ? demanda Herrick.

— Oui, demain soir, avant l'arrestation des suspects. Mais je ne veux pas trop de lourdauds de la Branche Spéciale sur place, ils feraient tout capoter. Je me suis arrangé pour que vous arriviez en même temps que la police. Mais d'abord, vous allez rencontrer Vigo.

— Et les photos de Bosnie ?

— On y reviendra demain matin. L'important est de savoir que Rahe se trouvait en Bosnie. Nous sommes sûrs à quatre-vingt-dix-neuf pour cent que Rahe et Yahya sont la même personne. C'est une bonne journée de travail, Isis. »

Elle opina mollement, consciente qu'elle était en train de flancher.

Le Patron l'observa attentivement. « Vous êtes à bout, mais j'aurai encore besoin de vous au moins pour les six prochains jours. Prenez un peu de repos d'ici demain. Ne consacrez pas plus d'une heure à Vigo. » Il lui tendit une adresse à Holland Park. « Allez-y avec Harland. Il saura s'y prendre avec cette enflure.

— Harland ?

— Oui, il est au Brown's. Je lui ai demandé de nous aider.

— Harland ? répéta-t-elle stupidement. Que fait-il ici ? Je le croyais au Moyen-Orient.

— Non. » Les yeux pâles de Teckman se plissèrent. « Ne cherchez pas la bagarre avec Vigo. Dites-lui qu'il nous faut un compte-rendu complet sur sa relation avec Rahe. S'il renâcle, qu'il comprenne que nous engagerons des poursuites contre lui d'une manière ou d'une autre. »

En temps normal, Herrick aurait jubilé à la perspective d'une revanche, mais elle quitta Vauxhall Cross sans enthousiasme. Son humeur s'allégea lorsqu'elle retrouva Harland. Il l'attendait, guilleret, au bar de l'hôtel. Quelques jours à peine s'étaient écoulés depuis qu'il avait disparu sur le Nil dans la petite embarcation. On aurait dit des semaines. Visiblement, Harland avait changé. Elle lui demanda pourquoi il paraissait aussi content de lui.

« Je ne le suis pas, répondit-il. Mais la vie me paraît soudain pleine de possibilités.

— Vous alliez à Damas. Avez-vous rencontré Dieu en cours de route ? Qu'est-il arrivé ?

— Rien. Je vous en parlerai. Ne soyez pas amère, Isis. Buvons quelque chose. Vous avez l'air épuisée. »

Il commanda deux Soho Cosmopolitans et rappela la liste des ingrédients au serveur, au cas où il l'aurait oubliée : « Une mesure de vodka au citron, une mesure de vodka Stolitchnaia à l'orange, du cointreau, du jus d'airelle, du jus de citron fraîchement pressé et une rondelle de citron. Plus deux verres glacés. »

Ils burent le cocktail solennellement, puis Harland se leva : « Allons rendre visite à ce salaud. » Ils se mêlèrent à la foule des employés de bureau, prirent le métro jusqu'à la station Holland Park et remontèrent à pied Holland Park Avenue. La soirée était chaude. Harland ôta sa veste. Il la tenait d'un doigt sur l'épaule. Malgré ses cheveux gris dans la lumière tombante, il avait une allure juvénile qui surprit Herrick.

Ils atteignirent une entrée imposante. Harland pressa la sonnette pendant plusieurs secondes. La porte s'ouvrit. Une femme d'une quarantaine d'années impeccablement habillée les accueillit dans le hall d'entrée.

« Davina, je vous présente Isis Herrick, dit Harland. Nous voulons discuter avec Walter.

— Il vous attend, répondit Davina Vigo, visiblement nerveuse. Il a pensé que vous aimeriez boire un verre dans le jardin. »

Vigo était assis dans un rayon de soleil sous les branches d'un grand marronnier. Il les regarda avancer d'un œil torve et leur indiqua mollement des chaises. Davina se tenait devant la porte-fenêtre, bras croisés sur la poitrine, et regardait la scène avec appréhension. Vigo leur proposa un verre de Pimms. Ils déclinèrent son offre.

Harland prit la parole. « Isis est ici pour vous poser quelques questions.

— Et vous, Bobby, pourquoi êtes-vous venu ?

— Parce que.

— Mais…

— Mais rien. Pour ma part, j'estime que vous devriez être en taule. Si on vous avait poursuivi pour la dernière affaire, rien de cela ne serait arrivé. Aujourd'hui, votre arrestation est imminente, alors…

— Sur quelles bases ?

— Pour complicité dans le cambriolage de la maison d'Isis. Et ce n'est qu'un début. Ils veulent votre peau, Walter, mais nous avons besoin de réponses claires. Vous allez nous dire spontanément tout ce que vous savez sur Youssef Rahe, alias Yahya. »

À nouveau, le lent clignement d'yeux. « Oui, bien sûr, dit Vigo. Par quoi voulez-vous commencer ?

— Comment l'avez-vous rencontré ? demanda Herrick.

— Au cours d'une vente de vieux manuscrits arabes. Rahe les étudiait avant leur dispersion. Nous avons lié connaissance.

— Qui a fait le premier pas ?

— Je ne m'en souviens plus.

— À la lumière de ce que nous savons, pensez-vous que vous étiez ciblé ?

— Bien évidemment, répondit Vigo, hargneux. Mais je pensais que Rahe nous permettrait de mieux comprendre le GIA, le Groupe Islamique Armé. Les islamistes avaient exporté leur combat en France. Nous pensions assister à l'équivalent islamique de l'holocauste cambodgien. J'ai eu l'impression que Rahe connaissait pas mal de gens impliqués.

— Bien sûr, rétorqua Herrick. Il était avec eux en Bosnie. »

Vigo soupira. « Avec le recul, c'est facile à dire, mais dans notre travail on doit savoir prendre des risques calculés.

— Et comme vous étiez proches, il s'est ouvert à vous, poursuivit Herrick, sans relever. Il vous a donné des informations valables ?

— Oui, des noms. Des noms utiles pour les rafles qui ont suivi le 11 septembre.

— Il vous a parlé des gens qui venaient demander de l'aide dans sa boutique ?

— Oui, il était toujours précis.

— Avez-vous vérifié ses antécédents ?

— Autant que nécessaire. Son enfance, son travail, sa vie en Algérie, tout paraissait concorder. » Vigo reprenait du poil de la bête.

« Avez-vous obtenu des informations sur son frère ? Sa famille ? Où sont-ils ?

— En Angleterre. Ils ont obtenu l'asile politique.

— Avez-vous rencontré son frère ? Pouvez-vous le décrire ? Où habite-t-il ?

— À Bristol. Jamel Rahe est son frère cadet. De haute taille, un peu d'embonpoint, une formation d'ingénieur. »

Herrick sortit l'enveloppe de son sac et posa devant Vigo une sélection de photos de Rahe et de Sammi Loz en Bosnie. « Pouvez-vous identifier l'homme qui s'appelle Youssef Rahe ? » Harland regarda la photo et reconnut Sammi Loz, mais il ne dit rien.

Vigo sortit des lunettes d'une poche de sa chemise et examina la photo d'un air las. « Oui… Je reconnais Rahe.

— Personne d'autre ? » demanda vivement Herrick.

Vigo observa les photos et les rendit à Herrick en tapotant celle du dessus. « Je connais cet homme, c'est le frère, Jamel Rahe. »

Herrick étudia avec soin un personnage coiffé d'un passe-montagne. Elle appela immédiatement Dolph de son portable. Il lui assura que le nom de Jamel Rahe serait ajouté à liste des arrestations.

« Pas si vite. Il risque une inculpation pour meurtre. Ce type est important. »

Elle raccrocha. « Un individu qui ressemble beaucoup à Jamel Rahe a coordonné les changements d'identités à Heathrow après s'être arrangé avec un préposé aux toilettes du terminal 3, un certain Ahmad Ahktar. Ahktar et sa famille sont morts dans un incendie peu après l'opération. Des témoins ont vu l'individu observer les avions, ce jour-là. Il semble qu'il ait manifesté une certaine nervosité quand l'escorte de Norquist a quitté l'aéroport. »

Vigo ne réagit pas.

« Revenons à Rahe. Au cours des douze derniers mois, quel type d'informations vous a-t-il transmises ?

— Rien de très nouveau. Des propos qu'il entendait dans la communauté arabe de Bayswater et d'Edgware Road. Des trucs recueillis dans les mosquées : qui priait et où, les soutiens financiers d'organisations caritatives en Grande-Bretagne et à l'étranger. Mais c'était utile. Ensuite, il a été contacté par un groupe composé pour l'essentiel de Saoudiens et de Yéménites.

— L'avez-vous encouragé à se laisser recruter ?

— Naturellement. C'était une excellente opportunité.

— À quelle date ?

— Pendant l'été 2001.

— Vous a-t-il parlé du site web ? De l'économiseur d'énergie qui transmettait chaque jour un message ? »

Vigo opina. « C'est ce que vous cherchiez dans la librairie ?

— Je vous serais reconnaissante de vous contenter de répondre à mes questions », lança Herrick. Vigo lui jeta un regard noir.

« À votre place, j'éviterais de prendre ce ton avec moi. »

Harland se leva et agrippa la chaise de Vigo. « Walter, vous savez que je ne raterai pas l'occasion de vous casser la gueule. Autrement, je ne perdrais pas mon temps ici. Alors, répondez à Isis ou demain vous serez en détention provisoire à Wandsworth.

— L'économiseur d'énergie, reprit Herrick. Vous surveilliez les messages ?

— Vous oubliez que je ne faisais plus partie du service à cette époque.

— Qui alors ?

— Le GCHQ et les services de sécurité.

— Mais l'information sur le voyage de Norquist contenait un message particulier ?

— J'en déduis qu'il existait un double codage », rétorqua Vigo.

« Nous savons que les Israéliens avaient accès à ce site, intervint Harland. Depuis combien de temps ? »

Herrick se demanda comment Harland était au courant, mais elle laissa Vigo répondre.

« Environ deux ans. Je ne suis pas sûr. J'avais gardé peu de contacts avec Rahe après l'avoir confié au SIS, même s'il m'arrivait de le rencontrer dans le circuit des bouquinistes.

— Quand l'information sur Norquist est sortie, vous a-t-on demandé de la vérifier ?

— Oui, j'ai appelé Rahe et il m'a rappelé le jour de l'opération, juste avant de partir pour l'aéroport.

— Parlez-moi de lui, reprit Herrick. Quel type d'homme est-ce ?

— Très compétent. Un véritable érudit dans son domaine. Et aussi, j'imagine, un bon père et un excellent époux. Rien du fondamentaliste type. Il se rend irrégulièrement à la mosquée et ne prie pas cinq fois par jour. Il est détendu, tolérant.

— Où pensez-vous qu'il soit allé ?

— Après Beyrouth ? Aucune idée. »

Herrick s'adossa à sa chaise, laissant son téléphone en vue sur la table. « Je boirais volontiers quelque chose », dit-elle.

Vigo servit le Pimms en retenant les feuilles de menthe et les fruits dans la carafe avec une cuillère en argent.

« Que feriez-vous à notre place ? demanda calmement Herrick. Deux ou trois de nos principaux suspects sont riches et mobiles. Ils préparent leurs plans des mois, voire des années à l'avance. Ils connaissent parfaitement nos méthodes de travail. Que feriez-vous ? Où iriez-vous ?

— Il y a deux solutions. Vous pouvez contrarier leurs déplacements en diffusant leurs portraits-robots et toutes vos informations. Cela n'empêchera peut-être pas ce qui doit arriver en fin de semaine. Je choisirais plutôt de ne rien faire, en espérant les retrouver. Sammi Loz doit imaginer que nous le croyons mort, et ni Youssef ni Jamel Rahe ne savent que nous sommes sur leurs traces. J'utiliserais ce léger avantage.

— Comment ? »

Vigo inspira profondément en regardant un nuage de moucherons danser dans le soleil couchant. Un merle chantait tout près. « Eh bien, je ne sais pas... Mais si Youssef Rahe ignore que nous lui collons au train, Jamel, lui aussi, doit se croire à l'abri. Vous dites qu'il a joué un rôle clé à Heathrow ? Trouvez-le, surveillez son téléphone. S'ils préparent un attentat, il y participera. D'après ce que vous dites, il a déjà tué, et des gens de son bord. Et puis il y a la mosquée où Jamel a rencontré l'employé d'Heathrow. J'imagine que vous faites référence à la mosquée de Cable Road à Belsize Park, celle où se rend Youssef Rahe et qui est sous l'influence de Sheik Abou Mushsana ? »

Herrick opina.

Indifférent à l'hostilité d'Harland, Vigo parlait du même ton professionnel qu'il avait adopté au Bunker quand il dirigeait le Groupe Sud Trois. Harland commençait à l'écouter avec des hochements de tête réticents. Ils discutèrent de la manière d'entrer en contact avec Jamel. Vigo préconisait que l'intervention se déroule avant les raids sur le Continent. Il fallait qu'elle paraisse improvisée, mais soit suffisamment menaçante pour que Jamel se grille. « Ces hommes ne sont pas dénués de peur, fit-il remarquer. Comme disait Sénèque : "La peur retombe toujours sur ceux qui cherchent à l'inspirer : celui qui est craint n'est pas à l'abri de la crainte."

— Tenons-nous-en à notre propos, objecta Harland.

— Sénèque est toujours à propos. Il est réconfortant de voir que chacune de nos expériences, colère, échec, déception ou pure malchance, a fait l'objet d'un constat, il y a deux mille ans.

— Je vois pourquoi vous lisez Sénèque, rétorqua Harland. Mais je suis persuadé que le Patron refusera de traiter avec vous, sinon pour s'occuper de votre procès.

— Nous verrons bien, répondit Vigo en étudiant Isis. Après tout, nous avons tous été dupés et manipulés. Bobby, je sais que nous n'avons jamais partagé le même point de vue, vous et moi ; nous avons une histoire, comme dit ma femme. Mais je sais aussi que nous sommes les mieux placés pour travailler sur cette affaire : je connais Youssef et Jamel Rahe. Vous et Isis connaissez Sammi Loz. Nous constituons le front naturel, le seul front. Avec vos contacts au Mossad, nous pourrions former une équipe admirable. »

Harland ne put s'empêcher de tressaillir. Sa réaction n'échappa nullement à Herrick. Elle reprit la parole. « Je suis d'accord avec Harland : c'est non.

— Eh bien, pensez-y cette nuit. Si demain je n'ai pas de nouvelles de vous ou du Patron, je comprendrai. »

Herrick et Harland se levèrent.

« Et plus de menaces, s'il vous plaît. Vous savez aussi bien que moi qu'ils ne peuvent pas me juger. Encore quelques allusions, et je rendrai la vie extrêmement difficile à ce gouvernement et aux gouvernements antérieurs. Dites-le à Teckman. Il sait de quoi je parle. »

Vigo se leva pesamment et se dirigea vers un parterre d'iris. « J'attends de vos nouvelles demain.

— Autre chose, fit Herrick. Finirez-vous par admettre que ma maison a été fouillée par les hommes de Marenglen ? »

Vigo se figea. « Nous voulions savoir ce que vous aviez obtenu. Nous savions que vous cherchiez quelque chose d'autre dans l'ordinateur. Permettez-moi aussi de vous annoncer que le Deputy

Director était d'accord. Disons qu'il s'agissait d'une opération officieuse.

— Avec des maquereaux albanais armés ?

— Nécessité fait loi », répondit Vigo. Il leur tourna le dos et se dirigea vers le parterre d'iris.

29

Herrick contacta l'un des assistants du Patron dès qu'ils se retrouvèrent sur Holland Park Avenue.

« Teckman me rappellera, dit-elle en raccrochant, mais je ne sais pas quand. Il vaudrait mieux qu'il me joigne ailleurs que dans un restaurant. Voulez-vous dîner chez moi ? J'ai un petit jardin, nous pourrions manger dehors. »

Harland haussa aimablement les épaules. Ils entrèrent dans une boutique pour acheter du vin et des steaks.

« Ce Vigo est un vrai salaud, dit-elle en quittant le magasin. Quel jeu joue-t-il ? Que veut-il ?

— Le pouvoir, répondit Harland en hélant un taxi. Il aime tirer les ficelles. Il a besoin d'une aura et des signes de reconnaissance : le club privé, les parties de chasse, les tweeds les plus souples, toutes ces conneries. En un sens, socialement et intellectuellement, c'est un snob irrémédiable.

— Mais il est malin, fit-elle en s'installant dans le taxi.

— Oui, très malin, mais d'une certain façon, ça lui joue des tours. Regardez où le mène son talent. Il a désespérément besoin de tenir un petit rôle à la fin de l'opération.

— Vous croyez que Teckman acceptera ?

— Oui, il attend que Vigo propose son aide. Il lit en lui comme dans un livre ouvert parce que Vigo désire tout ce qu'il a obtenu sans effort. Le Patron comprend sa frustration. »

Ils restèrent silencieux le reste du trajet, regardant Londres défiler dans la douce lumière du crépuscule.

Quand ils arrivèrent, Isis monta se changer. Elle laissa à Harland le soin de nettoyer la terrasse. Il balaya les feuilles mortes et essuya les chaises et la table.

Le lieu était à l'abandon. Un jardinier plus soigneux aurait mis de l'ordre, élagué, sélectionné. Cinq ans plus tôt, Herrick s'était contentée d'acheter une série de massifs, des vignes et des rosiers grimpants et les avait abandonnés à leur sort. Depuis, les rosiers avaient envahi les massifs et les deux pommiers qui la protégeaient de la curiosité des voisins.

Elle témoignait du même manque de sophistication pour la cuisine. Tout en buvant un verre de vin sur la terrasse, Harland l'observait à travers la fenêtre. Elle avait à peine terminé de préparer la salade qu'elle se lança avec la même vivacité dans la cuisson des steaks et des champignons. Vingt minutes plus tard, le repas était servi sur la table.

« Avez-vous des nouvelles de votre père ? demanda-t-il.

— Nous nous sommes parlé hier. Nous prendrons des vacances ensemble quand ce sera fini. » Elle rompit l'extrémité de la baguette et entama son steak. « En fait, je piaffe d'impatience. Savez-vous qu'ils m'ont virée ce matin ? Un dénommé Cecil m'a mise à la porte.

— Mais on vous a donné raison et l'on se justifie rarement dans ce métier.

— Je n'ai pas encore été officiellement réintégrée.

— Comment va son poignet ?

— Juste une entorse. Il a eu de la chance. C'était sa main droite. Il aurait pu ne plus jamais peindre. Ça l'aurait tué.

— Vous êtes proche de lui. »

Elle leva son verre et réfléchit. « Oui et non. Nous sommes proches dans la mesure où nous avons vécu si longtemps ensemble sans ma mère. Mais intimes au sens où je sais ce qu'il pense et où il sent ce qui me préoccupe, non.

— Pourtant, vous vous entendez bien. »

Elle respira l'air nocturne et répondit : « Je suis heureuse d'être rentrée. » Puis, après un silence : « C'est difficile de parler de ce type de sentiment. Pour la majorité des gens, l'amour fait partie d'un certain nombre de normes identifiables, mais ce n'est pas aussi simple. Il y autant de relations — Seigneur, je hais ce mot — que d'individus, c'est tout ce que je peux dire.

— Mais il vous manquera. » Il regretta ses mots en voyant son visage s'assombrir.

« Oui. C'est quelqu'un d'exceptionnel, sans entraves. Voilà ce qui me manquera, l'idée qu'il n'existe aucun être vivant aussi indépendant que lui et, disons-le, aussi étrange. »

Harland pensa à Eva qui veillait Hanna Rath dans son appartement de Tel-Aviv, à son instinct de protection qui l'avait poussée à le quitter.

« Si vous tenez à parler de vie personnelle, reprit-elle, racontez-moi ce qui s'est passé au Moyen-Orient. Dites-moi pourquoi vous êtes si joyeux.

— Je ne le suis pas.

— Alors, expliquez-moi comment vous avez appris que les Israéliens décodaient les messages de Rahe, notamment celui qui annonçait l'arrivée de Norquist. Qui a vendu la mèche ? Je ne suis au courant pour Rahe que depuis ce matin. Comment avez-vous fait pour trouver aussi vite ? » Elle le fixait d'un regard pénétrant. Il comprit qu'il ne pouvait pas s'esquiver.

Il posa son couteau et sa fourchette, et lui raconta sa rencontre avec Eva au Playlands Hotel. Il aborda ensuite la relation entre Sammi Loz et Norquist, avant d'évoquer l'apparition d'Eva sur les vidéos de sécurité d'Heathrow. Pendant qu'il parlait, Herrick planta sa fourchette dans l'un des deux steaks restants et l'engloutit à une vitesse qui le laissa pantois. Il secoua la tête, incrédule. « Prenez le dernier, fit-il, sarcastique. Vous en avez manifestement besoin. » De fait, elle n'attendit pas longtemps avant de s'emparer du troisième morceau de viande.

« Le résultat, reprit-il en secouant toujours la tête, c'est que le Mossad surveillait cette affaire de près. L'assassinat de Norquist ne les a pas surpris. Ils sont au courant pour Sammi Loz, mais ils ignorent tout de Youssef et Jamel Rahe.

— Qui est le plus important : Rahe ou Loz ? demanda-t-elle. Qui donne les ordres ?

— Tout indique que c'est Youssef Rahe.

— Pourtant, les apparences désignent Loz. C'est lui qui a l'argent et les contacts à New York et au Moyen-Orient, sans parler des Balkans.

— Et alors ? Rahe se planquait. C'est lui le stratège. » Il soupira. « Isis, je n'en peux plus. Je ne veux plus y penser.

— Quelque chose m'échappe, reprit-elle en avançant sur le bord de sa chaise. Pourquoi travaillez-vous pour Teckman ? RAPTOR vit ses dernières heures et le Patron a retrouvé son poste. Nous ne manquons pas de personnel. Pourquoi ne reprenez-vous pas vos pérégrinations au Moyen-Orient avec Benjamin Jaidi ? Je suis heureuse que vous soyez ici, et le reste, mais pourquoi ?

— Merci, dit-il. Vous êtes impitoyable. » Il se leva et il lui caressa le visage sans l'avoir prémédité. Une seconde, elle le regarda, stupéfaite, puis laissa sa tête peser dans sa main avec un sourire à la fois timide et malicieux.

« Que pensez-vous du choc des civilisations, l'Islam contre la Chrétienté ? reprit-elle.

— Seigneur, je n'en sais rien.

— Mais nous sommes dans la tourmente. Qu'avons-nous fait pour en arriver là ?

— Tout ce que je sais, c'est que nous avons affaire à des fous qui envient notre technologie, jalousent nos richesses et sont convaincus que l'humanité résoudra ses problèmes en retournant à l'état de barbarie, dans la droite ligne des Talibans.

— Vous n'êtes pas anti-musulman ? »

Il secoua la tête. « Non, mais je ne comprends pas pourquoi l'islam n'a pas réussi à produire des démocraties convenables. Si des gouvernements se démocratisent en Amérique du Sud, pourquoi pas dans les pays arabes ? »

La perspective d'un débat donnait de l'énergie à Isis. Elle se pencha, les yeux brillants. « Pourtant, une démocratie peut engendrer un régime comme celui des Talibans. Que les gens aient le droit de vote ne garantit pas un système démocratique social. Donc, c'est la religion qui porte le blâme ; c'est elle qui est fondamentalement expansionniste et intolérante. On pourrait même dire que les préceptes de l'islam sont incompatibles avec la démocratie et, *par conséquent*, avec les droits de l'homme, parce que seule la démocratie garantit les droits de l'homme. »

Harland n'avait jamais vu Isis sous cet aspect. Il appréciait la situation, mais déplorait la lenteur de ses reparties. « Dans ce cas, vous considérez que la croyance religieuse est belliqueuse, et aucun véritable démocrate ne peut vous suivre sur ce terrain. »

Elle sourit, son esprit évoluant plus vite qu'elle ne le pensait. « Mais il n'existe certainement aucune différence entre quelqu'un qui adopte une opinion politique doctrinaire, comme les vieux communistes, et un fondamentaliste islamiste. Leur position, qu'elle soit politique ou religieuse, est foncièrement antidémocratique. Elle représente une menace et les vrais démocrates doivent lui opposer la même fermeté.

— C'est presque une position de droite, Isis. J'imaginais que vous étiez une libérale pure et dure. »

La joie intense qu'il avait lue dans ses yeux s'estompa brusquement. Elle but une gorgée de vin tout en fixant l'obscurité. « Je suis une libérale, mais quand je regardais le visage de Sammi Loz cette nuit-là, j'y ai découvert une haine viscérale. Il dit adhérer à la cause bosniaque et palestinienne, mais je n'ai jamais cru que c'était sa priorité. Il y avait une sauvagerie en lui que je suis incapable d'affronter. »

Il s'approcha d'elle et lui caressa à nouveau le visage.

« En d'autres circonstances, ce serait plutôt romantique, dit-elle.

— Pourquoi, qu'est-ce qui ne va pas avec les circonstances ? » Ses doigts jouaient dans ses cheveux.

« Je m'excuse, *c'est* romantique. Oui, ça l'est vraiment. Et je suis très heureuse d'être avec vous dans mon petit jardin à l'abandon. Mais vous me prenez au dépourvu.

— Bien, approuva Harland sans savoir précisément ce qu'il voulait faire. Votre jardin n'est pas à l'abandon et vous êtes exceptionnellement séduisante. Vous avez même une séduction unique, bien que vous n'en soyez pas consciente. »

Elle dégagea la tête de ses mains. « Ne parlez pas comme ça. C'est ce que Loz m'a dit.

— Je sais... Je suis au courant de ce qu'il vous est arrivé. Philip Sarre en a parlé au Patron.

— C'est bizarre qu'il vous l'ait raconté.

— Il était inquiet pour vous. » Il se tut. « Mais vous ne m'avez pas expliqué pourquoi les circonstances ne sont pas bonnes.

— Tout simplement parce que nous devons poursuivre le travail. Trouver Rahe. Mettre la main sur Loz. Consulter les photos de Dolph...

— Vous avez besoin de repos. »

Elle posa brièvement ses lèvres sur la paume d'Harland, puis releva la tête. « Pourquoi êtes-vous à Londres ? Vous deviez être au Moyen-Orient avec Jaidi.

— Jaidi est retourné à New York. Les choses n'ont pas marché en Syrie.

— Ce n'est pas exactement ce que je vous demande. Pourquoi travaillez-vous encore avec nous ? »

Harland retira sa main, légèrement exaspéré. « Je suis ici entre autres parce que Teckman m'a demandé de venir. Il pensait qu'il aurait besoin d'aide pour convaincre les autorités des errements de Norquist avec le Mossad et avec Loz. » Il se tut et reprit son verre. « Mais la vraie raison est que Jaidi et Teckman se sont connus à Cambridge, ce que j'ai appris récemment. Teckman a eu pitié de ce pauvre garçon venu de Zanzibar et il lui a fait rencontrer du monde, il lui a rendu la vie supportable. Leurs relations durent depuis trente-cinq ans, avec des hauts et des bas, mais ils ont été très proches quand Teckman faisait partie de la mission britannique à l'ONU. Jaidi n'était qu'un petit bureaucrate à l'époque. Ces derniers mois, il a parlé à Teckman d'un certain Sammi Loz qui vivait à New York. Teckman a probablement ordonné une enquête sur Loz ou il savait qu'il était sous surveillance. Après la mort de Norquist, Jaidi m'a obtenu un rendez-vous chez Loz. J'ai rencontré Teckman le lendemain. Ils s'étaient entendus entre eux. Nous savons à présent que Loz travaillait pour le Hezbollah et qu'il avait probablement créé un groupe avec Youssef Rahe. Il y a tout lieu de penser que Jaidi veut se protéger, comme toutes les personnalités qui consultaient Loz. Jaidi l'a recommandé à pas mal de gens, vous le saviez ? Qui sait, il lui a peut-être présenté Norquist ? Peut-être éprouve-t-il des remords ? Quoi qu'il en soit, et compte tenu du flair des Israéliens, tout le monde a intérêt à se montrer prudent. L'information est un pouvoir entre les mains des Israéliens. Et pour finir, sachez que c'est la version courte de l'histoire et que je n'ai pas l'intention de subir un contre-interrogatoire.

— Okay, okay ! » Elle leva les mains en signe de reddition. « Mais vous devez admettre l'intérêt de ces situations parallèles. Par exemple, les couples transatlantiques : Jaidi et Teckman, Loz et Rahe…

— Vous et moi, fit Harland avec un large sourire.

— Ce n'est pas ce que je voulais dire. »

Il posa la main sur son avant-bras.

« La question est la suivante, dit-elle. Vais-je accepter de me laisser séduire ? » Elle le regarda et son expression lui fit penser qu'elle envisageait cette perspective avec la logique acharnée qu'elle appliquait à tout le reste.

Il objecta : « Je ne suis pas nécessairement en train de vous séduire. Je suis plutôt partisan du désir synchronisé.

— Vraiment ? C'est une stratégie inapplicable. Comment savez-vous quand vous êtes synchronisé ? »

Ce fut à son tour d'être embarrassé. « Croyez-moi, je manque de pratique.

— Je vais faire du café. Essayez de vous rappeler ce qu'il faut faire. »

Elle partagea le reste de vin, ramassa les couverts et entra dans la cuisine. Un bruit d'assiettes lui fit comprendre qu'elle remplissait le lave-vaisselle. Puis il entendit une musique vaguement familière. « Qu'est-ce que c'est ? demanda-t-il. J'ai déjà entendu ça. »

Sa tête apparut dans l'encadrement de la fenêtre. « C'est de la musique soufie. Vous l'avez entendue sur l'île. Je l'ai achetée sur un marché au Soudan. C'est merveilleux, mais j'avais peur que ça ne détonne en Angleterre. »

Quelques minutes plus tard, elle revint avec le café. « Je vous en veux, à vous et au Patron, de m'avoir laissée seule sur l'île avec Khan et Loz. J'étais très vulnérable. »

Harland hocha la tête. « Le Patron m'avait promis du renfort. Quand je suis parti, Sarre et Lapping étaient à quelques minutes en bateau.

— Mais j'ignorais qu'ils étaient là et ils ne savaient rien de ce qui se passait. Vous appelez ça du renfort ?

— Je pense que le Patron n'avait pas le choix. Il avait très peu de monde sous la main. D'une certaine manière, il a eu raison. Vous les avez fait parler. Vous avez obtenu des informations capitales sur Yahya et sur leur calendrier.

— Ça n'en était pas moins irresponsable de sa part, non ?

— Oui, et je partage le blâme. J'ai insisté pour partir. Je devais m'en aller.

— Une belle connerie, répondit-elle du tac au tac. Bien sûr, vous avez sorti un lapin de votre chapeau, mais il est beaucoup plus petit que le mien. » Elle lui lança un sourire moqueur.

Ils savaient tous deux qu'ils gagnaient du temps. Harland estimait avoir fait un geste. C'était à son tour. La musique envahissait la nuit, improbable et enjôleuse, et ils se regardaient. Sans préambule, elle se leva, se plaça derrière lui. Posant les mains sur son menton, elle lui entoura le visage et se pencha pour l'embrasser.

« Nous n'avons pas besoin d'aller au lit, dit-elle. Mais je voulais vous faire savoir que nous sommes synchronisés.

— Bien, murmura-t-il, comme elle l'embrassait à nouveau.

— Mais finalement, je crois que j'aimerais aller me coucher très vite. Avec vous.

— Oui, dit-il, c'est une bonne idée. »

Ils sortirent de table et gagnèrent sa chambre. Son caractère intime et son aspect solitaire le surprirent. C'était austère, mais confortable. Des livres s'empilaient à côté du lit. Il y avait aussi la photo d'une petite fille et d'une femme, debout à l'ombre d'un tamaris. La femme ressemblait en tout point à Isis. Il comprit que c'était sa mère et que la gamine au visage rieur était Isis. L'ampleur de cette perte l'envahit et il se tourna vers elle pour l'étreindre. Il avait compris cela. Il avait aussi désespérément besoin de sortir de sa longue et morne solitude, de se prouver qu'il pouvait aimer et écouter autant que n'importe quel autre homme. Elle se déshabilla en gigotant et resta immobile devant lui, sans le moindre embarras. Harland ne parvenait pas à l'appréhender tout entière. Il ne réussissait pas à distinguer entre la personne sérieuse et pâle qui se tenait devant lui, et la jeune femme rebelle et obstinée avec qui il avait travaillé. Elle s'approcha, l'étreignit, lui chuchota de se déshabiller. Ils s'allongèrent sur le lit et devinrent amants. Plus tard, elle se tut et s'endormit dans ses bras. Les yeux d'Harland se fermaient aussi, mais il éprouvait moins de joie. Trois mots tournaient sans cesse dans son esprit : victime, survivant, personne. Telles étaient, lui avait-on expliqué, les trois étapes par lesquelles passe quiconque a subi la torture. Était-il encore celui qu'il avait été ? Était-il toujours marqué par ce qu'il avait connu dans la cave d'une maison de Prague quatorze ans plus tôt ? Il était convaincu maintenant que la clé de son problème de dos se trouvait là, et pas dans Eva, ni dans l'accident d'avion.

Comme disait Sammi Loz, le corps se souvient. Il devait rompre avec cette vieille douleur pour redevenir une personne. Il regarda le visage d'Isis. Ce n'était pas sa beauté qui l'avait attiré — il lui avait fallu un certain temps pour la reconnaître —, mais sa conviction que torturer Khan était un crime, quoi qu'il ait fait.

Il ferma les yeux.

La sonnerie du téléphone les réveilla un peu plus tard. Harland entendit Isis répondre. Le Patron les attendait dans son bureau à 6 h 30 du matin.

30

Aux premières heures de l'aube, une trentaine de personnes se réunirent à Thames House, le quartier général du MI5. Herrick et les responsables du SIS arrivèrent un peu avant Vigo. À l'évidence, le Patron s'était entretenu avec lui et les deux hommes étaient parvenus à la même conclusion : seul Jamel Rahe pourrait les mener à Youssef Rahe et Sammi Loz. Une fois de plus, Vigo avait conçu l'opération et obtenu l'aval de la direction des services de sécurité. Malgré ses traits tirés, il affichait l'attitude d'un homme au-dessus de tout soupçon.

Jamel Rahe avait été repéré dans une maisonnette située dans une rue tranquille de Bristol. Une équipe de surveillance se rendit aussitôt sur place. À 8 h 15, un policier en uniforme et un membre de la Branche Spéciale locale sonnèrent à sa porte. Un microphone dissimulé dans le porte-documents de l'agent de la Branche Spéciale retransmettait la conversation à Thames House. Selon les instructions, l'entretien manierait subtilement le soupçon et la conciliation. Les deux policiers, se faisant passer pour des agents du service de l'immigration au ministère de l'Intérieur, expliquèrent à Jamel Rahe qu'il manquait un document à son dossier de demande d'asile politique et qu'il devait le remplir au plus vite. De l'autre côté de la rue, un caméraman caché dans une camionnette de réparateur de télévision enregistrait la scène. Les images des trois hommes discutant sur le perron de la petite maison parvenaient à Thames House via un serveur Internet codé. Un coup d'œil suffit pour identifier Jamel Rahe : c'était bien l'homme photographié en Bosnie. Les images furent expédiées sur l'ordinateur portable d'une équipe de la Branche Spéciale qui avait pris position sur le toit du terminal 3, à Heathrow.

Jamel Rahe proposa aux deux fonctionnaires de boire un café pendant qu'il remplirait le formulaire. Dès que les trois hommes entrèrent dans la maison, le policier en civil posa un micro miniature. La qualité du son fut aussitôt meilleure. On entendit Jamel protester qu'il avait déjà rempli le formulaire et les deux fonctionnaires présenter leurs excuses. Pendant qu'il s'asseyait pour écrire, ils l'interrogèrent aimablement sur ses prestations sociales, ses projets de travail et les cours d'anglais que prenait sa femme. À une ou deux reprises, les réponses de Jamel parurent manquer dè spontanéité, en particulier quand on mentionna la présence de son frère à Londres et la chance qu'elle lui offrait par rapport à la majorité des nouveaux immigrants. Pendant un quart d'heure, la conversation se poursuivit sur un ton aimable. Quand les policiers le quittèrent, annonçant que le dossier était clos, Jamel Rahe était visiblement sur ses gardes.

Cinq minutes plus tard, l'équipe de la Branche Spéciale d'Heathrow contacta Thames House. Trois observateurs avaient formellement reconnu l'homme qui se tenait sur la terrasse du terminal 3, le 14 mai. Ils l'avaient aperçu à plusieurs reprises auparavant. Jamel Rahe était donc bien un élément capital. Une fois de plus, le Patron cligna des yeux vers Isis en signe de remerciement. Il fallait maintenant attendre que Jamel appelle son contact.

Le Patron et Barbara Markham consacrèrent l'heure suivante à discuter de la perquisition à la librairie. Les services de sécurité voulaient agir immédiatement. Teckman souhaitait attendre le plus possible, même s'il savait pertinemment que l'opération devrait s'achever avant la vague d'arrestations prévue le lendemain, à l'aube. On parvint à un compromis : la descente de police aurait lieu à 17 heures et l'équipe du Secret Intelligence Service interviendrait quand les lieux seraient sous contrôle. Le Patron retourna à Vauxhall Cross, laissant Dolph et Herrick accueillir une foule de journalistes, de diplomates, de militaires et de travailleurs sociaux. Thames House les avait contactés la veille. Répondant à cette invitation insolite pour un petit déjeuner, ils arrivèrent à l'heure dite. Chacun regarda les photos de Serbie. Une carte permettait de repérer l'endroit où avait travaillé le photographe. Mais personne ne sut identifier les moudjahidin. « Eh bien, fit Dolph après le départ du dernier visiteur, il ne reste plus que mademoiselle Guignal. Lapping devrait faire un saut à Skiatos avec une disquette et en profiter pour perdre son pucelage.

— Nous gagnerions du temps en demandant à Guignal de se rendre dans un café Internet. On lui enverrait les photos par mail.

— Vous oubliez la sécurité ? s'étonna Dolph.

— Au diable la sécurité ! De toute manière, nous *devons* lui parler de Jamel Rahe. Elle se souvient peut-être de lui. Pourquoi ne vous en occupez-vous pas ? »

Les yeux de Dolph lancèrent des éclairs. « Je ne suis pas votre coursier, Isis. Faites-le vous-même.

— Excusez-moi. Nous lui parlerons tous les deux, okay ? Ce sera mieux. »

Mais Dolph était hors de lui. « Vous êtes crevée, vous avez besoin de repos.

— Oui, dit-elle en essayant de sourire. Je suis désolée.

— Vous venez de vivre des semaines difficiles. Tôt ou tard, vous en subirez le contrecoup.

— Le sermon est terminé ?

— Je suis sérieux », fit Dolph, avant de retourner aux photos.

Elle était fatiguée, épuisée. Elle se revit avec Harland dans la cuisine, le matin même, assise devant une tasse de café comme si elle était anesthésiée. Ils n'avaient guère parlé. Elle avait essayé de lui faire comprendre qu'elle ne regrettait pas la nuit passée avec lui. Il s'était montré affectueux, mais légèrement distant, comme s'il se retirait en lui-même. Bien, avait-elle pensé, j'attendrai. Et si c'était l'histoire d'une seule nuit, c'était bien quand même : elle avait été fort agréable.

Elle avait voulu le rassurer au moment où le taxi s'arrêtait devant le Brown's Hotel. « Ne vous en faites pas, avait-elle dit en caressant sa main, vous êtes libre. Je ne suis pas comme ça.

— Je ne m'en fais pas, je suis seulement surpris de ce qui est arrivé. Mieux, je suis ému et très reconnaissant du privilège que vous avez offert au vieil homme que je suis.

— Reconnaissant n'est pas le bon mot quand il s'agit de sexe. »

Ils s'étaient souri et en étaient restés là. Au moment où il ouvrait la portière, elle avait croisé son regard, hagard, déconcerté. Elle lui avait pris le bras, regrettant aussitôt ce geste qui la mettait apparemment en situation de demande, alors qu'elle s'inquiétait seulement pour lui.

« Tout va bien ? »

Légèrement irrité, il avait répondu : « Oui, bien sûr, tout va bien. » Puis, se libérant, il était sorti.

Leur séparation était frustrante. Elle espérait pouvoir arranger ça.

Dolph et Herrick regagnèrent Vauxhall Cross à 11 heures. À 13 h 10, on les informa que Jamel Rahe venait de quitter son domicile, un sac de sport sur l'épaule ; et qu'il avait pris un bus au bas de la rue. Plusieurs observateurs le filaient. Il quitta le bus au centre-ville et entra dans plusieurs magasins où, sans se presser, il effectua de curieuses emplettes : une paire de chaussettes, des savonnettes, un cahier d'écolier. Il flâna ensuite dans un magasin de matériel électronique, puis décida brusquement d'acheter un téléphone portable. Il le laissa dans son emballage, ce qui donna à penser qu'il ne l'utiliserait pas immédiatement puisqu'il fallait un certain temps pour charger la batterie. Il déambula dans un jardin et fit un bref passage dans une librairie, avant de se planter devant les horaires des séances d'un cinéma multiplex. De l'avis général, il suivait un plan.

À plusieurs reprises, il emprunta des itinéraires dits « neutres » pour s'assurer qu'il n'était pas suivi : un escalator dans un grand magasin, un passage souterrain et une allée. La police répondit en déployant immédiatement une « surveillance en cascade » qui impliquait de nombreux observateurs rebondissant comme l'eau de caillou en caillou. Mais Rahe marchait si lentement qu'il fallut revenir à la méthode traditionnelle et le suivre à distance respectable.

Le temps passait. La perquisition à la Librairie Pan Arabe avait été repoussée à 18 heures et Isis devrait quitter Vauxhall Cross à 17 h 15. Il était 15 h 30. Elle partit à la recherche de Dolph. Pour la cinquième fois, ils essayèrent de joindre Hélène Guignal. Elle répondit à la première sonnerie et leur annonça qu'elle avait amené son ordinateur portable pour récupérer son courrier électronique. Les photos de Bosnie lui parvinrent immédiatement.

Dix minutes plus tard, elle rappelait. Dolph brancha le haut parleur.

« Ces photos sont étonnantes. Comment dites-vous ? "Amazing." Tout le groupe est là.

— Quel groupe ? Vous rappelez-vous de leurs noms ?

— Celui qui se tient de profil est Hassan, mon petit ami. Et vous avez reconnu Yaqub et Sammi, n'est-ce pas ?

— Il s'agit de Youssef Rahe, souffla Herrick à Dolph.

— Qui voyez-vous d'autre ? demanda Dolph, impatient.

— Larry.

— Larry ? Qui est Larry ?

— Un Américain. C'est le type à l'arrière-plan. Il s'est converti à l'islam. J'ai oublié son nom islamique, mais les Frères l'appelaient Larry.

— Les membres du groupe s'appelaient Frères entre eux ? demanda Dolph.

— Oui.

— Bien. Et maintenant, le grand type près de l'arbre. Nous pensons qu'il est algérien, comme Yaqub. Est-ce qu'il se faisait passer pour son frère ?

— Excusez-moi, je ne vous comprends pas.

— Est-ce qu'il prétendait être le frère de Yaqub ?

— *Non*, ce n'est pas son frère. Mais il est algérien, *oui*.

— Son nom ? »

Elle hésita. « Rafik… Non, Rasim. C'est ça : Rasim. »

Dolph griffonna quelques mots à l'intention d'Herrick.

« Vous lui connaissez d'autres noms ?

— Non.

— Reconnaissez-vous d'autres suspects ?

— J'en reconnais quelques-uns, mais je ne les connaissais pas bien. Je ne sais pas comment ils s'appellent. »

Dolph passa la note à Herrick. Il avait écrit : « TOUS DANS LE CHANGEMENT DU HADJ. »

Avant de raccrocher, Isis prévint Hélène Guignal qu'elle ou l'un de ses collègues la rappellerait dans la nuit et qu'elle ne devait pas éteindre son portable. Elle lui annonça dans la foulée que le quartier général de l'Otan serait informé de son aide, une manière de souligner ce qu'elle lui avait déjà dit : Hélène Guignal ne devait ni montrer, ni parler des photos.

« Il faut envoyer quelqu'un là-bas, dit Herrick. Nous devons savoir tout ce qu'elle sait sur les Frères. »

Dolph enrageait. « Il y a trop de noms. Dès que nous épinglons un groupe, un nouveau surgit, avec une ribambelle d'antécédents et de connexions.

— Croyez-moi, nous remontons le fil.

— Oui, et je suis convaincu qu'ils ont tous participé au Hadj. Nathan voulait creuser cette piste. Collins et les autres ont préféré s'occuper des suspects en Europe. C'était une grave erreur.

— Vous voulez dire… Vous êtes d'accord avec la théorie de Lapping ? Vous pensez que les hommes d'Heathrow sont des figurants ? Le groupe de Bosnie, les Frères, serait au cœur de l'opération ?

— Franchement, je suis incapable de vous répondre. Nous verrons demain quand les neuf suspects seront interrogés. Mais réfléchissons : chaque année, des gens meurent piétinés pendant le pèlerinage. Il y a douze ans, mille quatre cents pèlerins ont été écrasés dans un tunnel. L'identification des corps a été très difficile parce que tout le monde portait le même habit et que des papiers d'identité avaient disparu. »

Herrick et Dolph rapportèrent au Patron leur conversation avec Hélène Guignal. Teckman transmit l'information au Joint Intelligence Committee. Sarre, et non Lapping, fut dépêché en Grèce avec mission d'interviewer la journaliste française et la convaincre, si nécessaire, de rentrer à Londres avec lui. Le Patron insista : les photos ne devaient pas tomber entre les mains de la DGSE française. Une antenne du MI6 à Athènes se rendit à Skiatos pour s'occuper d'Hélène Guignal en attendant l'arrivée de Sarre. De son côté, Nathan Lyne reçut l'ordre de concentrer toutes les ressources du Bunker sur les changements d'identités du Hadj. Une réunion conjointe de la CIA et du SIS se tiendrait à Vauxhall Cross dans la soirée, mais l'heure restait à fixer.

À Bristol, Jamel Rahe avait poursuivi sa flânerie jusqu'au moment où on le vit trahir son véritable état d'esprit. Il entra dans une pharmacie pour acheter des tablettes alcalines et une boîte d'analgésiques. Dans une cafétéria, il avala les médicaments avec un double espresso et s'installa près d'une fenêtre pour observer la rue. On en déduisit qu'il attendait l'heure convenue ou le moment propice pour établir un contact.

À 16 h 30, Herrick, Dolph et Lapping quittèrent séparément Vauxhall Cross pour se rendre à Bayswater. Herrick avait pris rendez-vous chez le coiffeur en face de la librairie, tandis que Dolph et Lapping s'installaient dans un bureau de paris, à une cinquantaine de mètres de la boutique. Puis Harland appela Herrick sur son portable et elle comprit qu'il participait à l'opération. Il avait pris position dans un café au bas de la rue, le Paolo's.

Herrick s'était installée à sa place habituelle en attendant son tour. Elle levait de temps à autre les yeux de son magazine. Tout paraissait normal dans la librairie. Au comptoir, l'irascible épouse de Rahe servait les clients et travaillait sur l'ordinateur. L'assistante s'activait dans les rayons et classait une pile d'ouvrages récents. La rue était plutôt calme, mais il y avait des passants et une équipe d'entretien examinait une canalisation de gaz dans une bouche d'égout, à trente mètres de la librairie.

Isis faillit s'endormir après le shampoing, pendant qu'on lui massait le cuir chevelu. Elle demanda un café. Pendant que le coiffeur rafraîchissait sa coupe, elle observait la librairie dans le miroir. À 17 h 30, un nombre inhabituel de personnes envahit la boutique. S'il s'agissait de vrais clients, la descente devrait être retardée. Puis elle réfléchit que ce devait être des policiers et des agents du MI5, seuls habilités à perquisitionner. L'affaire relevait de la politique intérieure et le SIS n'avait aucun droit. Mais les agents sur le terrain pouvaient ignorer ou contourner les accords passés entre les patrons. Elle expédia un message à Dolph, lui demandant d'aller aux nouvelles. La réponse vint : « Vainqueur à Windsor 5-1 ». Une minute plus tard, elle vit Dolph passer devant la librairie Pan Arabe, Lapping, sur ses talons. Elle reçut un autre texto : « Rien à faire encore. » Les deux hommes retournèrent au bureau des paris.

Plusieurs personnes quittèrent la librairie.

À 17 h 47, Herrick quitta le salon de coiffure et marcha jusqu'au café. Elle aperçut Harland, absorbé dans le *Financial Times.* Sans lever les yeux, il lui fit signe en agitant les doigts en haut de la page. Il était 17 h 52 quand elle vit les employés du gaz refermer la plaque d'égout, ranger leur matériel à l'arrière d'une camionnette et se diriger vers la librairie. Au même instant, trois voitures banalisées s'immobilisèrent devant la porte. La descente avait commencé.

Herrick contacta Harland sur son mobile et se précipita vers la librairie. Dolph et Lapping avaient déjà atteint la porte et insistaient pour entrer, apparemment sans succès. Herrick arriva sur les lieux, légèrement essoufflée, et s'approcha d'un type corpulent, un agent de la Branche Spéciale. Il répondit qu'il n'avait reçu aucune autorisation pour laisser les gens du SIS fouiller la librairie : la police devait d'abord assurer la sécurité des lieux.

« Mais, objecta-t-elle en sortant son portable, il n'y a que ces deux femmes. » Elle utilisa la numérotation rapide et recula de quelques pas pour expliquer la situation à l'assistant du Patron. Il lui demanda de rester en ligne, le temps de régler le problème. Elle revint vers le policier : « Vous savez que nous travaillons pour le Premier ministre ? Nous devons impérativement entrer dans cet immeuble.

— Je me fous de savoir pour qui vous travaillez », répliqua l'homme.

Harland s'était approché et commençait à protester, quand un gradé sortit de la boutique et ordonna au policier en faction d'ouvrir la porte.

La première impression d'Herrick en entrant dans la librairie fut qu'il y avait trop de monde. Des hommes sortaient les livres au hasard et ouvraient les tiroirs du bureau. La femme de Rahe et son assistante étaient assises sur des chaises, à l'extrémité d'un rayon. Lamia Rahe, l'épouse du libraire, regardait fixement le sol, la tête entre les mains. Les yeux de l'assistante remuaient sans cesse. Personne ne semblait savoir que faire d'elles. Même Herrick ignorait s'il existait un mandat d'arrêt contre Mme Rahe. Elle se dirigea vers un gradé. Elle allait lui demander de faire évacuer les lieux quand elle réalisa qu'elle n'avait pas éteint son portable et qu'elle était encore en ligne avec Vauxhall Cross. Elle porta l'appareil à son oreille et s'exclama : « Seigneur, vous êtes toujours là ?

— Oui, et je sais que vous êtes dans la librairie, répondit l'assistant du Patron. Puisque je vous tiens, sachez que le suspect de Bristol se prépare à établir un contact. Il a interchangé la carte SIM de son nouveau téléphone avec celle de son portable habituel. Nous venons de l'apprendre. »

Herrick raccrocha. Elle était sur le point d'exiger que la police interrompe la fouille quand elle perçut un bruit dans l'appartement au-dessus de la librairie. Elle vit Lamia Rahe relever la tête. Personne d'autre ne l'avait remarqué. Soudain, elle exigea le silence : « Pouvez-vous vous taire un instant ? » Elle claqua des mains. « S'il vous plaît, silence ! » Tout le monde se tut. On entendit un téléphone portable sonner, puis la sonnerie cessa.

« Vous avez fouillé l'étage ? demanda-t-elle au policier.

— Il n'y a personne. Nous avons vérifié.

— Pas d'enfants ? »

Il secoua la tête.

« Quelqu'un a arrêté la sonnerie, j'en suis sûre. Vous n'avez pas entendu ? Et où sont les enfants ? L'école est finie depuis deux heures. »

Bien entendu, il n'y avait pas d'enfants. Elle comprit qu'ils faisaient partie de la couverture du couple.

Elle sentit le regard de Lamia Rahe se poser sur elle avec une expression bizarrement pensive. Elle sut qu'elle l'avait reconnue.

Elle détourna les yeux. « Vous devriez aller voir qui a arrêté cette sonnerie. »

C'est alors que Lamia Rahe bondit, gesticulant et marmonnant en arabe.

« Faites asseoir cette femme », cria l'officier. Mais avant que personne ait pu intervenir, Lamia Rahe avait sorti un pistolet de sa blouse. En hurlant, elle le pointait vers Herrick. Au moment où le coup partait, quelque chose heurta violemment Isis dans le dos. Elle tomba sur le tapis en corde tressée près du bureau. Cinq ou six détonations éclatèrent. Il y eut une mêlée. L'un des policiers sur le seuil de la boutique sortit son arme et tira un seul coup. Lamia Rahe s'effondra, tuée net.

Herrick regarda rapidement autour d'elle. Harland gisait à ses côtés, atteint dans le dos par la balle qui lui était destinée. Derrière lui, Joe Lapping se tordait de douleur sur le sol. Dolph était étendu, la poitrine en sang. Un instant, Herrick refusa d'admettre ce qu'elle voyait. Elle rampa vers Dolph. Il était blanc comme un linge, mais réussit à grimacer un sourire et à pousser un juron.

« De l'aide ! hurla-t-elle. Appelez une ambulance. »

La confusion était totale. L'assistante s'était ruée sur le corps de sa patronne. Sanglotant, elle frappait le plancher de ses poings. Deux policiers aboyaient dans leurs radios ; trois autres s'étaient précipités au fond de la boutique et grimpaient l'escalier. On entendit un objet poussé sur le plancher de l'appartement. Une fenêtre à guillotine s'ouvrit bruyamment. Herrick ne comprenait pas l'origine des bruits. Plusieurs coups de feu retentirent, si rapides qu'on aurait dit une mitraillette. Quelqu'un tomba sur le plancher.

Herrick se ressaisit. Elle se rappelait vaguement les cours de secourisme pendant sa période d'entraînement et elle évalua rapidement l'état des trois blessés. Harland s'en tirait mieux que les deux autres.

La balle lui avait lacéré le côté gauche du dos, creusant une balafre de douze à quinze centimètres. Dolph souffrait d'une vilaine blessure : la balle l'avait atteint sous la clavicule pour ressortir au milieu de l'omoplate. Puis elle vit le sang bouillonner sur la cuisse droite de Lapping, à hauteur de l'aine, et comprit qu'il fallait agir.

« Ça ne peut pas attendre ! hurla-t-elle. Il faut les amener à St Mary's, c'est à quelques minutes ». St Mary's fut prévenu et deux voitures de police banalisées se garèrent devant la librairie. On installa Dolph sur le siège arrière du premier véhicule qui s'élança vers Paddington, gyrophare allumé et sirène hurlante. Lapping fut allongé dans l'autre voiture. On avait décidé qu'Harland attendrait l'ambulance. Il se releva et souleva sa chemise pour qu'un policier applique un pansement de fortune sur sa plaie.

Les hommes qui étaient montés dans l'appartement redescendaient. Aucun n'était blessé, mais ils étaient en état de choc et incapables de répondre à ses questions. Herrick en prit un par la manche.

« Qu'est-il arrivé ?

— Allez voir vous-même », répondit le policier.

Poussée par le besoin insensé d'aller jusqu'au bout, Herrick monta l'escalier et entra dans la cuisine inondée de soleil. Elle traversa le salon, côté rue, et se dirigea à gauche vers la salle de bains et la chambre. Elle y découvrit Youssef Rahe étendu sous une fenêtre ouverte, mort, un revolver à portée de main.

Elle comprit immédiatement. Après avoir entendu les coups de feu tirés par sa femme, Rahe avait actionné la porte d'un compartiment secret aménagé derrière le lit double qu'il avait avancé de quelques centimètres. Puis il avait voulu s'enfuir par la fenêtre. En entendant les policiers entrer dans l'appartement, il avait fait face pour tirer. Son torse portait quatre ou cinq blessures. Il y avait de nombreux impacts de balles sur les murs et les meubles.

Herrick s'accroupit près du corps. Rahe avait perdu du poids et s'était laissé pousser la barbe. L'expression ultime de son visage témoignait d'une dureté qui n'apparaissait pas sur les vidéos d'Heathrow. Mais c'était bien l'homme qu'elle avait pris pour un petit rondouillard pacifique et inoffensif. Deux bracelets d'argent qu'il portait au bras gauche attirèrent son attention. Elle vit un téléphone portable sous le lit. L'appareil avait dû glisser des mains de Rahe. Elle le récupéra et le mit dans sa poche. Tout en observant ses traits, elle fit une vague prière pour que Rahe rouvre les yeux et lui avoue ce qu'il avait fomenté. Sa mort était un désastre.

Elle se releva, enjamba le cadavre et tira le lit pour atteindre la tapisserie qui dissimulait l'entrée de la cachette. Elle la souleva, tâtonnant à la recherche de pièges éventuels. Rassurée, elle tendit le bras vers un cordon électrique. Un néon s'alluma. Elle se faufila dans la cache. Le compartiment secret n'amputait pas seulement la chambre, il occupait toute la longueur de l'appartement, empiétant sur les trois pièces. Une porte donnait sur un réduit dans la cuisine. À en juger par les traces de doigts, Rahe préférait ce chemin pour entrer et sortir de sa cachette, même s'il devait s'accroupir. Elle se retourna. Le couloir, d'un mètre vingt de large, était oppressant, sans lumière naturelle, ni ventilation. Malgré un désodorisant d'atmosphère à chaque extrémité, l'air sentait l'ennui et la sueur. Un vieux lit de camp militaire était poussé contre le mur, côté rue. Il y avait aussi un tapis de prière et des haltères.

Sur une étagère recouverte d'une étoffe se trouvaient une moitié de pomme, un paquet entamé de biscuits au fromage et une bouteille d'eau minérale. Une loupiote rouge pendait sous la tablette. Un fil électrique courait le long du mur et traversait le plancher. L'ampoule était un signal d'alerte actionné à partir du comptoir dans la librairie. Il n'existait aucune prise d'électricité, rien qui permette de brancher un ordinateur ou de recharger un portable.

Elle s'approcha de deux cintres métalliques accrochés au tuyau de vidange de l'appartement du dessus. Une vieille veste marron y était suspendue. Elle tapota la doublure maculée de stylo-bille, plongea la main dans la poche et en sortit un passeport et un portefeuille. Elle allait les ouvrir quand une voix masculine appela de la chambre à coucher. « Ne tirez pas », lança-t-elle.

En sortant du cagibi, elle se trouva nez à nez avec quatre policiers. Deux d'entre eux, vêtus de gilets pare-balles, avaient des mitraillettes Heckler and Koch. « Vous allez immédiatement quitter cet immeuble, mademoiselle, dit l'un des hommes.

— Bien sûr, répondit-elle. Vous savez où me joindre si vous avez besoin d'une déclaration.

— Prévenez l'officier en bas. »

Elle se glissa hors de la librairie sans rien dire et se mêla à la foule qui s'était rassemblée pour voir Harland partir en ambulance.

31

Au St Mary's Hospital, où elle s'était rendue en hâte, Herrick patienta une heure avant qu'une jeune femme en blouse blanche vienne lui donner des nouvelles. La blessure de Lapping était beaucoup plus préoccupante que celle de Dolph : la balle avait frôlé l'artère fémorale et une hémorragie avait failli l'emporter pendant son transfert aux urgences. Il était très faible à présent, mais tiré d'affaire. La blessure de Dolph serait plus longue à guérir : sa clavicule, brisée par une balle de 9 mm, et l'état de son omoplate exigeaient une nouvelle opération ; il lui faudrait trois ou quatre mois de convalescence. Quant à Harland, on avait recousu sa plaie dans le dos, mais il était toujours sous anesthésie et ne pourrait recevoir aucune visite avant le lendemain.

Le médecin posa sa main sur l'épaule d'Herrick. « Vous n'avez pas l'air en forme non plus. Si vous étiez dans la fusillade, vous risquez le contre-coup. »

Herrick secoua la tête. Elle devait retourner au travail. Elle quitta l'hôpital par la porte principale et traversa la cour. Une fois dans la rue, elle vit un couple sortir précipitamment d'un taxi. C'étaient sûrement les parents de Dolph. Le père, âgé d'une soixantaine d'années, avait la démarche lourde et chaloupée de son fils, et la mère les mêmes yeux vifs. Ils avaient l'air de gens modestes, un peu honteux de ne pas cacher leur inquiétude. Herrick s'approcha pour leur parler, mais les mots lui manquaient. Elle s'arrêta brusquement et sentit qu'elle avait besoin de s'asseoir, de reprendre des forces, de manger un morceau. Il y avait un pub de l'autre côté de la rue, le Three Feathers, à la façade couverte de pétunias. Dans la salle presque vide, le barman et une poignée de clients regardaient les nouvelles sur Channel Four News. Un plan éloigné montrait la librairie Pan Arabe : un cordon de police barrait la rue, des experts entraient dans l'immeuble et des policiers en civil sortaient avec des cartons.

Herrick commanda un double whisky et une tourte à la viande exposée de manière peu appétissante sur une étagère vitrée. Elle s'assit au bar, sur un tabouret. Pendant que la tourte réchauffait au micro-ondes, elle tenta de reprendre ses esprits et se concentra sur la boule d'angoisse qui l'étouffait.

Le barman apportait la tourte sur une assiette en carton quand une voix interpella Herrick. Walter Vigo se tenait sur sa gauche, près d'elle, une main sur le comptoir. « Une sale affaire, Isis. J'espère qu'ils vont bien ? » Son sourire de sympathie masquait mal la sournoiserie de son regard.

Elle se tourna vers lui et l'observa. « Non, ils ne vont pas bien du tout. Joe Lapping a failli mourir. Qu'est-ce que vous foutez ici ? » Tandis qu'elle découpait la tourte, Vigo regardait la sauce couler, visiblement dégoûté.

« J'étais inquiet. Je vous ai vue traverser la rue.

— Bien sûr, fit-elle en grimaçant. Que voulez-vous ?

— J'aimerais vous dire quelques mots en privé.

— Je dois retourner à mon travail.

— C'est urgent.

— Alors, parlez-moi tout de suite. »

Il attendit que le barman s'éloigne. « Je veux savoir ce que vous avez trouvé dans la librairie.

— Si j'avais trouvé quelque chose, je ne vous le raconterais pas. »

La bouche de Vigo s'arrondit, formant un petit trou rond. « Il faut que je sache. Des vies en dépendent. »

Elle ne répondit pas. Tout en mangeant, elle sentait un étrange pincement ; son bras gauche devenait très douloureux.

« C'est important. J'ai entendu parler d'une découverte capitale à Bristol.

— Eh bien, allez-y.

— Herrick, vous savez que Youssef et Jamel Rahe sont des gens à moi. Mes contacts. Où en seriez-vous si je n'avais pas fait appel à eux ? »

Sa remarque la stupéfia. « Eh bien, pour commencer, trois de mes amis ne seraient pas à l'hôpital. On vous a entubé. Personne ne voit les choses autrement.

— Je me fous de ce que pensent les gens. Il y a peut-être des informations à la librairie dont je suis seul capable d'apprécier l'importance. »

La plainte qu'elle entendit dans sa voix la surprit. Si elle ne s'était pas sentie aussi bizarre, elle y aurait accordé plus d'attention. « Vous oubliez, Walter, que vous êtes hors jeu. Je ne peux rien dire là-dessus. » D'un geste, elle indiqua le téléviseur.

« Croyez-vous que j'aurais pris la peine de venir ici vous parler si ce n'était pas important ? »

Elle haussa les épaules. « Franchement, je me fous de vos soucis.

— Je connais des gens qui ont besoin de ces informations. Ils en feraient un bien meilleur usage que vous. Vous pouvez sauver des vies.

— Qui ? »

Il secoua la tête.

Elle sortit son portable et pressa une touche pour rappeler le bureau de Teckman.

« Que faites-vous ? demanda-t-il, cassant.

— Si vous voulez des informations, demandez-les au Patron. Allez-y, parlez-lui. »

Sans répondre, Vigo lui tourna les talons et se hâta vers la sortie. Herrick attendit quelques secondes, puis elle sauta du tabouret et se précipita à la fenêtre. Une Jaguar flambant neuve s'éloignait souplement du trottoir. Vigo était au volant. Elle colla le téléphone à son oreille et voulut parler à l'assistant de Sir Robin. Il l'interrompit : « Nous avons besoin de vous. Revenez immédiatement. »

Herrick déposa devant Colin Guthrie le téléphone, le portefeuille et le passeport américain qu'elle avait trouvés dans l'appartement des Rahe. Le patron de la cellule de contrôle MI5-MI6 émit un sourd sifflement. « Où étiez-vous ?

— À l'hôpital.

— Et après ?

— J'avais besoin de récupérer, j'ai bu un verre. Et savez-vous sur qui je tombe ? Sur Vigo. Il voulait que je lui dise ce que j'avais trouvé à la librairie. »

Guthrie réfléchit un moment. « J'imagine que s'il manigance quelque chose, c'est en tant que patron de Mercator. On oublie qu'il a créé une agence de renseignement après son départ. Nous pensions qu'elle était en sommeil. Peut-être à tort. Quoi qu'il en soit, il reste beaucoup à faire. Allons-y. » Il sortit la copie d'un mail. « D'abord, Jamel Rahe. Il refuse de parler depuis son arrestation, mais nous avons fouillé sa maison et le garage voisin. Le résultat est conséquent : vingt passeports, du matériel de contrefaçon de visas, des cartes bancaires vierges, 152 dossiers de cartes bancaires obtenus frauduleusement, un télescope, des horaires d'avion, un cahier de notes avec les heures d'arrivée et de départ à Heathrow, des relevés de comptes bancaires à l'étranger, de la littérature extrémiste et les habituelles vidéos moudjahidin en Tchétchénie… » Guthrie arrêta son énumération ; des collègues d'Herrick étaient entrés dans le bureau.

Il posa le mail sur la table et fit un bref rapport sur l'état de santé des blessés. Puis il forma trois équipes, chargées de suivre les pistes ouvertes par la découverte des documents. Isis était nauséeuse, mais la perspective d'agir lui faisait oublier son angoisse. Elle se sentait déjà mieux quand Nathan Lyne revint sur la question du Hadj.

Le passeport qu'elle avait trouvé dans l'appartement était au nom de David Zachariah, un bijoutier de trente-huit ans domicilié à White Plains, dans l'État de New York. Elle avait eu le temps de l'ouvrir sur le chemin de Vauxhall Cross, et avait intérieurement rendu hommage à l'intuition d'Hélène Guignal. Le pressentiment de la journaliste française annonçant que Rahe utiliserait le nom Zacharie était fondé. Le passeport indiquait que Rahe avait franchi la frontière syrienne pendant l'exécution de son substitut. Deux semaines plus tard, sous le nom de Zachariah il avait débarqué, après une escale à Athènes, à New York. Il était resté aux États-Unis jusqu'au week-end dernier, avait pris un vol de nuit pour la Grande-Bretagne et atterri à Gatwick.

Le portefeuille confirmait à satiété l'existence de Zachariah : il contenait trois cartes bancaires régulièrement alimentées sur un compte dans une banque de Manhattan où parvenaient tous les courriers. L'adresse de facturation était à White Plains. Des cartes de visite, une carte de membre de l'Amicale américano-israélienne, un permis de conduire américain, un ticket de teinturerie au nom de Zachariah et divers messages confortaient sa crédibilité. Mais l'adresse : 1014 Jefferson Drive à White Plains n'existait pas et les archives locales ne mentionnaient aucun Zachariah.

Les indices du dernier voyage de Rahe n'étaient pas moins importants que les preuves de ses déplacements à travers l'Europe au cours de l'hiver précédent. Les visas d'entrée du passeport et les règlements par carte de crédit, dont Nathan Lyne avait obtenu le détail avec son autorité habituelle, établissaient l'achat de billets de train et d'avion, ainsi que le paiement de notes d'hôtels, en Hongrie, Allemagne, Italie, Danemark et Suède. Ces données ne constituaient pas seulement autant de preuves pour les procès à venir. Elles confirmaient que Youssef Rahe utilisait le nom de Zachariah comme couverture quand il rendait visite aux cellules de soutien.

Les cartes de crédit récemment utilisées avaient servi à régler des notes de restaurants et d'hôtels à New York. Rahe avait également tiré huit mille dollars en liquide sur son compte à la Stuyvesant Empire Bank, sur la 5e Avenue, ce qui lui laissait un crédit de vingt-deux mille dollars cinquante sept. Rahe était confortablement approvisionné. Mais par qui ? Les relevés bancaires faisaient apparaître un virement de quinze mille dollars effectué le 3 de chaque mois par une société nommée Grunveldt-Montrea, basée à Jersey City, dans l'État du New Jersey. Mais aucune société portant ce nom n'apparaissait dans les pages jaunes de l'annuaire. Avant de quitter New York, Zachariah avait loué une voiture pendant trois jours avec une carte bancaire. Lyne contacta le FBI pour voir s'il existait la trace d'une quelconque infraction pour excès de vitesse ou défaut de paiement sur un parking, ou encore une indication de son séjour dans un motel, car Rahe n'avait certainement pas acheté d'essence avec une carte bancaire. La note qu'Herrick rédigea s'achevait sur le mot Canada, suivi de trois points d'interrogation.

Le téléphone portable livrait des informations moins précises, mais il était incontestable que Youssef Rahe avait reçu de son « frère », Jamel, l'appel qu'il avait interrompu pendant la descente de police dans la librairie. Selon le rapport de police, Jamel Rahe avait changé sa carte SIM et utilisé son portable à 6 h 15, sans doute l'heure convenue. N'obtenant pas de réponse, il avait observé l'écran, perplexe, juste avant son arrestation.

À l'évidence, le téléphone de Youssef Rahe n'était qu'un récepteur. Ainsi, il avait reçu plusieurs appels en Amérique en début d'année, mais la mémoire de l'appareil ne les identifiait pas, et les recherches auprès des deux ou trois serveurs téléphoniques concernés prendraient du temps : il y avait des millions d'abonnés. Herrick était convaincue qu'il y avait d'autres portables dans la librairie et que l'ordinateur livrerait beaucoup d'éléments, mais les services de sécurité étaient en train de l'analyser et le SIS n'y avait pas accès.

À 23 h 15, le Patron arriva, l'air grave. Il annonça que la Branche Spéciale avait, selon toute vraisemblance, contacté les médias et imputé les deux morts et les trois blessés aux « cow-boys » du SIS.

« Nous allons avancer les arrestations en Europe pour éviter que les médias alertent les suspects, annonça Teckman. Toutefois, les multiples identités de Rahe pourraient jouer en notre faveur. Il est probable que ses contacts le connaissaient sous le seul nom de Zachariah et qu'ils ne feront pas le rapprochement avec la descente dans la librairie. »

Teckman se tut et vit des visages fatigués autour de lui. « Je ne pense pas que vous puissiez en faire davantage pour l'instant. Je préférerais que vous vous reposiez cette nuit. Attendons la suite des événements. Nous ferons le point.

— Mais nous savons que quelque chose se prépare, lança Herrick. Dans la nuit de mercredi dernier, Loz a annoncé une opération pour le onzième jour. C'est-à-dire vendredi ou samedi, selon le début du compte à rebours.

— Nous *pensons* que quelque chose se prépare, ce n'est pas la même chose, n'est-ce pas ? Youssef et Jamel Rahe sont hors jeu. Les neuf suspects seront bientôt en prison. Et les faits tendent à prouver que Loz est mort. Foyzi nous a contactés : quatre corps ont été retrouvés sur l'île. L'un tout près de l'endroit où se trouvait Loz, d'après vos indications. Même avec cette inconnue, et j'ai tendance à ne pas y croire, le réseau que vous avez démasqué avec tout votre talent, Isis, n'existe plus.

— Mais il y a les autres, les hommes sur les photos de Bosnie, insista-t-elle. Nous n'en avons identifié aucun, bien que Dolph ait trouvé des noms quand il enquêtait sur le Hadj.

— C'est vrai. Mais je vous suggère de rentrer chez vous et de revenir dès l'aube, si vous le souhaitez. Nous tiendrons alors les neuf suspects et nous en saurons plus. » Il souhaita bonne nuit à tout le monde. Dans le couloir, il arrêta Herrick. « Ménagez-vous, Isis. Dormez cette nuit. Je suis sérieux. Vous avez une mine épouvantable. »

Au lieu de rentrer immédiatement chez elle, Herrick se rendit en taxi au Brown's Hotel. Elle expliqua les événements au directeur adjoint de l'établissement qui accepta de l'accompagner dans la chambre d'Harland après avoir écouté les nouvelles à la télévision et appelé l'hôpital. Elle rassembla quelques affaires : un pyjama bleu sombre, des dessous, des chaussettes, une chemise et une trousse de toilette. Un répertoire téléphonique noir traînait près du téléphone. Elle le rangea dans un sac de voyage avec le reste. Puis elle demanda si elle pouvait prendre le bouquet sur le bureau. L'homme secoua la tête d'un air las. Elle enveloppa les fleurs dans un sac à linge sale de l'hôtel. Un peu plus tard, elle déposa le tout à l'hôpital. Une infirmière lui donna des nouvelles de ses trois amis et lui apprit que la sœur d'Harland avait décidé d'interrompre ses vacances pour se rendre à son chevet.

Il était 6 h 45 quand Isis atteignit l'étage où se trouvait son bureau. Elle découvrit Lyne installé devant son ordinateur. Laughland était également présent. Elle devina qu'il surveillait l'agent de la CIA.

« Que se passe-t-il ? » demanda-t-elle en posant son sac.

Lyne leva les yeux. « Bravo pour la *ruse subtile* ! Explosifs, gaz neurotoxiques : ces types avaient tout ce qu'il faut. »

Elle se dirigea vers la machine à café, réfléchissant à toute allure. « Savons-nous quand ils vont attaquer ?

— Non, je suis là depuis cinq minutes. Je n'en sais pas plus. Mais la réunion vient de commencer. » Laughland était déjà sur le seuil, pressé de partir.

Une trentaine de personnes se tenaient dans le bureau du Patron. Parmi elles, plusieurs membres du Joint Intelligence Committee, et deux participants à la réunion de COBRA qui s'était tenue deux jours plus tôt. Le Patron avait pris place près de la fenêtre, une main levée pour le protéger des rayons du soleil que lui renvoyaient plusieurs barges chargées de détritus sur le fleuve.

Guthrie s'interrompit pour laisser les nouveaux venus s'installer, avant de reprendre : « Fazi al-Haqq, le Pakistanais de Bradford, offre un bon exemple de ce qui se tramait. Il possédait un pistolet et une ceinture de Semtex, mais il n'a pu utiliser ni l'un ni l'autre pendant son arrestation. Il est actuellement incarcéré à Leeds. Son transfert à Londres aura lieu dans la journée. Nous pensons que l'arme et l'explosif sont récents. On les lui a remis en main propre ou livrés dans la maison surveillée par RAPTOR. Les cellules de soutien ont dû fournir l'arme et l'explosif, et jouer le rôle d'agents de reconnaissance. Les sept individus qui aidaient al-Haqq sont sous les verrous, comme les six autres qui épaulaient Mafouz Esmet, le suspect turc de Londres. Celui-là est toujours dans le coma. »

Guthrie reprit son souffle et regarda par-dessus ses lunettes. « Je suis désolé d'avoir à dire que non seulement la surveillance a négligé l'opération de la semaine dernière, mais n'a fourni aucune indication précise sur les véritables intentions des suspects. Pour l'instant, nous savons que trois hommes possédaient des agents neurotoxiques : Nassir Sharif à Stockholm, Lasenne Hadaya à Paris et Ramzi Zaman à Toulouse. Chacun disposait de cinquante millilitres de l'un ou l'autre des produits suivants : Hadaya avait du gaz Sarin dans un vaporisateur aérosol et les deux autres du VX, qui est moins volatile mais plus puissant, avec des effets plus prolongés. Nous ne savons pas encore comment ils comptaient utiliser ces gaz parce qu'ils ont été endormis et sont toujours inconscients. Il reste beaucoup à faire, s'agissant des cibles et des circuits d'approvisionnement. C'est pourquoi nous interrogeons sans relâche les cellules de soutien.

— Le plan général consistait en une série d'attaques suicides qui devaient être menées au hasard. Le Pakistanais de Bradford se serait certainement fait sauter dans un lieu public, tout comme Hadi Dahhak, le suspect yéménite de Budapest. L'un de ses aides possédait une ceinture spéciale et nous avons découvert chez un autre complice un échantillon très récent de Semtex tchèque, un explosif chimiquement daté, comme vous le savez. La ceinture et l'explosif devaient être assemblés très prochainement.

— Venons-en aux quatre autres suspects et à leurs plans. Ils ont été arrêtés la nuit dernière, mais nous n'avons trouvé ni arme, ni explosif chez eux, ni à Rome, ni à Sarajevo ou Copenhague. Leurs planques, comme les appartements de leurs soutiens, sont méthodiquement fouillées. Sans résultat pour l'instant. Deux d'entre eux avaient prévu de voyager vendredi prochain. Le Saoudien de Sarajevo avait réservé une place sur un vol pour Vienne et le Syrien de Copenhague devait se rendre à Cologne. Pourquoi ? Mystère. » Il se tut et laissa son regard flotter sur la pièce.

Herrick se leva pour que Guthrie la voie. « Il est évident que Sarajevo n'aurait pas été l'idéal pour commettre un attentat, compte tenu de la population musulmane. » Elle s'interrompit, surprise de parler si fort. Puis elle eut une idée. Secouant la tête, elle attendit que les mots se précisent. « Excusez-moi, il est un peu tôt pour moi. Et… Et… À Copenhague, ils formaient une équipe double. L'un d'eux devait peut-être prendre la place de celui qui est mort à Stuttgart. »

Guthrie lui lança un coup d'œil étrange. Il y eut d'autres regards inquiets. Lyne, qui se tenait à côté d'elle, lui toucha discrètement le coude. Elle réalisa que sa main droite, qui tenait un gobelet de café vide, était agitée d'un violent tremblement. Elle se rassit, posa le récipient sur le sol et agrippa son poignet avec l'autre main.

Le Patron s'éclaircit la voix. « Oui, ces deux remarques sont probablement fondées, dit-il calmement. Mais ça veut dire qu'ils auraient été armés ou équipés sur place, et ça ne colle pas avec le schéma général de l'opération. J'ai l'impression que son commanditaire, en l'occurrence Youssef Rahe, avait décidé de mettre ses hommes à l'abri et de confier l'intendance aux cellules de soutien, y compris le stockage des explosifs et des gaz neurotoxiques. Elles se chargeaient de tout jusqu'au signal de l'attentat suicide. Ce mode opératoire diffère légèrement de celui des cellules initiales d'Al-Qaida où les terroristes vivaient ensemble, chacun avec un rôle défini. »

La réunion dura encore quinze minutes. Enfin, le Patron fit un bref discours sur le succès de l'opération. Une fois de plus, il félicita Herrick, Dolph, Sarre et Lapping pour leur travail. Loin de triompher, Herrick quitta la pièce, le front assombri. Elle suffoquait et son bras était douloureux.

Une heure plus tard, elle avait repris du poil de la bête et suivait les explications de Nathan Lyne sur les changements d'identités du Hadj quand le téléphone sonna. L'un des assistants de Teckman lui demanda de rester en ligne. Elle en profita pour lire la conclusion du rapport de Dolph sur l'opération du Hadj. Le mémo, brillant et synthétique, ajoutait les noms de quatre individus qui n'étaient pas à Heathrow et n'apparaissaient pas sur les listes de surveillance.

La voix du Patron retentit dans l'écouteur. « Isis, je dois vous parler sans détour. Vous êtes déchargée de l'opération. Vous souffrez d'épuisement. Christine Selvey sera dans votre bureau d'ici quelques minutes. Elle prend rendez-vous avec un médecin de Upper Sloane Street.

— Mais il y a du travail, objecta-t-elle d'une voix faible.

— Plus pour vous. L'entrée du bâtiment vous sera interdite jusqu'à ce que vous ayez récupéré. Je ne veux pas entendre parler de vous pendant au moins deux semaines. C'est compris ? Vous méritez votre repos. Profitez-en. »

Quand Herrick raccrocha, Selvey était déjà à la porte du bureau.

32

Un jeune médecin, un homme de petite taille au front dégarni avec de fins cheveux noirs bouclés et des taches rouges sur les ailes du nez, la reçut immédiatement. Pendant plusieurs minutes, il l'écouta lui décrire ses symptômes, puis il hocha la tête.

« Vous êtes dans un état d'anxiété généralisée.

— Vous voulez dire que j'ai des attaques de panique ? demanda-t-elle, agressive.

— Oui. Je ne voudrais pas être brutal, mais à en juger par votre mine, vous souffrez d'épuisement : manque de sommeil, régime alimentaire médiocre, trop de stimulants et, bien entendu, la pression. Faites-vous du sport ?

— Je n'ai pas le temps.

— Prenez-le. Surveillez votre alimentation. Vous vous bâfrez ? Vous mangez à des heures irrégulières ? Vous dormez mal ? »

Elle répondit à ces trois questions d'un signe de tête affirmatif.

« Et vos activités impliquent une quantité de stress imprévisible ? Vous ne vous détendez jamais ? »

Derechef, elle acquiesça. Elle savait que le médecin était agréé par le SIS. Il avait déjà dû voir des cas bizarres d'espions usés par le travail. Le service, malgré son incapacité notoire à traiter les accidents professionnels, réagissait promptement au moindre signe de fragilité psychologique.

« Cela va durer longtemps ? Que pouvez-vous me prescrire ? » À mesure qu'elle parlait, l'étau se desserrait, elle respirait mieux.

« Rien. Les symptômes disparaîtront quand vous vous reposerez. Mais je vous conseille, à l'avenir, d'apprendre à réguler votre stress. Je vous recommande une activité physique régulière, peut-être des exercices de respiration abdominale. Vous devriez penser au yoga.

— Le yoga », dit-elle d'un ton méprisant.

Il haussa les épaules. « À vous de décider. Je n'ai pas de pilule à prescrire pour vos choix de vie. Vous faites des réactions de lutte ou de fuite. Elles libèrent dans votre corps des hormones qui vous permettent d'affronter une situation dangereuse ou de lui échapper. Seulement, votre corps ne fait plus la distinction entre un danger réel ou imaginaire. Vous êtes constamment sur le qui-vive, vous fabriquez des hormones inutilisées. Ce sont les premiers symptômes, il n'y a pas de quoi s'inquiéter. Considérez-les comme un clignotant orange. À votre place, je rentrerais chez moi, je dormirais beaucoup et je me reposerais sérieusement. Si vous n'écoutez pas ce conseil, vous risquez des problèmes plus graves, peut-être une dépression nerveuse ou une dépendance à l'alcool. Surveillez-vous, vous n'êtes plus si jeune.

— J'ai à peine dépassé la trentaine.

— C'est bien ce que je dis, vous vieillissez.

— Et à court terme, que me conseillez-vous ? demanda-t-elle, tranchante.

— Si vous avez de l'hyperventilation, vous pourrez souffler dans un sac en papier, cela ralentira votre consommation d'oxygène. Mais ce n'est pas l'idéal.

— J'y penserai », dit-elle.

Elle quitta le cabinet médical en compagnie de Christine Selvey qui l'avait sagement attendue en lisant *The Economist.*

« Tout va bien ? » La question de Selvey était explicite.

« Manque de fer, répondit Herrick. Un complément, du repos et je serai sur pied.

— Parfait. Alors nous vous reverrons dans deux semaines. Vous ne m'en voudrez pas de vous dire que le Patron exige avec la plus grande énergie que vous preniez des vacances. »

Au moment où elles se séparèrent, Selvey hocha la tête comme une mère poule.

« Va te faire voir », pensa Herrick en remontant Sloane Square. Elle héla un taxi.

Rentrée chez elle, Isis s'endormit sans difficulté. Elle se réveilla à 14 heures, désorientée et vaguement coupable. Comment pouvait-elle tout laisser tomber ? Elle appela son père, mais quand il lui demanda pourquoi elle était libre, elle éluda la réponse. Lui-même était absorbé par sa peinture : la lumière était parfaite, la température au point. Il la rappellerait. Elle dévora la presse et mangea une salade en se modérant consciencieusement. Ensuite, elle appela le St Mary's Hospital. Dolph et Lapping ne pouvaient pas recevoir de visites, mais Harland était debout. Elle demanda qu'on lui annonce sa venue.

Sur le chemin de l'hôpital, elle s'arrêta à Wild at Heart, sur Westbourne Grove, pour acheter un bouquet de fleurs. En attendant le reçu de sa carte de crédit, elle regarda les couples installés à la terrasse des cafés. Le docteur avait raison. Elle devait prendre plus de temps pour elle, se distraire davantage.

Il était 15 h 35 quand elle entra dans la chambre d'Harland. Il était assis devant la fenêtre ouverte, à l'ombre des rideaux que la brise soulevait. Son torse était entièrement bandé, à l'exception d'une épaule. Il avança sur le rebord de sa chaise pour épargner son dos, et grimaça un salut.

« Que se passe-t-il ? demanda-t-il, hargneux. Pourquoi n'êtes-vous pas au bureau ? Je vous ai appelée. On m'a dit que vous étiez en vacances. Qu'y a-t-il, Isis ?

— J'ai eu un coup de barre ce matin en pleine réunion, et on me prend déjà pour une névrosée. On m'a ordonné deux semaines de jardinage. Mais il y a plus important : comment vous sentez-vous ? »

Harland fixa le sol. « Minable. Je n'ai plus d'analgésiques.

— On vous a remis les affaires que j'ai apportées hier ? » Ils se parlaient comme un couple marié qui cacherait son inquiétude sous des propos terre à terre.

Il acquiesça.

« N'aviez-vous pas des analgésiques dans votre trousse de toilette ?

— Vous avez raison. » Il indiqua la table de chevet.

Elle lui passa la pochette puis elle s'agenouilla près de lui, déterminée à aborder le problème. « Je ne sais pas comment dire…

— Vous n'avez pas besoin de le faire. La balle ne vous aurait pas atteinte. Je me suis mis sur sa trajectoire. C'était idiot de ma part. »

Elle secoua la tête. « Ce n'est pas la version de la police. Elle dit que vous m'avez poussée hors de la trajectoire, et je sais que c'est vrai. Je vous remercie… Je veux dire, je suis *en train* de vous remercier. Mais j'ai du mal à trouver les mots.

— Cela ne vous ressemble pas, Isis. » Il sourit. « S'il vous plaît, relevez-vous et racontez-moi les derniers potins. Je ne sais rien. Les médias sont discrets.

— Ils ont arrêté pas mal de monde, y compris le complice de Rahe à Bristol. C'était beaucoup plus grave qu'on ne l'imaginait : des agents neurotoxiques, des attentats suicides. Il reste quatre suspects, mais j'ignore ce qu'ils préparaient. C'étaient les dernières nouvelles au petit matin, avant qu'on me mette au repos forcé. »

Il y eut un silence. Harland regardait par la fenêtre. « Je viens de recevoir un appel d'Eva. Elle a besoin de moi à New York.

— Vous allez vous remettre ensemble ? demanda Herrick.

— Ne dites pas de sottises, Isis. » Il réfléchissait. « Ils ont repéré des traces d'activité sur un site web qui était en sommeil depuis trois semaines. C'est un site important qui leur a fourni beaucoup d'informations.

— Vous parlez de l'ordinateur de Rahe ? Des messages cryptés sur l'économiseur d'énergie ?

— Non, de quelque chose d'autre qu'ils gardent pour eux.

— Par *ils*, vous entendez *Ha Mossad Le Teum* ?

— Oui, ce cher vieil Institut pour la Coordination en Israël. »

Une infirmière franchit la porte ouverte en portant le bouquet d'Isis dans un vase. « J'espère que vous avez expliqué à M. Harland qu'il ne doit pas utiliser son portable ! dit-elle. On a beau être le chouchou du service, on n'a pas tous les droits. M. Harland doit respecter le règlement. » Elle s'extasia devant les fleurs et se pencha pour scruter son patient.

« J'ai vu le docteur utiliser son portable, il y a dix minutes, protesta Harland.

— Envoyez des textos, personne ne saura.

— Je m'en souviendrai. »

Lorsque Harland eut avalé ses cachets avec une gorgée d'eau, l'infirmière quitta la chambre en lançant une œillade amicale à Herrick.

« L'*Institut* surveille Loz depuis un certain temps, reprit Harland. Et je connais assez bien Eva pour savoir qu'elle n'aurait pas quitté sa mère mourante si elle n'avait pas dû se rendre d'urgence à New York. Secundo, si elle m'a appelé, c'est qu'elle a besoin d'aide. Et je ne suis pas en état de lui en apporter.

— Le site web qui est resté inactif ces trois dernières semaines… Vous croyez que ça correspond à la période où Loz a été absent ? »

Il opina.

« J'ai dit à Eva que vous la rencontrerez demain matin dans la salle du petit déjeuner de l'hôtel Algonquin. Voilà pourquoi j'essayais de vous joindre. Pour que vous preniez l'avion.

— Vous voulez que j'aille à New York pour rencontrer votre ancienne maîtresse ? Vous êtes tapé ?

— Eh bien, répondit-il, les yeux brillants de malice, j'imaginais que vous me deviez ça. C'est mesquin de ma part, je sais.

— Vous êtes sûr qu'elle est sur une piste sérieuse ?

— Oui. Et j'ai eu une autre idée. Loz est obsédé par l'Empire State Building. Il en parle comme si c'était son second amour.

— Le premier étant sa rivalité avec Khan ?

— Sérieusement, ce bâtiment le hante. Loz avait retenu une citation que lui avait faite Benjamin Jaidi. Il m'en a parlé et je me suis procuré un exemplaire de *Here is New York*, de E. B. White, d'où est extraite la phrase en question. »

Herrick avait l'air ébahi.

Harland se tourna vers la fenêtre. « “Un seul avion pas plus gros qu'un vol d'oies pourrait détruire immédiatement cette fantaisie sur l'île”, commença-t-il.

— Vous avez une bonne mémoire, fit-elle avec admiration.

— Écoutez la suite. “Cette course — cette course entre les avions destructeurs et le Parlement de l'Homme en lutte — hante tous les esprits. La ville est une illustration parfaite du dilemme universel et de la solution générale ; cette énigme d'acier et de pierre est à la fois une cible parfaite et une démonstration parfaite de non-violence et de fraternité raciale ; cette noble cible qui se mesure avec le ciel et rencontre les avions destructeurs à mi-chemin, cette demeure de tous les peuples et de toutes les nations, cette capitale du tout, abrite les délibérations grâce auxquelles les avions sont immobilisés et leur course devancée.” »

Herrick s'était assise sur le lit. « Il y a là une certaine prescience. Mais il s'agit sans doute du bâtiment des Nations unies, et non de l'Empire State.

— Exact, et pourtant cela vaut pour l'Empire State Building. J'ignore si ce salaud est toujours vivant, mais si Eva m'a appelé, c'est important. Elle a accepté de vous donner tout ce qu'elle sait. Je lui ai dit que vous étiez digne de confiance et que je n'avais pas rencontré quelqu'un d'aussi talentueux depuis votre père. Elle a paru intriguée.

— Merci, répondit Isis. Mais vous oubliez que je suis hors jeu. Et que je ne suis pas si bonne. J'ai commis pas mal d'erreurs le mois dernier.

— Je n'aime pas que vous vous apitoyiez sur vous-même. » Harland s'adoucit. « Vous n'êtes pas dans votre assiette. Qui le serait après s'être trouvé nez à nez avec deux truands dans sa maison, avoir risqué d'être pulvérisé par des missiles et vu ses amis descendus à bout portant ? Le Patron a peur de vous perdre. Soyons réalistes, il a pris la bonne décision. » Il se tut. « Je crois que vous devez aller à New York. Cela vous fera du bien. Vous prendrez le dernier vol. Il est toujours à moitié vide.

— Mais je n'ai jamais mis les pieds à New York.

— Alors, c'est l'occasion de vous déniaiser. Donnez-moi mon sac. »

Il prit le carnet d'adresses. « C'était gentil d'y penser, remarqua-t-il en l'agitant dans sa direction. Cherchez le numéro de Frank Ollins. Il travaille au FBI. C'est un salopard de la pire espèce, mais il est honnête et fiable. Il dirigeait l'enquête sur Sammi Loz. » Elle trouva le numéro et le recopia.

Il lui demanda de prendre son portefeuille sur la table de chevet et lui tendit dix billets de cent dollars.

« Vous en aurez besoin, et vous gagnerez du temps. Il y a un vol à minuit.

— Je ne peux pas accepter.

— Pourquoi ? Maintenant, vous travaillez pour moi, vous êtes mon agent et vous allez traiter avec Eva. Cela mérite compensation.

— Cela me rappelle une citation de Shakespeare. Je ne sais plus dans quoi. Mon père me l'a enfoncée dans la tête pour des raisons évidentes. "L'amitié est constante en toutes choses, sauf en affaires et affaires amoureuses. C'est pourquoi les cœurs amoureux utilisent leur propre langage. Que chaque œil négocie pour lui-même et n'aie confiance en aucun agent." » Elle prit l'argent et le mit dans sa poche. « Ne me faites pas confiance si je dis ce que vous devriez dire vous-même.

— Okay, okay. Mais ne ratez pas votre avion. Vous avez mon numéro de portable et voici celui d'Eva. » Il sortit une carte de visite de son portefeuille et la lui tendit. « Bien entendu, nous restons en contact. S'il arrive quoi que ce soit, j'informerai le Patron. »

Elle se pencha, l'embrassa sur les joues et appuya sa tête contre la sienne en le regardant droit dans les yeux. « Merci, dit-elle, je vous suis redevable. »

Elle se redressa, laissant sa main reposer sur l'avant-bras d'Harland. « Je vous appellerai demain matin. »

Elle quitta la pièce sans se retourner.

33

Le dernier avion en provenance d'Heathrow atterrit à JFK à 2 h 30 du matin. Herrick avait sommeillé pendant presque tout le trajet grâce à l'aimable intervention d'un employé du comptoir d'enregistrement qui lui avait obtenu un surclassement. Quand le taxi la déposa à l'hôtel Algonquin, sur la 44e Rue, elle se sentait déjà mieux. Elle dormit encore six heures dans une modeste *single room*, puis elle se leva et se rendit à la Rose Room pour rencontrer Eva Rath. Tout en prenant son petit déjeuner, elle lut le *New York Times* et regarda des hommes d'affaires s'agiter autour des salades de fruits et du muesli. Quarante-cinq minutes plus tard, elle appela Harland à l'hôpital.

« Votre petite amie fait défection.

— Merde. Attendez encore un peu. Elle a peut-être été retardée.

— Elle *est* au courant de ma venue ? Je veux dire, vous êtes *sûr* de lui en avoir parlé ?

— Avez-vous appelé son numéro, celui que je vous ai donné ?

— Je vais essayer. J'espère qu'elle répondra. À bientôt. »

Elle signa la note et remonta dans sa chambre en se demandant ce qu'elle ferait si Eva Rath ne se manifestait pas. Elle se tenait devant la fenêtre et regardait les rues déjà chaudes et humides de Midtown, quand son portable sonna.

« Allô, Isis, c'est Nathan. Comment vous sentez-vous ?

— Bien, vraiment bien. J'ai récupéré. Je me lève.

— Le grand sommeil. Il est 15 heures passées.

— En quoi puis-je vous aider ? fit-elle d'un ton rêche.

— Nous savons maintenant ce que préparaient les quatre derniers suspects. Du moins, nous croyons le savoir. On a trouvé un flacon rempli d'un liquide mystérieux dans un frigidaire à Copenhague, et un autre récipient, vide, à Sarajevo. Il est possible que les quatre lascars se soient infectés eux-mêmes, qu'ils se soient inoculé une maladie. Aucun d'eux n'a de traces de piqûres, mais nous pensons qu'ils ont inhalé le produit ou, tout simplement, qu'ils l'ont avalé.

— Le produit a-t-il été analysé ?

— Les Danois pensent qu'il s'agit d'une espèce de virus froid. Ça a sonné l'alerte parce que des généticiens ont utilisé un adénovirus comme moyen de transport des messages dans le corps.

— Quoi ?

— Excusez-moi, est-ce que *je* vais trop vite pour *vous*, Isis ? Grosso modo, quand le virus froid est tué par le système immunitaire, ce qui est à l'intérieur du virus fait son travail.

— Un autre virus ?

— Qui sait ? Pour le moment, nous ne comprenons pas, mais si ces types utilisent le produit, ce sera comme une bombe. Nous comptons les laisser en quarantaine jusqu'à ce qu'on sache de quoi il en retourne.

— Ceux qui les ont arrêtés sont également en quarantaine ?

— Bien sûr. Et les membres des cellules de soutien aussi. On a utilisé tous les anti-bactériens et anti-viraux connus pour désinfecter leurs appartements.

— Parlez-moi des changements du Hadj. Combien d'hommes y a-t-il dans le coup ?

— Toujours cinq, en plus de ceux qui ont été identifiés.

— Cela en fait combien sur la photo de Bosnie ?

— Est-ce que je dois vous le dire, Isis ?

— Dans quel bureau êtes-vous, Nathan ? Je veux tout savoir de ce que vous avez découvert. Combien y a-t-il d'hommes de Bosnie ?

— La Française est ici, avec Philip Sarre. Je lui ai parlé la nuit dernière. Une fille super…

— Et le photographe ?

— Nous avons donc les deux Rahe et Sammi Loz. Plus l'Américain nommé Larry. Nous croyons que son nom de famille est Langer, mais ce n'est pas sûr. Il y a aussi un Jordanien nommé Aziz Khalil. Enfin, Hélène se souvient d'un autre type, d'origine inconnue, qui a rejoint le groupe plus tard. Son nom est Ajami, mais il n'est pas sur la photo. Hélène nous a fourni pas mal d'informations sur les Frères. Ils formaient un petit groupe très compact, le prototype d'une cellule d'Al-Qaida. Toutefois, le sentiment général est que nous n'avons pas affaire à Al-Qaida, mais à une formation antérieure. Quelques-uns se sont entraînés en Afghanistan, comme vous le savez. D'autres s'étaient réfugiés dans la zone des trois frontières en Amérique du Sud. L'Afrique du Nord est importante aussi. Le point capital est que les trois grandes guerres civiles au Liban, en Bosnie et en Algérie ont concouru à souder le groupe des Frères. Ce qui domine chez eux est un esprit de vengeance.

— Avons-nous confirmation de la date de l'attaque ?

— Ah, merde, j'oubliais. Oui, trois d'entre eux disent que ça doit commencer tôt demain matin par un suicide conventionnel à la bombe, en Hongrie.

— Et ça se termine où ? En Amérique, plus tard dans la journée ?

— Non, nous ne le pensons pas. Rien ne l'indique.

— Revenons à la photo. Nous avons les visages de trois Frères qui n'ont pas été arrêtés : Larry Langer, Aziz Khalil et Ajami. Ils ont participé aux changements du Hadj ?

— C'est probable, mais difficile à confirmer parce que Dolph a fait tout le travail. À propos, ça ne va pas fort.

— Mais ça ne s'aggrave pas ?

— Non. Il souffre beaucoup. Hémorragies internes. Mais c'est sous contrôle. »

Elle encaissa la nouvelle. La vision de la femme de Rahe hurlant comme une sorcière tandis qu'Harland, Dolph et Lapping s'écroulaient sur le sol, l'envahit.

« Ces types changent d'identité comme de tee-shirts. Nous avons deux noms arabes : Latif Latiah et Abdel Fatah. Introuvables sur les listes de surveillance. Nous ne savons rien sur leur identité et leur origine.

— Les Saoudiens les aident ?

— D'une certaine manière, mais ils refusent l'idée que le pèlerinage ait été utilisé à cette fin. Le gouvernement saoudien a renforcé les mesures de sécurité du dernier Hadj pour empêcher les manifestations de fanatiques. Ils disent que le changement n'a pas eu lieu.

— Oui, ils ont surveillé pendant cinq jours trois millions de personnes toutes vêtues de blanc, et ils connaissent les activités de chacun ?

— Eh bien, oui…

— Nous avons là une bonne occasion de les menacer de rendre publique l'enquête de Dolph. Quelqu'un a pensé à bousculer un peu les suspects ?

— On les en a menacés. Mais ça ne marche pas. Dites, il faut que j'y aille. »

À ce moment-là, un camion de pompiers s'engouffra, sirènes hurlantes, dans la 44e Rue et passa sous les fenêtres en bramant. Herrick se boucha une oreille.

« Bordel ! s'exclama Lyne quand le bruit s'évanouit. Des pompiers si près, ça ne peut être qu'à Manhattan. Qu'est-ce que vous foutez là-bas ? »

Elle chercha le paquet de Camel acheté à Heathrow et alluma fébrilement une cigarette. « D'accord, je suis à New York, mais c'est là qu'il faut être.

— Pour l'amour du ciel, Isis, vous deviez prendre du repos. Vous aviez une mine épouvantable hier.

— Merci. Mais pour répondre à la question qui vous taraude, je vais bien et suis totalement saine d'esprit. Si vous réfléchissez, vous admettrez que j'ai raison. Nous savons que Rahe se trouvait à New York la semaine dernière ; qu'il a loué une voiture pendant trois jours — à quelles fins ? — ; et que son réseau est financé par l'immobilier new-yorkais. Nous savons également qu'il menait une double vie ici sous le nom de Zachariah. Et puis, il y a ce site web qui est resté en sommeil tout le temps où Loz a été loin de New York. Et ce site s'est réveillé. C'est assez clair, non ?

— Attendez, Miss. Quel site web ? De quoi parlez-vous ?

— Harland a eu des tuyaux par Eva, son ex. Nous devions nous rencontrer, elle et moi, pour parler du site que le Mossad surveille. La confirmation de l'assassinat de Norquist est venue de là, mais je n'ai pas de preuves.

— Je ne vous suis pas.

— Désolée, est-ce que je vais trop vite pour vous ? Il y a eu deux sources pour le meurtre de Norquist. L'une était l'économiseur d'énergie codé auquel nous avions accès via Rahe. Nous n'avons jamais analysé l'autre, mais je parie que tout vient de là.

— Savez-vous de quel site web il s'agit ?

— Non, cette chère Eva n'a pas pris le petit déjeuner avec moi.

— Qu'allez-vous faire ?

— L'appeler. Réfléchir aux activités de Rahe et Loz à New York. Pourriez-vous obtenir du Patron qu'il me communique l'enquête du SIS sur les contrats immobiliers de Loz ?

— Vous voulez que je lui dise ?

— De toute manière, vous comptiez le faire.

— Ne soyez pas casse-couilles. J'essaie de vous aider.

— C'est vrai. Alors trouvez l'information et expédiez-la à isish 1232004 at Yahoo. Ne la codez pas, ce serait comme un drapeau pour la NSA. D'ailleurs, je n'ai pas de programme sur mon ordinateur personnel. Balancez le rapport tel quel.

— Teckman mettra nos agents à New York sur l'affaire.

— Très bien. » Elle écrasa sa cigarette. « Appelez-moi quand vous aurez du nouveau. »

Elle raccrocha. Ça ira, se dit-elle. Elle pouvait le faire. Tant qu'elle n'assistait pas à des réunions en regardant l'heure passer, elle n'aurait pas de ces réactions nerveuses. Elle composa le numéro d'Eva et obtint la messagerie. « Je ne sais pas où vous êtes, fit-elle après s'être présentée, mais j'attends de vous rencontrer à l'Algonquin. » Elle laissa son numéro et raccrocha.

Elle commanda du café au service d'étage et installa un adaptateur téléphonique américain sur son portable Apple. Le temps que le café arrive, elle avait établi une liste d'urgences, sans se dissimuler qu'elle avançait dans le brouillard. Un seul nom occupait le haut de la liste : Ollins. Elle appela le numéro que lui avait donné Harland. Après deux sonneries, une voix vigoureuse répondit : « Ollins à l'appareil. De quoi s'agit-il ? »

Herrick expliqua qu'Harland lui avait demandé de le joindre.

« Ah oui, ce salopard m'a déjà appelé. La dernière fois qu'on s'est parlé, il aidait quelqu'un à fuir la justice, un homme que nous savions être un terroriste. Je ne sais pas quels sont les usages dans votre pays, mademoiselle Herrick, mais chez moi ce n'est pas un bon début pour quémander une faveur. »

Elle attendit un moment avant de répondre. « Harland vous a-t-il dit qu'il a été blessé par balle et qu'il se trouve à l'hôpital ? Vous a-t-il expliqué que c'est la femme du suspect Youssef Rahe, le principal contact européen de Sammi Loz, qui lui a tiré dessus ? Et que

Rahe se trouvait à New York la semaine dernière sous le nom de David Zachariah ? » Elle avait deviné juste. Tout cela était nouveau pour Ollins. Elle le sentit beaucoup plus réceptif.

« Non, il ne m'a rien dit. Youssef Rahe était ici ?

— Exact. Il a retiré de l'argent et loué une voiture. Nous avons demandé hier des précisions au FBI, mais ils n'ont pas répondu. Nous devons absolument savoir où il est allé. »

Elle lui donna les détails sur la location de voiture, avant de lui annoncer que le réseau européen comptait cinq nouveaux suspects. Elle l'entendait prendre des notes. « Vos gens devraient être au courant. Nous partageons tout. »

Il grogna. Manifestement, on ne lui avait rien transmis. « Okay, mademoiselle Herrick, qu'attendez-vous de moi ?

— Deux choses. Je veux me rendre à la Stuyvesant Empire Bank sur la 5e Avenue, et éplucher le compte bancaire de David Zachariah. J'ai besoin de vous, sinon on me refusera l'accès. Ensuite, je souhaite aller au cabinet de Sammi Loz à l'Empire State Building.

— Vous savez que Sammi Loz a été tué en Égypte ? On a formellement identifié ses restes.

— J'y étais, et je peux vous dire qu'il n'y a aucune preuve. »

Ollins parut impressionné. Il émit un nouveau grognement. « Pour la banque, mademoiselle Herrick, je peux me libérer cet après-midi. Je vous y retrouverai à 15 h 30 ou 15 h 45. Je les préviendrai. Pour l'Empire State, on verra plus tard. »

Elle lui donna son numéro de portable et précisa qu'elle portait un tee-shirt bleu foncé et une veste en lin de couleur beige.

Munie d'un petit plan touristique, elle quitta l'hôtel, prit à droite, parcourut une centaine de mètres et se retrouva sur la 6e Avenue. C'est alors qu'elle découvrit l'énormité de Midtown. Elle n'en avait rien vu dans le taxi au milieu de la nuit. La chaleur la frappa de plein fouet, lourde et orageuse. Elle se dirigea vers le sud en direction de Bryant Park, s'offrit du thé glacé dans un kiosque et rappela Eva. Sans succès. Elle reprit la 42e Rue et atteignit la 5e Avenue. Elle vit, devant la New York Public Library, des couples assis sur les marches s'éventant dans l'air moite, comme au théâtre.

Elle arpenta la 5e Avenue pendant une heure avant de réaliser que la Stuyvesant Empire Bank se situait à une demi-douzaine de blocs de la 34e Rue. La façade était si banale qu'elle l'avait dépassée à plusieurs reprises sans le savoir. L'Empire State se dressait, impérial et germanique, dans l'étrange lumière orangée qui avait envahi l'horizon derrière d'épais nuages au sud et à l'ouest.

À peine six blocs, pensa-t-elle. Moins de dix minutes à pied. Rahe devait s'être rendu à l'Empire State Building la semaine dernière. Cette évidence lui donna une idée. Elle rappela Lyne et lui demanda d'envoyer par mail des photos de Rahe, des suspects de Bosnie et aussi de Sammi Loz. Tout en lui détaillant les photos, elle reprit la direction de l'hôtel. Lyne tenta à plusieurs reprises de l'interrompre. Enfin, il s'exclama : « Isis, vous ne m'écoutez pas.

— Excusez-moi. Allez-y.

— Nous avons de bonnes informations sur Larry Langer. Il vient d'une famille du Connecticut. Des gens qui ont fait fortune dans l'industrie du vêtement. Ils ont quitté New York. Langer était un délinquant, une tête brûlée. Il a disparu en Bosnie pendant cinq ans. Puis il est revenu brièvement aux États-Unis en 1999, après avoir pas mal bourlingué. Il a annoncé qu'il était devenu musulman. Ça a jeté un froid parce que la famille est juive. Depuis, il n'a plus donné de nouvelles. Mais ses parents ont des photos relativement récentes de lui. Elles seront diffusées ce soir à toutes les agences, en même temps que la photo d'Aziz Khalil en Bosnie. Nous n'étions pas chauds au départ, mais nous sommes convaincus que ces cinq suspects sont toujours dans la nature.

— Envoyez-moi la photo de Langer.

— Vous avez pigé.

— Rien de neuf pour Latif Latiah, Abdel Fatah et Ajami ?

— Rien.

— Vous avez communiqué l'information à toutes les agences, y compris au Mossad ?

— Je ne devais pas vous en parler. Mais quelqu'un les a informés.

— Que faites-vous en ce moment ?

— Pas grand-chose. Je vais travailler cette nuit. Ah, j'oubliais. J'ai reçu un appel de Dolph. Il va mieux. Lapping aussi. »

Un mendiant vêtu d'un short et d'un tee-shirt usés avait remarqué le plan touristique qu'Isis portait sous le bras. Il s'approcha et lui fit ce compliment extravagant : « Chérie, laisse-moi boire l'eau de ton bain. »

Herrick se retourna : « Tu me laisses tranquille, espèce de raclure ? » aboya-t-elle, avant de plaquer le portable sur son oreille.

« Je vois que vous êtes vraiment à New York », gloussa Lyne. C'est alors qu'Herrick crut reconnaître une démarche familière. Plus bas sur la 5e Avenue, un homme tenant des cornets de glace se déplaçait dans la foule comme Foyzi au Caire. Puis il disparut.

« Vous êtes là, Isis ? Qu'y a-t-il ?

— Rien, j'ai cru reconnaître quelqu'un.

— Pourquoi ne prenez-vous pas un peu de repos ? Vous avez fait le maximum. À propos, le Patron sait que j'ai eu de vos nouvelles.

— Je m'en doutais. Vous êtes un boy-scout !

— Il est d'accord pour vous expédier les documents, mais il a été terriblement déçu d'apprendre que vous n'étiez pas en train d'arroser vos rosiers ou de vous livrer aux activités favorites des jeunes Anglaises en congé.

— Laissez tomber, Nathan.

— Bon, en tout cas, c'est officiel et c'est mieux comme ça. D'ailleurs, il vous faut vraiment du repos. Allez vous étendre ou bientôt vous imaginerez que vous connaissez tout le monde à New York. »

Elle raccrocha et retourna à l'hôtel. Elle prit une douche et s'étendit nue sur le lit pendant une heure, dans la fraîcheur de la chambre. Elle ne se leva qu'une fois pour appeler Eva et récupérer son courrier électronique.

Herrick arriva à la banque à 15 h 30 précises et aperçut un homme à l'allure soignée. Vêtu d'un léger costume noir, il arpentait le trottoir tout en parlant dans son portable. Elle sortit son passeport et le lui colla sous le nez. Il hocha la tête sans s'interrompre. Enfin, il raccrocha et lui tendit la main.

« Agent spécial Ollins. Ravi de vous connaître. Youssef Rahe s'est rendu à la frontière canadienne mercredi dernier. Nous avons la preuve d'un règlement dans une station-service.

— Mais il n'a utilisé aucune carte bancaire au nom de Zachariah.

— Non. Il a payé avec une carte au nom de Youssef Rahe. Peut-être une étourderie de sa part. Quoi qu'il en soit, nous l'avons localisé à 23 heures dans une station-service à la périphérie de Concorde, dans le New Hampshire, à cent trente-cinq kilomètres de la frontière. Vous avez une idée de ce qu'il faisait là-bas ?

— Il récupérait quelqu'un.

— Exact. Il n'y a pas d'autre explication. Le pompiste se souvient de lui à cause de son nom arabe. Selon lui, la voiture se dirigeait vers le nord et il y avait un passager à bord. Mais qui ? »

Elle haussa les épaules.

Du plat de la main, Ollins caressa ses cheveux blonds en brosse. Elle eut l'impression qu'il la regardait pour la première fois. « Okay, on y va », dit-il, le pouce orienté vers la banque.

Ils entrèrent dans une salle où les attendaient trois cadres financiers. Debout en ligne près d'une table, ils étaient visiblement nerveux. Herrick sortit son ordinateur et l'alluma. « Messieurs, déclara Ollins, nous avons besoin de votre aide, et le temps presse. Mlle Herrick, qui arrive d'Angleterre, travaille avec nous dans une opération de contre-terrorisme. Elle a certaines choses à vous dire et quelques questions à vous poser. Nous vous serions reconnaissants de tout faire pour l'aider. »

Sans tenir compte des élancements douloureux dans son bras, Isis commença à parler lentement, respirant aussi calmement que possible. « Comme vous le savez, nous avons déjà enquêté sur le compte 312456787/2 ouvert sous le nom de David Zachariah, et j'en profite pour vous remercier de votre aide. Je vous demanderai tout d'abord de confirmer que cet homme est bien Zachariah. »

Les trois banquiers se penchèrent sur la photo. Deux d'entre eux sortirent des lunettes de leurs poches. Ils échangèrent des regards. L'un d'eux confirma. « Oui, c'est bien M. Zachariah.

— Maintenant, je vais vous montrer ses associés. » Elle cliqua sur l'icône de la photo de Bosnie. « Le cliché n'est pas très bon, mais je vous prie de le regarder très attentivement. Dites-moi si vous reconnaissez quelqu'un. »

Les trois hommes se groupèrent autour de l'ordinateur, les yeux plissés vers l'écran. « Ce serait plus facile si vous nous expédiiez la photo. Nous pourrions l'agrandir et l'imprimer », suggéra quelqu'un.

Cinq minutes plus tard, une secrétaire apportait les photocopies de la photo de Bosnie et du portrait de Langer. Herrick prit la photo du suspect américain et la posa à l'envers sur la table. Pendant que les trois hommes regardaient la photo de Bosnie, elle énuméra les noms inscrits sur son calepin : Larry Langer, Aziz Khalil, Ajami et Abdel Fatah.

« Ces individus courent toujours, dit-elle. Langer nous intéresse plus particulièrement. » Elle retourna le portrait. Un homme d'une trentaine d'années au regard tourmenté, avec des yeux caves et une barbe, souriait tristement à l'objectif. « Cet individu figure également sur l'autre photo.

— Langer, Langer, affirma l'un des cadres.

— La famille faisait du commerce de fripes dans le Garment District. C'est tout près d'ici, n'est-ce pas ?

— Oui, nous avons fait des affaires avec la famille. » Le même banquier se tourna vers un terminal d'ordinateur et l'alluma. Il fit une recherche dans les dossiers. « Voilà, dit-il en reculant pour laisser les autres regarder. Lawrence Joseph Langer. Né en 1969. Il a eu pendant douze ans un compte-chèques qui est resté inactif durant de longues périodes.

— Pouvez-vous vérifier les relevés de Zachariah pour voir s'il y a eu des transferts entre les deux comptes ? demanda Ollins.

— Certainement », répondit le banquier en imprimant le dossier de Langer.

Un instant plus tard, le banquier reprit la parole. « Il semble que Zachariah ait crédité plusieurs fois M. Langer. Mais, plus important peut-être, M. Langer s'est porté garant quand M. Zachariah a ouvert un compte dans notre banque, à la fin des années 90. »

Ollins posa la photocopie du compte de Langer sur la table. Stylo en main, il la parcourut, traçant un cercle autour de plusieurs informations.

« Regardez », dit-il à Herrick. Elle lut : « Titulaire du compte. Adresse : Room 6410, 350 5 th Avenue, New York, NY 10118... C'est le cabinet du Dr Loz. »

Dans l'heure qui suivit, ils débusquèrent deux autres secrets. Une recherche au nom de Langer-Ajami établit que la banque avait abrité pendant dix-huit mois un compte professionnel, transféré depuis lors au Liban. L'un des banquiers, un homme prévenant à la chevelure grise dont le col de chemise et le nœud de cravate étaient traversés par une épingle en or, se rappela une conversation avec Langer à propos d'une société d'import de tapis qui souhaitait vendre des plaids et des nattes turcs dans des boutiques de la côte Est.

Une suggestion d'Herrick permit de découvrir des transferts sur des comptes tenus par une banque anglaise dans le quartier de Bayswater, à Londres, au nom de la Yaqub Furnishing Company et de la Yaqub Employment Agency. Herrick en déduisit que ces comptes appartenaient presque certainement à Rahe. Des recherches complémentaires confirmèrent qu'une société immobilière, la Drew Al Mahdi, avait déposé de l'argent sur ces deux comptes pendant deux ans. Herrick expliqua que l'expression Al Mahdi signifiait à peu près « celui qui est correctement guidé » et que la communauté chiite utilisait couramment cette expression. Les banquiers haussèrent les épaules en affirmant qu'ils n'étaient pas au courant des différentes sectes de l'islam, en l'occurrence de celles qui venaient d'Arabie.

À 17 heures, Ollins en savait assez. « Messieurs, cette banque restera ouverte le temps que nous vérifions tous les comptes. Est-ce bien compris ? Nous avons affaire ni plus ni moins au financement d'une organisation terroriste dont votre établissement est le centre. » Ollins ramassa les relevés bancaires et les photocopies des photos, et demanda une enveloppe. Avant de quitter les lieux, Herrick expédia les photos sur le mail professionnel de l'agent du FBI.

Dans la rue, Ollins prit des dispositions sur son portable : il ordonna à trois agents de se rendre immédiatement à la banque et redéploya les autres au quartier général du FBI, à Federal Plaza.

« Quand je pense que c'est arrivé pendant mon tour de garde, dit-il avec une expression peinée. Nous avons fait le maximum : nous avons écouté jour et nuit les conversations téléphoniques des suspects, consulté leurs mails et leurs recherches sur Internet, surveillé leurs dépenses par cartes bancaires et sur leurs comptes. Nous avons contrôlé les gens avec qui ils parlaient dans la rue, les journaux qu'ils lisaient, interrogé leurs voisins. Nous avons couvert la vie de centaines d'individus et nous avons raté ça. Seigneur !

— Nous aussi. Mais tous nos efforts portaient sur l'Europe », répondit Herrick. Elle étouffait, submergée par la sensation de panique qui l'avait envahie à la fin de la réunion. « Pourrions-nous boire quelque chose ? J'accuse un peu le coup du décalage horaire et d'un mois de travail sur cette fichue affaire.

— Désolé, je n'ai pas le temps », répondit machinalement Ollins, avant de comprendre qu'elle n'allait vraiment pas bien. « Finalement, si, je l'ai. Il y a un bar dans le coin. Vous pourrez boire quelque chose et peut-être manger un morceau. » Il lui saisit le coude et la guida jusqu'à la O'Henry's Tavern, sur la 38e Rue. Le ciel s'était assombri. Un crépuscule prématuré envahissait le ciel. De grosses gouttes de pluie s'écrasaient sur le trottoir. Il y eut un répit et, soudain, une averse de grêle éclata, martelant les toits des voitures. Au moment de tourner à l'angle de la 5e Avenue, Herrick leva les yeux vers l'Empire State Building : des lumières s'allumaient sur sa façade massive.

Dans le bar, Isis plaqua les mains sur sa bouche pour essayer de contrôler sa respiration.

Ollins la regardait, alarmé. « Je sais ce que vous éprouvez. J'ai connu le même problème, il y a quelques années. » Elle lui lança un regard circonspect au-dessus de ses mains. « C'est une attaque de panique, dit-il. Voulez-vous essayer un exercice ? » Sans attendre sa réponse, il expliqua : « Fermez les yeux. Bouchez une narine et inspirez en comptant jusqu'à quatre. Bouchez les deux narines et retenez votre respiration en comptant jusqu'à douze. Expirez par la narine que vous avez bouchée en premier en comptant jusqu'à huit. Okay ? »

D'un air abattu, elle commença l'exercice, pendant qu'Ollins commandait un scotch et un Coca Diet. Elle ouvrit les yeux au moment où le serveur posait les boissons sur la table.

« Continuez, dit-il en souriant. Faites l'exercice dix fois de suite. Puis vous pourrez parler. »

Les symptômes s'étaient atténués, mais elle avait les bras lourds et les jambes en coton. Elle but une gorgée de scotch, secoua la tête et se donna plusieurs claques sur les joues.

« Je sais ce que c'est, reprit Ollins. Dans notre travail, on ne se détend jamais, on a rarement une nuit entière de sommeil, on mange mal et on devient cinglé. »

Elle acquiesça, laissant Ollins récapituler leurs découvertes. Quand elle eut le sentiment d'avoir récupéré assez d'énergie, elle évoqua la visite à l'Empire State Building.

Ollins hésitait. « Sûr, pourquoi pas ? Que voulez-vous voir exactement ? Nous avons fouillé les lieux plusieurs fois. Ils sont sous scellés depuis qu'on nous a informés de la mort de Loz.

— On ne sait jamais ce qu'on va trouver. J'ai appris ça le mois dernier. Chaque mur cache quelque chose. »

Ils se levèrent. Le barman leur donna un parapluie perdu et ils coururent sous la pluie, se réfugiant sous les immeubles. La température avait chuté. La grêle tombait par à-coups. Lorsqu'ils atteignirent l'entrée de l'Empire State, Ollins dépassa la foule des touristes massés devant les ascenseurs qui menaient à l'observatoire du quatre-vingt-sixième étage. Un garde annonça : « Orage électrique. La plate-forme de l'observatoire est fermée. Seule la zone intérieure est accessible. »

Ollins serra les mains des gardiens et échangea quelques mots à propos du contrat d'un membre de l'équipe des Mets. Ils prirent l'ascenseur. Pendant la montée jusqu'au quarante-sixième étage, il se passa la main dans les cheveux et essuya son costume dégoulinant.

« Je vous préviens, je resterai dix minutes, quinze au maximum. J'ai une réunion. »

Elle murmura un remerciement. Les portes s'ouvrirent. Ollins tourna à gauche et marcha d'un pas rapide dans le couloir nord du bâtiment. Il n'y avait personne. Un téléphone sonnait derrière une porte. « La plupart des bureaux attendent un locataire, expliqua Ollins en agitant la main à droite et à gauche. Ils sont trop grands ou trop petits, ou trop sombres. La situation est tendue avec la crise. Et cet immeuble l'anticipe. Savez-vous qu'il a été bâti juste avant le krach ? »

Ils parvinrent à une porte avec une plaque portant la mention : Dr Sammi Loz DOF AAO. Ollins sortit un couteau de poche multi-usages et sélectionna une petite paire de pinces. Il coupa un fil de cuivre tendu entre la poignée de la porte et un clou dans le chambranle. Un carton était suspendu : *FBI — NE PAS DÉPASSER.* Il utilisa deux clés pour ouvrir la porte, et lui fit signe d'entrer. Herrick pénétra dans une salle d'attente fraîche et impeccablement tenue, avec un canapé, plusieurs chaises et le bureau d'accueil.

« Où est la réceptionniste ? Vous l'avez interrogée ?

— Oui. Elle n'avait rien à dire.

— Était-elle au courant de sa vie ? Des contrats immobiliers de la Twelver Real Estate Corporation ou de la Drew Al Mahdi ? »

Il secoua la tête. « Nous n'en savions rien, et elle non plus, je présume. C'est la mère célibataire type du Bronx, une jolie fille qui n'a pas inventé la poudre.

— Pourrais-je lui parler ?

— Oui. Peut-être demain. »

Herrick se rendit dans la salle de consultations. Elle poussa la porte des toilettes et celle du vestiaire qui communiquaient avec la réception. Elle retourna dans la salle de consultations. La pièce était meublée d'une lampe, d'une chaise et d'une table en érable qui avaient dû coûter cher. Des planches anatomiques encadrées étaient suspendues aux murs et des articulations en plastique s'alignaient sur une étagère. Si l'on faisait abstraction d'une plante flétrie près de la fenêtre et d'une balance couverte de poussière, on aurait dit que Loz avait quitté les lieux une heure plus tôt. Herrick chercha son téléphone portable et composa le numéro d'Harland, sans tenir compte du fait qu'il était 23 heures passées à Londres.

« Je suis dans la salle de consultations de Loz, dit-elle sans préambule. Tout a l'air normal.

— Décrivez-moi ce que vous voyez. »

Elle détailla le tout et affirma : « Il n'y a rien ici. Au fait, Eva ne s'est pas montrée et elle ne m'a pas appelée. »

Elle n'entendit pas le juron d'Harland parce que Ollins lui faisait signe qu'il partait. « Un moment, s'il vous plaît. Frank Ollins veut vous parler. »

L'agent du FBI prit le téléphone. « J'ai entendu dire que vous avez été blessé, mon pote. Ça explique que vous envoyiez une femme faire le boulot. Remettez-vous vite. Je veux vous voir les menottes aux poignets quand vous reviendrez à New York. »

Il lui rendit le téléphone.

« La table de travail ! lança Harland. Vous n'en avez pas parlé, Isis. C'est une table de travail adaptable, très sophistiquée, avec des leviers partout.

— Je ne la vois nulle part.

— C'est bizarre. Elle devrait y être. Et l'inscription en arabe sur le mur ? Elle dit qu'un homme qui est noble ne prétend pas l'être.

— Rien de tel.

— C'est peut-être important. Demandez à Ollins s'ils ont déménagé des meubles. »

Ollins secoua la tête. « Il n'y avait rien à prendre. Tout ce qui était ici *est* ici.

— Et la table de travail dans la salle de consultations ? »

Ollins haussa les épaules. « Aucune idée, mais je ne vais pas retarder ma réunion parce qu'il manque une table de travail.

— Et l'ordinateur ? Est-il en état de marche ? Il faut l'inspecter.

— Je dois y aller.

— Est-ce que je peux rester et vous ramener les clés plus tard ? Federal Plaza, c'est ça ? Je vous ai aidé, non ? Je suis descendue à l'Algonquin. Vous avez mon numéro. Je n'ai pas l'intention de prendre quoi que ce soit. »

Il réfléchit un moment. « Okay, ramenez-moi les clés demain matin. Et appelez-moi sur mon portable quand vous partirez. J'avertirai les gardiens à l'accueil. »

Il lui souhaita bonne chance et se précipita vers la porte qui se referma automatiquement sur lui.

Elle approcha de la fenêtre et regarda la pluie et l'embouteillage sur la 5e Avenue. Elle ressentait la solitude malsaine du bâtiment, son détachement. Littéralement et métaphoriquement, il dominait, pensa-t-elle. Elle le sentait peser de tout son poids.

Très calme à présent, elle alluma l'ordinateur. Pendant une demi-heure, elle consulta la liste des rendez-vous de Loz et prit des notes. Elle vit les initiales RN et conclut qu'il s'agissait de Ralph Norquist, compte tenu de la visite de Loz à RN le 13 mai. Elle découvrit aussi les lettres BJ : Benjamin Jaidi.

Il restait de l'eau dans la fontaine réfrigérante. Elle s'en servit un verre et arpenta la pièce, le regard absent. Elle tournait le dos à la porte d'entrée quand elle entendit un bruit. Elle se retourna. La poignée tournait. Puis quelqu'un frappa avant d'ouvrir la porte.

34

Isis comprit immédiatement que la femme qui se tenait dans l'encadrement de la porte était Eva Rath.

« Mademoiselle Herrick ?

— Pourquoi me posez-vous la question ? Vous savez qui je suis. Vous m'avez suivie toute la journée. »

La femme lui lança un sourire de circonstance et avança, main tendue. Herrick refusa de la serrer et alluma une cigarette.

« Je pensais qu'il était interdit de fumer dans cet immeuble », dit Eva.

Herrick haussa les épaules. « Que cherchez-vous ? Il n'y a rien ici qui puisse intéresser le Mossad. Le FBI a fouillé les lieux une dizaine de fois.

— Alors pourquoi êtes-vous ici ? »

Herrick réfléchit. « Parce que j'avais besoin de voir le cabinet de Loz. Je veux comprendre le sens de tout ça.

— C'est simple. Haine et revanche.

— Revanche sur quoi ?

— Sur l'échec du monde musulman : l'incapacité à bâtir un État palestinien viable ; l'échec du djihad en Bosnie ; l'impossibilité de garder l'Afghanistan.

Choisissez. Les causes ne manquent pas. Ils ont besoin de s'affirmer et le terrorisme le leur permet. »

Herrick observa qu'Eva parlait avec des intonations typiques de l'Europe de l'Est, malgré sa maîtrise parfaite de l'anglais. « La Palestine aurait eu plus de chances si vous n'aviez pas éliminé ses politiciens modérés », répondit-elle.

Eva sourit à nouveau. « Que cherchiez-vous dans l'ordinateur ?

— Le site dont vous avez parlé à Harland. Je suis à New York pour ça.

— Vous ne le trouverez pas dans *cet* ordinateur, affirma Eva, impérieuse.

— De quel site s'agit-il ? Nous ne parlons pas de l'économiseur d'énergie de Youssef Rahe, n'est-ce pas ?

— Non, non. Nous l'avons utilisé pour vous duper, même si nous ne le savions pas à l'époque.

— Mais il a annoncé l'attentat contre Norquist ?

— Lequel a eu lieu pour détourner votre attention.

— L'autre site a-t-il confirmé l'attentat ?

— Oui.

— Alors, qui nous a renseignés ?

— C'est simple. J'ai prévenu Walter Vigo par téléphone pendant que j'attendais l'amiral Norquist à Heathrow.

— Vous *connaissez* Walter Vigo ?

— Oui. Je pensais qu'Harland vous l'avait dit. Je l'ai aidé, il y a quelques années, quand il a eu un problème à l'Est. Walter était mon informateur au SIS. »

C'était une autre histoire, une vieille histoire. De toute manière, Vigo était hors jeu. À moins que ? Herrick se rappela sa tentative maladroite dans le bar, deux jours plus tôt, cet appel au secours étrange et presque mélancolique, tellement peu dans son caractère.

« Et maintenant il travaille pour vous, c'est ça ? demanda-t-elle. Le Mossad a passé un contrat avec sa société, Mercator. Voilà pourquoi il a essayé de me faire parler. » Elle se frappa le front. « Bien sûr. Vigo m'a fait suivre depuis la librairie et vous m'avez filée jusqu'ici. Vous connaissiez tous les détails de l'affaire, n'est-ce pas ? Vous étiez au courant depuis le début pour les suspects ? Vigo vous informait des activités de RAPTOR ? »

Eva haussa les épaules.

« D'une manière ou l'autre, reprit Herrick, c'est toujours la vieille alliance. L'Amérique et la Grande-Bretagne travaillaient sur RAPTOR en même temps qu'Israël, mais elles ignoraient que vous étiez dans le coup.

— Nous n'avons pas le temps de parler de ça.

— Laissez-moi mettre les point sur les *i*, répliqua Herrick, venimeuse. C'est mon enquête et j'ai du temps. » Elle réfléchit. « Si je comprends bien, le site web que vous surveillez s'est réveillé après trois semaines de silence, et c'est ça l'important ?

— Exact.

— Vous pensez qu'il fonctionne à New York ?

— Pas ici en tout cas. » Eva posa son sac à dos sur le bureau de la réception et elle jaugea Herrick du regard. « Harland dit qu'il n'a jamais vu un talent comme le vôtre. »

Herrick ne releva pas. « Le site a repris du service la semaine dernière quand Rahe se trouvait à New York. Il y a peut-être un rapport.

— Peut-être, fit Eva.

— Nous n'avons pas cherché à savoir qui dirigeait tout ça, voilà l'erreur. Nous pensions que c'était Rahe, mais Loz contrôlait le financement.

— Peut-être les deux, répondit Eva. Puis-je avoir une cigarette ? »

Herrick lui tendit le paquet. Eva le tapota contre sa paume pour en extraire une cigarette qu'elle alluma avec un briquet en or. Puis elle approcha de la fenêtre. Des éclairs illuminaient les nuages au nord.

« Savez-vous qu'on relève chaque année pas moins de cinq cents impacts de foudre sur ce bâtiment ? »

Herrick ne pouvait s'empêcher d'admirer la maîtrise d'Eva : elle paraissait n'éprouver aucun besoin de s'expliquer ou de se justifier. Isis se pencha sur l'ordinateur. « J'imagine que Loz aimait l'Empire State pour cette raison, dit-elle.

— Vous aviez l'air souffrante en sortant de la banque, remarqua Eva. Qu'aviez-vous ?

— Vous me surveilliez ?

— Bien entendu.

— Pourquoi ? Pourquoi ne vous êtes-vous pas fait connaître ? Vous nous auriez accompagnés à la banque.

— Je voulais voir ce que vous alliez faire. » Elle fit tomber sa cendre dans la corbeille à papier. « Je dois admettre que... Vous m'intéressez. Vous êtes la petite amie de Bobby ? »

Herrick releva la tête. « Ça ne marche pas avec moi.

— Donc, vous l'êtes ? »

Herrick secoua la tête. « Je ne veux pas parler de ça.

— Mais vous étiez malade. Je l'ai vu.

— J'ai eu un coup de pompe. J'avais besoin de manger quelque chose. En fait, j'ai faim. »

Eva fit tourner son bracelet autour du poignet. « Que faites-vous ? Laissez-moi regarder. » Elle se pencha par-dessus l'épaule d'Herrick. « Voyons ce que cet ordinateur a dans le ventre. »

Elle tira le clavier à elle et se mit au travail. Ses yeux passaient de ses mains à l'écran. Puis elle se recula pour laisser Herrick consulter une liste de sites web. Il n'y avait eu presque aucune connexion au cours des six derniers mois. Par contre, en novembre et décembre de l'année précédente, quelqu'un avait consulté le site officiel de l'ONU et des sites consacrés à la Palestine, à la Bosnie, à l'Afghanistan et au Liban. Herrick nota l'ordre des recherches sur un papier à en-tête au nom de Loz. Elle parcourut la liste des sites consultés depuis trois ans et releva une vingtaine d'adresses.

« Pourquoi prenez-vous des notes ? demanda Eva.

— L'habitude. » Soudain, Isis posa les yeux sur l'adresse imprimée en bas du papier à en-tête. Elle la relut plusieurs fois, se leva d'un bond et se dirigea vers la porte. « C'est le bureau 6420, annonça-t-elle. C'est le 6420 !

— Oui, confirma Eva. C'est bien ce qu'indique le répertoire des sociétés dans le hall d'accueil.

— Non, vous ne me suivez pas. J'ai vu un document à la banque. L'Empire State servait d'adresse postale à un client, un Américain nommé Larry Langer qui faisait partie du groupe Rahe-Loz en Bosnie, les Frères comme ils s'appelaient. Nous avons pensé que Langer utilisait l'adresse de Loz pour ses relevés bancaires. Mais non. Il avait donné le numéro 6410, pas le 6420. Il y a donc un autre bureau à l'étage.

— Eh bien, allons jeter un coup d'œil », suggéra aussitôt Eva en attrapant son sac.

L'orage s'était rapproché. Les éclairs illuminaient les vitres et se réfléchissaient sur le parquet. Mais, dans le couloir où elles vérifiaient les numéros des bureaux, les deux femmes n'entendaient que le bruit de leurs pas et le bourdonnement de l'air conditionné. Elles venaient d'atteindre l'allée centrale de l'aile nord quand elles entendirent la sonnerie d'un ascenseur ; une porte s'ouvrit. Instinctivement, elles reculèrent. Eva, les yeux fixes, cherchait à identifier le nouveau venu.

L'homme marchait d'un pas lourd et hésitant. Elles l'entendirent s'arrêter à trois reprises, sans doute pour déchiffrer les numéros des portes.

Eva jeta un coup d'œil dans le couloir. « Ça va, murmura-t-elle. Je crois que c'est un coursier, il doit chercher un bureau. » Elle l'interpella : « Je peux vous aider ?

— Non, tout va bien », répondit l'homme. Herrick n'eut pas besoin de le voir pour le reconnaître. Il se trouvait à quelques pas et elle ne pouvait plus se cacher. Elle avança et rejoignit Eva.

Il n'avait pas changé de vêtements et portait le même foulard négligemment enroulé autour du cou, sa chemise kaki avait besoin d'un coup de fer et son jean était toujours avachi. Seule concession à la ville, il avait revêtu une veste flottante bleu sombre.

« Je vous présente Lance Gibbons, de la CIA, lança Herrick en réponse au regard interrogateur d'Eva. Nous avons fait connaissance en Albanie.

M. Gibbons croit sincèrement aux “interprétations extraordinaires” que permet la torture.

— Fermez-la, Isis. Vous savez que j’avais raison pour Khan.

— Cela n’a plus d’importance, répondit-elle sèchement. Que faites-*vous* ici ?

— J’allais vous poser la même question, mais je ne pense pas que j’aurais obtenu une réponse sincère.

— Nous inspections le cabinet du Dr Loz avec la permission du FBI, annonça froidement Eva. Vous êtes ici pour la même raison ?

— Madame, la dernière fois que j’ai vu cette créature, répondit Gibbons en pointant le doigt sur la poitrine d’Herrick, un Arabe m’enfonçait une aiguille dans le bras, ce qui veut dire que je n’ai pas fait la différence entre le jour et la nuit pendant soixante-douze heures.

— Vous le méritiez », répliqua Herrick. Elle fit un pas vers les ascenseurs. « Vous n’avez pas vu ce que vos amis ont fait à Khan. Moi si. C’était ignoble.

— Alors, que faites-vous ici ? demanda Eva.

— Je cherche quelqu’un.

— Qui ?

— C’est mon affaire.

— Nous pourrions peut-être nous aider mutuellement, reprit Eva. Quel numéro recherchez-vous ? »

Gibbons dit qu’il ne connaissait pas de numéro.

Herrick avait atteint un petit couloir venant de l’aile principale de l’aile sud quand elle vit un écriteau indiquant le bureau 6410.

« J’ai trouvé », lança-t-elle. Ils découvrirent une porte au bout du couloir. Herrick se pencha et colla l’oreille au panneau. Pas le moindre bruit. De la main, Gibbons l’écarta pour insérer un morceau de carton dans la fente du verrou. Sans succès. Il recula et, du talon, frappa la porte à deux reprises à hauteur du verrou. En pure perte. Il reculait pour prendre son élan quand une voix l'arrêta net.

« Eh, vous là-bas ! Qu'est-ce que vous foutez ? »

La silhouette d'un gardien en uniforme se détachait contre les éclairs. Herrick vit le profil d'une arme munie d'un silencieux. Puis la démarche de l'homme lui fit penser qu'elle croisait un fantôme pour la seconde fois de la journée. Il sortait de la pénombre en marchant de travers. Avant qu'elle ne distingue son visage, il lança : « Gros camion a sauté par-dessus petite voiture. »

C'était Foyzi.

Herrick tentait de reprendre ses esprits pour analyser la situation, mais Gibbons fut plus direct. « Voilà le petit salopard que je file depuis l'Égypte. »

Foyzi fit quelques pas sur ses bottes à semelles de caoutchouc et son visage apparut en pleine lumière.

« Je vous ai vu dans la rue en train d'acheter des glaces », bafouilla Herrick, stupidement.

Foyzi s'inclina. « Plus tenace que jamais, mademoiselle Herrick. » L'accent de New York avait fait place à un anglais beaucoup plus pur. « J'ai toujours pensé qu'on ouvrait plus facilement une porte avec de bonnes clés. » Il palpa la poche de poitrine de son uniforme. « Voilà, dit-il, sortant un trousseau. Maintenant, mesdames, veuillez vous mettre de côté pendant que j'ouvre la porte. » Il fit un petit cercle avec son arme.

« Monsieur Gibbons, peut-être aimeriez-vous entrer le premier ? »

Foyzi appuya sur un interrupteur. La lumière des néons clignota dans six caissons au plafond. Ils pénétrèrent dans une pièce vide en forme de L. Un bureau occupait un angle. « Bienvenue au 6410, lança Foyzi en enfonçant le canon du pistolet dans le dos de Gibbons. Si vous prenez la peine d'avancer jusqu'à la porte du fond, je vous présenterai à vos hôtes. » Puis il changea d'idée. « Mais j'oubliais que ces messieurs de la CIA ne se déplacent jamais sans leur arme. » Il fouilla Gibbons, découvrit le pistolet automatique qu'il cachait au dos de sa ceinture et le fourra dans sa poche. « Comment la sécurité a-t-elle pu vous laisser entrer avec ça ? fit-il avec une expression de dégoût. Et vous, mesdames, videz vos sacs. »

L'ordinateur portable d'Herrick atterrit sans bruit sur le bureau, mais elle conserva son portable dans sa poche. Foyzi murmura quelques mots et s'éloigna du bureau pour trier les affaires d'Eva : il prit son portable, son passeport américain et une feuille de papier pliée en deux.

« C'est une ordonnance pour ma mère. Elle a un cancer. Son nom est Rath.

— De l'hébreu », dit Foyzi. Il mit l'ordonnance dans sa poche.

Il ouvrit la porte et leur fit signe. Ils entrèrent dans une pièce éclairée par des bougies. Il y régnait une odeur d'encens et l'on distinguait une musique de fond : le chant soufi qu'Isis avait entendu sur l'île.

Debout au milieu de la pièce, Sammi Loz s'activait sur Karim Khan. Celui-ci était étendu, vêtu d'un simple pagne, sur un lit à roulettes.

Loz posa un doigt sur ses lèvres. « Doucement. Karim dort. » Ses mains se posèrent sur la jambe du blessé. « Nous attendions deux femmes, pas cet individu. Qui est-ce, Foyzi ?

— L'homme qui a fait torturer Khan, répondit Foyzi. Il m'a suivi jusqu'ici.

— Intéressant. » Loz reposa le pied de Khan et fit quelques pas. « Karim a voyagé sous calmants, ce qui l'aidera à récupérer. Il va bientôt se réveiller et je pense qu'il sera heureux de voir l'homme qui l'a torturé. Il appréciera la symétrie de la situation quand il le verra mourir. Et qui est cette personne ? demanda-t-il en approchant d'Eva. Un beau maintien et la ligne de quelqu'un qui fait de l'exercice. »

Eva lui rendit son regard sans montrer la moindre peur. Herrick, sous le choc, fixait Loz. Il s'était fait pousser la barbe, ce qui accentuait la courbe de son menton, et il paraissait plus mince. Le regard sauvage qu'elle lui avait vu sur l'île avait fait place à une tranquille satisfaction.

Il tendit la télécommande vers la platine laser pour arrêter la musique. « Isis, qui est cette dame ?

— Je ne sais pas. Elle m'a aidée à trouver votre cabinet. Laissez-la partir. Elle n'a rien à voir avec ça. »

Foyzi tendit le passeport et l'ordonnance. Loz lut à haute voix le nom de Raffaella Klein.

« C'est une Israélienne », dit Foyzi.

Loz reposa le passeport et l'ordonnance, et s'essuya les mains sur sa gandoura blanche avant d'ajuster sur son crâne un petit calot blanc signifiant qu'il avait fait le pèlerinage du Hadj à La Mecque. « Elle a tout à voir avec vous, Isis. Nous vous surveillions dans le cabinet. » Il indiqua un téléviseur posé sur une pile d'annuaires. L'écran, divisé en deux, montrait la salle de consultations et l'accueil. Ils avaient observé leur rencontre depuis le début.

« Je regrette de ne pas avoir demandé à Foyzi de poser des micros. Mais nous ne savions pas que nous aurions des visiteurs de marque. » Il jeta un regard dur à Herrick. « Pourquoi êtes-vous ici ?

— Comment avez-vous quitté l'île ? » répondit-elle.

Loz leva les mains, paumes tournées vers le ciel. « Foyzi nous a aidés. Je l'ai embauché la dernière nuit. Les services de renseignement britanniques ne sont pas généreux. Je lui ai offert beaucoup plus. Aussi simple que ça. Foyzi a proposé de faire croire à notre mort en utilisant les cadavres de ses hommes tués par les missiles. Ça a marché, n'est-ce pas ? Nous avons rejoint sans difficulté le Maroc, puis le Canada.

— Et Youssef Rahe, le Poète, vous a récupérés à la frontière canadienne ?

— Yahya. Son nom était Yahya al-Zaruhn. Personne ne pouvait l'égaler. Personne. Et maintenant il est mort. Tué par des espions britanniques.

— En fait, par la police, précisa Herrick. Mais n'oubliez pas qu'un homme a été torturé et assassiné pour rendre sa mort crédible. Cela n'a rien d'héroïque.

— Un traître, trancha Loz. Un espion juif. »

Herrick sentit Eva se raidir. Elle comprit qu'elle connaissait l'homme dont ils parlaient. Le Mossad avait certainement infiltré le réseau Rahe-Loz depuis le début.

« Asseyez-vous », cria Loz brusquement.

Foyzi agita son arme. Ils obéirent. Herrick et Eva s'installèrent dos au mur, tandis que Gibbons s'asseyait, jambes croisées. Loz recommença à s'occuper de Khan et lui martela doucement l'arrière des jambes. Il se concentrait et environ une heure s'écoula en silence. Herrick laissait son regard errer dans la pièce. Elle remarqua, près de la fenêtre, une soucoupe pleine de bougies dont les flammes vacillaient, et quelques assiettes avec des restes de repas. L'inscription en arabe mentionnée par Harland était posée sur la table, ainsi qu'un exemplaire du Coran et plusieurs livres. L'un d'eux, intitulé *Littérature Hadith et Paroles du Prophète*, trônait sur un fauteuil roulant, sans doute destiné à Khan.

Les trois prisonniers échangeaient des regards, mais chaque fois qu'ils semblaient se passer un message, Foyzi les menaçait de son arme. Enfin, Loz se redressa. Faisant craquer ses jointures, il s'éloigna de Khan et s'approcha de la fenêtre.

« Combien de temps allez-vous nous garder ? demanda Herrick.

— Pas maintenant, s'il vous plaît. » L'orage l'exaltait. La tempête avait tourné au sud et se déchaînait sur l'océan.

Herrick n'en pouvait plus et elle commença à traduire l'inscription à haute voix : « "L'homme noble ne prétend pas être noble, pas plus que l'homme éloquent ne feint l'éloquence. Celui qui exagère ses qualités, quelque chose lui manque." Pourquoi accordez-vous tant d'importance à cette phrase ? » demanda-t-elle.

Loz répondit sans se retourner. « Parce que ce furent les premiers mots de Yahya. Il les a prononcés au beau milieu d'une fusillade, en Bosnie. Pouvez-vous imaginer une telle présence d'esprit ? Plus tard, il m'a fait ce cadeau pour marquer la naissance de notre amitié.

— Mais que pensez-vous de la dernière partie de la citation ? » Elle se tourna pour lire. « "L'orgueil est laid. Il est pire que la cruauté, qui est le pire des péchés." Ne pensez-vous pas que l'opération que vous avez planifiée, vous et Yahya, est la pire des cruautés : le massacre et la mutilation d'innocents ? Une souffrance si grande qu'on ne peut pas la concevoir ? »

Loz se retourna lentement, serrant la gandoura sur son corps. « C'est toujours comme ça, dit-il à Foyzi comme s'il entendait par là qu'une amitié ancienne et bougonne le liait à Isis.

— Comme quoi ? demanda-t-elle. La dernière fois que nous nous sommes regardés, vous tentiez de me violer. Racontez à Foyzi ce que vous me faisiez dans la maison du bain quand les missiles ont explosé. Je suis sûre qu'il n'en a aucune idée. »

Loz traversa la pièce avec la rapidité d'un chat. Il la saisit par les cheveux et lui cogna la tête cinq ou six fois contre le mur. « Mensonges de salope blanche », cria-t-il. Herrick se revit soudain dans la salle d'interrogatoires en Allemagne, durant son stage à l'école des agents de renseignement. Plus tard, elle avait réfléchi que c'étaient les hurlements qu'elle avait le moins supportés.

Eva posa une main sur son épaule et Gibbons lui lança un regard de sympathie. Elle pria pour qu'ils comprennent qu'elle avait décidé de pousser Loz dans ses retranchements.

« Vous m'avez fait mal, dit-elle. Pourquoi prenez-vous autant de plaisir à faire souffrir les femmes ? Parce qu'elles vous font peur ? »

Loz revint vers Khan. « Cela ne me fait pas plaisir, mais c'est parfois nécessaire.

— Non. En vérité, vous n'êtes qu'un psychopathe. Vous pensez que soigner des gens vous donne le droit moral d'en blesser et d'en tuer d'autres. Ce doit être une sorte de complexe de supériorité divine. Le grand Dr Loz dispense sa bonté, sa cruauté et la mort avec la détermination capricieuse du Seigneur tout-puissant. J'ai déjà entendu parler de docteurs qui se prenaient pour des dieux, mais je n'avais jamais pensé en rencontrer un qui se prétende l'égal de Dieu. »

Loz chercha le regard de Foyzi. « Cette femme, dit-il, d'un air désespéré, me rappelle ma mère. » Foyzi ouvrit l'ordinateur d'Isis en approuvant.

« C'est ça, votre problème ? demanda-t-elle. C'est pour ça que vous êtes psychopathe ? Parce que vous avez un problème avec votre mère ? »

Loz tourna la tête vers elle. Sa lèvre supérieure se retroussa sur une rangée de dents blanches et parfaites, et il sortit quelque chose de sa bouche. « Je n'ai aucun problème. Je fais ce qui doit être fait.

— Mais non. Tous vos hommes ont été pris : Hadi Dahhak, Nasir Sharif, Ajami, Abdel Fatah, Lasenne Hadaya, Latif Latiah. » Elle nommait ceux qui avaient accompli le Hadj. « Tous ces hommes prêts à répandre la maladie, à utiliser des explosifs et des gaz sont en prison.

— Elle est maligne, non ? demanda Loz à Foyzi. Elle croit que nous ne savons pas qui est en liberté. Elle pense nous tromper. Elle aime tricher. Mais elle ignore combien de soldats nous avons sur le terrain. Elle n'en a aucune idée, et elle est venue nous espionner dans l'Empire State Building avec ses amis. »

Foyzi hocha la tête et se dirigea vers le lit, portant l'ordinateur ouvert. Herrick aperçut la photo de Bosnie.

« Très impressionnant, dit Loz. Comment l'avez-vous obtenue ?

— Par un photographe anglais.

— Yahya... Larry... Moi. Les Frères. J'en veux une copie.

— Vous en aurez une demain dans toute la presse. »

Il agitait la tête, perdu dans ses souvenirs. Gibbons croisa le regard d'Herrick et haussa les sourcils.

« Nous étions si jeunes. C'est terrible comme dix années marquent le visage d'un homme. » Khan commençait à s'agiter et bougeait ses pieds. Herrick vit qu'ils étaient toujours enflés. « Nous avons de la visite, mon vieil ami. Nos invités ont apporté un cadeau pour nous rappeler qui nous sommes et pourquoi nous combattons. Assieds-toi et regarde. La providence nous bénit en ce moment crucial. »

Khan se souleva sur un bras. Il aperçut Isis et la reconnut. À sa plus grande surprise, elle le vit sourire.

C'est alors que la foudre tomba au faîte de l'immeuble. Les lumières faiblirent, les vitres tremblèrent. Herrick sentit un grondement descendre le long du mur. Elle comprit que Gibbons tenterait d'agir la prochaine fois. Elle en était sûre. Elle l'avait vu tressaillir, se préparer, puis se contenir.

Khan se rallongea sur le lit. Loz prit l'ordinateur, s'avança vers la fenêtre et lut les mails de Nathan Lyne expédiés le jour même. Isis réalisa que ces messages révélaient toutes les incertitudes du SIS sur les Frères. Elle se maudit d'avoir négligé les règles de sécurité élémentaires. Quand il eut achevé sa lecture, Loz parcourut l'ordonnance médicale.

« La providence nous sourit, déclara-t-il. Nous avons à notre merci une espionne anglaise, une espionne israélienne et un agent américain. Nous pourrions les tuer tous les trois en sacrifice symbolique à l'islam, et répandre la nouvelle sur Internet. Ce serait une belle fin pour notre site, un final digne d'applaudissements. Foyzi, crois-tu qu'on pourrait trouver un Caméscope à cette heure ? »

Foyzi fit un signe d'assentiment. Khan secoua la tête.

« Tu penses que c'est une mauvaise idée, Karim ? Mais tu ne sais pas qui est cet Américain. C'est l'homme qui t'a torturé. Tu ne reconnais pas ce cochon ? »

Khan souleva la tête. « Oui, il était en Albanie. Mais il m'a donné de l'eau. Et ce n'est pas lui qui me torturait. C'était l'Arabe. »

Loz agita l'arme devant Gibbons et hurla. « Debout ! Je vais le tuer maintenant. Ou tu veux t'en charger, Karim ? »

Khan secoua la tête.

« Pourquoi voyez-vous tout sous le même prisme ? plaida Herrick. Les Arabes contre les Juifs ; les Américains contre les Arabes. Karim vient de le dire : ce sont des Arabes qui ont torturé l'un de leurs frères musulmans, et le pire, c'est qu'ils l'ont fait pour de l'argent. »

Elle avait visé juste. Loz tourna les talons. Gibbons se rassit. Herrick comprit qu'il avait pris un risque calculé.

« Regardez les Nations unies ! » Loz indiquait le siège de l'ONU, hors de vue de l'autre côté de l'East Side. « Ces gens sont responsables de la mort de musulmans en Bosnie, en Afghanistan, en Palestine, en Irak. Partout dans le monde. C'e bâtiment est la source du mal parce que ce sont les Américains, les Juifs et les Anglais qui le dirigent. Vous représentez les Nations unies. Pas nous. Vous êtes nos ennemis.

— Vous voulez attaquer l'ONU ? » demanda Herrick.

Loz lui lança un sourire admiratif. « Vous êtes très intelligente, Isis. Je vous ai dit que nous étions faits l'un pour l'autre. »

Elle hocha la tête. « J'aurais dû comprendre pourquoi vos contacts avec Benjamin Jaidi étaient aussi importants. Vous regardiez votre ennemi dans les yeux. Quelle est cette citation sur l'énigme d'acier et de pierre ? »

Loz la récita sans cesser de contempler la pluie. « "Cette énigme d'acier et de pierre est à la fois une cible parfaite et une démonstration parfaite de non-violence et de fraternité raciale ; cette noble cible qui se mesure avec le ciel et rencontre les avions destructeurs à mi-chemin, cette demeure de tous les peuples et de toutes les nations, cette capitale du tout, abrite les délibérations grâce auxquelles les avions sont immobilisés et leur course devancée." Jaidi aime cette phrase, mais *pas* pour les mêmes raisons que moi. Il n'y a pas un mot de vrai là-dedans. Des mensonges. La fraternité raciale... Essayez d'être africain ou arabe ! La demeure de tous les peuples et de toutes les nations... La capitale du tout... Rien n'est vrai. La seule fois où les délibérations ont empêché des avions de voler, c'était en Bosnie, quand les Serbes tuaient les Bosniaques sous le regard de l'Occident et que les Nations unies étaient en retrait.

— Je suis d'accord avec presque tout ce que vous venez de dire, approuva Herrick.

— Parce que vous êtes une femme intelligente. Parce que vous savez, au fond de votre cœur, que ça ne peut pas durer. Le changement viendra de l'extérieur. Si la corruption règne, c'est à cause de vous, les

Américains et les Juifs. C'est vous qui dirigez, l'ONU est votre arrière-cour. Combien de fois croyez-vous que les Américains ont opposé leur veto aux résolutions du Conseil de sécurité condamnant Israël ? »

Herrick haussa les épaules. Elle n'en avait aucune idée.

« Vous ne le savez pas parce que ça ne vous intéresse pas. Mais nous, les Arabes, nous comptons. La réponse est trente-quatre fois au cours des trois dernières décennies. Alors, quelles sont les chances des Palestiniens ?

— Allez-vous utiliser des avions ? demanda-t-elle calmement.

— Nous sommes des soldats, nous nous battons au sol.

— Des armes, des explosifs, des bombes ?

— Non, Isis, je ne le vous dirai pas. Vous le saurez assez tôt. Vous verrez tout d'ici. Patience, ma petite. »

Harland avait épuisé la quasi-totalité de son stock d'analgésiques et il se sentait vaseux. Sa sœur Harriet lui tenait compagnie pendant ses nuits d'insomnie en lui lisant le journal de Samuel Pepys. C'était, assurait-elle, une excellente combinaison de passages excitants et de longueurs. Elle avait prévu de le quitter dès qu'il s'assoupirait, mais Harland ne réussissait pas à dormir sur le ventre, d'autant que les analgésiques lui vrillaient l'estomac.

« Attends », dit-il soudain à Harriet.

Elle lui envoya un sourire radieux. « Qu'y a-t-il, mon cher ?

— Je dois contacter quelqu'un. Je n'ai pas de nouvelles d'elle depuis cet après-midi. » Il se glissa prudemment hors du lit, posa ses pieds sur le sol et prit le téléphone portable caché dans sa trousse de toilette. Il composa le numéro d'Herrick. Elle répondit après dix sonneries.

« Comment ça va ? demanda-t-il.

— Ça va.

— Que faites-vous ?

— Je regarde la pluie. Il y a un gros orage.

— Tout va bien ?

— Oui. J'ai bu un verre avec Ollins dans un bar. C'est un vrai séducteur. En ce moment, je suis à l'hôtel dans ma chambre avec une bouteille de vin rouge et un livre. Je suis tout à fait heureuse et détendue.

— Isis, vous vous sentez bien ?

— Absolument. J'ai un peu sommeil. Je me suis levée tôt ce matin. Maintenant, je dois raccrocher.

— Isis ? Isis ? »

Elle n'était plus là.

« Quelque chose ne tourne pas rond, dit-il à sa sœur. Je veux dire… Il y a dans cette femme une telle passion qu'elle te donne l'impression d'être collet monté et vieux jeu. Elle ne s'endort pas sans avoir envisagé les mille manières d'aborder un problème. Je n'ai jamais connu quelqu'un comme elle, en tout cas pas à l'époque de mes anciennes activités.

— Tu es amoureux. »

Harland ne releva pas. « Tout sonnait faux. Par exemple, elle a dit qu'elle s'était rendue dans un bar avec Ollins et qu'il est charmant. Quels que soient ses mérites, l'agent Ollins n'a rien d'un séducteur. Et puis, dans ce contexte, comment peut-elle être au lit avec un livre et une bouteille de vin rouge ? En fait, quand elle se prétendait heureuse et détendue, elle disait exactement le contraire. Elle a des ennuis. »

Harriet comprit que la situation était sérieuse. « Que comptes-tu faire ?

— Appeler Teckman. Ensuite, j'essaierai de joindre Ollins. »

Debout au milieu de la pièce, Herrick abaissa son portable et appuya délibérément sur la touche de fin d'appel. Loz avait insisté pour qu'elle décroche. Il avait appuyé le pistolet de Foyzi sur sa nuque pendant toute la conversation.

« Bravo, Isis. Vous êtes une vraie actrice. » Il lui entoura l'épaule et rendit l'arme à Foyzi. « À une autre époque et ailleurs, nous aurions formé un couple sublime. Comme dit le Prophète, nous aurions "goûté le petit miel l'un de l'autre". »

Elle le fixa droit dans les yeux et y discerna une profonde et folle perplexité. « Savez-vous ce que vous faites ? Comprenez-vous la souffrance des autres ?

— Mais oui. Regardez Karim. J'ai fait tout ce qui est dans le pouvoir d'un homme pour aider son ami. J'ai nettoyé son corps, j'ai pansé ses plaies, j'ai fait appel à toutes mes ressources pour soigner ses blessures. Je comprenais sa souffrance et je lui ai donné la preuve de ma reconnaissance.

— En quoi Karim est-il différent des gens que vous allez tuer ? Quand Langer fera exploser sa bombe, quand Ajami répandra le poison qui infectera les enfants et les femmes enceintes, quand Aziz Khalil libérera ses germes, des gens mourront. Des gens qui ont une plus grande propension au bien que vous, Karim ou moi. Pourquoi faudrait-il qu'ils soient anéantis et Karim sauvé ? »

Loz parut légèrement déstabilisé. « Je n'ai pas à vous répondre.

— Mais vous avez répondu. » Elle agita une main en l'air tandis que l'autre replaçait le portable dans sa poche. « C'est moi qui ai sauvé Karim Khan, pas vous. J'ai risqué ma carrière pour empêcher qu'il soit torturé. Si vous ne me croyez pas, demandez à Gibbons. Il sait ce que j'ai fait. Il sait que j'ai risqué la vie de mon père pour libérer Khan et vous le remettre. » Elle plongea la main dans sa poche et appuya sur une touche à droite du clavier de son portable. « Vous me devez une explication. Vous avez un devoir envers vous-même. Vous devez faire la paix entre votre amour et votre haine de l'humanité. L'amour que vous professez pour Karim ou Yahya n'est que pur égoïsme si vous refusez d'admettre que la part que vous aimez en eux est la part humaine que nous avons tous en commun. »

Loz agita un doigt. « Si je devais rester avec vous, vos arguments me rendraient fou.

— Ce n'est pas moi qui vous rends fou, fit-elle tristement. C'est la raison. » Elle haussa la voix. « Quel bénéfice espérez-vous tirer de l'attentat contre l'ONU ? Langer, Khalil, Ajami, Latiah et Fatah, que pensent-ils qu'ils vont faire ? Ils tueront beaucoup de monde, et après ? Le monde dira qu'on ne peut pas avoir confiance dans les musulmans. Tout ce que vous obtiendrez, ce sera le mépris et le rejet des vôtres. »

Foyzi s'était placé derrière Herrick pendant qu'elle parlait. Brusquement, il plongea la main dans la poche d'Isis et en sortit le portable. Il le tendit à Loz, montrant le numéro affiché sur l'écran. Loz s'empara du téléphone et le jeta contre le mur ; Foyzi l'écrasa sous sa botte. Puis Loz pivota et gifla Isis du revers de la main en plein visage. Il la frappa jusqu'à ce qu'elle s'effondre. Il prit le pistolet des mains de Foyzi et l'abattit sur sa nuque.

Harland saisit son portable dès la première sonnerie. D'un signe, il demanda à sa sœur de lui donner un stylo et du papier. Il nota le numéro de la ligne directe de Vauxhall Cross et agita un doigt pour prévenir Harriet de composer ce numéro sur le téléphone de l'hôpital.

Dès qu'elle obtint un interlocuteur, Harriet fit un signe de tête à son frère. Harland posa la main sur son portable et siffla : « Dis-leur qu'Herrick est avec Loz à New York. Dis-leur qu'elle est vivante. Elle a allumé son portable pour que j'entende. »

Au lieu de transmettre l'information, Harriet demanda à l'opérateur : « Passez-moi Sir Robin Teckman. Dites-lui que Robert Harland a un message urgent. Répétez-lui exactement ces mots. M. Harland va vous prendre en ligne. C'est une question de sécurité nationale. »

Harland avait réussi à écrire : « ONU — demain — bombe (?) Langer, Khalil, Ajami, Latiah. » Il avait oublié le dernier nom. Soudain, la ligne grésilla, puis il n'entendit plus rien. Il tendit le portable à Harriet et prit le téléphone de l'hôpital. « Vois si tu entends quelque chose… Allô, allô ?

— Oui, dit l'agent de service à Vauxhall Cross.

— Passez-moi le Patron.

— Je suis désolé. Impossible.

— C'est une urgence, une question de sécurité nationale. Je dois parler à Sir Robin. Dites-lui que Robert Harland l'appelle. » Il donna un numéro d'identification vieux de quatorze ans.

« Je vous le passe. »

Après deux minutes d'attente, le Patron fut en ligne. « Bobby, que puis-je faire pour vous ?

— Herrick est à New York avec Loz. Il est vivant. Elle a laissé son portable allumé et j'ai entendu leur conversation. Ils vont faire sauter l'ONU demain.

— Où est-elle précisément ?

— Aucune idée. Mais je viens d'avoir avec elle une conversation très bizarre, codée. J'ai compris qu'elle avait rencontré un de mes amis du FBI, Ollins, qui enquêtait sur Loz. Elle a pris un verre avec lui. Il doit savoir où elle se rendait après.

— Appelez votre ami.

— J'ai essayé. Son portable ne répond pas et je n'ai pas son numéro personnel.

— Alors contactez le FBI à New York.

— Oui.

— J'envoie quelqu'un au St Mary's, au cas où vous recevriez un autre appel. Dites-moi ce qu'en pense Ollins et je prendrai des dispositions. Si vous devez me rappeler, mentionnez le Code Orange. Ils ne vous emmerderont pas. » Teckman raccrocha.

Harland appela les renseignements internationaux sur le portable d'Harriet. Après avoir obtenu le numéro du FBI à Manhattan, il tomba sur une opératrice. « C'est très important, dit-il. Mon nom est Robert Harland. J'appelle du quartier général du SIS à Londres. Il me faut le numéro personnel de l'agent spécial Ollins. Vous comprenez ?

— Je suis désolée, monsieur, répondit l'opératrice de l'autre côté de l'Atlantique. Je ne peux pas faire ça.

— Comment vous appelez-vous ?

— Je n'ai pas le droit de vous communiquer mon nom.

— Alors, laissez-moi vous dire une chose. Ollins détient une information qui permettrait de déjouer un attentat terroriste demain, à New York. Il ne le sait peut-être pas lui-même. Mais si vous voulez garder votre boulot au-delà de demain soir, je vous conseille de trouver le téléphone de l'agent spécial. J'attendrai. »

Il y eut un silence. À l'autre bout de la ligne, les délibérations semblaient interminables. Enfin, une voix masculine demanda : « Qui parle ? »

Harland donna son nom. « Je dois joindre l'agent spécial Ollins. C'est urgent. Le gouvernement britannique va contacter le gouvernement américain d'ici peu. Mais si vous me passez Ollins, nous court-circuiterons ce qui se prépare et nous éviterons un désastre. À vous de voir. J'espère pour nous tous que vous prendrez la bonne décision. »

Herrick était allongée par terre. Elle pouvait voir le visage d'Eva, mais pas celui de Gibbons. Un instant, elle se demanda pourquoi ni l'un ni l'autre n'avait essayé de l'aider, puis elle pensa qu'ils agissaient tous deux en professionnels ; ils savaient que la partie serait plus longue ; ils gagnaient du temps.

Très lentement, elle souleva la tête pour donner l'impression d'être plus mal qu'elle ne l'était réellement. Elle fit signe à Foyzi qu'elle voulait retourner à sa place. Foyzi agita le pistolet, irrité. Elle rampa vers Eva et Gibbons, et s'installa près d'eux. Eva lui lança un regard qui disait : « Attendez. » Gibbons fixait l'horizon sans ciller.

Après qu'elle s'était effondrée, choquée et meurtrie, Loz avait poussé le lit près de la fenêtre. Lui et Khan avaient une discussion animée ; personne ne pouvait les entendre. Khan soulevait la tête, les muscles de son cou saillaient et ses jambes maigres tremblaient chaque fois qu'il essayait de se redresser. Mais Loz appuyait fortement sur sa poitrine et se penchait pour le raisonner.

Herrick se tassa légèrement sur elle-même pour voir la bouche de Khan sous l'épaule de Loz. Quand il releva la tête, elle réussit à déchiffrer ses paroles sans difficulté. Il disait : « Je ne mets pas en cause tes opinions, Sammi, mais tu n'aurais pas dû la frapper. Il y a trop de violence en toi et je... »

Une fois de plus, Loz immobilisa Khan sur le lit. Et sa main s'approcha du cou de son ami.

Eva intervint. D'un ton tranquille, elle s'adressa à Foyzi. « Mon service vous connaît. Nous savons que vous êtes free-lance. Vous n'avez rien à voir avec cette folie. Mon gouvernement vous donnera cinq fois ce qu'il vous a offert. »

Foyzi secoua la tête. « Un accord est un accord.

— Ce n'était pas le cas sur l'île », remarqua Herrick, sèchement.

Loz se retourna. « Descends-les s'ils discutent. Descends-les... »

Un coup de tonnerre étouffa la fin de sa phrase. L'Empire State attirait la foudre et guidait sa puissance vers la terre. Les lumières vacillèrent puis elles s'éteignirent. Gibbons attendait ce moment. Il bondit sur Foyzi. Eva fit un saut sur la droite. Après une roulade, elle se rétablit comme une gymnaste et porta quelques coups féroces sur le torse de Foyzi. Ce dernier tira trois coups de feu sur Gibbons, à bout portant mais son arme lui échappa. Herrick plongea, la rattrapa et bondit sur ses pieds. Elle braqua le revolver sur Loz qui n'avait pas bougé de la fenêtre et regarda à droite et à gauche. L'Américain était étendu par terre. Foyzi gisait de tout son long, tué par le couteau que Gibbons tenait encore dans sa main.

Nathan Lyne courait, essoufflé, vers la chambre d'Harland. Il venait de traverser Londres à bord d'une voiture banalisée de la Branche Spéciale qui avait atteint les cent soixante kilomètres-heure sur Park Lane.

Harland venait de joindre Ollins. « Elle est à l'Empire State, cria-t-il à Lyne en ouvrant son carnet d'adresses. Le type du FBI l'a quittée dans le bureau de Loz. Elle est seule. J'appelle l'amie qu'elle devait rencontrer. »

Nathan prit le téléphone de l'hôpital et contacta Vauxhall Cross. « Vous avez entendu ? dit-il. Quel étage ?

— Soixante-quatre », répondit Harland. Déjà, le portable d'Eva sonnait.

En entendant la sonnerie, Eva se précipita vers la réception, priant pour que ce soit son quartier général, à Tel-Aviv.

« Oui, aboya-t-elle.
— C'est Bobby. Où êtes-vous ?
— À l'Empire State.
— Isis a laissé son portable allumé. J'ai tout entendu. Loz est vivant ? Que se passe-t-il ? »

Eva retourna dans la pièce. Herrick se tenait près de Gibbons, un genou à terre. « Tout va bien, dit Eva entre deux souffles. Ils sont désarmés. Ton amie est là. Elle surveille Loz et Khan. »

Harland répondit, mais Eva abaissa le portable pour écouter Gibbons. Il murmurait : « Si vous dites où nous sommes, ces ânes de flics vont rappliquer. On n'a pas le temps. Nous ne savons toujours rien. Il ne faut pas que la police les arrête.
— Vous perdez du sang, s'écria Herrick. On va vous transporter à l'hôpital.
— Pas question, protesta Gibbons. Ce salaud doit parler. »

Harland rapporta à Lyne ce qu'il venait d'entendre. « Elles sont avec un homme, un Américain. J'ai l'impression qu'ils ont maîtrisé Loz, mais l'Américain est blessé. Ils ne veulent pas de la police, tant que Loz n'aura pas parlé. »

Lyne fronça les sourcils. « Qu'est-ce qu'ils foutent ? » Il croisa le regard d'Harland et reprit sa conversation avec Vauxhall Cross. « La situation est sous contrôle. Dites au FBI de patienter. C'est très important. »

Eva posa son portable sur la table, s'approcha de Loz et lui colla le canon du pistolet de Gibbons contre la tempe. Pendant ce temps, Herrick éloignait le lit à roulettes.

Les deux femmes ne se parlaient pas. La situation était au-delà des mots.

Herrick regarda Khan droit dans les yeux et murmura : « Je suis désolée. Je n'ai pas le choix. » Sans réfléchir davantage, elle leva l'arme de Foyzi et frappa le pied droit de Khan. Il hurla. Elle regarda Loz. « Dites-nous le plan. Où sont vos hommes ? Combien sont-ils ? »

Loz secoua la tête, incrédule. « Vous ne pouvez pas faire ça.

— Continuez », ordonna Gibbons.

Herrick visa et frappa encore. Le cri dura plus longtemps. Khan s'étouffait. Isis fit mine de s'arrêter. Elle toucha le flanc de Khan, lui saisit brièvement la main et la serra. Il lui rendit sa pression.

Eva revenait à la charge. « Nous commençons à peine et, croyez-moi, votre ami va souffrir le martyre. Y a-t-il cinq hommes ou davantage ? Où sont-ils ? Abrégez ses souffrances. »

Loz baissa les yeux et secoua la tête.

Elle fit signe à Herrick de frapper Khan.

Gibbons se traînait sur le sol, se tenant le ventre à deux mains. Il se leva en vacillant et se dirigea vers les bougies près de la fenêtre. Il prit un sac en plastique et le tendit à Herrick. Puis il s'étendit sur Khan et pesa de tout son poids. Herrick enfila le sac sur la tête de Khan.

« Non ! hurla Loz. Je vais parler. »

Eva prit son portable. « Vous écoutez, Bobby ? »

Harland confirma.

« Parlez-nous du plan et nous laisserons votre ami respirer.

— Ils sont six, marmonna Loz. Trois à New York. Deux à Londres. Un aux Pays-Bas. »

Eva répéta l'information dans le portable.

Les jambes de Khan tremblaient par saccades comme s'il avait une attaque.

« Laissez-le respirer, implora Loz.

— Quel est votre plan ? hurla Eva. Votre putain de plan ? » Elle le frappa à la tempe avec le canon du pistolet.

Loz secoua la tête.

Gibbons murmura quelque chose. Il indiquait le téléviseur posé sur les annuaires. « Les flics sont dans l'autre pièce », siffla-t-il. Herrick vit des silhouettes sur les deux parties de l'écran. Elle serra le sac. De la main droite Khan griffait mollement le dos de Gibbons. Ses jambes ne bougeaient plus.

Eva recula de quelques pas. « Parlez et il sera sauvé.

— Ce sont des martyrs. Des martyrs avec des explosifs. Vous comprenez ! Des martyrs ! On ne peut pas empêcher des martyrs de se sacrifier pour la lutte.

— Ils vont se faire sauter avec du Semtex ? Ils ont des armes bactériologiques ? »

Loz ne répondait pas. Eva hurla la question à son oreille.

Il opina. « Oui.

— Quand vont-ils attaquer ?

— Ils ont des laissez-passer pour 14 heures.

— Heure européenne ou américaine ? »

Khan ne bougeait plus.

« S'il vous plaît ! Laissez-le respirer ! » Eva fit un signe. Herrick retira le sac.

« Heure américaine, après les autres attaques.

— Il n'y aura pas d'autre attaque. Qui sont ces hommes ?

— Vous connaissez leurs noms. Je vous dirai tout si vous épargnez Karim. »

Il leur donna les noms, par à-coups, comme s'il ne se les rappelait pas, mais ils en obtinrent six. Herrick n'en connaissait que trois. Loz répétait lentement pendant qu'Eva parlait dans son portable : Langer, Khalil, al-Ayssid, Ajami, Mahmud Buktar et Iliyas Shar. Un Américain, trois Arabes et deux Pakistanais. Leurs téléphones et leurs adresses se trouvaient dans l'ordinateur portable posé sur la table. Ils ne l'avaient pas remarqué. Tout y était, y compris le dernier message de Loz aux martyrs.

Herrick croisa le regard de Khan. Eux seuls savaient qu'elle avait percé le sac avec ses ongles. Khan avait simulé une crise cardiaque. Elle se pencha, lui caressa les cheveux, l'embrassa sur le front. Elle agrippa Gibbons par l'épaule.

Loz la contemplait. Un moment, il parut perplexe. Puis il comprit. « La déesse Isis a utilisé l'essence de Râ pour vaincre, dit-il. Voilà ce que vous avez fait. Vous avez utilisé mon essence, mon amour pour Karim, pour me vaincre. »

L'état de Gibbons était trop préoccupant pour qu'Herrick réponde. Elle se rua dans la salle d'attente, gagna le couloir et appela. Quelques secondes plus tard, les membres de l'équipe du SWAT envahissaient les lieux. Ils pansèrent les blessures de Gibbons et quatre hommes le portèrent en courant jusqu'aux ascenseurs. Ollins, qui était entré après eux, s'accroupit près de Loz.

« A-t-il parlé ? demanda-t-il calmement à Eva.

— Il y a six hommes. Trois doivent attaquer le bâtiment de l'ONU, deux autres agiront à Londres et le dernier aux Pays-Bas.

— Quelle cible à Londres ? Les bureaux de l'ONU ? »

Loz contemplait un tapis à motifs. « C'est mon tapis de prière depuis que je suis petit garçon. Je l'ai gardé avec moi toutes ces années. » Il se souriait à lui-même. « C'est tout ce qu'il me reste.

— Cessez de vous apitoyer sur votre sort », lâcha Ollins. Il le saisit par le menton et lui cogna la tête contre le mur. « Où à Londres ? Où aux Pays-Bas ? Comment attaqueront-ils les Nations unies ? »

Eva intervint : « Il ne pourra pas répondre si vous le tenez comme ça. »

Ollins lâcha prise. Herrick le remplaça. « Vous avez des hommes à La Haye ? Quelle est la cible ? Le Tribunal pour les crimes de guerre ? La mission d'inspection des armes chimiques ? Quel département de l'ONU aux Pays-Bas ?

— Vous ne les trouverez pas. » Loz remuait les mâchoires comme pour effacer le souvenir de la main d'Ollins. Il se tourna vers Herrick, ses yeux rivés aux siens avec ce regard étrange et sauvage qu'elle lui avait vu sur l'île. Puis il mordit quelque chose et grimaça. Sa bouche se remplit d'une mousse de salive. Herrick le saisit aux épaules, plus par désespoir qu'avec l'espoir de le sauver. Le cyanure s'emparait silencieusement de lui. Il n'eut presque aucune convulsion. Sa tête retomba sur le côté et un filet de bave coula sur sa poitrine.

Ollins jura et tapa du poing sur le plancher. Herrick s'assit, en état de choc.

« Il est parti ? » Ils se retournèrent. Khan avait soulevé la tête. « Il est mort ?

— Oui », répondit Eva.

Khan reposa la tête.

« Il s'est suicidé parce qu'il a échoué, conclut Eva. Il s'est tué parce qu'il nous a tout dit.

— Comment pouvez-vous en être certaine ? demanda Ollins.

— Cet homme vivait pour tromper les autres. Quand il a compris qu'il avait perdu, il a perdu sa raison de vivre. S'il devait se passer quelque chose demain, il aurait attendu. »

Herrick regarda Khan. « Y a-t-il d'autres surprises pour nous, Karim ?

— Oui, répondit-il enfin. Langer.

— Larry Langer ?

— Oui. Langer s'apprête à tuer le secrétaire général. Jaidi lui a trouvé du travail, il y a six mois, à la demande de Sammi. Son badge lui donne accès à tout le bâtiment. Il attend que Jaidi rencontre l'ambassadeur d'Israël aux Nations unies, dans son bureau pour le petit déjeuner. » Khan regarda Herrick. « Si vous me donnez l'ordinateur, je vous montrerai les plans. » Il avança la main. « Sammi m'a tout raconté parce qu'il me faisait confiance. Mais vous m'avez sauvé, Isis, et maintenant je vais vous aider. »

Vingt et un jours après la nuit de l'Empire State, Isis, son père et Harland étaient assis dans la salle à manger vide d'un pub des Highlands de l'Ouest. Trois générations d'espions britanniques, comme l'observa Munroe. Il restait plusieurs heures de jour, mais ils avaient dû abandonner leur partie de pêche sur le loch voisin quand le vent était tombé et que des nuées d'insectes les avaient attaqués. Isis regardait le visage d'Harland couvert de minuscule piqûres. Il jubilait. Une heure plus tôt, il avait attrapé sa première truite. C'était une belle pièce de cinq livres qui s'était débattue pendant vingt minutes.

Isis et Harland ne s'étaient pas adressé la parole durant la journée. Il y avait ce silence entre eux. Soudain, Munroe se leva.

« Je porte un toast à vous deux, dit-il en levant son verre de whisky. Et à la plus remarquable opération de renseignement de ces vingt dernières années. »

Harland sourit. Lorsque Munroe se rassit, il se tourna vers Isis et leva son verre à son tour. « Je bois à votre succès. »

Elle regardait la nappe en secouant la tête.

« Qu'y a-t-il ? demanda son père. Allez, dis-le.

— J'ai fait souffrir Khan… Je lui ai délibérément infligé une véritable souffrance pour obtenir des informations. De quelque manière qu'on regarde la chose, je l'ai torturé.

— Oui, mais il était d'accord, objecta Harland. Sinon, nous courions au désastre. C'était une nécessité opérationnelle. Vous avez choisi la seule voie possible. Je le sais. J'ai tout entendu dans le téléphone d'Eva.

— Oui, mais j'ai agi sans réfléchir. C'est ainsi que ça arrive : on est aspiré sans réaliser qu'on a franchi un seuil. Je ne suis pas différente du docteur syrien ou de Gibbons, par ailleurs.

— C'est le monde où nous vivons, objecta doucement Munroe.

— Mais cela ne devrait pas l'être, répondit-elle, se tournant vers son père. Si nous nous battons pour une cause, nous devons camper sur nos positions morales à n'importe quel prix. Il n'y a qu'une manière de défendre notre système et nos valeurs : c'est en faisant preuve de la plus grande rigueur envers nous-mêmes et envers les autres. Nous devons consentir des sacrifices pour ne pas devenir comme ceux de l'autre bord. »

Son père interrogea Harland du regard. Celui-ci prit la parole. « Il faut savoir choisir entre deux maux. Vous deviez prendre une décision. Et Khan était complice. Il pourra bientôt recommencer sa vie. Voilà ce qu'il faut retenir de cette histoire.

— La question est : est-ce que je l'aurais fait sans son accord ? » Elle leva la main pour empêcher son père de l'interrompre. « Et la réponse est oui. »

Munroe lui tapota la main. « Assez parlé. Passons notre commande et retournons pêcher au plus vite. Le temps est parfait ; la brise revient. »

Herrick tourna les yeux pour observer le loch couleur ardoise, mais au fond d'elle-même, elle était toujours dans l'Empire State.

REMERCIEMENTS

Je tiens à remercier en premier lieu Georgina Capel, mon agent, qui a cru en ce livre dès le début, et Jane Wood, mon éditrice, dont les encouragements et suggestions m'ont accompagné durant toute sa rédaction. Elle était secondée par Sophie-Hutton-Squire. Quant à Puffer Merritt, elle a relu et corrigé la première version de l'ouvrage avec sa générosité et son enthousiasme habituels. Il serait difficile de surestimer ces contributions.

L'idée d'*Empire State* est née au cours d'une partie de pêche organisée en juin 2002 par Mark Clarfelt. Je lui suis redevable de l'heureux concours de circonstances qui a déclenché mes premières réflexions. Je remercie également Stephen Lewis, Matthew Fort, Tom Fort, Jeremy Paxman et Padraic Fallon d'avoir involontairement nourri l'action du livre durant un après-midi oisif sur la rivière. Mon ami David Rose m'a introduit à la littérature des hadith, Roger Alton a émis de nombreuses et pertinentes suggestions, Lucy Nichols a fait quelques recherches utiles et Aimee Bell m'a procuré l'édition de 1949 de l'hymne *Here is New York* par E.B. White, qui contient les profondes réflexions retranscrites ici.

Lorsqu'on fait des recherches pour un ouvrage de cette nature, il n'est pas toujours possible de remercier nominalement ceux qui vous viennent en aide. Je suis particulièrement reconnaissant à l'homme qui a pris un certain nombre de risques en organisant une visite des prisons égyptiennes, avant de trouver l'île sur laquelle se situe une partie de l'action. Mon contact en Albanie s'est révélé, lui aussi, inestimable. Il m'a introduit à sa mystérieuse patrie et à son histoire, et m'a fourni des informations sur le fonctionnement de son réseau d'espionnage.

Empire State est une œuvre de fiction — aucun secret n'est trahi ici —, mais une quantité importante de détails ont été rassemblés à partir de nombreuses sources. Sans elles, je n'aurais pas progressé. Certaines parties du livre s'inspirent d'incidents réels. Il y *avait* une cellule Al-Qaida en Albanie. Cinq suspects ont été arrêtés dans le cadre d'une opération soutenue par la CIA. Transférés en Égypte, ils y ont été torturés, puis jugés. Deux d'entre eux ont été exécutés. Je me suis également inspiré en partie de l'histoire d'un groupe de travailleurs migrants abattus par les forces de sécurité macédoniennes le 2 mars 2002, sous prétexte qu'ils préparaient une attaque terroriste contre les ambassades américaine et britannique à Skopje, la capitale de la Macédoine. Une revendication que le gouvernement des États-Unis a pour une fois rejetée sans ambiguïté.

Enfin, je voudrais remercier ma femme, Liz Elliot, pour son soutien sans faille pendant l'écriture non seulement de ce livre, mais des précédents.

DU MÊME AUTEUR

Aux Éditions Balland

NOM DE CODE : AXIOM DAY, 2004, Folio Policier *n° 360.*

UNE VIE D'ESPION, 2003, Folio Policier *n° 323.*

Aux Éditions Calmann-Lévy

EMPIRE STATE, 2006, Folio Policier *n° 460.*

Composition Facompo
Impression Novoprint
à Barcelone, le 28 mars 2007
Dépôt légal : mars 2007

ISBN 978-2-07-033753-8 / Imprimé en France.

142064